La Corte Reluciente

La Corte Reluciente

Richelle Mead

Traducción de Elia Maqueda

Rocaeditorial

Título original: *The Glittering Court*

© Richelle Mead, 2016

Primera edición: octubre de 2016

© de la traducció: Elia Maqueda
© de esta edición: Roca Editorial de Libros, S. L.
Av. Marquès de l'Argentera 17, pral.
08003 Barcelona
actualidad@rocaeditorial.com
www.rocalibros.com

Impreso por LIBERDÚPLEX, s.l.u.
Crta. BV-2249, km 7,4, Pol. Ind. Torrentfondo
Sant Llorenç d'Hortons (Barcelona)

ISBN: 978-84-16498-84-0
Depósito legal: B-18.205-2016
Código IBIC: YFB

RE98840

Para Jay.
Parece que conseguí descifrar el código.

1

$\mathcal{N}$unca había pensado en robarle la vida a nadie.

En realidad, a primera vista, no se podría decir que mi vida tuviese nada de malo. Era joven y gozaba de buena salud. Me gustaba pensar que era inteligente. Pertenecía a una de las familias más nobles de Osfrid, una cuyo linaje se remontaba hasta los fundadores del país. Claro que mi título podría haber sido más prestigioso de no ser porque la fortuna de mi familia se había evaporado, pero eso tenía fácil solución: solo tenía que casarme con la persona adecuada.

Y ahí es donde empezaban mis problemas.

La mayoría de los nobles admiraban el hecho de que fuese descendiente de Rupert, el primer conde de Rothford, el gran héroe de Osfrid. Siglos atrás, había ayudado a arrebatarles nuestras tierras a los bárbaros y a crear así la gran nación que somos hoy. Pero pocos nobles admiraban mi falta de recursos, especialmente en los tiempos que corrían. El resto de familias se debatían en sus propias crisis financieras, y una cara bonita con un título eminente ya no tenían el mismo atractivo de antes.

Necesitaba un milagro y lo necesitaba rápido.

—Cariño, ha ocurrido un milagro.

Llevaba un rato mirando fijamente el papel de las paredes del salón de baile, repujado con apliques de terciopelo, con la cabeza inundada de pensamientos sombríos. Pestañeé, volví a la realidad de la ruidosa fiesta y vi a mi abuela que se acercaba. Aunque tenía el rostro surcado de arrugas y el cabello de un blanco níveo, todos comentaban siempre lo hermosa que era lady Alice Witmore. Yo también lo pensaba, aunque no podía evitar darme cuenta de que envejecía más deprisa desde la muerte de mis padres. Pero en aquel momento su rostro estaba iluminado como hacía tiempo que no lo veía.

—¿Qué, abuela?

—Tenemos una proposición. ¡Una proposición! Tiene todo lo que necesitamos. Es joven, con una fortuna sustancial y un linaje tan prestigioso como el tuyo.

Aquel último detalle me llamó la atención. La bienaventurada estirpe de Rupert era difícil de igualar.

—¿Estás segura?

—Por supuesto. Es… tu primo.

Era poco frecuente que me quedara sin palabras. Por un momento, solo pude pensar en mi primo Peter. Me doblaba la edad… y estaba casado. Según las normas de la línea sucesoria, él sería el heredero del título de Rothford si yo moría sin descendencia. Siempre que pasaba por la ciudad, venía a verme y me preguntaba cómo estaba.

—¿Cuál de ellos? —pregunté al fin, un poco más relajada. El término «primo» a veces se usaba de forma algo vaga; si uno estudiaba los árboles genealógicos en profundidad, la mitad de la nobleza osfridiana estaba emparentada con la otra mitad. Podía estar refiriéndose a muchos hombres.

—Lionel Belshire, el barón de Ashby.

Sacudí la cabeza. No lo conocía.

Mi abuela me cogió del brazo y me llevó hasta el otro extremo del salón de baile, abriéndonos paso entre algunas de las personalidades más poderosas de la ciudad, todas vestidas de seda y terciopelo y adornadas con perlas y piedras preciosas. Sobre nosotras, las arañas de cristal cubrían el techo por completo, como si nuestros invitados intentaran superar a las estrellas. Así era la vida de la nobleza de Osfro.

—Su abuela y yo estuvimos juntas en la camarilla de la duquesa de Samford hace muchos años. Es solamente barón… —Mi abuela inclinó la cabeza hacia mí para poder bajar la voz. Me fijé en la capellina con perlas incrustadas que llevaba, en buen estado pero pasada de moda desde hacía al menos un par de años. Se gastaba nuestro dinero en vestirme a mí—. Pero es de buena familia. Su estirpe desciende de uno de los hijos menores de Rupert, aunque corre el rumor de que quizá Rupert no fuera su verdadero padre. En cualquier caso, su madre era noble, así que podemos estar tranquilas.

Aún estaba intentando procesar la información cuando nos detuvimos ante un ventanal desde el que se divisaba Harlington Green. Un joven y una mujer de la edad de mi abuela hablaban en voz baja. Al vernos llegar, levantaron la mirada con patente interés.

Mi abuela me soltó la mano.

—Mi nieta, la condesa de Rothford. Querida, te presento al barón Belshire y a su abuela, lady Dorothy.

Lionel se inclinó y me besó la mano mientras su abuela hacía una reverencia. La cortesía era fingida. Con vista de lince, recorrió cada rincón de mi figura. Si el protocolo lo hubiese permitido, creo que me habría examinado la dentadura.

Me giré hacia Lionel, que se irguió. Era a él a quien yo tenía que estudiar.

—Condesa, es un placer conoceros. Lamento que no hayamos coincidido antes, dado que somos familia. Descendientes del conde Rupert y todo eso.

Por el rabillo del ojo, vi que mi abuela levantaba una ceja con gesto escéptico.

Le dediqué una sonrisa recatada, con la deferencia justa para no minimizar mi superioridad de rango, pero para hacerle creer que me había conquistado con su encanto. Su encanto, claro está, debía pasar más pruebas. A primera vista, parecía lo único a su favor. Tenía la cara alargada y puntiaguda y la piel cetrina. Una habría esperado un mínimo rubor, sobre todo teniendo en cuenta que la acumulación de cuerpos había caldeado bastante la estancia. Sus estrechos hombros estaban tan encorvados que parecía que fuese a derrumbarse sobre sí mismo. Pero nada de eso era importante, solo la logística del matrimonio. Nunca había contemplado la posibilidad de casarme por amor.

—Es cierto, tendríamos que habernos conocido hace mucho —concedí—. Deberíamos celebrar reuniones en honor de Rupert cada cierto tiempo, a modo de homenaje a nuestro progenitor. Congregar a todo el mundo y hacer pícnics en la hierba. Podríamos organizar carreras por parejas con los pies atados, como hacen los campesinos. Seguro que podría apañármelas con la falda.

Él me miró sin pestañear y se rascó la muñeca.

—Los descendientes del conde Rupert están repartidos por

11

todo Osfrid. No creo que sea factible organizar una reunión de esas características. Y no es solo que esas carreras sean impropias de la nobleza, es que yo ni siquiera permito a los aparceros de mis tierras hacer ese tipo de cosas. El gran dios Uros nos dio dos piernas, no tres. Sugerir lo contrario es una abominación. —Hizo una pausa—. Tampoco apruebo las carreras de sacos.

—Tenéis toda la razón, por supuesto —dije, con la sonrisa fija en la cara. Detrás de mí, oí carraspear a mi abuela.

—El barón ha logrado este año una cosecha de cebada excelente —dijo con una alegría forzada—. Posiblemente la mejor del país.

Lionel se rascó la oreja izquierda.

—Mis aparceros han convertido más del ochenta por ciento de la tierra en campos de cebada. Acabamos de comprar una hacienda nueva y también ha dado una cosecha al alza. La cebada se extiende hasta donde alcanza la vista. Acres y acres. Incluso se la doy de comer a mis criados en ambas haciendas, para levantarles la moral.

—Eso es… mucha cebada —dije. Estaba empezando a sentir lástima por sus aparceros—. Espero que les permitáis hacer algún exceso de vez en cuando. Avena. Centeno, si tenéis el día exótico.

La expresión de desconcierto regresó a su rostro mientras se rascaba la oreja derecha.

—¿Por qué iba a hacer eso? La cebada es nuestro sustento. Es bueno que lo recuerden. Y yo me rijo por los mismos criterios, o incluso más exigentes: tomo una ración de cebada en todas las comidas. Así predico con el ejemplo.

—Veo que os debéis a vuestro pueblo —dije. Fijé la vista en la ventana detrás de él, preguntándome si podría saltar por ella.

Se hizo un silencio incómodo y lady Dorothy intentó llenarlo.

—Hablando de haciendas, tengo entendido que habéis vendido hace poco la última que teníais. —He aquí el recordatorio de nuestra situación financiera. Mi abuela se apresuró a defender nuestro honor.

—No la usábamos. —Levantó la barbilla—. No soy tan imprudente como para gastarme el dinero en una casa vacía y en unos aparceros que holgazanean sin supervisión alguna. Nuestra casa en la ciudad es mucho más cómoda y nos permite mantener el contacto con la sociedad. Nos han invitado a palacio tres veces este invierno.

—En invierno, claro —dijo lady Dorothy con desdén—. Pero los veranos en la ciudad deben de ser tediosos. Sobre todo cuando la mayoría de la nobleza se desplaza a sus haciendas en el campo. Cuando te cases con Lionel, viviréis en su hacienda de Northshire, donde también resido yo, y no os faltará de nada. Y podrás organizar todas las reuniones de sociedad que desees. Bajo mi estricta supervisión, claro está. Es una oportunidad magnífica. No os ofendáis… condesa, lady Alice. Os mantenéis tan bien que nadie podría siquiera sospechar vuestras circunstancias reales. Pero estoy segura de que será un alivio poder mejorarlas.

—Mejores circunstancias para mí y un título mejor para él —murmuré.

Mientras hablábamos, Lionel se rascó primero la frente y después el interior del brazo. La segunda acometida duró un buen rato y yo intenté no mirar. ¿Qué ocurría? ¿Por qué tenía esos picores? ¿Y por qué los tenía por todo el cuerpo? No parecía sufrir ninguna erupción, al menos a la vista. Lo peor era que, cuanto más lo miraba, más ganas tenía de rascarme yo también. Tuve que juntar las manos para frenar el impulso.

La humillante conversación se prolongó varios minutos mientras nuestras abuelas hacían planes para el enlace del que yo acababa de enterarme. Lionel seguía rascándose. Cuando al fin nos separamos, esperé treinta segundos antes de expresarle mi opinión a mi abuela.

—No —dije.

—Shh. —Sonrió a varios invitados conocidos mientras nos dirigíamos hacia la salida del salón de baile y le dijo a uno de los criados de nuestro anfitrión que mandase buscar nuestro carruaje. Me mordí la lengua hasta que estuvimos a salvo en el interior del vehículo.

—No —repetí mientras me hundía en el mullido asiento—. Decididamente, no.

—No te pongas dramática.

—¡No lo hago! Solo estoy siendo sensata. No puedo creer que hayas aceptado la proposición sin consultar conmigo.

—Bueno, es que resultaba algo complicado elegir entre esta y todas tus demás proposiciones. —Me sostuvo la mirada, impasible—. Sí, querida, no eres la única que sabe ser impertinente. No obstante, eres la única que puede salvarnos de la ruina definitiva.

13

—¿Quién se está poniendo dramática ahora? Lady Branson te llevaría con ella a casa de su hija. Vivirías muy bien allí.

—¿Y qué pasará contigo mientras yo vivo muy bien?

—No lo sé. Buscaré a alguien. —Pensé de nuevo en el montón de invitados que había conocido en la fiesta aquella noche—. ¿Qué hay del comerciante ese, Donald Crosby? He oído que ha hecho una fortuna importante.

—Arg. —La abuela se frotó las sienes—. No me hables de ese *nouveau riche*. Ya sabes que me da dolor de cabeza.

La miré con sorna.

—¿Qué le pasa? Le van muy bien los negocios. Y me ha reído todas las bromas, que es mucho más de lo que puedo decir de Lionel.

—Ya sabes lo que pasa con el «señor» Crosby. No debía estar en esa fiesta. No sé en qué estaba pensando lord Gilman. —Hizo una pausa cuando un bache especialmente pronunciado en la calzada empedrada hizo que nuestro carruaje diese un bandazo—. ¿Cómo crees que se sentiría nuestro honorable antepasado Rupert si mezclaras su estirpe con sangre ordinaria?

Gruñí. Últimamente no parecía posible mantener una conversación sin que se invocara el nombre de Rupert.

—Creo que alguien que cruzó el canal tras su lord para forjar un imperio se esforzaría sobre todo en que lo respetaran. Y no le gustaría ser vendido a un primo aburrido y a la tirana de su abuela. ¿Has contado las veces que ha dicho «bajo mi estricta supervisión» cuando hablábamos del futuro? Yo, sí. Cinco. Siete veces menos de las que Lionel se ha rascado alguna parte del cuerpo.

La abuela me miró con expresión cansada.

—¿Crees que eres la primera en tener un matrimonio concertado? ¿Crees que eres la primera que no está conforme con ello? Las leyendas y canciones están plagadas de historias de afligidas doncellas atrapadas en situaciones parecidas que se escapan en busca de un futuro mejor. Pero son solo eso, cuentos. No puedes hacer nada. No puedes ir a ninguna parte. Es el precio que hay que pagar por vivir en este mundo. Por tener nuestro rango.

—Mis padres nunca me habrían obligado a sufrir esto —refunfuñé.

Ella endureció la mirada.

—Tus padres y sus frívolas inversiones son la razón de que nos encontremos en esta situación. No tenemos dinero. Vender la hacienda de Bentley nos ha permitido seguir viviendo como hasta ahora. Pero eso va a cambiar muy pronto. Y no va a gustarte el cambio. —Como mi mirada obstinada no desapareció, continuó—: Te queda una vida entera de dejar que los demás tomen las decisiones por ti. Así que acostúmbrate.

Nuestra casa estaba en un distrito de la ciudad distinto de donde se había celebrado la fiesta, aunque igual de elegante. Cuando llegamos, los sirvientes acudieron enseguida a atendernos. Nos ayudaron a bajar del carruaje y recogieron nuestros mantos y chales. Yo tenía mis propias criadas, que me acompañaron hasta mis aposentos para ayudarme a quitarme el atuendo de fiesta. Las observé mientras alisaban el vestido de terciopelo rojo, con sus mangas acampanadas y sus bordados dorados. Lo colgaron junto a otros igual de decadentes y yo me quedé observando el armario una vez se hubieron ido. Cuánto de nuestra fortuna en vías de desaparición se había gastado en toda aquella ropa que se supone debía ayudarme a encontrar la oportunidad de cambiar mi vida para mejor.

15

Mi vida, sin duda, estaba a punto de cambiar, pero ¿para mejor? Era algo escéptica a ese respecto.

Visto lo visto, me enfrentaba a ello como si no fuese real. Así también me había enfrentado a la muerte de mis padres. Me había negado a creer que ya no estaban, incluso cuando me encontraba ante la prueba tangible de sus tumbas. No era posible que esas personas a quienes había querido tanto, que me habían llenado de tal forma el corazón, ya no estuvieran en este mundo. Intentaba convencerme de que un día entrarían por la puerta. Y, cuando no conseguía creer eso, sencillamente no pensaba en ello.

Así fue como me enfrenté a lo de Lionel. Lo expulsé de mi mente y seguí con mi vida como si nada de lo que había pasado en aquella fiesta hubiese ocurrido en realidad.

Cuando un día llegó una carta de lady Dorothy, tuve que aceptar su existencia de nuevo. Quería confirmar la fecha de la boda, algo que era de esperar. Lo que no esperábamos era su orden de que redujésemos nuestro personal doméstico a la mitad y de que nos deshiciéramos de la mayor parte de nuestras posesiones. «No las necesitaréis cuando lleguéis a Northshire —decía en su misiva—. Aquí os proporcionarán toda la servidumbre y los enseres que necesitéis, bajo mi estricta supervisión.»

—Ay, por Uros —dije al terminar de leer.

—No tomes el nombre de dios en vano —me espetó la abuela. A pesar de la brusquedad de sus palabras, noté que también estaba tensa. Vivir controlada por otra persona tampoco iba a ser fácil para ella—. Oh. Lionel te ha enviado un regalo.

El «regalo» era un bote con la mezcla patentada de cereales de cebada que tomaba por las mañanas, acompañado de una nota que decía que así podía ir saboreando lo que estaba por venir. Quise creer que la broma era intencionada, pero en realidad lo dudaba.

La abuela empezó a agobiarse con cómo dividir la casa mientras yo salía de la habitación. Y seguí andando. Salí de la mansión por el patio delantero. Crucé la verja que separaba nuestra propiedad de la calle principal, granjeándome la mirada desconcertada del criado que la vigilaba.

—¿Milady? ¿Puedo ayudaros en algo?

Al ver que se levantaba, le hice un gesto para que desistiera.

—No —dije. Él miró a su alrededor, sin saber qué hacer. Nunca me había visto abandonar la casa sola. Nadie me había visto. Nunca lo había hecho.

Su confusión le hizo quedarse donde estaba y enseguida me engulló el maremágnum de personas que recorrían la calle a pie. No eran burgueses, por supuesto. Criados, comerciantes, mensajeros... todas las personas que ayudaban a sobrevivir a los ricos de la ciudad con su trabajo. Me dejé llevar por ellos, sin saber muy bien adónde iba. Una parte de mí albergaba la insensata idea de presentarme ante Donald Crosby. Durante los minutos que duró nuestra conversación tuve la impresión de gustarle. O quizá podría emprender camino a otro lugar: salir del continente y seducir a un noble belsa. O quizá podía perderme entre la multitud sin más, como un rostro anónimo entre la aglomeración de la ciudad.

—¿Puedo ayudaros, milady? ¿Os habéis perdido de vuestros criados?

No tan anónimo, al parecer.

Había llegado al límite de uno de los distritos comerciales de la ciudad. Quien me hablaba era un hombre mayor que cargaba a la espalda varios paquetes que parecían demasiado pesados para su menuda complexión.

—¿Cómo sabe que soy una dama? —dije abruptamente.

Él sonrió, descubriendo una dentadura con varios huecos.

—No hay mucha gente sola por ahí vestida como vos.

Miré a mi alrededor y vi que tenía razón. El vestido violeta de estampado *jacquard* que llevaba era informal para mí, pero me hacía destacar en el océano de atuendos parduzcos. Había alguna gente de clase alta haciendo compras, pero estaban rodeados de diligentes criados dispuestos a protegerlos de cualquier elemento desagradable.

—Estoy bien —dije, apartándolo de mí. Pero no pude avanzar mucho más antes de que volvieran a pararme: era un muchacho rubicundo, de esos que se ganan la vida repartiendo mensajes.

—¿Necesitáis que os acompañe a vuestra casa, milady? —preguntó—. Dadme tres monedas de cobre y os sacaré de aquí.

—No, estoy... —me interrumpí mientras se me ocurría una idea—. No tengo dinero. No llevo nada encima. —Empezó a alejarse, pero lo detuve—. Espera. Ven. —Me quité la pulsera de perlas y se la ofrecí—. ¿Puedes llevarme a la iglesia del Glorioso Vaiel?

Abrió los ojos de par en par al ver las perlas, pero vaciló.

—Es demasiado, milady. La iglesia está aquí al lado, en la calle Cunningham.

17

Le puse la pulsera en la mano.

—No tengo ni idea de dónde está eso. Llévame hasta allí.

Resultó estar a tan solo tres manzanas. Conocía las zonas principales de Osfro, pero no sabía cómo moverme entre ellas. Nunca había tenido la necesidad de saberlo.

Aquel día no había misa, pero el portón estaba entornado para recibir a las almas en busca de consuelo. Recorrí la elegante iglesia y salí al cementerio. Atravesé la zona común, después la de los burgueses y, por fin, llegué a la zona noble. Estaba protegida por una verja de hierro forjado y dentro había estatuas y mausoleos en lugar de las lápidas de piedra corrientes.

Quizá no supiera moverme por las calles de Osfro, pero sabía exactamente dónde estaba el mausoleo de mi familia en aquel cementerio. Mi guía se quedó esperando junto a la verja mientras yo me acercaba hasta la hermosa construcción de piedra en cuya puerta rezaba la inscripción «WITMORE». No era el mausoleo más grande del cementerio, pero para mí era el más bonito. Mi padre era un aficionado al arte en todas sus vertientes, así que habíamos encargado unos exquisitos grabados de los seis ángeles gloriosos que adornaban los muros exteriores.

No tenía forma de entrar, no sin solicitarlo previamente a la iglesia, así que me senté en los escalones. Pasé los dedos por los nombres tallados en la piedra, entre todos los que aparecían a la entrada: LORD ROGER WITMORE, DECIMOSEXTO DUQUE DE ROTH-FORD Y LADY AMELIA ROTHFORD. El nombre de mi abuela se uniría un día al de ellos, y entonces el mausoleo estaría lleno.

«Tendrás que encontrar otro sitio para ti», me había dicho la abuela en el funeral de mi padre.

Mi madre había muerto primero, al contagiarse de una de las muchas enfermedades que infectaban las zonas más pobres de la ciudad. Mis padres siempre tuvieron gran interés en invertir en fundaciones de beneficencia para los más desfavorecidos, pero les había costado la vida; mi madre enfermó un verano y mi padre, el siguiente. Sus fundaciones habían quebrado. Algunos decían que mis padres eran unos santos. La mayoría los tachaba de insensatos.

Levanté la vista hacia la gran puerta de piedra en la que estaba tallada la gloriosa ángel Ariniel, guardiana de la puerta de Uros. Era un grabado precioso, pero yo siempre había pensado que Ariniel era el ángel menos interesante de todos. Lo único que hacía era abrir la puerta a otros y facilitarles el camino. ¿No querría estar en otro lugar? ¿No preferiría dedicarse a otra cosa? ¿Le bastaría con existir para que otros pudiesen alcanzar sus metas mientras ella se quedaba inmóvil? La abuela había dicho que los demás tomarían siempre las decisiones por mí. ¿Era siempre así, para los humanos y para los ángeles? Las escrituras nunca se ocupaban de estas cuestiones. Más bien las consideraba blasfemias.

Aparté la vista del sereno rostro y vi un colorido revoloteo tras la verja. Tres de mis damas de compañía venían corriendo hacia mí. Detrás de ellas, junto a la puerta de la iglesia, alcancé a ver nuestro carruaje esperando. Me vi rodeada de inmediato.

—Pero milady, ¿en qué estabais pensando? —exclamó Vanessa—. ¿Se ha comportado ese muchacho de forma inapropiada?

—¡Debéis de estar congelada de frío! —Ada me echó una gruesa capa sobre los hombros.

—Dejad que os sacuda el polvo de la falda —dijo Thea.

—No, no —le dije a esta última—. Estoy bien. ¿Cómo me habéis encontrado?

Empezaron a hablar interrumpiéndose unas a otras, pero saqué en claro que se habían percatado de mi ausencia y habían interrogado al mozo de la garita de nuestra mansión y prácticamente a todos los que se habían cruzado en mi camino. Al parecer, todo el mundo se había fijado en mí.

—Vuestra abuela no lo sabe todavía —dijo Vanessa, empujándome para que caminara. Era la más lista de todas—. Volvamos, rápido.

Antes de marcharme, volví la vista atrás para mirar al ángel y los nombres de mis padres. «Las desgracias seguirán ocurriendo —me había dicho mi padre en su último año de vida—. Eso no podemos evitarlo. Lo que sí está en nuestra mano es cómo enfrentarnos a ellas. ¿Dejamos que nos aplasten, que nos aflijan? ¿Las enfrentamos sin inmutarnos y soportamos el dolor? ¿Las burlamos?» Yo le pregunté qué significaba burlar una desgracia. «Lo sabrás llegado el momento. Y, cuando eso ocurra, deberás actuar rápido.»

Las criadas no dejaron de revolotear a mi alrededor, ni siquiera en el carruaje durante el trayecto de vuelta a casa.

—Milady, si queríais ir al mausoleo solo teníais que habérnoslo dicho para que solicitásemos la visita al sacerdote —dijo Thea.

—No lo pensé —murmuré. No iba a entrar en detalles sobre la carta de lady Dorothy, que casi me había provocado una crisis nerviosa—. Necesitaba tomar el aire. Por eso decidí ir dando un paseo.

Me miraron con ojos incrédulos.

—No podéis hacer eso —dijo Ada—. No podéis salir sola. No... No podéis hacer nada sola.

—¿Por qué no? —le espeté con brusquedad; me sentí un poco mal al ver que la muchacha daba un respingo—. Soy paresa del reino. Deben respetar mi apellido allá donde vaya. ¿Por qué no podría moverme libremente por donde quiera? ¿Por qué no puedo hacer lo que me venga en gana?

Ninguna habló de inmediato, y no me sorprendió que fuese Vanessa quien finalmente lo hiciera.

—Porque sois la condesa de Rothford. Alguien con vuestro título no puede moverse entre los que no tienen nombre. Y en cuanto a quién sois, milady... bueno, no tenéis otra elección.

19

$\mathcal{M}$e di cuenta de que esa «desgracia» se acercaba con Lionel: estaba dejando que me aplastara. Así que, en aquel momento y en aquel lugar, decidí elegir la forma más noble de enfrentarme a ello: sin inmutarme. Soportaría el dolor.

Las semanas que siguieron sonreí, bromeé y me comporté como si no estuvieran destrozando nuestro hogar. Mientras los criados trabajaban y se preocupaban por su futuro, yo me ocupaba tranquilamente de tareas propias de las jóvenes nobles, como pintar cuadros y decidir qué me pondría para la boda. Cuando venían visitas a transmitirnos sus buenos deseos, me sentaba con la persona en cuestión y simulaba entusiasmo. Más de una vez se refirieron al enlace como una «unión sabia». Me acordé de que, cuando tenía seis años, mi madre y yo vimos pasar la procesión nupcial de la princesa Margrete.

La princesa iba sentada en su carruaje, con una sonrisa rígida, y saludaba con la mano mientras mantenía la otra entrelazada con la de un duque lorandés a quien había conocido la semana anterior.

—Está un poco verde —dije.

—Tonterías. Si tienes suerte —me dijo mi madre— tú también establecerás una unión sabia.

¿Habría permitido esto mi madre si siguiera viva? ¿Habrían sido distintas las cosas? Probablemente. Muchas cosas habrían sido distintas si mis padres vivieran todavía.

—¿Milady?

Levanté la vista del lienzo que estaba pintando, un campo de amapolas moradas y rosas, reproducción de una obra de uno de los maestros de la Galería Nacional. Un paje estaba de pie ante mí. Por el tono de su voz, no era la primera vez que hablaba conmigo.

—¿Sí? —pregunté. Mi tono fue algo más áspero de lo que pretendía. Había discutido con la abuela aquella mañana porque habían despedido a mi cocinero preferido, y todavía estaba molesta.

El paje hizo una reverencia, aliviado de que hubiese reparado en él al fin.

—Ha venido un caballero. Está... eh... haciendo llorar a Ada.

Pestañeé sin saber si había oído bien.

—¿Cómo dices?

Thea y Vanessa estaban sentadas cosiendo detrás de mí. Levantaron la vista de la labor, ambas igual de perplejas.

El paje se removió, incómodo.

—Yo tampoco lo entiendo, milady. La reunión la organizó lady Branson. Creo que ella pretendía estar aquí para supervisarla, pero otros asuntos la han entretenido. Los llevé al salón del ala oeste y, cuando volví a ver cómo estaban, Ada parecía histérica. Creí que querríais saberlo.

—Por supuesto que quiero.

Y yo que había pensado que aquel iba a ser un día aburrido.

Las otras damas de compañía se levantaron cuando me vieron hacerlo a mí, pero les ordené que volvieran a sentarse. Seguí al paje al interior de la casa.

—¿Tienes idea de a qué ha venido este supuesto caballero?

—A ofrecerle otro trabajo, creo.

Sentí una punzada de culpabilidad. Los recortes de personal ya habían comenzado y Ada era una de las damas de compañía que ya no formarían parte de mi servicio. Solo podía conservar a una. Lady Dorothy me había asegurado que las sustitutas que se habían seleccionado bajo su estricta supervisión eran ejemplares, pero yo sospechaba que su cometido principal sería espiarme.

Mientras me dirigía hacia el salón, pensé en qué podría haber ocasionado este inesperado drama matutino. Lady Branson era la primera criada de mi abuela. Si había conseguido un nuevo trabajo para Ada, imaginaba que se trataría de uno respetable, y no algo que le provocara un ataque de ansiedad.

21

—¿No serían lágrimas de alegría? —le pregunté al paje para estar segura.

—No, milady.

Entramos en la sala y allí estaba, en efecto, Ada, sentada en un sofá y sollozando con la cara entre las manos. Un hombre, de espaldas a mí, estaba inclinado sobre ella y le daba palmadas en el hombro en un torpe intento de consolarla. Mi corazón se endureció de inmediato al preguntarme qué clase de monstruo la habría sumido en este estado.

—Lady Witmore, condesa de Rothford —anunció el paje.

Tanto Ada como su invitado se sobresaltaron. Ella levantó la cara de las manos, aún entre lágrimas, y se levantó para hacer una reverencia. El hombre se irguió y se giró para mirarme. En ese instante, la imagen que me había hecho de un viejo y malvado sinvergüenza se desvaneció de golpe.

Quizá fuera un sinvergüenza, pero ¿quién era yo para juzgarlo? En cuanto al resto de su persona... los ojos me ardían al mirarle. El pelo de color cobrizo, recogido en una coleta corta y elegante, revelaba un rostro de rasgos despejados y pómulos prominentes. Tenía los ojos de un azul grisáceo intenso que contrastaba con su piel bronceada por el aire libre. Esto no era habitual entre los nobles, pero habría deducido que no era uno de los nuestros a un kilómetro de distancia.

—Señora —dijo, haciendo una correcta reverencia—. Es un placer conoceros.

Le hice un gesto al paje para que se fuera y me senté, y ambos hicieron lo propio.

—No estoy segura de poder decir lo mismo, visto el estado de nerviosismo que habéis provocado en mi dama de compañía.

Una expresión apenada cruzó el hermoso rostro del hombre.

—No era mi intención... Estoy tan sorprendido como vos. Tenía entendido que lady Branson ya había llegado a un acuerdo con ella.

—Y así es —exclamó Ada. Vi que le sobrevenían nuevos sollozos—. Pero ahora que ha llegado el momento... No sé... ¡No sé si quiero ir!

Él le dedicó una sonrisa tan segura y ensayada que no cabía duda de que la usaba a menudo para conseguir lo que quería.

—Los nervios son comprensibles. Pero una vez que hayas visto cómo viven el resto de las chicas en la Corte Reluciente...

—Un momento —interrumpí—. ¿Qué es la Corte Reluciente? —Sonaba un poco a nombre de burdel, pero no creía que tuviera nada que ver con eso si era lady Branson quien lo había organizado.

—Estaré encantado de explicároslo, milady. Si no os aburren los detalles técnicos.

Lo miré fijamente.

—Creedme, nada que tenga que ver con esta situación podría aburrirme en ningún caso.

Esbozó de nuevo su galante sonrisa, sin duda con la esperanza de ganarme como hacía con los demás. Podría decirse que lo consiguió.

—La Corte Reluciente es una espléndida oportunidad para las jóvenes como Ada; una oportunidad que les cambiará la vida y...

—Esperad —dije—. ¿Cómo os llamáis?

Él se puso en pie e hizo otra reverencia.

—Cedric Thorn, para serviros.

No tenía título pero, una vez más, no me sorprendió. Cuanto más lo estudiaba, más me intrigaba. Llevaba un abrigo marrón de lana fina que brillaba ligeramente y le llegaba hasta la rodilla, más largo de lo que marcaban las tendencias de la época. Un chaleco marrón brocado reflejaba la luz debajo del abrigo. Era un atuendo respetable y correcto, propio de un comerciante próspero, pero el alfiler de ámbar que adornaba el sombrero que sostenía en la mano me indicaba que algo de estilo sí debía de tener.

—¿Milady? —preguntó.

Me di cuenta de que llevaba un rato observándole, así que hice un ademán con la mano.

—Seguid hablándome de esa Corte Brillante, os lo ruego.

—Reluciente, milady. Como decía, es una oportunidad espléndida para que las jóvenes mejoren su estatus. Ada es el tipo de mujer brillante y prometedora que buscamos.

Levanté una ceja al oír aquello. Ada era con mucho la menos interesante de mis damas de compañía. Era hermosa, lo que al parecer era sinónimo de «brillante y prometedora» para la mayoría de los hombres.

23

Se aventuró en lo que parecía un discurso harto ensayado.

—La Corte Reluciente es un proyecto tenido en gran consideración a ambos lados del océano. Mi padre y mi tío lo fundaron hace diez años tras percatarse de la escasez de mujeres en Adoria.

¿Adoria? ¿Eso era? Estuve a punto de inclinarme hacia delante, pero me contuve. Era difícil no dejarse llevar por el relato. Adoria. El país que habían descubierto al otro lado del Mar de Poniente. Adoria. Ya solo el nombre hacía pensar en aventuras y emociones. Era un mundo nuevo, lejos de este en el que me obligaban a casarme con mi primo el sarnoso... Pero también un mundo sin galerías de arte, teatros ni nobleza lujosamente vestida.

—Hay infinidad de mujeres icori allí —señalé ante la necesidad de decir algo.

La sonrisa de Cedric se ensanchó, aportando calidez a sus rasgos. ¿Tenía las pestañas más largas que yo? Si era así, era injusto.

—Sí, pero nuestros colonos no quieren desposar a las bárbaras icori con sus *kilts* y sus prendas de tartán. La mayoría de los colonos no quieren mujeres bárbaras. Aunque supongo que siempre hay quien se siente atraído por ellas.

Estuve a punto de preguntarle por qué se sentía él atraído, pero me recordé una vez más que era una dama de alta alcurnia.

—La mayoría de nuestros colonos quieren desposar a mujeres osfridianas, gentiles y cultas; sobre todo los que han hecho fortuna allí. Muchos zarparon rumbo a Adoria sin nada más que la ropa que llevaban puesta y ahora son hombres de negocios o regentan plantaciones. Se han convertido en auténticos pilares de nuestra comunidad, en hombres de prestigio. —Cedric levantó las manos ostentosamente como un actor en el escenario—. Quieren mujeres a la altura con las que formar una familia. Su Majestad también lo quiere así. Ha mandado fundar varias colonias nuevas y ampliar las que ya existen, pero es muy difícil dado que hay tres hombres osfridianos por cada mujer. Las mujeres que deciden irse allí suelen ser de clase trabajadora, y ya casadas. Eso no es lo que busca la nueva nobleza.

—¿La nueva nobleza? —pregunté. Me estaba dejando atrapar en sus redes. Para mí era nuevo que otra persona usara el poder de la persuasión conmigo.

—La nueva nobleza. Así es como llamamos a los hombres de a pie que se han hecho un nombre en el Nuevo Mundo.

—Muy convincente. ¿Se os ocurrió a vos?

La pregunta pareció sorprenderle.

—No, milady. A mi padre. Es un maestro de la publicidad y la persuasión. Mucho más que yo.

—Permitidme que lo dude. Pero, por favor, proseguid con la nueva nobleza.

Cedric me escudriñó un instante y alcancé a ver algo en sus ojos. Un cálculo, o quizás un reajuste.

—La nueva nobleza. No necesitan títulos ni líneas sucesorias para detentar poder o prestigio: se lo han ganado con el sudor de su frente y se han convertido en nobles, en cierto modo, y ahora necesitan esposas «nobles». Pero dado que las mujeres de vuestra clase no hacen cola exactamente para zarpar hacia allá, la Corte Reluciente se ha permitido crear una cohorte de jóvenes damas dispuestas a transformarse. Seleccionamos muchachas como Ada, de origen humilde, sin familia, o quizá con demasiada, y las educamos como nobles.

Sonrió levemente cuando hizo el comentario acerca de las mujeres nobles haciendo cola, como si fuese una broma entre los dos. Noté un pinchazo en el corazón. No podía imaginarse que, justo en aquel momento, ante la perspectiva de una vida encadenada a mi huraño primo y a su autoritaria abuela, habría abandonado mi reino y zarpado hacia las colonias en un santiamén, por salvajes que fueran las condiciones. Claro que nunca habría conseguido llegar al puerto sin que docenas de personas trataran de arrastrarme de vuelta a mi esfera de la sociedad.

Ada sorbió la nariz, recordándome su presencia. La conocía desde hacía años, aunque apenas había reparado en ella. Ahora, por primera vez, sentía celos al mirarla. Un mundo —un mundo nuevo— lleno de posibilidades y aventuras se abría ante ella.

—De modo que pretendéis llevaros a Ada a Adoria —dije. Me resultaba difícil mantener un tono despreocupado por temor a revelar mi envidia.

—No de inmediato —dijo Cedric—. Primero tenemos que asegurarnos de que reciba una educación apropiada para la Corte

25

Reluciente. Estoy seguro de que ha sido educada mientras estaba a vuestro servicio, pero no a vuestra altura. Pasará un año en una de las mansiones de mi tío con otras muchachas de su edad; allí aprenderá todo tipo de cosas para dar la talla. Allí...

—Esperad —le interrumpí. Mi abuela se horrorizaría ante las formas caóticas con las que estaba gestionando la conversación, pero la situación era demasiado extraña para andarme con formalismos—. ¿Estáis diciendo que recibirá una educación a la altura de la mía? ¿En un año?

—No exactamente a la altura de la vuestra, no. Pero podrá desenvolverse entre la clase alta, o incluso entre la nobleza, una vez pasado ese periodo.

Conociendo a Ada como la conocía, el escepticismo me invadió, pero le animé a continuar.

—Proseguid.

—Comenzaremos por pulir sus competencias básicas de lectura y matemáticas, y después pasaremos a asuntos más refinados. Cómo gestionar una casa y dirigir a los sirvientes. Clases de música. Cómo organizar un acto social. De qué hablar en los actos sociales. Arte, historia, filosofía. Un idioma extranjero, si hay tiempo.

—Es un programa muy extenso —dije, dirigiendo una mirada curiosa a Ada.

—Por eso dura un año —explicó Cedric—. Vivirá en una de las mansiones de mi tío mientras aprende todo esto y después navegará hasta Adoria con las muchachas de las demás mansiones. Si así lo decide.

En aquel momento, Ada por fin volvió en sí. Irguió la cabeza.

—¿No tengo que ir?

—No, claro que no —dijo Cedric, algo sorprendido por la pregunta. Sacó un rollo de papel de su abrigo con un ademán algo teatral, o eso me pareció—. Al término del año, en virtud de lo estipulado en el contrato, podrás decidir partir a Adoria para tratar de concertar un matrimonio o podrás abandonar la Corte Reluciente, en cuyo caso encontraremos la forma de conseguirte un empleo apropiado para que nos reembolses el precio de tu educación.

Ada se mostró mucho más contenta y me di cuenta de que probablemente pensaba que un trabajo apropiado fuese uno similar al que tenía ahora.

—Creo que se refiere a un hospicio o una fábrica —apunté.
La expresión le cambió de inmediato.

—Oh. Pero seguiría aquí. En Osfrid.

—Sí —dijo Cedric—. Si quieres quedarte. Pero ¿de verdad querrías? ¿Quién va a preferir trabajar durante horas en lugar de ir del brazo de un marido adinerado y atento que la cubra de joyas y sedas?

—Pero no puedo elegirlo yo —rebatió.

—Eso no es del todo cierto. Cuando lleguéis a Adoria, todas tendréis un periodo de tres meses durante el cual seréis presentadas a aquellos que hayan mostrado interés por nuestras joyas; así es como mi tío llama a las damas de la Corte Reluciente. —Su sonrisa dio paso a otra aún más deslumbrante para intentar convencerla—. Te encantará. Los colonos se vuelven locos cuando llevamos chicas nuevas. Es temporada de fiestas y otros compromisos sociales, y recibirás un guardarropa nuevo solo para ello... La moda en Adoria es algo distinta de la nuestra. Si más de un hombre hace una oferta, podrás elegir al que quieras.

Una vez más, sentí que me invadían los celos, pero Ada seguía sin estar convencida. Sin duda había oído historias sobre los peligros y la barbarie en Adoria. Y, a decir verdad, algunas no carecían de fundamento. Cuando los colonos de Osfrid y otros países llegaron a Adoria, hubo un terrible derramamiento de sangre entre ellos y los clanes icori que vivían allí. Muchos de los icori habían huido, pero aún corrían rumores de tragedias acerca de enfermedades, tormentas y animales salvajes, por nombrar algunos.

Pero ¿qué era aquello en comparación con las riquezas y la grandeza que ofrecía Adoria? ¿No había peligros en todas partes? Quería hacerla entrar en razón, decirle que debía aceptar la oportunidad y no mirar atrás. Seguro que nunca habría otra aventura como esta. Pero Ada nunca había tenido sed de aventuras, nunca había querido probar nada que no conociera. Esa era en parte la razón por la que no la había escogido para venir conmigo a casa de Lionel.

Tras mucho deliberar, se giró hacia mí.

—¿Qué creéis que debo hacer, milady?

La pregunta me pilló desprevenida y, de pronto, solo podía

27

pensar en las palabras de mi abuela: «Te queda una vida entera de dejar que los demás tomen las decisiones por ti. Así que acostúmbrate.»

Noté que me relajaba.

—Tienes que tomar tus propias decisiones, sobre todo ahora que estarás sola en cuanto abandones mi servicio.

Miré a Cedric y, por primera vez, vi una sombra de incomodidad en sus imponentes facciones. Temía que Ada declinase la oferta. ¿Acaso la Corte Reluciente tenía que cubrir un mínimo? ¿Tendría la responsabilidad de volver con alguien?

—El señor Thorn hace que suene todo fantástico —replicó—. Pero me siento como si fuera una baratija de compraventa.

—Las mujeres siempre nos sentimos así —dije.

Pero, finalmente, Ada aceptó la oferta de Cedric ya que, a su modo de verlo, no tenía otro sitio adonde ir. Estudié el contrato por encima de su hombro y comprobé que era una explicación más formal de lo que Cedric nos había contado. Cuando firmó, tuve que mirar dos veces.

—¿Ese es tu nombre completo? —pregunté—. ¿Adelaide? ¿Por qué no te llaman así?

Se encogió de hombros.

—Son demasiadas letras. Tardé años en aprender a deletrearlo.

Cedric pareció hacer un esfuerzo por mantener el semblante sereno. Me pregunté si estaría empezando a cuestionarse la elección y si Ada podría formar parte de su «nueva nobleza».

Con el contrato en la mano, se levantó y me hizo una reverencia. Después se dirigió a ella.

—Tengo que entregar otros contratos esta tarde y hacer unos recados en la universidad. Puedes dedicar el día a preparar tu equipaje; nuestro carruaje vendrá a recogerte esta noche y te llevará a la mansión. Mi padre y yo te acompañaremos.

—¿Dónde está la mansión? —pregunté.

—No estoy seguro de cuál le será asignada —admitió—. Esta noche lo sabré. Mi tío tiene cuatro mansiones para la Corte Reluciente, cada una con diez muchachas. Una está en Medfordshire, dos en Donley y otra en Fairhope.

Así que eran auténticas casas de campo, pensé mientras las

ubicaba en un mapa mental. Todas estaban al menos a medio día de viaje de donde estábamos, en Osfro.

Dio unas pocas instrucciones de última hora e hizo ademán de marcharse. Le ofrecí acompañarle a la puerta, cosa pcoo orto-doxa por mi parte, y lo llevé de vuelta al jardín donde había estado antes.

—Universidad. Así que sois estudiante, señor Thorn.

—Sí. No parecéis sorprendida.

—Se nota en vuestros modales. Y en el abrigo. Solo un estudiante iría vestido según sus propios estándares de moda.

Se echó a reír.

—No es eso. Voy vestido a la moda de Adoria. Tengo que meterme en el papel cuando hablo con las muchachas.

—¿Vos también vais? —De algún modo, aquello lo hacía todo aún más angustioso—. ¿Habéis estado allí?

—Hace años, pero...

Se irguió al doblar una esquina y oír más sollozos. La vieja Doris, la cocinera, caminaba con aire cansado hacia la cocina, tratando de contener el llanto.

—No os lo toméis a mal... —comenzó Cedric—. Pero hay muchas lágrimas en vuestro hogar.

Le dirigí una mirada sarcástica.

—Las cosas están cambiando mucho. Doris tampoco vendrá con nosotras. Está ciega de un ojo y mi primo no la quiere.

Se giró para mirarme y yo aparté la mirada, pues no quería que viese cuánto dolor me causaba esta decisión. En su situación, Doris no lo iba a tener nada fácil para encontrar trabajo. Aquella era otra discusión que había ganado la abuela. Y yo estaba perdiendo terreno.

—¿Es buena? —preguntó Cedric.

—Mucho.

—Disculpad —la llamó.

Doris se giró, sorprendida.

—¿Señor? —Ninguno nos molestamos en corregir su error.

—¿Es cierto que buscáis trabajo? Lo entenderé si ya habéis encontrado uno.

Ella pestañeó y lo miró con el ojo bueno.

—Sí estoy buscando, señor.

—Hay un puesto vacante en una de las cocinas de la univer-

29

sidad. Cuatro monedas de plata al mes, alojamiento y manutención. Si estáis interesada, es vuestro. Aunque quizá la idea de cocinar para tanta gente os resulte algo abrumadora...

—Señor —interrumpió, irguiéndose todo lo alta que era, que no era mucho—. He preparado cenas de siete platos para cien comensales. Podré vérmelas con un puñado de muchachos fanfarrones.

Cedric mantuvo la expresión de dignidad.

—Me alegra oírlo. Id mañana a la oficina norte de la universidad y dad vuestro nombre. Allí os proporcionarán más información.

La vieja Doris se quedó con la boca abierta y me miró en busca de confirmación. Yo asentí con la cabeza, animándola.

—¡Sí, sí, señor! Iré en cuanto haya servido el desayuno. Gracias, muchas gracias.

—Eso sí que es tener suerte —dije una vez que estuvimos solos de nuevo. En realidad no lo pensaba, pero me parecía muy amable por su parte haberle ofrecido algo así y haberse fijado en ella. La mayoría de la gente no lo hacía—. Suerte que había un puesto vacante.

—En realidad no lo hay —dijo él—. Pero pasaré por allí y hablaré con ellos. Cuando lo haya hecho, habrá un puesto vacante.

—Señor Thorn, algo me dice que podríais venderle la salvación a un sacerdote.

Sonrió al escuchar el viejo proverbio.

—¿Qué os hace pensar que no lo he hecho ya?

Llegamos hasta el jardín y ya estábamos casi en la salida cuando se detuvo de nuevo. Una expresión de incredulidad cruzó su rostro y me giré hacia lo que había llamado su atención: mi cuadro de las amapolas.

—Esas son las... *Amapolas* de Peter Cosingford. He visto este cuadro en la Galería Nacional. Pero... —Desvió la mirada, confundido al reparar en el lienzo y las pinturas que había junto a él.

—Es una reproducción. Un intento de reproducción. Tengo más. Lo hago por diversión.

—¿Copiáis grandes obras por diversión? —Demasiado tarde, añadió—: ¿Milady?

—No, señor Thorn. Eso es lo que hacéis vos.

La sonrisa en su rostro esta vez fue sincera, y me gustó más que las que había visto durante el espectáculo.

—Estoy seguro de que nunca podría copiaros a vos.

Llegamos hasta la puerta principal y sus palabras me hicieron pararme en seco. No era tanto por lo que había dicho como por la forma en que lo había hecho. El tono. La calidez. Intenté contestar con una réplica ingeniosa, pero mi lucidez habitual parecía fuera de juego.

—Y si no os ofende que os hable con franqueza... —añadió rápidamente.

—Me decepcionaría que no lo hicierais.

—Es solo... que me entristece saber que probablemente no tenga la oportunidad de volver a veros. —Al darse cuenta de que quizás estaba siendo demasiado franco, se apresuró a hacer una reverencia—. Adiós, y os deseo la mejor de las suertes, milady.

Uno de los guardias de la puerta la abrió para que pasara, y yo observé cómo se marchaba mientras admiraba la forma en que se ceñía a su cuerpo el abrigo de terciopelo.

—Volveréis a verme —murmuré—. Solo tenéis que esperar.

31

*E*l plan llevaba tomando forma en mi mente desde que Ada había firmado su contrato entre lágrimas. Tenía una oportunidad de enfrentarme con astucia a las desgracias que se avecinaban. Y, como mi padre me había advertido, debía actuar rápido. A medida que los detalles se me revelaban con más claridad, mi nerviosismo aumentaba, y solo podía dejarlo estar para no gritarlo a los cuatro vientos.

Tratando de controlarme, salí rauda pero formalmente del jardín y volví al salón, donde Ada estaba sentada con aire malhumorado. Esquivé a dos criados que transportaban la *chaise longue* de mi abuela y me alegré de que Cedric no hubiese presenciado aquello. Parecía que nos estuvieran saqueando.

—Debes de estar emocionada —le dije alegremente a Ada—. La oportunidad que tienes ante ti es fantástica.

Ella apoyó la barbilla en las manos.

—Si vos lo decís, milady.

Me senté junto a ella, fingiendo asombro.

—Es muy bueno para ti.

—Lo sé, lo sé —suspiró—. Es solo… que… —Sus intentos de controlarse eran escandalosamente fallidos, y las lágrimas le corrían por las mejillas. Le ofrecí un pañuelo—. ¡No quiero ir a un país extraño! ¡No quiero cruzar el Mar de Poniente! ¡No quiero casarme!

—Entonces no vayas —dije—. Dedícate a otra cosa cuando la abuela y yo nos marchemos. Busca otro trabajo.

Ella sacudió la cabeza.

—Ya he firmado el contrato. ¿Qué otra cosa puedo hacer?

Yo no soy como vos, milady. No puedo marcharme sin más. No tengo medios y no hay ninguna familia noble que esté buscando servicio, al menos no a este nivel. Ya he preguntado.

¿Marcharse sin más? ¿De verdad pensaba que yo podía hacer eso? Ada consideraba que mi estirpe y mi riqueza entrañaban poder pero, en realidad, una plebeya tenía más libertad que yo. Y esa era la razón por la cual necesitaba convertirme en una. «Sois la condesa de Rothford. Alguien con vuestro título no puede moverse entre los que no tienen nombre.»

—¿Y qué harías? ¿Qué harías si tuvieras los medios?

—¿Si no trabajara aquí? —Hizo una pausa para sonarse la nariz—. Me iría con mi familia a Hadaworth. Tengo unos primos allí. Tienen una vaquería.

—Hadaworth está muy al norte —le recordé—. Tampoco sería un trayecto sencillo.

—¡Pero no hay mar! —exclamó—. Y está en Osfrid. Allí no hay bárbaros.

—¿Prefieres trabajar en una vaquería que casarte con un aventurero adorio? —Tenía que admitir que aquello encajaba en mis planes aún mejor de lo que esperaba. Pero sonaba tan cómico que no pude evitar preguntarle—: ¿Quién te recomendó para la Corte Reluciente?

—John, el hijo de lady Branson, va a la universidad con él... con maese Cedric. Lord John le oyó decir que necesitaba muchachas hermosas para una tarea que le había encargado su padre. Lord John sabía que vos estabais disolviendo el servicio y le preguntó a su madre si alguna de las chicas necesitaba un sitio adonde ir. Cuando me lo planteó... Bueno, ¿qué otra cosa podía hacer?

La agarré de la mano en un gesto de extraña informalidad entre nosotras.

—Irás a Hadaworth. Eso es lo que harás.

Ada me miró con la boca abierta y yo la acompañé al piso de arriba, a mis aposentos, donde otras damas de compañía estaban organizando mi ropa. Les ordené que se marcharan a encargarse de otras tareas y saqué de mi joyero unos pendientes de topacio.

—Toma —dije, dándoselos a Ada—. Véndelos. Con esto tendrás más que suficiente para comprarte un billete y poder viajar a Hadaworth con un grupo de viajantes de confianza. —Espe-

33

raba que el sueño de su vida fuese algo más inabarcable, algo que yo no me pudiera permitir. Aquello era una baratija.

Abrió los ojos de par en par.

—Milady... Yo... yo no puedo... no puedo aceptar esto.

—Sí que puedes —insistí, con el corazón latiendo a toda velocidad—. No puedo... eh... soportar la idea de tu infelicidad. Quiero que estés con tu familia y que seas feliz. Te lo mereces. —Aquello no era del todo mentira... pero mis motivos reales no eran ni mucho menos tan altruistas.

Apretó los pendientes en la mano y la esperanza afloró en su rostro.

—No... No puedo. ¡El contrato! Es vinculante. Me encontrarán y...

—Yo me ocuparé de eso, no te preocupes. Te liberaré del compromiso. Puedo hacer este tipo de cosas, ya lo sabes. Pero para estar seguras de que todo... mmm... salga bien, tienes que irte ya. Ahora mismo. Es mediodía: la mayor parte de los mercaderes deben de estar cerrando sus tratos y pronto pondrán rumbo al norte. Y tendrás que negar todo conocimiento de la Corte Reluciente. Nunca le digas a nadie que solicitaron tus servicios.

Tenía los ojos muy abiertos.

—No lo haré, milady. Nunca. No diré una sola palabra. Y me iré ahora mismo, en cuanto recoja mis cosas.

—No, no. No lleves demasiado equipaje. Coge lo imprescindible. No puede parecer que te vas para siempre. Que parezca que sales a un recado. —No quería que nadie se percatara de su marcha, no fuera a ser que la detuvieran y le hicieran preguntas.

Asintió a mis sabias palabras.

—Tenéis razón, milady. Por supuesto que sí. Además, con esto podré comprarme ropa nueva cuando llegue a Hadaworth.

Siguiendo mi consejo, recogió solo algunas cosas: una muda de ropa, un relicario familiar y una baraja de cartas deanzanas. Al ver esto último, levanté las cejas y ella se sonrojó.

—Es por diversión, milady. Echamos las cartas para entretenernos. Siempre lo hemos hecho.

—Hasta que los alanzanos las convirtieron en parte de su religión —dije—. Los sacerdotes las queman. Ten cuidado, no vayan a detenerte por herejía.

Abrió los ojos de par en par.

—¡Yo no rindo culto a los demonios! ¡Ni a los árboles!

Dejó allí todas sus demás pertenencias. En la casa todo el mundo estaba demasiado ocupado con la mudanza como para reparar en nosotras mientras lo preparábamos todo. Recogí el resto de sus cosas —no era mucho, solo algunas prendas de ropa—, las llevé a mis aposentos y las escondí mientras la observaba marcharse. Me sorprendió con un abrazo breve y tremendamente inapropiado, que me dio con lágrimas en los ojos.

—Gracias, milady. Gracias. Me habéis salvado de un destino terrible.

«Quizá tú hayas hecho lo mismo por mí», pensé.

Siguiendo mis instrucciones, salió despreocupadamente por la puerta principal como si fuese al mercado a comprar algo. No creo que el centinela de guardia la viese marcharse siquiera. Era invisible, algo que me costaba entender… todavía. En cuanto se hubo ido, volví al jardín para seguir pintando mi cuadro, tratando por todos los medios que pareciera que estaba pasando el rato como siempre mientras los demás trabajaban en las labores del hogar. Cuando hablaba con algún sirviente, mencionaba de pasada que Ada se había marchado para empezar en un nuevo trabajo y lo estupendo que era que lo hubiese conseguido. Todos sabían que alguien había venido preguntando por ella, pero nadie conocía los detalles de la conversación. Muchos otros criados se habían marchado también, así que la partida de Ada no constituía ninguna novedad.

Cuando cayó la tarde, me dijeron que mi abuela y lady Branson habían tenido que quedarse a cenar en casa de una amiga. Aquel giro de los acontecimientos no podía venirme mejor, aunque me detuve un instante cuando me di cuenta de que quizá nunca volvería a ver a la abuela. Habíamos tenido una conversación dura aquella mañana, pero eso no disminuía mi amor por ella… ni el suyo por mí. Todo lo que había hecho con respecto a Lionel había sido en mi beneficio, e iba a haber terribles consecuencias cuando todo saltara por los aires.

«No vaciles —me dije. Respiré hondo y me obligué a mantener la calma—. La abuela puede lidiar con lo que venga. Y, cuando pase el escándalo, vivirá con lady Branson y con su hija. Será mucho más feliz con ellas que bajo la estricta supervisión de lady Dorothy.»

35

Aunque fuésemos a estar separadas, aún cabía la posibilidad de que la abuela franquease la puerta de mi futura casa algún día. Pero, ay, cuánto se iba a preocupar por mí. Esperaba que si volvíamos a vernos —no, cuando volviéramos a vernos— pudiese entender por qué había hecho esto. No podía casarme para llevar una vida llena de lujos si a cambio debía dejar mi alma en el umbral.

Después de cenar, me retiré a mis aposentos con la excusa de una jaqueca. Era casi el único pretexto que podía poner para estar sola, y aun así no era fácil. En cuanto conseguí despistar a mis diligentes criadas, me quité el vestido de seda que me había puesto para la cena y me puse el sencillo traje de lino de Ada, cosa que no me resultó nada fácil. Mis damas de compañía siempre me ayudaban a vestirme y desvestirme, y no estaba acostumbrada a manejar los botones sin más manos que las mías. El vestido de Ada era azul oscuro y sin apliques de ningún tipo. La camisola blanca de debajo también era lisa y sencilla. Nunca había reparado hasta entonces en lo austera que era la ropa de mis criadas. En cualquier caso, me ayudaría a pasar desapercibida, al igual que la capa gris con capucha que me puse encima. Empaqueté el resto de la ropa de Ada en una bolsa pequeña y me apresuré a bajar por una estrecha escalera de servicio apenas frecuentada a aquellas horas de la noche. Tras comprobar que no había nadie, me escabullí por una puerta trasera.

Salí al patio junto a las caballerizas, ahora en penumbra gracias a las sombras del atardecer. Los criados trajinaban por doquier, dejándolo todo listo para la noche, y nadie reparó en mí mientras me confundía con la oscuridad. Aquella fue la parte más peligrosa de mi empresa, el momento en el que todo podía irse al garete si alguien me miraba con más atención de la cuenta. Tenía que cruzar el patio hasta las puertas traseras de las caballerizas. Las temperaturas primaverales habían descendido considerablemente y no era la única con capucha. Recé por que nadie me mirase a la cara al pasar.

El mozo de cuadra que vigilaba la puerta trasera estaba entretenido tallando y tenía la atención puesta en aquellos que entraban, y no en quien salía. Si se percató de mi presencia, solo vio la espalda de una criada que iba y venía encargándose de las tareas del hogar. Una vez fuera del recinto, me apresuré a doblar la esquina y me precipité hacia la bulliciosa vía principal ante nuestra casa. El tráfico había disminuido con respecto a horas más tempranas, pero aún había caballos y peatones que salían por la noche, cuyos pasos resonaban en la calle empedrada. La mayoría ni siquiera me miró. Era una dama de compañía, no una noble.

Un sacerdote errante de Uros estaba de pie en una esquina, orando en contra de los herejes alanzanos. Me señaló con un dedo acusador, directamente al rostro.

—No rendirás culto al sol y a la luna, ¿verdad, muchacha?

Había un brillo fanático y febril en sus ojos, y me quedé tan sorprendida que no podía moverme.

—¡Tú! ¡No te muevas!

Abrí la boca al ver que dos centinelas se dirigían corriendo hacia mí. ¡Si apenas había cruzado la calle junto a mi casa! ¿Cómo podían haberse enterado ya?

Pero no era a mí a quien perseguían. Apresaron al sacerdote: uno sujetó al hombre abatido mientras el otro le ataba las muñecas.

—¡¿Cómo os atrevéis a ponerle las manos encima a un elegido de Uros?! —aulló el sacerdote.

Uno de los centinelas resopló.

—Tú no eres un auténtico seguidor de Uros. Veamos cuán fuerte es tu fe después de pasar unas cuantas noches en el calabozo. —Arrastró al tembloroso sacerdote mientras el otro centinela se volvía hacia mí. Bajé la cabeza enseguida, fingiendo timidez, para que no me viese el rostro.

—¿Estáis bien, señorita? ¿Os ha hecho algún daño?

—Estoy bien. Gracias, señor.

Sacudió la cabeza con expresión de disgusto.

—No sé qué va a ser de nuestro mundo ahora que la calle está llena de herejes. Será mejor que volváis a casa de vuestro señor antes de que se haga de noche.

Asentí con la cabeza y me alejé corriendo. La atmósfera religiosa era muy agitada en Osfrid aquellos días. Aquellos sacerdotes errantes radicales decían rendir culto a Uros, el único dios, pero sus prácticas ofendían a la iglesia tanto como los alanzanos y sus ángeles caídos. Los sacerdotes ortodoxos y los agentes ya no mostraban tanta clemencia como al principio, y era muy fácil resultar sospechoso.

Sentí un gran alivio al llegar junto al carruaje de la Corte Reluciente. Estaba a dos manzanas en dirección contraria, exactamente donde Cedric le había dicho a Ada que estaría.

Era negro, elegante y lustroso, y tenía el emblema de la Corte Reluciente en la puerta: un círculo constituido por una cadena dorada con joyas incrustadas entre los eslabones. El carruaje tenía un tamaño modesto, ni mucho menos tan grande como el que usábamos mi abuela y yo, pero supuse que sería extraordinario para una chica que no hubiese visto nada parecido. Lo rodeé hasta llegar a la parte delantera, donde un cochero aguardaba sujetando las riendas de cuatro caballos blancos. Lo saludé lo suficientemente alto para que mi voz se oyera entre el ruido de la calle, pero esperaba que no demasiado como para que se me oyera en la mansión al otro lado.

—Hola —dije—. Estás aquí para recogerme. Me llamo Adelaide.

Aquello lo había decidido cuando urdí el plan. Había hecho desaparecer a Ada y que esta me prometiera que no contaría nada a nadie, pero, oficialmente, la Corte Reluciente tenía a la chica correcta. No me parecía correcto llamarme Ada. Lo que estaba haciendo era como robar, pero obviamente no podía usar mi nombre. Así que decidí usar el hermoso nombre que Ada había recibido cuando nació, ese que tanto le costaba deletrear. Sentí que me lo merecía, igual que me merecía esta oportunidad que tanto la aterraba a ella.

El cochero asintió con brusquedad.

—Muy bien, venga, sube. Nos reuniremos con el señor Jasper y el señor Cedric por el camino.

El señor Cedric.

Por mucho que me agradara su presencia, verlo ahora sería un problema para el brillante plan que había trazado… pero tendría que encargarme de solucionarlo más adelante. Ahora tenía otros problemas.

—¿Que suba? —pregunté, apoyando las manos en las caderas—. ¿No vas a bajar a abrirme la puerta?

El hombre resopló con sorna.

—Mírala, ya se comporta como toda una dama. Todavía no

eres una «joya», señorita. Entra, vamos, que aún tenemos que hacer dos paradas y una es en el barrio sirminio. No quiero tener que andar por allí más tarde de la cuenta. Esos sirminios son capaces de robarte hasta la ropa interior si no los vigilas de cerca.

Trasteé con el picaporte de la puerta del carruaje hasta que al fin averigüé cómo se abría. Me encaramé con no poca dificultad y a trompicones al interior del carruaje, sin ayuda de ningún alza ni cojín ofrecido por un sirviente. Dentro, el carruaje estaba en penumbra, tan solo iluminado por el resplandor que se colaba por las ventanas empañadas. Cuando mis ojos se acostumbraron a la oscuridad, pude ver que el asiento acolchado sobre el que estaba era de terciopelo rojo oscuro de calidad media.

Sin preocuparse por comprobar si estaba cómoda, el cochero espoleó a los caballos para que se pusieran en marcha, haciendo que me precipitara hacia delante. Me agarré a las paredes del vehículo para mantener el equilibrio y observé por las ventanas oscuras las luces de mi casa familiar, que se alejaban cada vez más. Contuve la respiración mientras la casa siguió siendo visible, en espera de que un grupo de sirvientes saliera de allí de un momento a otro, rodeara al carruaje hasta obligarlo a detenerse y liberarme. Pero no salió nadie. Las tareas nocturnas siguieron su curso habitual y la casa se desvaneció en la oscuridad. O quizás era yo quien se desvanecía. La idea me entristeció más de lo que esperaba y tuve que volver a centrar la atención en mi plan.

Si a nadie se le ocurría ir a ver cómo me encontraba de la jaqueca aquella noche, no advertirían mi ausencia hasta por la mañana, y para entonces ya habría recorrido un gran trecho. Eso contando con que Ada no se arrepintiera y decidiese volver, si es que había abandonado ya la ciudad. Si todo iba según lo acordado, ya habría comprado su pasaje para emprender rumbo al norte con algún grupo de viajantes.

Había muchos imponderables en este plan, muchas cosas podían salir mal.

El carruaje cruzaba la ciudad con su traqueteo, atravesando zonas en las que nunca antes había estado. Todo me generaba una curiosidad tremenda, pero a medida que la noche se cerraba cada vez veía menos de lo poco que iluminaban las farolas de gas de las calles. El carruaje se detuvo por fin y pude oír una conversación amortiguada. Unos instantes después, la puerta se abrió y vi a una chica de mi edad, cuyo cabello naranja intenso resplandecía incluso a la luz del crepúsculo. Me dirigió una mirada calculadora y, a continuación, subió al carruaje, como yo, sin ayuda de alza alguna. Solo que lo hizo mucho mejor. Cerró la puerta y el carruaje prosiguió su errático camino.

Una vez sentadas las dos, nos estudiamos mutuamente en silencio mientras transitábamos por las calles empedradas. La luz de las farolas iba y venía, generando un desfile intermitente de sombras en el interior. Cuando la luz me lo permitió, observé que su vestido era incluso más sencillo que el mío, raído en algunas zonas. Por fin habló, con un ligero acento propio de la clase obrera.

—¿Cómo te has hecho ese peinado? ¿Con los rizos así, cayendo tal cual?

No esperaba esa pregunta. Además, me pareció demasiado franca, hasta que me di cuenta de que ella pensaba que éramos de la misma clase social.

—Es ondulado natural —dije.

Ella asintió con impaciencia.

—Ya, ya, si se nota. Pero esos rizos están peinados a la perfección… Mira que lo he intentado, como los de las damas de clase alta. Pero creo que necesitaría seis manos para conseguirlo.

Estuve a punto de decir que, en efecto, me habían ayudado seis manos, pero me mordí la lengua. Me creía muy lista por haberme puesto el vestido de Ada, pero me había embarcado en aquella aventura con el elaborado peinado de por la mañana, cuyos rizos habían arreglado y recogido mis damas de compañía, a la moda de la época, de forma que cayese en cascada por mis hombros. Sonreí a mi compañera con los labios apretados.

—Me han ayudado —dije. Pensé en la vida de Ada y traté de hacerla mía—. Como era… una ocasión especial. Hasta ahora trabajaba en casa de una dama noble, a mis amigas se les dan bien estas cosas.

—¿Eras dama de compañía? Menuda suerte. Que me parta un rayo si yo hubiera dejado un trabajo así. Eso explica lo bien que hablas… Nos llevarás ventaja. —Parecía impresionada… y también un poco envidiosa.

—No es una competición —dije enseguida.

40

Otro fugaz resplandor proveniente del exterior reveló una sonrisa burlona en su rostro.

—Y un cuerno. Todo lo que hagamos y cómo progresemos influye para ver a quién nos ofrecerán como esposas. Yo me casaré con un banquero. O con un hombre de Estado. No pienso irme con un agricultor. —Hizo una pausa para pensar lo que había dicho—. A menos que sea el propietario de una maldita plantación donde pueda dar órdenes a los criados y gestionar la casa. Pero ¿la mujer de un simple agricultor? ¿Y que mi vida consista en barrer el suelo y hacer queso? No, gracias. En cualquier caso, ningún campesino podría permitirse pujar por nosotras. Una amiga de mi madre nos contó que la Corte Reluciente consiguió que un tipo le pagara cuatrocientas monedas de oro por una de sus muchachas. ¿Te imaginas todo ese dinero junto?

Recordé vagamente que Cedric había mencionado que los pretendientes harían «ofertas». El contrato desarrollaba, ya en más detalle, que los agentes de la Corte Reluciente se llevaban una comisión del precio al que se casara cada chica. Cedric había contado maravillas acerca del servicio que la nueva nobleza prestaba al Nuevo Mundo, pero saltaba a la vista que aquella era una empresa muy rentable para la familia Thorn.

La otra chica me miraba con extrañeza, esperando una respuesta.

—Lo siento… Disculpa mi dispersión. Ha sido una decisión un poco de última hora —me expliqué—. La familia para la que trabajaba estaba despidiendo a la mayor parte del servicio, así que cuando Ced… maese Cedric vino buscando chicas, alguien me recomendó.

—Ah, así que eres una de las suyas. También he oído algo de eso —dijo mi compañera—. Ni siquiera había reclutado a ninguna antes, ¿sabes? Su padre es uno de los mejores procuradores, y maese Cedric se jactaba de poder llegar a ser tan bueno como él, así que el padre le dejó escoger a un par de chicas. Se montó una buena en la familia.

—Sí que sabes mucho —dije. Estaba claro que a ella le habían hecho una introducción mucho más extensa que a Ada y a mí.

—Les llevaba la colada a su casa —explicó—. Mi madre es lavandera y yo la ayudaba. Pero nada más. —Levantó las manos y

41

las observó, pero yo no conseguí verlas bien—. No estoy hecha para eso. No pienso volver a lavarle la maldita ropa a nadie nunca más.

Irradiaba ambición. No estaba segura de si aquel tipo de iniciativa me sería o no útil pero, por si acaso, pensé que la cordialidad siempre es la mejor baza.

—Me llamo Adelaide —le dije en tono cálido—. Encantada de conocerte…, ¿señorita…?

Vaciló, mientras parecía reflexionar si merecía la pena compartir aquella información conmigo.

—Wright. Tamsin Wright.

El carruaje ralentizó el paso a medida que nos acercábamos a la siguiente parada. Ambas interrumpimos la conversación en espera de ver quién entraría ahora. Cuando la puerta se abrió para revelar a la chica que esperaba fuera, Tamsin se quedó sin respiración. Al principio pensé que la tenue luz exterior distorsionaba la apariencia de la recién llegada, pero enseguida me di cuenta de que el tono dorado de su piel era natural. Era casi como caramelo. Recordé que el cochero había dicho que íbamos a pasar cerca del barrio sirminio. Era una de las zonas más pobres de la capital; solo conseguí vislumbrar a lo lejos unos pocos edificios sucios y en ruinas. Se decía que lo poblaban los refugiados de Sirminia, un país que llevaba años inmerso en una guerra civil. En tiempos había sido una gran nación y los miembros de su monarquía contraían matrimonio con los de la nuestra. Los rebeldes habían derrocado recientemente a la familia real y ahora el país se evitaba por ser una caótica zona de guerra. La chica que aguardaba ante la puerta del carruaje, con su fantástica piel y su lustroso cabello negro, debía de ser uno de aquellos refugiados.

Era tremendamente hermosa, tanto que quitaba el aliento.

El cochero se había apeado para recibirla, y le dirigió una mirada recelosa cuando ella dio un paso adelante. Sus movimientos eran muy dignos. Nos miró a Tamsin y a mí y se sentó en mi lado del carruaje. Su vestido estaba aún más ajado que el de Tamsin, pero el chal que llevaba sobre los hombros, primorosamente bordado, era excepcional.

Al recordar sus protestas, me pregunté si el cochero se habría apeado para asegurarse de que la chica no nos robaba hasta la ropa interior. Cuando vi que seguía aguardando junto a la puerta abierta, entendí que pasaba algo más. Pronto, llegaron hasta mis oídos dos voces masculinas, una de las cuales reconocí al instante.

—... lo suficientemente hermosa, supongo, pero no tienes ni idea de lo difícil que va a ser vender a una sirminia.

—Eso no tiene importancia... allí no.

—Tú no conoces aquello como yo —respondió, mordaz, la otra voz—. Acabas de tirar por la borda tu comisión.

—Eso no es...

Las palabras se interrumpieron abruptamente cuando los dos hombres alcanzaron la portezuela del carruaje. Uno de ellos, mayor que el otro, entrado en la cuarentena, lucía algunas canas plateadas en el cabello castaño. Tenía un aspecto elegante y se parecía lo suficiente a Cedric Thorn para hacerme advertir de inmediato que debía de ser su padre, Jasper.

El otro hombre era, por supuesto, el mismísimo Cedric Thorn.

Se me secó la boca cuando nuestras miradas se cruzaron. A pesar de estar recibiendo un rapapolvo de su padre, Cedric se había acercado al carruaje con la misma confianza en sí mismo de la otra vez. En aquel momento se detuvo en seco, tanto que casi se tropieza. Me miró como si fuera una aparición. Abrió la boca para hablar y luego la cerró de golpe como si no se fiara de sí mismo.

Jasper sonrió al ver a Tamsin, ajeno al silencioso drama que estaba teniendo lugar entre Cedric y yo.

—Encantado de volver a verte, querida. ¿Todo bien en la recogida?

La cautela y la desconfianza de Tamsin se desvanecieron al devolverle la sonrisa.

—Todo de maravilla, señor Thorn. El carruaje es precioso y ya he hecho una nueva amiga.

Sus ojos se posaron en mí, y yo me obligué a despegar los míos de la mirada penetrante de Cedric. Vi que, al menos, Jasper me miraba con aprobación.

—Tú debes de ser nuestra otra encantadora acompañante, Ada, ¿verdad? —Jasper me extendió la mano y, tras un incómodo instante, me di cuenta de que esperaba que se la estre-

43

chara. Lo hice con la esperanza de que no se notara mi falta de familiaridad con el gesto—. Estoy seguro de que los hombres echarán la puerta abajo por ti en Adoria.

Me humedecí los labios, luchando por encontrar un hilo de voz.

—Gr-gracias, señor. Podéis llamarme Adelaide.

Por alguna razón, aquel comentario pareció sacar a Cedric de su aturdimiento.

—Oh. ¿Así es como te llamas ahora?

—Es más adecuado —dije—. ¿No creéis?

Cedric no contestó y Jasper le dio un codazo.

—Basta de cháchara. Debemos partir.

Cedric me estudió durante un instante más y sentí como si ambos estuviésemos al borde de un precipicio. Él era quien tomaría la decisión de si saltábamos o no.

—Sí —dijo por fin—. Partamos.

Jasper entró delante de él y se sentó junto a Tamsin, ocupando la mayor parte del espacio en ese lado. Amablemente, la chica sirminia se hizo a un lado en nuestro asiento para dejar espacio. Reconocí el gesto y me moví también. Tras un leve titubeo, Cedric se sentó junto a mí. El espacio seguía siendo reducido, y nuestros brazos y piernas se tocaban. Mi abuela se habría escandalizado. Cedric apenas se movía y noté que tenía el cuerpo tan rígido como yo, debido a la tensión que nos provocaba adaptarnos a esta nueva situación.

La conversación que siguió estuvo monopolizada por Jasper y Tamsin. Me enteré de que la chica sirminia se llamaba Mira, pero habló tan poco como Cedric y yo. En un momento dado hice un comentario sobre lo bonito que era su chal y ella se lo ciñó sobre los hombros.

—Era de mi madre —dijo con voz suave y acento sirminio.

Había un deje de tristeza en su voz que comprendí de inmediato, y se me agudizó un dolor en el pecho que nunca había desaparecido del todo. No sabía mucho sobre ella, pero sentí una conexión especial y no hice más preguntas.

Cuando el carruaje se detuvo por completo veinte minutos más tarde, Jasper levantó la mirada con aire de satisfacción.

—Por fin. Las puertas. En cuanto salgamos de la ciudad podremos ir a buena velocidad. —Oímos voces agitadas al otro lado de la puerta del carruaje y, al ver que no arrancábamos, la expresión de Jasper se tornó en fastidio—. ¿Por qué tardamos tanto? —Abrió la puerta y se asomó para llamar al cochero.

Este se apresuró hasta la portezuela seguido de dos de los hombres que guardaban las puertas.

—Lo lamento, señor Thorn. Están inspeccionando a todo el que sale de la ciudad. Buscan a una chica.

—No es una chica —le corrigió con aspereza uno de los guardas—. Una dama noble. Diecisiete años. Condesa.

Me quedé sin respiración.

—¿Quiénes son estas muchachas? —preguntó el otro guarda, echando un vistazo al interior.

Jasper se relajó.

—Os aseguro que no son condesas. Somos de la Corte Reluciente. Son chicas de clase humilde, las llevamos a Adoria.

El guarda parecía sospechar y nos miró una por una con atención. Deseé una vez más haberme cambiado de peinado.

—¿Qué aspecto tiene la chica? —preguntó Jasper despreocupadamente.

—Castaña, ojos azules —dijo uno de los guardas, deteniéndose una fracción de segundo más en mí—. De la edad de estas muchachas. Se escapó esta tarde. Hay una recompensa.

Me indigné un poco; me gustaba pensar que mi cabello era castaño claro, más bien dorado. Pero la descripción era lo suficientemente común para coincidir con la mitad de las chicas de la ciudad. Cuanto más vaga, mejor.

—Nosotros llevamos a una sirminia, a una lavandera y a una criada —dijo Jasper—. Si la recompensa es lo suficientemente alta y queréis hacer pasar a una de ellas por una condesa, adelante, pero os aseguro que hemos visto de dónde vienen. No son de alta alcurnia, ni mucho menos… Aunque, Cedric, ¿no has estado tú en casa de una dama noble hoy? ¿No reclutaste allí a Adelaide? ¿Has oído algo?

El primer guarda miró fijamente a Cedric.

—¿Señor? ¿Dónde estuvisteis?

Cedric había mantenido la mirada fija al frente todo aquel tiempo; quizá pensando que si no establecía contacto visual con ellos se haría invisible.

—¿Señor? —insistió el guarda.

45

El mundo parecía moverse a cámara lenta y, durante varios instantes, lo único que oí fue el latido desbocado de mi corazón. Volví a pensar en el precipicio, solo que ahora notaba que las piernas me fallaban. Una sola palabra de Cedric podía arrastrarme de vuelta con mi abuela y Lionel. No me cabía la menor duda de que Cedric era lo suficientemente inteligente como para darle la vuelta a la situación y parecer inocente. Pero, por lo que había oído, también podía pensar perfectamente que era más fácil cobrar una recompensa en el momento que conseguir su comisión una vez en Adoria.

Cedric respiró hondo y, como si se pusiera una máscara, se convirtió en el joven fanfarrón de antes.

—Estuve en casa de lord John Branson —dijo. Me señaló con un gesto—. Ella estaba remendando la ropa de una dama noble cuando la encontré. ¿Eso cuenta?

—No está la cosa para bromas —le espetó el guarda. Pero noté que estaba perdiendo el interés en nosotras y se disponía a dejarnos ir. Seguramente muchos viajeros esperaban salir antes de la hora a la que se cerraban las puertas, y no querrían retrasarse por un carruaje. La joven noble que había escapado debía de estar merodeando sola, no en compañía de dos respetables hombres de negocios.

—Podéis continuar —dijo el otro guarda—. Gracias por vuestro tiempo.

Cedric, sin abandonar su expresión afable, le devolvió la sonrisa.

—No hay de qué. Espero que la encontréis.

La puerta se cerró y el carruaje arrancó de nuevo, al fin acelerando el paso ahora que dejábamos atrás la ciudad. Exhalé, dejando salir toda la tensión, y me hundí en el asiento. Dirigí una mirada fugaz a Cedric, pero no conseguí interpretar su expresión ni sus intenciones. Solo esperaba ser libre al fin.

4

*E*l viaje duró toda la noche y yo lo pasé en duermevela. Mi cuerpo quería descansar, pero mi cabeza estaba demasiado alerta y temía escuchar de repente el galopar de los caballos y unos gritos iracundos tras nosotros. Pero la noche se desarrolló sin incidentes y el balanceo del carruaje me atontaba, aunque no llegué a dormirme del todo. Me desperté por completo cuando Jasper dijo que habíamos llegado. El paso ligero del carruaje se fue ralentizando y levanté la cabeza, sorprendida y avergonzada al percatarme de que la tenía apoyada en el hombro de Cedric. Su colonia olía a vetiver.

Las reacciones de mis compañeras fueron diversas. El rostro de Tamsin irradiaba entusiasmo y parecía lista para comenzar esta nueva aventura y alcanzar el que creía que era su destino. Mira parecía más aprensiva, y tenía la expresión de alguien que ha visto muchas cosas y no se fía de las primeras impresiones.

Jasper nos ayudó a bajar del carruaje una por una. Mientras esperaba a que llegara mi turno, tuve un momentáneo ataque de pánico al pensar en lo que me aguardaba. Había sorteado varias dificultades la noche anterior confiando en un destino basado más en mis propias fantasías que en hechos reales. Cedric me había impresionado con su discurso para Ada, pero cabía la posibilidad de que estuviese a punto de verme envuelta en algo mucho peor que una vida de cebada con Lionel. Quizás estaba a punto de iniciar una vida de sordidez y peligro.

Jasper me cogió de la mano y pude admirar por primera vez El Manantial Azul, la mansión en la que viviríamos. Sentí un alivio inmediato: no parecía sórdida ni peligrosa, al menos por fuera. El Manantial Azul era una casa de campo ubicada entre páramos, sin ninguna aldea ni otra comunidad cercana a la vista. Nadie que fuera en mi búsqueda pasaría por allí al azar. No era tan grande como algunas de mis antiguas propiedades, pero aun así era un caserón antiguo e impresionante. El sol de la mañana se asomaba tras el tejado e iluminaba las caras atónitas de Tamsin y Mira.

Una mujer de mediana edad, vestida de negro, nos recibió en la puerta.

—Bien, por fin están aquí las últimas. Me preocupaba que no llegaran.

—Hemos sufrido varios retrasos —explicó Jasper mientras observaba a Mira—. Y algunas sorpresas.

—Estoy segura de que se instalarán rápidamente. —La mujer se giró hacia nosotras con expresión severa—. Soy la señorita Masterson. Dirijo la casa y me encargaré de todo lo relacionado con vuestro día a día. También seré vuestra profesora de protocolo, donde espero que destaquéis. Tenemos una habitación libre que será perfecta para las tres. Podéis dejar vuestras cosas y reuniros con las demás chicas para desayunar. Acaban de sentarse a la mesa.

Preguntó a los Thorn si querían desayunar también, pero no alcancé a oír su respuesta. Estaba demasiado ocupada procesando lo que había dicho la señorita Masterson sobre compartir una habitación para las tres. Nunca en mi vida había compartido habitación con nadie. Es más, nunca había compartido mis habitaciones con nadie. En cualquier residencia en la que mi familia se alojara, siempre tenía una alcoba para mí sola. Como mucho, una dama de compañía dormía a la puerta o en una antecámara para atender mis llamadas.

Cedric me lanzó una mirada sarcástica, y me pregunté si se me notaría el asombro. Enseguida adopté una expresión neutra y seguí a la señorita Masterson al interior. Nos guio por una escalera sinuosa y, debía admitirlo, elegante. Alegres cuadros adornaban las paredes de la casa: algunos eran retratos de la familia Thorn, y otros parecían haber sido escogidos sencillamente por su belleza. Reconocí a algunos de los artistas y estuve a punto de aminorar el paso para estudiarlos con más detenimiento, pero enseguida recordé que tenía que seguir a las demás.

La habitación a la que nos condujo la señorita Masterson estaba decentemente decorada, con cortinas de encaje que enmarcaban la ventana, con vistas a los jardines de la mansión. En la habitación había tres camas con patas de garra y tres cómodas a juego, aunque no parecía lo suficientemente grande como para albergar todos esos muebles, ni mucho menos a tres ocupantes. Los ojos de par en par de Tamsin y Mira parecían sugerir lo contrario.

—Por todos los demonios, ¡es enorme! —exclamó Tamsin.

—Cuida ese lenguaje, por favor. —El gesto estirado de la señorita Masterson se suavizó un poco al observarnos—. Pronto os acostumbraréis a todo esto y, si tenéis suerte y estudiáis mucho, podréis tener una alcoba de este tamaño para vosotras solas cuando os caséis en el Nuevo Mundo.

Mira pasó los dedos con cuidado por el papel floreado de las paredes.

—Nunca he visto nada igual.

La señorita Masterson pareció henchirse de orgullo.

—Casi todas nuestras habitaciones están empapeladas. Intentamos mantener un nivel alto, tanto como las casas de la capital. Bien, chicas, ahora os llevaré abajo con las demás. Podréis charlar con ellas mientras yo hablo con maese Jasper y su hijo.

Dejamos nuestras escasas pertenencias en la habitación y la seguimos escaleras abajo. El resto de los pasillos de la mansión estaban decorados de la misma forma, con retratos antiguos y elegantes jarrones repartidos por doquier. Entramos en el comedor, también hermosamente decorado con papel a rayas y mullidas alfombras verdes. La mesa estaba cubierta con un mantel de lino con los bordes calados sobre el que estaban dispuestas la vajilla de porcelana y la cubertería de plata. Tamsin intentó no parecer demasiado impresionada al entrar en la sala, pero al ver la mesa sucumbió al asombro.

Enseguida centré la atención en las ocupantes de la mesa, siete chicas que se quedaron en silencio al vernos llegar. Parecían de la misma edad que nosotras y eran todas muy atractivas. La Corte Reluciente presumía de buscar muchachas que pudieran aprender a comportarse como nobles, pero era obvio que la apariencia física jugaba un papel muy importante en los criterios de selección.

—Señoritas —dijo la señorita Masterson—, estas son Tam-

49

sin, Adelaide y Mirabel. Desde hoy vivirán también en esta casa.
—Nos miró y añadió—: Todas han llegado a lo largo de esta semana. Ahora que estáis las diez, formalizaremos el horario de trabajo y completaremos el guardarropa de cada una. Vais a vestir
mejor de lo que lo habéis hecho en vuestras vidas y aprenderéis a
arreglaros como corresponde a la clase alta. —Hizo una pausa y
me contempló—. Tu peinado está ya muy conseguido, Adelaide.

Nos instó a sentarnos y se marchó para hablar con Jasper y
Cedric. Yo estaba sorprendentemente hambrienta y me pregunté
cuándo vendrían a servirnos. Tras unos minutos, me di cuenta de
que no iba a venir nadie y que teníamos que servirnos nosotras
mismas. Estiré el brazo hacia una tetera cercana y viví por primera vez la experiencia de servirme el té.

El desayuno consistía en una selección de fruta y delicados
dulces. Ni la prudencia calculada de Tamsin ni la aprensión de
Mira soportaron tal despliegue y se abalanzaron sobre la bandeja.
Me pregunté si habrían comido algo así antes. Las dos estaban
delgadas. Quizá no habían comido mucho, en general.

Escogí una tartaleta de higos y almendra, un dulce que requería cierto esfuerzo. Era tradición comerlo cortándolo antes en
pequeñas porciones idénticas, y empleé ese tiempo en estudiar
detenidamente a mis compañeras. Lo primero que noté fue la
uniformidad en su vestimenta. Los vestidos variaban en color y
tejido, pero apostaba a que todas habían pasado ya por el proceso
de vestuario que había mencionado la señorita Masterson. Los
vestidos eran bonitos y coquetos, no como el de servicio que yo
había heredado de Ada. La calidad de la tela del mío, no obstante,
era similar, si no mejor. El atuendo de Mira y Tamsin no podía
compararse con el del resto, aunque asumí que la mayoría de las
chicas habían llegado en un estado similar.

Las demás también parecían haber recibido ya unas pocas lecciones rudimentarias de modales en la mesa, que trataban de poner en práctica con distinto grado de éxito. Es cierto que iban bien
vestidas y arregladas, pero eran hijas de jornaleros y mercaderes.
Un par de chicas conseguían apañárselas razonablemente bien
con la cubertería de plata de diez piezas. Otras no hacían esfuerzo
alguno y comían con las manos. La mayoría estaban a medio camino y parecían sufrir mientras decidían qué cubierto usar, sin
duda tratando de recordar lo que la señorita Masterson les había

enseñado en el poco tiempo que llevaban en la casa. De pronto me fijé en que Tamsin también estaba comiéndose una tartaleta de higos y almendra. A diferencia de otras chicas, que sencillamente la cogían con la mano y se la llevaban a la boca, Tamsin estaba cortando la suya a la perfección y con los cubiertos adecuados. Entonces me di cuenta de que tenía los ojos fijos en mi plato e imitaba todo lo que yo hacía.

—¿De dónde eres? —preguntó una chica con atrevimiento—. ¿De Miriko? ¿De Vinzinia? Espero que no de… Sirminia.

No cabía ninguna duda de a quién se dirigía, y todos los ojos se volvieron hacia Mira. Esta tardó un rato en levantar la mirada. Había cortado su pastel de limón con esmero, pero con el cuchillo y el tenedor equivocados. Claro que eso no lo sabía nadie y no iba a ser yo quien lo sacara a relucir.

—Sí, nací en la ciudad de Santa Luz.

Santa Luz. La ciudad más antigua e importante de Sirminia. Mi institutriz me había hablado de ella en las lecciones de historia y sabía que la habían fundado los antiguos ruvos hacía siglos. Allí habían vivido y gobernado grandes filósofos y reyes, y sus monumentos eran legendarios. Al menos hasta que la revolución arrasó el país.

Una chica que estaba sentada en el lado contrario de la mesa observaba a Mira con una expresión de burla y sin disimulo alguno.

—Es imposible que te deshagas de ese acento en un año. —Miró a su alrededor con cara de suficiencia—. Seguro que en el Nuevo Mundo también necesitan criadas. No tendrás que hablar mucho cuando estés fregando suelos.

Aquello provocó algunas risas y varias miradas incómodas.

—Clara —le advirtió otra chica, visiblemente molesta. Deposité cuidadosamente el cuchillo y el tenedor sobre el plato formando una cruz perfecta, como hace una dama cuando interrumpe el curso de su comida. Miré fijamente a la tal Clara y le pregunté:

—¿Quién te ha maquillado hoy?

Sorprendida por mi pregunta, dejó de sonreír burlonamente a su vecina de mesa para estudiarme con curiosidad.

—Yo.

Asentí con aire satisfecho.

—Obvio.

Clara frunció el ceño.

—¿Obvio?

—Sabía que no podía haber sido la señorita Masterson.

Una chica que estaba sentada junto a mí dijo con voz titubeante:

—No llevamos mucho tiempo aquí. Todavía no hemos empezado con los cosmé… cosmé…

—Cosméticos —la ayudé con la palabra, poco familiar para ella. Miré a Clara una vez más y a continuación volví a fijar la vista en mi tartaleta—. Es obvio que no.

—¿Por qué sigues diciendo eso? —preguntó.

Mantuve la tensión mientras me comía otro pedazo de tartaleta antes de contestar.

—Porque la señorita Masterson nunca te habría indicado que usaras así los cosméticos. Los labios rojos ya no están de moda en Osfro. Todas las damas nobles se los pintan de coral y rosa palo. Y te has puesto el colorete de forma equivocada, tiene que aplicarse más arriba, en los pómulos. —Eso había oído, al menos. La verdad es que nunca me había maquillado sola—. Tal y como lo llevas ahora mismo hace que parezca que tienes paperas. Te has pintado la raya del ojo con pulso firme, pero todo el mundo sabe que hay que difuminarla para que quede bien. Si no, los ojos parecen más pequeños. Y todo lo que te has puesto, absolutamente todo, es de tonos demasiado oscuros. Siempre hay que dar un toque de luminosidad. Ahora mismo pareces… cómo decirlo… una mujer de moral relajada.

Dos puntos encarnados hicieron aparición en las mejillas de la muchacha, haciendo empeorar aún más el aspecto del colorete mal aplicado.

—¿Una qué?

—Una meretriz. Una puta, por si no te suena la palabra —expliqué en un tono tan formal como el que usaba mi antigua institutriz cuando me enseñaba la gramática ruva—. Una mujer que vende su cuerpo por…

—¡Ya sé lo que significa! —exclamó la chica mientras se sonrojaba aún más.

—Pero —añadí— si te sirve de consuelo, pareces una de lujo. De las que trabajan en los burdeles más caros. Esos donde las chicas bailan y cantan, no las que están en los muelles. Esas pobres muchachas no tienen acceso a cosméticos de ningún tipo, así que tienen que apañárselas con lo que pillan por ahí. Da gracias a que no has llegado a ese nivel. —Hice una pausa—. Oh, y, por cierto, estás usando el tenedor equivocado.

La chica me miró boquiabierta y me preparé para su arremetida. Estaba claro que me lo merecía, pero ella también se merecía sin duda mi desprecio. No conocía demasiado a Mira, pero había algo en ella que me resultaba familiar, una mezcla de dolor protegido por una coraza de orgullo. Clara parecía una de esas personas que se mete siempre con los demás. Conocía a aquel tipo de chica. Al parecer existen tanto en la clase alta como en la baja, así que no sentía ningún remordimiento por lo que había hecho.

Hasta que sus ojos —y los del resto de las ocupantes de la mesa— se elevaron hacia algo detrás de mí. Una oleada de frío se me instaló en la boca del estómago y me giré lentamente, nada sorprendida al ver a la señorita Masterson y a los Thorn de pie en la entrada del comedor. No estaba segura de cuánto habían oído, pero por sus caras de sorpresa supuse que lo suficiente.

Nadie dijo nada, no obstante, y Cedric y Jasper se sentaron a la mesa. En realidad, nadie dijo nada mientras duró el desayuno. Yo quería desaparecer en mi asiento, pero recordé que una dama debe sentarse siempre recta. Si ya había tensión en el ambiente antes, ahora la podía notar pesando sobre mis hombros. Lamenté haberme terminado ya la tartaleta, porque no tenía nada en lo que centrar mi atención ni donde fijar la mirada. Me serví otra taza de té y le di vueltas sin parar hasta que los Thorn se levantaron para marcharse y la señorita Masterson nos envió formalmente a nuestros aposentos.

Fui una de las primeras en apresurarme a salir del comedor, con la esperanza de que si desaparecía de la vista de la señorita Masterson quizás esta terminara por olvidar la escena que había presenciado. Seguro que tenía otras cosas mejores de las que preocuparse. Las demás chicas se dirigieron a la escalera de caracol pero, cuando estaba a punto de hacer lo propio, una mancha de color llamó mi atención en el otro lado del vestíbulo. Nadie se percató cuando me di la vuelta. En el otro extremo del enorme recibidor estaba la entrada al salón, y junto a la puerta había un cuadro de una belleza incomparable.

Reconocí al autor en cuanto me acerqué: Florencio. En la Ga-

53

lería Nacional de Osfro había un cuadro suyo y lo había contemplado en numerosas ocasiones. Era un famoso paisajista y me sorprendió encontrar un cuadro suyo en aquella casa de campo. Al acercarme más, calculé que debía de ser una de sus primeras obras. La técnica no era tan refinada como la del lienzo de la Galería Nacional. Aun así era un trabajo magnífico, pero aquellos detalles algo imprecisos podían explicar que el cuadro hubiese acabado allí.

Lo admiré durante un rato más mientras trataba de descifrar las distintas técnicas empleadas y, a continuación, me giré para volver hacia las escaleras. Para mi asombro, vi a Jasper y a Cedric, que se dirigían hacia mí por el pasillo. Ninguno me había visto; estaban demasiado enfrascados en la conversación. Doblé la esquina a toda velocidad y me escondí en un recoveco junto a la entrada del salón que no se veía desde el vestíbulo.

—… sabía que era demasiado bueno para ser cierto —dijo Jasper—. Tenías dos oportunidades. Dos, y has desaprovechado ambas.

—¿No crees que exageras un poco? —preguntó Cedric. Hablaba con tono ligero, casi lacónico, pero se adivinaba la tensión velada.

—¿Has oído todo lo que ha dicho esa chica? —exclamó Jasper—. Atroz.

—No te creas. En realidad lo ha dicho todo con mucha educación. No ha utilizado un lenguaje inapropiado. —Cedric vaciló—. Tiene una gramática y una dicción excelentes.

—No es la forma de hablar, sino la actitud. Es descarada e impertinente. Los hombres de Adoria no quieren casarse con arpías. Buscan mujeres dulces y complacientes.

—Pues no deberían ser tan dulces si quieren sobrevivir en Adoria —dijo Cedric—. Y estaba defendiendo a Mira. Me ha parecido un gesto noble. —Aquello al menos disipaba mis dudas. Habían escuchado toda la conversación.

Jasper suspiró.

—Ah, sí. Defendiendo a la sirminia… Eso lo justifica todo. Esa sí que va a tener que acostumbrarse a que la pongan en su sitio. Clara no será la única que lo haga.

—No creo que Mira sea del tipo de chica que se acostumbra a que la pongan en su sitio —replicó Cedric. Pensé en el brillo oscuro de los ojos de Mira y pensé que tenía razón.

—Sea como fuere, has tirado por la borda tus dos comisiones. Tendrás suerte si consigues algo para ellas en Adoria... a menos que logres que Adelaide cierre la boca el tiempo suficiente como para casarla. Es lo bastante guapa como para engañar a algún incauto. La sirminia también —añadió Jasper, casi a regañadientes—. No tienes mal ojo, eso es cierto. Es el resto lo que no me convence. No ha sido buena idea dejarte seleccionar este año. Deberías haber seguido con tus clases. Quizás en unos años tengas algo más de sentido común.

—Lo hecho, hecho está —dijo Cedric.

—Supongo que sí. Bueno, tengo que terminar de arreglar unos papeles. Nos vemos en el carruaje. Tenemos que pasar por La Cresta del Cisne.

Oí el rumor de los pasos de Jasper alejándose y esperé a que Cedric hiciera lo propio. En lugar de eso, avanzó hasta entrar en mi campo de visión para observar el mismo cuadro que yo había estado admirando. Me quedé inmóvil donde estaba, rezando por que no mirase a un lado. Unos instantes después, suspiró y se giró para seguir a su padre. Al hacerlo, me vio. Antes de que pudiera respirar siquiera, se coló en mi escondrijo, atrapándome entre su cuerpo y la pared.

—¡Vos! ¿Se puede saber qué habéis hecho, en nombre de Ozhiel? —susurró, manteniendo la voz baja—. ¿Qué hacéis aquí?

—Me estoy preparando para formar parte de la nueva nobleza.

—¡Hablo en serio! ¿Dónde está Ada? —preguntó.

—Se ha marchado —dije, encogiéndome de hombros—. Tendréis que conformaros conmigo. Además, creía que queríais volver a verme...

—Cuando dije eso me refería a que quería... —Detuvo el pensamiento y, durante un instante, pareció algo nervioso ante las posibilidades silenciosas y tentadoras que flotaban en el aire entre ambos. Recuperó la compostura en cuestión de segundos—. Milady, esto no es un juego. ¡Este no es vuestro sitio! Es Ada quien debería estar aquí.

—Os lo aseguro, se ha marchado para siempre. Le di algo de dinero y la vi marchar. Muy pronto estará feliz ordeñando vacas. —Mis palabras eran descaradas (o impertinentes, como sin duda habría puntualizado Jasper), pero por dentro estaba muerta de

55

miedo. Cedric me había encubierto en Osfro, pero esto aún no había terminado—. He venido para ayudaros. Ada habría salido huyendo, seguro. ¿No os habríais metido en un lío si hubieseis aparecido con una chica de menos?

—¿Sabéis en qué lío voy a meterme por haber secuestrado a una condesa? ¡Me encarcelarán! Eso si vuestro futuro marido no me mata con sus propias manos. —Al ver mi cara de sorpresa, dijo—: Sí, sé lo de vuestro compromiso, milady. Leo la prensa de la alta sociedad.

—Entonces deberíais saber que Lionel no supone ningún peligro. No es en absoluto violento... a menos que seáis un sarpullido.

—¿Creéis que podéis tomaros a broma mi futuro? ¿Esto es una broma para vos?

Le sostuve la mirada, observando sin pestañear aquellos ojos azul grisáceo.

—De hecho, es cualquier cosa menos una broma. Este también es mi futuro. Mi oportunidad para ser libre y tomar mis propias decisiones.

Sacudió la cabeza.

—No os dais cuenta de lo que habéis hecho, de lo que puede suponer todo esto para mí. Hay mucho en juego, mucho más de lo que podéis imaginar.

—No voy a suponer nada para vos. Ayudadme: no me delatéis y os deberé un favor. —Le sujeté de la manga—. ¿No habéis estado nunca seguro de algo en lo más profundo de vuestro corazón? ¿No habéis tenido nunca la certeza de que teníais que hacer algo, estar en un lugar concreto? Esto es así para mí. Necesito hacerlo. Ayudadme y os juro que algún día os compensaré por ello.

Una breve sonrisa iluminó sus labios.

—La condesa de Rothford habría podido hacer mucho más por mí que una simple chica camino de Adoria.

—Os sorprenderíais. La condesa de Rothford ni siquiera podía hacer demasiado por sí misma; mucho menos por los demás. —Levanté los ojos y lo miré a través de las pestañas—. Y no asumáis que soy simple.

No contestó y, en lugar de eso, me observó durante largo tiempo. Estábamos muy cerca el uno del otro, lo que hacía que aquel escrutinio resultase de una intimidad desconcertante.

—Esto va a ser más duro de lo que pensáis —dijo por fin.

—Lo dudo —repliqué a la vez que me llevaba las manos a las caderas—. Todo eso que les están enseñando a las demás chicas yo ya me lo sé. Podría dar las clases yo.

—Sí. Ese es el problema, precisamente. Sabéis demasiado. Vuestros modales, vuestra dicción... incluso vuestro peinado.

—Ojalá todo el mundo dejase de hablar de mi peinado —murmuré.

—Destacáis, milady. Vos no comprendéis este mundo... Aquí no podréis disfrutar de los privilegios que habéis tenido hasta ahora. Vuestro título no os dará acceso a nada e incluso os tomarán menos en serio aún. Y hay muchas cosas que las demás chicas saben hacer y vos no. ¿Sabéis encender un fuego? ¿Acaso podéis vestiros sola?

—Me he puesto esto sola —le dije—. Tardé un rato en averiguar cómo funcionaban los botones, pero al final lo conseguí.

Por su cara, Cedric estaba a punto de poner los ojos en blanco.

—Milady, no tenéis ni idea de lo que...

—Adelaide —le corregí—. Si vamos a seguir con esta farsa, tendréis que llamarme así. Se acabaron los títulos y los formalismos.

—Muy bien, Adelaide, deja que te dé un consejo: no seas demasiado buena en nada... No puedes llamar demasiado la atención. Piénsalo dos veces antes de corregir a alguien, incluso a Clara. —El tono que usó al pronunciar su nombre me hizo sospechar que no le había importado en absoluto que la pusiera en su sitio—. Y, sobre todo, vigila a las demás chicas. Observa su manera de comportarse. Escucha cómo hablan. Cada detalle, por pequeño que sea. Si metes la pata, arruinarás tu vida y la mía. Te delatarás de formas que ni siquiera imaginas.

Al escuchar sus palabras, me di cuenta de repente de cuántos errores había cometido en las veinticuatro horas anteriores. La portezuela del carruaje. La tartaleta. La lección sobre cosmética. Y, por supuesto, el peinado.

«Te delatarás de formas que ni siquiera imaginas.»

—No lo haré —dije con fiereza—. Voy a conseguirlo, ya verás. Lo haré todo bien. Conseguiré una docena de ofertas en Adoria y ganarás la comisión más cuantiosa de todas.

—No. No destaques. —Hizo una pausa y una sombra de la

57

sonrisa coqueta de antes resurgió en su rostro—. Al menos en la medida en la que puedas evitarlo.

—Has dicho que hay mucho en juego. ¿Qué es? ¿Algo más aparte de la comisión?

Se puso serio de nuevo.

—Nada de lo que tengas que preocuparte. Consigue llegar a Adoria sin que te descubran y puede que ambos salgamos con vida de esto. —Miró a su alrededor—. Tenemos que irnos. Van a advertir nuestra ausencia.

Pensé en la dureza con la que Jasper le había hablado, la forma en la que había despreciado los esfuerzos de Cedric. Una parte inteligente de mí sabía que no debía hacer comentarios acerca de aquello. En lugar de eso, pregunté:

—¿Algún sabio consejo más antes de marchar?

Se dio media vuelta y me miró de aquella manera que se me hacía extrañamente íntima. Pero aquella vez no me perturbó tanto. Tampoco lo hizo nuestra proximidad.

—Sí —dijo. Se acercó a mí y enroscó uno de mis rizos en el dedo, rozándome la mejilla sin querer—. Haz algo con este cabello. Enrédatelo. Recógetelo. Lo que sea con tal de ir un poco despeinada y no como si fueses a ser presentada en la corte.

Levanté la barbilla.

—Para empezar, esto no es un peinado al estilo de la corte, lo cual sabrías si conocieses bien a la antigua nobleza. Y para terminar, puedo ser un auténtico zote en todas las clases de protocolo que quieras, pero… ¿despeinada? No creo que pueda hacer eso.

La sonrisa volvió a hacer acto de aparición, más cálida y amplia que antes.

—No sé por qué pero no me sorprendo. —Hizo una reverencia, casi una caricatura de la que había hecho la primera vez que nos vimos—. Has la próxima, mi… Adelaide.

Se giró y, tras echar un vistazo por el pasillo, se marchó caminando por el enorme vestíbulo. Esperé el tiempo apropiado e hice lo mismo. Deseaba verlo una vez más, pero ya estaba fuera de mi vista. Así era mejor. Lo aparté de mi mente y subí las escaleras hacia mi nueva vida en la Corte Reluciente.

$\mathcal{V}$olví a mi habitación sin estar muy segura de lo que iba a encontrarme. Aún temblaba debido a mi encuentro con Cedric, a lo cerca que había estado de estropearlo todo. Respiré hondo, enderecé los hombros y abrí la puerta.

Me recibió una atmósfera tranquila y silenciosa. Mis dos compañeras de habitación estaban sentadas cada una en su cama. Mira tenía las rodillas flexionadas contra el pecho, creando una mesa improvisada con el vestido, y estaba leyendo un libro muy viejo. Tamsin estaba sentada con las piernas cruzadas y escribía con furia lo que parecía una carta. Al verme, dobló el papel enseguida. No sabía si era casualidad o no, pero las camas que habían elegido estaban colocadas la una frente a la otra.

—Espero que no te importe quedarte con la cama junto a la ventana —dijo Mira—. Tamsin estaba preocupada de que fuese perjudicial para su cutis.

Tamsin se rozó la mejilla con la mano.

—No tienes ni idea de lo malo que es el sol para las pecas. Pero eso ahora no importa. ¿Qué ha pasado ahí abajo? No te habrán echado, ¿no?

Me senté en el borde de la cama entre las suyas, la que era mala para las pecas.

—Por el momento, no. —Estuve a punto de decir que la señorita Masterson no me había regañado en absoluto, pero luego lo pensé mejor: así no tendría que explicar qué había estado haciendo—. Solo ha sido una… eh… severa reprimenda.

—Vaya, tienes suerte —dijo Tamsin—. Pero esto lo cambia todo. No sé muy bien qué hacer contigo ahora.

Tardé un momento en entender de qué hablaba.

—¿Vas a regañarme tú también?

—No. Bueno, sí. No lo sé. Pero no estoy segura de si me hará algún bien que me relacionen con las chicas más problemáticas.

Mira la observó asombrada.

—¿Yo qué he hecho?

—Todavía nada. —Tamsin casi parecía disgustada—. Pero ya has visto la que se ha montado ahí abajo en cinco minutos. La gente como Clara no te va a dejar vivir.

—¿Prefieres que te relacionen con alguien como Clara? —pregunté.

—No, maldición. Pero tengo que planear mi estrategia. No puedo fracasar. —La voz le tembló levemente al final de la frase... Un temblor vulnerable, más que arrogante. Mira también lo notó.

—No vas a fracasar —le dijo con amabilidad—. Solo tienes que ser aplicada en todas las clases. Cedric dijo que siempre que consigamos un aprobado, iremos todas a Adoria. —No me pasó desapercibido el hecho de que lo llamara por su nombre, sin tratamiento honorífico alguno.

—No basta con que apruebe. —Tamsin miró la hoja doblada que tenía en la mano y, a continuación, levantó la vista con determinación renovada. Cerró la otra mano en un puño—. Tengo que ser la mejor. La mejor de nuestra mansión. La mejor de todas las mansiones. Y tengo que hacer lo que sea para conseguir el mejor matrimonio en Adoria, el hombre más rico que pueda encontrar, uno que haga cualquier cosa por mí. Si eso implica ser despiadada aquí, que así sea.

—¿Quién necesita ser despiadada teniéndome a mí? Si quieres ser la mejor, entonces soy tu gran aliada. Ya me sé la mayor parte de cosas que van a enseñarnos al haber trabajado en casa de una dama de la alta nobleza. Ponte de mi lado y conseguirás lo que pretendes. Ponte de nuestro lado —añadí, señalando a Mira.

Seguía sin saber nada sobre ella, pero notaba una conexión. Tampoco sabía mucho sobre Tamsin más allá de su intención de ser «despiadada» (lo cual tampoco me sorprendía por lo que la conocía hasta el momento). Pero las palabras de Cedric pesaban sobre mí: lo importante que era que no lo estropeara todo y me delatase. Iba a ser más fácil conseguirlo con apoyo.

¿Eran aquellos dos apoyos los mejores que podía haber elegido? No lo sabía. Pero dado que iban a ser mis compañeras de habitación durante todo el año, eran las mejores candidatas.

—Probablemente no seas la única que crea que aquí hay que ser despiadada —continué. Mis dotes de persuasión no habían resultado muy efectivas hasta el momento, pero después de ganarme el favor de Cedric empezaba a recuperar la confianza en mí misma—. Así que las demás también serán implacables... especialmente contigo, si eres la mejor.

—No hay «si» que valga —dijo Tamsin.

—De acuerdo. En ese caso, la gente como Clara te pondrá en su punto de mira. Y sabes de sobra que también se buscará compinches. Tendrá ojos y oídos en todas partes, así que más te vale tenerlos tú también. Puede que incluso llegue a jugártela. Y vale que puedo ser problemática, pero soy una chica problemática que sabe distinguir entre un vino *sec,* un *demi-sec* y un *doux.*

—¿*Demi* qué? —preguntó Tamsin.

Crucé los brazos con expresión triunfal.

—A eso me refería.

—Vale, tú tienes información. Yo soy, sin duda, la líder. —Tamsin posó los ojos en Mira—. ¿Qué tienes tú que ofrecer?

Mira la observó sin pestañear hasta que intervine.

—Todo indica que ha sobrevivido a una guerra. Dudo que esto vaya a ser peor.

Tamsin pareció reflexionar al respecto. Antes de que pudiésemos continuar con la conversación, llamaron a la puerta. La señorita Masterson entró con un montón de ropa sobre el brazo.

—Aquí tenéis unos vestidos de día para que os los pongáis hoy. Podemos hacer algún arreglo si es necesario. Vestíos, lavaos la cara y estad abajo en quince minutos. —Sus ojos se dirigieron a mí—. Y, Adelaide, espero que no haya más salidas de tono de esas tan... cándidas. Los Thorn me pagan para que os convierta en señoritas ejemplares. No está bien que me desautoricéis en apenas una hora.

—Por supuesto. —Me miró expectante hasta que añadí—: Señorita. —Como seguía sin apartar la mirada, sentí que debía decir algo más—. Eh... ¿lo siento? —Rara vez había tenido que disculparme en mi posición y no estaba muy segura de cuál era el procedimiento.

61

Con cara de exasperación, la señorita Masterson dejó los vestidos y las camisolas en una silla.

—Solo piensa un poco antes de hablar la próxima vez.

Aquello sí que lo entendía. Mi abuela se había pasado años dándome el mismo consejo.

Cuando la señorita Masterson se hubo ido, Tamsin se abalanzó sobre los vestidos para examinarlos. Mira, sin embargo, se quedó observándome.

—Creía que habías dicho que ya te había regañado.

Esbocé una sonrisa irónica.

—Supongo que quería asegurarse de que había entendido el mensaje. O avergonzarme delante de vosotras.

Un gruñido de Tamsin distrajo nuestra atención.

—Maldición. Es demasiado largo.

Sujetaba contra su cuerpo un vestido color crema estampado con flores verdes. Me levanté y estudié el resto de vestidos.

—Ponte este. Es más corto.

Tamsin miró con desprecio el calicó rojizo.

—Ese color no me va. Cualquier dama de compañía debería saber que el naranja no es para las pelirrojas.

—Lo único que sé es que ponerte un vestido que no es de tu talla es mucho peor. Te hará parecer desaliñada.

Tamsin titubeó un momento y después me arrebató el vestido, lanzándome el verde a cambio. También era demasiado largo para mí, así que se lo di a Mira, la más alta de las tres. Yo me quedé con un vestido gris a rayas de lana fina. Mientras las otras empezaban a desvestirse, retrocedí, algo avergonzada de repente. Era una tontería, sobre todo teniendo en cuenta que siempre me habían vestido otras personas. Pero era una cuestión práctica: ese era el trabajo de mis sirvientas. Cambiarme ahora delante de las chicas me recordaba mi nueva falta de intimidad. La habitación me pareció de pronto muy pequeña, como si disminuyera a mi alrededor.

Me di la vuelta y empecé a forcejear con todos aquellos botones que tantos problemas me habían dado antes. Fue un poco más fácil que cuando me los había abrochado la otra vez, pero los ojales estaban cosidos bajo el pespunte de la tela y requerían algo más de destreza. ¿Y por qué había tantísimos? Cuando por fin conseguí llegar hasta el final del vestido, miré hacia atrás y vi a Tamsin y a Mira observándome atónitas. Las dos estaban ya listas con sus vestidos y sus camisolas.

—Nuestra gran aliada, ¿eh? —preguntó Tamsin.

—Es más difícil de lo que parece —repliqué—. Es un estilo nuevo. No estoy acostumbrada. —Me giré de nuevo y conseguí apañármelas para abrocharlos más rápido de lo que había desabrochado los otros. La camisola de Ada era de mejor calidad que esta nueva, pero también me la quité y me puse el conjunto completo.

—¿Están rotos? —preguntó Mira, estudiando una de sus mangas.

Estaba claro que ninguna de las dos había llevado antes camisola más que como combinación. De hecho, estaba segura de que Mira no se había puesto nunca una. Aquellos vestidos eran del mismo estilo que muchos que yo había llevado —solo que los míos eran de telas más caras—, la camisola debía verse como parte del conjunto. Yo sabía cómo tenía que quedar, pero no estaba del todo segura de cómo conseguirlo. Intenté explicarlo lo mejor que pude y, después de un buen rato remetiendo y alisando la tela, todas conseguimos un aspecto presentable. La delicada tela blanca de mi camisola sobresalía correctamente por los cortes en las mangas del vestido, creando contrastes de color. El cordón de encaje del cuello de la camisola bordeaba el corpiño.

Todas aquellas maniobras nos llevaron algo de tiempo y fuimos las últimas en bajar. No llegábamos precisamente tarde, pero la mirada afilada de la señorita Masterson nos indicó que no deberíamos haber apurado tanto. A continuación, al fijarse en nuestro aspecto, su gesto se tornó en uno de aprobación.

—Os habéis arreglado las camisolas muy bien las tres. Llevo toda la semana intentando enseñar a las demás, pero siguen arrugando la tela.

Le dediqué mi sonrisa más dulce a la señorita Masterson.

—Gracias, señorita. Estaremos encantadas de ayudar a las demás si siguen teniendo dificultades. Veo que la de Clara está muy arrugada por detrás. Puedo echarle una mano después de las clases de hoy. —Clara me dirigió una mirada asesina y me fijé en que se había quitado gran parte del maquillaje.

—Eso sería muy amable por tu parte —dijo la señorita Mas-

63

terson—. Y esa actitud es un soplo de aire fresco. La mayoría de las chicas son algo… despiadadas. Mira, ¿ocurre algo?

Mira se había llevado la mano a la boca para intentar ahogar una risa.

—No, señorita. Solo un ataque de tos.

La señorita Masterson la miró con sorna y, a continuación, nos indicó que la siguiéramos hasta el invernadero. Mira y Tamsin caminaban junto a mí, cada una a un lado.

—Te has pasado un poco —dijo Tamsin. Pero ella también sonreía y, aquella vez, no era una sonrisa impostada ni calculada.

Yo también sonreí.

—Tu gran aliada.

Así empezó mi vida de plebeya. Los días pasaban más raudos de lo que había esperado.

Cedric no tenía que preocuparse porque mi cabello fuese a delatarme. Nunca en mi vida me había peinado sola, así que tras lavármelo por primera vez en El Manantial Azul no hubo manera alguna de imitar ni de lejos el peinado del primer día. No se exigía ese nivel, de todas formas, solo se esperaba que fuésemos capaces de recogérnoslo en moños o trenzas. Eso tampoco se me daba demasiado bien. Así que solía ir despeinada.

Y Cedric también tenía razón en todo lo demás. Aunque nos educaban para encajar en la clase alta —por lo que se liberaba a las muchachas de las tareas que habían llevado siempre a cabo—, había muchas cosas que se daba por sentado que sabíamos y que yo no tenía ni idea de cómo hacerlas. Hacía lo que él me había dicho y observaba a las demás con avidez, imitándolas lo mejor que podía. Mi éxito variaba según la tarea en cuestión.

—¡No lo mezcles! —exclamó Tamsin. Cruzó la cocina como una exhalación y me arrancó la cuchara de la mano.

Llevábamos un mes en El Manantial Azul y ya nos habíamos sumergido en la rutina de las clases y actividades. Señalé el libro de cocina abierto sobre la encimera.

—Pone que deshaga la mantequilla en la harina.

—Pero eso no es lo mismo que mezclarla. Te va a salir más denso que el cerebro de un niño tonto.

Me encogí de hombros sin entender muy bien lo que decía,

y me apartó con un gesto para tomar el relevo. Las habilidades culinarias eran algo que jamás habría pensado entrenar aquí. Se esperaba que la mayoría tuviésemos servicio doméstico o al menos un cocinero que nos preparase la comida en Adoria. Pero la señora de una casa grande debía supervisar lo que se cocinara, y eso implicaba instruirnos en la preparación de platos de alta cocina. Los platos que preparábamos eran cosas que la mayoría de las chicas jamás habían probado, pero muchos de los principios básicos de cocina les resultaban familiares. ¿Y a mí? Nunca había cocinado, ni mucho menos había supervisado nada. Tenía criados que supervisaban a mis otros criados.

Observé cómo Tamsin cortaba con destreza la mantequilla en trozos y la introducía en la harina.

—Déjame intentarlo —me ofrecí.

—No, lo vas a hacer mal. Todas nos acordamos de lo que pasó cuando escaldaste los espárragos.

—Eh, escardar y escaldar son palabras muy parecidas —dije con los dientes apretados.

Tamsin sacudió la cabeza.

—Es que no quiero suspender el primer examen de cocina, sobre todo después de que el grupo de Clara sacase tan buena nota ayer. Tú pesa las pasas. Mira, ¿puedes calentar la nata?

Mira me pasó el cuenco de las pasas con gesto divertido. Mis compañeras de habitación y yo habíamos adoptado cómodos roles, por no hablar de que nos habíamos hecho amigas. A pesar de las declaraciones iniciales de Tamsin, al final era yo la líder extraoficial, aunque dejábamos que ella nos dijese lo que teníamos que hacer. Era más fácil que enfrentarse a ella. Todas queríamos que nos fuese bien, pero su ambición sin ambages y su concentración aguda hacía que tanto Mira como yo nos esforzásemos más de lo que habíamos planeado. Era bueno tenerla de mi lado, pero a veces su escrutinio constante me ponía nerviosa. No se le escapaba una.

—¿Cómo pudiste sobrevivir al servicio de una dama noble? —preguntó, contemplando la mantequilla y la harina con cara de satisfacción. No era la primera vez que me hacían esa pregunta. Además de ser la líder extraoficial, sospechaba que también les servían de entretenimiento tanto mi ingenio como mis meteduras de pata.

65

Me encogí de hombros.

—Yo no cocinaba. Se encargaban otras. —Eso no era mentira. Ada seguramente habría aprendido a cocinar en casa de su madre, pero nunca tuvo que encargarse de eso en la mía—. Yo cosía y remendaba. Vestía a mi señora. La peinaba.

Tanto Mira como Tamsin arquearon las cejas al oír aquello. Eran testigos de mis forcejeos con el peinado.

Esquivé el tema hábilmente cuando vi que Tamsin sacaba una fuente de cerámica para emplatar nuestra tarta.

—No, mejor de cristal —le dije.

—¿Qué demonios... digo... por qué de cristal? —Tamsin había hecho grandes progresos en su elección léxica el último mes, pero todavía tenía algún que otro lapsus.

—Así es como se sirve ahora. En fuente de cristal, decorado con azúcar y más pasas.

Es cierto que me costaban las cosas más sencillas, pero me sabía al dedillo todos aquellos insignificantes y lujosos detalles que nuestros profesores aún no habían tenido tiempo de mencionar. Como lo de las camisolas. Vi que Tamsin entornaba los ojos, archivando la información de inmediato. Esta era la razón por la que siempre perdonaba mis descuidos, tanto los de verdad como los fingidos. Este tipo de cosas nos daban ventaja, lo cual se demostró más tarde cuando la profesora de cocina se acercó a supervisar nuestro trabajo.

—Qué maravilla —dijo mientras estudiaba las artísticas espirales de azúcar glas que había hecho en la fuente—. Ninguna de las demás chicas se ha esforzado en la presentación, pero es tan importante como la calidad de la comida. El atractivo visual es parte del atractivo culinario.

No acertamos a ver lo que escribió en su cuaderno, pero su gesto de satisfacción lo decía todo. Tamsin apenas podía ocultar su orgullo.

—Ahora no habrá quien la aguante —me dijo Mira mientras nos dirigíamos a la clase de baile, que era a continuación. Señaló a Tamsin, que estaba comentándole a otra chica la buena nota que habíamos sacado—. Lo hace por fastidiar. Sabe que Clara se acabará enterando.

—¿Acaso Clara no se merece que la fastidien un poco?

—Clara seguía dificultándole la vida a Mira, aunque había dado un paso atrás al darse cuenta de que meterse con Mira implicaba meterse con Tamsin y conmigo.

—Solo digo que no tenemos que avivar las rivalidades, ya hay suficiente mal en el mundo.

Mira podía no tener la energía frenética de Tamsin, pero era una gran aliada —y amiga— a la que apreciaba mucho. Transmitía una calma y una fortaleza que nos tranquilizaban a mí y a la neurótica de Tamsin. Mira era la roca en la que nos podíamos apoyar. Parecía que las tensiones políticas y los dramas de la casa no iban con ella, supongo que por haber pasado por los trances de la guerra y las dificultades a las que seguramente había tenido que enfrentarse en el gueto sirminio en Osfrid. Su comentario acerca del mal en el mundo era una alusión poco frecuente a su pasado, pero, como no se extendió, no quise ahondar en el asunto.

En lugar de eso, la cogí del brazo para entrar en el salón de baile.

—Con lo diplomática que eres, podías haberte metido a monja. Encerrarte en un convento a meditar.

—El mal no se combate con la meditación —replicó. No me sorprendería que estuviese citando de memoria una de sus más preciadas pertenencias: un viejo libro de leyendas de héroes que había traído consigo de Sirminia.

Una profesora de baile rotaba por las distintas mansiones todas las semanas. Esta era una de las disciplinas en las que tenía que fingir torpeza conscientemente. Había tomado clases de baile desde niña. Las demás chicas no lo habían hecho nunca, y la mayoría tenía serias dificultades después de apenas un mes. Era una de las clases acerca de las que Cedric me había prevenido para que no destacara, así que tenía mucho cuidado de no llamar la atención de la señorita Hayworth, hasta el punto de parecer una inepta sin remedio.

—Adelaide —me dijo con voz agotada—. ¿Estás interpretando la parte del hombre?

Estábamos ensayando una complicada progresión de pasos, y a veces teníamos que alternarnos para interpretar al género contrario.

—Sí, señorita —dije—. Creía que debíamos hacer turnos.

Ella elevó las manos en el aire.

—Sí, pero ahora te toca la parte de la mujer, la que tendrás que interpretar en Adoria. No dejas de pisar a la pobre Sylvia.

—Ah. Eso lo explica todo. —Le dediqué una radiante sonrisa y ella continuó con la clase. Cedric podría venderle la salvación a un sacerdote, pero yo sabía ser adorable con mis profesoras a pesar de mi frustrante progreso.

Ensayamos unas cuantas vueltas más y después paramos para hacer uno de los temidos exámenes sorpresa de la señorita Hayworth. Enseguida me puse alerta. No podía fallar, pues las que suspendían tenían que limpiar la casa como castigo.

—Caroline, ¿cuántos pases se hacen en una vuelta lorandesa de dos pasos?

Caroline, la secuaz más fiel de Clara, dudó.

—¿Tres?

—Correcto.

La señorita Hayworth se dirigió a la siguiente chica en la fila. Cuando llegó mi turno, contesté bien y rápido, lo que me valió una mirada de asombro de la señorita Hayworth, dado que la pregunta versaba sobre el paso de baile que acababa de fallar. Ella siguió con las preguntas.

—Mira, ¿en qué pase se hace el giro en el circuito alegro?

Vi que Mira se quedaba en blanco. Tenía un instinto natural para moverse y solía ejecutar bien los pasos, pero aquellos exámenes la paralizaban. Mira siempre se esforzaba mucho más que las demás y tenía que aprender cosas que nosotras ya sabíamos por ser de Osfrid, especialmente en el ámbito lingüístico. Pasaba tanto tiempo practicando su acento que los conocimientos teóricos de danza no eran una prioridad para ella.

La señorita Hayworth estaba de espaldas a mí, así que llamé la atención de Mira con un gesto imperceptible mientras levantaba cuatro dedos.

—En el cuarto, señorita Hayworth. —Aunque aún tenía un ligero acento, la dedicación de Mira para mejorar su osfridio ya era patente.

—Correcto.

La señorita Hayworth continuó con sus preguntas y Mira me hizo un gesto de agradecimiento. Yo se lo devolví, contenta de haberla ayudado. Terminamos la clase repitiendo una y otra vez los pasos de un baile nuevo. Por supuesto, fingí equivocarme sin cesar.

—He visto lo que has hecho —me susurró Clara, deslizándose junto a mí cuando la señorita Hayworth no miraba—. Le has chivado la respuesta. Lo haces siempre. En cuanto tenga pruebas, voy a hundiros a ti y a esa zorra sirminia.

—No la llames así —le espeté.

El triunfo resplandeció en el rostro de Clara. Era bastante buena ignorando sus burlas y hacía bastante tiempo que no conseguía sacarme de mis casillas. La gente mezquina como ella vive por y para eso.

—¿Por qué no? —preguntó—. Es verdad. No me lo estoy inventando.

—Claro que te lo estás inventando —dije—. Mira es una de las chicas más decentes de esta casa, lo cual sabrías reconocer si no fueses tan racista.

Clara sacudió la cabeza.

—¿Cómo crees que entró aquí? ¿De verdad crees que una refugiada sirminia puede conseguir una plaza en una institución como esta, cuyo objetivo es educar a osfridianas de élite?

—Cedric Thorn vio potencial en ella.

Clara sonrió con superioridad.

—Sí, y vio mucho más que eso.

El siguiente traspiés no tuve que fingirlo.

—Eres una mentirosa. Debería denunciarte por calumnias.

—¿Tú crees? ¿No has visto cómo se le cae la baba con ella siempre que viene de visita? ¿Y cómo desafió a su padre para traerla, poniendo en peligro su comisión? Hicieron un trato. Ella se acostó con él a cambio de una plaza aquí. Mucha gente lo comenta.

—¿Quién? —pregunté—. ¿Las lameculos de tus amigas?

—Tú dirás lo que quieras, pero al final todo se sabe. Tu amiga la sirminia no es más que una sucia…

Lo que hice a continuación no lo pensé dos veces. Clara se había acercado más a mí para seguir hablando en voz baja y me aproveché de su proximidad para mover el pie y propinarle una patada en el tobillo. El resultado fue espectacular, ya que las dos perdimos el equilibrio. Aquellos traspiés eran típicos de mí, pero ella era una de las que mejor bailaban. Me caí hacia atrás y me golpeé contra una cómoda, haciéndome bastante daño. Mereció la pena por ver a Clara espatarrada en el suelo, lo que hizo que toda la clase se quedase de piedra.

—¡Chicas! —exclamó la señorita Hayworth—. ¿Qué significa esto?

Me enderecé y me alisé el vestido en las zonas donde se había enredado con los elaborados tiradores de los cajones.

—Lo lamento, señorita Hayworth. Ha sido culpa mía... Ya sabéis lo torpe que soy.

Me miró, comprensiblemente exasperada.

—¿Cómo puedes entender tan bien la teoría y no saber llevarla a la práctica? Ay, mira, te has desgarrado el vestido. Nos vamos a meter en un lío con la señorita Masterson por esto.

Bajé la mirada y comprobé disgustada que tenía razón. Era cierto que aquellos vestidos no estaban confeccionados con la seda y el terciopelo de mis antiguos ropajes, pero eran una inversión sustanciosa por parte de la Corte Reluciente. Nos habían insistido mucho en que tuviésemos especial cuidado con ellos. Avergonzar a Clara me iba a costar más caro de lo que pensaba.

—Bueno —dijo la señorita Hayworth, inclinándose—, no parece difícil de arreglar, menos mal. Deberías subir a ponerle remedio.

Levanté la mirada hacia ella, confusa.

—¿Ponerle remedio?

—Sí, claro. Es un zurcido rápido. Vete ahora y así te asegurarás de llegar puntual a la clase del señor Bricker.

No me moví de inmediato, sino que dejé que sus palabras hicieran mella en mí.

—Un zurcido rápido —repetí.

Sus facciones empezaron a traslucir impaciencia.

—¡Sí, venga, corre!

Espoleada por la orden, salí corriendo del aula, sin poder deleitarme demasiado en la cólera de Clara. Una vez sola en el gran vestíbulo, estudié el desgarrón de mi falda y me sobrevino una oleada de desesperación. Aquello sería un zurcido rápido para cualquiera... a menos que nunca hubieras zurcido nada. Había hecho alguna vez delicadas labores de aguja y, si la profesora hubiese querido que bordara unas flores en el vestido, podría habérmelas apañado. No tenía ni idea de cómo remendar algo así, pero cogí diligentemente uno de los costureros de la mansión y subí a mi habitación.

70

Al llegar, me encontré con una criada que estaba limpiando. Me retiré porque no quería que presenciara mi ineptitud, así que decidí trabajar en el conservatorio, que estaba vacío; el profesor de música no vendría al menos en un par de días. Me desabroché el vestido y me senté en un pequeño sillón. Me retorcí para salir de la voluminosa prenda y estiré la tela sobre mis rodillas. El vestido era de lana fina de color rosa, apropiado para aquel tiempo de finales de primavera. Era una tela más gruesa que la delicada seda que había bordado otras veces, así que elegí una aguja más grande al azar y me puse manos a la obra.

Mis damas de compañía siempre me enhebraban las agujas, así que solo eso ya me llevó mi tiempo. Y, una vez empecé a coser, entendí que no tenía remedio. No sabía cómo zurcir aquello sin que se notara. Mis puntadas eran desiguales y estaban mal espaciadas, formando visibles arrugas en la tela. Me detuve y miré la labor malhumorada. Mi excusa habitual —que había sido sirvienta de una dama noble— no me sacaría de esta. Quizá podía inventarme que me habían despedido por culpa de mis pésimas dotes de costurera.

El ruido de la puerta del conservatorio me sacó de mi ensimismamiento. Temía que alguien hubiese venido a ver cómo iba pero, para mi asombro, era Cedric quien acababa de entrar. Al recordar que estaba en camisola, proferí una exclamación.

—¡Fuera!

Asustado, dio un respingo y casi me obedeció. Pero enseguida la curiosidad pareció ser más fuerte.

—Espera. ¿Adelaide? ¿Qué estás haciendo? ¿Estás... estás...?

—¿Medio desnuda? —Me tapé con el vestido—. Sí. Sí, lo estoy.

Cerró la puerta y me miró, más curioso que escandalizado.

—No, lo que iba a preguntar era si estabas cosiendo. ¿Con una aguja y todo?

Suspiré mientras la irritación enterraba mi vergüenza. Me pregunté qué hacía allí. Venía de vez en cuando por la mansión desde que llegamos.

—Por favor, ¿puedes marcharte antes de que mi situación empeore aún más?

Se acercó un poco más, atreviéndose incluso a lanzar una mi-

71

rada vacilante al vestido que tenía apretado contra el pecho. La parte donde la tela estaba desgarrada colgaba cerca de mi rodilla, y él se agachó para mirar más de cerca.

—Estás cosiendo. O algo parecido.

El mordaz comentario fue suficiente para que ignorase el hecho de que estaba extremadamente cerca de mi pierna. Le arranqué de las manos la falda del vestido.

—Seguro que tú lo haces mejor.

Se irguió y se sentó en el sillón a mi lado.

—Pues sí, la verdad. Déjame ver.

Vacilé, dudando si dejarle o no el vestido que me servía para taparme y reconocer además mi ineptitud, pero finalmente se lo tendí. La camisola que llevaba debajo era azul oscuro, pero aun así era más fina de lo que la modestia permitía. Crucé los brazos sobre el pecho y me coloqué en el ángulo más lejano que pude sin dejar de observar lo que hacía.

—Esto es una aguja de bordar —dijo, deshaciendo mis puntos—. Tienes suerte de no haber hecho agujeros en la tela.

Sustituyó la aguja por una más pequeña y la enhebró en una fracción del tiempo que yo había empleado. A continuación, dobló la tela rasgada y empezó a coserla con puntadas limpias y regulares.

—¿Dónde has aprendido a hacer eso? —pregunté, reticente.

—En la universidad no hay costureras. Tenemos que aprender a remendar nosotros solos.

—¿Por qué no estás allí hoy?

Hizo una pausa y levantó la mirada, manteniendo los ojos por encima de la línea de mi cuello.

—Hoy no tengo clase. Mi padre me ha enviado a recopilar los informes de seguimiento aquí y en Dunford.

—Vaya, pues estoy segura de que tendrás mucho que decir acerca de mis progresos.

Como respuesta se limitó a sonreír mientras volvía a la labor. Llevaba el pelo suelto y le enmarcaba el rostro en suaves ondas cobrizas.

—Me da miedo preguntar qué ha pasado.

—Pues estaba defendiendo el honor de Mira otra vez.

—Mientras hablaba, pensé de pronto en la acusación de Clara y en que él desempeñaba un papel protagonista en la misma. Tuve que retirar la mirada un momento antes de seguir—. Clara estaba siendo mezquina, como siempre.

Aquello provocó otra pausa y levantó la mirada con el ceño fruncido.

—¿Siguen sin dejarla en paz?

—Ahora la molestan menos que antes, pero sí, aún siguen. Aunque ella lo lleva bien.

—Estoy seguro de ello —dijo—. Es muy fuerte. No se viene abajo con facilidad.

Una sensación extraña se me instaló en la boca del estómago mientras él seguía cosiendo. No había dureza en su voz. Incluso había usado un tono cálido. La sensación se hizo aún más pesada cuando añadió:

—Espero que sigas ayudándola. Me preocuparé mucho menos si sé que tiene en ti a una defensora fuerte. Solo un loco se enfrentaría a ti; yo, sin duda, no lo haría.

No conseguí sentirme halagada. Un pensamiento terrible había nacido en mi interior.

¿Tenía razón Clara?

¿Había conseguido Mira entrar aquí acostándose con Cedric?

Era cierto que él la trataba con algo más que la indiferencia que debería tener hacia una chica que había seleccionado. La admiraba y se preocupaba por ella. Y Clara tenía razón en que traerla había supuesto un riesgo para él. No quería creer esas cosas de la apacible y resistente Mira, que lo hacía todo con tanto orgullo y tanta fuerza.

Y, por supuesto, no quería creerlo de Cedric.

Mientras estudiaba su perfil, los delicados pómulos y los labios curvados en un gesto amable, noté una sensación de incomodidad proveniente de mi estómago y que me apretaba el pecho. De pronto vi una imagen de esos labios sobre los de mi amiga, de esos hábiles dedos recorriendo su lustroso cabello. Tragué saliva para intentar acallar la inexplicable consternación que sentía.

Él volvió a levantar la vista y su gesto se relajó al verme la cara.

—Eh, todo va a ir bien. Ya casi he terminado. Nadie se dará cuenta.

73

Mis emociones debían de reflejárseme en la cara y él las había malinterpretado. Bajé la vista y murmuré un rígido «gracias» en lugar de uno de los habituales cortes a los que nos habíamos acostumbrado.

—Ya está —dijo unos minutos después, sujetando en alto el vestido—. Como nuevo.

Miré la prenda y vi que estaba en lo cierto. Los puntos apenas se veían a menos que estuvieses a un palmo de la tela. Con suerte, lo suficiente para que la señorita Masterson no se diese cuenta. Cogí el vestido y me aparté de Cedric para ponérmelo. Me sorprendió que en tan poco tiempo se hubiese impregnado del olor a vetiver.

Tardé unos minutos en volver a arreglarme, ya que tuve que abrochar todos los diminutos botones de perla del corpiño y alisar la combinación. Después, por supuesto, me tocó el tedioso proceso de entresacar la camisola para que quedase como debía. Cuando por fin me di la vuelta, Cedric me observaba con gesto divertido.

—¿Me has estado mirando mientras me vestía? —exclamé.

—No te preocupes, no he visto nada —dijo—. Excepto lo mucho que has mejorado en esto de vestirte sola. Supongo que esta institución de élite realmente da sus frutos.

—A ti tampoco te vendría mal ingresar en una institución de élite —le espeté mientras nos encaminábamos a la puerta—. No tienes sentido de la decencia.

—Dijo la que me ha dejado entrar.

—¡Te he dicho que te fueras! Has sido tú quien me ha ignorado y ha entrado sin más, a pesar del estado en el que me encontraba.

La sonrisa sencilla y segura volvió a su rostro.

—No te preocupes, olvido con facilidad.

—Bueno —repuse, malhumorada—, tampoco tendrías por qué olvidar con tanta facilidad.

—¿Preferirías que te dijera que lo olvidaré pero no sin una gran dosis de esfuerzo y tormento?

—Sí.

—Hecho.

Nos separamos y me dirigí hacia el salón, donde el señor Bricker impartía las clases de historia y actualidad. La puerta estaba entornada y me quedé esperando fuera, reticente a entrar. No quería que me llamara la atención por llegar tarde. Tampoco quería ir a su clase. Estaba explicando la herejía alanzana y la creciente preocupación de la iglesia osfridiana. Toda la gente buena y temerosa de Uros sabía que seis ángeles gloriosos habían servido al dios desde la génesis de la creación y que seis ángeles descarriados habían caído, convirtiéndose en demonios. Los alanzanos rendían culto a los doce ángeles, a los de la luz y a los de la oscuridad por igual, poniéndolos al mismo nivel que el gran dios en sórdidos y sangrientos rituales.

Yo sabía mucho de esto, ya que era un tema candente en los salones nobles, uno que les maravillaba y que luego olvidaban con facilidad por tratarse de algo que hacía «el resto de la gente». Empecé a empujar la puerta para entrar pero me detuve al ver a Mira, escuchando atenta, con los ojos fijos en el señor Bricker. Los alanzanos tenían una gran representación en Sirminia.

Pero en lugar de pensar si se habría encontrado con alguno allí, me sorprendí admirando su hermoso perfil. Era imposible no hacerlo. Su modo de comportarse, con calma y sin miedo, le confería un misterio y un atractivo con el que pocas podían competir. Yo, al menos, no. ¿Guardaban esos enormes ojos un oscuro secreto? ¿Había sido la amante de Cedric?

Aquella desagradable sensación empezó a abrirse paso en mi interior de nuevo, y la ahuyenté mientras abría la puerta y me colaba en la sala. Me senté con la esperanza de que el aroma a vetiver se desvaneciese pronto de mi vestido.

6

No vi mucho a Cedric en los meses que siguieron. Tenía tantas otras cosas que me mantenían ocupada que era fácil relegarlo a un rincón de mi cabeza. Allí es donde archivaba otras cosas —como los recuerdos de mis padres o lo preocupada que debía de estar mi abuela— y lo visitaba lo menos posible. Solo algunas noches, ya tarde, cuando estaba tumbada en la cama sin poder dormir, me permitía asomarme a esos rincones en penumbra.

Mi estancia en la Corte Reluciente pronto se convirtió en la época más feliz de mi vida hasta la fecha, sin contar cuando vivían mis padres. A pesar del rígido horario y los ejercicios y clases interminables, sentía una libertad desconocida hasta entonces. Me movía por la mansión con un sentimiento de ligereza en el pecho, embriagada por la sensación de que podía hacer cualquier cosa y tenía el mundo en la palma de la mano. Por supuesto que me vigilaban, pero nada comparado con Osfro.

Aun así, tuve que enfrentarme a varios desafíos.

—Eh, ¿estás lista para...? Pero ¿qué has hecho?

Levanté la vista cuando Tamsin y Mira entraban en la cocina. Aunque llevábamos ya casi ocho meses educándonos como damas de clase alta, la señorita Masterson no quería que —al menos algunas— olvidásemos nuestros humildes orígenes. Eso implicaba llevar a cabo alguna que otra tarea del hogar de forma ocasional, como lavar los platos, que es lo que estaba haciendo yo en aquel momento.

Se precipitaron junto a mí para mirar de cerca la tetera de cobre que intentaba fregar.

—¿Eso es lejía? ¡Es lejía! La huelo. —Sin esperar una respuesta, Tamsin cogió la tetera y vertió el contenido en un cubo de agua sucia—. ¿En qué estabas pensando?

—Se había quemado el agua dentro y no conseguía sacarlo frotando. El otro día te vi usar lejía para quitar una mancha de tu vestido, así que pensé...

—Basta —dijo Tamsin—. No quiero oír nada más. No puedo oír nada más.

Mira cogió un trapo y frotó el interior de la tetera.

—Ha salido, y a la lejía no le ha dado tiempo a estropear nada.

Me sentí triunfante.

—Así que ha funcionado.

—Dejarla en agua y después frotarla con limón habría dado el mismo resultado de forma mucho menos peligrosa. —Tamsin me cogió de la mano y la levantó. Tenía el dorso enrojecido a causa de la lejía—. Santo cielo. Corre a enjuagártelas. Eres la que tiene las mejores manos. No las eches a perder.

Las manos de Tamsin mostraban las señales de haber estado lavando ropa desde niña, y eso la indignaba hasta límites insospechados. Siempre estaba echándose crema en un esfuerzo por revertir —o al menos minimizar— los daños.

Mira me quitó el delantal y lo colgó mientras Tamsin me hacía una inspección rápida.

—No parece que haya habido más destrozos. El vestido está intacto y me atrevería a decir que este es el moño más bonito que te has hecho hasta la fecha. ¿Te ha ayudado alguien?

Me atusé el pelo e hice frente a su tono suspicaz.

—Compartimos habitación. ¿Crees que alguien se ha colado para ayudarme?

—Yo no he sido —se defendió Mira al ver que Tamsin la miraba a ella—. Adelaide ha mejorado mucho. El otro día la vi doblar una manta y no dejó ni una arruga.

Abrí la puerta de la cocina y ambas me siguieron.

—Bueno, basta ya. Es nuestro día libre. No pasaría nada si fuese sin peinar.

Tamsin entornó los ojos, pensativa.

—No, pasa algo. La señorita Masterson no nos habría llamado al salón de baile si no pasara algo. Normalmente este suele ser el día de limpieza.

Mi lentitud fregando la loza hizo que fuésemos las últimas en llegar, pero no llegábamos tarde. Aunque lo hubiésemos hecho, no creo que la señorita Masterson se hubiese dado cuenta. Estaba ocupada dirigiendo a un miembro del servicio para que colocara varias mesas largas en el extremo más alejado de la estancia. En mitad del salón había varias mantas extendidas en el suelo, y nuestras compañeras estaban sentadas sobre ellas.

—¿Qué ocurre? —le pregunté a Rosamunde.

Ella nos miró desde su colcha azul floreada.

—Ni idea. La señorita Masterson nos ha dicho que nos sentemos y esperemos aquí.

Sorprendidas, mis amigas y yo cruzamos la habitación hasta llegar a una manta libre, una enorme y mullida a rayas rojas y amarillas. Alrededor de nosotras zumbaban las voces de las demás chicas, que también se preguntaban qué ocurría. Tamsin gruñó.

—Maldición. Sabía que tenía que haberme puesto el vestido de los domingos.

—¿Crees que van a celebrar el servicio aquí? —pregunté.

—No. Pero creo que es una prueba. Un examen sorpresa. Quizá sobre cómo organizar y gestionar una reunión improvisada. —Tamsin señaló la entrada del salón—. Mirad. Traen comida.

Tres hombres vestidos de uniforme entraron con unas bandejas enormes que la señorita Masterson les ordenó dejar sobre las mesas. Cuando las destapó, vi desde lejos que contenían sándwiches y fruta. Los camareros desaparecieron y volvieron con una segunda tanda de bandejas, y también platos y servilletas de tela. Creía que Tamsin estaba siendo paranoica, pero sin duda aquella era mucha más comida de la que podíamos ingerir nosotras solas. Una vez las mesas estuvieron repletas, los hombres se marcharon y no volvieron. La señorita Masterson se colocó junto a la puerta con expresión expectante.

—Maldición —repitió Tamsin. Respiró hondo. Su mirada se endureció como la de un general preparándose para la batalla—. Muy bien, no hay problema. Podemos hacerlo. Podemos hacerlo mejor que las demás porque ninguna se ha dado cuenta todavía de lo que ocurre. Les llevamos ventaja. Pensad en la lección de cómo dar la bienvenida a los invitados de una fiesta. Todos los

temas de los que se puede hablar. El tiempo. Las próximas vaca-
ciones. Los animales también valen. Nada de religión. Nada de
política a menos que sea una reunión en honor del rey para celebrar su decreto más reciente. Mostraos siempre dignas.
¿Quién sabe qué tipo de invitados adinerados habrá reclutado la
vieja? Vigilad la postura y...

Toda aquella contención elaborada se desvaneció en aras de
la incredulidad y Tamsin profirió un impropio chillido. En cuestión de segundos, se levantó y cruzó la estancia como un rayo. Y
no fue la única. Otras hicieron lo mismo y el murmullo se convirtió en una absoluta cacofonía de caos y emoción. Al mirar hacia la entrada, vi a varios desconocidos accediendo a la sala, desconocidos con apariencia de cualquier cosa menos de adinerados.
Mis compañeras se perdieron entre la multitud, engullidas por
un torrente de abrazos y lágrimas.

—Son sus familias —dijo Mira con voz suave. Ella y yo éramos las únicas que aún seguíamos sentadas. Una sonrisa inundó
su rostro cuando vimos a Tamsin lanzarse contra el pecho de un
corpulento hombre de barba pelirroja. Una mujer delgada sonreía tras él, rodeada de tres niños pelirrojos. Dos, una chica y un
chico, parecían adolescentes. La tercera era una niña de pocos
años. Tamsin la cogió en brazos como si no pesara nada y después intentó abrazar a los otros dos a un tiempo, lo que resultó
en un batiburrillo de risas y confusión. No había estrategia alguna en la cara de Tamsin. Ni astucias ni cálculos de ningún tipo.
El control estricto que siempre mantenía se había esfumado y
sus emociones eran puras y auténticas. Vi una ligereza en ella
que me hizo darme cuenta de que, hasta ese momento, no había
entendido el peso que cargaba sobre los hombros.

—¿Vendrá algún familiar tuyo? —le pregunté a Mira.

Ella sacudió la cabeza.

—No. No vino nadie más de mi familia desde Sirminia. Pero
me pregunto qué pensarían mis padres si viesen todo esto. Les
impactaría.

No pude evitar reírme, aunque no me sentía especialmente
risueña.

—Y a los míos. Y a los míos.

Pero, sorprendentemente, no era el recuerdo de mis padres
lo que me dolía. Era el de la abuela. Ella me había cuidado to-

79

dos aquellos años y se había esforzado mucho por salvar nuestra situación. No me arrepentía de mi decisión de haberme marchado, pero ahora que la emoción inicial se había disipado, había tenido más tiempo para considerar las consecuencias de lo que había hecho, y me sentía culpable. Cedric me había dado a escondidas un recorte de la prensa de la alta sociedad donde se anunciaba el enlace de Lionel con una noble de menor importancia, tan solo unas semanas después de mi desaparición. Cedric había garabateado algo sobre la noticia: «Un matrimonio apresurado. Probablemente era la única forma que tenía de consolarse, el pobre, después de tamaña pérdida». Así se había cerrado aquel capítulo, pero aún quedaban muchas preguntas sin respuesta.

Hablé sin pensar.

—Ojalá pudiese ver a mi abuela.

Mira me miró algo sorprendida.

—Nunca la habías mencionado... No puedo creerlo. ¡Son ellos! —Se levantó despacio, con los ojos muy abiertos mientras miraba a una pareja de enjutos sirminios que estaban al otro lado del salón—. Pablo y Fernanda. Vinimos juntos desde mi país. Perdona.

Se alejó sin mirar atrás y, aunque me alegró verla abrazar a aquel hombrecillo y a la mujer, el dolor de mi corazón se hizo más intenso. La mayoría de las chicas estaban demasiado abrumadas por la presencia de sus seres queridos para fijarse en nada más, pero unas cuantas me dirigieron miradas curiosas. Me había preocupado por destacar en un montón de cosas, pero nunca por esto. Incluso las que no tenían familiares directos habían recibido la visita de algún amigo. Yo era la única que estaba sola. La única sin familia alguna. La única sin pasado.

O quizá no.

—Adelaide está allí, detrás de la familia de Sylvia —oí que decía la señorita Masterson—. Sentada en la manta de rayas.

Una mujer rodeó a un grupo de personas y sonrió al verme.

—¡Ahí está mi Adelaide!

La miré fijamente. No la había visto en mi vida. Debía de doblarme la edad y tenía una figura voluptuosa que resaltaba —más de la cuenta— un vestido rojo apagado de una talla menor de la que obviamente tenía. Llevaba los ojos generosamente pintados con lápiz negro y un sombrero de paja con flores de mentira sobre el pelo amarillento.

—¿Qué pasa? —preguntó, con las manos apoyadas en las caderas—. ¿No vas a darle un abrazo a tu tía Sally?

Detrás de ella, acerté a ver a la señorita Masterson mirándonos con curiosidad. Para no atraer la atención más de la cuenta, me levanté y abracé a aquella extraña, que me inundó con su empalagoso olor a rosas de té.

—Tú sígueme la corriente —me susurró al oído.

Nos separamos y forcé una sonrisa que esperaba que lograse esconder lo desconcertada que estaba. La «tía Sally» relajó un poco el abrazo, pero siguió hablándome en voz baja.

—Me llamo Rhonda Gables, soy una estrella de las mayores producciones teatrales de Osfro. Seguro que has oído hablar de mí.

Sacudí la cabeza.

—Bueno, supongo que una chica de tu entorno no va mucho al teatro, así que es comprensible. —Mi familia tenía palcos y había visto todas las obras importantes en la capital. Estaba segura de que si Rhonda hubiese actuado en alguna, me acordaría.

—¿Qué haces aquí? —pregunté.

Miró alrededor con aire conspirador.

—Estoy aquí para representar el papel de tu tía. Me ha contratado... Bueno, no me dijo su nombre, pero me pagó al contado. Un joven apuesto. Cabello castaño. Buenos pómulos. Vamos, que si yo tuviera veinte años menos, bien habría...

—Sí —la interrumpí—. Creo que conozco al joven en cuestión. ¿Sabes por qué te ha enviado?

—Solo sé que tenía que venir aquí a Uros-sabe-dónde en mitad de un páramo con toda esta gente. Los carruajes nos recogieron en la ciudad y nos dijeron que nos darían de comer. Y, oye, ¿quién soy yo para rechazar comida gratis? Ahí está el tipo que lo ha organizado todo. —Señaló al otro extremo de la sala justo cuando entraba Jasper—. ¿Sabes si hay vino?

Jasper dio una palmada para llamar al orden; el murmullo se apagó y nos acercamos todos a él. Estaba en modo espectáculo.

—En primer lugar, permítanme darles la bienvenida a la mansión de El Manantial Azul. Son ustedes nuestros invitados y estamos a su servicio. En segundo lugar, quiero agradecerles el sacrificio que sé que deben de haber hecho en los últimos ocho meses dejándonos a sus hijas. —Hizo una pausa para establecer contacto visual directo con algunas personas al azar mientras sonreía y asentía con la cabeza—. Ha sido un privilegio y un honor tenerlas con nosotros y ayudarlas a desarrollar el potencial que seguro tenían. Hoy podrán ver una pequeña parte del mundo en el que ahora viven, un mundo que no es nada comparado con la riqueza y el esplendor de los que disfrutarán cuando sean desposadas en Adoria.

Aquella última frase tuvo el efecto deseado. Casi todos los visitantes admiraron maravillados el salón de baile, con su araña de cristal y el papel dorado en las paredes. La idea de que nos esperase aún más riqueza les resultaba sencillamente inconcebible.

—Habitualmente, la visita de los amigos y familiares tiene lugar más adelante, en primavera, para poder hacer un pícnic al aire libre con mejor tiempo. —Jasper sonrió con aire conspirador, señalando el ventanal escarchado—. Pero, como pueden observar, eso no será posible hoy, así que hemos organizado un pícnic bajo techo. Llenen sus platos y sus vasos, elijan un lugar donde sentarse y disfruten del reluciente futuro de sus hijas.

Hice un esfuerzo para no poner los ojos en blanco. Me resultaba difícil tomarme en serio todas aquellas palabras bonitas al recordar lo duro que había sido con Cedric en privado, pero el resto de la gente estaba encantada. Las familias se reunieron en grupos y se aproximaron al bufé. Rhonda había visto que había ponche de ron y ya se había abalanzado a la mesa correspondiente. Me apresuré tras ella, esquivando a otras familias que caminaban despacio, tomándose su tiempo. Mientras esperaba para dejar pasar renqueando a la abuela de Caroline, escuché a Jasper hablando con la señorita Masterson.

—Este momento siempre es delicado —le dijo en voz baja—. Nunca sabes si a alguna le va a dar un ataque de nostalgia y va a salir huyendo. Pero una vez que se hace oficial el viaje a Adoria, el riesgo de que huyan es aún mayor. Si antes han visto a sus seres queridos, es más probable que quieran hacerlos sentirse orgullosos.

Fruncí el ceño mientras alcanzaba a Rhonda. Si no fuera porque sabía que los viajes a Adoria siempre eran en primavera y en verano, aquel tono me habría sugerido algo más inmediato.

Rhonda se bebió una copa de ponche y se dispuso a servirse otra. Tiré de ella mientras la madre de Clara nos miraba con aire reprobatorio.

—Vamos, vamos, tía Sally. Todavía no, mejor cuando hayas comido algo. Recuerda lo que ocurrió el año pasado en aquella fiesta.

Afortunadamente, a Rhonda le hacía la misma ilusión atiborrarse de comida, así que llenamos varios platos de sándwiches de pepino, fiambre de pollo y peras en rodajas y los llevamos hasta la manta de rayas. Mira estaba sentada al lado de Pablo, hablando muy rápido en sirminio. Tamsin, radiante de alegría, estaba demasiado emocionada como para comer. Su familia compartía su felicidad, pero no podía rechazar un banquete como aquel. Los hermanos adolescentes —que eran mellizos, según supe más tarde— se llamaban Jonathan y Olivia, y se pasaron el día acurrucados cada uno a un lado de Tamsin mientras comían y hablaban a la vez. La pequeña se llamaba Merry y estaba sentada en el regazo de Tamsin mordisqueando felizmente una pera. Todos tenían el mismo cabello pelirrojo.

—¡Mira qué manos! —exclamó la madre de Tamsin—. Ya nunca vas a poder volver a hacer la colada.

Tamsin sonrió. Sus manos, que ella consideraba inferiores a las mías, eran suaves y delicadas comparadas con las de su madre, ásperas y ajadas después de toda una vida frotando y sumergiéndose en agua hirviendo.

—No tengo ninguna intención —contestó Tamsin—. Y, cuando me case con el hombre más rico de Adoria, tú tampoco tendrás que hacerlo más.

Su padre profirió una risa atronadora que hizo que todos los ocupantes de nuestra manta sonrieran.

—Mi soñadora favorita. Primero tendrás que llegar hasta allí.

—No se equivoca —dijo Jasper, situándose junto a nosotros. Me había dado cuenta de que iba pasando por todas las familias. Se puso en cuclillas—. Tamsin es famosa por su ambición y su determinación de no aceptar nada que no sea lo mejor. Justo el otro día hablé con la profesora de música y no dejó de alabar los increíbles progresos de Tamsin con el piano.

83

Su madre la miró atónita.

—¿Sabes tocar el piano?

Posiblemente era lo más increíble que Jasper podía haber mencionado. En el mundo de donde venía Tamsin, nunca habían visto un piano. Saber tocarlo era como hablar otro idioma.

Ella enrojeció de gozo.

—Todavía estoy aprendiendo, pero ya sé lo básico. Si mi marido tiene un piano, podré seguir practicando.

Jasper le guiñó un ojo.

—Y si no lo tiene, seguro que lo convences para que compre uno.

Se giró hacia a mí y me pregunté qué as se sacaría ahora de la manga. Dudaba mucho de que hubiese hablado con nuestra profesora de música. Me preguntaba si la señorita Masterson le habría hecho un resumen de los puntos fuertes de cada una aquella misma mañana. En sus visitas previas, Jasper solo había hecho preguntas rutinarias sobre los avances de cada una y después se había dedicado a charlar con la señorita Masterson. El comentario más personal que nos había hecho fue cuando le dijo a Caroline que a ver si comía menos pastas en el desayuno.

—Adelaide se maneja con tanta desenvoltura y elegancia que cualquiera diría que ha hecho esto toda la vida —dijo. No me sorprendía que hubiese elegido un aspecto superficial. Mis resultados en los estudios eran impredecibles a propósito—. Y, con su belleza, no nos cabe duda de que infinidad de hombres llamarán a su puerta.

Rhonda asintió con la cabeza mientras bebía sorbos de otra copa de ponche que no sé de dónde había sacado.

—Siempre ha sido así. Desde que era pequeñita. Chicos haciendo cola en la calle. Chicos llamando a la puerta. Chicos en casa. Si Adelaide estaba cerca, siempre había un chico por allí.

Se hizo un silencio incómodo y yo intenté reírme despreocupadamente, pero sonó más bien como si me estuviera ahogando. Afortunadamente, Jasper se giró hacia Mira. Tamsin se inclinó por encima de Merry y me susurró:

—Ahora entiendo por qué nunca nos has hablado de ella.

—Y Mira… —Jasper no dejó de sonreír, pero no era fácil interpretar sus auténticos sentimientos—. Bueno, Mira no deja de sorprendernos. Estoy seguro de que hará lo propio en Adoria.

84

—¿Sois vos el padre del señor Thorn? —preguntó Pablo—. ¿El señor Cedric Thorn? Creí que estaría aquí.

Mira tenía acento, pero nada comparado con él. Tardé un rato en conseguir descifrar sus palabras, y vi que a Jasper le ocurría lo mismo.

—Está en Osfro, haciendo sus exámenes finales —repuso Jasper con gesto hosco—. ¿De qué conocéis a mi hijo?

Pablo titubeó.

—Lo conocí cuando vino a recoger a Mirabel. Parece buena persona.

Esperaba alguna contestación seca por parte de Jasper, pero él nunca perdía la compostura.

—Lo es. Y estoy seguro de que no hubiesen permitido que Mira se marchase con él de no ser así. Y ahora, si me permiten, debo hablar con las demás familias.

Se puso en pie y se dirigió hacia el siguiente grupo. Recordé lo que le había oído decir a la señorita Masterson. Todo aquello era un espectáculo para garantizar que fuésemos a Adoria con la bendición de nuestras familias. No conseguía ahuyentar la sensación de que algo ocurría.

Fernanda se burló cuando se hubo ido.

—Nosotros no permitimos ni dejamos de permitir a Mirabel que haga nada. Es ella quien decide.

Me giré hacia ellos e intenté alejar mis preocupaciones.

—¿Os conocíais ya en Sirminia?

—Cuando los bandos empezaron a luchar entre ellos, la mayoría de la gente intentó mantenerse al margen. Y, cuando eso dejó de ser posible, empezaron a huir —explicó Mira. Señaló a Pablo y Fernanda—. Estábamos en el mismo grupo de refugiados que intentaban llegar hasta la frontera. Las carreteras no eran seguras, probablemente sigan sin serlo. A veces era más seguro ir en grupo. A veces. Pero, incluso en grupo, una chica sola no siempre estaba a salvo. Yo intenté proteger a las demás. Lo intenté.

El gesto de Mira se ensombreció y Fernanda le apretó la mano.

—Mira protegió a las demás. La guerra saca a relucir lo monstruoso de las personas, y no podemos hacer mucho para… —Sus ojos se posaron sobre los niños pelirrojos, que estaban

85

pendientes de cada una de sus palabras—. Bueno. Como ya he dicho, Mira protegió a mucha gente.

Rhonda dejó en el suelo su copa vacía.

—Yo no tengo ningún problema con los sirminios, la verdad. Quiero decir que Osfrid está abierto para todos. Quien quiera venir a empezar una nueva vida es bienvenido. Respeto mucho a todos los pueblos. Y muchos de mis amigos más queridos son sirminios, la verdad. Hay un señor que tiene una crepería al lado de la fuente de Overland. Es amigo mío... Bueno, más que amigo, no sé si me entienden. Hace los mejores *crêpes* de la ciudad. Y me hace...

—Ya sé de qué crepería habláis —dijo la madre de Tamsin—. Y no es sirminio, es de Lorandia.

—Yo creo que no. No entiendo una sola palabra de lo que dice, y su nombre acaba en «o», como los suyos. —Rhonda señaló a Mira y a sus amigos al decir esto último.

—Se llama Jean Devereaux —insistió la madre de Tamsin—. Le he hecho la colada. Habla lorandés.

—Los *crêpes* son de Lorandia —añadí yo.

Rhonda me lanzó una mirada ofendida.

—¿Dudas de mi palabra? Cría cuervos y te sacarán los ojos. Qué más da. Sirminio, lorandés. Todos hablan igual y, además, tampoco hablamos mucho, no sé si me explico.

Cuando el pícnic terminó un par de horas más tarde, me sentí culpable por alegrarme. El resto de mis compañeras no se alegraban en absoluto, y Tamsin en concreto lo llevó muy mal. Todo el mundo salió a despedirse al vestíbulo mientras preparaban los carruajes para llevarse a las visitas de vuelta a la ciudad. Vi que Tamsin le daba un montón de papeles a su madre: eran las cartas que se pasaba el día escribiendo. Me había fijado en que escribía a diario, pero verlas todas juntas era impresionante.

Pero fue su cara lo que me impactó. Hacía un rato estaba radiante de alegría, pero ahora se la veía devastada. Nunca había visto tantas emociones en su rostro. Tanta vulnerabilidad. Les dio a sus padres sendos abrazos de despedida y, cuando se dispuso a levantar en brazos a Merry, parecía que se iba a echar a llorar. Tuve que apartar la vista. Parecía fuera de lugar quedarse mirando en un momento como aquel.

Rhonda estaba detrás de mí. Yo había perdido ya la cuenta de cuántas copas de ponche se había tomado.

—Bueno —dijo, pasándome un brazo por los hombros—, espero que consigas un rato para ir a visitar a tu vieja tía Sally la próxima vez que vengas a la capital. Ya sé que para entonces serás toda una dama, pero no olvides tus orígenes, niña. ¿Me oyes?

Varias personas cercanas la oyeron. Cuanto más bebía, más dificultades tenía para regular el volumen. No conseguía decidir si Cedric me había hecho un favor contratándola o no.

Un cochero llamó la atención del primer grupo de pasajeros, que incluía a la familia de Tamsin. Ella los observó marcharse, totalmente abatida. Cuando se hubieron ido, dio media vuelta y se marchó del vestíbulo. Abriéndome paso entre la gente, me apresuré detrás de Tamsin mientras ignoraba los gritos de Rhonda diciéndome que más me valía acordarme de ir a visitarla.

Encontré a Tamsin en nuestra habitación, llorando en la cama. Cuando entré, levantó la cabeza y se frotó los ojos con furia.

—¿Qué estás haciendo aquí? ¿No tendrías que estar despidiéndote de tu tía?

Me senté a su lado.

—Estará perfectamente sin mí. He venido porque estaba preocupada por ti.

Se sorbió la nariz y volvió a frotarse los ojos.

—Estoy bien.

—No pasa nada por sentir nostalgia —le dije con suavidad—. No tienes que avergonzarte de echarlos de menos.

—No me da vergüenza… Pero no puedo dejar que me vean… que las demás me vean así. No puedo parecer débil.

—Querer a tu familia no es ser débil.

—No, pero aquí… tengo que ser fuerte. Todo el tiempo. Siempre adelante. —La mirada determinada de siempre volvió a brillar en sus ojos—. No puedo dejar que nada obstaculice mi camino para conseguir lo que quiero. Lo que necesito. —No dije nada. Solo puse las manos sobre las suyas; un instante después, me las estrechó—. Ya sé que todo el mundo cree que soy fría y que no tengo sentimientos. Que soy mezquina con las demás.

—Conmigo nunca has sido así.

Levantó la mirada.

—Claro que no. Si no, ¿con quién iba a aprender ese maldito vals belsa si no lo practicas conmigo? Tengo que mantenerte de mi lado. No, en serio… —Se apartó y juntó las manos—. Tienes que entender que no hago esto porque sea mala. Hay una razón por la que tengo que seguir esforzándome por ser la mejor y conseguir el mejor marido posible en Adoria. Si supieras lo que he tenido… lo que hay en juego… —Se le rompió la voz.

—Cuéntamelo —le supliqué—. Cuéntamelo y quizá pueda ayudarte.

—No. —Tamsin se secó unas pocas lágrimas rebeldes más—. Si lo supieras, no me mirarías de la misma forma.

—Eres mi amiga. Nada de lo que me digas va a cambiar lo que siento por ti.

Pero, mientras lo decía, me pregunté si yo misma sería capaz de creer aquellas palabras si alguien me las dijese a mí para sonsacarme mis secretos. Estaba segura de que ni Tamsin ni Mira se comportarían de la misma forma conmigo si supieran que compartían habitación en una de las descendientes del poderoso Rupert.

—No puedo —dijo—. No puedo arriesgarme.

—De acuerdo. No tienes que contarme nada que no quieras. Pero estaré aquí siempre que me necesites. Ya lo sabes.

Su sonrisa era temerosa pero sincera.

—Lo sé.

Se abrió la puerta y Mira entró como una exhalación.

—Aquí estáis. Todo el mundo está… ¿Estás bien?

Tamsin se puso de pie.

—Sí, todo bien. ¿Qué pasa?

Mira me dirigió una mirada en busca de confirmación y yo asentí con la cabeza. Observó a Tamsin con preocupación durante unos instantes más antes de continuar.

—Ya se han ido todos… las familias. Jasper nos ha convocado a todas para una reunión en el salón de baile.

El mínimo rastro que quedara del sofocón de Tamsin se desvaneció. Se miró en el espejo para comprobar su aspecto y siguió a Mira.

—Lo sabía. Sabía que algo pasaba.

Corrimos escaleras abajo y nos reunimos con las demás, que ya estaban en el salón de baile. Tamsin no era ni mucho menos la única que había sufrido la partida de sus seres queridos, y no pude sino preguntarme si el plan de Jasper de verdad tendría el resultado que él esperaba.

La señorita Masterson nos llamó la atención y Jasper se adelantó para hablar.

—Espero que hayáis disfrutado del día de hoy. Ha sido un auténtico placer para mí conocer a las personas que os criaron. Pero esta visita no es la única sorpresa que os tengo preparada hoy.

Hizo una pausa para crear expectación en la sala. Aunque su expresión era radiante y tranquilizadora, el gesto tenso de la señorita Masterson no hacía pensar que fuese todo tan bien. La sensación de premonición volvió a invadirme.

—Espero que estéis emocionadas ante la perspectiva de ir a Adoria, porque el viaje será... dos meses antes de lo previsto.

7

*N*adie dijo nada. Estábamos todas demasiado impresionadas. Fue la siguiente noticia de Jasper la que suscitó una reacción inmediata.

—Por esta razón, los exámenes también van a tener que adelantarse. Empezarán en una semana.

Detrás de mí, Tamsin dejó escapar una exclamación y se llevó la mano al pecho. Otras chicas, con los ojos como platos, se inclinaron unas hacia otras y empezaron a murmurar.

—Shhh —chistó la señorita Masterson—. El señor Thorn no ha terminado.

—Sé que este cambio de planes es inesperado —prosiguió Jasper—, pero, en realidad, el hecho de que vayamos a llevaros antes de lo previsto a Adoria se debe a vuestro sorprendente progreso. En tan solo un par de meses, os encontraréis con un mundo completamente nuevo donde se os adorará y codiciará como las joyas que sois. Estoy seguro de que mi hermano se sentirá abrumado cuando vea la promoción de este año.

Charles Thorn, el promotor financiero de la Corte Reluciente, se turnaba cada año con su hermano en el proceso de selección de doncellas. Ahora estaba en Adoria y volvería en primavera a Osfrid para seleccionar al siguiente grupo de muchachas, mientras Jasper supervisaba nuestra estancia en Adoria.

—No me cabe duda de que haréis vuestros exámenes a la perfección —continuó Jasper—. Me encantaría quedarme, pero aún tengo que pasar por las demás mansiones. Sin embargo, Cedric vendrá pronto para supervisaros durante los exámenes y daros apoyo moral.

Me aclaré la garganta antes de hablar.

—¿No es peligroso?

Jasper frunció el ceño.

—¿Que Cedric os dé apoyo moral?

—No. Hacer la travesía a finales de invierno. ¿No es época de tormentas?

—Prefiero llamarlo principios de primavera. Y ni yo mismo me embarcaría si entrañase algún peligro. No habrás adquirido conocimientos náuticos que yo desconozco, ¿no, Adelaide? Al menos no que superen a los míos y a los de los capitanes que han accedido a llevarnos, ¿verdad?

Era ridículo contestar a aquella pregunta, así que no lo hice. Por supuesto que no tenía ningún tipo de experiencia en lo referente a la navegación, pero había leído los interminables libros de historia de Adoria que nos daban allí como parte de la formación. Y había numerosos relatos acerca de los primeros colonos que habían aprendido por las malas que navegar en invierno no era lo más recomendable.

Nos ordenaron subir a nuestras habitaciones. Tamsin, tal y como yo esperaba, tenía mucho que decir. Se tumbó bocabajo en la cama sin preocuparse por si se le arrugaba el vestido de batista.

—¿No es increíble? ¡Han adelantado los exámenes! ¡A la semana que viene!

Mira también parecía contrariada y yo recordé que debía aparentar preocupación. Aunque los hubiésemos tenido aquel mismo día, para mí no habría supuesto diferencia alguna.

—Eso no nos deja mucho tiempo para estudiar —dijo Mira.

—¡Ya! —lloriqueó Tamsin—. Pero, cuando salíamos, he oído a la señorita Masterson diciendo que, a estas alturas, o estamos listas o no estamos listas.

—Tiene razón —dije, y la frase me valió sendas miradas atónitas de las dos—. Venga, ¿acaso no creéis que podemos aprobar todas las asignaturas? No vamos a quedarnos en tierra ninguna.

Si una chica suspendía varias asignaturas, se quedaba fuera del viaje de la Corte Reluciente a Adoria, y cualquiera que fuese tan poco aplicada ya habría sido expulsada de la mansión hacía tiempo.

—Yo no quiero aprobar sin más —dijo Tamsin—. Quiero sacar las mejores notas. Quiero ser el diamante.

—¿El qué? —preguntamos Mira y yo al unísono. Le había

91

oído decir que quería ser la mejor mil veces, pero nunca antes había mencionado ningún diamante.

Tamsin se inclinó hacia adelante con los ojos marrones brillantes de emoción.

—Es el tema de este año. Cuando nos llevan a Adoria, siempre tienen una especie de tema. Confeccionan los vestidos en función del tema de cada año y nos asignan un rol equivalente a nuestras notas. El año pasado el tema fueron las flores, y la chica con la mejor media era una orquídea. La segunda era una rosa. La siguiente, un lirio. Creo que el año anterior fueron aves. Y este año son joyas.

—Y la mejor será un diamante —adiviné.

—Sí. A las tres mejores de todas las mansiones las invitan a todas las fiestas en Adoria y les presentan a los hombres más ricos. En teoría todas somos excepcionales, pero Jasper y Charles crean mucho misterio alrededor de estas tres. Así se genera más demanda y suben las ofertas por matrimonio. Y así se incrementa el dinero que podemos quedarnos nosotras.

Una vez más, todo aquello me preocupaba más bien poco. Yo me aseguraría de quedar hacia la mitad del escalafón, como siempre hacía. Tamsin era, sin duda, la mejor de El Manantial Azul y no creía que hubiese ninguna chica más motivada que ella en las demás mansiones.

A medida que se acercaban los exámenes, fue aumentando la actividad en la mansión. Se cancelaron las clases para que cada una pudiésemos dedicar tiempo a estudiar las asignaturas en las que fuésemos peor. Los profesores que iban rotando por las mansiones venían con más frecuencia y nos ayudaban si se lo pedíamos. El movimiento en la mansión no paraba.

En cuanto a mí, tuve que centrarme en ciertas asignaturas para parecer ocupada. Tamsin estaba totalmente absorbida, se encerraba con sus libros, y me sorprendí de lo mucho que echaba de menos su frenética energía. Mira ya no me necesitaba para practicar el idioma. A veces se le escapaba el acento en conversaciones rutinarias pero, si se esforzaba, su osfridio era prácticamente imposible de distinguir del de un nativo. De hecho, era mejor que el de algunas de las otras chicas, que habían llegado con atroces dialectos de clase baja. Mira a veces incluso imitaba los acentos de otros idiomas para divertirnos.

Yo tenía que fingir que hacía algo, así que me dediqué a releer un libro al que la señorita Masterson llamaba «estudios femeninos». Además de los avatares del embarazo y el parto, también incluía información relativa a las actividades preliminares a estos. «Una mujer complaciente también lo es en la alcoba. La calidez y el afecto son lo que hace feliz a un marido», había dicho la señorita Masterson en clase, a menudo con un tono de voz que era de todo menos cálido. Este era prácticamente el único ámbito de los estudios que no había formado parte de mi vida anterior. La mayoría de las chicas se habían aburrido con aquella clase, pero yo no podía evitar escuchar con auténtica fascinación.

—¿No es la tercera vez que lees eso? —me preguntó Mira el día antes de que empezaran los exámenes. Estaba en la cama con sus libros de lengua mientras Tamsin, tomándose un inusual descanso, escribía otra carta.

Me sonrojé y cerré el libro.

—Es que me sorprende más que el resto de cosas.

Mira volvió a sus apuntes.

—No sé. Yo creo que todo ocurre de forma natural llegado el momento.

—Supongo que sí —repuse mientras me preguntaba, y no por primera vez, si no sería una materia en la que ella tenía ya experiencia de primera mano. Su semblante tranquilo no revelaba nada.

—No hay nada que saber —dijo Tamsin sin molestarse siquiera en levantar la vista de su carta—. Solo que tenemos que esperar a la noche de bodas y dejar que nuestros maridos nos digan lo que quieren que hagamos.

Mira dejó el libro a un lado y se recostó contra el cabecero.

—Pues a mí eso no me gusta. Que todo dependa de ellos. Que tengan el control. ¿Acaso no tenemos derecho a pensar qué queremos nosotras?

Aquello terminó de llamar la atención de Tamsin.

—¿Y cómo pretendes hacer eso? En mi barrio había una chica que le concedió su virtud a un hombre que le prometió casarse con ella. ¿Sabéis qué paso? Que no lo hizo. Estaba prometido con otra y le dijo que había sido todo un malentendido. Le arruinó la vida. Así que será mejor que no se te ocurra otra idea descabellada.

—¿Otra? —pregunté.

93

—El otro día me dijo que iba a pagar ella misma el precio de su matrimonio —dijo Tamsin.

—No dije que fuese a hacerlo seguro —la corrigió Mira—. Solo que cabía la posibilidad. En los contratos no está estipulado que tengamos que casarnos, solo que se debe abonar la cuota correspondiente. Si una chica consiguiera reunir el dinero, podría liquidar su contrato y ser libre.

—¿Quieres ir a uno de esos hospicios? —exclamé. Recordé aquel primer día con Ada, cuando Cedric nos explicó que las chicas que no cumplían el contrato eran relegadas a otros trabajos menos deseables.

—No, no —suspiró Mira—. Lo que quiero decir es que si encontráramos una forma de conseguir el dinero mientras conocemos a nuestros potenciales pretendientes en Adoria, podríamos pagar la cuota en nuestros propios términos. Eso es todo.

—¿Y cómo vas a reunir esa cantidad de dinero? —preguntó Tamsin—. El precio mínimo para cualquiera de nosotras son cien monedas de oro. A veces más.

—Solo digo que existe esa posibilidad, nada más.

Sonreí y volví a mi escandaloso libro. A veces daba la impresión de que Mira podría abandonar en cualquier momento la Corte Reluciente. No me sorprendía que se le hubiese ocurrido aquella idea, aunque Tamsin tenía razón: era bastante difícil de llevar a cabo.

Cuando llegó el primer día de exámenes, nos convocaron a una reunión en el vestíbulo. Nuestra entrada fue muy distinta de las de los primeros días. Bajamos las enormes escaleras una por una, con paso delicado y grácil, para que los que estaban al pie pudieran admirarnos. Mientras descendía, divisé a Cedric de pie junto a nuestros profesores, y me invadió un recato inusual en mí.

No obstante, completé el descenso a la perfección y ocupé mi puesto junto a las demás chicas, adoptando la elegante postura que tan bien nos habían enseñado. La señorita Masterson nos inspeccionó y, cuando pasó delante de mí, miré por encima de su hombro y vi que Cedric me observaba también. Cruzó la mirada conmigo un segundo y después la desvió hacia Mira.

La señorita Masterson nos explicó cómo se desarrollarían las pruebas durante el día y después se volvió hacia Cedric.

—¿Unas palabras de inspiración?

Esbozó su ostentosa sonrisa.

—Nada que decir aparte de desearos buena suerte, aunque no creo que ninguna de vosotros la necesitéis. Os he observado a lo largo de estos ocho meses. Sois todas excepcionales.

A diferencia de su padre, Cedric decía la verdad acerca de nuestros progresos. Siempre charlaba con las chicas cuando venía de visita, y su interés por nosotras era auténtico.

Cuando nos dispersamos para empezar los exámenes, me sujetó por la manga del vestido.

—¿Qué tal la visita de la tía Sally?

Puse los ojos en blanco.

—¿En serio eso es lo mejor que pudiste conseguir? Creo que me habría ido mejor si me hubiese quedado sola y patética.

—No lo creo. Eres demasiado agradable como para que alguien crea que no tienes al menos un amigo que venga a apoyarte. Y no tuve mucho tiempo para buscar a alguien. Me enteré del cambio de planes en el último momento.

—¿Y a qué se debe el cambio?

—Junto con vosotras, mi padre transporta toda clase de mercancías para comerciar en las colonias. Si puede llegar antes que los otros barcos que zarpen en primavera, sacará más beneficio. Cuando al fin consiguió un par de barcos dispuestos a hacer la travesía antes, se lanzó —explicó Cedric—. Así que tuve que buscarte una actriz.

—Y no cualquier actriz. Una estrella de las mayores producciones teatrales de Osfro. Al menos, eso dicen.

Cedric arqueó las cejas.

—Créeme, no la encontré en ninguna gran producción teatral. Pero era mejor que las demás pensaran que tienes una tía loca a que creyesen que no tienes a nadie en el mundo.

—Supongo que tienes razón —A regañadientes, añadí—: Gracias.

—Para servirte. Pero será mejor que te des prisa, no vayas a llegar tarde. Espero que lo hagas muy bien.

—No. Solo lo suficientemente bien.

Y a ese propósito me ceñí desde el momento en que empezaron los exámenes. Toda la información que nos habían transmitido durante los últimos ocho meses se concentró de repente en tres días. Algunos exámenes eran escritos. Otros, como el de danza, tenían que ser prácticos. Fue agotador, incluso para mí, sobre todo porque tenía que decidir en qué asignaturas hacerlo bien y en cuáles mal. Era sin duda un ejercicio de equilibrio, pero estaba segura de haberme situado en un cómodo lugar intermedio. Cumpliría la promesa que le había hecho a Cedric de no llamar la atención más de lo necesario.

—Adelaide, querida —me dijo la señorita Hayworth en pleno examen de danza—, ¿se puede saber qué haces?

—El vals —contesté.

Sacudió la cabeza y anotó algo en un papel.

—No lo entiendo. La semana pasada lo ejecutaste a la perfección y, en cambio, no te salió a derechas el nuevo rigodón. Y hoy, todo lo contrario.

Traté de mantenerme impasible.

—Son los nervios, señorita.

—Continúa —dijo, haciendo un gesto para que prosiguiera. Tenía la expresión exasperada que a menudo le provocaban mis errores.

No muy lejos, vi que Clara sonreía burlona al oír la crítica. En el tiempo que llevábamos allí, había aprendido mucho y destacaba en la clase, tanto que la señorita Hayworth había sugerido que Clara inaugurase los bailes en Adoria. Necesitaba estas calificaciones para compensar las pésimas notas que tenía en las asignaturas teóricas; además, me daba igual lo que opinara.

La opinión de Tamsin, en cambio, me importaba y mucho. Vi que me observaba desde el otro extremo de la estancia con gesto incrédulo. Pronto volvió a concentrarse en el ritmo del baile, pero me habría dado un cachete a mí misma por mi equivocación. Ir alternando los aciertos y los errores era fácil, pero recordar en qué solía fallar era un poco complicado. No era la primera vez que me hacía un lío… ni era la primera vez que Tamsin se daba cuenta.

Después de la danza llegó el turno de los exámenes escritos, algo mucho más cómodo para mí. Solo los profesores sabrían si metía la pata. Pero volví a tener un desliz al día siguiente, durante el examen de música. Aunque no se nos exigía dominar a la perfección ningún instrumento, debíamos saber manejarnos con todos. En lugar de examinarnos de todos en la prueba final, la profesora seleccionó tres y nos puntuó en base a ellos. Yo no había contado con algo así. Los primeros, la flauta y el arpa, eran dos con los que siempre había fingido tener serias dificultades. Deduje que el tercero sería un clavicémbalo o un laúd, en los que siempre había demostrado mi pericia real. En lugar de eso, la profesora eligió el violín. No era un instrumento que las mujeres tocasen con frecuencia en Adoria, así que hasta entonces había decidido que era seguro fingir que se me daba fatal. Pero en aquel momento me di cuenta de que si quería sacar una nota decente en el examen de música, necesitaba tocar muy bien alguno de los instrumentos. Así que, con el consiguiente asombro de mis compañeras, ejecuté una melodía perfecta con el violín.

—Pero bueno, qué maravilla —dijo, sonriente, la señorita Bosworth—. Veo que has ensayado mucho.

—No has ensayado mucho —me susurró Tamsin más tarde, cuando el examen hubo terminado y descansamos para cenar—. ¿Quién te ha enseñado a hacer eso?

Me encogí de hombros.

—¿Ella?

—¡La última vez que tocamos el violín no podías ni sujetar el arco en condiciones!

—No sé, Tamsin. A veces me pongo nerviosa y me hago un lío con las cosas. ¿Qué más da? Tú lo has hecho genial.

Tal y como esperaba, aquello distrajo su atención.

—Sí —dijo, orgullosa—. He contestado perfectamente a todas las preguntas de los ensayos políticos y religiosos del señor Bricker. Y estoy segura de que las del examen de cultura y sociedad de Adoria las tengo todas bien también. Es uno de los más importantes.

Sonreí, sinceramente feliz por ella.

—Vas a ser el diamante, seguro.

—Eso será si consigo superar a las chicas de las demás mansiones. Sé que soy la mejor aquí —lo dijo como la realidad que era, no para pavonearse—, pero ¿quién sabe cómo serán las de las otras tres casas?

No estaba preocupada por ella en absoluto, y me preocupaba menos a medida que se sucedían los exámenes. El entusiasmo y la intensa resolución que había visto en ella desde el primer día estaban en su máximo apogeo, y dio lo mejor de sí en cada prueba. Al llegar a la habitación cada noche, luchaba contra el agotamiento y se ponía a estudiar más.

Cuando los exámenes terminaron, el tercer y último día, estábamos todas exhaustas, incluso las que no habíamos estudiado

97

tanto como Tamsin. Todas estábamos cansadas y ojerosas. Yo me metí en la cama con gusto en cuanto nos excusaron de la cena. Ni mis compañeras ni yo hablamos apenas, sino que nos dejamos caer en los brazos del sueño con alivio.

A la mañana siguiente, sin embargo, todo cobró un cariz distinto. Descansadas y ya sin exámenes, fuimos conscientes de la realidad: lo habíamos conseguido. Habíamos hecho lo que vinimos a hacer a la Corte Reluciente. Todavía no teníamos los resultados, pero la sensación de triunfo era embriagadora. La señorita Masterson nos dio el día libre para preparar la celebración, aquella misma noche, del Día de Vaiel, la fiesta más importante del invierno. Cada una tenía una tarea asignada para preparar la fiesta, y a ninguna nos importó poner en práctica las destrezas que con tanto esfuerzo habíamos adquirido.

—Me encanta el Día de Vaiel —dijo Tamsin mientras nos poníamos los vestidos de día—. La comida. Los olores. Los adornos. Es una pena que lo tengamos que preparar todo con tan poco tiempo.

Tenía razón. Normalmente, los festejos de invierno empezaban varias semanas antes del día sagrado del ángel de la sabiduría, y el ambiente festivo abarcaba la mayor parte del mes.

—Si Jasper no hubiese adelantado el calendario, no habríamos tenido que dejar de lado las celebraciones solo en beneficio suyo —le recordé.

—Por lo menos tenemos celebración. ¿Conocéis a los pobres herejes de Uros, los sacerdotes descalzos? Esos no celebran nada. Dicen que es idolatría. Pero quizás es mejor no celebrar nada que hacer como los alanzanos. ¿Quién querría estar a la intemperie adorando árboles con este tiempo?

—Entre los árboles —la corrigió Mira—. El Día de Vaiel es la festividad del solsticio del invierno para ellos. Los alanzanos oran a Deanziel al aire libre para que les confiera sabiduría, y mañana rinden acción de gracias a Alanziel para que vuelva a salir el sol y los días sean más largos.

La miré sorprendida. Era raro que dijese algo que yo no supiera, pero claro, probablemente había conocido a alanzanos de verdad. Como con muchas otras cosas, nunca le había preguntado por sus creencias religiosas. Asistía con nosotras a los servicios ortodoxos en honor de Uros, y eso era lo único que importaba.

—Da igual lo que adoren. Son supersticiones paganas. —Satisfecha con su aspecto, Tamsin se dirigió hacia la puerta—. Venga, manos a la obra. No veo el momento de tener a gente que haga el trabajo por nosotras.

La mayoría de las chicas —entre ellas, Tamsin— habían sido encargadas de cocinar el formidable banquete que la señorita Masterson había preparado. Unas pocas estaban preparando los juegos y la música, y yo debía hacerme cargo de la decoración, nada más y nada menos que con Clara. Nos pusimos de acuerdo en dividirnos las habitaciones, así no nos molestaríamos en absoluto.

Cuando llegó el turno de decorar el salón, me sorprendió encontrar allí a Cedric y a Mira hablando. Él no se había dejado ver mucho por la casa durante los exámenes.

—Qué aspecto tan respetable. Vuelves a ser un adorio de bien —dije. La primera vez que nos vimos iba así vestido, pero a menudo elegía el estilo osfridiano para las ocasiones informales. La levita, de un grueso tejido azul con ribetes dorados, le llegaba casi hasta las rodillas, a diferencia de los abrigos cortos que se llevaban aquí. Las botas también eran más altas que las que eran tendencia en el continente. No solo tenía buen aspecto: estaba deslumbrante, aunque nunca se lo habría dicho—. Cualquiera diría que vienes de una institución de élite.

—Bueno, supongo que habrá quien tenga dificultades para vestirse, pero ese nunca ha sido mi caso —dijo—. El viaje es en un mes, así que he pensado que sería mejor irme metiendo en el papel. Mi padre y yo debemos parecer, o casi, al menos, tan elegantes como el resto si queremos tener aspecto de auténticos comerciantes. Es todo cuestión de imagen, o eso dice mi tío.

En los meses pasados no había pensado demasiado en la mezquina acusación de Clara acerca de Cedric y Mira. Pero ahora, al pillarlos hablando, me picaba la curiosidad.

—¿Estás distrayendo a Mira de sus tareas? —pregunté en tono animado.

Mira intercambió una sonrisa cómplice con él.

—Cedric me estaba explicando un juego llamado maldehuesos. La señorita Masterson me ha encargado ocuparme del ocio, pero no conozco muchos juegos osfridianos.

—¿Maldehuesos? —pregunté, incrédula—. Es un juego de dados al que suelen jugar los mozos de cuadra y los mensajeros.

99

—Me mordí la lengua y no dije nada más al ver que Cedric me lanzaba una mirada afilada.

—Juega mucha otra gente —me corrigió él—. La mayoría de las chicas de la casa han jugado desde niñas. Es cierto que la élite no lo practica, y es muy inteligente por tu parte pensar en eso. Pero estoy seguro de que por una noche podemos relajarnos todos un poco.

—Claro, por supuesto —dije. Hacía mucho que no metía la pata así—. Pero ¿de dónde vais a sacar los dados? ¿Creéis que la señorita Masterson tendrá?

—Estoy seguro de que Nancy Masterson es más rebelde de lo que creemos.

Aunque no dejó de sonreír, Cedric estaba raro aquella noche. No era capaz de averiguar qué era, pero tenía un aire casi melancólico… En cualquier caso, era un estado que no asociaba en absoluto con él.

—¿Me buscabais?

La señorita Masterson, que justo pasaba por allí, asomó la cabeza por la puerta.

—Oh, no —dijo Cedric. Mira y yo intentamos aguantarnos la risa—. Adelaide estaba explicándonos cómo va a decorar el salón y nos preguntábamos si os parecería bien.

La señorita Masterson me miró expectante y yo tuve que hacer esfuerzos para no lanzarle una mirada furibunda a Cedric por haberme pasado la patata caliente. Rápidamente, urdí un plan.

—Eh… velas en todas las ventanas y los caminos de mesa azules con bordes dorados. Y, si muevo ese sofá allí, puedo dejar ese rincón diáfano para charlar. También me gustaría poner un poco de incienso especiado.

La señorita Masterson asintió con la cabeza en señal de aprobación.

—Parece que lo tienes todo bajo control, querida.

—Y acebo —dije, de pronto, al fijarme en la repisa de la chimenea—. Deberíamos haber recogido acebo para hacer adornos. Siempre los hacíamos en estas fechas en la capital.

—Eso habría estado muy bien. Pero no lo pensé, como todo ha sido tan frenético estos días… Ahora ya es demasiado tarde, el sol casi se ha puesto. —Señaló la oscuridad tras las ventanas y, al ver mi cara de decepción, añadió—: No te preocupes. Clara ha sido previsora y ha hecho unas guirnaldas de hiedra. Es casi lo mismo.

Eso solo empeoraba las cosas, al saber que Clara se me había adelantado. La señorita Masterson se marchó y Mira se quedó mirando por la ventana un rato antes de volver a girarse hacia Cedric.

—¿No tenías que hacer unos recados?

—Sí… Debería ir cuanto antes.

Como no hacía ademán de irse, Mira añadió:

—Tienes tiempo de sobra antes de la fiesta. Ahora está todo el mundo muy ocupado.

—Sí… sí. —La sonrisa retornó a su rostro, pero había una rigidez de fondo que intensificaba la sensación de que algo extraño pasaba—. Iré ahora mismo.

Se dirigió hacia la puerta, pero se detuvo primero junto a mí.

—Toma. —Sonreí al ver que me ponía en la mano un juego de dados.

—Claro. Claro que tú tienes unos dados.

—De hecho, este es el de sobra. En la universidad jugamos a menudo.

—¿Se te da bien? —le pregunté—. No contestes. Estoy segura de que sí. Es un juego que implica ver venir a la gente y poder manipularla.

101

—Exacto —dijo—. Seguro que tienes un don innato.

A pesar de aquel último chiste, aún se le veía tenso.

—Se comporta de manera extraña —le dije a Mira cuando se hubo marchado.

—¿Sí? No lo conozco tanto como para saberlo.

—¿No? —le pregunté intencionadamente.

Su expresión era totalmente inocente cuando sacudió la cabeza.

—Estoy segura de que va todo bien. ¿Quieres que te ayude a mover el sofá antes de irme?

Lo arrastramos entre las dos hasta el otro extremo de la estancia, sorprendidas de lo que pesaba.

—Empiezo a estar de acuerdo con Tamsin —dije—. Estaría bien tener montones de criados que hicieran esto por nosotras.

Mira sonrió.

—Ya veremos. No sé si he hecho los exámenes lo bastante bien como para conseguir un marido con un solo criado, mucho menos con montones.

—No como Tamsin —repuse.

—No como Tamsin. —Se rio, pero enseguida se puso seria—.

Pero espero haberlo hecho lo suficientemente bien como para tener... No sé. Alguna opción. O al menos alguien a quien pueda respetar.

—¿Sigues queriendo pagar tu cuota?

Me ayudó a ahuecar los cojines del sofá.

—Creo que Tamsin tenía razón en eso: necesitaría conseguir un trabajo aparte. Y me temo que eso no está permitido.

—Ya, no creo. Seguro que a Jasper le horrorizaría algo así. Pero no te preocupes. Estoy segura de que tendrás un montón de hombres entre los que elegir. Y si te preocupan las notas, siempre puedes repetir los exámenes.

—Sí, claro. Como me lo pasé tan bien haciéndolos. —Dio un paso atrás y se colocó junto a mí para estudiar el sofá—. ¿Necesitas algo más antes de que me marche?

—No, a menos que puedas hacer aparecer un poco de acebo —dije, melancólica—. No parece invierno sin acebo.

—No sé, en Sirminia no tenemos acebo, pero estoy segura de que esta habitación va a quedar preciosa.

Cuando se hubo ido, su último comentario me hizo sentirme aún peor, como si le debiera el acebo para que pudiese experimentar unas fiestas osfridianas de verdad. Cuando terminé con el salón, la señorita Masterson me dijo que podía dar mis tareas por finalizadas y subir a la habitación a prepararme para la fiesta. Ni Tamsin ni Mira habían terminado todavía. Me puse mi mejor vestido, uno largo con brocado azul celeste y un estampado de flores rosas. Debajo llevaba una camisola rosa que sobresalía por las aberturas de las mangas y alrededor del corpiño rígido. Mientras me ajustaba el corsé, me pregunté cómo sería ponerse los vestidos típicos de Adoria. Las faldas eran más ligeras y manejables, y los corpiños, menos estructurados.

Deambulé por la planta baja en busca de algo en lo que poder ayudar. Nadie me necesitaba y Cedric había desaparecido. La verdad es que me apetecía jactarme de haberme abrochado el vestido en menos de un minuto. Me entretuve repasando la decoración, pero no vi ningún defecto salvo la ausencia de acebo. Miré el reloj y vi que me quedaba una hora hasta la cena, así que tomé una decisión impulsiva.

Me cambié los delicados zapatos de fiesta por unas botas resistentes y me eché por encima una capa de lana. Aun así, no estaba preparada para el golpe de frío que me asaltó en cuanto salí por la puerta de atrás. Dudé de mi decisión un momento, al ver que expulsaba vaho al respirar, pero decidí seguir adelante.

Sabía lo que habría dicho la señorita Masterson si me hubiera visto vagando sola por el bosque a aquellas horas. Mi abuela habría dicho lo mismo. Pero había estado en todos los rincones de El Manantial Azul en el tiempo que llevaba allí, cada vez que íbamos de paseo o a hacer un pícnic. No había animales salvajes en aquellas tierras, y estábamos en un lugar demasiado recóndito como para encontrar vagabundos. La única persona con la que podía encontrarme era el anciano y amable guardés.

Aquel era el día más corto del año y el sol se había puesto temprano. La luz casi había desaparecido por el oeste en el horizonte, y las estrellas ya brillaban en el resto del cielo. La luna recién aparecida y mi propia memoria del camino hasta los acebos me facilitaban el tránsito. El frío era el mayor obstáculo y me arrepentí de no haber cogido unos guantes. La fina capa de nieve crujía suavemente al pisarla.

Encontré los acebos donde los recordaba, en el extremo más alejado de la propiedad. Allí, los jardines terminaban para dar paso a lo que quedaba del bosque silvestre original. Cuando construyeron El Manantial Azul, se talaron los árboles de alrededor de la casa, que fueron sustituidos por enormes extensiones de césped primorosamente cortado y plantas y flores ornamentales. Esa era la costumbre habitual en las parcelas de aquel tipo, y cada vez eran menos frecuentes los bosques.

Había tenido el sentido común de traer un cuchillo para cortar las ramas de acebo. No me iba a dar tiempo a hacer una guirnalda en condiciones, pero podía hacer unos adornos para la chimenea que seguro que ensombrecerían a la hiedra de Clara. Casi había terminado cuando me pareció ver algo por allí cerca.

Primero pensé que mis ojos me engañaban. Se veía bastante bien. La luna se reflejaba en la nieve y el cielo estaba cuajado de estrellas. Entrecerré los ojos para intentar ver mejor aquello que me había llamado la atención, preguntándome si no sería otro reflejo. Pero no, aquello no era el resplandor plateado y pálido de la luna y la nieve. Era una luz más cálida. La luz dorada de una llama.

Venía desde más lejos, en el viejo bosque, en una arboleda de avellanos y robles. Avancé a hurtadillas para investigar. Seguramente sería el guardés. De lo contrario, si era un intruso, podría escabullirme con facilidad y dar la voz de alarma. De nuevo tuve la certeza de que tanto la señorita Masterson como mi abuela tendrían mucho que decir acerca de aquel razonamiento, pero no me importaba.

Aferré con fuerza las ramas de acebo y el cuchillo y avancé, teniendo cuidado de permanecer entre las sombras y al cobijo de los árboles. A medida que me acercaba, pude ver que en realidad había doce luces: varios faroles depositados sobre la nieve formando un diamante en un claro cubierto por las esqueléticas ramas de unos árboles antiquísimos. En el centro del diamante, frente a los venerables robles, había un hombre con un abrigo que flotaba tras él y reflejaba la luz de los faroles en tonos escarlata. Se arrodilló, mirando al este del diamante, e hizo una reverencia mientras murmuraba algo que no alcancé a oír. A continuación, se arrodilló hacia el sur y repitió el ritual.

El terror se asentó en la boca de mi estómago cuando me di cuenta de lo que ocurría. No había hecho caso a los comentarios burlones de Tamsin acerca de los alanzanos y sus celebraciones de invierno, pero allí, ante mis propios ojos, uno de aquellos herejes estaba realizando algún tipo de ritual arcano en mitad de la noche. Puede que no supiera tanto sobre ellos como Mira, pero había oído suficientes cuchicheos en Osfro como para saber que el diamante de doce puntas era un símbolo sagrado de los alanzanos. Representaba a los doce ángeles, los seis de luz y los seis de oscuridad.

«¡Un hereje está haciendo uso de nuestras tierras!» Tenía que volver y denunciarlo. En silencio, empecé a retroceder, justo cuando el extraño se giraba hacia el norte, de frente a mí. Al iluminarse su rostro, pude distinguir unos rasgos que conocía. Unos rasgos que había visto hacía menos de una hora. Unos rasgos que había contemplado largo y tendido.

Cedric.

8

*D*ebido a la sorpresa, el acebo me resbaló de los brazos. Intenté recogerlo sin que me viera, pero era demasiado tarde. Ya había hecho más ruido de la cuenta y le había advertido de mi presencia. Se puso en pie como una exhalación y yo pensé en correr, pero sabía que no podía llegar muy lejos con aquel vestido. En un abrir y cerrar de ojos, llegó hasta mí. Me miró, incrédulo.

—¡Adelaide! ¿Qué estás haciendo aquí fuera?

—¿Yo? ¿Qué estás tú...? Da igual. ¡Ya sé lo que estás haciendo! —Di un paso atrás, blandiendo el pequeño cuchillo—. ¡Aléjate de mí!

—Deja eso antes de que hagas daño a alguien. —Su rostro estaba tenso, no enfadado... solo resignado—. No es lo que piensas.

Aquellas palabras eran tan absurdas que me hicieron detenerme en mi huida.

—Ya. ¿Me estás diciendo que no te he pillado en mitad de un ritual hereje del solsticio de invierno?

Suspiró.

—No. Estoy diciendo que los alanzanos no son las criaturas sedientas de sangre que te han contado que somos.

No me pasó desapercibido aquel uso de la primera persona del plural.

—Pero... ¿me estás diciendo que eres uno de ellos?

Tardó mucho tiempo en contestar. Soplaba un viento frío que me alborotaba el cabello y me congelaba la piel.

—Sí.

El mundo pareció oscilar a mi alrededor. Cedric Thorn acababa de admitir que era un hereje.

Alargó el brazo hacia mí.

—En serio. ¿Puedes bajar eso, por favor?

—¡No me toques! —grité, levantando aún más el cuchillo.

Detrás de él, los faroles proyectaban un resplandor siniestro, y de pronto temí que fuese a lanzarme alguna clase de maldición alanzana. Había oído muchas historias sobre ello pero nunca pensé que podría llegar a ser víctima de una. Pero es que nunca me había visto en una situación parecida con una persona que creía que conocía. Me pregunté si alguien alcanzaría a oírme en la casa si gritaba.

—No grites —dijo Cedric, anticipándose—. Te juro que no hay nada de lo que preocuparse. Todo es igual que antes. Soy el mismo de siempre.

Sacudí la cabeza y noté cómo el cuchillo me temblaba en la mano.

—No es verdad. Crees en la comunión con los demonios…

—Creo que los seis ángeles descarriados son exactamente igual de sagrados que los seis gloriosos. No son demonios. Y creo que la divinidad está en todas partes, en la naturaleza a nuestro alrededor, al alcance de cualquiera —dijo con calma—. No es algo accesible únicamente a los sacerdotes en las iglesias.

Sonaba menos siniestro dicho así, pero me habían inculcado demasiadas reservas.

—Adelaide, tú me conoces. Te encubrí cuando huiste. Le conseguí un trabajo a tu cocinera. ¿De verdad crees que soy una especie de servidor de la oscuridad?

—No —dije, bajando al fin el cuchillo—. Pero… pero… estás confundido. Tienes que acabar con esto. Tienes que dejar de… ser un hereje.

—No es algo que pueda dejar de ser así como así. Es parte de mí.

—¡Podrían matarte si te descubren!

—Lo sé. Créeme, soy muy consciente de eso. Y es algo que asumí hace mucho. —Tirité cuando sopló otra ráfaga de viento helado. Cedric me miró con cara de incredulidad—. Anda, vamos a hablar en un sitio resguardado antes de que te dé una hipotermia.

—¿Como el salón? —pregunté—. ¡Estoy segura de que tus

peligrosas e ilegales creencias darán para una charla interesantí-
sima en la fiesta! No vamos a ningún sitio hasta que entienda
qué está pasando. Estoy bien. Llevo una capa.

—¿Entonces por qué te estás poniendo azul?

—¡No creo que veas tan bien con esta luz!

—Veo que esa capa está pensada para resguardarte en el trayecto de un carruaje a una fiesta, no para estar danzando al aire
libre en la noche más larga del año. Si no quieres ir dentro,
por lo menos vamos ahí.

En un lado del claro había un pequeño cobertizo, abierto por
dos de sus lados, que se usaba para almacenar utensilios y leña.
Me metí dentro y descubrí que bloqueaba un poco el viento. Cedric entró detrás de mí y empecé a encogerme a medida que se
acercaba, aún asustada al recordar su imagen en el centro del
diamante iluminado por las llamas, una prueba viviente de las
horribles leyendas que me habían contado.

Para mi sorpresa, se desabrochó el abrigo escarlata y me
atrajo hacia sí, envolviéndome en los pliegues del grueso tejido.
El calor que sentí disminuyó mi miedo. Olí la fragancia familiar
que tanto me gustaba y descubrí que podía ver cada uno de los
rasgos de su rostro a la luz de la luna ahora que estábamos cerca.
Por pura necesidad, me acerqué aún más al calor que me brin-
daba y me di cuenta de que tenía razón. Era él, el mismo Cedric
que conocía desde hacía casi un año. Y aquello hacía la situación
aún más terrible.

—Podrían matarte —repetí, dejando que el peso de aquellas
palabras cayese sobre mí.

Los tribunales eclesiásticos de Osfrid a veces emitían senten-
cias menores a las mujeres o a los extranjeros descubiertos practicando la fe alanzana. Cárcel. Sanciones. Pero… ¿un ciudadano
osfridiano? ¿Un hombre? Eso podía —y a menudo así era— acabar en ejecución. Los sacerdotes estaban empeñados en que Osfrid conservase su pureza. Y al rey no le gustaba una religión
que defendía que todo miembro tenía voz en lugar de un único
líder todopoderoso.

—Por eso tienes que ir a Adoria —entendí de pronto, pensando en voz alta—. Por eso te has enfrentado a tu padre y has
dejado las clases, ¿verdad? Para poder practicar tu religión a
salvo en Cabo Triunfo.

107

Aunque las colonias osfridianas aún se regían por la ley de la corona, algunas tenían actas constitutivas en las que se permitían ciertas excepciones y libertades. La religión era una de ellas. Embarcar a los herejes y mandarlos a ultramar era más sencillo que intentar aniquilarlos en la madre patria, además de que a cambio se recaudaban impuestos y mercancías.

—No es legal en Cabo Triunfo —dijo—. Ninguna colonia aprueba la fe alanzana. Todavía no.

Incliné la cabeza; tuve que hacer una complicada maniobra para mirarle a los ojos sin salir de la protección de su abrigo. Ahora entendía por qué aquellas levitas eran tan populares en Adoria, con sus difíciles condiciones climáticas.

—¿Acaso va a haber alguna? —pregunté.

—Bueno, no estrictamente alanzana. Pero están redactando el acta constitutiva de una colonia llamada Westhaven que permitirá la libertad de culto a los que vivan en ella. A nosotros. A los sacerdotes errantes. Y a los Herederos de Uros… los que no se hayan ido aún al norte, al menos.

—O sea que podrías ir allí y estar a salvo —dije, sorprendida de sentir alivio por él.

—Está aún en una fase inicial. —Un rastro de la melancolía de antes subrayaba sus palabras—. Todavía se están estableciendo las normas y las leyes. No está abierta a todos los colonos aún, solo a los que abonen una participación para formar parte de la comisión estatutaria inicial. Ser uno de los primeros inversores constituye una gran oportunidad, hay un gran potencial para el liderazgo y la seguridad es inmediata si consigues hacerte miembro. Pero el precio es alto.

—Por eso te aventuraste en la selección de chicas, ¿no? —pregunté—. No bastaba con embarcarte rumbo a Adoria en el negocio familiar. Necesitabas dinero.

—Sí. Pero no tendré suficiente.

Hice una mueca de arrepentimiento.

—Porque reclutaste a una sirminia y a una impostora gracias a las cuales tus comisiones serán mediocres.

—Solo eres una impostora cuando intentas coser o «escardar» verduras.

Le di una palmada en el pecho, enfadada porque se hubiese enterado de la anécdota de los espárragos.

108

—¡Esto es serio! Tienes que salir de Osfrid. Tienes que conseguir llegar a ese lugar seguro... si es que existe algo así para alguien como tú.

No podría decirlo a ciencia cierta, pero me pareció que se estremecía cuando dije «alguien como tú».

—No es solo una cuestión de seguridad. Es una cuestión de libertad. Libertad para ser quien soy sin tener que aparentar delante de los demás. —Señaló el diamante—. Sin tener que esconderme.

Sus palabras me recordaron a las que yo misma había pronunciado meses atrás, cuando le supliqué que me encubriera. Comprendía sus ansias de libertad aunque no entendiera los motivos. Yo había luchado mucho para emprender un camino que me permitiría tener el control de mi propia vida, y lo había hecho con su ayuda.

—Bueno, pero aún no tienes esa libertad. ¿Por qué oras en los terrenos de la Corte Reluciente?

—No esperaba que nadie viniera aquí —dijo con algo de retintín—. Si por mí fuera, no habría venido a la mansión en todo el día... Estaría celebrando el ritual con mis compañeros, no aquí solo. Vosotras festejáis el final de los exámenes, pero para mí es la noche más sagrada del año. Tenía que venir a dar las gracias antes de que empezara la fiesta.

Era difícil para mí encajar al Cedric descarado que creía conocer con este otro, que hablaba con tanta seriedad de asuntos espirituales... asuntos que sonaban absurdos para alguien educado en la fe ortodoxa del Dios único, Uros, al que se rendía culto en el interior de sólidas iglesias en celebraciones tradicionales. Cuando vio que apartaba la mirada y no respondía, Cedric añadió algo más:

—Es curioso... Sabía que, cuando esto se descubriera, los demás me mirarían de forma distinta. Me rechazarían. Estaba preparado para esto. Pero, no sé por qué, no esperaba que me molestara tanto que tú me tengas en menor consideración...

Lo miré de nuevo, conmovida por el tono de su voz. Lo que vi en su rostro me confundió, sobre todo cuando me estrechó entre sus brazos para cubrirme mejor con el abrigo. Tragué saliva y cambié de tema.

—¿Hay alguna otra forma de conseguir el dinero y poder

comprar una participación en la colonia? ¿No puedes pedírselo a tu padre o a tu tío?

—Ya conoces a mi padre —repuso Cedric—. No tiene ni idea de que formo parte de esto. Probablemente me denunciaría él mismo. Descubrí a los alanzanos cuando empecé la universidad, hace un par de años; por fin algo tenía sentido en el mundo. Sabía que era lo que quería, pero también sabía que no podía decir una sola palabra a nadie, ni siquiera a mi familia. Mi tío tampoco me ayudaría, hace todo lo que dice mi padre. Y otras formas de financiación... Podría encontrar un trabajo aquí, pero me llevaría mucho tiempo reunir el dinero que necesito para la colonia, sobre todo si no termino la carrera. Probablemente acabaría de jornalero, y no podría ir hasta que la colonia esté abierta para todos los colonos... Y eso no será pronto. Cualquiera que no forme parte de los miembros iniciales de la comisión estatutaria tardaría al menos un año en conseguir la ciudadanía.

—Bueno, no puedes quedarte aquí a terminar la carrera —dije con tono firme—. Tiene que haber otra forma de hacer dinero rápido.

Se rio.

—Si la hubiera, ¿crees que tu familia habría pasado por todas esas dificultades? A ver, hay formas de hacerse rico rápidamente en el Nuevo Mundo, y algunas funcionan. Pero la Corte Reluciente es una de las mejores. Transportar mercancías de lujo (en eso se incluye a las mujeres) puede reportarte grandes beneficios allí. No tienen acceso a las mismas cosas que tenemos aquí.

—¿Qué clase de mercancías de lujo? —pregunté mientras trataba de ignorar los tiritones cada vez más frecuentes.

—Especias, joyas, porcelana, cristalería. —Hizo una pausa para pensar—. Mi padre hace una fortuna vendiendo telas. Las lleva junto con las chicas y, gracias a las telas, cubre de sobra lo que se gasta en vuestro vestuario, que luego revende para obtener más beneficios una vez que os casáis. Los objetos exclusivos también son muy valiosos. Los muebles antiguos. Las obras de arte.

Aquello hizo que diese un respingo.

—¿Obras de arte? ¿De qué tipo?

—De cualquiera. Allí no hay galerías ni grandes artistas. Y muy pocos se arriesgan a enviar sus cuadros o esculturas al otro lado del océano para venderlos allí. Es demasiado difícil, demasiado arriesgado. Pero, si lo hicieran, conseguirían enormes beneficios. Maldición... Te castañetean los dientes. Tenemos que irnos.

Empezó a empujarme en la dirección en que había venido, pero yo me resistí, obstinada, obligándole a que nos quedásemos donde estábamos.

—Entonces... Si pudieras vender un cuadro, sería de gran ayuda para conseguir el precio que tienes que pagar.

Sacudió la cabeza.

—Si pudiera vender el cuadro correcto al comprador adecuado, cubriría de sobra mi participación en Westhaven.

—Pues tienes que conseguir un cuadro.

—Los cuadros valiosos no se encuentran tirados por ahí. Bueno, hay algunos en las mansiones de mi tío, pero no voy a robarle a mi propia familia.

—No tienes que robar nada si puedes hacer uno tú —dije, llevada por la emoción.

—Yo no puedo hacer un...

—Tú no. Yo. ¿No te acuerdas de aquel día en Osfro? ¿El cuadro de las amapolas?

Se quedó en silencio. Los ojos oscuros brillaban a la luz tenue y me observaban pensativos.

—Creía que era un juego.

—No lo era. Bueno, a ver, sí que lo era... es difícil de explicar. Pero puedo hacerlo. Puedo copiar cualquier cuadro famoso. O, si no quieres una réplica exacta, puedo imitar el estilo de un artista y podemos decir que hemos encontrado una obra perdida. ¿El Florencio del salón de la mansión? Con tiempo, podría copiarlo sin ningún problema.

—¿Quieres vender un cuadro falsificado en Adoria? —preguntó con incredulidad.

—¿De verdad crees que notarían la diferencia? —le reté.

—Si nos pillan...

—Añádelo a la lista de todas las cosas que nos pueden ocasionar problemas.

—La lista se está alargando más de la cuenta. —Pero la preocupación inicial estaba dando paso a una calidez y un entusiasmo que conocía bien. El Cedric que yo conocía: el estratega,

111

el vendedor. Me miró durante un rato largo mientras el viento soplaba a nuestro alrededor—. ¿Sabes el riesgo que corres al hacer esto?

—No más del que corriste tú cuando me protegiste aquella noche en las puertas de Osfro. Te dije que te debía un favor.

Noté que se decidía.

—De acuerdo. Lo haremos. Pero primero… tenemos que entrar en la casa.

Abandonamos la exigua protección del cobertizo, tiritando los dos. Apagó los faroles mientras yo recogía el acebo. Lo observé y sentí que la incomodidad de antes volvía a despertarse en mi interior al recordar las advertencias de los severos sacerdotes en la iglesia. Entonces, Cedric volvió junto a mí con el rostro iluminado y animado por el plan que se perfilaba ante nosotros, y las advertencias se apagaron hasta quedar en un mero ruido de fondo. Me envolvió con su abrigo lo mejor que pudo y pusimos rumbo a la mansión, caminando muy pegados.

—¿Se puede saber cómo vamos a encontrar la forma de que pintes el cuadro en secreto? —preguntó, urdiendo ya el plan en su cabeza.

—Tendrás que planear la logística —repuse—. Y yo me esforzaré en encontrar un marido para que puedas conseguir esa comisión mediocre.

—De acuerdo. No pienso distraerte de esa tarea. Ya se me ocurrirá algo.

Las luces de la mansión brillaban ante nosotros y, a pesar de mi confianza de hacía solo un momento, no pude evitar sentir cierta incertidumbre. No por el cuadro; estaba segura de que podía hacer eso. Pero la logística sería complicada. Conseguir el material y, lo que era más importante, un lugar donde pintar, no sería tarea fácil. Entre eso y los problemas que podíamos tener para venderlo en Adoria, las posibilidades de que Cedric consiguiera el dinero que necesitaba no eran nada alentadoras.

Justo antes de llegar a la puerta trasera, se detuvo y me miró a los ojos.

—Hablaba en serio cuando te he dicho que las historias que te han contado no son ciertas. Los alanzanos somos gente normal. Gente normal con vocaciones y principios. Solo tenemos una visión distinta de cómo funciona el mundo.

—Cedric, no te tengo en menor consideración. Siempre he sentido… —No pude terminar la frase y sentí que no debía haberla empezado nunca. Me aparté de él, pero me sujetó del brazo y me atrajo hacia sí.

—Adelaide… —Las palabras también le fallaban a él, y finalmente me soltó—. De acuerdo. Vamos.

Entramos en la casa, con las consiguientes miradas de sorpresa de la señorita Masterson, los demás profesores y el resto de las chicas, que ya estaban reunidos para la cena. Sabía que estaba sonrojada y despeinada, pero Cedric se apresuró a encubrirme, como siempre.

—Adelaide no iba a cejar en su empeño hasta que consiguiera el acebo, así que me ofrecí a salir a buscarlo con ella.

Su sonrisa era tan plácida como siempre y para nada indicaba la más remota posibilidad de que practicara una religión controvertida que podía hacer que lo ejecutaran.

La señorita Masterson chistó con expresión reprobatoria.

—Admiro tu esfuerzo, querida, pero no hace una noche para estar al aire libre. Gracias por cuidar de ella, maese Cedric.

Pero ¿quién cuidaría de él? La pregunta me atormentó el resto de la noche. Participé como la que más en la cena, los juegos y la conversación, pero mi mirada siempre se desviaba hacia Cedric. Él también se mostró sociable, pero yo sabía que no era más que su forma habitual de tratar con los demás. Ahora que entendía lo que ocurría, podía dilucidar la preocupación que cargaba sobre los hombros. Una vez más, me pregunté si mi cuadro falsificado —si es que conseguíamos llevarlo a buen término— sería suficiente para salvarle.

—¿Por qué estás tan ausente esta noche? —Tamsin caminó hacia mí desde el otro extremo del salón. Llevaba un vestido azul que le quedaba impresionante con el pelo rojizo, aunque enseguida nos hizo saber que el color que mejor le iba era el verde.

—Estoy preocupada por los exámenes —mentí.

—¿En serio? —preguntó—. Siempre me ha parecido que las clases y los estudios te daban un poco igual.

—Será que me estoy dando cuenta de la realidad.

Me observó de cerca.

—Supongo que sí. Siempre puedes servirte otra copa de vino

cuando la señorita Masterson no esté mirando. O, si te preocupa de verdad, puedes repetirlos después de que nos den las notas.

—¿Repetirlos? —Yo misma se lo había sugerido a Mira, pero nunca me había planteado hacerlo yo.

—Claro —dijo Tamsin—. Yo lo haré. A ver, creo que lo hice bastante bien, pero ¿por qué no asegurarme? No puedo dejar pasar ninguna oportunidad.

Sus palabras me golpearon como una bofetada. La miré fijamente durante un rato y, después, volví la vista hacia el salón abarrotado. Cedric estaba de pie junto al fuego, hablando con el señor Bricker, que gesticulaba de una forma que hacía sospechar que se había tomado varias copas de vino. Como si notase mi mirada, Cedric levantó la vista y me sonrió brevemente antes de seguir con su conversación.

—¿Adelaide? ¿Estás bien? —preguntó Tamsin.

La miré de nuevo.

—Sí… sí. Es que de repente se me ha ocurrido algo en lo que no había pensado antes.

—¿Qué? —preguntó.

—No tiene importancia —murmuré, sonriendo—. Dime qué notas crees que va a sacar cada una.

Le encantaba explayarse en este tipo de conjeturas, ya que había pasado mucho tiempo analizando a nuestras compañeras. Se puso a hablar y yo asentí y sonreí en los momentos apropiados mientras hacía planes acerca de mi futuro próximo.

Cedric necesitaba dinero para tener acceso a Westhaven y mantenerse con vida. ¿Podría conseguirlo con mi cuadro falsificado? Sí, siempre y cuando todo saliese bien. Pero ¿y si no salía todo bien? Entonces necesitaba un plan b. No tenía ninguna forma de darle dinero, pero me di cuenta de que sí podía conseguirlo. ¿Podía garantizar que fuese capaz de abonar la totalidad de su participación para entrar en Westhaven? No, pero podía garantizar que tuviera un buen comienzo.

Y la única forma de lograrlo era haciendo que la comisión que consiguiera por mi matrimonio no fuera tan mediocre.

114

9

*C*edric se marchó al día siguiente de la fiesta del solsticio de invierno, y pocos días después nos dieron los resultados de los exámenes. Llegaron a la vez que Jasper y la señorita Garrison, una de las modistas de la Corte Reluciente, que quería empezar a diseñar nuestro vestuario cuanto antes. La señorita Masterson entró con paso formal en la biblioteca, donde todas esperábamos ansiosas en ordenadas filas. Sacó la lista con las notas y la colocó sobre la chimenea, y después retrocedió. Hubo un momento de duda, pero enseguida rompimos filas y nos lanzamos en tropel hacia delante.

En la lista figuraban las puntuaciones de las chicas de las cuatro mansiones. Encontré mi nombre enseguida, exactamente en la mitad, tal y como esperaba. Era una buena nota, y además la puntuación solo importaba para la promoción en Adoria. A un hombre rico que se prendara de la apariencia de una muchacha probablemente no le importaran sus resultados en los exámenes, pero las que tenían las notas más altas tendrían más oportunidades de conocer a dichos hombres.

Mira, de pie detrás de mí, dejó escapar una leve exclamación de sorpresa. Encontré su nombre varios puestos por encima del mío, en una respetable séptima posición entre todas las mansiones, justo por delante de Clara.

—¡No me lo creo! —dijo Mira—. Al final no voy a tener que fregar suelos. —A nuestro alrededor, la sala zumbaba con el murmullo de las demás chicas charlando.

La abracé.

—Pues yo sí que me lo creo. Estabas preocupada solo por tu acento, pero te has esforzado un montón en las demás…

El quejido de una voz familiar me distrajo. Enseguida vi a Tamsin de pie al otro lado del grupo, con los ojos muy abiertos. Se giró hacia la señorita Masterson con expresión de incredulidad.

—¿Cómo es posible que haya quedado tercera? ¡Las chicas que están por encima de mí tienen la misma nota que yo! —Al estudiar rápidamente la lista, vi que los nombres de dos chicas de otras mansiones ocupaban el primer y el segundo puesto.

—Sí —concedió la señorita Masterson—. Habéis empatado, ha sido impresionante, la verdad. La decisión responde a una cuestión meramente estética. —Señaló a la señorita Garrison—. Winnifred, la chica que ha quedado primera, estará preciosa con los tonos diamante. La segunda piedra preciosa es el rubí, y está claro que el rojo no iría bien con tu cabello. Así que la tercera, el zafiro, parecía...

—¿Zafiro? —la interrumpió Tamsin—. ¿Zafiro? Todo el mundo sabe que mi color es el verde. ¿La esmeralda no es acaso más inusual que el zafiro?

—La tela verde no ha llegado todavía —dijo la señorita Garrison—. No creo que me llegue hasta una semana antes de que zarpéis.

La señorita Masterson asintió.

—Las categorías son flexibles... Lo que buscamos es más bien una gama de piedras preciosas. Pensamos que era mejor decidirnos por el zafiro para que pudiese empezar a confeccionar tu vestuario cuanto antes. De lo contrario, habría tenido que trabajar a última hora.

Tamsin lanzó una mirada fría a la modista.

—También podría coser un poquito más rápido.

—¡Tamsin! —exclamó la señorita Masterson, sustituyendo la expresión por la de institutriz estricta a la que nos tenía acostumbradas—. Te has pasado de la raya. Te conformarás con el zafiro, y deberías dar gracias por estar entre las tres primeras. Y vigila ese tono.

Sabía que Tamsin seguía triste, pero respiró hondo y se tranquilizó visiblemente antes de volver a hablar.

—Sí, señorita Masterson. Lo siento mucho. Pero puedo repetir los exámenes en los que he sacado peores notas, ¿verdad?

—Por supuesto. Todas las chicas podéis hacerlo. Pero, si te soy sincera, con un 9,99, dudo que puedas aspirar a nada mejor.

—A la perfección —replicó Tamsin.

La mayoría de las chicas estaban satisfechas con su nota. Incluso las que tenían notas más bajas serían presentadas con todo tipo de agasajos en Adoria, y volver a hacer los exámenes no era plato de gusto para nadie.

La señorita Garrison y sus ayudantes empezaron a tomarnos medidas y a sacar muestras de telas de todo tipo mientras se decidían las piedras preciosas de cada una. Me acerqué a la señorita Masterson y le pregunté si podía repetir los exámenes.

—Claro que sí —dijo, con aire sorprendido. Dada mi habitual mediocridad hasta entonces, entendía que no esperase esta iniciativa por mi parte. Revisó los papeles que llevaba y sacó uno con todos mis resultados, donde se detallaba la nota que tenía en cada asignatura—. ¿Cuáles quieres repetir?

Apenas miré la hoja de papel.

—Todos.

—¿Todos? —repitió—. Eso no es habitual.

Me encogí de hombros como única respuesta.

Señaló dos notas en concreto.

—Aquí has sacado muy buena nota. No creo que haga falta repetir estos.

—No importa, quiero hacerlo.

Tras una vacilación, asintió brevemente con la cabeza.

—Tendré que hacer un horario para que puedas organizarte con todos los profesores, pero cualquier chica tiene derecho a volver a examinarse. Entre tú y yo, la mayoría de las chicas que han hecho los exámenes de nuevo solo han subido unos pocos puntos. La señorita Garrison y yo te hemos asignado la amatista, y las telas violetas son una maravilla. Dudo que aumentes la nota lo suficiente como para cambiar de piedra preciosa, pero ¿de verdad te gustaría cambiar?

—Quiero volver a hacerlos —reiteré.

—Muy bien. Pero, mientras tanto, te tomaremos medidas de todas formas para que la señorita Garrison pueda empezar a coser tus vestidos de amatista.

Lo que había dicho de las telas era cierto. De todas las que la señorita Garrison había traído, las de amatista eran de las más bonitas. Sacó varias muestras de seda en tonos lavanda y de terciopelo morado, asintiendo en señal de aprobación con cada una.

Pero una amatista no podía darle a Cedric la comisión que necesitaba.

—A ti te van bien todos los tonos —comentó—. Con algunas de las demás chicas, las paletas que hemos preparado no van a funcionar.

Mira era una de ellas. Le habían asignado el topacio pero, después de probarle varias telas, quedó claro que los tonos amarillos y ocres no iban con su tono de piel.

—Le irían mejor los rojos oscuros —le dijo la señorita Garrison a la señorita Masterson. La modista miró a Clara—. Podríamos cambiarlas y que Mira se quede con el granate.

Jasper, que estaba escuchando la conversación, asintió con la cabeza.

—Es una gema más común, me parece adecuada.

No me dio tiempo a ofenderme ante el insulto a mi amiga, porque la cara de Clara dejó claro cuánto le fastidiaba el cambio. Eso lo compensaba todo. Más tarde, la oí susurrarle al oído a Caroline:

—Odio el amarillo. Me hace parecer enferma.

Tamsin fue una de las últimas en terminar las pruebas, sobre todo porque no paró de quejarse de lo inaceptable que le parecía la tela azul. Cuando por fin terminó y subió a la habitación con nosotras, murmuró:

—No veo el momento de repetir los exámenes y quedar la primera. Van a ver lo mucho que han metido la pata. El blanco me quedará igual de bien que el verde.

Me tropecé en un escalón y tuve que agarrarme a la barandilla para no caerme. En mi plan de repetir los exámenes, no me había parado a pensar en Tamsin. Si conseguía el primer puesto, ¿dónde quedaría ella? Sus palabras resonaban en mis oídos: «Si supieras lo que hay en juego…»

No lo sabía, no. Pero sí sabía lo que había en juego para Cedric. Su vida. Por terrible que fuera lo que se jugara Tamsin, ¿podía ser comparable a eso? Y ¿de verdad sería tan terrible? Sus sentimientos parecían sinceros el día de la visita de las familias, pero la había visto hacer mucho teatro en el tiempo que llevábamos allí. ¿No sería su obsesión por ser la mejor una simple cuestión de orgullo? ¿Ansias de grandeza sin más?

Tenía que elegir entre los dos. Mi mejor amiga o... ¿quién? ¿El hombre que me salvó? Daba igual cómo quedase Tamsin en la clasificación, a ella la aguardaba un futuro próspero en Adoria. De mi posición, en cambio, podía depender la vida de Cedric. Solo podía hacer una cosa.

Satisfecha con su nota y su piedra preciosa, Mira pudo descansar en los días que siguieron, y pasó la mayor parte del tiempo enfrascada en la lectura de su adorado libro de aventuras. Tamsin y yo, sin embargo, volvimos al estrés de los exámenes mientras los profesores se repartían los horarios de toda la semana entre las distintas mansiones. Al igual que la señorita Masterson, Tamsin se mostró desconcertada con que fuese a repetir todos los exámenes.

—¿Por qué quieres hacer esto? —me preguntó de camino al examen de danza—. ¿Crees que el resultado va a cambiar mucho? Y además, ¿de verdad quieres cambiar de piedra preciosa? Los vestidos te quedan perfectos. No como nos pasa a otras.

Tuve que desviar la mirada porque aún me sentía un poco culpable a pesar de que la decisión estaba tomada.

—Solo necesito ver de lo que soy capaz.

La señorita Hayworth se reunió con nosotras y con Caroline, la única que iba a repetir el examen de danza además de Tamsin y yo, en el salón de baile.

—Seguiremos el mismo formato de la otra vez. Repetiremos cada uno de los bailes y veremos si habéis mejorado.

Tamsin había mejorado un poco en el paso que siempre le daba problemas. Por alguna razón, el ritmo la despistó. Caroline no había mejorado en absoluto. De hecho, lo hizo peor, pero, por suerte, la señorita Masterson solo tenía en cuenta la nota más alta de las dos.

¿Y yo? Bueno, lo mío fue harina de otro costal.

No sé quién de las tres estaba más atónita. Ejecuté cada uno de los pasos de baile a la perfección, tanto a nivel técnico como artístico, y me alivió enormemente poder sacar a relucir mi yo auténtico. Llevaba la mayor parte del año ocultando lo que era capaz de hacer tras la fachada que había construido. Ahora, todos los años de formación y fiestas de sociedad volvieron a mí y lo disfruté.

Los demás exámenes tuvieron resultados similares. Como

119

la vez anterior, los escritos me permitieron ocultar mis respuestas a mis compañeras. Pero en las pruebas con público, todas mis «nuevas» habilidades quedaron expuestas a ojos de todas. Como ninguna de las demás chicas repitió todos los exámenes, nadie pudo apreciar lo bien que me desenvolví en todas las asignaturas.

Pero eso cambió con la llegada de los resultados la semana siguiente.

En aquella ocasión no hubo lista pública, solo una reunión convocada por la señorita Masterson en el salón. Nos colocamos en filas. Jasper Thorn estaba con ella de nuevo, y ambos tenían una expresión que no era tanto de seriedad como de… perplejidad. Cuando ella iba a tomar la palabra, Cedric llegó corriendo. No lo había visto ni había sabido nada de él en las últimas dos semanas, así que llevaba todo aquel tiempo preguntándome cuáles serían los planes para nuestro proyecto de pintura.

Vi que murmuraba una disculpa mientras ocupaba su lugar junto a su padre. Jasper no dijo nada y mantuvo la fachada agradable que siempre lucía cuando aparecía junto a su hijo en público.

La señorita Masterson lo saludó con una inclinación de cabeza y, a continuación, se giró hacia nosotras.

—Sé que algunas de vosotras estáis esperando los resultados de la convocatoria extraordinaria de los exámenes, así que os alegrará saber que ya han llegado. La mayoría habéis mejorado, de lo cual me siento particularmente orgullosa. Pero no ha habido ningún cambio significativo como para cambiar de puesto ni de joya. —Hizo una pausa—. Con una excepción.

A mi lado, Tamsin se puso recta y levantó la barbilla, orgullosa. Noté cómo temblaba de emoción esperando escuchar que había superado a las dos chicas que habían quedado por encima de ella en la lista.

—Adelaide —dijo la señorita Masterson, mirándome fijamente—, tus notas han sido… extraordinarias, por decirlo de un modo suave. Nunca había visto a una chica incrementar su nota de esta forma. Y… nunca había visto a una chica alcanzar la puntuación máxima. —Dejó que sus palabras calaran en el auditorio y sentí los ojos de todas sobre mí. Los de Tamsin, más abiertos que ningunos—. Es inusual que modifiquemos los temas en función de la convocatoria extraordinaria, aunque existe tal posibilidad. Y, en este caso, es absolutamente imprescindible llevarla a la práctica.

Jasper dio un paso adelante y tomó la palabra. Estaba tan animado como siempre, pero algo me decía que no estaba del todo contento con el giro que habían dado los acontecimientos.

—Adelaide, querida, has desbancado a Winnifred, de la mansión Dunford, del primer puesto: el diamante. Todas las chicas que estuvieran por encima de ti descenderán un puesto. Todas las chicas conservarán, no obstante, sus piedras preciosas, con alguna excepción.

—Como ha explicado maese Thorn, tú serás el diamante —explicó la señorita Masterson—. Tú y Winnifred tenéis más o menos la misma talla, así que la señorita Garrison podrá ajustar sus vestidos para ti sin mayor dificultad. Como su puntuación era muy alta, no puedo asignarle una piedra semipreciosa como la amatista. Creemos que le irá mejor el zafiro, así que hemos hecho un par de cambios de última hora: Tamsin, finalmente podrás tener la esmeralda. La señorita Garrison me ha confirmado que las telas verdes llegarán la próxima semana, y ella y sus ayudantes trabajarán contrarreloj para tener tu vestuario listo a tiempo.

Tamsin estaba boquiabierta y miraba a la señorita Masterson como si esta hablase en otro idioma.

—Pero… si los puestos se han movido, eso significa que… estoy en cuarto lugar.

—Sí.

Aquel fue uno de los pocos momentos en los que Tamsin se quedó en silencio, y noté un nudo en la garganta. Jasper, al ver su decepción, le sonrió con confianza.

—Vas a deslumbrarlos a todos con tus vestidos de esmeralda. Aunque no estés invitada a todas las fiestas de la élite, sé que habrá una altísima demanda por ti. Estoy orgulloso. Estoy orgulloso de todas mis chicas… aunque parece que esta temporada ha sido mi hijo quien ha encontrado a la joya de la corona. —Jasper no parecía particularmente orgulloso de eso. Las tres mejores siempre habían sido adquisiciones suyas hasta entonces.

Con aquel dramático giro de guion, casi había olvidado que Cedric estaba allí. Lo miré y vi que posiblemente él era el más sorprendido de la sala. Ni siquiera parecía capaz de fingir una sonrisa.

Jasper pronunció unas palabras de ánimo más para todo el grupo y nos dijo que estaba emocionado ante la perspectiva de llevarnos a Adoria la semana siguiente. Tenía que hacer negocios importantes, así que había fletado dos barcos para la travesía. Nosotras viajaríamos con las chicas de la mansión Guthshire. La Cresta del Cisne y Dunford irían en el otro barco.

Cuando se disolvió la reunión, un frenesí de emoción estalló a mi alrededor y me vi inmediatamente sepultada por un montón de chicas que querían saber cómo había conseguido sacar aquella nota. Fue un alivio que la señorita Masterson me llevase con ella para discutir la logística de los pasos siguientes.

—Es realmente impresionante —me dijo en la intimidad del estudio—. Maese Jasper sugirió que podías haber hecho algún tipo de trampa, pero le dije que si habías encontrado la manera de engañarnos para hacer ver que tocas el arpa o que bailas así de bien la vuelta lorandesa de dos pasos, solo ese engaño ya merecía una recompensa. Impresionante.

Tragué saliva.

—Supongo que en realidad he aprendido más de lo que creía. De pronto recordé las lecciones que había recibido cuando era criada de una dama noble.

—Bueno, en cualquier caso, todos trabajaremos duro para solucionar las dificultades iniciales. Creo que todo saldrá bien. Los vestidos de diamante son en tonos blancos y plateados, que te van de maravilla a ti también. Tendrás que sacar tiempo para que la señorita Garrison te los arregle esta semana.

—Sin problema —dije, aún sorprendida de lo bien que había salido mi plan—. Estoy disponible para lo que necesiten.

Cedric apareció en el umbral de la puerta. Había sustituido su expresión de sorpresa de antes por una jovial sonrisa.

—Señorita Masterson, ¿os importa que os robe a Adelaide un momento cuando termine? Sé que todos estos cambios pueden ser algo abrumadores, y solo quería darle ánimos.

La señorita Masterson sonrió.

—Sí, por supuesto. Ya hemos terminado.

El invierno aún seguía su curso, pero el sol había salido con la fuerza suficiente y hacía un buen día. Cedric sugirió que diésemos un paseo para disfrutar del tiempo, pero sospeché que solo quería asegurarse de que nadie nos oyese. Me alivió que nos dirigiésemos hacia una arboleda de majuelos en lugar de al antiguo bosque donde había llevado a cabo su ritual la noche del solsticio.

—Pero ¿qué has hecho? —preguntó—. ¿Estás mal de la cabeza?

—¡Pues salvarte, eso es lo que hecho! —Esperaba que estuviera sorprendido, pero aquella vehemencia me desarmó un poco.

Se pasó una mano por el pelo, despeinando la pulcra coleta que llevaba.

—No tenías que llamar la atención. ¡Te lo dije el primer día! ¿No has oído a la señorita Masterson? Nunca nadie había hecho algo así. Nadie saca tan buenas notas. ¡Nadie saca la nota máxima! Nadie.

—Pero yo…

—¿De verdad crees que todo el mundo va a quedarse maravillado admirando esto? —prosiguió mientras caminaba de un lado a otro—. ¿De verdad crees que solo van a reírse y sacudir la cabeza? ¡Alguien va a hacer preguntas! ¡Alguien va a preguntarse cómo es posible que la criada de una condesa haya obtenido una nota perfecta tras meses de resultados mediocres! ¡Alguien va a hacer cábalas y se va a dar cuenta de que la tal criada no es una criada!

Me coloqué ante él con las manos en las caderas.

—¿Y qué si lo hacen? ¡Mejor que pillen a una noble a la fuga a que se descubra que eres un hereje! Además, en un par de semanas, estaremos de camino a Adoria. Nada de esto importará.

—No estés tan segura —dijo con tono sombrío—. Estas cosas pueden perseguirte a todas partes.

—¿Qué es lo peor que puede pasar? ¿Que me lleven de vuelta con la abuela? ¡Prefiero eso a verte en el patíbulo de Osfro!

—¿Acaso crees que no me colgarían por secuestrar a una noble? —preguntó, acercándose a mí.

—No. Me aseguraría de que no parecieras involucrado en absoluto. Asumiría toda la culpa yo… Pero eso no va a ocurrir. Aun cuando alguien nos siguiera hasta Adoria, estaré casada antes de que nadie pueda reclamarme. Y ese —añadí, orgullosa— es el objetivo de todo esto. Estas notas son solo el principio. Espera a que lleguemos allí. Habrá una guerra de pujas. Tendré a los hombres comiendo de mi mano.

—No me cabe la menor duda —refunfuñó.

—No te burles de mí —repliqué—. Gracias a lo que he hecho, conseguirás la mayor comisión de la temporada. Puedes quedarte con parte de mi dinero de la fianza. Quizá no puedas cubrir el total de tu participación en Westhaven, pero todo será más fácil si el plan del cuadro fracasa.

Me miró y declaró:

—Nada que tenga que ver contigo es fácil nunca.

Cerré los puños a ambos lados de mi cuerpo.

—Las palabras que estás buscando son «gracias, Adelaide, por pasar por todos estos apuros para ayudarme».

—Es demasiado arriesgado. —Sacudió la cabeza—. No deberías estar haciendo esto.

A medida que hablaba, me fui dando cuenta de que no hablaba del riesgo para él. No estaba preocupado por que se descubriera que estaba implicado en mi desaparición. Lo que quería evitar era que yo quedase como una impostora y tuviese que marcharme.

—¿Por qué no? —pregunté—. Después de todo lo que has hecho por mí… Me salvaste, Cedric. Me estaba ahogando en Osfro. Por supuesto que tengo que hacer esto. Y haré más si es necesario para que sigas con vida a pesar de todo lo que has hecho.

Me había estado mirando muy fijamente mientras hablaba, como si no pudiera creer mis palabras. Al final, su expresión se quebró en una sonrisa y la tensión se relajó.

—¿A pesar de todo lo que he hecho?

—Eres tú quien ha elegido complicarse la vida cometiendo herejía.

—Esto no se elige. Te elige a ti.

—Si tú lo dices —repuse. Mantuve un tono relajado y despectivo pero, por dentro, me aliviaba no seguir discutiendo con él—. ¿Y cómo te eligió? No te lo tomes a mal… pero no pareces un tipo especialmente espiritual.

Hizo un gesto señalando la casa y lo seguí.

—Desde niño, siempre ha habido un montón de cosas que no me gustan en el mundo. Mis padres están casados, pero bien podrían no estarlo. Siempre han vivido separados y todos hemos fingido que eso era lo normal. En mi casa no estaba permitido mostrar tus sentimientos; bueno, nada estaba permitido. Todo era disciplina y guardar las apariencias, como enseñan las iglesias tradicionales. Entonces me contaron que los seis ángeles caídos no eran malvados, sino que sencillamente gobiernan las emociones y el instinto, algo que los rígidos sacerdotes de Uros temen. Me contaron que no pasaba nada por aceptar mi lado emocional, por aceptar mi auténtica naturaleza. Que podía dejar vía libre a mis pasiones.

Pensar en Cedric dejando vía libre a sus pasiones me bastó para perder el hilo de su fervorosa explicación.

—Y el resto del culto alanzano también tiene toda la lógica del mundo —prosiguió—. La espiritualidad no tiene límites. Todas las voces son escuchadas. La veneración por la naturaleza. No necesitamos asistir a misas dadivosas pagadas con las limosnas de los devotos y los diezmos abusivos… mientras que mendigos y muchos otros se mueren de hambre a la entrada de las catedrales. No es justo que unos tengan tantas riquezas y otros tan pocas.

—He visto cómo te vistes. No eres un asceta. Y, por irónico que parezca, comercias con hombres increíblemente ricos en el Nuevo Mundo.

—Pero no es lo mismo amasar riqueza comerciando de forma honesta que quitándosela a los que acuden a ti en busca de esperanza y una guía espiritual. ¿No te das cuenta, Adelaide? Los sacerdotes ortodoxos predican que seamos buenos con todos los hombres, pero se abastecen de…

—No. —Levanté la mano—. Basta. Ya veo por dónde vas. Te guardaré el secreto, pero no intentes convertirme a tus creencias paganas.

Se rio.

—Ni en sueños. Pero está bien ver que me paras los pies.

La casa estaba cada vez más cerca, y la claridad momentánea se fue apagando.

—Siento mucho haberlo complicado todo aún más —dije en voz queda.

125

—Ya era todo bastante complicado. Pero ten cuidado... nadie estará a salvo hasta que tengas un caro anillo adorio en el dedo.

—Irá engarzado con un diamante —le dije, ganándome otra sonrisa.

Por dentro, me alivió ver que la mayoría de las chicas estaban ya en sus habitaciones o haciendo otras cosas, lo cual me libraba del diluvio de preguntas. O eso creía.

Cuando llegué a mi habitación, encontré allí a Tamsin y a Mira. Estaba claro que me estaban esperando. Tamsin se puso en pie de un salto.

—¿Se puede saber qué has hecho? —gritó, repitiendo las palabras de Cedric.

—Eh... No sé a qué te refieres.

—¡Que me parta un rayo si no lo sabes! —Este retorno a su lenguaje de antaño habría escandalizado a la señorita Masterson—. ¿Es que todo esto ha sido una especie de broma? ¿Has ido en punto muerto todo este tiempo para luego esprintar y aplastarnos a todas?

Recordé las acusaciones de Cedric cuando llegué a la casa: me dijo que era una farsante por hacerme pasar por Ada, y que si era una broma. ¿Acaso daban siempre esa impresión mis actos? ¿Nunca nadie iba a tomarme en serio?

—¿Cómo lo has hecho? —continuó Tamsin—. ¿Cómo has podido sacar la nota máxima en todo?

—Aprendí muchas cosas cuando trabajé al servicio de mi señora. Siempre estaba rodeada de gente de la nobleza, supongo que los observé más atentamente de lo que creía. Ya lo sabes.

Tamsin no iba a picar el anzuelo.

—¿Ah, sí? ¿Y dónde ha estado todo eso que observaste durante estos nueve meses? Metías la pata constantemente, ¡pero no siempre en las mismas cosas! Dabas una de cal y otra de arena, perfecta a veces y otras siendo un auténtico desastre. ¿Qué clase de juego es este?

—No es ningún juego —dije—. Los nervios hicieron que diese lo mejor de mí. Al final todo salió a la superficie en la recuperación de los exámenes.

—Imposible —aseveró—. No entiendo cómo ni por qué has hecho esto, pero sé que hay algo más. Y si crees que puedes arruinar mi vida y...

—Oh, vamos —la interrumpí, pasando de la defensa al ataque—. No te he arruinado la vida, ni mucho menos.

La furia se apoderó de sus facciones.

—Eso no es cierto. Lo había conseguido. Estaba entre las tres mejores, y entonces has llegado tú y me lo has arrebatado. Sabías lo importante que era para mí, pero te ha dado igual y lo has estropeado todo. Me está bien empleado.

Elevé las manos al cielo.

—¡Tamsin, basta ya! He aguantado tus teatros durante nueve meses, pero esto está yendo demasiado lejos. ¿Me puedes decir qué es lo que he arruinado de tu vida exactamente? ¡Puedes conversar sobre la política actual, sabes qué cubiertos usar para comer siete platos distintos y tocas el piano! Vale, puede que te pierdas unas cuantas fiestas, pero de todas formas vas a casarte con un hombre rico y prestigioso en el Nuevo Mundo. Has llegado muy lejos para ser la hija de una lavandera y, si de verdad fueses mi amiga, tú también te alegrarías de lo lejos que he llegado yo.

—Esa es la cuestión —dijo ella—. Que no sé lo lejos que has llegado. He vivido contigo todos estos meses y sigo sin saber nada sobre ti. Lo único que sé es que has estado mintiéndonos a todos, y este triunfo lo demuestra.

Un batiburrillo de emociones anidó en mi pecho. Ira. Tristeza. Frustración. Odiaba las mentiras y las trampas. Quería contárselo todo a Tamsin y a Mira. Mi título. Lionel. Ada. Cedric. Westhaven. Todos los secretos que tenía enterrados dentro querían —no: necesitaban— salir. Pero no podía hacerlo. Las consecuencias eran demasiado graves, así que tendría que enterrarlos aún más en mi interior y dejar aquella sensación terrible en el aire.

—Tamsin —dijo Mira, tomando la palabra por fin—. Eso no es justo. ¿Qué hay de malo en que ella también haya intentado tener buenas notas? Es lo que queríamos todas. Y ya te lo ha explicado, los nervios sacan lo mejor de ella…

—Esa es la mayor mentira de todas. Nunca ha demostrado tener ningún miedo, desde el primer día, cuando se enfrentó a Clara, o el otro día cuando salió en mitad de la noche a buscar acebo. Las bromas, el aire despreocupado… Todo era una farsa. —Me señaló con un dedo acusador—. Los nervios no son nin-

127

gún problema para ti. Me niego a verme atrapada en tu red de mentiras, y no quiero volver a tener nada que ver contigo.

Aquello hizo que hasta la diplomática Mira se pusiera de pie.

—¿No crees que eso es un poco excesivo? Te estás comportando de manera irracional.

—Y como una niña —añadí yo. Me sobrevino de pronto el estrés de todos los acontecimientos del día. Entre la sorprendente noticia, Cedric y ahora esto me estaba costando un poco mantener la calma.

Tamsin se giró hacia Mira, ignorándome.

—Me niego a que me manipule como a los demás. Y si supieras lo que te conviene, tú harías lo mismo.

—Tamsin —suplicó Mira—. Para un poco, vamos a hablar las cosas.

—No. —Tamsin se dirigió a la puerta, pero se detuvo antes de llegar para dirigirme una mirada pétrea—. No pienso volver a dirigirte la palabra nunca.

Perdí el control.

—No creo que te resulte difícil, ya que no vamos a movernos en los mismos círculos en Adoria.

Puso una cara como si la hubiese golpeado, pero se atuvo a su amenaza. No pronunció una sola palabra y la única respuesta que obtuve fue el portazo que dio al salir de la habitación la primera amiga de verdad que había tenido jamás.

10

La verdad es que no la creí. Tras aquellos meses de tanto drama y emociones fuertes, creía que Tamsin se tranquilizaría y cambiaría de opinión. Pero no lo hizo.

Las semanas que siguieron fueron un torbellino de actividad. Las pruebas de vestuario continuaban a un ritmo acelerado a medida que las modistas trabajaban contrarreloj para terminar los vestidos de todas. Era una cantidad de trabajo abrumadora solo en nuestra casa, y me imaginaba que en las otras tres mansiones debía de ser igual. La tela verde de Tamsin llegó y un día la vi probándose uno de los vestidos. Estaba impresionante, y se lo dije, aunque ella se comportó como si nadie le hubiese hablado.

Mi ropa era igual de bonita. Me habían encantado los vestidos púrpura, pero esta nueva colección incluso los superaba. Algunos de los vestidos, particularmente los de día, eran del más puro blanco, hechos con delicadas telas que nada tenían que envidiar a las que llevaba en mi vida anterior. Los vestidos de noche y de baile eran radiantes confecciones de seda y satén, en relucientes tonos blancos y plateados, adornados con joyas y encaje metálico.

Nos costó un poco acostumbrarnos al estilo adorio. Aunque las faldas largas fueran voluminosas y capeadas con enaguas como las nuestras, no tenían suficiente polisón para rellenar las caderas. No me importaba demasiado, ya que eso las hacía infinitamente más manejables. Las mangas adorias iban más ceñidas al codo, con un acabado de encaje u otro embellecedor en los puños, en lugar de la camisola que se veía a través de las mangas. Eran los corpiños, sin embargo, lo que más me daba que pensar. El corte era sensiblemente más bajo que los de la moda osfridiana, con un sensacional escote que podía poner mucho al descubierto con un corsé particularmente ambicioso.

—Allí se llevan así —dijo la señorita Garrison cuando hice la observación—. Es un nuevo mundo, según ellos, un mundo descarado. Intentan no contenerse por nuestro estilo conservador. —Su tono denotaba que no lo aprobaba del todo, aunque confeccionar cosas semejantes fuese parte de su trabajo—. Bueno, al menos las cosas están tranquilas donde vais vosotras, en Cabo Triunfo. Pero ¿en las colonias del norte? ¿Donde viven esos locos Herederos de Uros? Dicen que eso es otra historia...

Yo asentí amablemente, más interesada en mi escote que en un grupo de conservadores devotos de Uros. Sinceramente, con el riesgo que corría Cedric por su fe alanzana, sentía que mi vida podía ser mucho más sencilla si evitaba cualquier tipo de religión. Si no fuese por la pelea con Tamsin, todos estos preparativos podían haber sido una actividad divertida.

—Cambiará de opinión —me dijo Mira un día—. Sé que lo hará.

Mira seguía comportándose de forma diplomática y hablaba insistentemente con ambas, con la esperanza de solucionar nuestras desavenencias.

—¿Lo hará? —pregunté—. ¿Ha dado alguna señal de que vaya a ser así?

Mira hizo una mueca.

—No. Pero no puede tardar, incluso siendo ella. Quizás una vez que estemos allí y tenga su cohorte de pretendientes se le pase.

—Quizás —afirmé yo. Mi inesperado avance todavía era objeto de mucha especulación en la casa, aunque nadie podía siquiera adivinar la verdad. Sabía que Mira estaba entre aquellos que se preguntaban la razón, pero era lo suficientemente buena amiga como para no presionarme. Parecía que llevaba a cuestas sus propios secretos y podía respetar los de los demás.

El golpe final en la contienda con Tamsin llegó el día que zarpamos. Nos desplazamos hasta el puerto de la ciudad de Culver, en la parte oeste de Osfrid, donde nos esperaban los dos barcos contratados por Jasper. Hacía un día frío y ventoso y, cuando nos arremolinamos junto al muelle, escuché que algunos de los marineros murmuraban acerca de una travesía invernal. La señorita

Masterson también se lo había mencionado a Jasper y él no le había hecho caso, argumentando que la primavera estaba lo suficientemente cerca para evitar las tormentas. Si se adelantaba al resto de comerciantes que vendrían en primavera, podía obtener un mayor beneficio por el resto de mercancía que transportaba.

La señorita Masterson y las institutrices de las demás mansiones vinieron con nosotras, aunque no todas ellas viajarían a Adoria.

—Estaréis en las cualificadas manos de la señorita Culpepper cuando lleguéis —nos dijo la señorita Masterson. El frío viento marino nos azotaba, y me resguardé aún más bajo mi capa—. Ella lo supervisa todo en Adoria y se ocupará de vosotras.

A pesar de sus palabras confiadas, pude ver cierta preocupación en la cara de la señorita Masterson. Nos aleccionaba con un semblante recatado, incluso estricto, pero la dulzura en sus gestos denotaba ahora un cariño subyacente.

—Haced caso de todo lo que os digan y recordad lo que habéis aprendido aquí —nos advirtió la institutriz de La Cresta del Cisne.

—Y no habléis con los marineros —dijo otra institutriz—. Sed discretas e id siempre en grupo si salís de vuestros camarotes.

No hacía falta que nos lo dijese. Los marineros que subieron a bordo nuestro equipaje y la mercancía de Jasper eran fornidos y de aspecto rudo. Yo esquivaba el contacto visual mientras ellos pasaban a nuestro lado con su carga. Tenía entendido que habían sido severamente advertidos de que no se relacionaran con nosotras, pero una nunca es lo suficientemente cuidadosa. Jasper los vigilaba ahora mientras dirigía en qué barcos se transportaría cada mercancía. Entre nosotras y su negocio, estaba convencido de sacar buen provecho de este viaje, y yo pensé que era una lástima que no pudiese usar el dinero para ayudar a su hijo. Pero por lo que había observado, Cedric estaba en lo cierto al suponer que su padre no respaldaría creencias religiosas alternativas.

El propio Cedric apareció cerca de la hora de embarcar, tarde, como era típico en él. Para entonces, la mercancía ya estaba a bordo y era nuestro turno. Jasper leyó nuestros nombres de una lista, indicándonos a qué barco debíamos subir. Nuestra mansión viajaría en el *Buena Esperanza*, así que me quedé estupe-

131

facta cuando escuché que leían el nombre de Tamsin para subir al *Albatros Gris*.

Incluso Mira estaba sorprendida. Al igual que yo, no creo que pensase que Tamsin fuese a llevar nuestra pelea hasta tal extremo.

—Tamsin... —dijo, incrédula, viendo pasar a nuestra amiga.

Pero Tamsin no miró atrás y su única pausa fue para dejarle a la señorita Masterson un fardo de cartas y darle las gracias por ocuparse de enviarlas. Después, continuó su camino. Mi corazón se hundió al verla subir al otro barco. Yo había dado prioridad a los intereses de Cedric sobre los de ella, y a veces, particularmente cuando me despertaba en mitad de la noche, me preguntaba si había tomado la decisión correcta.

—Volverá —reiteró Mira mientras caminábamos por el muelle. No sonaba tan confiada como de costumbre—. Tiene que hacerlo. Este viaje le dará mucho tiempo para pensar.

Nuestro camarote en el *Buena Esperanza* era pequeño, como era de esperar, con tres estrechas literas. A Mira y a mí nos tocó compartirlo con tres chicas más de El Manantial Azul, además de otra llamada Martha, de La Cresta del Cisne. Era ella con quien Tamsin había gestionado el cambio. Nuestro camarote estaba cerca de los de las demás chicas de la Corte Reluciente, y también del de la señorita Bradley, la institutriz de la mansión Dunford. Esta se reunió con nosotras en la pequeña sala común que usaríamos para los almuerzos e insistió en muchas de las advertencias que ya habíamos oído en los muelles acerca de dónde podíamos ir y qué podíamos hacer. Las opciones eran limitadas, y parecía que dos meses hacinadas allí se podían hacer muy largos.

Cuando finalmente zarpamos, fuimos todas a cubierta para contemplar la partida. Mi corazón martilleaba a medida que observaba el ir y venir de las velas y sogas, y la faena de los marineros. Había hecho muchas cosas como condesa de Rothford, pero nunca una travesía de esta magnitud. Había estado en un barco rumbo a Lorandia cuando era niña, pero recordaba muy poco. Aquel viaje duró solo un día y consistió en cruzar el estrecho canal que separaba Osfrid del país vecino. Detrás de nosotros, el *Albatros Gris* estaba zarpando también, y pude divisar el brillante pelo de Tamsin entre las chicas allí reunidas.

—¿Viniste de Sirminia en barco? —le pregunté a Mira, dándome cuenta de repente de que nunca se lo había preguntado antes. Sus ojos estaban fijos en la orilla de Osfrid, cada vez más lejana, y yo me preguntaba si se arrepentiría de dejar el país que le había dado asilo.

—Parte del viaje. Es caro hacer el viaje entero en barco, y la mayoría de los que huíamos de la guerra no podíamos afrontarlo. El grupo con el que yo iba viajó por tierra y después tomó un barco desde Belsia. —Sonrió al recordarlo—. Si crees que nuestro camarote es pequeño, deberías haber visto aquel barco belsio. Ni siquiera teníamos camas, viajamos en la bodega de mercancías. Afortunadamente, aquel viaje duró solo unos días.

Le apreté el hombro, dándome cuenta de que nunca había comprendido totalmente por cuanto había pasado.

—Tuvo que ser horrible.

Ella se encogió de hombros.

—Lo que pasó, pasó. Es el pasado.

—Y ahora avanzas hacia un futuro mejor —dijo Cedric, situándose a nuestro lado. Llevaba las manos metidas en los bolsillos de su abrigo escarlata, lo que me hizo recordar la noche en la que lo sorprendí en mitad del ritual alanzano. Vestido así, parecía un comerciante o un estudiante, pero el viento que le revolvía el cabello le daba un aspecto indómito, y recordé cuando habló de dejar fluir sus pasiones con libertad. Me estremecí.

—Eso espero —dijo Mira—. ¿Cómo es tu camarote?

—Supongo que tendrás un camarote de lujo individual —bromeé.

—Eso mi padre. Yo estoy en un camarote como los vuestros, y lo comparto con otros pasajeros.

Señaló con la cabeza a un grupo de hombres que estaban al otro lado de la cubierta, de una amplia variedad de orígenes por sus ropas y maneras.

—¿Quiénes son? —pregunté, con curiosidad por saber quién más viajaba hacia el Nuevo Mundo. Un hombre, cuyo cabello negro ondeaba al viento, me estaba observando. Si se hubiese afeitado y se hubiese puesto ropa sin arrugas, podría haber sido elegante. Cuando vio que había advertido su mirada, hizo un educado gesto y la apartó.

—En su gran mayoría, comerciantes. Algunos, aventureros. Los que comparten camarote conmigo son lo suficientemente

133

agradables... Y tienen mucha curiosidad por vosotras, como podréis imaginar.

—¿Algún posible pretendiente? —pregunté—. ¿Debo adoptar un aire encantador?

—No sabía que lo hubieses abandonado. —Cedric estudió a los hombres unos instantes y sacudió la cabeza—. Bueno, no creo que sean tan exitosos todavía. No pueden permitirse aspirar a ninguna de vosotras.

Algunas chicas que estaban a nuestro alrededor escucharon sus palabras y lanzaron miradas especulativas al grupo de hombres. Quizás aquel grupo no era muy competente, pero a algunos parecía irles lo suficientemente bien. Pude adivinar lo que pensaban mis compañeras. Para la mayoría de ellas, que venían de familias pobres, cualquiera de aquellos caballeros supondría un gran paso adelante en el mundo. ¿Qué nos esperaba si los hombres de Adoria superaban esto?

Después de que se nos pasara la emoción de la salida, la mayoría de las chicas se retiraron a sus camarotes. Apenas había empezado la travesía, algunas regresaron a cubierta en cuanto hizo aparición el mareo. Yo tenía algo de náuseas al principio, pero pronto se me pasó. Mira no las tuvo en absoluto.

La señorita Bradley prefería que permaneciésemos abajo, pero no nos disuadía de nuestros paseos, siempre que fuésemos en grupo. Su mayor preocupación parecía ser que nos aplicásemos crema hidratante a diario, no fuese a ser que la sal marina nos ajase la piel antes de llegar a Adoria. Mira estaba especialmente inquieta y odiaba estar enjaulada. La acompañé todo lo que pude, aunque sabía que se escapaba a veces para estar sola.

—¿Qué crees que estará haciendo Tamsin? —le pregunté un día. Mira y yo estábamos apoyadas en la barandilla, mirando el *Albatros Gris*. Nunca se alejaba de nuestra vista y entrecerré los ojos, tratando de localizar su cabello pelirrojo.

—Estará haciendo planes —dijo Mira—. Midiendo a las otras chicas y pensando cómo superarlas.

Sonreí al pensarlo, pues sabía que estaba en lo cierto.

—Sus rivales están allí, ¿no? Las chicas que empataron con ella.

Mira asintió.

—Quizás todo esto sea una estratagema para poder espiar a sus competidoras.

—Ojalá lo fuera.

Sentía un dolor en el pecho siempre que observaba el otro barco. Era increíble lo mucho que echaba de menos los cálculos de Tamsin; el distanciamiento entre ambas parecía ensombrecer cualquier alegría que hubiese podido obtener de aquel viaje.

Mira, valiente como siempre, se acercó a la barandilla y miró fijamente al mar. Me hizo estremecerme. Tenía un miedo constante a que se cayera al agua. Aparté la mirada y contemplé la inmensidad del mar gris azulado. «No muy distinto a los ojos de Cedric», me dije.

—Qué bonito —murmuré.

—¿Es vuestro primer viaje?

Me giré y vi al hombre que me había estado mirando el primer día, el que necesitaba un afeitado o dejarse crecer una barba en condiciones. De hecho, cuanto más lo estudiaba, más quería… Bueno, asearle. Su ropa arrugada era lo suficientemente respetable, pero, como había apuntado Cedric, difícilmente a la altura de alguien que pudiese permitirse aspirar a nosotras.

—Lo siento —dijo con una sonrisa—. Se supone que no debemos hablar sin presentarnos formalmente antes, ¿verdad?

—Bueno, no son unas circunstancias muy formales —dije mientras Mira se acercaba a mí de nuevo—. Soy Adelaide Bailey, y esta es Mira Viana.

—Grant Elliott —contestó—. Me quitaría el sombrero si tuviera uno, pero aprendí hace tiempo que no merece la pena llevarlo con este viento.

—¿Habéis estado en Adoria antes? —preguntó Mira.

—El año pasado. Tengo una tienda donde vestimos a la gente para explorar y para la supervivencia en la selva. Mi socio ha estado al frente durante el invierno y ahora vuelvo yo para encargarme.

Los ojos de Mira se iluminaron.

—¿Habéis participado en muchas exploraciones, señor Elliott?

—Alguna que otra vez —respondió, girándose y centrándose en mí de nuevo—. Nada que os pudiera resultar interesante. Ahora, ayúdenme a entender cómo funciona la organización. Estáis clasificadas por joyas, ¿cierto? Y vos sois la número uno, ¿no?

135

—El diamante —afirmé—. Y Mira es el granate.

—Entonces, eso significa que podréis asistir a todo tipo de…

—Aquí estáis. —Cedric se aproximó a nosotros, sonriendo al ver a Grant—. Parece que ya os conocéis. El señor Elliott es uno de los caballeros que comparte camarote conmigo. Adelaide, necesito robarte un momento. —Hizo un gesto hacia otro grupo de chicas que estaban cerca—. Mira, ¿volverás abajo con ellas cuando se vayan? Creo que lo harán pronto.

—Por supuesto —dijo Mira—. Y quizás el señor Elliott pueda hablarme más acerca de su negocio.

Grant sacudió la cabeza.

—Me encantaría, pero acabo de recordar que tengo algo que hacer.

Se marchó, y Mira se acercó a las otras chicas. Cedric me hizo un gesto para que le siguiese; yo esperaba que sencillamente me llevaría a una zona privada de la cubierta para hablar. En lugar de eso, bajó, guiándome a través de los angostos pasillos interiores hasta que llegamos a una bodega llena de cajas apiladas hasta el techo.

—¿Se puede saber qué estamos haciendo aquí? —pregunté mientras él cerraba la puerta tras de sí.

Me hizo un gesto para que avanzara entre un montón de hileras de cajas y, a continuación, hizo un ademán solemne.

—He aquí vuestro estudio, señorita.

Se trataba de un angosto espacio protegido por una gran pila de cajas, donde encontré un lienzo y algunas pinturas.

—Lo subí a bordo a escondidas y esperé hasta que pudiera encontrar un lugar poco frecuentado —me explicó, claramente orgulloso de su astucia.

Me arrodillé para mirar las pinturas, extendiendo la falda del vestido a mi alrededor. Examiné los frascos uno por uno.

—Óleos.

—¿Supone eso alguna diferencia? —preguntó.

—Afecta a lo que puedo hacer. No puedo hacer un Florencio. Él utiliza otra técnica.

El orgullo de Cedric flaqueó.

—No lo sabía. Pero ¿podrás hacer algo?

—Seguro. —Hice una lista mental de las obras de varios artistas que había visto, incluyendo los tipos de pigmentos y lienzos que usaban. Tenía muy buena memoria para el detalle. La cuestión era elegir qué estilo sería el más adecuado dentro de mis habilidades—. Thodoros —dije por fin—. Un pintor mirikosí. Puedo hacer uno de los suyos. Buena parte de su negocio pasa por Sirminia, y con todo el caos que hay allí ahora mismo, una pintura falsa traída de contrabando no sería nada extraordinario.

—¿Puedes hacerlo en poco menos de dos meses?

Dudé.

—Supongo… Sobre todo si puedo dedicarle un par de horas al día.

—Yo me encargo de eso —dijo con rotundidad—. Vamos a conseguirlo.

Se quedó de pie delante de mí, mirándome expectante.

—¿Cómo, quieres que empiece ahora?

—¿Por qué no? No nos sobra el tiempo.

—No puedo abordar una obra así de golpe. Sobre todo contigo mirándome fijamente todo el rato.

Retrocedió… pero no mucho.

—No puedo dejarte sola. Tengo que estar por aquí por si viene alguien.

—Bueno, si viene alguien, que estés aquí no va a salvarme de que me pillen falsificando un cuadro —le espeté.

—Pero puedo salvarte de algún marinero errante. Bueno, ¿necesitas algo más?

—Más espacio. Más tiempo. Un barco que no se mueva continuamente. Y quizás algo de comer que no esté desecado y en conserva. Mataría por un bizcocho de miel. —Al ver su gesto de desesperación, le dije—: Eh, ponte tú a intentar copiar a uno de los artistas más grandes de la historia. Quiero ayudarte, pero necesito tiempo para pensar cómo empezar.

Después de pensar en el trabajo de Thodoros durante casi una hora, al final comencé el boceto a carboncillo sobre el lienzo, y empecé a planear la escena. Thodoros era famoso por una serie de cuatro cuadros llamada «La dama de la fuente». Cada uno tenía un número. Cada uno mostraba un ángulo diferente y la pose de una joven de pie en una fuente, y los había pintado en distintos momentos. A veces aparecía otra persona: un hombre, un niño… Hacer creer que había un quinto cuadro recién descubierto parecía algo viable.

137

Mis trazos, al principio, eran tentativos. El lugar de trabajo, poco habitual y atestado de cosas, no ayudaba. Tampoco lo hacía el balanceo constante del barco. Finalmente decidí que lo más fácil sería un plano de la mujer de espaldas, pero tenía que recordar la posición exacta de la fuente y la cantidad de árboles que había alrededor. A medida que pasaba el tiempo, cogí más confianza y empecé a disfrutar con el trabajo. Me permitió dejar de pensar en el engaño que estaba protagonizando y en Tamsin, que tanto dolor me causaba.

Olvidé que Cedric estaba allí, y di un respingo cuando me habló.

—Adelaide, tenemos que irnos.

—¿En serio? —Señalé el lienzo—. No he terminado el boceto.

—Ya llevamos más tiempo aquí del que deberíamos. Es casi la hora de la cena, y espero que la señorita Bradley no esté buscándote.

Dejé el carboncillo a regañadientes y observé cómo Cedric lo escondía todo.

138

—Ten cuidado —le advertí—. No vayas a rasgar el lienzo.

—Quizás así parezca más auténtico y sea creíble que lo han transportado de contrabando en condiciones peligrosas.

—Quizás —dije, estirando los músculos agarrotados—. Pero un cuadro intacto tendrá un precio más alto para los pobres legos sin dinero. Un comprador no va a cuestionar el milagro de tener algo impoluto colgado en la pared.

—Bueno, pues este pobre lego sin dinero te está agradecido.

Salimos de la bodega, pero nos detuvimos de nuevo en el estrecho pasillo antes de llegar a los camarotes de la Corte Reluciente. Él bajó la voz.

—¿Dónde aprendiste a hacer eso? A pintar. Mucha gente pinta, sí, pero pocos pueden hacer imitaciones así.

Otra pregunta seria.

—Mi padre —dije, después de un rato largo—. Era un juego al que jugábamos. Para poner a prueba mi memoria.

Enseguida se dio cuenta del cambio en mi tono de voz.

—Lo siento. No quería recordarte nada triste. Pero debió de ser una persona ejemplar si tenía esa fe en ti. Por lo que he visto, la mayoría de los nobles solo se preocupan por que sus hijas tengan buenos modales y se casen con un hombre de provecho.

—Él también se preocupaba por eso. Pero creo que la manera en la que voy a casarme no es exactamente lo que él tenía en mente. ¿Sabes quién fue Rupert, el primer conde de Rothford?

—Por supuesto. Todo osfridiano lo sabe. —Cedric me miró largo y tendido—. Y sé quiénes son sus descendientes directos.

—Durante toda mi vida me han inculcado la importancia que tenía eso. La responsabilidad que suponía un título como el mío. —Me apoyé en la pared, pensando en la abuela—. A veces me pregunto si no estaré mancillando esa herencia. No lo sé.

La expresión de Cedric se suavizó.

—Yo sé dos cosas. Para que tú hayas sido condesa, él tuvo que ser uno de los pocos que permitió que su título pasara a las mujeres también. La mayoría no lo hacen, lo que significa que no era alguien que se guiase por reglas arcaicas. Deberías estar orgullosa.

—No hace falta que me des lecciones sobre mis propios ancestros. ¿Cuál es la otra cosa que supuestamente sabes?

—Nada de «supuestamente». Rupert abandonó una vida de comodidades en el continente para navegar hacia el oeste, a unas tierras bárbaras de las que poco sabía. No lo hizo porque fuese la opción más segura ni la más fácil. Lo hizo porque era la opción correcta, porque sabía que quedarse donde estaba lo ahogaba y que tenía que conocer otros lugares y otras cosas. No mancilló su herencia. Era valiente y audaz. —Cedric me miró de forma particular—. ¿No se parece a alguien que ambos conocemos?

—¿Te refieres a ti?

Me dispuse a darme la vuelta antes de que pudiese ver mi sonrisa, pero me agarró de la mano y me atrajo hacia sí. Cuando lo miré, noté que mi alegría se desvanecía. Estaba muy serio y era algo desconcertante. De pronto, el pasillo me pareció muy pequeño, y el espacio entre nosotros, aún más.

—Nunca subestimes tu propio valor —me dijo—. Yo nunca lo he hecho.

Quería que sonriese de nuevo o hiciese una broma, pero como no lo hizo, me alejé.

—Tengo que irme. Te veo luego. —Corrí a mi camarote, temerosa de qué podía ver si miraba atrás.

11

Cedric estuvo muy nervioso los primeros días. Él esperaba que acercara el pincel al lienzo y empezara enseguida a pintar figuras y paisajes. Todo aquello llegaría, pero primero tenía que hacer el trabajo preliminar. Hice un bosquejo, apliqué el color de base y, poco a poco, la obra empezó a cobrar vida. Cada vez que daba por finalizada una sesión, sentía que no había dispuesto del tiempo suficiente. Los minutos pasaban volando y sentía una punzada de preocupación, como si no fuese a ser capaz de terminar antes del fin de nuestra travesía.

En cambio, fuera de mi improvisado taller, las horas de pintura se hacían notablemente largas.

—Aquí estás —exclamó una tarde la señorita Bradley. No había podido salir de la bodega hasta que se había secado la pintura y llegué tarde a la cena en la sala común. Todas las demás chicas estaban sentadas y me miraron fijamente mientras entraba por la puerta. En un viaje largo como este, que alguien se metiera en problemas era un gran entretenimiento.

—Lo siento, señorita. —Junté las manos delante del pecho e intenté parecer arrepentida—. Estaba dando un paseo por cubierta y, cuando me disponía a volver, me he topado con un grupo de marineros en el hueco de la escalera, arreglando algo. No quería pasar tan cerca de ellos, así que he esperado, discretamente, a que terminaran. Pensé que era lo correcto.

La señorita Bradley chasqueó la lengua en señal de desaprobación.

—Lo correcto habría sido no subir a cubierta sola.

Por lo menos no era la única que había cometido ese crimen.

A algunas de las otras chicas que tenían claustrofobia ya las habían regañado en repetidas ocasiones.

—Lo siento —dije de nuevo—. Solo necesitaba tomar el aire. A veces me mareo aquí abajo.

Me inspeccionó unos minutos más y después me indicó que me sentara.

—Muy bien, pero que no se repita. Y eso va para todas vosotras.

Todas asentimos dócilmente, conscientes de que aquella escena probablemente se repetiría. Suspiré con alivio y me acomodé al lado de Mira. Desde que había comenzado todo este asunto con Cedric, no había podido pasar mucho tiempo con ella. Al principio, me había hecho algún comentario y había intentado incluirme en sus excursiones, pero al final se había rendido. Ahora, cuando no estaba pintando, a veces me la encontraba sola en nuestro camarote releyendo sus historias de aventuras sirminias. Otras veces no la encontraba por ningún lado.

—Otra comida exquisita —me dijo mientras me pasaba una cesta con galletas marineras.

Cogí una de las duras galletas con el ceño fruncido y añadí un poco de col encurtida de una bandeja. Nuestras clases de alta cocina y protocolo no nos servían de mucho en ese momento, ya que subsistíamos a base de esa sencilla comida de barco. La comida en sí misma no me molestaba tanto como comer todos los días lo mismo.

Me estaba llevando la galleta a la boca cuando Clara dijo de repente:

—¿No está lloviendo ahí arriba? ¿Por qué no estás mojada, Adelaide?

Me quedé congelada cuando todas las miradas se giraron de nuevo hacia mí.

—Me... mantuve a cubierto —dije al fin—. Sabía que la señorita Bradley no querría que estropeáramos nuestra ropa, ni tampoco el peinado. Quizá no hayamos llegado aún a Adoria, pero aun así debemos mantener ciertos estándares. —Ya más segura de mi postura, sonreí con dulzura a Clara—. Puedo entender por qué tú no tendrías en cuenta este tipo de cosas en un viaje como este. Pero yo, como diamante de nuestra cohorte, considero que es algo que debo tener siempre presente.

141

—Excelente observación —dijo la señorita Bradley—. Solo porque nos encontremos en condiciones duras no significa que debamos ser menos diligentes en lo relativo a nuestros modales y nuestro aspecto. Tendréis que estar en la mejor forma posible en el momento en que lleguemos a Adoria. Tan pronto como se difunda la noticia de la llegada de nuestro barco, habrá potenciales pretendientes en los muelles para observaros mientras llegáis a tierra y evaluar el grupo de este año.

Aquellas palabras nos dejaron a todas de piedra durante unos instantes. Era algo que no había surgido nunca antes. Aunque supongo que no debería haberme sorprendido. Habían observado al detalle todo cuanto hacíamos en El Manantial Azul y se entendía que seguirían observándonos en el Nuevo Mundo. ¿Por qué no desde el momento mismo en que pusiéramos un pie en tierra?

—Evaluadas como ganado. —Mira habló en un tono muy bajo, pero la señorita Bradley la oyó.

—Hay muchas chicas jóvenes mendigando en las calles de Osfrid a las que les encantaría tener la oportunidad de vestirse bien y «ser evaluadas» —dijo con aspereza—. Estoy segura de que si quieres unirte a ellas, se puede organizar tu regreso a Osfrid con los Thorn a finales de verano.

Aunque la mayoría de las personas de nuestra casa ya aceptaban a Mira, era obvio que la señorita Bradley no había aceptado aún tener a una sirminia en nuestra cohorte.

—Por supuesto que no, señorita —dijo Mira—. Lo siento mucho.

Su tono reflejaba tanto arrepentimiento como el mío y, al igual que yo, no estaba siendo sincera.

—Creo que, si Mira pudiese elegir, no se casaría —le dije a Cedric de camino a la bodega un día. Habían pasado muchas semanas y, sorprendentemente, la travesía por el océano estaba llegando a su fin—. A veces siento que solo está aquí porque no tiene nada mejor que hacer.

Cedric me puso la mano en la espalda para guiarme alrededor de un montón de redes que ocupaban parte del pasillo. Desde que habíamos empezado con este asunto, nuestra relación se había vuelto más informal.

—Comparado con Sirminia, probablemente esto sea mejor —dijo.

—Supongo que sí. Pero me gustaría que asumiera lo que nos espera. Sea como sea, este viaje acaba con un matrimonio en Adoria. Sería más feliz si le hiciera ilusión, como al resto de nosotras.

Mientras nos acercábamos a la bodega, vimos al capitán y a uno de sus hombres corriendo por el pasillo. Nos hicimos a un lado para dejarlos pasar. Mientras pasaban, oí como el marinero decía:

—No hay problema, capitán. Puedo encargarme.

—Ya sé que puedes —respondió, arisco—. Pero no me gusta la pinta que tiene. Se está acercando demasiado rápido. Llevaré el timón durante la próxima hora y luego te lo dejo.

Cuando se hubieron alejado de nosotros, Cedric se paró en seco.

—¿Lo has oído? —me preguntó.

—¿Qué parte exactamente?

—La parte del capitán poniéndose al timón.

—¿Y?

El rostro de Cedric se encendió con entusiasmo.

—Y… eso significa que no estará en su camarote durante un tiempo. ¿Te gustaría añadir otro delito a nuestro historial delictivo?

Le miré con cautela.

—¿De qué estás hablando?

—Vamos. —Entrelazó su brazo con el mío y giramos en una dirección distinta a la de la bodega. Enseguida accedimos a la parte del barco que utilizaba principalmente la tripulación. Me sentía incómoda, pero Cedric caminaba con confianza. Parecía que esto hacía que la tripulación supusiera que teníamos que estar allí y, de todas formas, la mayoría iba con prisas y parecían preocupados.

Llegamos a una puerta ornamentada que señalaba los aposentos del capitán. Tras un vistazo furtivo a nuestro alrededor, Cedric abrió la puerta y me hizo entrar apresuradamente.

—Me sorprende que no esté cerrada con llave —señalé.

—Solo la cierra con llave cuando está durmiendo. Durante el día, la mayoría de la tripulación no se atrevería a entrar.

—¿Y nosotros sí?

A pesar de todo, no pude evitar sentirme fascinada por lo que

143

vi. El camarote del capitán era una mezcla entre despacho y dormitorio y era más del doble de grande que mi habitación en El Manantial Azul. Un escritorio ricamente decorado hacía que la mirada se dirigiera inmediatamente al centro de la habitación, así como a la ventana que había detrás del mismo. Ni siquiera me podía creer que hubiera una ventana. Un cielo gris y un mar aún más gris asomaban a través de ella. Telas brocadas colgaban de la cama, que se encontraba en la zona más alejada de la habitación, y otros muebles valiosos daban al espacio un aspecto acogedor: candelabros, libros con encuadernación de piel y muchas más cosas. Era increíble pensar que hubiera una habitación así cuando los demás nos apiñábamos en unos camarotes tan humildes.

Otra ola nos hizo tambalearnos y Cedric apoyó una mano en el escritorio para mantener el equilibrio.

—Una vez me dijiste que podría venderle la salvación a un sacerdote… pero aquí hay cosas que ni yo podría conseguir que un capitán me vendiera. Así que… bueno, mmm, las cogeremos.

—¿Ahora robamos? —le pregunté.

—No lo echará de menos. Enseguida lo entenderás. —Cedric caminó hacia una pared llena de estanterías y miró fijamente un aparador cerrado que había cerca del techo. Echó un vistazo alrededor con una expresión de perplejidad—. Tenemos que llegar ahí… pero la escalera ya no está. Había una pequeña por aquí la última vez que mi padre y yo comimos con él.

Me acerqué a la silla del escritorio, pero estaba sujetada por pernos. Quizá habría debido considerarlo una señal de que teníamos que irnos, pero estaba demasiado intrigada. Tenía que saber qué era lo que hacía que Cedric se rebajase a robar. Como no vi ninguna otra opción, volví a su lado.

—De acuerdo, vamos. Súbeme.

—Espera, ¿qué?

—Puedo escalar por esos estantes, usarlos como puntos de apoyo. Solo necesito que me ayudes a subir hasta ellos. A no ser que hayas cambiado de opinión…

—Mmm… No. —Mi sorprendente propuesta pareció darle que pensar—. Pero, ¿puedes escalar con ese vestido?

—No sería la primera vez —dije, pensando en los días de mi infancia en los que me regañaban por trepar a los árboles en nuestra casa de campo—. Podría quitármelo, pero entonces tendrías que lidiar con la conmoción de verme de nuevo medio desnuda.

—Aún me estoy recuperando de la primera vez —respondió con ironía. Se colocó de pie junto a los estantes—. Venga, vamos. El que no arriesga, no gana.

Me puse las manos alrededor de la cintura y me ayudó a elevarme hasta que pude poner los pies en uno de los estantes y agarrarme a otro que había por encima con las manos. Estaba bastante segura de que debía de estar ahogándolo con tanto faldón y combinación, pero pronto pudo soltarme en cuanto pude sujetarme y empezar a escalar lentamente hacia arriba.

—Te cogeré si te caes —dijo amablemente.

—No me caeré. Creo que me confundes con una chica indefensa que vacila ante los comportamientos deshonestos.

—Fallo mío.

A pesar de mis atrevidas palabras, casi pierdo el agarre cuando el barco sufrió otra violenta sacudida. Hasta el momento, el mar se había mantenido más o menos en calma, pero las condiciones turbulentas de aquel día hacían que fuera difícil moverse normalmente por el barco y, más aún, intentar escalar unos estantes llevando puesto un vestido.

145

Llegué al aparador superior y lo abrí, maravillada ante lo que veía. Comida. Pero no la comida deshidratada e insípida que consumíamos cada día. Ante mí se exhibía una gran variedad de tarros repletos de exquisiteces: uvas pasas, frutos secos, crocante de caramelo, galletas de limón… Además, más cajas y bolsas misteriosas que contenían otras delicias secretas.

—¿Ves una lata verde pequeña? —preguntó Cedric—. Eso es lo que buscamos.

Tras buscar unos segundos, la encontré. Le lancé la lata y empecé a descender. Esta vez fue un poco más fácil porque estaba más segura de los puntos de apoyo y tenía menos miedo de hacerme daño cuanto más cerca estaba del suelo. Cuando casi había llegado, Cedric me cogió por la cintura de nuevo y me bajó el resto del camino.

—Fácil —afirmé.

Empezó a soltarme, pero una nueva ola nos hizo tambalear. Me sujetó con más fuerza, cambiando el peso de lado para que nos mantuviéramos en vertical. Algunos de los objetos de la habitación se deslizaron con el movimiento repentino, pero la mayoría estaban empernados. Solo cuando la situación se calmó, Cedric me soltó.

—¿Y bien? —pregunté—. ¿Ha valido la pena?

Abrió la lata.

—Dímelo tú.

—¡Bizcochos de miel! ¿Y esto?

—El capitán es muy goloso y, cuando dijiste que matarías por uno de estos, consideré que era mejor pasar a la acción por la seguridad de todos. ¿Quieres uno?

—No, los quiero todos —dije—. Pero volvamos a la bodega antes de que nos pillen aquí.

Examinamos el pasillo antes de salir pero, de nuevo, la tripulación prácticamente ni nos vio. Se movían rápidamente y con destreza por el suelo ondulante mientras Cedric y yo nos teníamos que parar de vez en cuando para sujetarnos a las paredes. Cuando por fin llegamos a la bodega, nos apresuramos hasta mi rincón artístico para repartirnos el botín.

—Has dicho que los querías todos —se burló Cedric cuando le ofrecí la lata.

—Te doy unos cuantos como una especie de comisión. Aunque en realidad he sido yo la que ha hecho todo el trabajo.

Saqué uno y me lo metí en la boca, cerrando los ojos mientras el dulzor me inundaba.

—Siempre comía de estos en casa —comenté después de habérmelo tragado—. No había pensado mucho en ello. Pero después de tanta galleta marinera… Te lo juro, ahora mismo esto es prácticamente lo mejor que he comido en toda mi vida.

Nos terminamos la lata rápidamente y Cedric me instó a tomarme el último.

—Debería dárselo a Mira —objeté—. Es la única amiga que me queda.

Cedric me miró.

—¿Ah, sí?

—Bueno, estoy segura de que eso es lo que diría Tamsin.

—Los demás solo somos cómplices del delito.

—Los demás… ¡Vaya! —Me sentí estúpida—. Perdona. No estaba pensando. Es decir, sí. Claro que eres mi amigo. Creo.

Era difícil interpretar su sonrisa mientras estiraba las extremidades antes de apoyarse en la pared, a mi lado.

—Creo que eso no hace que me sienta mejor.

—No, sí lo eres. Nunca antes había pensado en los hombres como amigos. En mi vida, siempre habían sido... un medio para alcanzar un fin.

—Sigo sin sentirme mejor.

—¿Conquistas?

—Un poco mejor. A lo mejor ser tu conquista no estaría tan mal.

—¿Después de conseguir que me ayudaras el primer día? Creía que ya te había conquistado.

Le examiné y vi que tenía un poco de miel cerca de los labios. Sin pensar, me incliné hacia él y se la quité cuidadosamente con los dedos.

En el momento en que le rocé los labios con la punta de los dedos, sentí cómo se me aceleraba el pulso y una ola de calor me recorría todo el cuerpo. Incapaz de contenerme, tracé el contorno de sus labios, preguntándome repentinamente si su sabor sería tan dulce como la miel.

Cedric me tomó la mano y entrelazó sus dedos con los míos. El fuego de su mirada me embriagó, su intensidad me abrasó, traspasándome. No me soltaba y sentí que el mundo empezaba a detenerse. Por fin, pude preguntar:

—¿Qué hay de mí? ¿Soy tu amiga?

Cerró los ojos un instante, luchando contra algún gran dilema, y espiró.

—Eres...

Antes de que pudiera terminar, la puerta de la bodega se abrió. Ambos dimos un respingo. Un marinero apareció en la puerta, un hombre mayor con la cabeza rapada y una cicatriz que le cruzaba la mejilla. También estaba casi segura de que le faltaban dos dedos de la mano izquierda. Parecía igual de asombrado que nosotros al vernos y Cedric se irguió de inmediato, colocándose entre la puerta y el lugar donde yo me encontraba. Me pasó un brazo protector alrededor y dejó la otra mano en el bolsillo de su abrigo. Por lo menos, el cuadro no se veía desde la puerta.

—¿Qué estáis haciendo aquí? —preguntó el marinero. Antes de que ninguno de los dos pudiera contestar, un rictus de sonrisa cruzó su rostro—. ¡Ah! Ya veo. Aprovechando un poco de tiempo a solas, ¿eh? Supongo que las cándidas bellezas de los Thorn no son tan inocentes al fin y al cabo.

Me costó entenderlo, pero entonces me di cuenta de lo que debía de parecer. La cercanía de Cedric y su brazo a mi alrededor hacía que pareciera que, como mínimo, habíamos estado haciéndonos arrumacos. Al entender las implicaciones, me sonrojé.

—No estamos...

—Se está pensando lo de casarse en Adoria —dijo Cedric, interrumpiendo mi indignación—. Quiere echarse atrás y volver a Osfrid. Si mi padre se entera, seré yo quien se meta en problemas.

Me metí de lleno en el papel y crucé los brazos sobre el pecho. Los nervios serían algo mucho más fácil de explicar a Jasper que una ofensa contra mi virtud.

—¡Ya te lo he dicho! ¡Nada de lo que digas me hará cambiar de opinión!

Cedric suspiró dramáticamente.

—¿Por qué no entras en razón?

La mirada del marinero iba de uno a otro y no me gustó nada cómo me miraba. Tampoco me pareció que nos creyera.

Cedric se sacó la mano del bolsillo y la metió en el otro, de donde sacó una bolsita. Cogió tres monedas de plata y se las entregó al marinero.

—Seguro que entendéis que este asunto requiere discreción hasta que consiga convencerla. No es necesario que nadie más se entere.

El marinero cogió rápidamente las monedas. Tenía razón con lo de sus dedos.

—Claro, señor, por supuesto que lo entiendo. Soy la persona más discreta del mundo. Puede confiar en el Viejo Zurdo, sí señor. No le contaré a nadie lo de... vuestras dudas.

Inclinó la cabeza con deferencia y cogió una caja pequeña antes de retirarse. Nos echó una última mirada lasciva y salió, cerrando la puerta tras de sí.

Gemí y me desplomé contra la pared.

—Genial, esto es genial. Sabía que era solo cuestión de tiempo antes de que todo se fuera al traste.

—Nada se ha ido al traste —replicó Cedric—. No ha visto el cuadro y no le contará nada a nadie.

—¿En serio? ¿Eso crees? Lo siento, pero no estoy tan segura de que podamos confiar nuestro destino a alguien llamado el Viejo Zurdo. —Hice una pausa—. Además, ¿por qué le llaman así si esa es la mano en la que le faltan los dedos? ¿Por qué no mirarlo por el lado bueno y llamarle el Viejo Diestro?

—No dirá nada —reiteró Cedric—. Esa plata lo garantiza. Y más plata, porque estoy seguro de que volverá más adelante a pedirme un extra para garantizarnos su «discreción».

Arqueé una ceja.

—No sabía que tenías tanta plata como para ir repartiéndola por ahí.

—No tengo, pero será necesario hacer algunos gastos. Y si todo esto sale bien, no importará.

—Eso espero. —Miré fijamente el bolsillo de su abrigo—. ¿Qué tienes ahí? ¿Qué estabas buscando?

Cedric dudó y, a continuación, sacó una daga resplandeciente. La empuñadura era de plata, con un grabado del intrincado dibujo de un árbol.

—Una daga ritual. La espada del ángel Ozhiel. Ese es el Árbol de la Vida que conecta a todos los seres vivos de este mundo con el siguiente.

Estaba demasiado sorprendida incluso como para bromear sobre Cedric adorando árboles después de todo.

—¿Ibas a… atacarle con eso?

—Si hubiera hecho falta… No sabía cuáles eran sus intenciones. —Cedric se quedó pensativo durante un instante y me tendió la daga—. Toma.

—Es preciosa, pero en realidad no quiero un cuchillo pagano.

—Olvida las implicaciones religiosas. Quédatelo por si te encuentras en una situación en la que lo necesites.

—La noche en que salí a por el acebo me dijiste que soltara el cuchillo antes de que le hiciera daño a alguien.

—Bueno, estaba preocupado por si me hacías daño a mí. Pero ¿a otra persona? Eso es juego limpio.

—No sé muy bien cómo usar esto —dije mientras cogía el arma a mi pesar.

—Ya aprenderás. Siempre te has sabido defender bien. Pero un consejo antes de nada: si alguien te ataca, apunta la hoja lejos de ti y empieza a acuchillar.

—Ya veo. No sabía que tenías otro trabajo como maestro de armas.

La ola más fuerte contra la que habíamos chocado nos hizo

149

caer uno encima del otro. Algunos objetos cercanos se desplazaron violentamente y casi apuñalo a Cedric.

—Probablemente no sea buena idea que tengas eso en la mano con estas olas —comentó.

Guardé la daga, consciente de que tendría que esconderla con cuidado entre mis pertenencias para que no me pillaran con un objeto alanzano. Eché un vistazo alrededor mientras el barco se balanceaba.

—¿Esto son solo unas olas? Nos hemos metido en este lío porque el capitán había ido a tomar el timón, ¿te acuerdas?

Vi que Cedric estaba considerándolo, que a lo mejor deberíamos haber prestado más atención a por qué el capitán había abandonado el camarote que habíamos atracado.

—Estoy seguro de que... —Otra sacudida nos hizo tambalear y una caja se cayó, rompiéndose en pedazos a nuestro lado—. Creo que deberíamos irnos —dijo finalmente.

Le seguí fuera de la bodega mientras una ola tras otra nos sacudía. Sin formalidades y sin preocuparnos por quién pudiera vernos, hizo que me apresurara por el pasillo, llevándome a la sala común de la Corte Reluciente. Justo antes de entrar, le agarré.

—Cedric, no me has contestado. ¿Qué soy yo para ti?

—Eres... —Empezó a levantar una mano hacia mi rostro, pero la dejó caer—. Alguien fuera de mi alcance.

Cerré los ojos durante un instante mientras dejaba que sus palabras me atravesaran. Mi mundo se balanceaba y no por la tormenta que había afuera. Me di la vuelta por miedo a encontrarme con su mirada y entré en la sala. Allí, una pálida señorita Bradley caminaba de un lado a otro, rodeada por el resto de las chicas.

—Gracias a Uros que estás aquí —dijo al vernos—. Maese Jasper acaba de decirme que estamos en mitad de una tormenta o algo así. El capitán ha dicho que ha empezado de repente. Nos han ordenado que permanezcamos aquí abajo.

—Tengo que volver a salir —dijo Cedric.

Estaba a punto de sentarme, pero me levanté de un salto.

—¿Qué? ¡Es peligroso! No es momento de hacer tonterías.

—¡Adelaide! —me reprendió la señorita Bradley, que obviamente no estaba al tanto de la informalidad de mi relación con Cedric.

—No más que de costumbre —respondió mientras desaparecía por la puerta.

Miré alrededor de la sala, evaluando a mis compañeras. Algunas estaban de pie, solas, luchando contra el miedo estoicamente. Otras se apiñaban en grupo, llorando y lamentándose. Hice un recuento rápido y me di cuenta de que nos faltaba una.

—¡Mira! ¿Dónde está Mira?

La señorita Bradley negó con la cabeza, distraída por su propio pánico.

—No lo sé. Esperemos que haya encontrado refugio en otro camarote.

Una sensación escalofriante brotó en mi interior, intensificada por los balanceos y las sacudidas casi constantes del barco. Mira no estaba en otro camarote, estaba segura de ello. Probablemente habría salido a una de sus excursiones ilícitas por cubierta. Era una persona con recursos, pero ¿podría bajar a tiempo?

Me dirigí hacia la puerta con paso inestable.

—Tengo que encontrarla. Tengo que asegurarme de que está a salvo.

Me costó que mi voz se oyera por encima de los crujidos del barco y el viento que soplaba fuera, ambos incrementándose por momentos.

—¡Adelaide! —exclamó la señorita Bradley—. ¡No irás a ninguna parte!

Dio un paso hacia mí, pero una ola le hizo perder el equilibrio. Me moví hacia la puerta, sin mirar atrás.

Recorrer el pasillo fue una experiencia terrible. Los bandazos del barco me hacían chocar contra las paredes una y otra vez, y avanzaba muy lentamente. Todo mi mundo era un caos y fui más consciente que nunca de que me hallaba en una gran extensión de agua, dentro de un pequeño recinto de madera. Nunca jamás había sentido tanto miedo, ni siquiera cuando me había escapado de Osfro. En aquella ocasión, me arriesgaba al castigo de los hombres. En esta, estaba a merced de la ira de la naturaleza.

Por fin llegué a una de las escotillas que permitían el acceso a la parte superior. Trepé hacia arriba, pero no estaba para nada preparada para el fuerte viento que me golpeó. Me empujó hacia abajo, virulento y gélido debido a la punzante aguanieve. El cielo había adquirido un enfermizo color gris verdoso y todo a mi alre-

151

dedor se movía. Los marineros corrían siguiendo las órdenes que vociferaban el capitán y el primer oficial, agarrando cuerdas y asegurando objetos sueltos. Me empapé en un instante y otra ráfaga de viento me empujó hacia un mástil. Una ola que parecía llegar hasta el cielo se precipitó hacia nosotros y casi hace volcar el barco hacia uno de los lados. Estar agarrada al mástil me mantuvo estable, pero vi a muchos marineros de paso firme zarandeados de un lado a otro, gritando e intentando desesperadamente agarrarse a algo, lo que fuera.

Entre la cortina de aguanieve que caía y el escozor de mis ojos, apenas veía nada. Pero entonces, al otro lado de la cubierta, divisé una figura familiar. Mira estaba sentada en cubierta, atrapada por una gran viga rota que se le había caído encima. Estaba peligrosamente cerca de la borda del barco, lo que me provocó una repentina sensación de *déjà vu* por todas las veces que me había preocupado al verla de pie en la misma borda. Sin dudarlo, me apresuré hacia ella, tan rápido como pude en aquellas circunstancias. La mayoría de los marineros ni siquiera me vio entre el frenético barullo, pero el Viejo Zurdo se fijó en mí mientras pasaba.

152

—¿Qué haces, chica? —me gritó—. ¡Vuelve abajo!

Señalé a Mira.

—¡Id a buscar ayuda! Tenéis que quitársela.

—Quítasela tú —me gritó de nuevo—. Nosotros tenemos que evitar que este barco se hunda.

Se fue y yo me acerqué rápidamente hacia donde se encontraba Mira. Bien. Si tenía que mover yo la viga, lo haría. Me arrodillé e intenté quitársela de encima, pero no pude desplazarla.

—¡Pesa demasiado! —me gritó—. Déjame y vuelve abajo.

—¡Ni hablar! —grité mientras seguía tirando de la viga. Las astillas se me clavaban en los dedos y los músculos me ardían. Conseguí moverla ligeramente, pero no era ni mucho menos suficiente para que pudiera liberarse. Si estaba tan inmóvil, supuse que eso significaba que Mira no saldría volando del barco, pero me habría sentido mejor si estuviera·abajo con todas las demás. Armándome de valor, tiré de nuevo, jurándome que la sacaría de ahí costara lo que costase. Estaba a punto de echarme a llorar cuando vi, sorprendida, otro par de manos que se unían a mí de repente. Era Grant Elliott. No lo había visto durante la mayor parte de la travesía. Había hecho un par de intentos más por hablarme durante nuestra primera semana a bordo, y después prácticamente había desaparecido.

—¡Tira conmigo! —me gritó, en un tono muy distinto al tono elegante que había utilizado hasta entonces conmigo. Echó chispas por los ojos cuando la viga se mantuvo en su sitio obstinadamente—. ¡Maldita sea! ¿Lo estás intentando al menos, chica?

—¡Claro que sí! —le grité.

—Tenéis que iros los dos… —intentó Mira.

—Calla —le gritó Grant. Me habló a mí—: Lo haremos a la de tres. Tira con todas las fuerzas que tengas y busca las que ni siquiera sabías que tenías. ¡Una, dos y tres!

Tiramos e hice lo que me había ordenado, sacando las fuerzas de mis reservas más profundas. Sentí como si se me fueran a salir los brazos, pero Grant y yo conseguimos finalmente alzar la viga lo suficiente para que Mira pudiera deslizar la pierna y liberarse. Grant la ayudó a ponerse de pie, inestable.

—¿Puedes andar?

Asintió temblando, pero cuando empezó a avanzar, era obvio que el tobillo la hacía caminar más lentamente. Grant y yo la cogimos cada uno por un brazo y la ayudamos, mientras las peligrosas condiciones dificultaban nuestra coordinación. El viento soplaba a nuestro alrededor y se mezclaba con los gritos de los marineros. Más de uno nos chilló que bajáramos, pero la mayoría pasó corriendo, sin preocuparse de si nos caíamos por la borda.

Al final conseguimos cruzar la ondulante cubierta hasta una de las entradas a la parte inferior. Cuando estábamos a punto de entrar, Mira señaló y gritó:

—¡Adelaide!

Miré hacia donde me indicaba. Tardé un momento en ver lo que estaba señalando, ya que todo estaba borroso debido a la tormenta. Pero, entonces, a lo lejos en las oscuras aguas, entre la confusión de la tormenta, divisé lo que su atenta mirada había visto. El *Albatros Gris*. Estaba un poco más lejos de nosotros de lo habitual y, desde esa distancia, parecía que las olas lo zarandeaban como a un juguete, balanceándolo precariamente de un lado a otro. A veces se inclinaba tanto hacia la derecha o la izquierda que estaba segura de que no habría manera de que se enderezara de nuevo.

Tamsin. Tamsin estaba a bordo.

153

¿Desde allí nos verían de la misma forma? ¿Nuestro barco se movía tanto? No tuve mucho tiempo de pensarlo.

—¡No os quedéis pasmadas! ¡Vamos! —nos ordenó Grant—. ¡Daos prisa!

Llegamos abajo, pero lo único que conseguimos fue un respiro del aguanieve y el viento; el barco seguía cabeceando terriblemente. Grant nos vigiló hasta que entramos en la sala común de la Corte Reluciente y se dio la vuelta.

—¿Adónde vas? —le preguntó Mira.

Él casi ni se giró para mirar.

—A ver si algún otro necio necesita ayuda.

Mira lo miró echando fuego por los ojos mientras salía corriendo.

—Los hombres siempre lo hacen todo.

—¿Quieres salir ahí fuera de nuevo?

—Preferiría hacer algo útil en vez de quedarme aquí sentada y preocupada por si se me moja el vestido.

La señorita Bradley nos vio en la puerta.

—¡Chicas! ¡Entrad aquí! Gracias a Uros que estáis bien.

Algunas de las chicas estaban rezando a dios. Otras se habían mareado, pero eso era lo de menos comparado con todo lo que estaba pasando. Mira y yo encontramos un rincón y nos sentamos abrazadas.

—¿Estás segura de que estás bien? —le pregunté.

Asintió mientras se tocaba el tobillo.

—Duele, pero no hay nada roto. Como mucho un esguince. He tenido suerte. La viga cayó de forma que me dejó atrapada, pero no me aplastó.

La abracé más fuerte mientras intentaba aguantar las lágrimas.

—Ya has visto el otro barco. Tamsin está allí.

—Estará bien —dijo Mira con ímpetu—. Es una superviviente. No dejará que una tormenta le impida pescar a un marido rico.

Pero a ninguna de las dos nos hizo gracia pensar en ello. Y, en realidad, supuse que debíamos preocuparnos también por nosotras, viendo cómo las turbias aguas nos zarandeaban. Nos aferramos la una a la otra durante horas, aguantando la respiración cada vez que nos golpeaba una de esas enormes olas que parecía que iba a hacernos volcar. Debía de ser ya noche cerrada, pero era imposible que ninguna de las dos consiguiéramos dormir.

En un momento dado, hubo un intervalo de calma y pensé que nos habíamos librado, pero fue un instante efímero antes de que la tormenta nos barriera de nuevo, sumiéndonos en otra intensa vigilia. Cuando las sacudidas se calmaron de nuevo, devolviéndonos a un ritmo más pausado, no me fie. Me preparé para una nueva arremetida de la tempestad, pero no llegó. Mira alzó la cabeza de mi hombro y levantó la mirada hasta encontrarse con la mía mientras las dos pensábamos lo mismo: ¿era posible que hubiera terminado?

La respuesta llegó unos momentos más tarde cuando Cedric apareció en la sala. Él también estaba pálido, obviamente alterado por lo que acabábamos de padecer. Echó un vistazo a la sala, fijándose particularmente en Mira y en mí, y se volvió hacia la señorita Bradley.

—Mi padre ha hablado con el capitán; hemos dejado atrás la tormenta. Sorprendentemente, no hemos perdido a nadie y el barco no ha sufrido daños. No está claro qué ha sido del cargamento, pero nos enteraremos más tarde. —A mi alrededor, las chicas dejaron escapar algunas exclamaciones de alivio—. Aún es de noche y, en cuanto se dispersen las nubes, el capitán podrá evaluar nuestra posición. Mientras tanto, descansad lo que podáis.

Se marchó y muchas de las chicas siguieron su consejo. Mira y yo no podíamos dormir. Nos quedamos juntas, dejando que la adrenalina nos empujara más allá del agotamiento. El mar seguía en calma y conseguí entrar en una especie de trance hacia el final de la noche. Mira, que debía de haber estado calculando el tiempo, miró a la señorita Bradley. Nuestra acompañante tampoco había dormido.

—Ya debe de ser de día, señorita —dijo Mira—. ¿Podemos subir para ver qué ha pasado?

La señorita Bradley dudó. Yo sabía que su buen juicio le aconsejaba que nos quedáramos abajo, pero ganó su propia curiosidad.

—Está bien —respondió—. Si vamos juntas. Puede que nos ordenen volver aquí abajo.

Nos guio junto con las demás chicas que estaban despiertas a través del pasillo y salimos a cubierta. La luz grisácea de la mañana nos dio la bienvenida y vimos que no éramos las únicas a las que nos había podido la curiosidad. Muchos de los otros pasajeros, incluidos Jasper y Cedric, estaban allí mirando en derredor. Había signos de daños y desorden por todos lados, pero el barco seguía navegando firmemente. Los marineros se apresuraban a llevar a cabo las reparaciones para que siguiéramos avanzando.

—Mirad —dijo Grant mientras se acercaba hacia nosotras. Señaló hacia el oeste.

Mira y yo nos giramos y nos quedamos boquiabiertas cuando vimos la lejana línea oscura y verdosa del horizonte.

—Habría jurado que esa tormenta nos había llevado al mismísimo infierno, pero, si lo ha hecho, parece ser que nos ha traído de vuelta —dijo—. Eso es Cabo Triunfo.

—Adoria… —susurré. Lentamente, un estallido de alegría afloró en mí, penetrando el estado de paralización en el que me encontraba desde la tormenta. Me giré hacia Mira y vi mi entusiasmo reflejado en ella—. ¡Adoria!

De algún modo, por la gracia de Uros, habíamos sobrevivido a la tormenta y habíamos llegado al Nuevo Mundo. Miré a mi alrededor ansiosa, esperando ver a todas mis compañeras alegres y bailando. Algunas chicas compartían nuestro entusiasmo, pero casi todo el mundo parecía hundido. Triste incluso. Y eso incluía a Cedric y a su padre.

Me fijé en los ojos de Cedric y me sorprendió la mirada atormentada que vi en ellos.

—¿Qué pasa? —pregunté.

Señaló con la cabeza hacia un marinero que sujetaba una pieza rota de madera. Me acerqué e intenté identificarla: parecía parte de la cara de una mujer. Me puse rígida en cuanto me di cuenta de que ya la había visto antes. Era el mascarón del *Albatros Gris*.

—Lo he sacado del agua —dijo.

—No —murmuré—. No. No puede ser.

Y entonces fue cuando me di cuenta de que nuestra nave gemela no se veía por ningún lado. Todos los días de la travesía había estado a la vista. A veces delante y a veces detrás, pero siempre, siempre cerca.

Y ahora ya no.

El primer oficial, que estaba cerca, asintió con tristeza.

—Hemos perdido al *Albatros Gris*.

12

Atracamos en Adoria rodeados de bruma. Salí a cubierta con las demás chicas, observando cómo la costa se iba dibujando ante nosotras. Vagamente, me percaté de que nunca en mi vida había visto tantos árboles. Aunque Cabo Triunfo era una de las ciudades osfridianas más antiguas del Nuevo Mundo, estaba claro que la jungla aún no había sido domada. Además, los árboles eran enormes, como centinelas que montaran guardia en aquella extraña costa. Mira estaba de pie junto a mí, agarrándome la mano con fuerza. Su rostro lucía una expresión como embrujada, al igual, seguramente, que el mío.

Lo lógico habría sido que estuviese emocionada. Mi corazón debería estar latiendo de ansiedad. Después de todo, aquello es lo que llevaba tanto tiempo esperando, la culminación de mi plan, que había empezado el día que vi marchar a Ada. Pero no podía sentir alegría alguna. Notaba una sensación plomiza en mi interior, una frialdad que dudaba que fuese a desaparecer.

—Izad la bandera —ordenó Jasper.

La brusquedad de la orden rompió el hechizo y volví lentamente la cabeza hacia él. Se había quedado igual de impresionado que los demás al descubrir los restos del *Albatros Gris*. Pronto, su impresión dio paso al enfado y empezó a culpar al capitán y a la tripulación del otro barco por la enorme pérdida material y humana que había sufrido. Todo terminó cuando nuestro capitán incidió con tono cortante en que, si había que culpar a alguien, era al propio Jasper por haber insistido en hacer la travesía a finales de invierno, poniéndonos a merced de tormentas como la de la noche anterior.

A partir de aquel momento, Jasper volvió a sumirse en su actitud indiferente de hombre de negocios, casi como si la tormenta no hubiese tenido lugar. La tripulación izó la bandera de la Corte Reluciente, colocándola justo debajo de la osfridiana. Jasper supervisó la operación con aire satisfecho y, a continuación, se giró hacia la señorita Bradley.

—En cuanto avisten la bandera, la noticia se expandirá como un fuego incontrolado. —Hizo un gesto hacia donde estábamos las chicas apiñadas unas junto a otras—. Llegaremos a tierra en unas horas. Aseguraos de que estén listas.

El rostro de la señorita Bradley tenía un tono ceniciento a la luz del alba.

—¿Listas, señor?

—La mitad de los pretendientes potenciales estarán en el puerto para ver qué hemos traído. Necesito que este grupo luzca perfecto y hagan gala de todo lo que han aprendido el año pasado. Lo que ha ocurrido con el *Albatros Gris* no cambia nada.

—Sí, señor. Por supuesto —contestó, aunque palideció aún más—. Chicas, ya lo habéis oído. Bajad a los camarotes y cambiaos. Estáis hechas un desastre.

Las demás empezaron a moverse, acostumbradas a seguir órdenes, pero yo me quedé clavada donde estaba. Miré a Jasper sin dar crédito, intentando reunir no el coraje, sino las palabras precisas para expresar mi ira.

—¿Que no cambia nada? ¿Cómo podéis decir eso? ¡Lo cambia todo! Acaba de morir un montón de gente. La mitad de nuestras compañeras. Mi mejor amiga. ¿No os importa? ¿De verdad esperáis que bajemos tan tranquilas del barco y empecemos a flirtear y a sonreír?

Jasper me miró sin pestañear.

—Espero que hagáis lo que habéis venido a hacer: encontrar un marido que os resulte beneficioso a vosotras y a mí. El *Albatros Gris* supone una gran pérdida. Soy perfectamente consciente de eso, y mis negocios se verán enormemente afectados por ello. El resto de vosotras aún podéis cumplir vuestro propósito aquí. Así que os pondréis los vestidos que os he comprado y fingiréis estar encantadas de estar aquí.

Di un paso hacia él, sin que ni su tamaño ni su categoría me amedrentaran lo más mínimo.

158

—¡Pues no pienso hacer ni una cosa ni la otra! Sé que he venido hasta aquí a representar un papel, a hacer las veces de muñeca para que me exhibáis ante los mejores postores. Pero en mi contrato no pone que tenga que ocultar mis sentimientos ni ignorar esta tragedia. Quizá deberíais haber añadido «sin corazón» a nuestro currículo, ya que veo que sois experto en el tema.

—Adelaide —exclamó la señorita Bradley, horrorizada—. ¿Cómo te atreves a hablarle así a maese Thorn?

—Tienes derecho a tener tu opinión —repuso Jasper con frialdad—. Y Uros sabe que nunca has vacilado a la hora de expresarla. Pero has firmado un contrato que tiene una finalidad, y ahora debes cumplirlo. Si prefieres renunciar y volver a un hospicio en Osfrid, no hay problema.

—Quizá lo haga.

Le di la espalda y me fui como una exhalación, ignorando las protestas de la señorita Bradley. No sabía adónde iba, solo me limité a empujar a los atónitos miembros de la tripulación y del pasaje para abrirme paso. Franqueé una de las entradas al casco y me desplacé por los laberínticos pasillos hasta que llegué a la bodega donde estaba mi cuadro. No me había dado cuenta de que era allí a donde me dirigía, pero tampoco me sorprendió que fuese ese lugar donde me había guiado mi corazón. En aquel viaje, aquel era el único espacio que me había pertenecido.

Me desplomé en el suelo contra la pared, enterré la cara entre las manos y dejé que los sollozos me sacudieran de arriba abajo. Las lágrimas de rabia se mezclaban con las de desolación en mi grito desesperado al mundo. Odiaba el caprichoso clima invernal que nos había empujado a aquella situación. Odiaba a Jasper por obligarnos a seguir adelante como si todo fuese normal. Y me odiaba a mí misma.

Me odiaba a mí misma sobre todo porque, de no ser por mí, Tamsin nunca habría ido en ese barco.

No me di cuenta de que Cedric había entrado en la bodega hasta que estuvo a mi lado.

—Adelaide. —Como no respondía ni levantaba la vista, repitió mi nombre—. Adelaide.

Mis sollozos se calmaron, pero seguía llorando cuando al fin erguí la cabeza.

—Todos te están buscando —dijo, con expresión grave—.

159

La señorita Bradley está fuera de sí. Cree que te ha secuestrado algún marino.

—Dile que estoy bien. Que necesitaba estar sola.

—Pero es que no estás bien.

La ira de antes volvió a recorrerme y me puse en pie de un salto.

—¿Por qué? ¿Porque no puedo sumarme a esta farsa? ¿Porque quiero llorar como cualquier ser humano con sentimientos?

Él se levantó para ponerse a mi altura.

—Todos queremos llorar. Nadie ignora lo que ha ocurrido.

—Tu padre sí —señalé.

Una expresión de dolor cruzó el rostro de Cedric.

—No es tan... insensible. Pero se deja dominar por el sentido del deber profesional. Y su sentido del deber profesional le dice que tenemos que hacer la misma entrada triunfal que siempre hace la Corte Reluciente. He oído cómo le decía a la señorita Bradley que, cuando lleguemos a la casa, nos tomaremos más tiempo del habitual antes de dar por comenzada la temporada de fiestas y bailes.

—Y después todo seguirá adelante como si nada hubiese sucedido —vaticiné—. Bailes, sonrisas, vestidos lujosos...

—Adelaide, ¿qué esperas? Sí, mi padre es un desalmado, pero tiene razón en lo de que hemos venido aquí con un objetivo. No podemos cancelarlo todo por lo que ha pasado con el *Albatros Gris*.

Me desplomé contra la pared y cerré los ojos.

—Tamsin iba en ese barco.

—Lo sé.

—¿Y sabes por qué? —pregunté, mirándole de nuevo—. Por mi culpa. Por lo que hice. Por la farsa que monté con los exámenes.

—Adelaide...

—No me arrepiento de haberte ayudado —proseguí—. Te lo debía. Pero tenía que habérselo dicho. Tenía que haberle contado la verdad sobre mi pasado y confiar en que, como amiga mía que era, me guardaría el secreto. Pero fui demasiado orgullosa, demasiado testaruda, y me cegó la supuesta importancia de mis actos. Y ahora está muerta. Por mi culpa.

Me pasó un brazo alrededor y, con suavidad, intentó atraerme hacia él. Un recuerdo fugaz del incidente de los bizcochos de miel me removió por dentro, pero lo aparté. No podía lidiar con aquello, no en este momento.

—No puedes pensar eso —dijo—. No es culpa tuya.

—¿En serio? ¿Y de quién es la culpa? ¿De quién es la culpa de que fuera en ese barco?

—Suya. Fue ella quien tomó la decisión, y fue igual de testaruda que tú. Cada cual es responsable de su vida, y cada uno sufre las consecuencias de las decisiones que toma.

Las lágrimas amenazaban con volver a hacer acto de presencia, pero pestañeé, decidida a no dejarme llevar por las emociones.

—Eso es lo que he hecho yo desde que intercambié los papeles con Ada. Y ahora dices que tengo que terminar lo que empecé. Que tengo que seguir adelante y cazar un marido rico.

—Lo que digo es… —Hizo una pausa y frunció el ceño durante un instante—. Lo que digo es que no quiero que acabes en un hospicio.

—Yo tampoco —admití. Estaba ante un precipicio, y la decisión era solo mía: apretar los dientes y seguir el camino hacia Adoria o volver arrastrándome a Osfrid—. De acuerdo. Seguiré con este juego e iré a cambiarme.

Empecé a caminar hacia la puerta, pero me bloqueó el paso.

—Adelaide… Lo siento. Lo siento de verdad.

—Lo sé —dije—. Yo también lo siento. Pero eso no cambia nada.

De vuelta en el sector de la Corte Reluciente, me encontré con un montón de chicas corriendo de sus camarotes a la sala común. Todas estaban demasiado ocupadas peinándose y vistiéndose como para pararse a hablar conmigo. Pocas me miraron a los ojos siquiera, aunque pillé a varias mirándome de reojo cuando yo no miraba.

En mi camarote, encontré a Mira abrochándose el vestido. Era de un precioso satén escarlata, bordado con flores doradas. Las enaguas de seda del mismo tono dorado despedían destellos debajo del vestido. Tenía un aspecto exótico y misterioso. Al verme, dejó los botones y me estrechó entre sus brazos. Me dejé caer contra ella y tuve que hacer grandes esfuerzos para no llorar otra vez.

161

—¿No te cuesta hacer esto? —pregunté. Con lo independiente que ella era, esperaba que se hubiese rebelado también.

—Por supuesto que me cuesta —dijo sin vacilar un instante. La observé de cerca y vi la emoción en sus ojos y en las líneas de su rostro. Me di cuenta de que su tono pausado ocultaba una mezcla de rabia y dolor. Simplemente se le daba mejor disimularlo que a mí—. Pero volver a Osfrid no va a solucionar nada. Necesito seguir adelante, pasar a la siguiente etapa. Y tú también.

Me aparté y asentí.

—Lo sé. Y de verdad que entiendo lo que implica todo esto. Quiero hacerlo. Pero Tamsin… —Noté que me ahogaba y no podía seguir hablando. Mira me apretó la mano.

—Ya —dijo—. Yo me siento igual. Pero no es culpa tuya.

Cedric había dicho lo mismo. No conseguía creer a ninguno de los dos.

Pero seguí el ejemplo de Mira: tenía que intentar seguir adelante y pasar a la siguiente fase. Me puse un vestido de terciopelo gris sobre una camisola y unas enaguas de color blanco puro. Unos lazos plateados brillantes decoraban las mangas y el corpiño, y una toca de encaje blanco me cubría los hombros. La toca no serviría de mucho para protegerme del frío húmedo, pero Jasper había insistido en que no desembarcásemos envueltas en nuestras gruesas capas.

Nos recogimos el pelo en elaborados moños bajos y altos, y yo aproveché mi cabello ondulado para soltarme un par de mechones que enmarcaban mi rostro. En el barco no se podían encender muchos fuegos, así que las que no tenían el pelo rizado natural no podían calentar las tenazas que usábamos normalmente para rizárnoslo. La señorita Bradley nos aseguró que aunque no estuviésemos tan perfectas como solíamos estar, ya éramos de lejos lo mejor que desembarcaba en la colonia de Denham.

Cuando hubimos terminado y subimos a cubierta, el *Buena Esperanza* casi había alcanzado los muelles. Los marineros y los demás pasajeros se detuvieron a mirarnos. Aún sentía un pesado dolor, pero mantuve el semblante frío mientras observaba la costa que se acercaba. La Bahía Triunfo era una enorme masa de agua rodeada de tierra que la abrazaba en forma de anzuelo, y Cabo Triunfo estaba ubicada en la parte superior de dicho anzuelo. Gran parte de nuestra educación se había centrado en la estratégica ubicación de esta gran ciudad portuaria, en una zona protegida de los maremotos, con aguas seguras para los barcos que allí arribaban. El resto de Denham era accesible por tierra o navegando a lo largo de la línea costera. Enfrente de la ciudad, en el extremo más alejado de la bahía, había tierras sin colonizar cuyas orillas rocosas hacían más difícil el atraque.

Volví a estudiar los enormes árboles que sobresalían por encima del horizonte, muchos aún en pie a pesar de los años de tala por parte de los colonos para conseguir leña y tierra para cultivar. Ahora que estábamos cerca, acertaba a ver también algunos de los edificios de la ciudad. No pude evitar sentir fascinación, por mucho que tratara de parecer indiferente. Aquello era muy distinto de Osfro. En la capital, Osfrid, todo era antiguo. Castillos e iglesias de piedra que llevaban allí siglos dibujaban el perfil de la ciudad, rodeados por sólidas casas y establecimientos de madera, a menudo reforzados con piedra o ladrillo. Claro que se llevaban a cabo nuevas construcciones y reformas, pero la sensación general que desprendía Osfro era de solidez y prestigiosa antigüedad.

Cabo Triunfo era... nuevo. Casi ningún edificio desprendía ese halo venerable. La mayoría eran de madera, y el tono claro de los listones desvelaba su corta edad. Gran parte de la ciudad estaba en obras, puesto que Cabo Triunfo no dejaba de aumentar de tamaño e importancia. La mayor estructura a la vista era un lejano fuerte en lo alto de una colina, y también estaba construido con madera nueva. La ausencia de piedra, la ausencia de desgaste... hacía que todo pareciese joven. Tanta novedad e inestabilidad daban lugar a que la ciudad pareciese estar luchando a brazo partido por sobrevivir.

163

Una multitud se había reunido en los muelles, compuesta en su gran mayoría de hombres. El embarcadero también parecía nuevo, aunque en algunas cosas se parecía al puerto de Osfrid. El agua golpeaba contra los postes de madera, oscurecida por el cielo gris. El olor a pescado y a desechos que llegaba hasta la orilla inundaba el aire.

Los marineros atracaron el barco y se emplearon a fondo hasta que estuvo bien asegurado antes de dejarnos desembarcar. Para entonces, la multitud había aumentado. Acerté a ver hombres elegantemente vestidos, que bien podrían ser nuestros futuros pretendientes, junto a otros con ropajes sencillos que solo habían venido a admirar el espectáculo. Todos llevaban gruesas capas y abrigos para protegerse del tiempo inclemente, y los miré con envidia mientras el viento afilado me golpeaba.

Un grupo de hombres fornidos y armados avanzó hacia el muelle y Jasper bajó a recibirlos. Por los retazos de conversación que alcancé a oír, entendí que Jasper había contratado a aquellos hombres para que pudiéramos movernos con libertad. Yo, que estaba acostumbrada a llevar escolta en Osfro, al ver a aquellos tipos rudos me di cuenta de lo distinto que era el mundo al que habíamos llegado. Llevaba mucho tiempo soñando con las emociones y las aventuras que nos aguardaban en Adoria, pero debía recordar que estábamos en un lugar peligroso e incivilizado.

Cuando nos dieron permiso para desembarcar, la señorita Bradley nos colocó en fila y me puso a mí la primera.

—Tú eres el diamante —explicó—. Tienes que ir la primera.

Miré al frente, sin habla. No me preocupaba llamar la atención, pero después de todo lo que había pasado, aquello era demasiado. Antes de que pudiera protestar, Mira preguntó:

—¿Por qué estoy la tercera?

La señorita Bradley le dirigió una mirada severa y triste a un tiempo.

—Porque ahora eres la tercera. Todas las demás chicas que estaban por delante de ti iban en el *Albatros Gris*.

El mundo dio vueltas a mi alrededor al pensar en Tamsin y aquel barco balanceándose de un lado a otro como un juguete.

—Adelaide —dijo la señorita Bradley—. Tienes que avanzar. Ahora.

Sacudí la cabeza y me planté en mi sitio, dispuesta a no moverme, pero entonces sentí la presencia de Cedric junto a mí.

—Sígueme —dijo—. Solo tenemos que llegar hasta donde está mi padre, nada más. Mantén la mirada al frente.

Caminó por la pasarela y, tras respirar hondo varias veces, reuní el valor para seguirle. Las piernas me fallaron al principio, después de tantas semanas acostumbradas al balanceo del barco. El suelo firme se me hacía extraño de pronto. Mantuve los ojos fijos en la espalda de Cedric, puse un pie delante del otro e intenté ignorar las miradas embobadas a mi alrededor. Aunque sabía que toda la fila de chicas me seguía, me sentí sola y vulnerable. Jasper, al otro lado de la multitud, parecía estar a kilómetros de distancia. Sus hombres habían despejado el paso al final del muelle y miraban amenazadores a cualquiera que osara acercarse más de la cuenta.

Pero aquello no detenía los silbidos y los piropos. «¡Eh, niña, súbete la falda y enséñanos lo que es una joya de verdad!» o «¿Han traído a la sirminia para los demás? ¿Cuándo es mi turno?» fueron solo algunas de las provocaciones que oímos. Una oleada de ira me recorrió el cuerpo, protegiéndome del frío con su calor. Mi rabia no se dirigía solo a todos aquellos hombres burdos, sino también a Jasper. Tenía que haber mejores formas de conseguirnos maridos que hacernos desfilar como si fuésemos ganado, como en su día había dicho Mira. Tanta educación, tanta cultura para, en teoría, elevar nuestras mentes, no servía de nada si ahora nos exhibían en estas tierras salvajes y solo nos juzgaban por nuestro aspecto.

Pero ¿acaso era aquello distinto de los bailes donde me exhibía en Osfro? ¿Es que siempre sería este el destino de una mujer?

Me entraron ganas de desgarrarme aquellas caras vestiduras y arruinar el cuidadoso peinado. En lugar de eso, mantuve la cabeza alta y seguí el abrigo escarlata de Cedric. Deseé no haber guardado su daga en el baúl, no porque pretendiera usarla, sino porque el simple hecho de notar la hoja fría contra la piel me habría reconfortado. «Soy mejor que toda esta gente —me dije—. No por mi ascendencia, sino por mi naturaleza.»

Al fin, después de lo que probablemente fueran apenas unos minutos, llegamos hasta donde estaba Jasper. Junto a él había más hombres y varios carruajes, afortunadamente cerrados. Jasper asintió en señal de aprobación.

—Excelente, excelente —dijo mientras nos dirigía con señas a los carruajes—. Ya puedo ver a los pretendientes potenciales. Seguro que haber traído solo a la mitad del elenco sube los precios.

Me paré en seco con la boca abierta. Mira me empujó para que entrara en el carruaje.

—¿Cómo puedes ignorar eso? —exclamé mientras nos sentábamos. Hasta su control extremo tenía que tener un límite.

—No lo ignoro —dijo, frotándose el tobillo. La furia hervía en sus ojos—. Pero elijo mis batallas. Nada puede cambiar lo ocurrido. Nada va a cambiarlo a él. Pero podemos controlar nuestro futuro, y eso es en lo que tenemos que concentrarnos.

Me recosté sobre el asiento y me rodeé con mis propios bra-

165

zos. Ahora que la tensión de aquella terrible procesión se había esfumado, el frío me atacaba de nuevo. Me esforzaba por estar tan tranquila como Mira, pero era difícil. Quería volver allí fuera y gritarle a Jasper, liberar todas las emociones tumultuosas que me ahogaban.

Pero eso no iba a traer de vuelta a Tamsin ni al *Albatros Gris*.

Así que permanecí sentada mientras dejaba que los sentimientos bulleran en mi interior. Otras dos chicas se unieron a nosotras y el carruaje inició la marcha. Me había fijado en que las calles aquí no estaban empedradas, ni siquiera en la zona más transitada de la ciudad. La tormenta que habíamos sufrido había descargado lluvia en tierra y se notaba cómo el carruaje transitaba con dificultad por los caminos irregulares y embarrados. Una vez, el cochero tuvo que parar y pedirle a uno de los escoltas que le ayudara a liberar una rueda que se había atascado.

Cuando llegamos a nuestra residencia, ya estaba entrada la tarde. Nuestro hogar temporal en Adoria sería una casa que recibía el nombre de Las Glicinias. Era pequeña y sencilla al lado de la venerable mansión de El Manantial Azul, pero, según nos habían dicho, para los estándares de Adoria era una residencia de categoría. Tenía tres plantas, algo poco usual allí, y ventanas acristaladas, que tampoco eran comunes. El terreno de alrededor estaba despejado en su mayor parte, pero junto a la puerta había varios manzanos, además de las glicinias que daban su nombre a la propiedad. Las matas de glicinias estaban parduzcas y los brotes de los manzanos apenas se distinguían, a diferencia de los frondosos árboles frutales de Osfrid. El clima severo de Adoria hacía que la primavera se retrasara aún más.

El calor nos recibió al entrar en la casa, y al fin nos ofrecieron mantas y capas para protegernos del frío. Una mujer de mediana edad con el cabello negro recogido en un moño muy tirante y una prominente barbilla nos esperaba en el vestíbulo junto a un señor con gafas muy bien vestido. Este abrazó a Jasper y a Cedric; debía de ser Charles Thorn. Nos sonrió a todas hasta que Jasper le susurró algo al oído. Charles palideció y me di cuenta de que acababa de anunciarle las noticias acerca de lo ocurrido con el *Albatros Gris*.

—No hay palabras para describir esta tragedia —dijo.

Jasper asintió pero, a continuación, compartió con él su revelación de hacía un rato.

—Cierto es. Pero las ofertas por este grupo aumentarán.

Cedric fulminó a su padre con la mirada y se giró hacia Charles.

—Tío, les hemos dicho a las chicas que podrían tomarse un tiempo antes de que comenzaran los actos sociales.

—Sí, sí, por supuesto —dijo Charles, asintiendo con la cabeza—. Pobres joyas mías... Debéis recuperaros de este revés. ¡Pero os aseguro que os divertiréis cuando dé comienzo la temporada! Este paseo solo ha sido un aperitivo de las delicias que os esperan.

Intercambié una mirada con Mira. Charles parecía totalmente sincero. Quizá tuviese mejor corazón que su hermano, pero también era visiblemente más inocente en cuanto a la glamurosa vida que nos aguardaba. Entendí enseguida por qué Jasper era la fuerza dominante del negocio.

—Esta es la señorita Culpepper —dijo la señorita Bradley, señalando con un gesto a la mujer de la barbilla prominente. Todo aquello me recordaba vagamente mi llegada a El Manantial Azul.

La señorita Culpepper nos observó con mirada crítica.

—Sin duda muchas pensáis que el Nuevo Mundo es un lugar relajado donde podréis hacer lo que queráis. Pero eso no va a ocurrir, al menos no mientras yo esté al frente de esta casa. Seguiréis todas las normas que os marque y cualquier instrucción que os dé. No permitiré ningún tipo de comportamiento inapropiado o burdo bajo mi techo.

La miré fijamente. ¿Acaso no había presenciado nunca la procesión de los muelles? ¿De verdad pensaba que éramos nosotras las que podíamos ser burdas?

Los Thorn y algunos de los hombres de nuestra guardia se alojarían en la planta baja. Nuestros aposentos estaban en las superiores. Estaba planeado que nos repartiéramos en grupos de tres o cuatro en cada habitación pero, al ser muchas menos, nos colocaron en parejas. Agradecí tener intimidad con Mira, pero aquello no dejaba de ser un recuerdo más del destino que había corrido Tamsin.

—Cambiaos y descansad —nos dijo Charles con tono alegre—. Cenaremos en un rato y después os ayudaremos a preparos para la temporada en sociedad. Será entonces, mis queridas joyas, cuando empiece la diversión.

167

13

No sé si era o no la intención de Jasper, pero nuestro duelo resultó ser una buena estrategia de negocio.

Nuestra desaparición tras la procesión inicial provocó el frenesí entre los potenciales postores. Nos habían visto una vez y querían más. Jasper, al darse cuenta de la ventaja con la que jugaba, mantuvo el enigma en torno a cuándo comenzaría la temporada de bailes. El misterio nos rodeaba y no paraban de venir mensajeros de parte de sus señores en busca de más información. Pronto, los propios señores hicieron acto de presencia.

Yo era una de las más afectadas por la pérdida del *Albatros Gris*, pero ni así podía evitar sentir cierta curiosidad. Los Thorn tenían un despacho privado en la planta baja, pero se reunían con los posibles clientes en una lujosa sala de techos altos que se abría por un lado y contaba con una galería que daba al piso superior. Allí nos agazapábamos nosotras, a oscuras, detrás de una barandilla, y espiábamos lo que ocurría abajo. Como no teníamos más contacto con el mundo exterior, aparte de las excéntricas historias de piratas y de icori que nos contaban los guardias, aquel se convirtió en nuestro mayor entretenimiento. Yo agradecía las distracciones, aunque nada apartaba a Tamsin de mi pensamiento.

Algunos de los pretendientes planteaban preguntas generales, y los Thorn desplegaban sus mejores tácticas comerciales para sugerirles posibles parejas. Cedric era un vendedor excelente, y ni siquiera Jasper podía criticar sus modos. Me recordaba más al Cedric de nuestro primer encuentro que al atormentado disidente religioso que con el tiempo había llegado a descubrir en él.

—Bien, señor Collins, un magistrado como vos necesita poner gran cuidado en la elección de su esposa —dijo Cedric a un caballero que llegó un día para informarse. Un magistrado resultaba especialmente interesante para nosotras.

—Es un asunto que había pospuesto —admitió el hombre. Parecía mayor que nosotras, me aventuraría a decir que ya entrado en la treintena. Cedric estaba reunido a solas con él, como era habitual—. Había iniciado las negociaciones con Harold Stone acerca de su hija, pero entonces llegaron ustedes.

—Conozco al señor Stone —dijo Cedric—. Es un buen hombre, o eso dicen. Tiene un rancho próspero, ¿no es cierto? Y estoy seguro de que su hija es una muchacha respetable, criada y educada en casa, con unos valores sólidos.

—Sí… —El señor Collins empleaba un tono cauto, sin saber adónde quería ir a parar Cedric.

—Pero ¿es la hija de un agricultor lo máximo a lo que podéis aspirar?

—¿Qué… qué queréis decir? —preguntó el señor Collins. Cedric hizo un gesto grandilocuente.

—Miraos. Sois un hombre en la plenitud de su vida, con una carrera aún ascendente. ¿Es el cargo de magistrado el puesto más alto al que aspiráis? Hay cargos más importantes en el gobierno para los que seguro tenéis opciones… En Denham y algunas de las demás colonias florecientes seguramente necesiten hombres capaces como vos. Un hombre que aún desea prosperar debe destacar por fuerza. Necesitáis todas y cada una de las ventajas que podáis obtener, incluida una esposa de categoría.

El señor Collins guardó silencio durante varios minutos.

—¿Y tenéis en mente a alguna candidata apropiada para ello?

Cedric estaba de espaldas a mí, pero podía imaginar a la perfección su sonrisa triunfal.

—Tengo varias. —Levantó un montón de papeles y los fue hojeando—. Está Sylvia, una morena menuda que encandila a todo aquel que la conoce. Sacó muy buena calificación en lo referente a la organización de actos sociales; sería la candidata perfecta para celebrar cenas y recepciones para impresionar a vuestros amigos. También tenemos a Rosamunde, de cabellos dorados. Excelente en todo lo referente a historia y asuntos po-

169

líticos. Puede mantener conversaciones de todo tipo con cualquier miembro de la élite, sin perder los gentiles modales de una dama, por supuesto.

Sylvia y Rosamunde, que estaban sentadas cerca de mí, se irguieron entusiasmadas.

—Me gustan las rubias —admitió el señor Collins a regañadientes—. ¿Es guapa?

—Señor Collins, os lo aseguro, son todas guapas. Hermosas. Impresionantes. A los hombres de Cabo Triunfo aún les tiemblan las piernas desde el día que llegaron las chicas.

—No estaba allí... pero he oído rumores. —El señor Collins respiró hondo—. ¿Cuánto me costaría una mujer como Rosamunde?

—Bien —dijo Cedric, hojeando de nuevo los papeles. Yo sabía que aquello formaba parte del espectáculo. Se sabía todos nuestros expedientes de memoria y hacía sus recomendaciones en función de las chicas que aún no hubiesen sido ofrecidas a otros clientes potenciales, con el fin de darnos una oportunidad a todas—. El precio de partida sería de doscientas monedas de oro.

—¡Doscientas! —exclamó el señor Collins—. ¿Doscientas monedas de oro?

—Y ese sería el precio de partida, insisto; es por su calificación. Es probable que la cantidad aumente si pujan los hombres suficientes y atrae la atención. Entre vos y yo... —Cedric se inclinó hacia el hombre con tono conspiratorio—. Esta semana ha habido bastante interés en ella. Como vos, muchos caballeros se inclinan por las rubias.

Cedric solo había propuesto a Rosamunde entre muchas otras opciones, pero la idea de que estuviese tan cotizada atrajo al señor Collins.

—Es mucho dinero —dijo, inseguro.

—Es una inversión —le corrigió Cedric. No pude evitar sonreír. Era tan encantador, parecía tan seguro de sí mismo... Podría haberle vendido diez esposas al señor Collins—. Decidme, cuando el gobernador organice una cena formal porque haya un cargo libre, ¿qué le dirá su mujer (que es hija de un barón, según he oído) tras conversar con la hija del señor Stone? ¿Y qué dirá un embajador real de Su Majestad si viene de visita para comprobar cómo prospera el Nuevo Mundo en relación con el anti-guo, cuando conozca a la hija de un agricultor? ¿Será capaz de conversar acerca de arte y música? ¿Estará informada de los ve-ricuetos políticos de Denham? Vos mismo provenís de una fa-milia de clase media, según tengo entendido. Habéis superado vuestros orígenes, por eso creo que una joven de modales aristo-cráticos podría seros muy útil a la hora de vadear las agitadas aguas políticas.

El lenguaje corporal de Cedric me recordaba al de un depre-dador, preparado y atento al menor signo de debilidad de su presa para lanzarse al ataque. El señor Collins guardó silencio una vez más. Al fin, dijo:

—¿Puedo verla?

—Por supuesto… En el baile inaugural, junto con todos los demás. Me aseguraré de que estéis en la lista de invitados en cuanto lo anunciemos.

Y así es como dejaba a la mayoría de los hombres, con la miel en los labios, fantaseando con la idea de una chica perfecta para ellos pero pretendida por muchos otros. Los caballeros se queda-ban consumidos por la idea y enseguida imaginaban mucho más de nosotras de lo que Cedric podía llegar a describir.

Llevábamos allí cerca de una semana y media cuando Cedric por fin encontró la ocasión de apartarme para poder hablar en privado.

—El cuadro y el resto de cosas están en el sótano. ¿Crees que podrás escabullirte y terminarlo?

La obra estaba casi acabada cuando empezó la tormenta, solo quedaban unos retoques finales.

—Si consigo despistar a la señorita Culpepper, sí, pero nos vigila constantemente… mucho más que la señorita Masterson.

Asintió con la cabeza.

—Encontraré la forma de que tenga que ausentarse de la casa una tarde. Diré que necesitamos algún tejido de emergencia o cualquier otra cosa para alguna de las chicas. No será difícil de creer, el baile inaugural es a finales de esta semana.

—Ah, ¿sí? —pregunté. Sabía que la calma no podía durar para siempre, pero aun así me sorprendió.

—Mañana lo anunciarán. Esto se convertirá en un auténtico caos y la señorita Culpepper tendrá que prepararos a todas. No

171

será difícil que te escabullas. Habrá emergencias de última hora con la ropa y vendrán más hombres para intentar veros en privado antes que el resto.

Le miré de soslayo.

—¿Por qué nunca me propones a mí?

—¿Cómo?

—He espiado la mayor parte de tus reuniones. Has ido proponiendo a todas las chicas, asegurándote de que recomiendas a cada una de ellas a algún pretendiente. Pero a mí, nunca.

—Seguro que sí lo he hecho —dijo con ligereza—. Te habrás perdido justo esas reuniones.

Me parecía poco probable. Las había espiado casi todas y, en las que no había estado, siempre había alguna de las demás que no tardaba en desgranar todos y cada uno de los detalles de la conversación. Antes de que pudiera protestar, la señorita Culpepper entró apresuradamente en el comedor.

—Señor Thorn, un caballero quiere hablar con vos. —Era la primera vez que la veía incómoda.

Cedric arqueó una ceja.

—Creía que no teníamos ninguna cita esta tarde.

—Y no la teníamos, señor, pero es... es el hijo del gobernador. Warren Doyle.

Aquello pilló incluso a Cedric de improviso.

—En ese caso, será mejor que lo llevéis a la sala de espera. —Ella se marchó a toda prisa y Cedric me miró—. Y tú, corre a tu torre de vigía.

Le sonreí mientras salía de la habitación. Al subir las escaleras, alcancé a ver a Jasper entrando casi a la carrera en la casa. Parecía que ya se había enterado de la visita del hijo del gobernador. Habitualmente no ponía problemas para que Cedric mantuviese las reuniones a solas con los pretendientes, pero estaba claro que en esta quería estar presente.

—No está mal —murmuró Clara. Tuve que darle la razón. Warren Doyle era tan solo unos años mayor que nosotras, y eso era un alivio, pues muchos hombres que peinaban canas se habían personado ya a nuestra puerta. Incluso desde allí arriba, alcancé a ver su rostro de facciones fuertes y agraciadas, así como el cabello azabache recogido en la nuca, como era la moda a ambos lados del Mar de Poniente.

—Señor Doyle —dijo Jasper a la par que le estrechaba la mano al recién llegado—. Es un honor recibiros.

—Llamadme Warren, por favor. Dejemos de lado los formalismos, porque seré muy directo. Así soy, espero que me disculpen. No se me dan bien los rodeos.

Jasper intercambió una brevísima mirada con su hijo y enseguida esbozó una nueva sonrisa para Warren.

—Por supuesto. Sentaos, por favor.

Warren se sentó y se puso las manos en el regazo. Una visita matutina generalmente permitía un atuendo informal, pero él iba perfectamente arreglado, con un abrigo bermejo y un chaleco con brocado de oro. Iba vestido como para asistir a nuestro baile.

—He venido para informarme acerca de una de sus chicas. La primera, la que encabezaba el desfile vestida de gris.

Tensé todo el cuerpo.

—¿Os referís a Adelaide? —preguntó Cedric con tono inseguro.

—¿Así se llama? —preguntó Warren mientras se le iluminaba el rostro—. Es la mejor, ¿no es cierto? ¿Es así como funciona su clasificación? Tenía el cabello castaño, bueno, más bien dorado. Muy hermosa.

Mira sonrió a mi lado.

—Ha descrito tu pelo a la perfección. Estarás contenta.

—«Mejor» es un término subjetivo —dijo Jasper con delicadeza—. Todas nuestras chicas son...

Warren sonrió amablemente.

—No hay necesidad de que utilicen sus tácticas habituales conmigo. No intenten vendérmelas a todas. Ya he escogido. La quiero a ella. La necesito. Miren, he sido nombrado gobernador de la nueva colonia de Hadisen.

Jasper sonrió, pero yo sabía que estaba recalculando su estrategia.

—Enhorabuena. Es un logro increíble para un hombre de vuestra edad, y espero que no os moleste la apreciación.

—Gracias —dijo Warren, asintiendo con energía—. Soy muy afortunado. Y por eso es imperativo que tenga una esposa ejemplar. Será la primera dama de la colonia. Aunque el lugar esté todavía asentándose, todos la tomarán como ejemplo. Y una vez que la colonia esté bien establecida, ella será la encargada de or-

173

ganizar todo acto social que se celebre en nuestro hogar. Necesito a alguien que destaque en todo: una mujer inteligente, culta y digna de admiración. Asumo que, como la número uno que es...

—El diamante —le corrigió Jasper—. La llamamos el diamante.

—El diamante, pues. Asumo que debe de haber superado a todas las demás en las pruebas que les hagan pasar. Si he de tener éxito en esta empresa, debo tener a mi lado a una dama incomparable.

Notaba los ojos de todas mis compañeras fijos en mí, intentando calibrar mi reacción. La verdad es que estaba estupefacta. Después de no haber escuchado mi nombre ni una sola vez, me sorprendía el giro que habían dado los acontecimientos. No había mejor posición que ser la mujer de un gobernador. Y no se me escapaba el hecho de que mis cualidades y aptitudes le habían llamado la atención tanto como mi apariencia. La mayoría de los hombres que habían pasado por allí hasta ahora habían puesto la belleza como prioridad.

—Es ciertamente incomparable —dijo Jasper. Consiguió que en su voz no se notara ni rastro de sarcasmo—. Y os contaré un secreto: el baile inaugural tendrá lugar muy pronto, así que solo tendréis que esperar unos días para conocerla.

—No necesito conocerla —dijo Warren—. Estoy seguro de que es excepcional. Me gustaría firmar el contrato de matrimonio ahora.

—Así no... no es como funciona —dijo Cedric con rigidez en la voz—. Las chicas conocen a todos sus posibles pretendientes durante la temporada de actos sociales. Al final, son ellas las que eligen.

Warren no pareció impresionado.

—No quiero arriesgarme a perderla en beneficio de otro que la impresione con grandes artificios. Les haré una oferta que haga que merezca la pena haberla eliminado de la selección antes de tiempo, una que no igualaré si tengo que esperar. Mil monedas de oro si cerramos el trato en este momento.

Algunas de las chicas dieron un respingo a mi lado. Nunca se había ofrecido una suma como esa en toda la historia de la Corte Reluciente. Era el doble de mi precio de partida.

Ni siquiera Jasper podía creerlo.

—Esa es una suma muy generosa, señor Doyle. Warren.

—Sé que lo que estoy pidiendo es poco ortodoxo —explicó Warren, casi avergonzado—. Y por eso quiero compensarles por alterar sus normas.

—Comprensible —dijo Jasper, casi relamiéndose los labios—. Y muy considerado por vuestra parte.

—Nuestras normas —declaró Cedric, a la vez que le dirigía a su padre una mirada de advertencia— establecen que ella tiene derecho a valorar todas sus opciones y a elegir. No podemos venderla sin más a sus espaldas.

—Nada más lejos de mi intención —dijo Warren. Parecía haberse echado un poco atrás ante el tono de Cedric—. Puedo conocerla hoy y que después firmemos el contrato.

—Tiene derecho a valorar todas sus opciones y a elegir —repitió Cedric—. Eso es lo que estipula su contrato. No puede haber tratos preferentes.

Era obvio que Jasper estaba teniendo grandes dificultades para mantener las formas. Se giró hacia Warren.

—Disculpad; está claro que este es un asunto que debemos discutir entre nosotros en profundidad. Permitidnos que lo hagamos y nos pondremos en contacto con vos en cuanto decidamos cómo actuar.

Warren no parecía muy decidido a marcharse dejando las cosas en el aire, pero finalmente asintió en un gesto conciliador.

—Muy bien. Esperaré ansioso su respuesta… y una reunión para conocerla antes del baile. Gracias de nuevo por permitirme plantear mi heterodoxa propuesta.

Tan pronto como los Thorn hubieron acompañado al hijo del gobernador a la puerta, Jasper arrastró a Cedric hasta su despacho privado y cerró la puerta. Nosotras nos retiramos a nuestra ala de la casa, donde fui inmediatamente acosada con preguntas y comentarios. No tenía ninguna respuesta que darles, y la cháchara pronto me provocó dolor de cabeza. Sentí un tremendo alivio cuando al fin pude encerrarme en mi habitación con Mira. Me dedicó una sonrisa pícara.

—Bueno —dijo—. Emocionante giro de guion el de hoy.

Me estiré en la cama, aún impresionada.

—Eso es decir poco.

—¿Qué vas a hacer? —preguntó.

—No creo que pueda hacer nada. Son los Thorn quienes deciden.

Se sentó a mi lado.

—Si bajases ahora mismo y dijeras que aceptas la oferta, nadie protestaría. Ni siquiera Cedric.

Me erguí.

—¿Crees que debería hacer eso?

—Da igual lo que yo piense. Pero sé que aspiras a llegar alto. Y esto posiblemente sea lo más alto que puedas llegar.

—La verdad es que sería una buena apuesta de futuro. Se supone que eso es para lo que estamos aquí. —Aunque no teníamos por qué aceptar la oferta del mejor postor, un hombre que ofreciera mucho dinero generalmente implicaba que tenía los medios necesarios para mantener generosamente a su mujer. Así los Thorn se llevaban una comisión mayor y se incrementaba la fianza de la novia—. Aunque… ha sido un poco presuntuoso venir así y querer comprar a «la mejor» aquí y ahora.

Mira se rio.

—Está claro que lo ha sido, aunque también es verdad que él mismo lo ha reconocido. Me ha parecido que tenía cierto encanto descarado y torpe. Por lo menos no ha venido, como otros, a preguntar si podía conseguir un descuento por «la sirminia».

Le apreté la mano. Habíamos oído ese comentario varias veces.

—Me ha gustado que se preocupara más por mi forma de ser que por mi aspecto.

—Ya te ha visto. No tiene que preocuparse por tu aspecto.

—Pero tú no aceptarías su oferta. Sigues queriendo liquidar tu propio contrato.

Se encogió de hombros.

—Ya te lo he dicho, da igual lo que yo piense. Pero no, yo haría lo que ha dicho Cedric y tendría en cuenta el resto de las opciones. Siempre puedes escogerle a él más adelante.

—Tamsin habría aceptado la oferta —dije con tristeza.

—Tamsin habría llamado a un sacerdote y se habría mostrado dispuesta a casarse al instante —dijo Mira.

Me vine abajo de repente.

—Es Tamsin quien debería haber recibido esta oferta. Ella tendría que haber sido el diamante.

ϒ

Más tarde me enteré de que Cedric había convencido a su padre. No conocería a Warren hasta el baile. Mis sospechas eran que Jasper albergaba la esperanza de que Warren subiera la oferta al verme rodeada de otros hombres. En los días que siguieron, mientras la casa estaba sumergida en el frenesí que Cedric había augurado, me descubrí teniendo sentimientos encontrados acerca de lo ocurrido con Warren. Me gustaba que Cedric hubiese peleado por que se respetara el contrato. Por otra parte, me preocupaba que aquello le pudiese haber costado a Cedric la comisión que tanto necesitaba. ¿Qué más podía pedir? Casarme con Warren era lo que más podía acercarme en las colonias al estilo de vida que había llevado en el pasado. Hadisen no estaba amenazada por los icori. Solo era una zona sin colonizar que necesitaba una sociedad que se asentara en ella y trabajara en sus yacimientos de oro.

Como pude, entre el tumulto previo al baile, encontré la oportunidad de terminar el cuadro cuando la señorita Culpepper estaba ausente. Un pequeño tragaluz en el sótano me proporcionó la luz necesaria y, un día, al dar un paso atrás, me quedé asombrada al ver que de verdad había reproducido el estilo de Thodoros. Era mi mejor obra. Un comprador inexperto no podría apreciar la diferencia. Y un experto en arte, probablemente tampoco.

La puerta del sótano chirrió y me giré sobresaltada, pero me relajé al ver que era Cedric quien bajaba las escaleras. Se detuvo junto a mí y observó el cuadro.

—Ya está —dijo.

—Ya está —confirmé.

—Impresionante. Las amapolas me parecieron increíbles el día que nos conocimos, pero esto… esto es otra cosa. —Siguió estudiándolo, absorto—. Lo sacaré a hurtadillas esta noche y se lo llevaré a mi agente. Lo evaluará y me dirá cuánto cree que podemos conseguir por él, pero algo me dice que el precio será alto. Lo suficiente para cubrir mi participación en Westhaven.

—¿Sabes qué más te ayudaría a cubrir esa participación? —pregunté con malicia—. Una comisión del veinte por ciento de mil monedas de oro.

Cedric le dio la espalda al cuadro y me miró a los ojos.

—¿En serio? ¿De verdad has llegado hasta aquí y te has preparado para esta temporada de bailes de gala para saltarte los preliminares y casarte con el primer hombre que se interese por ti? ¿Sin tan siquiera conocerlo?

—Lo iba a conocer de todas formas —repliqué—. Y, además, no he dicho en ningún momento que eso sea lo que yo quiero. Solo me sorprende que te mostraras inmediatamente en contra. Creía que asegurar una oferta como esa sería una prioridad.

—La prioridad es asegurar que se te respete. No te traje a la Corte Reluciente para venderte al primero que aparezca.

—Eh —contraataqué—. A la Corte Reluciente vine yo sola.

—No haces más que confirmar mis argumentos. Eres demasiado fuerte, demasiado obstinada para dejar que te vayas con el primero que puje por ti. Te mereces más. Te mereces que hagan cola delante de ti. Quizás al final lo elijas a él, y me parecerá bien, incluso si eso significa que el precio sea menor. O quizá te guste otro hombre. Quizá varios hombres. Quizás haya una guerra de pujas. Quizás alguien supere su oferta.

—Quizá... Pero eso último lo veo improbable. Y apuesto a que tú padre también.

Cedric suspiró.

—Así es. Aparte de la sustancial suma, cree que es mejor que cerremos un contrato y te comprometamos antes de que abras la boca y arruines todas tus opciones... Son sus palabras, no las mías.

—¿Cómo? —exclamé, sin preocuparme por ocultar mi indignación—. Eso habrá que verlo. Seguro que hay un montón de hombres a los que les gusta una mujer que dice lo que piensa.

—Seguro. A mí al menos me gusta tu boca. —De repente, Cedric pareció reconsiderar sus palabras—. Eh... No es eso lo que quería... Mira. Lo único que quiero es que tengas acceso a todas las opciones posibles. Te lo mereces.

—Y yo quiero que sigas vivo.

—Yo también. —Volvió a girarse hacia el cuadro y suspiró—. Y con esto, tu encanto y un poco de suerte seguramente lo consigamos todo.

14

*L*os días que faltaban para el baile inaugural pasaron volando…
y, a la vez, se me hicieron eternos.

Aún estaba afligida por Tamsin, pero la agitación previa al
baile me permitió mantener a raya mis emociones. Aquello era
para lo que se había creado la Corte Reluciente. No era raro que
las chicas cerraran tratos matrimoniales aquella primera noche.
Otras emplearían la temporada social entera en acumular y evaluar ofertas.

—Yo solo quiero salir de esta casa —dijo Mira cuando al fin
llegó el gran día—. Estamos en la ciudad más cosmopolita del
Nuevo Mundo ¡y no hemos visto nada!

Pensé en las casas destartaladas y los caminos embarrados por
los que transitamos el primer día.

—Creo que «cosmopolita» es un poco exagerado.

—Solo vimos el puerto. El centro de la ciudad es completamente distinto. Ajetreado, animado y lleno de maravillas.

—¿Cómo lo sabes? —pregunté.

Se encogió de hombros.

—Eso he oído.

Me paseé ante el enorme espejo de nuestra habitación, un
lujo en Adoria. Llevábamos horas preparadas y estábamos esperando a que nos llamasen para subir a los carruajes. La señorita Culpepper no quería sorpresas de última hora relativas al
vestuario.

Mira y yo contrastábamos totalmente. Yo llevaba un vestido
de seda de un blanco brillante, como el de una novia. Un ribete
de encaje plateado adornaba el acusado escote y se extendía por

las mangas hasta el codo. Unos cristales diminutos —que pretendían simular diamantes— decoraban el corpiño con un diseño de filigrana y se esparcían por la falda como si fueran estrellas. Llevaba diamantes auténticos en el cuello y las orejas, provenientes de la colección de joyas de la casa, que se usaba todos los años. Las pelucas elaboradas, a veces de colores, estaban de moda en Adoria, pero tanto la señorita Bradley como la señorita Culpepper se habían mostrado inflexibles en que me dejase el cabello al natural.

—Si debemos ceñirnos a tu tema, tendríamos que ponerte una peluca blanca o gris —me explicó la señorita Culpepper—. No queremos algo así. Tienes que lucir joven y radiante.

—Así parecerás más osfridiana en este primer acto —añadió la señorita Bradley—. Queremos ser parte de esta sociedad, por supuesto, pero también es importante que representéis al Viejo Mundo, que por supuesto es la cumbre de la moda y la cultura.

Así que separaron una sección de mi cabello, a la manera adoria, lo recogieron en lo alto y dejaron el resto cayendo en rizos largos al estilo osfridiano. Me habían trenzado el cabello con hilos de cristal y, cada vez que me movía, lanzaba destellos.

El vestido de Mira, también de seda y en un tono rojo oscuro, era aún más escotado que el mío. La falda se abría por delante y dejaba a la vista unas enaguas con volantes de color negro, un color muy poco habitual que había hecho que la señorita Culpepper arqueara las cejas. Las modistas de Osfrid habían insistido en que quedaría impactante con el resto del conjunto, y tenían razón. Unas cuentas de brillante azabache adornaban el escote y las mangas en lugar del habitual ribete de encaje. Llevaba el cabello suelto y una diadema de cristal negro de la que colgaban unos mechones de cabello artificial rojo oscuro que se mezclaban con el suyo negro. Al subir a Mira de nivel, las encargadas de la Corte Reluciente se habían esforzado en hacerla pasar por un rubí en lugar de un granate.

Mira se colocó junto a mí ante el espejo y se alisó los mechones rojos frunciendo el ceño.

—¿Tú crees que es de verdad? ¿Llevaré el cabello de otra mujer?

—¿Qué importa? Estás impresionante —repuse.

La cara de Mira me indicó que sí importaba, pero dejó el tema.

—Buena suerte —me dijo—. Aunque no la necesitas. Ya tienes una oferta.

—Tú también tendrás muchas —le aseguré, mientras pensaba en Warren. El primer día había estado muy indecisa, me preguntaba si no tendría que haber aceptado el trato. Ahora que había tenido más tiempo para pensar, me alegraba de que Cedric hubiese intervenido. Quería conocer todas mis opciones, incluso si eso significaba sacrificar una puja nunca vista hasta entonces.

Llamaron a la puerta indicándonos que era hora de irse. Nos cogimos de la mano —nada de abrazos, que podían arrugarnos los vestidos— y nos apresuramos a reunirnos con las demás. Ellas también representaban una resplandeciente gama de joyas, algunas con el cabello natural y otras con pelucas de colores. La de Clara era de un tono amarillo girasol que me pareció horrenda. La señorita Culpepper y la señorita Bradley pasaron la última inspección.

—Recordad —dijo la señorita Bradley—: empolvaos la cara cada cierto tiempo; no podéis dejar que el maquillaje se vaya o se ponga grasiento.

—Y —añadió la señorita Culpepper con tono mordaz— comportaos de manera intachable toda la noche. Espero que ninguna se pase con el vino o con el ponche.

Habían contratado criados, guardias y carruajes adicionales para aquel día. Nos pusieron por parejas en cada carruaje para que hubiese espacio suficiente para los vestidos. Unas doncellas temporales nos acompañarían en otro carruaje para ayudarnos si necesitábamos acicalarnos durante el baile. En otro vehículo metieron vestidos, pelucas y joyas de repuesto por si había una emergencia. No vi a los Thorn, pero sabía que irían en su propio carruaje.

Como era aún temprano, todavía se veía bien por las ventanillas, y Mira y yo inspeccionamos los alrededores con curiosidad. Dejamos atrás otras casas, ninguna tan grande como la nuestra, y una vez más me impresionó lo nuevo y desordenado que era todo. En Osfrid, incluso en una zona rural como aquella, con tanto terreno, cada parcela estaba acotada con precisión, con límites claros entre una y otra, incluso con muros bajos de piedra para separarlas. Cada trozo de tierra era de alguien. Allí, en cambio, era como si las casas hubiesen sido construidas al azar, y na-

181

die parecía preocuparse por la propiedad privada. Y, por supuesto, había árboles. Árboles por doquier.

Empezaron a escasear cuando llegamos al corazón de Cabo Triunfo, y pude comprobar que Mira tenía razón. Las estrechas calles estaban adoquinadas y los edificios eran más altos y daban más sensación de durabilidad. Tiendas de todo tipo flanqueaban las calles, así como establecimientos de ocio (unos con aspecto más distinguido que otros). A medida que caía la noche, unos faroles de colores se fueron encendiendo en los umbrales de las puertas. Por la calle se veían grupos de gente de todo tipo, que volvían de trabajar o buscaban entretenimiento nocturno. La mayoría iban vestidos con ropas humildes o parecían de clase media. Los ciudadanos pudientes caminaban entre ellos sin parecer contrariados. Ricos o pobres, parecían tener gusto por la moda, y lucían atuendos adorios y osfridianos. El populacho era exótico y vivaz, y uno no podía dejar de mirar. Como era de esperar por lo que sabíamos de la demografía de Adoria, la mayoría de la gente que vimos eran hombres.

—Me encantaría salir y explorar esto —dijo Mira.

—No creo que la señorita Culpepper lo aprobara.

Las calles no parecían precisamente peligrosas, pero estaba segura de que no se nos permitiría pasear por ellas, sobre todo después del comportamiento que había observado en el muelle. Señalé a un hombre que estaba apostado en una esquina, vestido de uniforme verde oscuro.

—Mira, un soldado. Es el primero que veo. Creía que habría más.

Mira siguió mi dedo.

—Hay algunos, pero no tantos como antes, ahora que la mayor parte de las amenazas externas han desaparecido.

—¿Y quién mantiene el orden en la ciudad? ¿La milicia? —pregunté.

Cabo Triunfo no tenía una guardia oficial como Osfro. El ejército se encargaba de vigilar el cumplimiento de las principales leyes en las colonias, y el resto estaba en manos de voluntarios y grupos locales organizados.

—Ellos. Otros agentes de la corona. Los piratas.

—¿Pero los piratas no vulneran la ley por definición?

—No siempre. ¿No has oído eso de que algunos vagan por

182

las calles y ayudan a la gente en peligro? —La cara de Mira se iluminó, emocionada por las historias heroicas que tanto le gustaban.

—No. ¿Cuándo has oído tú eso?

—A veces hablo con los guardias. Es más interesante que espiar las reuniones con los pretendientes.

—Ah. ¿Te refieres a los pretendientes que desempeñan un papel decisivo en tu futuro?

—Esos mismos —contestó, sonriente.

Nuestro destino era un enorme auditorio en el extremo opuesto del centro de la ciudad. Era un edificio grande y sencillo, de madera, nada que ver con los salones de baile de Osfrid en antiguas haciendas y castillos. Pero aquel era, al parecer, el edificio más grande para albergar un acto social y, a juzgar por la muchedumbre y los invitados reunidos en la puerta, esperaba que hubiese espacio suficiente para todo el mundo. Nuestros carruajes llegaron hasta la puerta trasera para que pudiésemos entrar sin que nadie nos viera.

Nos reunimos en una antecámara en el interior y pasamos una inspección más en la que la señorita Culpepper se aseguró de que los vestidos y los peinados habían sobrevivido al trayecto. Localicé a los Thorn reunidos en un corro con una mujer alta a la que no había visto nunca. Al principio pensé que era sirminia, pues tenía el cabello negro y la piel oscura. Pero había algo diferente en ella, con aquellos pómulos tan pronunciados. Era... extraña. Su atuendo, aunque de un tejido muy bonito, parecía un traje de amazona, con falda pantalón. Parecía fuera de lugar, al igual que su peinado: llevaba el cabello recogido en una trenza larga que le caía por la espalda. Eso no estaba de moda en ningún sitio.

Me di la vuelta y me dispuse a comentárselo a Mira, pero de pronto me di cuenta de que Cedric se había acercado a nosotras por detrás. Llevaba las manos metidas en los bolsillos de un abrigo, ajustado y largo hasta la rodilla, de damasco azul acero, que resaltaba sus ojos grises. Nunca lo había visto vestido de aquel color y me quedé impresionada por el efecto. Destacaba el tono cobrizo de su cabello y bien podría haber pasado por un miembro de la nobleza osfridiana. Aunque nunca había conocido a un noble que me provocase tanto sonrojo y calor.

183

Me di cuenta de que Cedric también me miraba y quizá, solo quizá, yo no era la única que se había sonrojado.

—Tienes buen aspecto —dije.

—Lo… mismo digo.

—Como si me hubieses visto alguna vez con mal aspecto.

—Te he visto… —se detuvo al recordar que estaba Mira delante— … con atuendos menos elaborados. Como… aquella vez.

—Cómo no ibas a sacar a relucir eso. —Di un paso decidido hacia él y giré sobre mí misma para lucir la caída del vestido—. Pero esto está mucho mejor. Es como un sueño. No como el de aquella vez.

—Bueno… —Me miró de una forma que hizo que me sonrojara más aún—. Supongo que depende de qué sueño.

Mira carraspeó antes de hablar.

—¿Va todo bien? Me ha parecido veros discutiendo antes, a tu padre y a ti.

Aquello pareció devolverlo al presente, y finalmente apartó la mirada de mí.

—Nuestras desavenencias de siempre. Estábamos «debatiendo» quién se encargaría de presentar a Adelaide. Quería hacerlo él, pero yo creo que debo hacerlo yo, dado que eres mi… adquisición. —Siempre había usado aquel término con ligereza, pero aquella noche pareció atragantársele.

—¿Y bien? —pregunté.

—He ganado.

Sonreí.

—¿Cuándo no?

Una sombra de abatimiento recorrió su rostro.

—Bueno, pero con la condición de que te presente a Warren Doyle el primero. Siempre y cuando respete eso, mi padre está de acuerdo con todo lo demás.

Una vez que hubiésemos hecho la entrada en la sala, los pretendientes interesados se acercarían a los representantes de la Corte Reluciente para acordar bailes y conversaciones con nosotras. El objetivo era evitar que nos agobiaran.

—¿También te encargarás de presentarme a mí? —preguntó Mira.

Cedric sacudió la cabeza y señaló a la mujer alta.

—Lo hará Aiana.

Mira estudió a la mujer con curiosidad.

—¿Quién es?

—Es balanca —contestó él—. Trabaja para nosotros.

Mira y yo intercambiamos una mirada atónita. Los balancos, como los icori, poblaban ya Adoria cuando llegaron los osfridianos y otros pueblos de la otra orilla del Mar de Poniente. Con los balancos no había habido guerras ni disputas por el territorio, mientras que con los icori, sí. Esto se debía en parte a que las tierras septentrionales, que eran las que ellos ocupaban, eran menos habitables, y en parte porque constituían un enemigo mucho más temible que los icori. Al parecer, su cultura era sofisticada y rica, aunque muy distinta de la nuestra.

—¿Qué hace aquí? —preguntó Mira. Los balancos habían intentado mediar alguna vez entre los icori y los osfridianos, pero en general se mantenían al margen y alejados de nosotros.

—Mi tío Charles la tiene contratada —explicó Cedric—. Por lo general, su trabajo consiste en tener vigiladas a las chicas una vez que se casan. Si ve algo inapropiado o cualquier tipo de maltrato, se encarga de... solucionarlo.

Antes de que pudiésemos preguntar más, la señorita Culpepper nos ordenó colocarnos en fila para hacer nuestra entrada. Como la otra vez, yo iría la primera. Me empezaron a temblar las manos de los nervios, pero hice enormes esfuerzos por controlarme. Me habían anunciado y había entrado sola en incontables fiestas en Osfrid. No me eran ajenas las multitudes ni las exhibiciones, a diferencia de lo que les ocurría a muchas de las demás chicas. Ellas habían recibido toda aquella educación excelente y puede que ahora incluso parecieran de la nobleza, pero lo que estábamos a punto de hacer iba más allá de lo que ninguna de ellas hubiera experimentado jamás. Algunas estaban pálidas, otras temblando.

La señorita Culpepper me dio la señal de salida. Deseé poder ver a Mira para obtener un último gesto de aliento, pero estaba en la cola detrás de mí, fuera de mi campo de visión. Entonces vi a Cedric junto a la puerta. Me miró a los ojos y asintió con la cabeza. Di un paso adelante.

—Adelaide Bailey, el diamante —anunció una voz.

El auditorio parecía sencillo, pero los Thorn se habían empleado a fondo para convencer a los invitados de lo contrario. Flo-

185

res y velas, lino y cristal... Si no hubiese sido por las toscas paredes de madera y las vigas vistas del techo, aquello podría haber sido un baile de mi antiguo mundo. Habían abierto un pasillo en mitad de la sala para que pudiésemos pasar hasta una tarima elevada que había en el extremo opuesto. Los invitados se alineaban a ambos lados del pasillo, en silencio y de forma ordenada, sin el menor atisbo de la grosería del puerto. Aquella era la élite de Adoria: iban bien vestidos, sujetaban copas de vino en las manos y nos observaban con educación. Las mujeres se mezclaban entre la multitud: madres que habían venido a ayudar a sus hijos o damas de la alta sociedad que estaban allí por simple curiosidad.

Caminé con calma y serenidad. Era la mejor de la Corte Reluciente. Representaba a la nueva nobleza y a la antigua, descendía de los fundadores de Osfrid. Pronto ocuparía mi lugar junto a los fundadores de Adoria. Todos mis esfuerzos y manipulación habían sido para aquello. Como el diamante que era, conocería a la élite más importante de la ciudad. Asistiría a los actos más exclusivos. Y pagarían por mí la comisión y el precio más altos jamás vistos por ninguna de las joyas de los Thorn.

186

Llegué hasta la tarima, donde uno de los hombres de Jasper me ayudó a subir los escalones con el elaborado vestido. Me senté en mi sitio, en el centro de una mesa larga sobre la que había vasos de agua. La señorita Culpepper no nos dejaba comer allí, así que habíamos tenido que cenar antes. Aunque ya estaba entrando la siguiente, vi muchos ojos aún fijos en mí, y sostuve las miradas segura, como lo habría hecho una reina de Osfrid.

Mira atrajo gran atención cuando entró. En mi opinión, era la más guapa de todas. Jasper podía refunfuñar lo que quisiera, pero no me cabía la menor duda de que muchos hombres estarían encantados de tenerla como esposa por muy sirminia que fuera. Al pensar en su vitalidad, pensé que el problema sería más bien que ella accediera a casarse. Aquello me hizo sonreír, y en ese preciso instante mi mirada se cruzó entre la multitud con la de Warren Doyle. Él me devolvió la sonrisa, pensando que iba dirigida a él.

Cuando estuvimos todas sentadas, el comedimiento de la alta sociedad cedió un poco. Cedric, Jasper, Charles y Aiana empezaron a recibir inmediatamente solicitudes para conocernos, y los pretendientes y sus representantes hacían cola para conseguir una oportunidad de hablar con nosotras.

Mira, sentada a mi izquierda, comentó:

—Va a ser una noche larga.

A pesar de lo que al principio pareció un gran desorden, pronto todo fue avanzando. Cedric vino a buscarme y me cogió del brazo para escoltarme al otro lado de la pista.

—¿Lista para conocer a tu mayor admirador? —preguntó.

—Creía que tú eras mi mayor admirador.

—Yo solo soy un tipo humilde. No un futuro hombre de Estado absurdamente rico y adulador.

Observé a Warren mientras nos acercábamos. Tenía el rostro encendido y alternaba el peso del cuerpo de un pie al otro sin parar. Llevaba un abrigo con el mismo corte que el de Cedric, ceñido y abotonado hasta el cuello, de un tono broncíneo. Parecía intentar aparentar calma y seriedad, pero su rostro se iluminó en una sonrisa cuando estuvimos más cerca.

—Si te hace sentir mejor —dije en voz baja—, me gusta más tu abrigo.

—Vaya, pues no se lo digas al pobre. Creo que rompería a llorar si supiera que le das de menos.

Conseguí no reírme, pero se me escapó una sonrisa de la que Warren volvió a creer ser el destinatario.

187

—El señor Warren Doyle —dijo Cedric sin rastro de burla en la voz—. Os presento a la señorita Adelaide Bailey.

Hice la delicada reverencia que nos habían enseñado en El Manantial Azul y Warren me tomó la mano, sin dejar de sonreír al estrechármela.

—Sé que debería mostrar más decoro, pero no puedo evitarlo… Estoy muy nervioso. Debéis de pensar que soy un maleducado.

Sonreí de vuelta, divertida por su agitado ímpetu.

—En absoluto, señor Doyle.

Cedric se inclinó ligeramente y me guiñó el ojo sin que Warren lo viera.

—Les dejo para que hablen. Volveré en un rato para pasar a la siguiente presentación.

Se marchó justo cuando el cuarteto de cuerda empezaba a tocar. Warren me ofreció la mano para bailar.

—Llamadme Warren —dijo—. Soy muy directo.

—Eso he oído. Vos podéis llamarme Adelaide.

—Sé que tenemos poco tiempo esta noche. Y sé que habrá una docena de hombres que intentarán conquistaros con todo tipo de encantos y cumplidos. —Hizo una pausa—. A mí no se me da bien nada de eso, no sé regalar los oídos solo por las apariencias. Conozco a algunas mujeres así pero, como ya he dicho…

—Sois muy directo —terminé.

—Exacto. Si sé lo que quiero, voy a por ello. Y, os seré sincero, os quiero a vos. Cuando estábamos esperando a que llegara vuestro barco, sabía que sin duda solicitaría a la número uno de la cohorte. Cuando os vi en el muelle, no hice más que confirmar mi decisión. Y al veros ahora… —Sacudió la cabeza—. Os lo diré sin rodeos: no he mirado a ninguna de las demás chicas esta noche. Sois un diamante auténtico. Y no puedo imaginar ninguna otra esposa que no seáis vos.

A pesar de lo que sabía de él, estaba un poco sobrepasada.

—Vaya, sí que…

—… ¿soy directo?

Me reí.

—Sí, pero pensaba más bien en que mostráis mucho ímpetu. O quizá la palabra sea «intensidad». Sois muy amable… muy halagador. Pero no sé si merezco esto cuando apenas nos conocemos.

De pronto pareció avergonzado y se equivocó en uno de los pasos de baile, pero yo recuperé el ritmo enseguida.

—Lo sé, lo sé. Y lo siento. Sueno como un loco desesperado, pero… Sabéis a lo que me enfrento, ¿verdad? Gobernador de Hadisen. Con solo veintitrés años.

—Eso también lo he oído. Qué gran honor.

—Y qué miedo da —admitió. Miró a su alrededor, incómodo—. No le he dicho esto a nadie, sobre todo a mi padre, que es quien me ha conseguido el puesto. Estoy muy contento, de verdad que lo estoy. Pero no será fácil, y no me refiero solo a la labor de levantar la colonia, que es un lugar formidable. Quiero que Hadisen sea fuerte: una tierra de ciudadanos respetables y prósperos. No todo el mundo me lo pondrá fácil. En política la gente vigila permanentemente lo que haces, quieren verte fracasar. Aun cuando fingen ser tus amigos.

No dije nada, solo asentí con un gesto de ánimo. Pero me había hecho recordar algo: los nobles en Osfrid también ponían siempre buena cara y atacaban por la espalda a la primera de cambio. Parecía que, incluso al otro lado del océano, algunas cosas no cambiaban. Sentí cierta empatía hacia Warren Doyle.

—Tengo compañeros y consejeros en los que creo que puedo confiar, pero uno nunca sabe —prosiguió—. Por eso necesito una esposa inteligente y competente. Una auténtica aliada. Una persona en la que sepa que puedo confiar, que me aconseje bien y me ayude a guardar las apariencias en lo relativo a la moda, la cultura y el resto de aspectos que la élite gusta de criticar.

—No creo que necesitéis demasiada ayuda en lo relativo a la moda y la cultura. —A pesar de lo que le había dicho a Cedric, Warren iba vestido de manera excepcional.

—Mi familia es muy poderosa aquí… y mi madre está al día de las últimas modas. Allí, en cambio, no tengo nada. Excepto a vos. Y creedme si os digo que tendréis todo lo que podáis soñar. Todo el lujo del mundo al alcance de la mano. El control absoluto de la casa.

—Halagador, una vez más —repuse—. Pero no sabéis nada de mí aparte de que soy la primera en la clasificación. El matrimonio es más que eso. ¿Cómo sabéis que somos… compatibles?

La respuesta fue inmediata.

—Porque no habéis dicho que sí inmediatamente. Sois una mujer reflexiva, una mujer que sabe meditar las cosas. Y eso, Adelaide, es exactamente lo que busco y lo que más admiro.

Cedric apareció junto a nosotros en el preciso instante en el que terminó la música.

—Adelaide, es hora de pasar a la siguiente presentación.

Warren me cogió de la mano cuando me alejaba.

—Por favor… Considerad mi oferta. Sé que debo de parecer desesperado y sé que lo estoy haciendo todo mal…

—Os lo ruego, señor Doyle —dijo Cedric. Parecía un poco sorprendido pero creo que sobre todo le hacía gracia lo que seguramente consideraba otro ejemplo de la pasión atolondrada de Warren—. Ahora tiene que dejaros.

Warren no me soltó, ni siquiera cuando intenté retirar la mano.

—Oiréis todo tipo de ofertas esta noche. Todo tipo de palabras bonitas. Sois incomparablemente hermosa, pero preguntaos cuántos de esos hombres os quieren por vuestra inteligencia. Para ser su compañera.

189

La sonrisa de Cedric había desaparecido.

—Señor Doyle, vuestro tiempo se ha agotado...

Warren no se amedrentó.

—¿Y cuántos pueden igualar el estilo de vida que yo puedo ofreceros? Reina de una colonia.

—Basta —exclamó Cedric, perdiendo la compostura—. No estáis por encima de las normas aquí, sean cuales sean vuestra posición o vuestros recursos, señor Doyle. Hemos establecido unas instrucciones específicas: si no podéis seguirlas, tendré que llamar a la guardia para que os saque de aquí.

Cedric me arrastró por la fuerza, lo que provocó que Warren tropezara y se mostrara comprensiblemente atónito.

—¿Tú te has oído? —exclamé una vez que Cedric me había alejado de allí—. Yo sí. Y varias personas más que estaban alrededor. Más te vale que tu padre no se entere de lo que acabas de decir.

—Me da igual. —La expresión sombría de Cedric demostraba que Warren Doyle ya no le hacía ninguna gracia—. Es la segunda vez que Doyle se pasa de la raya.

—Una última súplica apasionada no es exactamente pasarse de la raya —repliqué—. Podías haber sido un poco más diplomático antes de pasar a las amenazas.

Mi siguiente baile fue con un comandante del ejército de Denham con una destacable trayectoria. Acababan de ponerle al frente de los soldados que explorarían las colonias al sur de Osfrid para investigar los ataques de los icori en las fronteras. Se deshizo en halagos a mi belleza, haciendo uso de todo tipo de figuras retóricas, como que mis ojos eran del color de los jacintos en primavera. Tras él vino otro magistrado, uno de más rango que el señor Collins. Le siguió un obispo de Uros que parecía mucho más interesado en los asuntos terrenales que en los espirituales.

Siguieron sucediéndose los pretendientes. Hubo un momento en el que me fue concedido un descanso y pude sentarme en la tarima con Mira, donde traté de refrescarme con un abanico adornado con cuentas de cristal.

—Es agotador —dije.

—No hace falta que lo jures —coincidió ella mientras se frotaba disimuladamente los doloridos pies por debajo de la mesa.

—¿Qué pasa, que al final a más de uno no le importaría lo más mínimo casarse con una sirminia? —Sabía la respuesta: había estado tan solicitada como yo.

—Eso habrá que verlo —dijo con una sonrisa pícara—. Es difícil saber algo con certeza ahora. La mayoría solo elogian mi belleza y dicen palabras bonitas.

La miré sorprendida.

—Eso es casi exactamente lo que me ha dicho Warren.

—¿En serio?

Asentí.

—Ha dicho que todos intentarían halagarme, pero que él era el único que haría una oferta basada en mis cualidades y en su necesidad de tener una pareja de cuyo consejo pudiera fiarse.

Mira enarcó las cejas.

—No he oído nada ni remotamente parecido a eso de ninguno de mis pretendientes esta noche. Sigo pensando que su oferta inicial fue presuntuosa, pero…

—¿Pero?

—Quizá no deberías descartarlo tan rápido.

—Mirabel Viana, nunca pensé que te oiría decir algo así.

Hizo una burla.

—Bueno, eso sería antes de que oyese que mi cabello se asemeja al cielo nocturno.

—¿Ha sido el comandante?

—Sí —dijo ella, y ambas nos echamos a reír.

No hablamos mucho más después de eso, sino que nos limitamos a disfrutar de la breve pausa. Observamos a la multitud, entre la cual las demás chicas bailaban y flirteaban con sus pretendientes. La mayoría había superado ya la timidez inicial y parecían disfrutar la atención que recibían. Clara, en particular, parecía encantada. Estaba bailando con el comandante, y me pregunté qué cumplidos le tendría reservados a ella. Por lo que se veía, pretendía incrementar sus posibilidades hablando con todas nosotras.

Mira se puso en pie de repente con una expresión de sorpresa en el rostro.

—¿Qué ocurre? —le pregunté.

—Na… nada. Tengo que… tengo que ir a comprobar una cosa. Vuelvo enseguida.

191

Bajó corriendo de la tarima sin mirar atrás. Miré a mi alrededor tratando de averiguar qué había llamado su atención, pero lo único que vi fue un mar de rostros.

Pronto me vi inmersa de nuevo en la cacería. Cuando la fiesta terminó al fin, habían pasado casi cinco horas. La emoción y la adrenalina se habían disipado y solo quería meterme en la cama. Me dolían los pies. En cuanto pasé a la antecámara, me dejé caer contra la pared y cerré los ojos, aliviada.

Un brazo se deslizó por el mío.

—Cuidado, milady. No os desmayéis todavía.

Abrí los ojos.

—Te he dicho que no me llames así.

—No creo que esta noche nadie vaya a pensar que hablo en serio. ¿Puedes andar?

—Por supuesto.

Me erguí y Cedric me pasó el brazo por detrás de la espalda para que me apoyara en él. Otras chicas se estaban ayudando entre ellas también, y todas, agotadas, pusimos rumbo a los carruajes.

—Todo será mucho más fácil a partir de ahora —dijo Cedric—. Las fiestas serán más reducidas. En casas privadas. Habrá visitas individuales en nuestra casa. Esto solo era para captar la atención.

—Espero que haya funcionado.

—Para ti, sí. He tenido que declinar un montón de solicitudes. No había suficiente tiempo.

—Espero que hayas elegido a los que... —Me paré en seco cuando ya estábamos cerca del carruaje al que me acompañaba y miré a mi alrededor—. ¿Dónde está Mira?

Cedric miró también. Era casi medianoche y fuera del auditorio todo era un caos, lleno de caballos, carruajes y hombres contratados por Jasper. Las chicas relucían un poco menos ahora, y no había necesidad de mantener el meticuloso orden de antes. Lo único que queríamos era subirnos a un carruaje e irnos a casa.

—Estará por aquí —dijo Cedric—. Probablemente esté ya en algún carruaje. Vamos.

Empezó a ayudarme a subir a uno cuando oímos una voz tras nosotros.

—¿Adelaide?

Ambos nos giramos a un tiempo y nos encontramos con Warren Doyle, que se dirigía hacia nosotros.

—¿Cómo habéis llegado hasta aquí? —exclamó Cedric—. Los guardias tienen órdenes de prohibir el paso a cualquiera.

—Señor Thorn, soy el hijo del gobernador. No me prohíben el paso a ninguna parte. —Warren observó a Cedric durante unos instantes y después se giró hacia mí con su sonrisa de enamorado—. Adelaide, sé que ahora os llegarán un sinfín de invitaciones, así que quería transmitiros la mía en persona. Espero poder ir a visitaros pronto, pero, además, mi madre ha organizado una cena dentro de unos días y nos encantaría que nos acompañarais. Con un par de chicas más, por supuesto.

—Muy amable —dije—. Estoy segura de que...

—Comprobaremos su agenda y nos pondremos en contacto con vos —interrumpió Cedric—. Como bien habéis dicho, sin duda recibiremos más invitaciones. Y hay unas normas que debemos seguir.

Warren miró a Cedric fijamente.

—Os gustan mucho las normas, señor Thorn. Admiro vuestra integridad.

—Estaremos en contacto —dijo Cedric, dando por terminada la conversación.

—Gracias por la invitación —añadí, con una sonrisa y la esperanza de aliviar la tensión. Warren me sonrió también, hizo una reverencia y se perdió entre la multitud.

Miré a Cedric, furibunda.

—Parece que no quieres tu gran comisión.

Lo pensó un momento.

—Sí la quiero. Pero quizá no de él.

—¿Por qué no?

—Creo que no me gusta.

—¡Si ni siquiera le conoces!

—Es arrogante y pagado de sí mismo.

—Igual que alguien que yo sé.

—Adelaide. —Se inclinó hacia mí, acercándose de forma peligrosa e inapropiada—. Ya has visto cómo es. Cómo se ha mostrado de arrogante.

—Contigo. Porque le has estado provocando. No digo que quiera irme con él ahora mismo, pero no podemos descartarlo de inmediato. Además, esa decisión tengo que tomarla yo, no tú. —Miré alrededor y bajé la voz—. ¡Se supone que somos un equipo! No puedo hacer mi trabajo si te dedicas a ofender a cada pretendiente que se me acerque.

—¿Tu trabajo?

—Sí —dije—. Yo veo venir a los hombres. Sé intuir sus intenciones románticas mucho mejor de lo que tú nunca lo harás.

La voz de Cedric se impregnó de sarcasmo.

—Ajá. Seguro que lo aprendiste todo sobre las «intenciones románticas» de los hombres tras años de lanzarte desesperadamente en sus brazos en aburridos salones de baile. ¿Y qué tal se os daba, milady?

Sentí que me sonrojaba.

—No espero que entiendas cómo funcionan las cosas en la alta sociedad. Entre tu origen humilde y tu religión…

—¿Hay sitio aquí?

Sylvia se acercó a nosotros, sonriente pero agotada. Era obvio que no había oído nuestra conversación, de lo contrario se habría mostrado incómoda. Cedric adoptó de inmediato su habitual gesto encantador y le tendió la mano.

—Por supuesto.

Cuando ella hubo entrado, me ayudó a subir a mí. Cuando iba a meterme dentro, me detuvo, sosteniéndome la mano y con el otro brazo alrededor de mi cintura. Se acercó mucho para que nadie más pudiera oírle. Aquella cercanía me desarmó y, por un instante, lo olvidé todo excepto sus ojos y sus labios.

—Adelaide, no estoy intentando…

—¿Qué? —exigí, y la agitación se hizo presente de nuevo—. ¿Qué es lo que estás intentando exactamente?

Estuvimos así suspendidos durante un momento, hasta que su rostro se endureció.

—Nada. Como bien has dicho, soy de origen humilde. No estoy intentando nada.

Me subió al carruaje, cerró la portezuela y le dijo al cochero que arrancara.

15

Cuando llegamos a casa, las emociones en mi interior rugían como una tormenta. Estaba furiosa con Cedric, claro, y tenía todo el derecho del mundo después de cómo se había comportado. Pero, al mismo tiempo, sentía unas inexplicables ganas de llorar. Ni siquiera en los momentos tensos de los inicios de nuestra relación había tenido la sensación de que hubiésemos discutido así nunca. Haberme ido, dejando toda aquella ira entre nosotros, me provocaba un dolor agudo en el pecho. Por muy dolida y furiosa que estuviera, no podía soportar estar enfadada con él. Todo era muy confuso y tenía el corazón hecho un lío.

Mis cavilaciones se interrumpieron de golpe cuando llegué a mi habitación y vi que estaba vacía. Había asumido que Mira venía delante de mí porque no la había visto fuera mientras hablaba con Cedric y Warren. «No hay de qué preocuparse —pensé—. Vendrá en uno de los últimos carruajes.»

Pero cuando me preparé para irme a la cama, ya entrada la noche, seguía sin aparecer. Todas las demás habían vuelto ya y se habían ido con paso somnoliento a dormir. Aquello me suponía un dilema. ¿Debía decírselo a la señorita Culpepper? ¿Y si le había pasado algo a Mira? Por otra parte, sabía cómo era Mira. Era perfectamente posible que se hubiese escapado a explorar la ciudad después de todo. Denunciar su ausencia sería meterla en un lío. Cedric habría sido un confidente neutral con quien consultarlo pero, después de nuestra pelea, no quería hablar con él. Mira era fuerte, me dije. Estaría bien.

Y, por supuesto, cuando me desperté estaba en su cama.

—Estaba preocupada por ti —le dije. No le pregunté abiertamente qué había pasado, pero el tono expectante de mi voz dejaba claro que quería más información.

—Lo siento —dijo primero, y luego hizo una pausa para estirarse y bostezar—. No quería asustarte. Gracias por no decir nada a nadie.

Como no me daba ninguna explicación, me lancé a preguntar:

—¿Estuviste explorando la ciudad?

Dudó un momento.

—Sí. Ha sido una imprudencia, lo sé.

—¡Podría haberte pasado algo! Prométeme que no volverás a hacerlo. No es seguro que una mujer ande por ahí sola.

—El mundo no es seguro —musitó.

Esperé a que dijera algo más, pero no lo hizo.

—No lo has prometido.

—No puedo.

—Mira…

—Adelaide —me interrumpió—. Tienes que confiar en que no haré nada, peligroso o no, si no es por una buena razón. Pero… bueno, todos tenemos nuestros secretos. Sé que tú también, y lo respeto.

Asentí. Sabía que si la presionaba sería una hipocresía por mi parte, teniendo en cuenta todo lo que yo ocultaba.

—Solo dime una cosa —dije por fin—. No has estado con los alanzanos, ¿verdad?

No se me ocurría nada más que pudiese hacer a escondidas, y no estaba segura de poder soportar tener a dos herejes en mi vida.

Se rio, sorprendida.

—No. ¿Por qué se te ha ocurrido eso?

—Bueno, porque eres de Sirminia. Y sabes muchas cosas sobre ellos.

—Sí —dijo, poniéndose seria—. Me crie entre ellos y los entiendo, pero no, no soy alanzana. Simplemente tengo grabadas sus costumbres en el recuerdo. Cuando la luna llena se ve con claridad, siempre pienso que sería una noche perfecta para una de sus bodas. Y recuerdo los días señalados para ellos. Por ejemplo, mañana es la Estrella de Adviento, pero tranquila, que yo no voy a celebrarlo.

—La Estrella de Adviento —repetí, ya que el nombre no me resultaba familiar—. ¿Es algún tipo de ritual sórdido?

—Creo que te refieres a los ritos primaverales… y no son tan sórdidos. Muchos alanzanos tienen principios sólidos. La Estrella de Adviento es una fiesta más solemne.

Asentí, sin saber qué sentir en relación con lo que había hecho Mira. Me alegraba de que no corriera el riesgo de ser detenida por hereje... Pero, si no era eso, ¿en qué otra clase de peligro podía estar envuelta?

No recibí ninguna respuesta, y el día que siguió fue muy ajetreado. No hubo tiempo para descansar después del baile de la noche anterior. La tarde se llenó enseguida de citas con pretendientes que querían hablar con nosotras en privado. La casa estaba en su máximo apogeo: la señorita Culpepper preparaba las distintas estancias para las reuniones y decidía quién nos acompañaría en las mismas. Yo tuve cuatro reuniones a lo largo del día, con un caballero que había conocido la noche anterior y con tres nuevos. La señorita Bradley me acompañó en dos de ellas y Aiana en las otras dos. Esta última no habló mucho conmigo, solo me sonrió a modo de saludo.

Muchos hombres entraron y salieron de la casa aquel día, pero Cedric no fue uno de ellos.

Aquello me atormentaba hasta un punto que me desconcertaba. Desde que me fui de Osfrid, lo había visto casi a diario. Su presencia formaba ya parte de mi vida. Una broma por aquí, una sonrisa confiada por allá. Sin él, Las Glicinias parecía un lugar completamente diferente. Me sentía otra persona. Una persona infeliz.

Apareció por la noche para acompañarnos a una pequeña recepción organizada para las tres chicas del podio: Mira, Heloise y yo. Heloise era la chica de La Cresta del Cisne que había heredado el segundo puesto. Como Mira, antes había sido una piedra menos preciosa, así que habían tenido que equiparar a toda prisa el vestuario de peridoto al de la esmeralda para que pudiese conservar los vestidos. Era un recuerdo doloroso de Tamsin.

Intenté entablar conversación con él por el camino, pero no me dijo más que lo estrictamente necesario. Apenas me miró a los ojos. Cuando llegamos a la casa de uno de los comerciantes más prósperos de Cabo Triunfo, se quedó en un segundo plano y nos dejó acaparar la atención en la fiesta mientras él se limitaba a supervisarla.

La casa era impresionante para los estándares de Adoria, una enorme hacienda con infinidad de sirvientes. Aquella era una de las posiciones más altas a las que podía aspirar una chica de la Corte

197

Reluciente en su matrimonio, e intenté imaginarme como la señora de aquel lugar. Pocas propiedades en Denham podían equipararse a aquella, excepto quizá la casa del gobernador. Nuestro anfitrión, el comerciante, era un hombre agradable y bastante atractivo que repartió halagos a todas, pero nada en él me resultó interesante. Sonreí y charlé, pero no hice nada por destacar. Si tenía que ser materialista y comparar a los hombres basándome en sus recursos, Warren ganaba de largo, o lo haría una vez se estableciera en Hadisen.

Cuando nos marchamos, nuestro anfitrión nos dijo que se pondría en contacto con nosotras, pero era obvio que su preferida era Heloise. Esta no dejó de sonreír en todo el trayecto hasta casa, y yo me alegré por ella.

—Mañana por la noche iréis las tres a casa del gobernador —nos dijo Cedric—. Será una cena privada. Yo no podré acompañaros, creo que lo hará mi padre.

Fuera cual fuese la opinión que Cedric tenía del gobernador y su hijo, mantuvo las apariencias a un nivel estrictamente profesional. Mi dolor del pecho se intensificó.

198

El resto de las chicas ya habían vuelto de sus compromisos cuando llegamos a casa. Estaban aún todas despiertas, revolucionadas por las noticias que llegaban desde la ciudad, mucho más sustanciosas que las de los días anteriores. Se había visto a soldados lorandeses cerca de las fronteras septentrionales de las colonias osfridianas. Un hombre, ebrio por el vino, insistía en que dos piratas lo habían rescatado de unos ladrones. Al oeste, unos icori habían sido avistados en tierras osfridianas, lo que había aumentado los temores ante un posible ataque. Algunos incluso aseguraban que los icori estaban asediando las colonias septentrionales. En Adoria, un barco mercante que transportaba azúcar y especias había desaparecido, lo que haría subir los precios. Una colonia pagana llamada Westhaven había recibido permiso de asentamiento por parte de la corona.

Muchas de las noticias eran tan sensacionalistas que me costaba creerlas. No había pruebas fehacientes de nada. Lo único que pensé que podía ser cierto fue la noticia sobre Westhaven. Yo sabía que era un lugar tolerante en cuanto a la religión, no exactamente pagano, pero para la mayoría era lo mismo.

Me fui a la cama; no me interesaban los cotilleos. Mira se quedó un rato más, pero subió poco después. Sin embargo, una vez que me desperté en mitad de la noche, pude ver a la luz de la luna que su cama estaba vacía. Por la mañana, estaba de vuelta.

—¿Quieres hablar de lo que pasó anoche? —me preguntó mientras nos vestíamos.

—¿Te refieres a que no estabas en la cama otra vez?

Negó con la cabeza.

—Me refiero a que Cedric y tú ni siquiera os mirasteis.

—Ah. —Me giré hacia el espejo y fingí estar concentrada recogiéndome un rizo—. Hemos discutido, eso es todo.

—Eso no puede ser todo, visto lo mucho que os está afectando a los dos. Si estuvieras enfadada con Jasper o con Charles, no me preocuparía. Son relaciones meramente profesionales. No tienes por qué volver a verlos nunca más. Pero con Cedric... Sé que es distinto. Tenéis una relación especial, algo que no alcanzo a entender.

—Le debo una —dije en voz baja—. Y eso me ha obligado a tomar decisiones difíciles. —«Como ponerle por delante de Tamsin», pensé.

—¿Quieres hablar de ello?

—Sí. Pero no puedo. —Iba a interrumpirme, pero levanté una mano para que me dejara continuar—. Ya, ya lo sé. Que puedo contarte cualquier cosa. Pero eso no significa que deba hacerlo. Al menos, no todavía. Algunas cosas deben mantenerse en secreto, como el motivo por el que te escapas por las noches. Quiero creer que se trata de un romance con un galán adinerado, pero lo dudo. Lo único que sé es que no lo mantendrías en secreto si no tuvieses una buena razón para ello. Pues esto es lo mismo. Hay un montón de cosas que me encantaría contarte...

Mira me abrazó de repente.

—No tienes que contarme nada. Confío en cualquier cosa que estés haciendo. Pero... —Se apartó y me miró a los ojos—. Tienes que arreglar las cosas con Cedric. Porque esta no eres tú.

Sus palabras se me quedaron grabadas, pero no tuve tiempo de arreglar nada. Cedric estuvo ausente todo el día y nuestra agenda se presentó tan saturada como la del día anterior, llena de citas. Heloise recibió una proposición de matrimonio del comerciante rico que aceptó de inmediato, siendo así la primera de nosotras en comprometerse.

199

Al salir ella de la cohorte, Clara heredó el tercer puesto y vino con nosotras a la cena en casa del gobernador. Jasper se encargó de acompañarnos, como Cedric había aventurado, y nos dijo que su hijo había salido con unos amigos. Me pregunté dónde estaría, ya que, hasta donde yo sabía, Cedric no tenía amigos allí. Parecía más bien que Jasper había querido reservarse el honor de acompañarnos a un acto tan importante como aquel.

—Bienvenidas a nuestro hogar —dijo la señora Doyle, que nos recibió en persona en la puerta.

La madre de Warren era una mujer impresionante, sin una sola cana en el cabello negro y porte confiado. Recordé que Cedric había mencionado que era hija de un barón; sin duda, conservaba la huella de la nobleza. El gobernador se reunió con ella. Él también era un hombre apuesto y se parecía mucho a Warren. Era de naturaleza gregaria, pero tenía carisma, algo muy conveniente para un político. Pronto nos dejó, más interesado en hablar de negocios con otros hombres de la colonia que en pasar revista a posibles nueras.

Warren también nos saludó, pero su atención estaba centrada en mí. Clara y, para mi sorpresa, también Mira, trataron de cautivarle. Por asombroso que me resultara, había que reconocer que a Mira se le daba muy bien. Me costaba creer que algún hombre pudiera ser inmune a su sonrisa encantadora y confiada, pero Warren lo parecía. Tras esperar un tiempo prudencial por educación, me tomó de la mano y me llevó entre los invitados.

—Me alegro mucho de que hayáis venido —dijo—. Estoy impaciente por enseñaros la casa de mi familia y presentaros a algunos de los ciudadanos más influyentes de Denham.

A muchos de los invitados ya los conocía del baile o de la cena de la noche anterior, y me di cuenta de que, aunque aquella reunión era en beneficio de Warren, otros amigos solteros del gobernador estaban allí para cortejarnos.

La casa era aún mejor que la del comerciante. Entendí que ningún lugar en Adoria tendría el estilo antiguo y aristocrático de la élite de Osfrid. La opulencia se exhibía de una forma nueva, más moderna, y una vez que hube comprendido eso, pude apreciar la magnificencia de la hacienda de los Doyle.

—No tendríamos una casa como esta de inmediato, claro —me dijo Warren cuando entramos en una sala de música que albergaba una enorme arpa y varios instrumentos más, un auténtico lujo en el Nuevo Mundo—. Pero me aseguraré de que no vivamos en una triste choza. Con el tiempo, podremos alcanzar este nivel. Así lo hizo mi padre.

—¿Es gobernador desde hace mucho? —pregunté mientras estudiaba un cuadro. Era de Morel, un famoso artista lorandés, y Warren lo había comprado cuando estuvo un año estudiando en aquel país. Me pregunté si el agente de Cedric tendría en cuenta a los Doyle como posibles compradores de mi cuadro.

—Quince años. —Estaba claro que Warren se sentía orgulloso de ello—. Lord Howard Davis fue el gobernador designado originalmente por el rey. Mi padre era el vicegobernador. Juntos colonizaron Denham y expulsaron a los icori. Cuando mi padre heredó el puesto, continuó su legado y convirtió esta ciudad en un lugar seguro y próspero.

—Ha hecho un excelente trabajo —admití—. Todo el mundo sabe que Denham es la mejor colonia. El intercambio de riquezas y mercancías con Osfrid es constante.

Warren hizo una mueca de desprecio.

—Bueno, Osfrid se queda siempre con más riquezas, pero…

—Warren, querido. —La señora Doyle entró en la estancia, moviéndose grácilmente con su vestido de satén color crema—. Has monopolizado a esta pobre chica desde que llegó, y tienes a otras dos que atender. Déjame que te releve y déjala que descanse un rato de tus declaraciones de amor.

Tanto Warren como yo nos sonrojamos al oír aquello, pero él no lo negó. Me besó la mano y obedeció a su madre con clara reticencia. Ella asintió con la cabeza, me dedicó una sonrisa indulgente y me tomó del brazo.

—Siento si muestra demasiado ímpetu —me dijo.

—En absoluto, señora Doyle —repuse, aunque aquello era exactamente lo que le había dicho yo la noche del baile—. Es muy galante.

—Llámame Viola. Y gracias. Sí que es galante, aunque no se desprenda de los modales que usa para cortejarte. —Volvimos a la fiesta, al salón, pero nos mantuvimos apartadas para poder hablar en privado—. Pero debes entender que está ansioso por casarse. Teníamos todas las esperanzas puestas en la Corte Reluciente, pero no estaba claro si vuestro barco llegaría a tiempo.

—¿Cuándo debe partir hacia Hadisen?

201

—En poco más de un mes.

—Pues no cuenta con mucho margen para cerrar un compromiso.

Viola me dirigió una mirada comprensiva.

—¿Verdad que no? He oído que una de las chicas ya ha aceptado una oferta. —Como no contesté, sonrió de nuevo—. Entiendo tus dudas. Demuestran prudencia por tu parte. El matrimonio es vinculante... Quieres asegurarte de tomar la decisión correcta.

—Exacto —contesté. Un sirviente se acercó con copas de champán, pero decliné el ofrecimiento con un gesto. Era obvio que tanto Warren como su madre lo tenían todo planeado; no quería emborracharme y decir que sí a algo por accidente—. Y me halagan los elogios de vuestro hijo. Solo quiero asegurarme de que esto también sea lo mejor para él... Todo indica que se habría comprometido sin ni siquiera conocerme.

Se echó a reír.

—No, no creo que hubiese llegado a tanto. Si hubieseis resultado incompatibles la primera vez que os visteis, habría desistido. Y si yo te hubiese encontrado algún defecto, cosa que no ha ocurrido, habría puesto las objeciones pertinentes.

—Gracias.

—Pero seamos claros —prosiguió. Aparentemente, aquel era un rasgo común en la familia Doyle—. La gente raras veces se casa por amor, aunque, por supuesto, este puede surgir después. Yo apenas había visto a Thaddeus cuando nos casamos. Y no podía creer que mis padres hubiesen concertado aquella boda... Yo, una dama noble, casada con un abogado que iba a embarcarse hacia el Nuevo Mundo. Pero era un abogado rico. Y mi familia no tenía dinero.

—Oh —dije, con tono neutro—. Eso debió de ser muy duro.

Recordé que el día en que conocí a Lionel le había sugerido a la abuela que uniésemos lazos con los nuevos ricos; parecía que hacía una eternidad. Si ella hubiese sido más abierta, nuestras vidas serían muy distintas ahora.

—Lo fue —admitió—. Pero he hecho todo lo que estaba en mi mano para traer hasta aquí lo que he podido del estilo de vida noble. Que la mayoría de los colonos sean de origen humilde y que las ciudades sean todavía algo anárquicas no quiere decir que no podamos aspirar a continuar el gran legado de nuestra patria. Ese es el tipo de transformación que se lleva también a cabo en la Corte Reluciente, ¿no es así?

—Supongo que sí. Ced... el señor Cedric Thorn y su padre nos llaman la «nueva nobleza».

—Muy evocador. —Su mirada se desvió hacia Warren, que estaba charlando con Mira. Esta parecía mucho más animada de lo que la había visto con ningún otro de sus pretendientes, pero Warren estaba distraído y no dejaba de mirarnos. Viola se giró de nuevo hacia mí—. Estoy orgullosa de lo que hemos conseguido y, aunque mi marido es un buen hombre, bueno... No consigo olvidar la digna grandeza de la antigua estirpe de Osfrid. Me alegro de haber podido pasarle a mi hijo algo de mi distinguido legado, aunque mi antiguo título no signifique nada aquí. Y me gustaría que mis nietos también heredaran un legado como este. Ahí es donde entras tú, querida.

Me miró, expectante, pero yo estaba sumida en la confusión más absoluta.

—¿Disculpad?

—Mis nietos, como mi hijo, serán líderes en estas tierras. Muchos, incluido mi marido, te dirán que esto se consigue con trabajo duro y carácter. Y en parte, así es. Pero el linaje es vital. Y cuando tú y Warren os caséis, podré quedarme tranquila porque sabré que mis descendientes provienen de dos estirpes nobles.

Un escalofrío extraño se extendió por todo mi ser.

—No... no sé a qué os referís, señora Doyle.

—Ya te he dicho que me llames Viola. No hacen falta tratamientos ni títulos entre nosotras, ni siquiera el de condesa.

La habitación pareció desplomarse sobre mí y creí que iba a desmayarme. Me obligué a tranquilizarme, respiré hondo y me esforcé por no revelar nada con mi expresión. No había llegado tan lejos para dejar que todo se viniera abajo de repente.

—Lo siento, tendréis que perdonarme. No estoy siguiendo la conversación.

—Lo haces muy bien —dijo ella—. No sueltas prenda. Sin duda te has empleado a lo largo de este año para haber conseguido todo esto. Yo misma habría dudado, de no ser porque recuerdo perfectamente el momento en el que vi a la joven lady Witmore, condesa de Rothford, en una fiesta hace cinco años. Tus padres acababan de fallecer y lady Alice Witmore ya era consciente de que vuestra fortuna se estaba agotando y de que tenía que buscarte un buen marido. Tú eras muy joven entonces, pero ella ya estaba trabajando en ello. Recuerdo que pensé que eras adorable y que no tendría ninguna dificultad para encontrar una solución. —Viola hizo una pausa significativa—. Pero cuando te vi en el puerto a vuestra llegada, me di cuenta de que me había equivocado. Estás igual que hace cinco años, solo que más madura. Más mujer. Incluso más hermosa.

—Señora Doyle —dije con la voz envarada, negándome a usar su nombre de pila—. Debéis de estar confundiéndoos.

Le hizo un gesto a un sirviente para que le trajera otra copa de champán.

—¿O será que sí encontró a alguien pero no quisiste casarte con él? Lo entendería perfectamente. —Sus ojos se detuvieron brevemente en el gobernador—. Sea lo que sea lo que te ha traído hasta aquí, me alegro. Ha sido muy aventurado por tu parte, muy arriesgado, pero, como ves, todo pasa por algo.

Dejé vagar la mirada por el salón, atestado de invitados en los que apenas reparé. No esperaba aquello. No tenía nada preparado. Al final, cedí.

—¿Lo sabe Warren?

—Por supuesto. Por eso se muestra tan impaciente. Como yo, lleva mucho tiempo soñando con una boda en condiciones. Habíamos asumido que la Corte Reluciente, con sus imitaciones baratas, era lo mejor que podríamos conseguir. Ya he conocido a otras chicas de la nueva nobleza en el pasado. Hacen un trabajo admirable, pero a menudo las raíces humildes acaban aflorando. Cuando estuve haciendo averiguaciones sobre ti la primera semana (por supuesto, las hice en cuanto te hube reconocido), me enteré de que habías sido una alumna ejemplar. Hiciste a la perfección cada uno de los exámenes, como si hubieses nacido para esto.

Arrastré la mirada por el salón y la miré a los ojos.

—Señora Doyle, ¿qué es lo que queréis de mí?

—Ya lo sabes. Quiero que te cases con mi hijo. Quiero que seáis felices y tengáis una vida larga y próspera juntos como gobernadores de Hadisen. —Hizo otra de sus dramáticas pausas—. Ni siquiera tú puedes ponerle pegas a eso. Obviamente has venido hasta aquí en busca de un matrimonio ventajoso. ¿Crees honestamente que hay otra opción mejor? Ninguno, no con un futuro como este a la vista ni con un hombre que esté tan encaprichado de ti. Y lo está, sin importar tu título. Además, adquirir un compromiso cuanto antes te beneficiará sin duda. Mientras sigas soltera, y legalmente vinculada a tu abuela, cualquier cazarrecompensas osado podría llevarte de vuelta a Osfrid. El matrimonio te vincula a tu marido. Te libera.

—¿Me estáis amenazando? —pregunté.

—Lady Witmore —dijo con suavidad—, solo estoy explicando las cosas como son.

Nos llamaron a cenar. Aturdida, ocupé mi sitio en la mesa. Viola, afortunadamente, estaba en el otro extremo, pero Warren estaba sentado a mi lado, tan feliz de verme como siempre. Se puso a contarme todas las grandes ideas que tenía para su colonia y cómo pensaba llevarlas a cabo. Asentí todo el rato, sonriendo cuando era necesario, mientras mis propios pensamientos formaban un torbellino en mi interior.

Después del control que había conseguido tener de mi vida, de pronto me sentía a la deriva, tan indefensa como el *Albatros Gris* balanceándose en la tormenta. Me sentía sola y atrapada, desesperada por un aliado. Pero Mira estaba sentada lejos de mí y Cedric… Quién sabe dónde estaría Cedric.

Cuando aún estábamos en Osfrid, en El Manantial Azul, que se hubiese descubierto mi título habría supuesto un desastre, y casi con total seguridad me habrían enviado de vuelta con la abuela. Una vez en el Nuevo Mundo, mi seguridad había aumentado de manera exponencial. Incluso si me reconocían —aunque nunca pensé que eso fuera posible— había todo un océano entre Osfrid y yo. Si alguien quería dar el aviso y hacer algo, sería dificultoso y llevaría tiempo, sobre todo si me comprometía en los meses posteriores.

Pero Viola tenía razón. Si alguien trataba de llevarme hasta allí por la fuerza, con la esperanza de conseguir una recompensa, no tendría ningún recurso. Estaría atrapada en un barco durante dos meses y acabaría de vuelta en Osfro. Casarme me haría independiente o, al menos, me vincularía a alguien. A alguien que yo eligiera. Al menos, hasta entonces creía que iba a poder elegir.

Mientras observaba a Warren, me pregunté si era una mala opción. Antes de hablar con Viola, no me lo parecía. Ella tenía razón en que enamorarse de alguien instantáneamente era algo poco probable. Lo inteligente por mi parte sería asegurar mi futuro junto a un hombre rico y razonablemente agradable. Warren cumplía ambas condiciones.

Pero no me gustaba que me amenazaran. Y no sabía cuánto daño podía llegar a hacerme aquella amenaza.

—… y me serán de gran ayuda la orientación y la experiencia que he adquirido bajo la tutela de mi padre —me estaba diciendo Warren—. He participado en algunas batallas contra los bárbaros icori. Aunque ahora ya no están, aún queda trabajo por hacer para limpiar Denham. No solo de villanos y bandoleros: también están los piratas, claro. Y hay herejes merodeando por aquí. De hecho… —Miró el reloj—. Vamos a ocuparnos de ellos muy pronto.

Pestañeé para tratar de despejar mi mente y volver a centrar la atención en él.

—¿Qué quieres decir?

—Hoy es una de sus oscuras fiestas… de los alanzanos. Los que adoran al demonio. Nos hemos enterado de dónde van a reunirse y planeamos arrestarlos.

Ahora estaba pendiente de cada palabra que pronunciaba.

—¿Cuándo?

—Saldremos en dos horas, o quizás antes, depende de cuánto tiempo nos lleve reunirnos y planear nuestra incursión. Me temo que eso significa que tendré que ausentarme pronto de la fiesta —dijo, disculpándose—. Pero creo que es importante que lidere el ataque, en vista de mi posición actual y, sobre todo, de la futura.

«Mañana es la Estrella de Adviento», me había dicho Mira la mañana anterior.

«Cedric no vendrá. Esta noche ha salido con unos amigos», había dicho Jasper de camino allí.

Y yo lo sabía. Sabía que Cedric no había salido con unos amigos, no exactamente. Había salido con otros alanzanos y estaban celebrando la Estrella de Adviento en algún bosque. Un bosque que muy probablemente iba a ser atacado por hombres armados. Desesperada, intenté mantener la compostura.

—Esto… esto es fascinante —le dije—. Pero tendréis que perdonarme, me está doliendo terriblemente la cabeza. Me cuesta mantener la atención.

Warren se mostró solícito de inmediato.

—¿Hay algo que pueda hacer?

206

—No, no, gracias. Creo que lo mejor será que me marche a casa y descanse. —Forcé una sonrisa—. Parece que los dos nos ausentaremos temprano de la fiesta.

Busqué a Jasper y le conté mi historia. No le agradó la idea de que me fuera, pero la inminente partida de Warren suavizó su decepción. Jasper ordenó a uno de sus hombres que me acompañara a casa en el carruaje y que luego volviera para esperar a las otras chicas. Clara estaba en plena conversación con un banquero y Jasper no tenía ningún interés en obligarlas a ella y a Mira a irse a casa temprano por mi culpa.

Agradecí a los Doyle su hospitalidad y Warren me miró con preocupación. Viola parecía tener muy claro el porqué de mi «dolor de cabeza», pero se limitó a dedicarme educadas sonrisas.

Cuando ya me iba, aparté un momento a Mira.

—¿Estás bien? —me preguntó—. ¿Quieres que vaya a casa contigo?

Sacudí la cabeza.

—No, pero sí que necesito tu ayuda. Respóndeme a dos preguntas.

Me miró con curiosidad.

—¿Sí?

—¿Sabes dónde se reúnen los alanzanos esta noche para celebrar la Estrella de Adviento?

Mira guardó silencio un momento.

—¿Cuál es la otra pregunta?

—Necesito saber cómo entras y sales de la casa sin ser vista.

—Son preguntas muy serias —repuso.

—Y no te las haría si no fuese por una buena razón —repliqué, con las mismas palabras que había usado ella acerca de sus escapadas nocturnas.

Finalmente, suspiró.

—No puedes decírselo a nadie.

—Sabes que no lo haré.

—Por supuesto que no —dijo con una sonrisa—. No tendría ni que haberlo sugerido.

Me dijo lo que quería saber y yo se lo agradecí con un abrazo. El cochero de Jasper vino a buscarme y salí a toda prisa… a salvar a Cedric.

16

La mayoría de las chicas seguían fuera cuando volví a casa. Tras escuchar la historia sobre mi dolor de cabeza, la señorita Culpepper me olfateó inmediatamente para asegurarse de que no me había excedido con las bebidas alcohólicas. Cuando finalmente se sintió satisfecha con mi excusa, me envió a mi habitación.

En cuanto cerré la puerta, experimenté una extraña sensación de *déjà vu* al acordarme de cómo había utilizado otro falso dolor de cabeza en Osfro para conseguir algo de intimidad. Parecía que había ocurrido en otra vida. Inmediatamente, me quité el complicado vestido de fiesta de encaje y empecé a buscar lo más práctico que tuviera. No había mucho. La mayor parte de nuestro armario estaba pensado para mantener nuestra ostentosa imagen; incluso los vestidos informales eran sofisticados y estaban llenos de adornos. Al final, encontré uno de los vestidos de diario que había llevado a bordo del barco, uno sencillo de batista rosa pálido con flores blancas. Además de eso, solo necesitaría una capa ligera y un calzado apropiado para el cálido tiempo primaveral de aquella noche. Para escapar, sin embargo, me puse una bata amplia de lana por encima de todo lo demás.

Bajé sigilosamente por el pasillo y escudriñé en todas direcciones antes de girar rápidamente hacia la derecha al final del pasillo. Allí, tal y como había dicho Mira, había una puerta que daba a una pequeña escalera y un rellano que el personal doméstico utilizaba como despensa. Un tramo más abajo, la escalera llevaba a un pasillo que había detrás de la cocina. Otro más arriba, daba acceso al desván. Ascendí rápidamente y salí por debajo de uno de los aguilones del tejado. Frente a mí había una ventana con un panel corredero que daba a la parte trasera de la casa.

Dejé la bata en el suelo. Había sido un consejo de Mira: «Ponte la bata por encima de la ropa cuando entres y salgas. Así, si te ven en el pasillo, parecerá simplemente que te has levantado de la cama. Mucho más fácil de explicar que por qué estás andando por ahí con ropa de calle en mitad de la noche».

Fuera de la ventana del ático había un enrejado por el que habían trepado las glicinias. Miré hacia abajo y me recordé cómo había escalado con éxito los estantes del capitán en un barco que se balanceaba de un lado a otro. Es verdad que la distancia no había sido ni mucho menos tan alta y que tenía a Cedric para sujetarme.

Cedric. Él era la razón por la que tenía que hacer esto.

Me balanceé para salir por la ventana y me agarré de los listones de madera. Mira me había asegurado que la estructura aguantaría mi peso y, mientras recorría lentamente y con esmero los tres pisos, vi que tenía razón. El enrejado se mantuvo firme. Suspiré con alivio cuando toqué el suelo con los pies y me permití solo un momento de descanso antes de dirigirme a cruzar la propiedad. Mientras lo hacía, no pude evitar sacudir la cabeza con cierta congoja. Si había una salida secreta en la casa, era obvio que fuera Mira quien la encontrara.

La luminosa luna creciente y las estrellas brillaban en el cielo despejado mientras avanzaba a ritmo constante. Las palabras de Warren diciendo que saldría pronto para reunir a sus hombres resonaban en mi cabeza. Solo me quedaba la esperanza de que hubiera habido algún retraso mientras se organizaban en la ciudad, pero seguramente ya habrían recuperado el tiempo si iban a caballo. Mira había sido categórica acerca del lugar donde se reunirían los alanzanos en Cabo Triunfo esa noche. Solo tenía que seguir sus indicaciones.

No me llevó mucho tiempo llegar a la zona arbolada hacia el norte que me había descrito. En El Manantial Azul había acres y acres de tierras bien cuidadas, pero en Las Glicinias la naturaleza recobraba su espacio bastante pronto. No se había despejado casi nada de terreno y no había un sendero claro. Solo la posición de la luna me permitía saber que iba en la dirección correcta. Era un terreno abrupto, me tropecé con varios troncos y ramas y la falda se me enganchaba en los matorrales y otros obstáculos. Menos mal que ya casi nunca nos poníamos estos vestidos del barco, porque habría tenido que dar muchas explicaciones si lo examinaban.

Llegué a una pista de tierra compacta que se suponía que llevaba a un cruce. Aunque en algunos puntos había desniveles, la carretera hacía mucho más fácil el camino y aumenté la velocidad. Pero a medida que el tiempo transcurría y el cruce no aparecía, empecé a preguntarme si no habría entendido mal las indicaciones. ¿Y dónde estaban Warren y sus hombres? ¿Cuánto tiempo había pasado? Seguramente estaba llegando al límite de las dos horas. Por lo que sabía, podía aparecer justo cuando los hombres de Warren se estuvieran abatiendo sobre Cedric. O quizá ya habrían llegado.

«No —me reproché con dureza—. Esa no es una opción. No he pasado por todo esto para salvarle de una persecución y ver cómo lo atrapan al descubierto.»

Finalmente, el cruce apareció y salí de la pista, como me había indicado Mira. Encontré una pendiente escarpada con un valle debajo y, al final, una arboleda de robles. Al principio, no estaba segura de cómo localizaría a los alanzanos. A medida que me fui acercando, pude discernir enseguida el resplandor de los pequeños faroles, iguales que los que Cedric había utilizado en el solsticio de invierno. Aceleré el paso, trotando a través del espacio abierto del valle y sintiéndome visible a la luz de la luna.

Pero nadie se dirigió a mí y, cuando llegué a los robles, pude ver las siluetas oscuras de los alanzanos formando un círculo alrededor de la posición en forma de diamante de los faroles. Parecían estar rezando una plegaria en ruvo antiguo. Había aprendido aquella lengua de una antigua institutriz. La mayoría de las palabras parecían hablar de estrellas, luz y reconciliación, pero el escenario les confería un cierto aire siniestro. Volví a sentir aquel antiguo miedo al recordar todas las historias que había escuchado de boca de sacerdotes y los rumores. Casi bastó para hacer que diese media vuelta y los abandonara a su suerte.

Pero sabía que Cedric estaba allí, entre ellos, en algún lugar, aunque no pudiera reconocerle entre las siluetas. Esperaba que hubiera una pausa natural en su invocación, pero aquello seguía y seguía. Con el tiempo en nuestra contra, no había una manera elegante de captar su atención.

—¡Eh! —grité—. ¡Tenéis que iros de aquí! Los hombres del gobernador están en camino.

El cántico se interrumpió de forma abrupta y todas las oscuras figuras se giraron hacia mí. Se me paró el corazón. Había sido una idea espantosa. Quizá no lanzaran oscuras maldiciones, pero había muchas formas desagradables de dañar físicamente a alguien, especialmente a un intruso que se inmiscuye en una ceremonia sagrada.

—¿Quién anda ahí? —preguntó una profunda voz masculina—. ¡Que alguien la atrape antes de que nos denuncie!

—¡Estoy intentando ayudaros! —chillé.

Dos personas se adelantaron hacia mí y empecé a retroceder, hasta que una voz familiar del círculo exclamó:

—¿Adelaide? ¿Qué estás haciendo aquí?

Los hombres que iban a por mí se detuvieron y miraron hacia atrás inseguros.

—¿La conoces? —preguntó alguien.

—Sí. —Cedric se salió del círculo y sus rasgos se tornaron visibles mientras se acercaba—. ¿Qué ocurre? No deberías estar aquí.

Le así de la manga.

—Tenéis que salir de aquí. Se están reuniendo los hombres del gobernador. Saben que estáis aquí y planean atacaros.

—Imposible —dijo el hombre que había hablado en primer lugar, el de la voz profunda. Mientras se acercaba, pude distinguir una larga túnica que ondeaba a su alrededor. Era casi como la que llevaría un sacerdote ortodoxo, pero esta era oscura por un lado y clara por el otro—. Nadie sabe que estamos aquí. Esto es una propiedad privada que me han cedido mientras el propietario no está. Además, ¿cómo va a saber esta muchacha lo que está haciendo el gobernador?

Cedric me miró fijamente durante un buen rato.

—Lo sabe —dijo gravemente—. Tenemos que irnos.

—Pero la ceremonia no ha acabado —protestó una mujer.

—No importa —dijo Cedric—. Es más importante que…

—¡Mirad! —gritó alguien.

Allí, en el lado más alejado del valle, en la pendiente opuesta, pude ver algunos hombres a caballo cargando hacia nosotros. Algunos llevaban antorchas. No estaba segura desde tan lejos, pero parecía que todos iban armados.

—¡Dispersaos! —gritó Cedric—. En direcciones distintas. Ocultaos en los bosques, donde los caballos no puedan seguiros.

Todos obedecieron al instante y me pregunté si no se entrenarían continuamente para aquel tipo de amenazas. Cedric me agarró del brazo y corrimos hacia el lado del valle por el que yo había venido. Durante unos instantes, lo único que podía oír era el sonido de nuestras pisadas y nuestra respiración irregular. Después, detrás de nosotros, oí gritos y, en una ocasión, el sonido de un disparo.

Cedric redujo la velocidad hasta detenerse y miró hacia atrás.

—¿Qué haces? —le pregunté—. ¡Tenemos que salir de aquí!

Sonó otro disparo y, para mi sorpresa, dio media vuelta y empezó a caminar de nuevo hacia el bosque. Me adelanté apresuradamente, colocándome frente a él.

—Cedric, ¡no!

—Me necesitan —dijo—. No voy a huir. ¡Tengo que ayudarles!

—Ayúdales manteniéndote con vida. A no ser que tengas más armas de las que puedo ver, lo único que conseguirás es que te maten. Y a mí.

Esto último pareció afectarle. Tras otro momento de duda, se dio la vuelta y continuó por el camino que estábamos siguiendo.

Después de lo que me pareció una eternidad, llegamos finalmente a una hilera de árboles e irrumpimos en el bosque, casi sin reducir la velocidad. Las ramas me azotaban, desgarrando aún más el vestido, y los dos tropezamos en más de una ocasión. No tenía ni idea de dónde estábamos cuando Cedric finalmente hizo que nos detuviéramos. Nos quedamos allí de pie, ambos jadeando, mientras él miraba alrededor, escrutando todos y cada uno de los árboles.

—Los hemos perdido —afirmó—. No han venido en esta dirección. O se han retrasado siguiendo a otra persona o se han dirigido a zonas más accesibles.

—¿Estás seguro?

Examinó la zona una vez más, pero lo único que oímos fueron los sonidos normales en un bosque por la noche.

—Seguro. Ningún caballo podría pasar por aquí y hemos salido con bastante ventaja a pie, porque hemos dejado que capturaran a los otros.

No intentó ocultar la frustración que sentía.

Me dejé caer con alivio, poco dispuesta a admitir lo aterrorizada que me había sentido al pensar que los hombres del gobernador podrían haberme encontrado con un grupo de herejes.

—¿Cómo has sabido dónde estábamos? —me preguntó Cedric.

—Me lo dijo Mira. También me explicó cómo escabullirme. Es una persona con recursos.

Cedric resopló.

—No es la única, por lo visto. ¿Te das cuenta del peligro al que te has expuesto, escapándote de la casa y caminando por los bosques sola?

—Casi tanto como al que se exponen unos disidentes religiosos que insisten en celebrar sus ritos al aire libre aunque su fe esté castigada con la muerte —repliqué—. ¿Por qué seguís haciéndolo? ¿Por qué no encontráis algún sótano sagrado, sin ventanas, para celebrar vuestros cultos? Es como si quisierais que os atraparan.

Cedric se arrodilló. Había poca luz, pero pude ver cómo se llevaba la mano a la cara.

—La Estrella de Adviento se tiene que celebrar al aire libre. Debería haber recomendado otro sitio. Este es propiedad privada, como ha dicho Douglas, pero ya lo habían utilizado antes, y eso es peligroso. Debería haber estado más preparado, haberles ayudado más.

Le puse una mano en el hombro, conmovida por la angustia que traslucía su voz.

—Les has ayudado. Quizás hayan escapado todos. Les has avisado antes de que llegaran los jinetes.

Se levantó de nuevo.

—Adelaide, ¿por qué has venido?

—¿Tú qué crees? —pregunté—. Warren estaba fanfarroneando sobre cómo iba a capturar a unos alanzanos esta noche y yo sabía que mi hereje favorito estaría ahí fuera con ellos.

—Adelaide…

213

Aunque no podía mirarle directamente a los ojos en aquella oscuridad, me sentí obligada a desviar la mirada por la intensidad que sentí. No había manera de que pudiera decirle la verdad: que las palabras de Warren me habían inundado de pavor, que se me había encogido el pecho al pensar que podía pasarle algo a Cedric, que le encerraran o algo peor. La burocracia de la Corte Reluciente, las maquinaciones de Viola… nada de aquello habría importado si algo le pasaba a Cedric.

—Además, no quería ver cómo tu padre te robaba la comisión si hacías que te mataran en una extraña ceremonia de culto a las estrellas.

Se animó de nuevo.

—¿No sabes qué es la Estrella de Adviento?

—¿Cómo voy a saberlo? Soy una fiel devota de Uros.

—Estoy casi seguro de que te vi durmiendo la última vez que estuve en la iglesia con vosotras.

Me giré y empecé a caminar en una dirección aleatoria.

—Me voy a casa a dormir.

Me cogió del brazo y empezó a guiarme en otra dirección.

—Ven. Ya estás metida en un lío, así que demos un rodeo.

—¿Es buena idea? —pregunté con preocupación—. ¿Con ellos siguiéndonos?

—Ya no nos están siguiendo; al menos, no a nosotros. Y, de todas formas, estamos prácticamente en Las Glicinias. Tengo que enseñarte qué es la Estrella de Adviento. No te preocupes —añadió, leyéndome el pensamiento—. No implica ninguna ceremonia oscura ni paganos yaciendo juntos bajo las estrellas.

—¿Yaciendo juntos bajo las estrellas? Supongo que es una forma delicada de referirse a algo sórdido.

—No siempre es tan sórdido. A veces forma parte de la ceremonia de boda de los alanzanos —explicó—. Perfectamente respetable.

Pensé en lo que había dicho Mira: que los principios de los alanzanos eran iguales que los nuestros. Pero no quería que él supiera que había estado preguntando por esas cosas.

—¿Ah, sí?

—Hay una frase de la ceremonia que dice: «Te cogeré de la mano y yaceré contigo en el bosque, bajo la luz de la luna».

—Vaya, eso es bonito —admití de mala gana—. Pero

apuesto a que, a veces, yacer juntos bajo la luna es tan sórdido como suena.

Lo consideró unos instantes.

—Sí, a veces sí.

Después de atravesar más zonas arboladas durante un rato, llegamos a un campo. Estaba desolado y cubierto de malas hierbas, probablemente abandonado durante una de las guerras con los icori.

—Creo que esto es bastante abierto —dijo Cedric, aunque me di cuenta de que se había detenido cerca de la hilera de árboles para que no estuviéramos completamente expuestos.

Extendió su capa en el suelo y se tumbó a un lado, indicándome con un gesto que hiciera lo mismo. Sorprendida, me agaché con cuidado y me tumbé a su lado. No había mucho espacio. Señaló el cielo.

—Mira ahí arriba. No a la luna.

Lo hice. Al principio, no vi nada; solo las estrellas fijas en la oscuridad del cielo. Me recordó a El Manantial Azul, donde se veían muchas más estrellas que alrededor de las luces de Osfro. Estaba a punto de preguntarle qué estaba buscando cuando vi un rayo de luz en el cielo. Lancé un grito ahogado y, poco después, vi otro.

—Una estrella fugaz —dije, encantada al ver otra—. ¿Por eso lo hacéis aquí fuera? ¿Cómo lo sabíais?

Había visto una cuando era niña, por pura casualidad.

—Pasa todos los años por estas fechas. Nunca sé la fecha exacta, pero los astrónomos lo averiguan. Decimos que son las lágrimas de los seis ángeles caídos, que se lamentan por su distanciamiento del gran dios Uros.

Otra estrella pasó como un rayo por encima de nosotros.

—¿Adoráis a Uros?

—Claro. Es el padre del cielo. Lo reconocemos, tal y como hacen los ortodoxos. Y rezamos durante la Estrella de Adviento para que Uros y todos los ángeles, los gloriosos y los caídos, se reconcilien. Además, para nosotros es también el momento de olvidar los rencores y encontrar la paz.

Observé las estrellas.

—Me gustaría encontrar la paz contigo. Siento lo que dije después del baile.

215

Suspiró.

—No, soy yo quien lo siente. Tenías razón: Warren Doyle es una buena opción. Su… manera de abordarte me sacó un poco de quicio, pero eso no significa que haya sido inapropiado.

—Bueno, puede que eso no sea del todo cierto.

Le conté a Cedric las revelaciones de la fiesta. Horrorizado, se apoyó sobre un codo y me miró fijamente. Su cuerpo parecía estar a solo un latido del mío.

—¿Cómo? ¿Por qué no me lo has contado hasta ahora?

—Bueno —respondí secamente—, estaba un poco ocupada salvándoos a ti y a tus amigos herejes.

—Adelaide, eso es… No sé. Son malas noticias.

—Sí. Aunque… ¿lo son? —pregunté—. Quiero decir, no me gustaron las formas de Viola, pero ya estaba considerando a Warren. No sé.

—Antes era elección tuya. Ahora se ha convertido en un chantaje.

—Si me caso con él, ella no tendrá ningún motivo para traicionarme.

216

—Pero siempre tendrá eso contra ti. Alguien que te amenaza con traicionarte ahora, nunca dejará de hacerlo. Y si dice algo…

—Si lo hace, cualquier sinvergüenza con iniciativa y esperanzas de recibir una recompensa me llevará de vuelta a Osfrid. A no ser que consiga la seguridad del matrimonio. Con Warren o con otro.

—Me casaría yo mismo contigo antes de permitir que hicieras eso.

Había dureza en su voz, no bromeaba.

Me reí, aunque con un punto de amargura. Quizá fue por la emoción anterior. O porque estábamos los dos solos tumbados al aire libre bajo las estrellas. O, simplemente, por el atrevimiento de lo que había dicho… y de lo que eso significaría.

—La última vez que lo comprobé, no estabas en posición de «permitirme» hacer nada. —Estaba muy cerca de mí, con el cuerpo apoyado en el mío. Podía ver las líneas de su rostro, la forma de sus labios. Y, por supuesto, podía oler el condenado vetiver—. Además, ¿de qué le serviría una noble renegada y falsificadora de arte a un adorador de árboles…?

No puedo decir que el beso fuera totalmente inesperado. Y tampoco que no lo deseara.

Hubo cierto titubeo al principio, como si estuviera preocupado por si yo protestaba. Debería haberlo sabido. Separé los labios y oí un ligero sonido de sorpresa en su garganta. Y, entonces, todos los nervios que había entre nosotros se desvanecieron. Podría decir que me abandoné a él, pero en realidad fui tan agresiva como él. Le rodeé el cuello con los brazos para acercarle, apretando sus labios contra los míos. Fue una gran liberación tras meses y meses de contención, de ¿atracción?, ¿lujuria?, ¿un sentimiento más profundo? Fuera lo que fuese, me abandoné a esa sensación.

Había intercambiado unos pocos besos respetuosos por los rincones de algunos salones de baile que parecían pertenecer a otro mundo. Aquí no había nada de respetuoso. Era ansioso e incontenible, casi como un intento por parte de ambos de poseernos mutuamente. Sentí cómo todo mi cuerpo respondía cuando movió el suyo hacia mí. Me rodeó el rostro con una mano y mantuvo la otra en mis caderas.

Tras años de sermones sobre la virtud, siempre me había preguntado cómo había chicas que se dejaban llevar. En ese momento lo entendí.

217

Cuando llevó los labios hacia mi cuello, dejando un rastro de besos por mi clavícula, pensé que iba a derretirme. Nos aferramos el uno al otro en mitad de la noche, luchando para acercarnos cada vez más. Aunque toda la ropa se mantuvo en su sitio, en un momento dado acabé encima de él, sin preocuparme de que la falda se me subiera hasta la rodilla. Enredó los dedos en mi cabello mientras nos besábamos, liberándolo de las horquillas cuidadosamente colocadas.

Después, al fin, me detuve para respirar y conseguí sentarme, aunque de una forma muy descarada, a horcajadas sobre sus caderas. Me acarició un lado del rostro con los dedos, trazando el contorno de mi mejilla antes de deslizarse de nuevo hacia las rebeldes ondas del pelo.

—Despeinada —dije, alisándole el pelo hacia atrás—. Tal y como siempre has deseado.

—Deseaba mucho más que eso —admitió con la voz ronca. Pero volvió a dejar caer la mano con un suspiro—. Pero tu futuro marido no me dará las gracias por esto.

—La palabra importante aquí es «futuro». Todavía no tengo marido. Y hasta que lo tenga, puedo tomar mis propias decisiones. —Pensé en ello durante unos instantes—. De hecho, pretendo tomar mis propias decisiones incluso cuando tenga marido.

—Estoy seguro de que lo harás, pero también estoy bastante seguro de que mi padre tendría opiniones, mmm…, encontradas respecto a esto. Somos los encargados de cuidaros, vuestros tutores. Se supone que debemos protegeros y ayudaros hasta que aceptéis una desorbitada propuesta de matrimonio.

Había escuchado muchas veces esas mismas palabras.

—Y conseguiros unas comisiones igual de desorbitadas.

Se sentó, apartándome con dulzura.

—Eso no me importa.

Pensé en nuestro plan original. Pensé en los jinetes de la noche y los disparos. Cedric tenía que irse de allí.

—A mí sí me importa —dije con calma—. ¿Has tenido suerte con el cuadro?

—No exactamente. En realidad nadie duda de su autenticidad. Pero Walter, mi agente, está teniendo problemas para encontrar a alguien que disponga de tanto dinero.

Me levanté y me sacudí la falda, más por costumbre que por otra cosa.

—Entonces supongo que me toca a mí asegurar tu participación.

—No hagas nada que no quieras —me advirtió. Hizo lo mismo que yo y se sacudió también la capa.

El corazón me seguía latiendo a toda velocidad. «Te deseo —pensé—. Deseo que me beses de nuevo y me vuelvas a tumbar en el suelo.»

Pero, aunque sentía el cuerpo acalorado, tenía la mente fría. Quizá fuese libre para hacer lo que quisiera en ese momento, pero él tenía razón: se desencadenarían severas, muy severas consecuencias si alguien se enteraba de lo que acababa de pasar entre nosotros. Seguimos caminando lentamente de vuelta a la casa, ambos perdidos en nuestros pensamientos. Me endurecí. El matrimonio no tenía nada que ver con el amor y el deseo. Era un negocio y tenía que centrarme en los negocios. Un primer descuido podía perdonarse, pero no un segundo; por mucho que tuviera que decir mi corazón. Y en ese momento, tenía mucho que decir.

Cedric parecía estar siguiendo esa misma línea de pensamiento cuando vislumbramos Las Glicinias. Nos detuvimos en la zona más alejada de la casa y Cedric me miró.

—¿Qué quieres hacer con respecto a Warren?

—No lo sé. Es decir, no quiero casarme en esta situación, pero...

—Entonces no lo hagas —dijo firmemente—. Es todo lo que necesitaba oír.

Le miré con cautela.

—¿Qué vas a hacer?

—Protegerte de él. Lo mantendré fuera de tu agenda y meteré a otros pretendientes. A lo mejor hay alguien que te guste.

Supuse que tenía razón, pero mientras estábamos allí de pie, no lo tenía muy claro. Porque, de repente, me di cuenta de por qué todos los caballeros que había conocido en la última semana me habían parecido mediocres. Estaba comparando a todo el mundo con Cedric. Y no había comparación posible.

—A tu padre no le gustará que excluyas a Warren —le advertí—. Se enfrentará contigo por eso.

—Seguramente. Pero recuerda: eres tú quien decide. Puedes elegir a otra persona, a alguien que no tenga un secreto en tu contra, incluso aunque no pueda ofrecer tanto dinero.

Cuando llegamos a casa, Cedric me dijo que daría la vuelta para entrar por la puerta delantera. Nadie pensaría nada raro sobre que volviera tan tarde, ya que se suponía que había estado en la ciudad con sus amigos.

—¿En serio? —pregunté, incapaz de esconder la amargura—. Qué agradable que no tengas ninguna limitación de movimiento. Mientras tanto, cualquier movimiento que hacemos las chicas se vigila.

—¡Eh! Que nuestro trabajo es proteger vuestra virtud...

Una luz tenue procedente de la casa iluminaba sus rasgos y vi cómo su sonrisa se desvanecía cuando reflexionó sobre el hecho de que, quizá, no había hecho bien su trabajo aquella noche.

—Bueno —dije—, al menos tenías buenas intenciones.

—Eso depende de a qué intenciones te refieras. —Metió las manos en los bolsillos del abrigo y miró hacia arriba, hacia el cielo, deteniendo la mirada en la luna—. ¿Sabes por qué cayeron los seis ángeles descarriados?

—Sé lo que dicen los sacerdotes. Probablemente no es lo mismo que tú me vas a contar.

—Alanziel y Deanziel fueron los dos primeros en rebelarse. Se enamoraron, pero no les estaba permitido; no a los ángeles. Se suponía que debían estar por encima de las pasiones humanas, pero su amor era tan fuerte que estaban dispuestos a desafiar las leyes de los reyes y los hombres. Uros les expulsó y los otros cuatro ángeles descarriados les siguieron muy pronto. Se negaron a cerrarse a las emociones. Querían abrazar los sentimientos que albergaban en su interior y guiar a los mortales a que hicieran lo mismo.

Contuve la respiración mientras hablaba, sin saber lo que esperaba.

Cedric señaló la luna.

—Uros no solo expulsó a Alanziel y Deanziel de los reinos divinos por sucumbir a sus pasiones. También les prohibió estar juntos. Ella es el sol y él es la luna. Y nunca están juntos. A veces, en el momento adecuado del día, pueden entreverse el uno al otro a través del cielo. Eso es todo.

Exhalé.

—¿Y durante un eclipse?

Tardó tanto en contestar que pensé que no me había oído, pero entonces dijo:

—De esos no hay todos los días.

—Con que ocurra una vez...

Apartó la mirada de la luna y, aunque su rostro estaba en penumbra, estoy convencida de que le vi sonreír. La tensión entre nosotros se desvaneció, por el momento, al menos.

—¿Seguimos hablando de Alanziel y Deanziel? —preguntó.

—¿Cómo voy a saberlo? Tú eres el hereje, no yo.

—Es verdad. Tú solo eres la intrépida artista del escapismo que salva a herejes como yo. Ahora dime cómo planeas volver a entrar en la casa. —Cuando le enseñé el enrejado por el que escalaría, se quedó atónito—. ¿Por ahí?

Me erguí con orgullo.

—Claro, ¿por qué no? Ya te dije hace tiempo que soy capaz de hacer este tipo de cosas. Y Mira lo hace siempre.

Se estremeció.

—No quiero ni saberlo. Aunque no debería sorprenderme. Eres valiente. Mira es valiente. No se puede ir contra ninguna de las dos.

Con un sobresalto, me acordé de los viejos rumores. Había actuado con mucha seguridad en sí mismo bajo las estrellas; sus manos y sus labios sabían exactamente lo que estaban haciendo. Parecía ingenuo pensar que, entre sus tejemanejes en la universidad y con los alanzanos, no hubiera tenido ninguna experiencia con mujeres. Pero la idea de que me hubiera precedido mi mejor amiga me resultaba particularmente inquietante.

Estuve a punto de preguntárselo allí mismo y en aquel momento. Sin embargo, nos deseamos torpemente las buenas noches, manteniéndonos deliberadamente a distancia. Observó cómo escalaba por el enrejado hasta llegar sana y salva al ático antes de seguir su camino. Recuperé la bata y volví a mi habitación sin que me vieran.

Mira estaba sentada en la cama cuando entré. Aparentemente, no era yo la única que tenía problemas para dormir cuando mis amigas estaban fuera haciendo tonterías.

221

—¿Conseguiste lo que necesitabas? —fue todo lo que me preguntó.

Era una pregunta difícil de contestar, una que podía tener muchos significados en una noche como aquella.

—No sé si lo conseguiré algún día —respondí.

17

*C*edric mantuvo su promesa de mantenerme alejada de Warren, que no apareció en mi agenda en los días que siguieron. Me lo encontré una vez en una salida a la ciudad con las demás chicas, pero fue un encuentro muy breve y en público, así que no pudo hacer gala de ninguna de sus súplicas apasionadas. No disimuló lo emocionado que estaba de verme, y yo le contesté todo lo educadamente que pude a pesar de que tuvo a bien jactarse de que habían detenido a tres alanzanos la noche de la Estrella de Adviento, algo que me dolió porque sabía que a Cedric le habría dolido. Lo único bueno era que su madre no estaba ni parecía dar señales de estar cumpliendo su amenaza.

Debería haberme alegrado por el desarrollo de los acontecimientos. Debería haber utilizado aquel tiempo para pensar en mi siguiente movimiento y en cómo vadear las inseguras aguas en las que Viola Doyle me había sumergido.

Pero, sobre todo, pensaba en Cedric.

Si había de ser sincera conmigo misma, Cedric no había salido de mi cabeza desde que nos conocimos. Solo me había esforzado en mantener mis sentimientos apartados en un rincón de mi mente. Pero ahora que había abierto el corazón y había admitido aquellos sentimientos… ahora no podía quitármelo de la cabeza. Me pasaba el día recordando cada momento de aquella noche bajo las estrellas. El momento preciso en el que nuestros labios se habían unido. La forma en que me había soltado el cabello con los dedos. La firmeza de su mano subiendo por mi muslo… pero sin pasar de ahí.

«A veces, en el momento adecuado del día, pueden entreverse el uno al otro a través del cielo. Eso es todo.»

No podía dormir. Apenas comía. Me movía por la casa como en una nube, emocionada por lo que había ocurrido entre nosotros, aunque dicha emoción estaba empañada por la certidumbre de que no volvería —de que no podía volver— a ocurrir.

Al menos nunca me dijo que había sido un error. Siempre recordaba la historia admonitoria que nos había contado Tamsin acerca de una chica que conoció en Osfro que había dado algo más que besos a un hombre que se lo había prometido todo y luego acabó diciéndole que había sido un «malentendido».

Pero Cedric nunca mencionó el arrepentimiento ni ninguna otra excusa humillante. De algún modo, aquello lo empeoraba todo. Significaba que no creía que hubiese sido un error. Ni yo tampoco. Ninguno podíamos negar, no obstante, que habíamos complicado las cosas.

Así que encontramos la manera de hablar lo menos posible, no porque estuviésemos resentidos, sino porque no nos fiábamos de nosotros mismos. Un día, sin embargo, no pudimos evitar comunicarnos. Unas cuantas chicas estábamos a punto de salir hacia una fiesta y me apartó un momento mientras las demás estaban distraídas. Nos mantuvimos alejados el uno del otro varios centímetros, y yo conté cada uno de ellos.

—He encontrado a alguien para ti —me dijo, dirigiendo una mirada furtiva a la puerta—. Un buen hombre… Me di cuenta en cuanto hablé con él. Y después me he cerciorado a través de gente que conoce a sirvientes suyos. Siempre se puede saber mucho de alguien a través de sus sirvientes. —Cedric vaciló—. Y es muy… cándido. Divertido. Pensé… bueno, pensé que eso también te gustaría.

La extrañeza se sumó a la tensión eléctrica entre nosotros. Era muy raro que el hombre al que tan intensamente deseaba estuviera buscándome marido.

—Gracias —dije, sin saber muy bien qué más decir.

—Ahora mismo está fuera de la ciudad, pero he acordado con él que os conoceríais a finales de semana. Solo hay un problema…

No pude evitar sonreír.

—Cedric, hay un montón de problemas.

—A mí me lo vas a contar. A ver… Es abogado. Aún está estableciendo su negocio. Tiene una casa pequeña en la ciudad. Bonita, pero pequeña. Y solo tiene dos sirvientes.

—Entiendo. —Un abogado, aunque era una profesión respetable en las colonias, no podría proporcionarme los mismos lujos que, por ejemplo, el dueño de una plantación o un magnate del comercio naval. Y por supuesto nada comparable con lo que podía ofrecerme un gobernador. Lo de los dos sirvientes significaba que seguramente tendría que ayudar en las tareas del hogar.

—No te faltaría de nada —se apresuró a decir Cedric—. Estarías cómoda y seguirías pudiendo asistir a algunos actos sociales. No a los de más alto rango, pero sí a algunos. Y he oído que es bueno en lo que hace. Posiblemente escale posiciones, quizá consiga un cargo en el gobierno con el tiempo. Sería un matrimonio excelente para muchas chicas.

—Pero no necesariamente para el diamante.

—No —concedió—. Él mismo no estaba seguro de que pudieses llegar a aceptarlo, ni tampoco de poder permitirse aspirar a ti. Solo podría pagar tu precio mínimo si pide dinero prestado, pero no hay expectativas de conseguir ningún margen. Le convencí de que merecías la pena.

Noté un dolor en el corazón.

—Cómo no. Tú podrías venderle la salvación a un sacerdote.

Pareció avergonzado.

—Adelaide, sé que no es lo que quieres...

—No —lo interrumpí—. Es perfecto. Prefiero vivir humildemente con un hombre al que respete, y puede que incluso me guste, que dejarme mimar por alguien que sostiene una espada sobre mi cabeza.

—Te gustará... —Se le atragantaban las palabras.

Estuve a punto de acercarme más, pero me contuve antes de que ocurriera algo que podía no ser capaz de controlar. Cerré la mano en un puño. Oí que alguien me llamaba desde la otra habitación. Cedric y yo seguimos mirándonos un instante, diciéndonos un millón de cosas en silencio, y finalmente me di la vuelta para volver con las demás.

La señorita Culpepper chasqueó la lengua en señal de desaprobación al verme.

—Adelaide, ¿dónde están tus joyas? Llevas toda la semana olvidando cosas... Extremadamente inapropiado para una chica de tu rango.

—Lo siento, señorita Culpepper. —Mi memoria estaba tan

atestada de detalles de una noche prohibida que supongo que no quedaba espacio para mucho más.

La señorita Culpepper le quitó a un sirviente el collar de diamantes de las manos y se lo tendió a Cedric.

—Señor Thorn, ¿podéis ponérselo? ¡Juro que si llegamos a tiempo será un milagro! Estate quieta. De verdad, entre las pelucas desaparecidas y ahora esto, no sé qué más puede salir mal esta noche. —Eso último se lo dijo a Rosamunde, que había roto un cordón del corsé. La señorita Culpepper estaba desquiciada intentando arreglarlo.

Cedric se quedó inmóvil unos instantes con el collar en la mano. Era de diamantes en forma de lágrimas, lo que me pareció muy apropiado. Como no quería llamar la atención, finalmente se colocó detrás de mí y me puso la gargantilla alrededor del cuello. Aguanté la respiración, sorprendida de que el resto de la gente no apreciara el efecto que Cedric causaba en mí. Su cuerpo estaba contra el mío y le temblaban las manos mientras intentaba ajustar el cierre del collar. Cuando al fin lo consiguió, alisó la cadena y me rozó unos cabellos rebeldes que se habían escapado de su sitio. El roce de sus dedos era leve como el de una pluma, pero noté cómo se me ponía la piel de gallina. Aguanté la respiración hasta que se hubo apartado.

225

Al final de la semana, tuve oportunidad de conocer al abogado en una fiesta organizada por los Thorn. Varias chicas tenían ya ofertas y, aunque Jasper no estaba especialmente preocupado por las demás, había decidido reunir a algunos de sus pretendientes preferidos a la vez para incrementar el interés. Varios de los ciudadanos más eminentes de Cabo Triunfo habían sido invitados con la esperanza de impresionarlos y aumentar la expectación.

Los invitados empezaron a llegar a Las Glicinias mucho antes de cenar, y nosotras estábamos preparadas para recibirlos haciendo un gran despliegue de nuestros encantos. Al menos, mis compañeras lo estaban. Aunque me había comportado de forma agradable y correcta en los últimos actos, lo ocurrido con Cedric me había hecho perder el interés en los demás aún más que de costumbre. Daba justo lo que se esperaba de mí, no más, y una vez oí a un hombre que decía que la chica que ostentaba el título del diamante era bastante más sosa de lo que esperaba.

En un nuevo alarde de mi despiste, aquella noche se me olvidó pintarme los labios. Podría parecer un fallo menor, sobre todo porque me solía aplicar muy poco carmín, pero la señorita Culpepper, que ya estaba estresada, reaccionó como si la caída de la civilización moderna se cerniera sobre nosotros. Me ordenó volver a subir a mi habitación por la escalera de servicio, así nadie sería testigo de mi terrible infracción de las leyes de la moda.

Al atravesar la cocina, pude ver a dos hombres discutiendo en una de las despensas. Los cocineros y camareros estaban ocupados y apenas repararon en mí cuando me acerqué a escuchar detrás de la puerta.

—¿Cómo que viene? ¡No estaba incluido en la lista de invitados! —exclamó Cedric.

—Querrás decir que tú no lo incluiste en la lista de invitados —replicó Jasper—. ¡No sé a qué juegas, pero no creas que no me he dado cuenta de que lo has mantenido fuera de todas las citas! Si pretendes estropear este trato, tendré que tomar cartas en el asunto y arreglar las cosas.

—No es una buena opción para ella —dijo Cedric—. Y no le gusta.

—¿Cómo va a gustarle, si apenas ha tenido tiempo de hablar con él? Sal de aquí ahora mismo, compórtate como un perfecto anfitrión ¡y no estropees aún más las cosas!

Jasper salió como una exhalación y yo me escabullí a un lado antes de que pudiera verme. Di un paso adelante cuando apareció Cedric.

—Entiendo que hablabais de Warren.

—Sí —gruñó, con los ojos centelleantes de ira—. Lo siento. No he tenido nada que ver con esto. No dejes que te moleste. No tienes por qué hablar con él esta noche y, si trata de monopolizarte, lo distraeré.

—Sí, con lo bien que os lleváis, estoy segura de que te resultará fácil —dije.

—Yo me encargo —insistió—. Tú preocúpate por conocer al señor Adelton.

Esperó a que subiera a pintarme los labios y después me acompañó al salón. Al llegar a la puerta, hicimos una pausa incómoda. Según el protocolo, un caballero de su rango —y que, además, era mi guardián— debía hacer la entrada conmigo en la sala. Me ofreció el brazo y yo deslicé la mano en el hueco. En ese preciso instante, sentí que una descarga eléctrica me recorría. Cedric respiró hondo, tan afectado como yo.

—Podemos hacerlo —dijo—. Somos fuertes. Podemos hacerlo.

Para mi consternación, comprobé que Warren no había venido solo: su madre estaba con él. Cuando me vio desde el otro extremo de la estancia, se le iluminó el rostro y empezó a abrirse paso hacia mí entre la multitud. Cedric hizo un giro brusco y me llevó hasta un rincón donde un hombre delgado y rubio bebía brandy. Era bastante guapo, pero no de tan impactante atractivo como Cedric... Aunque, ¿quién podía serlo?

—El señor Nicholas Adelton —anunció Cedric—. Permitidme que os presente a la señorita Adelaide Bailey.

Nicholas me dio la mano con una sonrisa.

—Señorita Bailey, lo que me habían contado de vos no os hace justicia... lo cual es sorprendente, teniendo en cuenta lo efusivo que fue el señor Thorn en su descripción.

Le devolví la sonrisa.

—Es comerciante, señor Adelton. Es su trabajo.

—La mayoría de los comerciantes que he conocido no venden más que humo. Algo me dice que...

Se vio obligado a interrumpirse cuando Warren llegó por fin junto a nosotros.

—¡Adelaide! Siento como si hiciese años que no nos vemos.

La fascinación que había empezado a despertar en Nicholas se desvaneció al instante.

—Señor Doyle —dije, respondiendo con un formalismo a su uso de mi nombre de pila—. Qué bien que hayáis podido venir.

Miró a Nicholas.

—Lamento interrumpirles, pero es imprescindible que...

Cedric se adelantó veloz y se puso al lado de Warren, colocándose entre ambos.

—¡Señor Doyle! Cuánto me alegro de veros.

Warren lo miró con recelo.

—¿De verdad?

—Sí. Corren rumores de que los lorandeses están reuniendo a sus soldados en las fronteras de las colonias del noroeste y que incluso han asaltado algunos fuertes. Esperaba que pudieseis darme algo más de información, ya que he oído que nadie en la ciudad sabe tanto como vos de los lorandeses. Estuvisteis en su país, ¿no es así? Supongo que aún estaréis al día de su situación... a menos que os hayáis quedado desfasado.

—Bueno, yo... —Warren pareció dudar, dividido entre su ardiente persecución del diamante y el irresistible cebo que le ponía Cedric al sugerir su falta de conocimiento. Cedric se abalanzó sobre esta indecisión y se llevó a Warren de allí.

—Vamos, tomemos una copa y hablemos de ello. No queremos aburrirles con nuestras conversaciones de política —nos dijo. En cuestión de minutos, se había llevado a Warren a la otra punta del salón.

Nicholas los miró divertido.

—Hace muy bien su trabajo. Imagino que es más difícil de lo que parece.

—Sí —coincidí, no sin pena.

Volvió a centrar su atención en mí.

—Pero imagino que el vuestro también es un trabajo duro. Debe de ser como estar en un escenario, ¿no? Siempre exhibiéndoos, sin poder mostrar debilidad. Todos os miran esta noche... parece increíble. Cada detalle debe estar perfecto. ¿No os sentís a veces, y disculpadme si esto os ofende, como si fueseis mercancía a la venta en un escaparate?

Tardé un momento en contestar. Aquella era la tercera semana de nuestra temporada de actos sociales y ningún hombre me había preguntado nada como eso hasta entonces.

—Sí —admití—. Constantemente.

Aquel momento de honestidad hizo que nos sintiésemos cómodos y nos pusimos a hablar sin parar. Comprobé que Cedric tenía razón cuando me dijo que Nicholas era cándido y divertido, y él pareció apreciar esas mismas cualidades en mí. Incluso hablamos un rato sobre su profesión, y creo que le sorprendió que supiera tanto de derecho y política. En otras circunstancias, podría haber trabado amistad con aquel hombre sin dificultad. Porque, por interesante que fuera, no me despertaba más que sentimientos de afecto. Pero era el más interesante de los pretendientes que había conocido hasta entonces. No debería estar sorprendida, puesto que lo había elegido

228

Cedric personalmente. Cedric me conocía bien. A medida que pasaba la noche, me debatía: si no podía darle mi amor a Nicholas, ¿podría darle al menos un matrimonio lo suficientemente feliz? De lo contrario, estaría siendo injusta.

En la cena, Cedric se las arregló para que Nicholas se sentara a mi lado, y Warren en el otro extremo, lejos de nosotros. De vez en cuando me dirigía miradas lánguidas, mientras que Viola me lanzaba puñales con los ojos. A mi otro lado tenía a un señor mayor que gruñía y refunfuñaba, diciendo que Cabo Triunfo era «presa del caos».

—Anarquía —nos dijo a Nicholas y a mí—. Eso es lo que ocurre aquí. El gobernador tiene que tomar el control antes de que lo hagan estos malhechores. ¿Se han enterado de que los herejes alanzanos que detuvieron la semana pasada ya han escapado de prisión? ¿Y dónde está el ejército? ¿Por qué hay cada vez más soldados que se van a otras colonias? Los icori se están reagrupando al oeste… No se han ido, digan lo que digan esos inútiles. Por no hablar de los piratas. La semana pasada asaltaron un navío recaudador de impuestos reales que se dirigía a Osfrid. Qué descaro.

—A nadie le dio demasiada lástima —remarcó Nicholas—. Al menos no en las colonias. Muchos pensamos que ya nos cobran suficientes impuestos.

—El problema es general y mucho más grave —insistió el hombre—. Si los barcos del rey no están fuera de peligro, ¿quién lo está? Los piratas ni siquiera se limitan ya a quedarse en el mar. He oído que esos diablos campan a sus anchas por las calles. Billy el Mariscal. Jacob Huesos. Tim Mangascortas.

—Creo que su nombre es Tom Mangascortas. Y no olvidéis que también hay mujeres pirata —dije. Mira era una apasionada de las historias de los piratas de Cabo Triunfo y me mantenía informada. Si la hubiese pretendido uno, probablemente ya estaría casada—. Joanna Acero. Lady Aviel.

—Y, si las leyendas son ciertas, han salvado a muchos inocentes —añadió Nicholas—. De ladrones y mucho más.

El hombre frunció el ceño.

—Sí, sí, eso está muy bien… ¡pero no respetan la ley! Y que tengan mujeres… ¿Con espadas? ¿Pueden imaginar algo así? ¿Dónde va a ir a parar este mundo si empiezan a extenderse estas cosas?

229

—Por supuesto —dijo Nicholas, impertérrito—. Si las mujeres empiezan a defenderse solas, ¿de qué van a servirnos?

Tuve que ahogar la risa con la mano. Aquello llamó la atención de mi vecino y me apresuré a responder.

—Bueno… Al menos dicen que visten bien. No son piratas de pacotilla. ¿Cómo es eso que cuentan? Capas doradas, plumas de pavo real. Suena llamativo.

—Nunca me he fiado de los pavos reales —gruñó el hombre—. Todo el mundo dice que son bonitos, pero ¿alguien ha visto uno de cerca? Tienen una mirada extraña, con esos ojillos astutos. Saben más de lo que dejan ver. —Dio por zanjada la conversación bebiéndose una copa de vino de un trago.

Cuando terminó la cena y pasamos a las copas, Nicholas no pudo monopolizarme por completo. El protocolo disponía que debía hablar con otros, pero ninguno fue Warren. No sé qué truco de magia hizo Cedric, pero Warren estuvo ocupado toda la noche. Una vez vi a Mira charlando animadamente con él. Bueno, era ella quien estaba animada. Él parecía enjaulado. Me pregunté si la habría enviado Cedric.

A medida que fue cayendo la noche y los invitados se iban marchando, Cedric consiguió llevarme a un aparte un momento.

—¿Y bien? —preguntó.

—Es tal y como prometiste. Me lo he pasado muy bien.

—Excelente. —En otro momento, Cedric se habría henchido de orgullo ante un triunfo así. Aquella noche, no—. Tengo que trabajármelo un poco más pero, si todo va bien, creo que podré acelerar la oferta y organizar una boda en secreto antes de que los Doyle se den cuenta. No es demasiado ortodoxo, pero si hago el papeleo correctamente y paga el mínimo por ti, no habrá nada que vulnere el contrato.

—Estupendo. Eso es muy… —Las palabras se me atascaron en la garganta y no pude terminar. No podía fingir alegría por una boda que no deseaba, no con Cedric delante. No solía llorar, pero las lágrimas empezaron a formarse en mis ojos. Enfadada, pestañeé para luchar contra ellas.

—Adelaide… —Su voz transmitía la misma angustia que yo sentía. Empezó a mover la mano hacia mí, pero la retiró bruscamente y la cerró en un puño como había hecho yo antes.

—¡Aquí estáis!

Jasper llegó hasta donde estábamos, furioso. Era raro verle así, ya que en público siempre guardaba las apariencias.

—Adelaide, el señor Doyle y su madre se marchan ya. Ve junto a ellos y despídete como debes, con la promesa de verlos pronto.

—Padre...

—No. —Jasper levantó un dedo amenazante—. No quiero oír ni una palabra más. ¡Ya has arruinado la noche juntándola con ese abogado! ¿Crees que puede pagar su precio mínimo? No va a incrementar la puja si hay otros interesados. Ya te lo dije antes, no voy a permitir que estropees esto. —Jasper me miró con dureza—. Ahora. Ve.

Cedric empezó a protestar, pero le hice un gesto para que desistiera. No quería que se metiera en más líos. Le hice una reverencia a Jasper.

—Por supuesto, señor Thorn.

Al otro lado de la habitación, Warren y Viola estaban, en efecto, a punto de marcharse.

—Adelaide —dijo Warren—. Qué pena que no hayamos podido hablar más. Quería contaros los avances que hemos hecho en los yacimientos de oro en Hadisen.

—Qué maravilla —dije, consciente de que Jasper me estaba observando—. Quizá podáis contármelo en otra ocasión. Me encantaría saber más.

—¿Sí? —preguntó Viola con malicia—. Creía que estabas más interesada en el derecho.

Sonreí con dulzura.

—Oh, señora Doyle. Ya sabéis cómo son estas cosas. Tenemos que hacer la ronda, conocer a gente nueva. Son puros formalismos.

—Me alegra oír eso —dijo—. Sería una pena que te decidieras por alguien tan pronto.

Asentí, aunque no era pronto, sobre todo ahora que tantas chicas habían firmado sus contratos.

—Claro que no. Solo trataba de ser cortés.

Entrecerró los ojos.

—En ese caso, quizá tengas la cortesía de dignarte visitar a Warren en privado pronto. No nos gustaría que nadie pensara que te das aires o que haces gala de un comportamiento por encima de tu rango.

231

Tragué saliva.

—Por supuesto que no.

La fiesta no se alargó tanto como otras, pero a la mañana siguiente la mayoría estábamos exhaustas. Todo había estado envuelto en oropeles y decoro, pero las últimas semanas habían sido agotadoras. Como había dicho Nicholas Adelton, era un trabajo duro, aunque las apariencias fuesen otras.

Algunas de las chicas que ya estaban comprometidas seguían asistiendo a las fiestas; otras lo habían dejado y estaban ahora ocupadas planeando sus bodas. La Corte Reluciente no estaba implicada en la boda una vez que se solucionaban el papeleo y los pagos. Cada una de las chicas podía quedarse con un vestido, con el que solía casarse. El resto de los gastos de la boda corrían de parte del futuro marido. Algunos organizaban grandiosas ceremonias; otros sufrían demasiados aprietos financieros como para permitirse mucho más que las costas de un juez.

La señorita Culpepper mantenía un horario estricto y nos obligaba a todas, comprometidas o no, a desayunar todos los días exactamente a la misma hora. A mí no me importaba madrugar, porque al menos el desayuno suponía un breve respiro del torbellino social. Los Thorn, que podían desayunar cuando les conviniera, llegaron cuando estábamos terminando, como era habitual. La señorita Culpepper enseguida les consiguió unas sillas, y sentó a Cedric a mi lado. No me atrevía a mirarle, pero la proximidad obligaba a que nuestras piernas se rozaran por debajo de la mesa. Al principio, mantuve la pierna en tensión, pero luego la relajé contra la suya. Noté que él hacía lo mismo. Durante lo que restaba de desayuno, no tengo ni idea de qué comí ni de qué dije. Toda mi atención estaba centrada en aquel roce.

Uno de los guardas de la puerta vino a anunciar que teníamos un invitado. La señorita Culpepper se apresuró a levantarse y fue al comedor a investigar, pero nadie más mostró demasiado interés. Siempre andaban yendo y viniendo criados y mensajeros. A los que venían con intenciones más serias se les decía educadamente que volvieran más tarde si no tenían una cita concertada.

Así que fue una sorpresa cuando una pálida señorita Culpepper regresó acompañada de un hombre alto. Llevaba un traje barato de lana, con un corte que no le favorecía, y que de-

bía de resultarle incómodo con el reciente giro primaveral que
había dado el tiempo. Tenía el cabello ralo y canoso, y arrugas
profundas en el rostro. Estaba claro que no se trataba de un
pretendiente. Todos los que estábamos en la mesa levantamos
la vista perplejos, todos excepto Mira, cosa rara en ella. Ella,
por el contrario, se irguió en la silla con los ojos muy abiertos.
No conseguí descifrar su expresión. ¿Sorprendida? ¿Calculadora? Quizá ambas cosas.

Charles Thorn se levantó de la mesa y se alisó la chaqueta.
Estaba tan sorprendido como el resto, pero sabía que tenía que
haber una razón por la que la señorita Culpepper hubiese dejado
pasar a un invitado a aquellas horas.

—¿Puedo ayudaros, señor?

El desconocido asintió brevemente con la cabeza.

—Mi nombre es Silas Garrett. Soy de la agencia McGraw.

Si alguien había pensado que aquella iba a ser una mañana
aburrida, la impresión se desvaneció al instante. La agencia
McGraw era un grupo con sede fuera de Osfro que investigaba
todo tipo de asuntos para quien pudiera permitirse pagarles.
Técnicamente, eran una organización independiente, pero todo
el mundo sabía que tenían autorización real para obligar al cumplimiento de la ley. Sus agentes eran conocidos por ser especialmente implacables y decididos en sus misiones, hasta el punto
de llegar muy lejos —de forma encubierta o pública— para conseguir sus objetivos. Investigaban de todo, desde infidelidades
entre nobles de poca monta hasta espionaje para el rey. Había
rumores de que también trabajaban en el Nuevo Mundo, pero
nadie sabía con qué fin ni quién los había contratado.

Jasper se levantó y se colocó junto a su hermano.

—Santo cielo. No solemos recibir invitados de tan alto nivel.
Supongo que no estáis buscando una esposa.

Silas Garrett no mostró la menor intención de sonreír.

—No, pero busco a una mujer.

No sé cómo lo supe, pero de repente, me di cuenta. Se me
puso el cuerpo rígido y Cedric me aferró la mano por debajo de
la mesa. No me atreví a mirarle, pero entendí el mensaje:
«Tranquila».

—Estoy aquí por un negocio personal que no puedo revelar,
pero tengo un compañero en Archerwood al que contrataron el

233

verano pasado para investigar la posible llegada aquí desde Osfrid de una dama noble desaparecida —explicó Silas—. No ha tenido suerte hasta ahora, cosa lógica dada la vasta extensión de Adoria, y no tiene pistas de en qué colonia podría estar.

—Comprensible —dijo Charles—. Disculpadme, pero ¿qué tiene que ver todo esto con nosotros?

Silas escudriñó a Charles y a Jasper.

—Pues que recientemente he averiguado que la dama en cuestión podría estar en Cabo Triunfo, y que en esta casa podrían tener información acerca de su paradero.

—¿Nosotros? —preguntó Charles—. ¿Cómo vamos a saber nosotros nada de una mujer desaparecida?

—Una noble —le corrigió Silas—. Lady Witmore, condesa de Rothford.

La mano de Cedric incrementó la presión.

—Condesa... —Jasper frunció el ceño—. ¿Se refiere a la misma desaparición por la que nos retuvieron en Osfro aquella noche?

—¿Qué noche? —preguntó Silas.

—Cedric y yo trasladábamos a un grupo de chicas la pasada primavera. Estaban parando a todo el mundo a las puertas de la ciudad. Nos registraron y nos dejaron proseguir el camino. —Jasper miró a su hijo—. Te acuerdas, ¿verdad?

Cedric asintió, con la expresión sincera de alguien que tiene simple curiosidad.

—Sí. Había un gran revuelo. ¿Por qué vuelve a surgir el tema?

—Como ya he dicho, nos han informado de que podríamos encontrar alguna pista sobre el paradero de la dama en su casa. —Silas miró a todos los que estábamos sentados a la mesa—. Veo a muchas chicas aquí... todas de la edad de lady Witmore.

La sonrisa de Jasper se crispó, pero solo un poco.

—Sí, así es. Como cada año. Es nuestro negocio, señor Garrett. Traemos mujeres en edad casadera desde Osfrid. No es culpa mía que vuestra condesa tenga la misma edad.

—¿Y cómo pretenden encontrarla? —preguntó Charles—. Supongo que no pretenderán acusar a ciegas a mis chicas.

—No, señor. Nada más lejos de nuestra intención. Me limito a seguir la pista y enviaré una carta a mi compañero, que sigue en el norte. Lo único que sé es que la dama tiene el cabello castaño. Él tiene un retrato. —Los modales de Silas eran perfectamente educados, pero vi que detuvo la mirada en cada una de las chicas castañas de la mesa, incluida yo. Era un alivio que hubiese tres más—. Si viene aquí, estoy seguro de que lo traerá para confirmar su identidad. ¿Podrían comprobar la procedencia de todas estas chicas?

—Estas chicas son todas de familias humildes —dijo Jasper—. Los campesinos analfabetos no redactan informes sobre sus hijas. Pero os aseguro que tanto mi hijo como yo visitamos las casas de donde viene cada una. No hay ninguna condesa.

—Si tuviéramos una —bromeó Cedric— cobraríamos mucho más por casarla.

Silas se giró hacia Cedric; era obvio que no le hacía gracia la broma. Yo sabía que Cedric trataba de adoptar su habitual actitud relajada y afable para no parecer sospechoso. Pero habría hecho mejor imitando a su padre y a su tío, que estaban siendo educados pero mostraban cierto agravio.

—Señor Garrett —dijo Jasper—. Respeto vuestro trabajo, de verdad que lo hago. Pero ya pasamos por esto hace un año en Osfro. No sé por qué levantamos sospechas pero, por favor, hasta que tengáis algo más concreto que esa «información», os agradecería que recordarais que tratamos de sacar adelante un negocio respetable.

—Por supuesto —dijo Silas, girándose hacia la puerta—. Volveré si averiguo algo más.

—Antes de iros —intervino Cedric—, me gustaría saber de dónde ha salido esta información.

—Se trata de una declaración anónima —dijo Silas—. Nos llegó anoche.

Me resultó difícil mantener a raya el pánico cuando Cedric y yo encontramos un momento para estar solos más tarde, justo antes de que llegaran unos pretendientes que venían a tomar el té.

—¡Su compañero tiene un retrato! —susurré—. Seguro que se lo dio mi abuela cuando lo contrató para que viniera a Adoria.

Cedric estaba serio.

—Y la «información» del señor Garrett proviene sin duda de los Doyle.

—Viola. Warren sigue pareciéndome tan… No sé. Tan desgraciado. Ella me sugirió que quizá me sentiría más motivada pronto para hacerle más caso a su hijo.

—Sobre todo si la motivación es la posibilidad de que te descubran y te capturen… Siempre y cuando no te cases antes.

Cerré los ojos un instante.

—Y, por supuesto, espera que me asuste y recurra a Warren para salvarme mediante ese matrimonio.

—No. —Cedric dio un paso hacia mí y me cogió de las manos, un gesto peligroso ya que cualquiera podría entrar en aquel momento en la sala en la que estábamos—. Ya te lo he dicho, no pueden obligarte a hacer eso. Lo arreglaremos todo con Nicholas Adelton y conseguiremos que se solucione rápido. Pero mientras tanto…

Lo observé. La ternura inundaba su rostro, pero se notaba que había algo que dudaba si decirme o no.

—¿Sí? —le presioné.

236

—Tenemos que asegurarnos de que los Doyle no hagan nada más. Tenemos que conseguir que se relajen. —Suspiró—. Lo siento, Adelaide, pero vas a tener que fingir que estás interesada en él.

18

—*L*os icori no sabían que en Hadisen había tantos yacimientos de oro. Pero ¿por qué iban a saberlo? Son bárbaros. No se dedican a la minería. No tienen la tecnología necesaria para hacerlo. Es un milagro que consiguieran cruzar el mar. Así que hemos incluido una cláusula al respecto en el tratado.

Warren me miró expectante y yo acerté a esbozar lo que esperaba que pareciera una sonrisa impresionada.

—Pero ¿estaba a la venta? —pregunté—. Porque ellos vivían allí.

Él frunció el ceño.

—No entiendo tu pregunta.

—No sé, que no era un terreno que tuvieran allí sin utilizar. Era su hogar. Cuando firmaron el tratado, ¿dónde se suponía que tenían que ir?

—No hemos tomado todas sus tierras —dijo—. Aún disponen de mucho terreno.

Yo había visto los mapas cuando estudiaba. «Mucho» era un adverbio extremadamente optimista.

—Y —continuó— siempre pueden moverse a los territorios de las tribus del oeste.

—¿No provocaría eso conflictos entre las tribus? —pregunté.

—No es nuestro problema. Nosotros somos los conquistadores.

Abrí la boca para protestar, pero me lo pensé mejor. Había sido igual toda la semana, durante la cual había recibido tres visitas de Warren, dos públicas y una privada. No era exactamente ofensivo, pero en varias ocasiones me tuve que morder la lengua para no enfrentarme a sus opiniones. «Sé encantadora —me había aconsejado Cedric—. No le des ninguna razón para sospechar.»

—Qué maravilla —dije, cambiando a un tema que causara menos controversia—. Tener todo ese oro.

Warren asintió efusivamente.

—Sí. Está ahí, casi para que lo coja cualquiera. Tenemos pocos hombres para extraerlo todo, pero creo que en cuanto hagamos el llamamiento y nos establezcamos allí, los colonos acudirán en masa. —Me miró fijamente—. Me voy en dos semanas.

Ya lo sabía. Me lo recordaba cada vez que estábamos juntos. Apartarlo todo aquel tiempo me había salvado de una boda antes de su marcha, pero sabía que tanto él como Viola esperaban firmar un acuerdo matrimonial antes de que se fuera. Mi cordialidad de aquella semana me había dado algo de tiempo, pero pronto los Doyle exigirían más.

—Disculpad —dije, levantándome de la silla. Él se puso en pie de inmediato—. Debo ir a retocarme el peinado. —Era una forma educada de decir que tenía que ir al baño, y me proporcionaba un respiro seguro.

Llevábamos ya tres horas en aquella fiesta en la hacienda de los Doyle, y esperaba que pudiésemos marcharnos pronto. Cedric nos acompañaba en aquella ocasión, y nuestra partida estaba en sus manos. Normalmente lo habría convencido para irnos antes de tiempo, pero llevaba toda la noche vigilando a Caroline. Al parecer, había encandilado a un respetable terrateniente que no se despegaba de ella. Había tenido ciertas dificultades con los pretendientes, así que Cedric no quería estropearlo.

Lo que sí hizo fue interceptarme cuando enfilaba el pasillo camino del baño. Nos escondimos y esperamos hasta que pasaran de largo dos hombres que refunfuñaban acerca de los impuestos.

—Tenemos que hablar —dijo Cedric en voz baja.

Yo miré alrededor.

—¿Aquí?

—No he tenido otra ocasión. —Era cierto. Quedaban cada vez menos chicas, por lo que nuestra agenda social se había incrementado notablemente. Me cogió de la mano y doblamos una esquina—. Tengo buenas y malas noticias.

—Espero que las buenas sean que has conseguido de alguna forma el dinero que necesitabas para la participación en Westhaven multiplicado por diez, y las malas, que no sabes en qué gastarte lo que te sobra.

—Te lo daría a ti, por supuesto, para que pudieras mantener el nivel de vida al que estás acostumbrada. Pero no, me temo que no es eso. —Volvió a comprobar los alrededores antes de continuar—. Hay un hombre interesado en el cuadro.

Aquello sí que eran buenas noticias.

—¿Cuánto?

—Cuatrocientos.

—¡Eso es casi el total de la participación! ¿Cuál es la mala noticia?

—Que quiere comprobar su autenticidad. —Cedric sacudió la cabeza—. Y, como podrás imaginar, no hay mucha gente en las colonias cualificada para juzgar el arte mirikosí. Así que quiere esperar, lo que significa que nosotros también debemos esperar. A menos que encontremos otro comprador.

—Que tampoco hay muchos.

—En Denham, no. Pero mi agente va a enviar a alguien para que tantee el terreno en las colonias meridionales. Mientras tanto… —Su expresión hacía ver que había más noticias, y no necesariamente buenas—. Ha habido algunos avances con Nicholas Adelton.

—¿Sí? —Traté de mantener un tono animado, pues sabía que debía alegrarme por aquello.

—Ha estado en Thomaston esta semana, ayudando a alguien a solucionar una disputa comercial. He oído que aceptó el caso sin cobrar.

—Muy solidario por su parte.

—Sí —dijo Cedric. Él también parecía intentar esforzarse por usar un tono animado—. Es un buen hombre. Estará de vuelta pasado mañana, a tiempo para el Festival de las Flores, para el que le he conseguido una invitación. Estoy seguro de que cerraremos el trato entonces.

—O sea, que tengo que mantener engañado a Warren un poco más.

239

No habíamos recibido más visitas de Silas Garrett, pero la amenaza seguía acechando. Parecía capaz de memorizar la cara de cada una de nosotras, y estaba segura de que si veía ese retrato, me identificaría de inmediato. Tenía que asegurar mi posición rápido.

—Estoy seguro de que no te resultará difícil —replicó Cedric. Le miré. No podía soportar ver aquel deseo en sus ojos. Todo sería mucho más fácil si mostrase indiferencia hacia mí—. Ahora, vete, antes de que Warren y su madre se pregunten dónde estás.

—De acuerdo. Tan pronto como me sueltes la mano.

Bajó la vista hacia nuestros dedos entrelazados y no dijo nada durante un rato largo. Después, con mucho cuidado, se llevó mi mano a los labios y me dio un beso en el dorso. Cerré los ojos, deseando poder detener el tiempo en aquel instante. Cuando me soltó la mano, aún notaba el calor de sus labios en mi piel. Y ninguno de los dos nos movimos. Hizo falta que oyésemos una risa escandalosa proveniente de un grupo de personas algo ebrias en un pasillo adyacente para que volviésemos a la realidad.

Volví a la fiesta, preparada para una nueva ración de la conversación autocomplaciente de Warren. Para mi sorpresa, Mira estaba hablando con él, lo que me concedía un indulto temporal. La miré con curiosidad, preguntándome qué habría provocado aquello. Aún no había mostrado ningún interés particular por ningún pretendiente. No había mencionado siquiera oferta alguna, aunque sé que había tenido tantos visitantes como las demás. No era la primera vez que la veía acercarse activamente a Warren. ¿Sería posible que estuviera interesada en él?

Disfruté de unos preciados minutos a solas mientras escuchaba al padre de Warren charlando cerca con varios magistrados. Estaba garantizándoles que los rumores de que los icori se disponían a atacar Cabo Triunfo no tenían fundamento. Me producía curiosidad saber qué habría originado estos rumores, pero nunca llegué a averiguarlo. En cuanto Warren me localizó, se apartó de Mira y me siguió el rastro de nuevo. Observé que ella cambiaba por un segundo su expresión serena, y me pareció más frustrada que afligida, aunque pronto se distrajo cuando otro joven llamó su atención mediante un golpecito en el hombro. Se giró hacia él y su sonrisa regresó de inmediato.

No veía el momento de que terminara la fiesta. Después de asegurarle a Warren que iría al Festival de las Flores, me uní agradecida a las demás para subir a los carruajes. Ya solo necesitábamos dos para desplazarnos. Mientras montábamos, de pronto me di cuenta de algo.

—¿Dónde está Mira? —pregunté. «Otra vez no», pensé. La buscamos pero no había ni rastro de ella entre nosotras, fuera de la casa. Cedric volvió a entrar para buscarla; yo me quedé esperando junto a la puerta del carruaje a pesar del ofrecimiento del cochero para ayudarme a subir. Mi intranquilidad aumentó cuando vi que Cedric tardaba mucho más de lo esperado en salir. En casa desaparecía todo el rato, pero ¿cómo se le ocurría hacerlo aquí?

Por fin, los vi salir a ambos. Él la ayudó a subir a mi carruaje y pusimos rumbo a casa.

—¿Qué ha pasado? —pregunté.

Puso los ojos en blanco.

—Me había atrapado uno de esos hombres, que quería saber si podíamos «hacer un trato».

241

La observé con detenimiento. Su tono y su expresión parecían honestos, pero no podía quitarme la sensación de que ocultaba algo.

Al día siguiente, averiguamos que Caroline había apalabrado su contrato de matrimonio, lo que mermaba aún más nuestro número. Jasper, aunque estaba animado por los avances, creyó que era necesario darnos a las demás un discurso motivacional.

—Aunque vuestro contrato os da tres meses para elegir —dijo en el desayuno—, rara vez las chicas tardan tanto tiempo. La mayoría lo tienen decidido en un mes. Me sorprendería mucho que las demás no recibierais varias ofertas mañana por la noche en el festival. —Su mirada se detuvo más tiempo en mí—. Me sorprendería mucho.

El Festival de las Flores, dedicado a los ángeles gloriosos Aviel y Ramiel, era la fiesta más importante de la primavera en el calendario osfridiano. Coincidía con los ritos primaverales de los alanzanos, y había cierta controversia acerca del origen real de la fiesta. Los devotos de Uros acusaban a los herejes de haber corrompido la celebración del amor puro y sanador al incluir el culto a los ángeles caídos Alanziel y Lisiel. Los alanzanos creían que era una celebración milenaria de la pasión y la fertilidad, y que los ortodoxos la habían suavizado.

En cualquier caso, era el segundo festejo más importante después del Día de Vaiel. Era habitual celebrar elaboradas fiestas y banquetes, incluso en Cabo Triunfo. Iríamos de nuevo al gran auditorio, a un espléndido baile sufragado por el gobernador y otros políticos. Iban a asistir incluso las chicas que ya estaban comprometidas. Jasper decía que no quería que se lo perdieran, pero yo sospechaba que buscaba exhibirlas con sus prometidos para convencer a los indecisos. Se trataba de un baile de máscaras, algo muy común en Osfrid, pero no tanto aquí. La señorita Culpepper no estaba preparada para aquello, así que tuvo que acelerar los preparativos.

Como siempre, su trabajo «acelerado» resultó tremendamente meticuloso, por mucho que hubiera refunfuñado. A mí me dio un delicado antifaz de filigrana plateada adornado con cuentas de cristal. Era más un adorno que una máscara de verdad, ya que Jasper quería que fuésemos perfectamente identificables. La máscara acompañaba a la perfección mi vestido, de satén blanco adornado con rosas y lazos plateados, que dejaba los hombros al descubierto.

—¿Sabes? —me dijo Mira, como quien no quiere la cosa, mientras se ajustaba su reluciente antifaz rojo—. La tradición de las mascaradas se remonta a los ritos primaverales de los alanzanos, que siempre llevan máscaras. Las hacen con hojas y flores, y se visten como animales del bosque. Los hombres y las mujeres bailan sin saber quién es su pareja.

No había visto a Cedric en todo el día, pero le había oído hablar del baile, así que supuse que no celebraría los ritos alanzanos… a menos que se uniese muy tarde. Me pregunté si habría participado alguna vez y hasta qué punto. La sola idea de bailar con una pareja misteriosa resultaba pagana e inapropiada, por supuesto, pero después de la Estrella de Adviento, noté que me ruborizaba al pensar en su cuerpo contra el mío en un lugar oscuro y silvestre.

Entramos en el vestíbulo con gran algarabía y me impresionó ver que lo habían decorado de forma que rivalizaba con el baile inicial. Las flores, por supuesto, eran el elemento decorativo principal, aunque no eran todas auténticas. Algunas estaban fabricadas con seda y joyas, y caían en complicadas coronas y guirnaldas que brillaban a la luz de las velas. Entre los asistentes había más pretendientes en potencia: la ocasión había reunido a ciudadanos de Cabo Triunfo y de todo Denham. Estaba claro que mis compañeras y yo éramos las más elegantes de la sala, sencillamente porque teníamos acceso a telas más lujosas, pero todos los invitados enmascarados me parecieron realmente fascinantes.

Cedric llegó cuando todo estaba a punto de empezar y, en lugar de enviarme con una pareja acordada de antemano, me enlazó por la cintura para bailar conmigo el primer vals.

—A tu padre no le va a gustar esto —le provoqué.

—Oh, no te preocupes, pronto tendrá muchas más razones por las que enfadarse —dijo Cedric—. Además, desde lejos y con la máscara, quizá ni sepa que soy yo. Para darse cuenta tendría que prestar atención a algo que no fuese él mismo.

Reconocí el tono desenfadado. Era mi turno de soltar una broma. Pero, en lugar de eso, me encontré diciendo algo totalmente distinto:

—Yo te reconocería en cualquier parte, incluso con el rostro cubierto. Es tu forma de moverte y tu olor. Tu presencia…

Me ciñó con más fuerza la cintura, acercándome un poco más a él.

—No me lo estás poniendo nada fácil. Sobre todo porque estoy aquí para decirte que Nicholas Adelton ha accedido a casarse contigo mañana.

—Espero que no te resulte fácil en absoluto decirme eso.

—No, en absoluto.

Nos quedamos en silencio y dejamos que la música y el murmullo de las conversaciones nos rodeara, con los ojos fijos uno en el otro mientras nos deslizábamos por la sala. Sentí el impulso irresistible de apoyar mi cabeza en él, pero aquello no ayudaría precisamente a pasar desapercibidos. Además, tampoco era apropiado en un vals.

A medida que la melodía avanzaba, Cedric apartó los ojos de mí. Había mantenido una expresión contemplativa mientras me miraba, pero entonces frunció el ceño.

—El futuro gobernador acaba de verte. Déjame que te lleve

243

hasta Adelton para el próximo baile. Está de acuerdo con todo pero quería preguntarte algo primero.

Sorprendida, dejé que Cedric me llevase hasta donde estaba Nicholas justo a tiempo para el siguiente baile. Cedric fue absolutamente cortés cuando habló con el abogado, pero siguió mirándome cuando se iba.

—Lamento haber estado ilocalizable —me dijo Nicholas cuando empezamos a bailar. Su antifaz era sencillo, de tela azul—. Mi cliente es amigo de un primo mío, y lo han estafado en un negocio. No podía dejarlo en la estacada.

—Creo que es admirable —dije con sinceridad.

—No puedo luchar contra todas las injusticias del mundo, pero intento hacer lo poco que está en mi mano. Pero basta de hablar de trabajo. —Me sonrió—. El señor Thorn me ha explicado que hay... eh... cierta urgencia con respecto a lo que hemos planeado, y que tendremos que arreglárnoslas para conseguir celebrar la boda a tiempo. No creo que haya problema, pero primero necesito saber si... —Adoptó una expresión insegura—. ¿Estáis segura de que queréis hacer esto? No quiero presionaros. No quiero que hagáis algo de lo que no estéis absolutamente segura. Debéis elegir a quien vos queráis.

Noté un pinchazo en el corazón, no solo por su consideración, sino también por la verdad que sacaba a relucir. ¿A quién quería elegir yo? A Cedric, por supuesto. Pero él no podía permitirse ni siquiera la participación que necesitaba para asegurarse seguir con vida, mucho menos el precio que había que pagar por mí. Cualquier otra cosa habría sido una infracción del contrato y se habría montado un enorme escándalo.

«Puedes acabar con alguien mucho peor que Nicholas Adelton —me dije—. Incluso si eso implica convertirte en Adelaide Adelton.»

Viola, al otro lado de la estancia, cruzó la mirada conmigo en aquel preciso instante. Aquello solo consiguió reforzar mi determinación, y enseguida volví a mirar a Nicholas. Aparté el dolor del corazón, tratando de ignorar cómo cada centímetro de mi ser deseaba a Cedric.

—Sí —le dije a Nicholas—. Estoy segura. Si el señor Thorn puede encargarse de los detalles, quiero hacerlo. Y lo hará. Siempre hace lo que dice que va a hacer.

244

Terminé el baile con un peso en el corazón y creí que el siguiente sería con Warren. En lugar de eso, fue Viola quien me llevó a un extremo del salón.

—Adelaide, querida, siento como si no hablásemos desde hace años.

Era cierto. Aunque había pasado diligentemente varios ratos con Warren, a ella me había esforzado en evitarla.

—Han sido unas semanas muy ajetreadas —dije.

Sonrió, con los labios tensos como los de una serpiente.

—Sí, estoy segura. Pero seguro que muy agradables, sin duda. Warren no para de hablar de lo mucho que ha disfrutado de tu compañía. Estoy segura de que el sentimiento es mutuo.

—Es el sueño de cualquier chica.

—Lo es. Y aun así, sigue soltero. Ni siquiera está prometido. Podrás imaginar cuánto me angustia esta situación, sobre todo ahora que se acerca el día de su partida a Hadisen. —Suspiró dramáticamente—. Me sentiría mucho mejor si todo estuviese atado. Odio los cabos sueltos, ¿tú no? He oído que Silas Garrett también los odia. Su compañero está de camino a Cabo Triunfo. Llegará cualquier día de estos.

Mantuve la sonrisa congelada en la cara mientras la observaba. ¿Sería un farol? Era difícil saberlo.

—Estoy segura de que será un alivio para ellos poder resolver el caso de una vez por todas.

—Y yo estoy segura de que será un alivio para ti no tener que preocuparte más por lo que resuelvan o dejen de resolver. —Como no contesté, su expresión asquerosamente dulce se desvaneció—. Deja de retrasarlo. No encontrarás nada mejor. No correrás el peligro de tener que volver a Osfrid. Haz lo que tienes que hacer y ponle las cosas fáciles a todo el mundo… Porque, te lo aseguro, querida, yo puedo ponértelas mucho más difíciles a ti.

Warren se acercó a nosotras en aquel preciso instante.

—Madre, sois la última persona que esperaba que me robase a Adelaide.

La sonrisa de Viola se tornó beatífica.

—No queríamos aburrirte con detalles… ya sabes, esos detalles que solo nos importan a las mujeres en lo relativo a los preparativos nupciales.

Nos miró a ambas con cara incrédula.

—Nupciales... No me estaréis diciendo que...

—Creo que nuestra querida Adelaide ha dejado de darle vueltas por fin —dijo Viola.

—¿En serio? —Warren me cogió de las manos—. ¿Habéis aceptado? ¡Deberíamos anunciarlo enseguida! Es la noche perfecta.

Aquella tensión angustiosa volvió a apretarme el pecho y tuve que recordarme a mí misma que debía respirar.

—No... no. Nada de anuncios esta noche. Vuestra madre y yo hemos estado charlando de manera informal, pero no podemos adelantar nada... —Me perdí y dejé vagar la mirada por la sala hasta donde estaba Cedric hablando vehementemente con Nicholas. Este sonreía, así que esperé que hubiese buenas noticias—. No podemos adelantar nada hasta que cerremos todos los detalles con los Thorn. El precio del matrimonio, los contratos... No sería apropiado anunciarlo hasta que sea oficial. No me sentiría bien.

246

Viola entornó la mirada y Warren se mostró algo alicaído, pero no apagado del todo. Mientras tanto, mis pensamientos iban a la velocidad de la luz. ¿Qué significaba aquello? ¿Cuánto tiempo me daría? Sin duda los Doyle llamarían a nuestra puerta al día siguiente para cerrar el trato. ¿Podría posponerlo un día más? ¿Quizá dos? Cedric y Nicholas se habían perdido entre la multitud, así que no tenía ni idea de si nuestro plan prosperaba o no. ¿A qué acababa de decir que sí de forma extraoficial?

—Venid —dijo Warren—. Al menos, celebrémoslo con un baile, aunque solo lo podamos festejar nosotros dos.

No tenía escapatoria. Ni ningún aliado. Solo un mar de bailarines enmascarados que se reían y charlaban acerca de la primavera y la renovación de la vida. Sentí que la oscuridad se cernía sobre mí.

—Por supuesto —dije con voz rígida—. Me encantaría.

Bailamos el resto de la noche. Un par de avezados pretendientes le relevaron en dos ocasiones, pero Warren se comportaba de manera tan confiada, como si yo fuera de su propiedad, que los hombres sencillamente se apartaban a nuestro paso. Cuando Aiana me dijo que nuestro grupo se marchaba, apenas me detuve a escuchar las palabras de despedida de Warren ni su promesa de pasar a verme al día siguiente. Asentí educadamente con la cabeza y me apresuré a reunirme con las demás. La noche era cálida y agradable, y necesitaba aire para pensar con claridad. Antes de que apenas pudiese respirar, me metieron en un carruaje y me llevaron directamente a Las Glicinias.

En cuanto llegué a mi habitación, abrí la ventana de par en par y me quedé allí inhalando el aire a bocanadas, tratando de tranquilizarme. No era suficiente. La sensación de estar atrapada que me había invadido en el baile no desaparecía. Necesitaba salir de aquella habitación, de aquella casa... de aquella vida. Me sentía como cuando estaba en Osfro, encerrada en una pequeña jaula que todos admiraban sin saber que me ahogaba. Sin preocuparme por los problemas que pudiese ocasionarme, salí de la habitación aún con el vestido de fiesta, y fue en ese momento cuando me di cuenta de que Mira debería estar allí conmigo. Todas las demás chicas estaban ya en sus habitaciones. Seguí mi camino. Mira estaba en algún lugar tomando sus propias decisiones, cualesquiera que fueran. No podía culparla por eso.

Avancé por el pasillo hasta el rellano que llevaba a la escalera trasera. Subí corriendo hasta el desván, tan deprisa que casi tropecé con la larguísima falda. Cuando llegué arriba, abrí la ventana, y estaba a punto de bajar por el canalón cuando una voz detrás de mí pronunció mi nombre. Me di la vuelta y me encogí cuando una figura enmascarada avanzó hacia mí. Medio segundo después, cuando se disponía a quitarse la máscara, me di cuenta de que era Cedric.

—¿Qué estás haciendo? —preguntó—. Iba a colarme en tu habitación para hablar justo cuando te vi meterte por esta puerta.

—Me voy. Necesito pensar... No puedo pensar aquí. No puedo respirar. Necesito salir un rato. A algún sitio. A cualquier otro sitio. —Empecé a levantar un pie hasta el alféizar, pero él me agarró del brazo y cerró la ventana.

—Cálmate. No puedes bajar por ese maldito enrejado con estos zapatos. —Me obligó a sentarme en el alféizar—. Siéntate y cuéntame qué es lo que va mal.

Me giré hacia él sin salir de mi asombro.

247

—¿Que qué va mal? ¿Cómo puedes preguntarme que qué va mal? ¡Todo va mal! ¡Esta noche prácticamente he accedido a casarme con Warren Doyle!

—¿Prácticamente?

Empecé a pasearme de un lado a otro, haciendo esfuerzos por respirar.

—Su madre... Viola... me ha obligado. No podía decir que no. Lo único que podía hacer era retrasarlo. Les he dicho que sí pero que no podíamos hacerlo oficial hasta que cerraran todos los detalles con vosotros. El papeleo y tal. No sé qué he conseguido con eso. ¿Quizás un par de días? Pero sabes perfectamente que serán implacables; no van a...

—Vale, vale —dijo Cedric, enlazando los dedos con los míos—. Tranquila. Nada está cerrado. No eres suya, aún no. Y no necesitas retrasarlo un par de días. Solo necesitas retrasarlo hasta mañana por la mañana.

Sus palabras me sacaron de aquel estado que rozaba la histeria.

—¿Qué quieres decir?

—Nicholas Adelton quiere seguir adelante; ya deberías saberlo después de haber hablado con él. El apaño que necesitábamos era conseguir que fuese legal, pero he encontrado a un juez que os casará mañana por la mañana en una ceremonia privada. La mayoría, sabedores de que perteneces a la Corte Reluciente, no lo habrían hecho. A este le da igual, siempre y cuando tengas dieciocho años y seas ciudadana de Osfrid. Prepararé todos los papeles esta noche, registraré el pago y te casarás por la mañana.

Estaba estupefacta.

—Por la mañana.

Me estrechó las manos.

—Sí. Esto va a generar un gran revuelo... por decirlo con un eufemismo. Mi padre y el tío Charles. Los Doyle, sobre todo si se aferran a lo que les has prometido esta noche. Pero la ley está de nuestro lado. Incluso tenemos la parte burocrática de nuestro lado. Por mucho que protesten, no podrán hacer nada.

Me daba la sensación de que «protestar» sí que era un eufemismo.

—Tendrás suerte si tu padre te deja seguir aquí y recibir la comisión. Que sea o no suficiente para lo de Westhaven será irrelevante.

—Deja que sea yo quien me preocupe por lo de Westhaven —dijo Cedric con determinación. Se inclinó hacia mí; su presencia era firme y segura—. Lo único que tienes que hacer tú es ir a tu boda mañana por la mañana. Sé que no va a ser la ceremonia lujosa que habías imaginado, pero será bueno contigo. Estarás a salvo.

—No necesito lujos. —Mi respuesta fue tan feroz como la suya—. Puedo ser la señora de un hogar modesto. Puedo ser una compañera encantadora e ir de su brazo a todos los actos sociales. Puedo ser su amiga. Puedo dormir en su cama y...

Las palabras se me quedaron atascadas en la garganta y no pude terminar. Podía hacer todo lo demás con Nicholas Adelton, pero aquello no. Quizá habría podido tiempo atrás, antes de lo de Cedric, pero ya no. Ni siquiera podía decirlo en voz alta.

Cedric me sujetó hasta que estuvimos frente a frente y, con sumo cuidado, me quitó el antifaz del rostro. Había estado tan nerviosa al terminar el baile que ni siquiera me había dado cuenta de que aún lo llevaba puesto. Me había servido para ocultar las lágrimas de mis ojos. Él me las secó y me rodeó la cara con las manos, acercándose tanto que nuestras frentes se tocaban. Ya no había rastro en su mirada de la satisfacción que le producía la victoria con respecto a Nicholas. Ahora no había más que melancolía... y un deseo solo comparable al mío.

—El...

—No. —Le puse un dedo en los labios—. No me llames así. Ese ya no es mi nombre. Soy Adelaide. Mi vida ahora es esta, la que empezó el día que te conocí.

Me sujetó la mano y besó cada uno de mis dedos. Un temblor lo recorrió y apartó la vista.

—No digas eso. No cuando vas a casarte mañana.

—¿Crees que eso cambia lo que siento? —Le agarré la cara con las manos y se la encaré con la mía—. ¿Crees que el hecho de que me case va a cambiar algo? ¿No sabes que yacería contigo en el bosque, bajo la luz de la luna? ¿Que desafiaría las leyes de los dioses y las de los hombres por ti?

No sabría decir quién empezó el beso. Quizá no hubiera comienzo alguno. Quizá fuese sencillamente la continuación de lo

249

que habíamos empezado aquella otra noche bajo las estrellas. Perdida en sus brazos, perdida en él, no podía creer que hubiese pasado toda aquella semana sin tocarle. Sin tocarle de verdad, no aquellos roces furtivos de dedos y piernas. Había bailado con docenas de hombres aquel mes y nunca había sentido ni una sombra de lo que sentía cuando Cedric simplemente me miraba.

Se movió de manera que mi espalda quedó apoyada contra la ventana, y lo atraje todo lo que pude hacia mí. Deshice el recogido de su cabello, dejándolo suelto enmarcando su rostro. Rozó con delicadeza la piel que dejaba al descubierto el vestido, en uno de los hombros, y luego acercó los labios. El calor de su boca contra mi piel desnuda fue mi perdición, y arqueé el cuerpo contra el suyo. Se apartó atropelladamente, respirando con dificultad.

—Una vez me dijiste…

—¿Que quería mantener la virtud hasta mi noche de bodas? —aventuré—. Es cierto. Es uno de mis principios. Pero tengo una definición muy creativa de la virtud. Y, si esta es la última noche que puedo estar contigo, pienso forzar todo lo posible los límites de dicha definición.

Pegó su boca a la mía de nuevo, con una urgencia que me hizo estremecerme. Subió las manos por mis caderas… arriba y más arriba, hasta alcanzar el borde superior del corpiño. Recorrió la línea del escote y, a continuación, empezó a desatar los intrincados cordones de plata que lo ceñían al tronco. Estaba a punto de arrancarle la levita del traje cuando, de repente, se abrió de par en par la puerta del desván.

Mira me había advertido que sospechaba que alguien más estaba usando aquella ventana para escaparse por las noches, pero nunca se me había ocurrido que podía cruzarme con ese alguien.

Y, por supuesto, nunca pensé que ese alguien podía ser Clara.

19

*D*ecir que hubo efectos colaterales sería quedarse corto.

Había tenido muchos temores desde que llegué a Adoria. Me daba miedo que me obligaran a casarme con alguien a quien no quería. Me preocupaba que llegara a descubrirse mi identidad y me llevaran de vuelta a Osfrid. Y, sobre todo, siempre había temido que a Cedric lo ejecutaran por hereje.

Pero que me requiriesen en el despacho de Charles y Jasper por comportamiento indecente era algo que jamás se me había pasado por la cabeza.

—¿Vosotros sabéis lo que habéis hecho? —gritó Jasper—. ¿Tenéis la menor idea de lo que habéis hecho? ¡Esto va a ser nuestra ruina!

Cedric y yo estábamos sentados en sendas sillas rígidas de madera mientras Jasper se paseaba ante nosotros con las manos a la espalda, como un abogado en la sala de un juzgado. Charles estaba apoyado en la pared de enfrente y aún parecía tener dificultades para encajar del todo lo ocurrido. Era la mañana después del «incidente». La noche anterior nos habían mandado a nuestras respectivas habitaciones, con hombres de la guardia para que nos vigilaran por si intentábamos huir.

—Creo que la palabra «ruina» es algo excesiva —dijo Cedric con voz calmada.

—Ah, ¿sí? —Jasper se detuvo frente a nosotros. Los ojos le llameaban de furia—. ¿De verdad crees que no va a circular el rumor? Porque, te lo aseguro, ya ha corrido el rumor. El resto de las chicas están bajo custodia, pero los criados y la guardia lo saben. Todo Cabo Triunfo estará al corriente antes de que acabe el día, y no se nos va a acercar ningún hombre. No soy ingenuo. Sé que muchas de estas chicas no llegaron siendo doncellas inexpertas —Charles pareció sorprendido ante tal revelación—, pero siempre hemos preservado una imagen de pureza, siempre hemos dejado que nuestros clientes potenciales creyesen que la virtud de sus esposas seguía intacta. Ahora va a ser difícil convencerlos, al menos en este caso.

La mención de la virtud me hizo recordar las palabras que tan alegremente había pronunciado la noche anterior: «Tengo una definición muy creativa de la virtud».

—No ocurrió nada. —Cedric mantenía la cabeza sorprendentemente fría, dada la situación. Quizá fuese el resultado de todos aquellos años lidiando con los arranques temperamentales de su padre—. Su virtud sigue intacta.

Noté un violento rubor en las mejillas.

—Es todo mentira. Clara ha intentado que pareciera más grave de lo que en realidad fue.

—Bueno, por lo menos reconocéis que el asunto es grave, para empezar —espetó Jasper—. La verdad no importa. La tergiversarán, y a peor. Una vez que el rumor esté lo suficientemente extendido, te tacharán de desvergonzada al mismo nivel que a una ramera alanzana despatarrada en el césped. Todo el mundo sabrá que mi hijo ha hecho de las suyas con una de nuestras chicas. Y todos creerán que la historia es cierta y que aquí los hombres han estado probando la mercancía antes de tiempo.

No me gustaba que se refiriese a mí como mercancía, pero el resto de sus palabras me impactaron hasta un punto que no esperaba. El silencio de Cedric denotaba que a él también le habían afectado. Al ver que había logrado su objetivo, Jasper añadió:

—Sé que creéis que soy inflexible, que voy demasiado lejos para obtener beneficio. Y quizá sea cierto, pero siempre me he esforzado por mantener la buena reputación de mi negocio. Ahora todos lo pondrán en tela de juicio.

—Entonces lo arreglaré —dijo Cedric—. Me casaré con ella.

—Cedric… —empecé a decir. La idea de casarme con él no me suponía problema alguno, pero él sabía que los obstáculos que se interponían en nuestro camino eran prácticamente insorteables. Jasper también lo sabía.

—¿Tienes una fortuna ahorrada de la que no tengo noticia? ¿Escondes un alijo de oro debajo de la cama con el que poder pagar su precio?

Cedric tensó la mandíbula. Odiaba ver cómo lo humillaba, pero Jasper tenía razón. Cedric ni siquiera tenía aún el dinero suficiente para adquirir su participación, no hasta que se solucionara el asunto del cuadro... si es que se solucionaba. Y estaba claro que mi comisión ya no se la iba a llevar.

—Aún le queda tiempo de contrato —contestó Cedric—. Conseguiré reunir el dinero. —Estaba a punto de decir que Cedric tenía mejores cosas en las que gastarse el dinero, con la esperanza de que entendiera que lo decía por Westhaven, pero entonces dijo algo que me dejó de piedra—: La amo.

Una sensación de felicidad se abrió paso en mi interior. Era la primera vez que el tema del amor había surgido entre nosotros, aunque no creía que ninguno de los dos albergara duda alguna de que estaba ahí. A pesar de que sabía que provocaría el descontento de Jasper, busqué la mano de Cedric y la estreché.

—Yo también lo amo a él.

Jasper puso los ojos en blanco.

—Es conmovedor pero, desafortunadamente, vivimos en el mundo real, no en una novela romántica barata.

Charles carraspeó, con expresión indecisa.

—Quizá... quizá podríamos prestarle el dinero. Después de todo, somos su familia.

—No —dijo Jasper sin dilación—. No habrá ningún trato especial. Ha vulnerado las normas y sufrirá las consecuencias. Si alguien se entera de que ha recibido un trato preferente, eso solo conseguirá empeorar las cosas y confirmar la idea de que nos tomamos libertades. Tendrá que lidiar con este desastre igual que lo haría cualquier otro.

—Ambos lidiaremos con esto —le corregí.

Llamaron a la puerta antes de que Jasper pudiera volver a poner los ojos en blanco. Le hizo un gesto a Charles para que abriera y suspiró.

—Espero que no sea otra de las chicas con alguna excusa para ver qué está pasando aquí. Estoy seguro de que están todas detrás de la puerta intentando enterarse de todo.

Pero no era ninguna chica curiosa, sino la señorita Cul-

253

pepper, quien apareció en el umbral cuando Charles abrió la puerta.

—Disculpen —dijo con cara de circunstancias—, pero están aquí el señor Doyle y su madre. No estaba segura de si debía pedirles que se marcharan o no.

Jasper gruñó y se tapó los ojos con la mano un instante.

—Otra cosa más que se va a pique por culpa de esta debacle. Ya os he dicho que el rumor se extendería. —Deliberó un momento y después le hizo un gesto afirmativo a la señorita Culpepper—. Sí. Que pasen. Vamos a enfrentar ahora mismo la comprensible indignación de esta familia. Es lo mínimo que os merecéis.

Warren y Viola entraron enseguida. Ambos iban vestidos de manera excepcionalmente formal para una visita matutina; el color oscuro de sus ropas parecía enfatizar la gravedad de la situación. Enseguida me di cuenta de que ya sabían lo que había ocurrido. Jasper le cedió personalmente el asiento a Viola y Charles colocó a toda prisa las sillas del despacho en semicírculo, como si aquello fuese una reunión amistosa en un salón.

La exasperación previa de Jasper se había desvanecido. Había entrado en modo espectáculo y no iba a mostrar debilidad ante los Doyle.

—Señora Doyle —empezó—. Siempre es un placer recibiros en nuestro hogar. Le aseguro que estáis más encantadora cada vez que...

Ella se puso en pie y levantó una mano para obligarle a guardar silencio.

—Oh, dejad vuestras peroratas de vendedor. Ya saben a qué hemos venido. —Me señaló con un dedo acusador—. Exigimos justicia para el pésimo y deshonesto comportamiento de esta...

—Madre —la interrumpió Warren—. No es eso a lo que hemos venido. Aunque estoy seguro de que todos podrán imaginar nuestro asombro cuando esta mañana se presentó un mensajero en nuestra casa para comunicarnos la... eh... noticia.

Jasper exhibió una perfecta expresión de remordimiento.

—Y yo estoy seguro de que podrán imaginar lo muchísimo que lamentamos cualquier malentendido que haya podido derivarse de nuestras últimas conversaciones.

—¿Malentendido? —Viola abrió los ojos de par en par—. ¡¿Malentendido?! Esa chica dijo anoche que se casaría con mi hijo. Y, por lo que nos han dicho esta mañana, a continuación se fue directa a la cama de vuestro hijo. Eso no me parece un ridículo malentendido.

—Una vez más —dijo Jasper—, insisto en que lamentamos muchísimo las inconveniencias. Tienen toda la razón para estar disgustados.

—Disgustados, sí… —Warren parecía vacilar mientras nos miraba a Cedric y a mí, alternativamente—. Pero no necesariamente sorprendidos.

Hasta Jasper perdió la compostura.

—¿Lo sabíais?

Warren hizo un gesto señalándonos a Cedric y a mí.

—¿Esto en concreto? No, no, por supuesto que no. Pero siempre supe que había algo que la frenaba. Por más que suplicaba, por más que me esforzaba en exponer argumentos intachables… nada funcionaba. Yo no dejaba de preguntarme qué motivos podía tener para no aceptar mis proposiciones. Ahora lo entiendo.

—Maldita conspiradora y…

—Madre —advirtió Warren. Su comportamiento cívico para con nosotros parecía ponerla furiosa a ella y, para ser sincera, yo también estaba sorprendida por su actitud—. Decidme, señor Thorn, ¿qué ocurrirá ahora?

Jasper volvía a pisar territorio conocido.

—En primer lugar, tendréis prioridad absoluta para intimar con cualquiera de las chicas que aún siguen sin estar comprometidas. Y, por supuesto, habrá un descuento sustancial en…

—No —dijo Warren—. Me refiero a qué ocurrirá con ellos.

Prácticamente podía ver los engranajes dando vueltas en la cabeza de Jasper mientras trataba de discernir cómo sortear aquella situación manteniendo intactos su negocio y su reputación.

—Bien, señor Doyle, quiero que sepáis que esta institución es prístina. El honor y la virtud son valores que priorizamos por encima de todo. No dudo de que lo que habrá llegado a vuestros oídos será una sórdida exageración de lo que ocurrió anoche, cuando la verdad es mucho más tediosa, me temo. Mi hijo y esta joven, por supuesto, planean casarse.

255

Cedric y yo intercambiamos una brevísima mirada perpleja al ver que Jasper se apuntaba de repente a aquel plan.

—Qué amable. —La voz de Viola era gélida—. Le vais a dar a vuestro hijo un regalo reluciente y hermosamente envuelto. Uno muy caro, teniendo en cuenta lo que pretendíais cobrarnos a los demás.

—Y él pagará el mismo precio —dijo Jasper—. Nadie recibirá un trato especial en lo referente a nuestras chicas. No hay regalos que valgan. Antes de poder casarse, tendrá que pagar el mismo precio de partida que tendría que haber pagado cualquier otro hombre.

Viola miró a Cedric, incrédula.

—Joven, decidme, si puede saberse, ¿de dónde pensáis sacar ese dinero? ¿Tan bien os paga vuestro padre?

—Aún estamos ultimando los detalles, señora Doyle —contestó Cedric.

Warren nos dedicó una sonrisa indulgente.

—Quizá yo pueda ayudar a que los ultimen más fácilmente.

Por la forma en que Viola giró la cabeza para mirar a su hijo, estaba claro que aquello era un giro de la situación que no estaba planeado. Nadie en la estancia sabía qué esperar, y yo no tenía ninguna razón para pensar que fuese a ser nada altruista, a pesar de la sonrisa que Warren me dedicó.

—Adelaide, me habéis oído hablar en numerosas ocasiones de los yacimientos de oro de Hadisen y de que no tenemos hombres suficientes para trabajar en ellos. Yo soy propietario de varios, y allí están, sin más, sin que nadie haga nada con ellos. Me gustaría proponerle al señor Thorn que se haga cargo de uno de estos terrenos y trabaje en él por mí.

Aquello nos dejó a todos sin habla. Después de un minuto a lo largo del cual tratamos de procesar la información, Jasper, cómo no, fue el primero en hablar.

—¿Queréis que mi hijo se encargue de uno de vuestros yacimientos de oro? ¿Mi hijo? Sabéis que es estudiante universitario, ¿verdad? Estudia para ser empresario. Nunca en su vida ha llevado a cabo un trabajo físico. Ni siquiera le gusta estar al aire libre.

Me pregunté qué pensaría Jasper si supiera la verdad acerca de las prácticas espirituales de su hijo.

—Disculpadme si parezco desagradecido, pero ¿podéis explicarme cómo me ayudaría esto? —preguntó Cedric.

—Yo poseo las tierras, pero vos tendríais derecho a trabajarlas y llevar el control —explicó Warren—. Y podéis quedaros con el oro que extraigáis, después de pagarme la comisión correspondiente, por supuesto. —Sonrió—. ¡Si tenéis suerte, podría iros muy bien y conseguiríais resolver todos vuestros problemas financieros!

—Pero a la mayoría de la gente no le va bien así porque sí —apuntó Jasper—. De lo contrario, Hadisen y las demás colonias del oro estarían llenas de mansiones en lugar de chozas. Vuestra oferta es muy amable, pero el precio de Adelaide debe ser abonado en menos de dos meses para que pueda cumplir los términos y condiciones de su contrato. No hay ningún aval de eso.

—Yo lo avalaré —dijo Warren—. Si no conseguís el dinero suficiente en el tiempo restante, yo mismo liquidaré el contrato, y la deuda entonces la tendréis conmigo.

La expresión de Warren era franca e inocente, pero un escalofrío me recorrió la espalda. No me gustaba la idea de que Cedric estuviera en deuda con nadie, ni mucho menos con Warren. Y, además, no me fiaba de la generosidad de Warren en este asunto. A su madre tampoco parecía gustarle.

—Warren —le regañó—. ¡Esto es ridículo! No tienes por qué dejarle explotar ningún yacimiento. No le debes nada. ¡Se suponía que veníamos aquí a expresar nuestra indignación y contratar a un abogado para presentar una querella formal! Cuando hablamos esta mañana nunca mencionamos nada de ayudarles a prolongar esta relación ilícita.

Warren se giró hacia ella, exasperado.

—¿Y para qué va a servir eso, madre? ¿Para ayudarte a aliviar tu dolor? ¿O acaso esperas que los acose para que me permitan casarme con una mujer cuyo corazón pertenece a otro?

—¡No, eso ya no lo queremos! No ahora que es mercancía usada.

Me puse en pie como un resorte, indignada ante el hecho de que volvieran a referirse a mí como mercancía, y de forma mucho menos halagadora.

—Disculpadme, señora Doyle, pero aquí no hay nada

257

usado. Aún soy virgen y lo seguiré siendo hasta mi noche de bodas. Es cierto que esta situación ha tomado un rumbo que ninguno esperábamos, pero mis principios continúan intactos.

Viola cruzó los brazos.

—No me gusta, Warren. No me gusta en absoluto.

—¡Y a mí no me gusta que no tengamos a nadie para extraer el oro en Hadisen! Los invasores han empezado a llegar hasta la colonia. Quiero hombres honrados y trabajadores en quienes pueda confiar en esas tierras, hombres obedientes que sigan las normas. ¿Que si me habría gustado casarme con Adelaide? —Sus ojos se detuvieron en mí durante una fracción de segundo mientras me sentaba de nuevo junto a Cedric—. Sí. Pero, como ya he dicho, no podría casarme con ella sabiendo que ama a otro. Así que, en lugar de una esposa, tengo un posible colono. El señor Thorn es exactamente el tipo de persona que necesito para convertir Hadisen en una gran colonia, contando con que quiera quedarse. Una vez que paguéis vuestra deuda, no tendréis obligación alguna de permanecer allí, señor Thorn. Pero nuestra colonia va a necesitar gente como vos, como ambos, para llegar a ser un lugar civilizado.

Conociendo como conocía la opinión de Warren con respecto a los alanzanos, no creía que fuésemos a querer quedarnos a vivir en Hadisen. Pero eso no importaba. No podíamos aceptar aquella oferta.

—Acepto —dijo Cedric—. Trabajaré en vuestro yacimiento como parte del acuerdo para pagar el precio del contrato de Adelaide.

Apreté la mandíbula para no abrir la boca de par en par. Dadas las circunstancias, no tenía intención de mostrar nada que no fuese un acuerdo tácito en todo con Cedric. Pero cuando estuviésemos solos, pensaba decirle exactamente lo terrible que era aquel plan. Jasper expresó mis pensamientos por mí.

—¿Estás loco? ¿Qué sabes tú de la extracción de oro?

—No más que la mayoría de los aventureros que parten a las colonias. Seguro que puedo aprender —dijo Cedric.

Warren asintió.

—Por supuesto. Nosotros os enseñaremos. El bateo es la técnica más básica para la extracción de oro y, una vez aprendáis esa, podréis evolucionar.

—Con una condición —añadió Cedric. Me cogió de la mano otra vez—. Que Adelaide venga conmigo.

—En primer lugar —masculló Viola—, no estáis en posición de poner condiciones. Y, en segundo, no podréis casaros antes de que se cierren todos los detalles financieros. A menos que planeéis algún otro tipo de arreglo pecaminoso.

Cedric sacudió la cabeza.

—Por supuesto que no. Pero, teniendo en cuenta los rumores y calumnias que van a extenderse por Cabo Triunfo, creo que lo mejor para ella es apartarse de todo eso e irse lo más lejos posible.

Nuestras miradas se cruzaron un breve instante y, de aquella forma tan personal nuestra, entendí sus motivaciones reales. Sacarme de Cabo Triunfo aumentaba mi protección en caso de que Viola decidiera vengarse y revelar mi identidad. Sería mucho más fácil esquivar a los cazarrecompensas en la selva que en la ciudad.

—Yo le ayudaré a extraer el oro —dije—. He leído mucho acerca de la técnica del bateo, creo que podría hacerlo.

—Que viváis con él en el yacimiento solo avivaría los rumores, sin importar lo virtuosos que sean vuestros principios —me dijo Warren—. Pero hay familias que viajan con niños pequeños, y estoy seguro de que muchas estarían interesadas en tener una institutriz con vuestra educación. Podemos arreglarlo para que viváis con una de ellas, aunque quizá tendríais que encargaros de algunas tareas del hogar. Y las condiciones de vida serán duras.

—Estoy segura de que las tareas del hogar no serán un problema, dados sus orígenes humildes —se entrometió Viola.

—No me da miedo el trabajo duro —dije con resolución.

Jasper me miró largamente.

—Eres tan inocente como mi hijo. Por muy duro que trabajaras como dama de compañía, no será nada en comparación con lo que encontrarás en la frontera.

—Haré lo que sea necesario.

Warren juntó las manos, con el rostro iluminado.

—Bueno, entonces está hecho. Partimos en una semana, yo me encargaré de los preparativos.

A pesar de mi declaración, aún no me convencía nada de

259

aquello. No es que fuese demasiado bueno para ser cierto, pero casi. Necesitaba hablar con Cedric largo y tendido, pero no sabía si nos volverían a dejar a solas alguna vez. Jasper no parecía decidido. No creía que pudiéramos soportar la vida en la frontera. Yo sospechaba, además, que no quería que tuviésemos un final feliz después de todos los problemas que le habíamos causado. Por otra parte, cerrar aquel asunto de manera honorable —con la aprobación de un hombre de la reputación de Warren, que me había estado cortejando— podía salvar las apariencias y garantizar que el negocio no se viese afectado en el futuro.

—Gracias —le dije a Warren—. Sois muy considerado.

Una mirada de anhelo cruzó su rostro.

—Es un placer…

La puerta se abrió de golpe y, para sorpresa de todos, entró Mira. Jasper le lanzó una mirada furiosa.

—Os he dicho que no…

—¡Están aquí! ¡Están aquí! No sé cómo, pero están aquí. —Mira estaba sin resuello y con los ojos abiertos de par en par.

—¿Quiénes? —preguntó Jasper. Creo que esperaba un aluvión de pretendientes iracundos.

—¡Las demás chicas! El otro barco. —Mira se giró hacia mí—. ¡Adelaide! ¡Tamsin está viva!

20

Corrí junto a las demás, casi tropezándonos unas con las otras para intentar cruzar el umbral de la puerta a la vez. El vestíbulo era un auténtico caos. Un grupo de al menos veinte personas se apiñaba en el reducido espacio, y las chicas bajaban a todo correr por las escaleras para sumarse al desbarajuste. El ruido de una docena de conversaciones se entremezclaba en el aire y resultaba prácticamente indescifrable. Miré a mi alrededor un momento, incapaz de entenderlo, y entonces la vi al otro lado de la estancia: una cabeza brillante y pelirroja.

—¡Tamsin!

Me abrí paso a codazos entre la multitud, sin importarme si me llevaba a alguien por delante. Ella se giró al oír mi voz y mi corazón se regocijó al ver aquel rostro tan familiar. Me abalancé hacia ella y casi la tiro al suelo del abrazo tan enorme que le di. Me daba igual si me odiaba y me apartaba. Lo único que importaba era que estaba viva y que podía estrecharla entre mis brazos. Era de verdad, de carne y hueso. Mi amiga había vuelto a mí.

Y no me apartó. Me devolvió el abrazo, estrechándome con fuerza.

—Ay, Adelaide… —empezó a decir. Los sollozos no la dejaban hablar. Un instante después apareció Mira y nos rodeó con los brazos a ambas. Nos quedamos allí un rato muy largo, las tres juntas, radiantes de alegría a pesar de nuestras lágrimas.

—¿Dónde has estado, Tamsin? —susurré cuando por fin pude apartarme—. ¿Dónde has estado? Creíamos… creíamos…

Los ojos castaños le brillaban a causa de las lágrimas.

—Lo sé, lo sé. Lo siento. Ojalá hubiésemos podido avisaros antes, y siento todo lo que pasó en Osfrid...

—No, no. —Le apreté la mano—. No tienes que pedir perdón por nada.

Hasta aquel momento, solo había mirado a Tamsin a la cara, observando de nuevo los rasgos de aquella amiga a la que tanto apreciaba. Pero ahora, tras recuperar el aliento, me fijé más. Llevaba un vestido azul grisáceo oscuro, de tela sencilla. No tenía adornos ni florituras de ningún tipo. El cabello le caía sobre los hombros sin ningún tipo de peinado elaborado y lo llevaba cubierto con un pañuelo. Miré a mi alrededor y vi que el resto de las chicas desaparecidas iban vestidas de forma similar.

—¿Qué os ha pasado? —pregunté.

Antes de que Tamsin pudiera contestar, un estruendoso ruido monopolizó nuestra atención. De manera gradual, todas las chicas se fueron girando y el murmullo de las conversaciones se acalló. Jasper, que quería hacerse oír, estaba subido a una silla. Estaba segura de que nunca le había visto tan genuinamente feliz.

—¡Amigos! ¡Amigos! Están presenciando un auténtico milagro. Algo que nadie creía posible. ¡Acabo de ser informado de que, como sin duda pueden apreciar, el *Albatros Gris* no se perdió en el mar! Sufrió graves daños debido a la tormenta y navegó a la deriva, muy al norte, hasta la colonia de Grashond.

Me volví hacia Tamsin, incrédula. Las colonias septentrionales tenían fama de ser muy duras, tanto por las condiciones climáticas como por su población. Además, estaban a casi cuatrocientas millas.

Jasper miró alrededor. Parecía que alguien le hubiese puesto una bolsa gigante de oro a los pies. Y supongo que, en parte, alguien lo había hecho.

—¿A quién tengo que darle las gracias por esto? ¿A quién debo agradecer el haber salvado a mis chicas?

Por un momento, no ocurrió nada. Ahora que me fijaba, a las chicas desaparecidas las acompañaban varios hombres que parecían marineros. Había otra gente desconocida vestida con ropas sencillas como las de Tamsin, y empujaron a uno de ellos para que diese un paso al frente. Era un joven de cabello rubio oscuro y con un semblante sorprendentemente sereno, dada la situación.

—No puede decirse que las salvase una sola persona, señor Thorn —dijo—. Toda nuestra comunidad se unió para cuidar de ellas hasta que los caminos estuviesen despejados para poder emprender el viaje.

Una chica de la Corte Reluciente que yo no conocía tomó la palabra.

—Pero el señor Stewart fue quien nos defendió. Fue él quien se aseguró de que tuviésemos un lugar donde quedarnos... y oficios para mantenernos ocupadas.

—En ese caso, estoy en deuda con vos, señor Stewart —dijo Jasper, haciendo una exagerada reverencia—. No las habéis salvado solo a ellas, sino a todos nosotros. Gracias.

El aplomo del joven pareció zozobrar ante tanta atención y admiración.

—Podéis llamarme Gideon. Y no tenéis por qué darme las gracias. Era nuestro deber para con Uros. Lo único que lamento es que hayáis estado preocupados por ellas tanto tiempo. Los caminos no han sido transitables para viajar ni para enviar mensajeros hasta hace muy poco.

—Lo importante es que están aquí, y decid lo que queráis, pero os debemos mucho; me gustaría hablar de ello con más calma. Pero primero necesito discutir unos asuntos comerciales con estos caballeros. —Señaló a los marineros con un gesto—. Mientras tanto, Gideon, mi hermano y mi hijo estarán encantados de acompañarlos a nuestra sala de visitas. Estoy seguro de que les vendrá bien un refrigerio después del viaje. Tengo un brandy excelente que llevo mucho tiempo reservando.

—No bebemos alcohol —dijo Gideon.

Jasper se encogió de hombros.

—No pasa nada, encontraremos algo que puedan beber. Agua, lo que sea. Señorita Culpepper, ¿podéis encargaros de las muchachas nuevas? Seguro que ellas también necesitan un refrigerio. —Miró a algunas de ellas de soslayo—. Arreglaremos el tema de la ropa con ayuda de las demás, sobre todo de las que ya están comprometidas.

263

—Veré qué puedo hacer —dijo la señorita Culpepper—. Y me aseguraré de que tengan todas habitación.

Atraje a Tamsin hacia mí.

—Ella se queda con nosotras —dije.

A nadie parecía importarle dónde se quedase cada una mientras hubiese sitio para todas. La segunda planta de la casa se puso en marcha de inmediato mientras les enseñaban las habitaciones a las chicas, y todas revolvimos nuestros armarios para darles ropa a las recién llegadas. Mira y yo estábamos repasando nuestra colección de vestidos cuando Heloise entró en nuestra habitación con los brazos repletos de vestidos verdes. Le dedicó una cálida sonrisa a Tamsin.

—Tú eras la esmeralda, ¿verdad? Yo heredé tu puesto, pero ya no necesito todo esto. Ahora estoy comprometida.

—Felicidades, y gracias. —La sonrisa de Tamsin fue igual de auténtica, solo que teñida de agotamiento. Una vez que Heloise se hubo marchado, Tamsin se dejó caer en la cama y puso los vestidos hechos un gurruño a su lado—. Si os soy sincera, ahora me da igual de qué color vestirme siempre y cuando no tenga que ser con esta condenada lana barata.

Me senté a su lado.

—¿Tan horrible era aquello?

—Horrible no, no exactamente. —Tamsin frunció el ceño, perdida en sus recuerdos—. Pero sí muy, muy diferente de lo que estamos acostumbradas. Gideon decía la verdad, ellos nos cuidaron, y eso es lo único que importa.

Yo quería saber más detalles de su estancia en el norte, pero Tamsin se mostraba reacia. Los colonos de Grashond —que se hacían llamar «los Herederos de Uros»— se libraban por poco de ser tachados de herejes a ojos de la iglesia ortodoxa. Los Herederos celebraban las mismas liturgias que nosotros y respetaban la importancia de los sacerdotes y las iglesias como el camino hacia Uros, pero lo hacían de manera extremadamente sencilla. No tenían grandes catedrales. No se hacían regalos ni adornaban las casas en las fiestas. No se excedían con la comida y la bebida. No vestían ropas historiadas.

Cuando Mira sugirió que fuese a asearse, Tamsin no perdió la oportunidad. Cuando se hubo marchado, Mira me explicó:

—Quizá no haya sido horrible, como ha dicho, pero seguro que no ha sido fácil. Y debe de haber estado aterrorizada. A veces, cuando pasas por algo así, necesitas tiempo hasta que quieres hablar de ello.

Cuando Tamsin volvió, aseada y ataviada con uno de los vestidos de popelina de seda de Heloise, parecía la de siempre... era la de siempre.

—Bueno, más me vale recordar mis modales y acostumbrarme a maquillarme y peinarme de nuevo —dijo enérgicamente—. Llegamos con retraso, pero pienso recuperar el tiempo perdido. Espero que hayáis dejado algún hombre para nosotras. Vosotras seguro que ya tenéis un montón de ofertas.

—No tantas, al menos no de las... eh... oficiales —dijo Mira—. Pero yo miro al futuro con optimismo.

Tamsin se volvió hacia mí.

—¿Y tú? Es imposible que no te hayan hecho todo tipo de ofertas ya. ¿Te has decidido ya por algún joven prometedor?

Como no contesté, Mira se echó a reír.

—Se ha decidido por algún joven, sí. De hecho, creo que vuestra llegada ha interrumpido las capitulaciones matrimoniales.

A Tamsin se le iluminó la cara.

—¡Excelente! ¿Qué tipo de hombre es? ¿A qué se dedica? ¿Trabaja en el gobierno? ¿Se dedica al transporte?

—Es el hijo de un taimado hombre de negocios que comercia con mujeres casaderas y otras mercancías de lujo en el Nuevo Mundo —dije.

—¿Pero qué...? —La confusión se apoderó del hermoso rostro de Tamsin—. Eso no tiene ningún sentido... No será...

Suspiré.

—Es Cedric.

Tamsin no fue capaz de formular palabra alguna, así que Mira tomó la palabra de nuevo.

—Es verdad. Adelaide ha montado un buen escándalo. Vuestro regreso es lo único que podía superar este drama.

Expliqué la situación lo mejor que pude, incluido el trato de Hadisen. Mira no había oído aquella parte aún. Mantuvo una expresión neutra, pero Tamsin iba mostrando cada vez más incredulidad en el rostro a medida que la historia avanzaba.

265

—¿En qué estabas pensando? —exclamó—. ¿Has rechazado a un futuro gobernador por... un estudiante pobre?

—Bueno, ha dejado la universidad. Y no es pobre. —Reconsideré un momento lo que había dicho—. Digamos que... no tiene recursos. Pero estoy segura de que eso va a cambiar.

—Esto —declaró Tamsin— no habría ocurrido si yo hubiese estado aquí para cuidaros. Mira, ¿cómo has podido apoyarla en esto?

—Yo no tenía la menor idea —admitió Mira.

—¡Pero si compartís habitación! ¿Cómo es posible que no lo supieras?

Se produjo un silencio incómodo. Una sombra de aflicción cruzó el rostro de Mira, y yo adiviné sus pensamientos. En circunstancias normales, seguro que habría notado que algo iba mal. Pero ambas sabíamos que Mira había estado ocupada con sus salidas clandestinas, aunque yo aún no sabía el motivo de las mismas.

Un golpe en la puerta nos sacó de nuestro ensimismamiento, y cuando abrí resultó ser Cedric.

—No deberías estar aquí —dije, escudriñando el pasillo detrás de él—. ¿Quieres meternos en más líos aún?

—Creo que eso es imposible. —Cerró la puerta tras él—. Y además, con todo lo que está pasando, nadie se va a dar cuenta. Necesitaba encontrar la ocasión de hablar contigo. Bienvenida a casa, Tamsin. Me alegro de verte.

Ella lo miró con desaprobación.

—Ojalá pudiera decir lo mismo. He oído que has metido a mi amiga en un buen lío.

Él le sonrió sin inmutarse.

—Bueno, ella también me ha metido en un buen lío a mí.

—Cedric —dije—, sabes que el plan de Hadisen es una idea terrible, ¿verdad?

—Podría ser la solución a nuestros problemas financieros. Y —añadió, imprimiendo intención a sus palabras— serviría para sacarte de Cabo Triunfo.

—Es que no creo que Warren se haya rendido tan fácilmente. Esto es un ultraje para él. Debería estar furibundo.

—Probablemente lo esté —coincidió conmigo Cedric—. No soy tan ingenuo. Pero quizá esto le sirva para salvar las apariencias si finge que no le molesta. Podría haber otra razón, pero prefiero aprovechar la oportunidad que se me presenta en Hadisen.

Tamsin se puso recta.

—Entonces, el tal Warren está disponible, ¿verdad?

—Supongo —dije, sorprendida—. Y está deseando encontrar una esposa... pero solo tiene una semana antes de irse.

—No necesito más. —Tamsin miró a Cedric—. Si puedes concertarme alguna cita con él.

—Es muy pronto —dije—. Incluso para ti.

Mira asintió, dándome la razón.

—Tamsin, esta semana tienes que descansar y recuperarte... no ponerte a perseguir a un hombre nada más volver. Tranquila. Deja que Warren se vaya. Hay más hombres.

Estudié a Mira con curiosidad pero, como siempre, su expresión no denotaba nada en absoluto. Recordé sus numerosos esfuerzos para encandilar a Warren. Ahora que estaba disponible, ¿sería posible que estuviese intentando no tener que competir con Tamsin?

—Algo me dice que pronto dejaré de formar parte del negocio familiar —le dijo Cedric a Tamsin—. Pero si quieres ponerte manos a la obra, mi padre no pondrá ninguna objeción. Sé que le gustaría cerrar un trato con Warren, si es que de verdad te interesa.

Tamsin nos miró alternativamente a Mira y a mí. Era obvio que iba a ignorar nuestras recomendaciones de que descansara.

—¿Hay alguna razón por la que no debería interesarme? —preguntó.

Nadie respondió de inmediato. Por fin, hablé yo.

—Es agradable la mayor parte del tiempo... Aunque a veces es un poco cerrado de miras...

—¿Cerrado de miras en qué sentido? —preguntó Tamsin con más interés del que yo esperaba.

—La religión. Los icori. No más que la mayoría por aquí, supongo. Pero su madre sí que es terrible. Es con ella con quien debes tener cuidado.

—Las suegras siempre son terribles —dijo Tamsin con frivolidad—. Dejadme que conozca a Warren y veré si merece la pena perder el tiempo con él.

Cedric se dio la vuelta y me cogió ambas manos. El gesto en público me sorprendió.

—Ahora todo irá muy rápido —dijo—. Tenemos una semana. La mayoría de los colonos de Hadisen llevan meses preparándose.

Yo le estreché las manos.

—Bueno, si vamos a hacer esto, lo haremos bien. ¿En qué puedo ayudar?

—Yo me encargaré de casi todo: el equipo, la investigación acerca del yacimiento... —Rebuscó en uno de sus bolsillos y me dio una bolsa de monedas de plata—. Puedes ayudarme encargándote de tu propia ropa.

—¿Cómo que encargándome, a qué te refieres?

Hizo un gesto señalando mi vestido de organza.

—Esto no te servirá en Hadisen. Necesitas algo que aguante el clima y que sea resistente.

—Había asumido que me remendarías los rotos tú.

Parte de la tensión se desvaneció.

—Bueno, la primera vez no me disgustó tanto.

—¡Lo sabía! No se te da tan bien disimular como crees.

—Creo que eras tú la que no estaba disimulando nada...

—Agh —gruñó Tamsin detrás de mí—. ¿Podéis parar? Acabo de pasar por una situación traumática. No me hagáis pasar por otra.

Cedric le sonrió, pero ella le devolvió una mueca. Volvió a girarse hacia mí y me cerró la mano sobre la bolsa con el dinero.

—En serio. Necesitarás ropa nueva. Le pediré a Aiana que te ayude, ella sabrá qué comprar.

—¿De dónde ha salido este dinero?

—Tengo algunos ahorros.

Sabía para qué eran aquellos ahorros.

—Cedric, no puedes...

—Sí puedo. —Me acarició la mejilla con una mano—. Si esto sale bien, todo lo demás dará igual.

No hubo más protestas. Habíamos decidido apostar por aquel plan y yo no pensaba discutir más con él. Nos apoyaríamos el uno al otro y conseguiríamos que todo funcionara. O eso esperaba.

—Solo dime una cosa —supliqué—. Si todo sale terriblemente mal, ¿podremos huir juntos a la selva?

—Claro. Pero tendríamos que dejar atrás la civilización. Dormir bajo las estrellas. Vestirnos con pieles de animales.

—Eh, cuidado —advirtió Tamsin.

Cedric la miró sorprendido.

—No he dicho nada inapropiado.

—Sé lo que estabas pensando.

—¿Puedo darle al menos un beso de despedida?

—No —dijo Tamsin.

—Y yo que pensaba que las cosas eran complicadas antes de que volvieras. —Cedric se atrevió a besarme en la mejilla—. Hablamos luego. Tengo que ir a contarle la noticia a Nicholas Adelton, si es que no le ha llegado aún el rumor.

Cuando Cedric se hubo marchado, Tamsin sacudió la cabeza.

—No sé cómo os las habéis apañado sin mí.

A pesar de las complicaciones con Cedric, todavía no conseguía sobreponerme a la alegría de tenerla de vuelta. Le di otro abrazo enorme.

—Yo tampoco —dije—. Yo tampoco.

269

21

*T*amsin no bromeaba con la idea de lanzarse directamente al ajetreado mundo de la Corte Reluciente. Algunas de las chicas nuevas seguían claramente conmocionadas por todo lo que habían padecido. Pero Jasper no tuvo ningún problema en ayudar a aquellas que, como Tamsin, estaban listas para volver a la normalidad. Se organizó una nueva tanda de fiestas y encuentros individuales para esa semana y, en un abrir y cerrar de ojos, la reputación de Tamsin se había extendido, haciendo que se convirtiera en una de las más deseadas. Mira y yo la ayudamos a prepararse lo mejor que pudimos para la vida en Cabo Triunfo, pero parecía que no necesitaba mucha adaptación. Los colonos de Grashond seguían por allí y, aunque Tamsin era educada con ellos, me di cuenta de que hacía todo lo posible por evitarlos. En general, desaprobaban todo lo que hacíamos allí y Gideon, el joven pastor que había ayudado a salvar a las chicas, parecía especialmente molesto con el ajetreo social de la Corte Reluciente.

Mientras tanto, me mantuve al margen de la atención pública y empecé con preparativos de una índole completamente distinta. Como Warren había predicho, había varias familias interesadas en tener una institutriz mientras Hadisen se consolidaba. Me organicé para ayudar a los niños de varias familias con los estudios. Una de las familias, los Marshall, tenían un yacimiento al que se podía llegar a caballo desde el de Cedric y me ofrecieron alojamiento y comida.

La señora Marshall era una mujer corpulenta de expresión agradable que tenía seis hijos.

—Los niños tendrán que ayudar en las tierras durante el día

—me dijo en uno de nuestros encuentros—. Pero puedes ayudarles con las clases por la noche.

—Eso sería fantástico —respondí—. Podría ayudar a Cedric en el yacimiento durante el día; si no me necesitáis en la casa, claro. Quiero ganarme el sustento.

—Si te necesito, te lo diré. Pero si no, no tengo ningún inconveniente en que ayudes a tu chico, siempre y cuando me des tu palabra de que no sucederá nada inapropiado entre vosotros. Y tendrá que recogerte en casa y acompañarte de vuelta todos los días. No puedo permitir que deambules por esas tierras salvajes tú sola.

Aquel acuerdo me venía bien y estaba emocionada por poder ayudar a Cedric y, con suerte, cerrar el trato mucho antes. No le vi mucho durante esa semana. Estaba ocupado, enterrado en la logística de las provisiones y la organización relativa al yacimiento.

—¿Te das cuenta de que soy uno de los «afortunados»? —me dijo un día—. De hecho, hay una especie de choza en el terreno que me han asignado. Un buscador de oro la construyó y después decidió que no le gustaba vivir en la jungla. Me han dicho que está en mal estado, así que tendré que comprar algunas cosas para arreglarla. Pero la mayoría de los mineros viven en tiendas de campaña o en cobertizos.

271

Estábamos en el sótano donde yo había terminado el cuadro. Aunque nuestra relación ya estaba en conocimiento de todo el mundo, atraíamos demasiadas miradas entrometidas como para sentirnos cómodos hablando en público.

—Y pensar que nos conocimos en el salón de una mansión —reflexioné—. Y ahora esa choza es el *summum* del lujo.

—Qué va. He oído que los Marshall tienen una cabaña. No querrás salir jamás de ese palacio para venir a verme.

—Te veré siempre que pueda —insistí—. Aunque la señora Marshall me ha dicho que más nos vale que no pase nada «inapropiado» entre nosotros.

Se apoyó en un baúl con bisagras de hierro, con las manos en los bolsillos.

—Bueno, por mí no tiene que preocuparse. Me comportaré lo mejor posible.

Me acerqué a él y le rodeé el cuello con los brazos.

—¿Y quién dice que seas tú de quien tiene que preocuparse?

Me incliné hacia él, no para darle un beso de verdad, sino simplemente para rozar mis labios con los suyos. Me entretuve durante unos tentadores instantes, conteniéndome a pesar de su claro interés en algo más. Me sujetó de la cintura cuando intenté separarme, entrelazando los dedos a mi espalda.

—Probablemente debería irme —dije jovialmente—. Tengo cosas que hacer.

—Podría sugerirte algunas.

—Cosas importantes del viaje —le corregí. Le acaricié un lado del cuello con los dedos—. Siento haberte dado falsas esperanzas.

—No lo sientes. Me has dado falsas esperanzas desde el día en que te conocí y yo te he seguido obedientemente. Algún día... Algún día te atraparé. Y entonces...

Buscó mis labios con los suyos y me perdí de nuevo entre sus brazos. Quería algo más que besos, algo más que abrazos. Quería eliminar todo el espacio que había entre nosotros hasta que fuera imposible saber dónde terminaba yo y dónde empezaba él. Cuando finalmente nos soltamos, apenas me tenía en pie y me pregunté quién guiaba realmente a quién.

—Y entonces —repetí con un suspiro—. Y entonces...

De verdad tenía otras cosas que hacer y, cuando nos separamos, me recordé que Cedric y yo tendríamos mucho más tiempo a nuestra disposición durante el viaje a Hadisen del que habíamos pasado juntos hasta ahora.

Como había sugerido, Aiana me iba a acompañar a la ciudad para hacer las compras. No había pasado mucho tiempo con la mujer balanca y seguía fascinándome. Bajé por las escaleras principales de Las Glicinias y me sorprendió ver a Mira esperando con ella en la puerta.

—¿Qué es esto? —pregunté, no porque no me alegrara de ver a Mira allí. Aunque no era una de las chicas más ocupadas de la Corte Reluciente, seguía inmersa en la rutina de todo aquello mientras que yo sencillamente esperaba con impaciencia.

Mira parecía mucho más contenta que cuando salía para ir a una fiesta.

—¿Quién sabe cuándo te veremos de nuevo? Queríamos ir contigo y así pasar algo más de tiempo juntas.

—¿Queríamos?

—Tamsin bajará en un minuto. Estaba terminando una carta.

—¿Sigue escribiéndolas? —pregunté. Había pensado constantemente en Tamsin desde la tormenta, pero se me había olvidado su obsesión por escribir cartas.

—Tenía un montón que trajo de Grashond. Supongo que ha seguido escribiendo mientras estaba allí. Y he oído que ha estado indagando sobre servicios de mensajería a Osfrid.

Tamsin bajó las escaleras en aquel preciso instante, radiante en un vestido de tafetán de un intenso color esmeralda que dejaba sus hombros al descubierto.

—Sabes que vamos a comprar provisiones para la jungla, ¿verdad? —le pregunté—. No está prevista ninguna recepción formal.

Tamsin alzó la barbilla.

—No importa adónde vayamos. Tengo que ir siempre perfecta; nunca se sabe con quién podemos encontrarnos. Además, tengo una cita para una cena después. La madre de Warren me ha invitado a su casa.

—Vaya, eso seguro que será interesante —dije, manteniendo el tono más neutro que pude. Tamsin había puesto a Warren en su punto de mira y, por el momento, él parecía corresponder a su interés.

273

Aiana apenas dijo nada mientras el carruaje nos llevaba al centro de Cabo Triunfo. Caminaba a grandes zancadas y con tranquilidad por las calles con sus pantalones y una túnica larga, sin preocuparse de los que la miraban con curiosidad. Era difícil saber si era su atuendo o su origen étnico lo que atraía la atención. Pero entre la diversidad cultural de Cabo Triunfo, yo no consideraba que destacara mucho. Tamsin también llamaba la atención, pero los que la miraban no decían nada descortés. Creo que ver a la feroz Aiana a su lado los mantenía a raya.

Aquella era la primera vez que me encontraba realmente entre la multitud, y no solo observándola desde un carruaje. Era difícil no detenerse y mirar fijamente todo lo que había alrededor. Las tiendas y restaurantes ofrecían casi tanto como lo que se podría encontrar en un distrito ajetreado de Osfro. Sin embargo, como todo lo demás en el Nuevo Mundo, había cierto aire provisional e incompleto en todo aquello; no existía esa solidez antigua y establecida. Algunos de los negocios se habían esforzado mucho por lograr parecer respetables, con escaparates de cristal y edificios bien construidos. Otros los podrían haber montado ese mismo día, con carteles escritos apresuradamente y una fragilidad que sugería que podrían caerse en cualquier momento. Todo era fascinante y abrumador al mismo tiempo y, a pesar de sus muestras de confianza, sabía que Tamsin también se sentía intimidada. Mira se movía sin esfuerzo alguno, como si caminara por aquellas calles todos los días. Por lo que yo sabía, era posible que así fuera.

Pasamos al lado de pescadores y leñadores que se dirigían a sus trabajos. Los aristócratas de Adoria se paseaban arrogantemente por las calles, flanqueados por sus sirvientes. Un hombre joven, con una larga peluca y un llamativo abrigo púrpura, se detuvo para hacer una reverencia y se quitó el sombrero ante nosotras en un gesto galante. Aiana puso los ojos en blanco cuando le dejamos atrás.

—Uno de la «élite ociosa», como los llamamos. Los hijos de colonos ricos no tienen nada que hacer, así que se visten así y se creen piratas o sandeces de ese tipo. Excepto que los piratas trabajan más que ellos. Deberían pasar un día con Tom Mangascortas o cualquiera de los otros.

—¿Esas historias de piratas son ciertas? —pregunté—. ¿Las heroicas y las despiadadas?

—Las adornan, pero son reales. Toda leyenda tiene algo de verdad.

Me llevó a una de las tiendas que parecía más respetable, con el rótulo SASTRERÍA WINSLOW & ELLIOTT grabado en el escaparate. Al entrar, vi todo tipo de equipamiento y provisiones, todo lo que uno necesitaría para lanzarse a una aventura en tierras desconocidas. Dos hombres jóvenes hablaban con otro que estaba en el mostrador y, cuando conseguí verle, me sorprendió reconocer su rostro.

Le di un codazo a Mira, que estaba examinando un par de botas de cuero.

—Eh, ¿te acuerdas de Grant Elliott, el del barco? Trabaja aquí.

—¿Quién? —preguntó, sin prestarme mucha atención.

Grant atravesó la tienda para buscar una silla de montar para sus clientes y sus ojos se detuvieron en nosotras con sorpresa. Saludó a Aiana con un movimiento de cabeza.

—*Qi dica hakta* —dijo ella.

—*Manasta* —le contestó él bruscamente. Aiana se alejó de

nosotras deambulando hacia una muestra de cantimploras y me acerqué a ella apresuradamente.

—¿En qué hablabais?

—En mi lengua materna. El señor Elliott es medio balanco.

—¿Ah, sí? —Volví a mirarle, esperando que mi escrutinio no fuese obvio. Aunque tenía el pelo negro como Aiana, no había nada en él que sugiriese que no se trataba de un osfridiano normal y corriente—. Nunca lo habría adivinado.

—Creo que lo prefiere. Sería mucho más difícil llevar un negocio en Cabo Triunfo si la gente supiera la verdad sobre sus orígenes.

—¿Cómo acabaste tú en Cabo Triunfo? —le pregunté—. Si no te parece descortés que lo pregunte.

—Para nada. Salí huyendo para escapar de un matrimonio infeliz. Había sido concertado en contra de mi voluntad. Pero mi esposa y yo… no éramos compatibles.

—¿Tu esposa? —pregunté, pensando que quizá se había confundido con la traducción.

—Mi esposa —afirmó—. Los balancos no desprecian las relaciones entre personas del mismo sexo del modo en que vosotros lo hacéis.

275

No contesté enseguida. «Despreciar» era una forma suave de decirlo, ya que ese tipo de cuestiones estaban consideradas como un gran pecado según los sacerdotes de Uros. Probablemente más que ser alanzano.

—¿Te fuiste porque… porque no querías estar con una mujer?

Sonrió.

—No tengo ningún problema en estar con mujeres, solo que no con esa mujer. Era desagradable, por decirlo con suavidad. En principio, vine a vuestras colonias para aprender sobre vuestra cultura, pero al final acabé con los Thorn. Jasper me ofreció trabajo y, como podrás imaginar, tenía especial interés en cuidar a chicas que iban a ser vendidas a hombres que apenas conocen.

—¿Por eso vistes así, como un hombre? ¿Porque prefieres a las mujeres?

En cuanto pronuncié esas palabras, me sentí como una idiota. La carcajada de Aiana no hizo más que intensificar esa sensación.

—Visto así porque es más cómodo que esos ridículos faldones y combinaciones con las que las demás os pavoneáis por ahí. Y, como descubrirás muy pronto, tú te vestirás del mismo modo. No vas a trabajar en un yacimiento de oro con un vestido de fiesta.

Sus palabras me dejaron con la boca abierta y fui hacia el mostrador a hablar con Grant. Encontré a Tamsin y a Mira en el otro lado de la tienda, escudriñando diferentes rollos de telas.

Tamsin alzó un trozo de lino toscamente tejido.

—Yo no usaría esto ni para fregar el suelo.

—Aún recuerdo el vestido que llevabas cuando llegaste —dijo Mira—. No estaba en tan buenas condiciones ni de lejos.

—Da igual, no voy a volver a ponerme este tipo de prendas por nostalgia. —Tamsin me miró con tristeza—. Maldita sea, Adelaide. Espero que al menos puedas llevarte algo de organdí.

—Adelaide —me llamó Aiana—, tenemos que tomarte las medidas.

Tamsin vino conmigo por curiosidad, pero Mira se quedó atrás examinando las telas sueltas. Grant tenía más o menos el mismo aspecto que en el barco: guapo, decentemente vestido, pero algo tosco. Cuando llegamos al mostrador, nos echó un vistazo.

—¿Y bien? ¿Quién es la afortunada exploradora? —preguntó.

—Yo —dije.

—De viaje a Hadisen con Doyle, ¿no? Te espera una buena aventura.

Tamsin lo miró fijamente y con arrogancia.

—Se trata del gobernador Doyle. Por favor, hablad de mi prometido con el título correcto.

Todos la miramos atónitos y se avergonzó.

—Bueno, en realidad no es mi prometido. Aún no. Estoy trabajando en eso.

—Y tampoco es gobernador aún —señaló Grant con una sonrisa—. Pero ¿qué más da?

Aiana le dijo algo en balanco y él contestó de buenas maneras. Me acordé de que siempre me había hablado muy educadamente durante nuestros encuentros a bordo del barco, pero luego había sido muy hosco durante la tormenta. Supuse que el estrés saca lo peor de cada persona, porque ahora que me estaba tomando las medidas, parecía perfectamente normal, manteniéndose a una distancia apropiada de la cinta métrica.

No había tiempo para confeccionar ropa a medida con la materia prima que vendía, pero había muchos atuendos ya confeccionados en la tienda. Las tallas se adaptaban lo suficiente a mí como para arreglármelas por el momento y siempre se podían hacer unos ajustes más adelante. No acabé con una réplica exacta del atuendo de Aiana, pero estaba bastante cerca. Pantalones anchos de ante suave que parecían prácticamente una falda cuando estaba de pie. Blusas sencillas y útiles, y un abrigo de cuero hasta la rodilla para ponérmelo encima cuando hiciera frío. Guantes recios y botas sin adornos.

—Lo siento, no puedo igualar los vestidos a los que estáis acostumbrada, pero con estas prendas iréis mucho más cómoda. —Grant me examinó durante unos instantes—. Y un sombrero. Necesitaréis uno de estos para proteger la piel, aunque me temo que no servirá de mucho.

Me enseñó uno de cuero y ala ancha que sacó de detrás del mostrador.

—¿Por qué no? —le pregunté.

—El clima es más extremo. Los días de verano son abrasadores. ¿Qué vais a hacer allí? Puede que no pase nada si os vais a ocupar de tareas dentro de casa.

—Voy a ayudar a batear oro.

Reflexionó sobre ello un rato, sin decir nada. Al final, volvió a guardar el sombrero y sacó uno con un ala aún más ancha.

—Eso será atroz. Buena suerte.

Una vez que salimos, Tamsin preguntó de inmediato:

—Sobre lo que ha dicho de que será atroz… Adelaide, ¿estás segura de que quieres hacer esto? ¿Estás segura de que quieres ir a Hadisen?

—Estoy segura de que quiero estar con Cedric —dije simplemente—. Iré con él independientemente de lo que implique. Además, ¿no quieres tú también ir a Hadisen?

—Sí. Y vivir en la mansión del gobernador. No en el lecho de un río.

Mira me tocó el brazo cuando estábamos a punto de girar hacia la carretera que nos llevaría fuera del centro de la ciudad en el carruaje.

—Mira allí. Junto al banco.

Seguí su mirada.

—¡Ah! Perdonadme un momento. —Me apresuré a cruzar la calle y grité:

277

—¡Señor Adelton!

Nicholas, que estaba a punto de entrar en el edificio, se giró sorprendido.

—Señorita Bailey, no esperaba veros aquí. Pensé que estaríais de camino a Hadisen.

—Pronto —dije, sintiendo cómo se sonrojaban mis mejillas—. Sé que Cedric ha hablado con vos, pero quería venir yo misma a deciros que… Bueno, que lo siento. Siento por lo que habéis tenido que pasar. Debéis sentiros tan… No sé. Engañado.

Se quedó pensativo.

—No exactamente. Un poco decepcionado, quizás, pero, sinceramente, estaba más deslumbrado por vos que enamorado. No pretendo ofenderos.

—Para nada. Solo tuvimos unos encuentros.

—Exacto. Si hubiera sentido algo más, puede que mi reacción hubiera sido diferente. Pero siempre me pareció que había algo que os preocupaba. No me importaba, siempre y cuando hicierais todo aquello por voluntad propia. Me imaginaba que era la naturaleza misma de ese tipo de matrimonios concertados.

278

—Lo habría hecho por voluntad propia —afirmé con rotundidad—. Sois un buen hombre. El mejor que he conocido aquí.

—Exceptuando al joven señor Thorn, por supuesto —sonrió ante mi disgusto—. No os sintáis mal. Me alegro por vos.

Suspiré.

—Es muy amable por vuestra parte, pero no puedo desprenderme de la sensación de que os hemos utilizado. Podría recomendaros algunas chicas de la Corte Reluciente…

Alzó una mano para acallarme.

—Gracias, pero he terminado con esto de buscar parejas que suenan bien sobre el papel. Cuanto más pienso en vuestra maravillosa historia de amor con el señor Thorn, más creo que me irá mucho mejor si encuentro la mía propia. Sin contratos.

—Espero que la encontréis —dije con franqueza.

Me estrechó la mano.

—Yo también. Y os deseo lo mejor. Si cualquier día puedo ayudaros, solo tenéis que pedírmelo.

—¿Quién era ese? —me preguntó Tamsin en cuanto volví con mis amigas.

—El hombre con el que Cedric casi me casa.

Tamsin miró de nuevo tras de mí para verle mejor.

—¿Está disponible?

—Sí, pero no es tan rico. Ni tiene mucho interés después de lo que le hemos hecho pasar Cedric y yo.

Eché a andar al lado de Aiana mientras Mira caminaba detrás con Tamsin.

—Parece que el señor Adelton se ha tomado esto bastante bien —me dijo Aiana en voz baja.

—Parece que todo el mundo se lo ha tomado bien. Bueno, menos Jasper. Y algunas de las chicas aún la tienen tomada conmigo. —Clara disfrutaba especialmente contándole a todo el mundo la historia de cómo nos había pillado a Cedric y a mí en el desván—. Pero casi todo el mundo ha sido comprensivo, incluso cuando probablemente no deberían haberlo sido. Incluido Warren Doyle.

Aiana se tomó su tiempo antes de responder.

—Sí. Realmente ha sido muy comprensivo por su parte el haceros esa oferta.

Me acordé de lo que había pasado en la tienda y eché un vistazo rápido hacia atrás para asegurarme de que Tamsin seguía conversando con Mira.

—Su madre no es la mujer más… íntegra que he conocido, pero, con respecto a Warren, ¿crees que…? Es decir, ¿deberíamos…?

—No lo sé —dijo Aiana—. No sé mucho de Warren Doyle, solo rumores. Lo que sé es que cuando algo parece demasiado bueno para ser verdad, bueno, suele ser así.

El desasosiego se apoderó de mí.

—He intentado decírselo a Cedric. Pero dice que incluso aunque esté tramando algo, estaremos mejor si probamos suerte en Hadisen.

—Puede que tenga razón. —Aiana se detuvo para mirarme a los ojos—. Allí hay más libertad, pero también es más peligroso. Es un territorio virgen. Indómito. Y eso hace que sea más fácil saltarse las normas. Os deseo lo mejor a los dos, pero…

—Pero ¿qué? —salté.

—Confiad el uno en el otro —dijo finalmente—. Y en nadie más.

22

Esperaba pasar la víspera de mi partida a Hadisen con Tamsin y Mira. Sin embargo, se entretuvieron en una fiesta hasta tarde, así que me quedé sola en la habitación, intentando decidir si dormir o no. Sabía que el viaje sería agotador, pero no podía soportar la idea de no volver a ver a mis mejores amigas. Además, no estaba segura de que los nervios me dejaran dormir en cualquier caso.

Finalmente llegaron pasada la medianoche, y me pillaron en mitad de un ataque de bostezos. Ambas sonrieron al ver que estaba despierta, pero enseguida detecté que venían de un humor muy distinto. Mira parecía apagada, mientras que Tamsin lucía exuberante.

—¿Qué ha pasado? —le pregunté.

Empezó a desabrocharse el vestido de satén verde esmeralda.

—Nada oficial, pero algo extraoficialmente bastante serio.

—¿Eso no es una contradicción? —pregunté, mirando con aire conspirador a Mira, que no pareció compartir la broma.

—Warren me ha pedido que le espere —dijo Tamsin con orgullo—. No nos hemos prometido, al menos aún, pero me ha dicho que soy su favorita y que le gustaría hacerlo oficial cuando vuelva. Así que le he prometido no involucrarme con nadie hasta entonces, aunque seguiré yendo a fiestas. No pienso quedarme aquí aburrida.

Fruncí el ceño, preocupada por una serie de cosas.

—Cuando vuelva… Pero eso puede ser dentro de mucho tiempo.

—Será dentro de dos semanas. —Tamsin se había quitado el vestido y estaba sentada en la cama en camisola y enaguas—. Saldrá mañana con tu expedición, organizará las cosas allí y volverá para informar de cómo va todo en Hadisen y pedir más ayuda si lo necesita.

—Supongo que tiene sentido, pero entonces no va a estar mucho tiempo en Hadisen.

La inhóspita costa de Hadisen dificultaba el acercamiento de los barcos grandes. Así que las mercancías, el ganado y otros materiales debían transportarse por tierra. Así era como viajaríamos al día siguiente, rodeando la bahía a través de Denham para cruzar luego a Hadisen. El viaje duraría algo más de una semana. El trayecto por mar a través de la bahía en un barco pequeño llevaba apenas un día. Era útil para los mensajeros y cualquiera que no llevara mercancías, pero poco más.

—Estoy segura de que volverá pronto... posiblemente, ya con esposa. —Tamsin no cabía en sí de orgullo—. Espero que no te resulte incómodo ser una de mis súbditas, Adelaide.

Me reí.

—Para nada.

—Debes de estar muy emocionada —dijo Mira. Parecía deseosa de cambiar de tema—. Te espera una gran aventura.

—La aventura me da igual. Solo quiero que se arreglen las cosas con Cedric.

Hablé con decisión y me granjeé miradas de admiración y melancolía. Tamsin podía tratar el matrimonio con pragmatismo y Mira con indiferencia, pero a menudo tenía la sensación de que a ambas les causaba fascinación —e incluso algo de celos— el amor romántico en el que yo estaba envuelta. Las tres nos quedamos despiertas hasta tarde hablando del futuro. No quería decirles la verdad: que estaba un poco asustada ante lo que se me venía encima. No por Cedric, claro. Dejar la vida de noble por la de una ciudadana de colonias de clase alta en una ciudad con una posición asentada no era tanto cambio. Pero ¿pasar de noble a campesina en una tierra salvaje, vasta y sin civilizar? Eso sí que eran palabras mayores, y no sabía qué esperar.

A Mira y Tamsin les permitieron venir a despedirse de mí la mañana siguiente. La expedición que ponía rumbo a Hadisen era mucho más numerosa de lo que yo esperaba. Se reunieron en las afueras de la ciudad en una larga procesión de caballos, carromatos y personas en aparente desorden. Warren iba al frente, espléndido en su caballo blanco, hablando con varios hombres que parecían ser sus asesores. Otro jinete se acercó trotando hasta nosotros, y tuve que mirar dos veces cuando vi que era Cedric.

—¿Vas a caballo? —exclamé.

Me miró con sorna.

—No tienes que decirlo como si fuera algo tan excéntrico.

—Es que ni siquiera sabía que supieras montar. —Miré el caballo. Era una yegua marrón de pelo largo a la que parecía aburrirle todo lo que pasaba a su alrededor—. Espero que no hayas pagado mucho por ella.

—No sabía que fueses una experta. —Pillé enseguida la advertencia en su tono. Montar a caballo era un pasatiempo habitual entre la nobleza de Osfrid cuando iban a sus casas de campo. En Adoria, en cambio, muchos colonos montaban a caballo por una cuestión de supervivencia. Pero una muchacha de clase baja, como se suponía que era Adelaide, nunca habría tenido más contacto con los caballos que para el simple transporte. Yo creía que a Cedric le pasaría lo mismo.

—He visto algunos por aquí, eso es todo —dije. Tuve que contenerme para no corregir la extraña postura en la que Cedric estaba sentado en la silla y cómo tenía cogidas las riendas.

—Es más resistente de lo que parece —me aseguró—. La he llamado *Lizzie.*

Hice un esfuerzo para no poner los ojos en blanco.

—Gran elección.

Miré alrededor y vi que Tamsin estaba delante hablando con Warren, con el rostro resplandeciente. Mira también había desaparecido y, un rato después, la pillé escuchando a varios hombres que hacían planes para explorar Hadisen. No muy lejos de ella vi a Grant Elliott, que parecía estar repartiendo provisiones de última hora.

—Mis aliadas me han abandonado —señalé.

Cedric se inclinó y me apartó unos mechones rebeldes de la cara. El gesto íntimo me chocó, pero enseguida me di cuenta de que ya no teníamos que escondernos.

—Todavía tienes a tu aliado número uno —dijo, aunque

frunció el ceño al ver a quién estaba mirando—. Grant Elliott parecía un tipo decente en el barco, pero ahora se ha unido a los cazadores de herejes de Warren.

—¿Cazadores de herejes?

—Sí, hay unos cuantos que han prometido «mantener el orden» mientras Warren no esté y encontrar a los alanzanos de la Estrella de Adviento que se fugaron de prisión. Grant es uno de ellos.

—Vaya, pues siento haberle dado dinero, entonces. —Me llevé la mano al sombrero de ala ancha que llevaba puesto—. Quizá debería devolver esto.

—No lo hagas —dijo Cedric—. Es bonito.

Deseé poder ir a caballo yo también, pero nuestros escasos fondos no daban para un segundo animal. Además, mi destreza como amazona habría levantado sospechas. En lugar de eso, iría en el carromato de los Marshall, cosa que sonaba mucho más lujosa de lo que era en realidad. Se trataba de un vehículo sencillo hecho de traviesas de madera y atestado de bultos alrededor de los cuales tendríamos que acomodarnos los niños y yo. No era cubierto, así que esperaba que no lloviera.

Por fin, Warren solicitó la atención de todos.

—Es la hora —gritó, y su voz se elevó sobre la multitud—. ¡La hora de ir al encuentro de nuestro destino!

Los colonos y los que habían venido a desearnos buena suerte estallaron en vítores, y no pude evitar contagiarme del espíritu aventurero. Les di un abrazo de despedida a Tamsin y a Mira y me subí a la trasera del carromato. Reservaba la falda pantalón para cuando llegásemos a Hadisen. Para el viaje me había puesto un vestido de calicó lo más sencillo posible; sin camisola y sin enaguas, solo con un forro sencillo debajo. De no ser por el estampado de flores, habría podido pasar por uno de los vestidos de Grashond.

Mi asiento en el carromato consistía en un hueco estrecho entre dos fardos enormes. Las traviesas sobre las que tenía que ir sentada estaban sucias y gastadas, e intentar limpiarlas no servía para nada más que para clavarte astillas. Cinco minutos después de que arrancáramos, entendí que no había amortiguadores de ningún tipo.

Me apoyé contra el lateral del carromato, pensando en lo

que en mi familia, en Osfro, llamábamos el «salón rosa». Unas alfombras de elaborado diseño cubrían cada centímetro del suelo. Las paredes estaban recubiertas de terciopelo. Cuadros únicos. Jarrones traídos desde las tierras de Xin, en Oriente. Sillones y sofás tan mullidos que podías hundirte en ellos. Y, por supuesto, una cuadrilla de sirvientes que lo limpiaba todo meticulosamente a diario.

—¿Qué te pasa? —preguntó una de las niñas Marshall. Se llamaba Sarah.

Miré a Cedric a lomos de aquel ridículo caballo.

—Nada. Solo estaba pensando que he hecho un largo viaje.

En cuestión de una hora habíamos salido de los límites de la ciudad, dejando atrás el fuerte y los escasos soldados que lo defendían. Unas horas después, habíamos sobrepasado ya todos los exiguos asentamientos de la periferia de Cabo Triunfo. Creía que la ciudad era salvaje, pero me equivocaba: las afueras de la colonia Denham daban la sensación de no haber sido transitadas jamás por un ser humano. Los altísimos árboles que se erigían como centinelas en Cabo Triunfo ahora constituían un auténtico ejército, uno junto a otro, a veces incluso dificultando el paso por el accidentado camino. Era fascinante. Imponente. Aterrador. El Nuevo Mundo de verdad.

Mi entusiasmo soñador no duró mucho. Cuando hicimos una parada para pasar la noche, las piernas apenas me sostenían al bajar del carromato. El vaivén constante y el escaso espacio habían hecho que se me agarrotaran los músculos, causándome un dolor que cualquiera diría que llevaba cinco horas subiendo al trote la ladera de una montaña. La cena consistió en pan seco y cecina, no mucho mejor que el menú del barco. Se encendieron hogueras para entrar en calor y poder hervir agua, y a mí me enviaron a recoger leña. No encontré más que ramitas.

Cedric, como la mayoría de los hombres jóvenes de la expedición, estaba ocupado en distintas tareas, así que tras dedicarme una breve sonrisa en la cena, desapareció durante el resto de la noche. Cuando llegó la hora de irnos a la cama, el señor y la señora Marshall se acomodaron en el carromato y los niños y yo improvisamos unas camas en el suelo a base de mantas. El terreno era duro y desigual. La manta no conseguía mantener el calor, sobre todo a medida que el frío nocturno se fue acentuando, así que me eché por encima el abrigo largo de cuero. Seguía teniendo frío. Y estaba convencida de que todos los mosquitos de las colonias habían reparado en mi presencia.

Daba vueltas sin parar, despierta tanto por la frustración como por las duras condiciones. Me descubrí pensando de nuevo en mi antigua casa en Osfro. Aquella vez, me obsesioné con recuerdos de mi cama. Un colchón lo suficientemente grande para cinco personas. Sábanas de seda perfumadas con lavanda. Todas las mantas que una pudiera necesitar en una noche fría.

No me di cuenta enseguida de que estaba llorando. Cuando lo hice, me levanté corriendo antes de que ninguno de los niños que dormían junto a mí se despertara y se diese cuenta. Arrebujada en la fina manta, me alejé del carromato, deslizándome entre grupos de colonos durmientes. Algunos aún seguían sentados junto al fuego, jugando a los dados y contando historias, pero apenas me prestaron atención. Me alejé todo lo que me atreví del centro del campamento, lo suficiente para tener privacidad pero sin aventurarme en terreno desconocido y salvaje.

285

Me senté, sintiéndome miserable, y enterré la cara en las manos, intentando hacer el menor ruido posible con mis sollozos. No podía soportar la idea de que Warren notase mi debilidad. No dejaba de visualizar una terrible imagen en la que me miraba con expresión amable, compasiva, y me decía: «Podrías haber sido mi esposa. Podrías haber viajado en el carruaje acolchado y haber dormido en mi tienda». Había visto a uno de sus hombres metiendo un colchón dentro.

Una mano me rozó el hombro y pegué un respingo. Cedric estaba detrás de mí, y las sombras jugueteaban en su rostro sorprendido. Había estado ocupado con sus quehaceres y no le había visto en toda la noche.

—Eres tú. No quería asustarte.

Me froté los ojos con furia.

—¿Qué estás haciendo aquí?

—He ido al carromato de los Marshall con la esperanza de poder hablar un rato contigo. Como no estabas allí, te he buscado por todas partes. —Alargó la mano hacia mi cara, pero me aparté—. ¿Qué ocurre?

—Nada.

—Adelaide, en serio. ¿Qué ocurre?

Levanté las manos en el aire.

—¡Qué no ocurre, Cedric! He tenido que usar la falda a modo de servilleta en la cena. No hay baños. No paro de tragar mosquitos. ¡Y el olor! Entiendo que no podamos lavarnos durante el viaje, pero ¿es que nadie lo ha hecho antes de partir? Solo ha pasado un día.

—Sabías que esto no iba a ser fácil —dijo en voz baja—. ¿Te arrepientes? ¿Te arrepientes de…?

—¿De lo nuestro? —terminé—. No. Ni por un segundo. Y eso es lo peor de todo: que me odio por sentirme así. Odio quejarme. Odio ser débil y no ser capaz de poner nuestro amor por encima de las circunstancias.

—Nadie dijo que tuviera que gustarte esto.

—A ti sí te gusta. Vi tu cara cuando dejamos atrás los asentamientos de Cabo Triunfo. Esto es una especie de experiencia espiritual para ti.

Estiró las manos. A la luz de los fuegos diseminados, pude ver que estaban sucias y llenas de cortes. También tenía la cara sucia.

—Esto no es espiritual. Ni tampoco lo es el tipo que no para de decir que soy demasiado guapo y que quiere romperme la nariz. Y no te haces una idea de lo que me duele todo después de montar en ese caballo todo el día.

—Sí, me lo puedo imaginar. Pero no estás dejando que esto te supere. No eres tan débil.

Me atrajo hacia él y, esta vez, no me resistí.

—No eres débil. Pero, por primera vez en tu vida, no eres la mejor en todo. El mundo giraba en torno a ti en Osfro y te decían que no podías hacer nada mal. En El Manantial Azul, a pesar de algunos percances, eras la mejor de la clase. Y en Cabo Triunfo has sido la estrella de la Corte Reluciente. Aquí, en cambio…

—¿Soy miserable? ¿No valgo para nada?

—Estás adaptándote. Es el primer día, y es un cambio drástico. Te acostumbrarás a medida que avance el viaje y, una vez que estés en Hadisen bajo techo, creerás que estás de vuelta en un palacio osfridiano.

Dejé que sus palabras calaran en mí.

—Hablando de techos, ¿qué pasará si llueve?

—Primero una preocupación y luego otra.

Sonrió de aquella forma tan peculiar en él, como diciendo que se ocuparía de todo. Pero ¿podría esta vez también?

—Estoy cansada, Cedric. Muy, muy cansada. Ha sido un día muy largo, pero no puedo dormir. El suelo es terrible. Y tengo frío. ¿Cómo puede hacer tanto frío? Es primavera.

Me cogió de la mano y tiró de mí.

—No puedo hacer nada para solucionar lo del suelo, pero sí que puedo ayudarte con el frío.

Él también tenía una manta fina, y extendió las dos en el suelo. Se tumbó y me obligó a hacer lo propio, y nos abrazamos intentando envolvernos el uno al otro con los abrigos. El suelo no dejaba de tener bultos, pero con su cuerpo contra el mío y el latido de su corazón en el oído, no me importaba tanto.

—No podemos quedarnos así —dije—. Nos meteremos en un lío si nos pillan.

—Volveremos antes de que amanezca.

—¿Y cómo vamos a saber cuándo será eso?

—Lo sabré.

Noté que el calor se asentaba a mi alrededor, y sentí los primeros atisbos de somnolencia.

—Haría cualquier cosa por nosotros —dije, bostezando—. Quiero que lo sepas.

—Nunca lo he dudado. —Me dio un beso en la cabeza.

—Puedes darme un beso mejor que ese si quieres.

—Sí que quiero, pero necesitas dormir. Quizá mañana por la noche, cuando estés más descansada.

Luché contra otro bostezo.

—Hay cosas que no cambian. Estás muy pagado de ti mismo, Cedric Thorn. Mírate, convencido de que mañana dormiré contigo otra vez. Todavía no estamos casados. No me he comprometido a dormir contigo bajo la luna.

Me besó en la cabeza otra vez. Me fundí en la seguridad de su cuerpo y sentí que una felicidad auténtica me recorría. Varios minutos después, volví a hablar.

—¿Cedric?

Su respiración se había vuelto regular y me pregunté si estaría dormido.

—¿Sí?

—Hueles muy bien. Eres lo único que huele bien aquí. ¿Es el vetiver que te dura desde esta mañana o lo has traído al viaje?

—Lo he traído.

Me acerqué más a él.

—Gracias a Uros.

Como había prometido, Cedric se despertó justo antes del amanecer para que pudiéramos volver cada uno a nuestro sitio antes de que nos echaran en falta. Aún me dolía el cuerpo, pero despertarme junto a Cedric hizo que no notara tanto el dolor.

—¿Es un poder alanzano? —susurré antes de separarnos—. ¿Estáis sincronizados con el sol?

—Es algo que hago desde que era niño. Siempre he dormido poco. —Miró con los ojos entrecerrados al cielo, al este, y levantó una mano en señal de saludo—. Pero quizá sea un don que desconocía y que me otorgó Alanziel.

Al ver el sol naciente y dorado iluminando las facciones de Cedric y arrancándole un resplandor hiriente a su cabello, no pude sino creer que contaba con el favor del ángel patrón del amor y la pasión.

Mientras volvía al carromato de los Marshall, noté que me sentía mejor que la noche anterior. Desahogarme y descansar me habían dado una nueva perspectiva. Cedric tenía razón: no cabía duda de que las condiciones eran duras, cualquiera habría tenido dificultades. Pero aquello era lo más profundo que había sentido en mi vida, y eso era mucho, teniendo en cuenta que había usurpado la personalidad de otra. Tenía que tener paciencia conmigo misma mientras me acostumbraba a aquello.

Y eso hice los días que siguieron. Seguían sin gustarme la comida ni dormir en el suelo. Pero al menos no llovía. Cedric y yo seguimos pasando las noches juntos en el perímetro exterior del campamento y, a medida que la caravana fue adquiriendo una rutina, pudo pasar más tiempo conmigo durante el día. Al ser tantos, nos movíamos bastante despacio. Podíamos caminar juntos llevando el caballo de la brida y seguir el paso de los demás. El terreno abrupto y la elevación, cada vez mayor, hacían el camino fatigoso, pero me fui endureciendo poco a poco.

—Grant Elliott tenía razón acerca del sol —le dije un día a Cedric. Llevábamos varios días de viaje. Habíamos hecho una pausa para comer y estábamos sentados solos a la sombra.

—¿Qué dijo?

—Que era brutal. —Levanté las manos para examinarlas—. Mira qué bronceadas. No puedo ni imaginarme el aspecto que debe de tener mi cara.

—Hermoso, como siempre —dijo Cedric. Partió un trozo de cecina y me dio la mitad.

—Ni siquiera me has mirado.

—No tengo que hacerlo. —Pero levantó la vista y estudió mi rostro—. Creo que te están saliendo pecas. Son preciosas.

—No le digas eso a Tamsin, siempre está intentando disimular las suyas. Y mi abuela se desmayaría si me viese. —Había empezado la frase con frivolidad, pero el corazón se me encogió al pensar en la abuela—. La verdad es que cuando me enteré de que me estaba buscando, primero me preocupé por el lío obvio en el que podía meterme. Pero lo que de verdad me preocupa ahora es saber que sigue buscándome. No sabe qué me ha pasado pero sigue queriendo encontrarme. No se ha dado por vencida.

—Por supuesto que no. Eso no es algo que haga un Witmore. Quiero decir... un Bailey. Seguro que un Bailey no se da por vencido.

Pensé en mi antigua dama de compañía.

—Bueno, Ada se dio un poco por vencida... ¿O no? Si está en la vaquería donde quería ir, supongo que las cosas le habrán salido bien.

Cedric me pasó el brazo por los hombros y dejó que me apoyara en él.

—Cuando estemos casados y todo se haya tranquilizado, podrás enviarle un mensaje a tu abuela. Para que sepa que estás bien.

El sol de mediodía nos calentaba a través de las ramas de un enorme arce a nuestras espaldas. Si no hubiese estado tan triste por la abuela, me habría parecido un lugar idílico.

—Solo espero que pueda perdonarme por...

—Aquí estáis —interrumpió una voz áspera. Los dos levantamos la vista hacia Elias Carter, el asistente principal de Warren en Hadisen, que se dirigía hacia nosotros—. La expedición

289

está recogiendo y ya está casi lista para partir. Sabía que os encontraría aquí haciendo cosas indecentes.

—¿Te refieres a almorzar? —pregunté.

Elias me miró con ojos malévolos. En lo que llevábamos de viaje, había dejado claro varias veces que no aprobaba lo nuestro.

—No seas impertinente conmigo, señorita Bailey. No entiendo cómo el gobernador ha sido capaz, a pesar de su magnánimo corazón, de perdonaros y ofreceros esta oportunidad. Yo no lo habría hecho. Pero él es un gran hombre. Yo no.

—Eso es totalmente cierto —dijo Cedric, impávido.

Elias frunció el ceño al darse cuenta de que se había insultado a sí mismo sin darse cuenta. Antes de que pudiera responder, oímos un grito que provenía del campamento principal. Sin dirigirnos la mirada, Elias se fue corriendo hacia allí. Lo seguimos de cerca.

Lo primero de lo que me percaté fue de que la expedición no estaba «casi lista para partir», como nos había dicho Elias. Había signos de que los demás también estaban en mitad del almuerzo. Pero nadie comía ya. Todo el mundo estaba de pie. Algunos, sobre todo los que tenían niños, corrían hacia la retaguardia de la comitiva con los pequeños. Otros —hombres en su mayoría— avanzaban al frente. Hasta entonces no me había fijado en cuántas armas llevábamos en la caravana. Había revólveres y cuchillos por doquier.

—¿Qué ocurre? —le pregunté a una mujer.

—Los icori —dijo—. Será mejor que te escondas con nosotros.

Cedric y yo nos miramos incrédulos.

—Los icori llevan casi dos años fuera de Denham —dijo él. Levantó un brazo para detenerme cuando empecé a avanzar—. No tienes que esconderte, pero tampoco deberíamos meternos en el meollo hasta que sepamos qué está pasando.

—Solo quiero ir a ver.

Cedric, a regañadientes, se abrió paso entre la multitud conmigo. No era el tipo de hombre que fuese a decirme lo que podía o no podía hacer. Pero tenía la sensación de que, si había el más mínimo signo de peligro, me auparía sobre su hombro y me alejaría de allí mientras yo gritaba y pataleaba.

Nos detuvimos junto a un grupo de futuros buscadores de oro, todos con las armas a punto. Desde allí podíamos ver con claridad el camino polvoriento que atravesaba el bosque. Allí, Warren y otros hombres armados estaban de pie ante dos hombres a caballo que coincidían con las descripciones de los icori que había leído y oído. Bueno, excepto lo de que eran demonios despiadados sedientos de sangre.

Aparte de la vestimenta y el peinado, parecían bastante humanos. Uno era un hombre mayor, probablemente entrado en la cincuentena, con una poblada barba pelirroja y una túnica a cuadros verdes. Era del tamaño de un toro y, a pesar de su edad, algo me decía que podía vérselas sin problemas con un hombre joven en un combate. Probablemente, con una docena de hombres jóvenes. El jinete que estaba a su lado no parecía mucho mayor que Cedric. Lucía unos dibujos hechos con pigmento azul en el pecho desnudo y musculoso. Llevaba una tela de tartán con los mismos cuadros verdes sobre un hombro, sujeta con un broche de cobre. Era a él a quien Warren se dirigía.

291

—Y, repito, no tenéis nada que hacer aquí. Los icori no son bienvenidos en Denham ni en ninguna otra colonia osfridiana civilizada. Volved a las tierras que os fueron cedidas.

—Lo haríamos con gusto —replicó el hombre rubio— si vuestro pueblo dejara de invadir nuestras tierras.

Había dos aspectos notables en su manera de hablar. Uno era que hablaba con una calma sorprendente, sobre todo teniendo en cuenta la cantidad de armas que lo apuntaban. El segundo era que su osfridio era casi perfecto.

—Nadie quiere vuestras tierras —dijo Warren, lo cual no era del todo cierto, vista la cantidad de territorios que Osfrid y otros países habían tomado ya a este lado del océano—. Más bien he oído rumores de que vuestro pueblo está asediando nuestras colonias septentrionales. Si esto es cierto, entonces sí que tendréis visitantes en vuestros dominios, y serán nuestros soldados. Y eso será un poco más serio que estos espejismos de los que habláis.

—Las aldeas incendiadas que he visto no son espejismos. Exigimos una respuesta.

Warren hizo un gesto de burla.

—Perdonadme, pero dudo que estéis en posición de exigir nada. Os superamos en número.

—¡Disparadles! —gritó alguien entre la multitud—. ¡Disparad a los bárbaros!

Los icori no se inmutaron ni apartaron la mirada de Warren.

—Esperaba no tener que utilizar la fuerza para entablar un diálogo que tiene la finalidad de proteger a gente inocente. Creía que así se comportaban los hombres civilizados.

—Civilizados —se burló Elias—. Mira quién va a hablar.

—Este hombre civilizado os va a dar la oportunidad de marcharos con vida. —Las palabras de Warren sugerían generosidad, pero su voz era gélida—. No muy lejos de aquí hay una senda en dirección norte que atraviesa una esquina de Denham y lleva a los territorios occidentales. Seguro que la conocéis. Seguramente habréis venido por ahí. Dad media vuelta ahora mismo y volved por donde habéis venido. Si os dais prisa, habréis salido de Denham cuando se ponga el sol. Voy a dejar a un grupo de hombres vigilando la intersección de esa senda y les ordenaré que la sigan por la mañana. Si hay rastro de que seguís en nuestras tierras, moriréis.

—¡Disparadles, vamos! —gritó alguien.

El icori murmuró algo a su compañero. El hombre de la barba frunció el ceño y le respondió en su idioma. El rubio le dio la espalda a Warren.

—Llevaremos nuestro diálogo a otra parte. Gracias por vuestro tiempo.

Los icori se dieron media vuelta en sus caballos y yo aguanté la respiración mientras varios hombres levantaban las armas y les apuntaban a la espalda. Warren también se dio cuenta y levantó una mano en un gesto de rechazo. Los caballos icori enseguida pasaron del trote al galope y pronto estuvieron fuera del alcance de nuestros hombres.

Durante el resto del día, nadie habló de otra cosa que no fuera el encuentro con los icori. Las opiniones eran comprensiblemente encontradas. Muchos estaban a favor de que tendríamos que haber disparado. Otros creían que el gesto de compasión de Warren demostraba su espíritu noble.

—Ha sido un farol —nos dijo un anciano a Cedric y a mí durante la cena aquella noche. Hizo una pausa y giró la cabeza para escupir—. No tenía otra elección. Si los hubiesen matado, podría haberse desencadenado otra guerra. Nadie sabe cómo de susceptibles están los icori actualmente. Y esa tontería de los hombres vigilando la senda es… bueno, una tontería. Los icori no necesitan sendas. Si quieren huir y esconderse en el bosque, pueden hacerlo perfectamente.

Recorrí con la mirada las cabezas de los colonos hasta donde estaba Warren, sentado en el otro extremo del campamento. A su alrededor había un grupo de admiradores mayor que de costumbre; todos loaban su magistral acto de diplomacia. Yo misma pensaba que había obrado bien hasta que oí el comentario de nuestro compañero.

—Los icori me han parecido mucho más serenos de lo que esperaba —señalé—. Yo sería mucho más hostil si me hubiesen expulsado de mis tierras.

—Dos veces —nos recordó el anciano—. No olvides a los héroes que los expulsaron de Osfrid la primera vez. El buen rey Wilfrid. Suttingham. Bentley. Rothford.

Intenté no delatarme con ningún gesto al oír el nombre de mi antepasado. La conquista de Osfrid había tenido lugar hacía tantos años que era fácil olvidar a veces que los bárbaros contra los que había luchado Rupert eran los antepasados de los que habían huido cruzando el océano para iniciar una nueva vida en estas tierras. O, al menos, lo habían intentado.

—Este sitio es enorme —le dije a Cedric más tarde—. Adoria es cien veces más grande que Osfrid. ¿No hay sitio para todos esta vez?

Él miró a nuestro alrededor. Estaba haciéndose de noche, pero aún podían distinguirse los enormes árboles que se elevaban hacia las estrellas.

—Los hombres codiciosos nunca tienen suficiente espacio. No sé qué será de los icori ni de esta tierra. Osfrid también fue salvaje un día, y ahora está todo talado y parcelado. —Volvió a bajar la mirada y me pasó un brazo por encima. Acerté a oler el vetiver, que me recordó que no toda la civilización estaba perdida—. Lo único que sé es que han incrementado la vigilancia nocturna. Tú y yo vamos a tener que dormir separados esta noche.

—¿Estás seguro? —Pero, mientras hablaba, me di cuenta de

293

que tenía razón. Ya se veían las patrullas agrupándose—. No voy a dormir igual de bien.

—Pues yo dormiré mejor —murmuró.

—¿No te gusta dormir conmigo?

—Me gusta demasiado dormir contigo. Me paso la mitad de la noche pensando en…

—Eh —le advertí—. Que hay niños delante.

Cedric me lanzó una mirada burlona y reprobatoria.

—Iba a decir que me paso la mitad de la noche pensando en que pronto nos casaremos. Mira que eres mal pensada. Alguien debería haberte llevado a una institución de élite.

—Técnicamente, tú mismo me llevaste a una institución de élite. Así que no puedes echarle la culpa a nadie de mi comportamiento.

Me atrajo hacia sí para darme un beso.

—¿Por qué querría hacer algo así?

No volvimos a dormir juntos el resto del viaje. Lo echaba de menos tanto que dolía, pero me esforcé en recordarme que aquello no era más que otro paso en nuestro camino hacia el futuro juntos. Podíamos soportarlo.

—¿No os habréis peleado tú y tu chico, verdad? —me preguntó un día la señora Marshall. Estábamos las dos en el carromato y justo estaba preguntándome si no debería preocuparme por no notar ya el traqueteo.

—¿Por qué decís eso?

Me dirigió una mirada cómplice.

—Me he fijado en que los últimos días has vuelto a dormir junto al carromato.

Noté que me sonrojaba.

—Señora Marshall… No es… No es lo que pensáis. No ha ocurrido nada. Solo dormíamos juntos. Quiero decir… solo dormíamos. Luego decidimos que era mejor desistir ahora que la vigilancia se ha incrementado.

—Muy sensato por vuestra parte —dijo. No podría decir si me creía o no.

—Lo digo en serio —insistí—. Nos hemos comportado… vaya, exactamente como debemos. Y seguiremos haciéndolo.

Su sonrisa era amable, a pesar de que tenía un diente partido.

—Quizá. Pero sois muy jóvenes. Y sé lo que es ser joven. Mientras estés bajo mi techo, me aseguraré de que te comportes de manera respetable y que cumplas con las virtudes que dicta Uros. Pero cuando no lo estés...

No podía mirarla a los ojos.

—Señora Marshall, tenemos la intención de comportarnos con el mayor decoro posible hasta que nos casemos.

—Las intenciones y las acciones rara vez van de la mano. Y, en el caso de que las intenciones se tuerzan, no quiero que te metas en líos. —Me tendió una bolsita de arpillera que desprendía un olor especiado—. Esto son hojas de canela. ¿Sabes para qué son?

Tragué saliva y, aunque pareciera imposible, sentí que el rubor se intensificaba aún más.

—Sí, señora. Nuestras profesoras en El Manantial Azul, en Osfrid, nos lo explicaron.

—Muy bien —dijo—. Eso nos ahorrará una conversación incómoda.

Yo no estaba tan segura. No creía que mi mortificación pudiese ir a más en aquel momento. Intenté devolverle la bolsa.

—Gracias, pero no creo que las necesite.

Ella rechazó la bolsa.

—Tengo un montón. Gracias a estas hojas no he tenido más que estos seis hijos. Si evitan que tengas tú uno antes de que estés preparada, habrá merecido la pena.

Todavía habría intentado devolvérsela una vez más, pero entonces oí un grito en la parte delantera de la caravana.

—¡El afluente oriental! ¡Estamos en el afluente oriental!

Se oyeron vítores y miré de nuevo a la señora Marshall.

—¿Qué significa eso?

—Significa que estamos a punto de entrar en Hadisen, querida.

23

*A*parte del afluente en sí, no había ninguna diferencia ostensible entre Hadisen y los confines de Denham. Cruzamos las aguas poco profundas y seguimos avanzando. Es cierto que el terreno había cambiado con respecto a Cabo Triunfo y sus alrededores. La vegetación raleaba y las cimas de una cordillera no muy alta se veían nítidas en la distancia. Las famosas minas de oro se encontraban en las laderas de esas montañas. En las llanuras se concentraban las tierras de cultivo más verdes, como la asignada a los Marshall.

Habíamos estado viajando poco más de una semana cuando llegamos a Roca Blanca, la capital de Hadisen, si se podía llamar así. Un gran entusiasmo y una renovada sensación de energía se apoderaron de toda la comitiva cuando cruzamos los límites de la ciudad. Si la hubiera visto inmediatamente después de Cabo Triunfo, me habría sentido decepcionada. Pero tras días y días de árboles, me pareció tan urbana como Osfro. En realidad, era una ciudad que aún se encontraba en su etapa inicial, con caminos polvorientos en lugar de calles y al menos la mitad de los negocios montados en carpas. Como en Cabo Triunfo, una mezcla de gente de todo tipo caminaba por las calles, pero no había élite adinerada alguna entre la multitud. Todos pertenecían a la ruda clase obrera.

Había una casa bastante grande y llamativa en una colina a lo lejos, casi tan bonita como Las Glicinias.

—Esa es la casa del gobernador —dijo Warren, montado en su caballo blanco. Desmontó sin esfuerzo—. Donde viviré yo.

Sus palabras flotaron entre nosotros durante un instante

y contemplé la hermosa casa con una sensación momentánea de envidia.

—Tamsin estará encantada —dije finalmente.

Me sonrió brevemente.

—Eso espero.

En Roca Blanca se formó una especie de caos. Era el punto de partida de todos los colonos. Algunos ya tenían terrenos y parcelas asignados. Esos miraban mapas y planos intentando determinar dónde se encontraban sus tierras y cuánto tiempo les llevaría llegar hasta ellas. Otros colonos habían llegado con las manos vacías, impulsados por un sueño. Estos, o bien solicitaban tierras para comprar o alquilar a los agentes de Warren, o buscaban trabajo con los que ya estaban más establecidos. Los residentes de Roca Blanca, a la vista de sangre nueva, estaban ansiosos por acercarse a vender su mercancía.

—Iré al yacimiento esta noche —me dijo Cedric más tarde. Había estado consultando un mapa con otros hombres—. Los nuestros están cerca, así que iremos juntos.

—Ojalá pudiera ir yo también —dije.

—He visto dónde está la casa de los Marshall. Solo son dos horas a caballo.

—¿Con un caballo normal o con *Lizzie*? —pregunté.

—*Lizzie* lo hará sin problema. Déjame ir a ver cómo está el yacimiento y después te llevaré conmigo. —Al ver mi decepción, me acarició la cara y me acercó a él—. Solo serán uno o dos días.

—Ya lo sé. Pero odio que nos separemos de nuevo después de todo lo que ha ocurrido.

—Animaos, tortolitos, no estaréis mucho tiempo separados —dijo la señora Marshall mientras se acercaba a nosotros—. Además, tiene razón, estamos relativamente cerca. Irás allí muy pronto, aunque puede que no quieras después de haberte quedado con nosotros. Un yacimiento silvestre no va a parecerte ni mucho menos tan cómodo como una casa en condiciones.

El señor Marshall había estado en Hadisen varias veces supervisando la construcción de la casa antes de traer a su mujer y a sus hijos. Quería estar con Cedric, pero una parte de mí, en secreto, estaba ansiosa por dormir bajo un techo de verdad en una cama real, sobre todo porque el cielo amenazaba lluvia. También me preguntaba si sería posible darme un baño. Tenía tanta su-

297

ciedad acumulada bajo las uñas que ya ni se veía la parte blanca.

Cedric y yo nos separamos con un beso y lo miré tanto tiempo como pude mientras me alejaba en el carromato de los Marshall. La pequeña e incompleta ciudad se hizo cada vez más diminuta y conseguí ver por última vez a Cedric saludándome con la mano antes de que todo se perdiera entre las sombras y el polvo. Cuando llegamos a la propiedad, la noche había caído por completo. Solo podía distinguir la casa, una cabaña construida con troncos horizontales. Desde fuera, no parecía muy grande.

Resultó que tampoco era muy grande por dentro. Había una amplia habitación común que se utilizaba prácticamente para todas las tareas del hogar: cocinar, comer, coser, recibir visitas, etcétera. Una pequeña habitación a uno de los lados estaba reservada para el señor y la señora Marshall. En el piso superior, en la buhardilla, un tabique separaba dos dormitorios: uno para las niñas y otro para los niños. Yo compartiría una cama grande con las tres niñas. Esperaba que ninguna diera patadas.

Pasamos el resto de la tarde metiendo las provisiones dentro antes de que llegara la lluvia. La posición resguardada de Cabo Triunfo la protegía de las tormentas, pero en Hadisen podían azotar con mucha intensidad. La mayor parte del viaje hasta el momento había consistido en aguantar y aquella fue mi primera ración real de trabajo duro. El señor Marshall y dos de los niños ayudaron a meter el ganado en el establo. Terminamos justo a tiempo y la señora Marshall nos cocinó un pote de mijo y carne seca para cenar en la chimenea. Nos sentamos en un banco largo que había junto a la mesa para comer. No era cómodo, sobre todo para mis músculos doloridos, pero nos salvó de sentarnos en el suelo de tierra compactada.

—No estaremos así siempre —dijo la señora Marshall señalando hacia el suelo—. No somos salvajes. Pronto tendremos paja para cubrirlo.

Cuando llegó la hora de dormir, saqué una araña de la cama con la esperanza de que no hubiera más. Soplamos para apagar las velas y escuchamos cómo la lluvia golpeaba el tejado mientras permanecíamos tumbadas y apiñadas juntas en la amplia cama. Resultó ser un aguacero continuo, no una tormenta fuerte. El tejado no tenía goteras, así que por lo menos había algo bueno.

Mientras estaba allí tumbada a oscuras, recordé que era una condesa de Osfrid. La ansiedad que había sentido durante el primer día de viaje a Hadisen creció en mi interior e intenté pensar en las palabras de Cedric, en que lo más difícil sería simplemente adaptarme a una situación en la que no era perfecta. Fue suficiente consuelo como para ayudarme a dormir, aunque me preguntaba cómo podría nadie sentirse un experto viviendo en una cabaña en los límites de la civilización.

Cedric no vino al día siguiente como dijo que haría. Ni al siguiente. Al principio, me molestó el retraso. Pero a medida que transcurrían los días, empecé a preocuparme. Los Marshall me dijeron que seguramente no pasaba nada, pero el miedo me carcomía. Tenía mucho tiempo para pensar en todo tipo de horribles situaciones, ya que estaba constantemente atareada con actividades manuales que me agotaban el cuerpo más que la mente. No empezaríamos con las lecciones hasta que la casa estuviera organizada, y no me importaba hacer mi parte del trabajo en casa de los Marshall. Pero estaba irremediablemente poco preparada.

299

Las habilidades que había aprendido como noble no servían para nada. Y la mayoría de las clases de la Corte Reluciente, tampoco. Ninguna de las opciones de matrimonio terminaba en un escenario como este. Habíamos practicado tareas que la señora de un hogar modesto, como el de Nicholas Adelton, habría de supervisar o en las que incluso tendría que ayudar si los demás sirvientes estaban ocupados. Pero no nos habían preparado para las tareas con las que me encontré allí. Aprendí a ordeñar vacas y a hacer mantequilla. Molí maíz duro hasta conseguir granos finos. Cavé tierra para plantar semillas de distintas verduras y hierbas. Cocinaba hornadas de platos sencillos y abundantes que no tenían mucho sabor pero podían alimentar a una gran multitud. Hice jabón de sosa cáustica, que era el trabajo que menos me gustaba de todos.

No había organización de fiestas. Ni bailes. Ni fuentes de cristal decoradas con azúcar. Ni música en el conservatorio. Ni conservatorio.

Y tenía las manos… Bueno, no como las había tenido siempre.

Cuando Cedric finalmente apareció, estaba barriendo el suelo de tierra de la cabaña, algo que consideraba totalmente absurdo. Sentía que lo único que hacía era cambiar la tierra de sitio. Estaba en pie desde el amanecer y aquella era solo una de las múltiples tareas miserables que había realizado. Alcé la vista para limpiarme la frente y me sobresalté al ver a Cedric de pie en la puerta, observándome atónito. Dejé caer la escoba y me lancé a sus brazos, tirándole prácticamente al suelo en el embate. Se agarró al marco de la puerta para recobrar el equilibrio y me atrajo más hacia sí. Apoyé una mano en su pecho, corroborando lo real y sólido que era.

—No estás muerto —resoplé.

Se atragantó con una carcajada.

—Yo también me alegro de verte, querida.

Quería hacer una broma para ocultar mis verdaderos sentimientos. No quería que supiera el miedo que había pasado los últimos días, las cosas horribles que había imaginado que le sucederían, que había temido que todos los sueños que habíamos construido se viniesen abajo. Pero cuando Cedric me miró y su sonrisa se esfumó, supe que lo veía en mis ojos.

—Lo siento —dijo con dulzura.

—Cedric, ¿dónde has estado? —Le abracé más fuerte y en ese momento me di cuenta de que estaba tan sucio y cansado como yo—. He estado muy preocupada.

—Lo sé, lo sé. Debería haber enviado un mensaje, pero había tanto trabajo que hacer... Más de lo que esperaba. Lo verás muy pronto.

—Acabamos de terminar de desayunar, pero te invitamos a unas gachas —dijo la señora Marshall detrás de mí. Había olvidado que estaba allí. Su tono era amistoso, pero había una advertencia en él que tanto Cedric como yo entendimos. Nos separamos rápidamente.

Las susodichas gachas eran una de las cosas más sosas que había probado en mi vida. Cedric siempre había sido bastante quisquilloso con la comida en El Manantial Azul y en Las Glicinias, e insistía en que los huevos estuvieran cocidos a fuego lento y las pastas calientes. Me imaginé que rechazaría una comida tan ramplona, pero, para mí sorpresa, aceptó y se comió dos cuencos. Cuando terminó, preguntó a los Marshall si podía llevarme al yacimiento.

—Sé que tendrá muchas cosas que hacer aquí, pero me gustaría enseñarle las tierras —dijo—. La traeré de vuelta para la hora de la cena.

—Por supuesto —dijo la señora Marshall—. Y puedes quedarte y cenar con nosotros.

Cedric pareció gratamente complacido con aquello.

Otra tormenta había dado paso a una mañana fría, así que me puse mis pantalones de ante y el abrigo, junto con el sombrero de ala ancha. Lo hice tanto por pragmatismo como por ponerme algo limpio. Solía llevar el mismo vestido para trabajar todos los días y los Marshall solo se bañaban los fines de semana.

—Pareces una colona auténtica, lista para cabalgar y domar la jungla —dijo Cedric.

—Sería lo lógico, ya que monto mucho mejor que tú. —Avancé hacia *Lizzie*—. ¿Estás seguro de que podrá llevarnos a los dos?

—Dímelo tú, señorita amazona.

Le di unas palmaditas en el cuello a la vieja yegua.

—Claro que puede. Pero sin galopar demasiado.

Durante el viaje, estábamos demasiado cerca de lo que había ocurrido en Cabo Triunfo como para pensar en montar a caballo juntos. Aquí, en los límites de la civilización, las normas eran más relajadas. Las costumbres las dictaba lo que resultara más conveniente en cada momento y, si viajar juntos a caballo era más rápido, así lo haríamos. Me ayudó a subirme a la parte delantera de *Lizzie* y a continuación saltó detrás de mí, con mucha más elegancia que otras veces que le había visto hacerlo durante el viaje.

Seguimos un camino estrecho y cubierto de maleza a través de un bosque de distintos tipos de árboles. Pronto empezó a hacer más calor y me deshice del abrigo. Puede que nuestra relación ya no estuviera prohibida oficialmente, pero eso no afectaba a la corriente eléctrica que existía entre nosotros. Mi cuerpo aún se excitaba al reconocer el suyo y, durante las dos horas que duró el viaje, me di cuenta de que nunca me había rodeado con sus brazos durante tanto tiempo, aparte de en nuestras escapadas nocturnas en el camino a Hadisen.

El terreno ascendió rápidamente, pero *Lizzie* continuó avanzando con paso lento pero seguro. El yacimiento se asentaba en una ladera a la que habían dado el extravagante nombre de Mon-

301

taña de la Paloma Plateada. Un ancho río la atravesaba y las vistas eran espectaculares, abriéndose a otras montañas así como a las tierras de cultivo que acabábamos de pasar a caballo. Estaba tan fascinada con todo aquello que me costó un momento fijarme en el resto del yacimiento.

—¿No se supone que había una casa aquí? —pregunté.

—Ahí —dijo Cedric, señalando hacia una pequeña elevación del terreno.

Le seguí hasta allí y distinguí lo que había confundido con una caseta de almacenaje. Estaba bastante inclinada y no me quedaba muy claro si era intencionado o no. Los tablones exteriores eran de distintos tipos de madera, algunos viejos y erosionados, y otros nuevos y amarillos. El tejado parecía antiguo pero robusto, excepto por una esquina que estaba cubierta por una lona.

Cedric siguió mi mirada hacia aquel punto.

—Aún tengo que trabajar en esa parte.

—¿Ya has… estado trabajando en el resto? —pregunté delicadamente. No quería ofenderle, pero era difícil de creer.

—Por eso he tardado tanto. Cuando llegué aquí, esta cosa prácticamente no se tenía en pie. Pasé la primera noche lluviosa en el suelo, acurrucado bajo la lona. He tenido que ir a la ciudad para comprar provisiones y muchas de las reparaciones las he hecho yo solo. El buscador de oro del yacimiento de al lado ha venido a ayudarme con algunas. —Cedric miró hacia la choza—. No quería que la vieras, ni tampoco el resto del lugar, en ese estado. Hay mucho trabajo por hacer aún. Pero sabía que no podía ausentarme por más tiempo.

Busqué su mano y entrelacé mis dedos con los suyos.

—Me alegro de que no lo hicieras. Y no tienes que avergonzarte de nada de esto, no si vamos a compartir la vida en el futuro.

Levantó mi mano y la examinó. La piel estaba agrietada y en carne viva por culpa de la sosa. Estaba sucia por todos lados, sobre todo bajo las uñas. Tenía un corte profundo que ni siquiera recordaba haberme hecho. Me soltó la mano y suspiró.

—Oye, no te vengas abajo —le dije—. No es nada que no se pueda arreglar con un poco de crema hidratante y jabón, jabón de verdad, no esa maldita cosa que prepara la señora Marshall. Volveré a ser la misma belleza de antes en un periquete.

Me obligó a que le mirara. El sol de la tarde le iluminaba, haciendo que el oscuro caoba de su cabello se encendiera como un fuego.

—Ya eres la misma belleza de antes. A lo mejor incluso más que cuando te conocí. Me acuerdo mucho de ese día, ¿sabes? Recuerdo cada detalle. Recuerdo el vestido que llevabas: de satén azul con capullos de rosas en las mangas. Y cada rizo perfectamente colocado. Nunca había visto a nadie como tú. Lady Witmore, condesa de Rothford. —Suspiró de nuevo—. Y mira ahora dónde te he traído. Si no hubiera aparecido en tu puerta aquel día, ¿dónde estarías ahora? Seguramente no en mitad de la nada, fregando la casa de la mujer de un agricultor mientras intentas desesperadamente que tu marido el hereje pueda reunir suficiente dinero para pagar y librarnos de unos contratos asfixiantes. Te habrías casado vestida de seda, del brazo de alguien cuyo linaje se correspondiera con el tuyo. Sigues siendo distinta a todas las mujeres que he conocido en mi vida y eres lo primero en lo que pienso cuando me despierto cada mañana. Pero, a veces, bueno, no estoy seguro de si he mejorado tu vida o la he empeorado.

303

Le miré largo rato. Como yo, estaba sucio y desaliñado, y su ropa de trabajo quedaba a años luz de su chaleco de brocado y su broche de ámbar.

—Me has salvado —le dije—. Y no necesito sedas.

Le atraje hacia mí y nos unimos en un beso. El mundo a mi alrededor era de oro. El sol, su abrazo y la alegría que crecía dentro de mí me reconfortaban. La suciedad, el miedo y las complicaciones no existían; solo aquel momento perfecto junto a él.

—Venga —dije—. Ahora enséñame la casa.

La casa consistía en una habitación. Un fogón diminuto y maltrecho que había en una esquina hacía las veces tanto de estufa como de cocina, aunque apenas había comida. Había dos sillas y una mesa de la anchura aproximada de un estante. Su cama era un colchón relleno de paja en el suelo, que era de tierra compactada, como el de los Marshall. Le di unos golpes con el pie.

—Yo sé cómo barrer esto, si necesitas ayuda.

Sacudió la cabeza.

—Todo esto necesita ayuda. ¿Quieres ver el resto de la propiedad? Puedo incluso enseñarte a batear oro. No he podido hacer mucho todavía con todo el trabajo que hay aquí.

Dudé. Quería ponerme manos a la obra y empezar a ganar dinero para devolvérselo a Warren. Y, desolado o no, el yacimiento y las vistas eran hermosos. No me habría importando explorarlos.

—Lo que más quiero ahora mismo es un baño —solté. Cuando empezó a reírse, me llevé las manos a las caderas y fingí una expresión ofendida—. ¡Oye! Que algunas no hemos podido dormir fuera bajo la lluvia. Parece ser que los baños son solo los sábados en casa de los Marshall.

Mereció la pena la provocación que se reflejaba en sus ojos, y que hizo que volviera su vieja y genuina sonrisa. Me cogió de nuevo de la mano.

—Vamos. Creo que eso podemos arreglarlo.

—¿Hay un baño de lujo en la propiedad? —pregunté esperanzada.

No lo había, pero sí había una pequeña piscina natural (más bien un estanque) no lejos de una curva del río Mathias. Parecía recibir el agua de una fuente subterránea, lo cual no era sorprendente ya que el río tenía bastantes meandros y ramificaciones. Unos cuantos árboles crecían alrededor del estanque, lo que proporcionaba algo de sombra en aquel día cada vez más caluroso.

—Sé que no es a lo que estás acostumbrada —dijo Cedric a modo de disculpa—. Pero, dadas las circunstancias, pensé que… Espera, ¿qué estás haciendo?

Lo que estaba haciendo era quitarme la ropa. Me daba igual que no se viera el fondo del estanque. Me daba igual no tener jabón. Me daba igual si el amable vecino aparecía dando un paseo y me veía. Y, por supuesto, me daba igual que Cedric me viera.

Dejé la ropa en un montón sobre la fina hierba y me hundí en el estanque. Puede que la tarde fuera cálida, pero el agua seguía estando fría y era agradable después de días de mugre y sudor. No me detuve hasta que el agua me llegó justo por debajo de los hombros y sumergí la cabeza en un débil esfuerzo por lavarme el pelo. Cuando emergí, eché la enredada melena hacia atrás y miré a mi alrededor. Cedric seguía de pie en la hierba, dándome la espalda.

—¿Qué haces? —le pregunté—. Ven aquí.

—¡Adelaide! Eres…

—… perfectamente respetable, lo juro.

—¿Es esa una definición creativa de «respetable»? —Pero se atrevió a mirar a hurtadillas y pareció aliviado de que estuviera casi completamente sumergida.

—Ven aquí —repetí—. A ti tampoco te vendrá mal un baño. Además, ¿no viste todo esto aquel día en el conservatorio? Mira, me doy la vuelta y todo.

Lo hice y esperé hasta que oí el sonido del chapoteo que provocó al meterse en el agua.

—¿Sabes? —me dijo—. No dejas de hacer referencia a aquello, pero en realidad aquel día no vi nada. Estaba tan asustado que miré prácticamente a todos lados menos a ti.

Me giré y sonreí al verle a menos de un metro de mí.

—Y yo aquí pensando que había alimentado tu imaginación durante meses.

—Bueno, tenía mucho con lo que alimentarse, no te preocupes. —Él también sumergió la cabeza y la sacó a continuación, restregándose bien el pelo con las manos.

—En mi último baño en Las Glicinias, utilicé jabón cremoso de lavanda de Lorandia. Si hubiera sabido a lo que me tendría que enfrentar aquí, habría traído un poco escondido.

—Me aseguraré de conseguir un poco la próxima vez que vaya a Roca Blanca —dijo Cedric—. Creo que lo venden entre el puesto de cecina y la tienda de municiones. —Avancé hacia él y dio un paso atrás—. Adelaide…

—¿No podemos besarnos? Creía que habíamos dicho que no veías nada…

—Pero puedo sentir mucho.

Avancé de nuevo hacia él y esta vez no se retiró.

—Creía que eras un rebelde oscuro y salvaje que conduce a las doncellas a cometer actos horribles en bosques iluminados por la luna.

—Sí, ese podría ser yo —admitió—. Pero solo si una de las doncellas que mencionas es mi esposa.

Recordé las palabras de Mira.

—Los alanzanos tienen principios.

—Claro que sí. Algunos. Otros, no. Eso, y que quiero conservar algo honorable y, no sé, algo sagrado entre nosotros.

305

—Yo también quiero. —Me acerqué de nuevo—. Pero también quiero besarte ahora.

Cedric sacudió la cabeza.

—No me lo pones fácil. Pero la verdad es que nunca lo has hecho.

Se inclinó y me sostuvo el rostro entre las manos, besándome sin rastro de miedo ni duda. Nos encontrábamos a un minúsculo soplo de distancia, una distancia de la que sabía que ambos éramos sumamente conscientes y que luchábamos por mantener. A pesar de mis osadas palabras, me descubrí temblando. Ya no sentía frío en el agua. Tenía la misma sensación de siempre cuando estaba con él: que los dos estábamos de pie al borde de una especie de precipicio, siempre a un paso de un final dramático. Sabía que si eliminaba ese espacio y me perdía entre sus brazos, todas sus intenciones honorables y sagradas se derrumbarían para aterrizar probablemente al lado de mis bonitas palabras acerca de llegar virgen a mi noche de bodas.

Pero mantuvimos la distancia. Cuando por fin pudimos separarnos, ambos estábamos sin aliento y ansiosos, anhelando algo que no podíamos tener.

Unos momentos largos y llenos de tensión planearon entre nosotros mientras nos mirábamos fijamente y ambos intentábamos recuperar el autocontrol.

—Creo —dijo Cedric mientras me pasaba un mechón de cabello mojado por detrás de la oreja— que deberíamos casarnos más pronto que tarde.

—Estoy de acuerdo. —Seguía tambaleándome, aún embriagada por lo tentadoramente cerca que estaba. Di unos pasos atrás, solo para estar segura, y señalé con un gesto a mi alrededor—. Pero, mientras tanto, si no tenemos nada mejor que hacer... ¿Quieres que vayamos a batear oro y nos hagamos ricos?

24

*N*o nos hicimos ricos aquel día. Ni al día siguiente.

Pronto, un día sucedió al otro hasta que nos embarcamos en la rutina. Cedric se levantaba al amanecer todas las mañanas para recorrer el trayecto de dos horas hasta la casa de los Marshall. Me llevaba hasta el yacimiento y yo le ayudaba hasta entrada la tarde. Entonces hacíamos el viaje de vuelta para cenar con la familia. Cedric volvía al yacimiento y yo ayudaba a estudiar a los niños hasta que nos íbamos a la cama. Ya no me costaba dormirme.

Me sentía especialmente mal por Cedric. Se pasaba la mitad del día llevándome y trayéndome. Pero decía que le gustaba tenerme cerca, y muchas de las tareas se hacían más llevaderas con dos pares de manos. Cada minucia ayudaba.

Y la verdad es que solo nos encargábamos de minucias. El bateo del oro no me resultó tan difícil en cuanto le cogí el truco. El río era ancho y profundo en algunos puntos, y solo era cuestión de vadear y sentarse en una roca. Podía batear todo el día y conseguir solo un puñado de diminutas y relucientes pepitas de oro. En polvo, casi. Un puñado al día no serviría para pagarle a Warren lo que le debíamos, al menos no en el plazo de un mes.

—Todo suma —me dijo Cedric un día, ya tarde.

Observé nuestra reserva de polvo de oro, que protegíamos con gran cuidado.

—¿Será suficiente?

—Vale más de lo que crees. Seguro que en Osfro tus criados barrían a diario el suelo de tu casa y tiraban todo este polvo de oro. Pero, en el mundo real, esto es un montón de dinero.

De hecho, era tanto dinero que Cedric anunció que iba a ir a Roca Blanca para gastárselo en algo llamado «esclusa».

—¿Vas a gastarte lo poco que tenemos? —le pregunté—. ¿O vas a comprarla a crédito? —Aquello habría sido peor. No quería deberle nada más a Warren.

Cedric sacudió la cabeza. No se afeitaba a menudo últimamente, y una sombra cobriza le cubría la parte inferior de la cara. No me importaba, aunque me pinchaba al besarme.

—Con lo que hemos extraído hasta ahora tenemos suficiente para lo que necesito.

—Todo ese trabajo desperdiciado.

Solo pensarlo me agotaba, sobre todo al recordar las horas que había pasado de pie en el río. Los dos nos habíamos curtido considerablemente en las últimas dos semanas. Yo tenía callos en las manos y, cuando al fin tuve acceso a un espejo, descubrí que, como temía, el sombrero no había resultado de gran ayuda contra el sol.

—Merecerá la pena si consigo lo que busco —dijo Cedric—. Una esclusa se coloca en el río y, básicamente, se encarga del paneo por nosotros. Extraeremos más oro en menos tiempo.

—Eso suena bien —admití—. Pero, a veces, tengo la sensación de que en este yacimiento solo hay oro suficiente para darnos falsas esperanzas, pero no para saldar nuestra deuda. Y creo que Warren lo sabía.

—Es una posibilidad. —El rostro de Cedric empezó a apagarse, pero pronto recuperó su optimismo habitual—. Pero no vamos a pensar en eso hasta que no hayamos agotado todas nuestras opciones. Si espera que nos demos por vencidos a la primera de cambio, va a llevarse una sorpresa.

Así que me pasé el día siguiente ayudando en la casa. Las tareas pendientes no parecían tener fin; pensaba a menudo en esto. Si Cedric y yo conseguíamos trasladarnos a Westhaven, la vida no sería muy distinta de lo que era en Hadisen. Viviríamos en la frontera en una casa humilde. No tendríamos sirvientes. Cuando llegué a El Manantial Azul era muy ingenua acerca del trabajo que lleva a cabo la gente corriente. Ahora, me estaba haciendo experta en todo tipo de quehaceres que jamás había imaginado.

También descubrí que mi educación sofisticada no era de gran ayuda para mis estudiantes. Aquellos niños habían crecido sin ir a la escuela y habían empezado a trabajar muy pronto. Les enseñaba cosas muy básicas: lectura y aritmética sencilla. Aquello me estaba ayudando a entender de manera distinta el mundo y a la variedad de personas que vivían en él.

Todos aquellos pensamientos se sucedían en mi cabeza cuando Cedric vino a buscarme al día siguiente de su viaje a Roca Blanca. Al notarme pensativa mientras cabalgábamos a lomos de la vieja *Lizzie*, me preguntó qué me ocurría.

—Esto es duro, mucho más duro de lo que había imaginado —dije, intentando explicarme—. Pero no me importa, al menos casi nunca. Estoy empezando a amar este lugar. Me gusta la calma que hay. La amplitud. Y me gusta ver que la gente es mejor, y no en el sentido en el que la Corte Reluciente nos hacía mejores. Es difícil de explicar, pero de alguna forma me doy cuenta de que toda esta gente corriente no será siempre corriente. Ahora es todo una cuestión de supervivencia pero, un día, las artes y la educación podrán prosperar aquí como lo han hecho en Osfro. Y… es emocionante formar parte de ello.

Se inclinó para darme un beso en el cuello.

—Será mucho mejor en Westhaven. La determinación que tienen aquí es maravillosa, pero lo será aún más sumada a la libertad de pensamiento y de fe que habrá en Westhaven. Aquí deben sobrevivir tanto el cuerpo como la mente. Ah. —Se removió en la montura para sacar algo del bolsillo—. Cuando estuve en la ciudad recogí una carta para ti.

La leí mientras cabalgábamos. Era de Tamsin:

Querida Adelaide:

Me dicen que puedes recibir cartas allí, pero no estoy muy segura. Espero que recibas esta y que no se la coma un oso.

Por aquí todo va de maravilla. Voy a fiestas todas las noches. He conocido a algunos hombres potencialmente interesantes, pero aún sigo esperando a Warren. Su posición, tanto en materia financiera como de poder, es exactamente lo que necesito. Además, así estaré cerca de ti. Si pudieras conseguir que se enamorase perdida y locamente de mí, todo sería perfecto. Que me pidiera que le esperase es buena señal, pero no tengo nada más.

Algunos de los colonos de Grashond siguen aquí, aunque me gustaría que se marcharan. Estoy cansada de verles. La única ventaja de que estén aquí es que me recuerdan lo agradable que es poder vestirme con colores vivos de nuevo.

Mira se comporta de manera muy extraña. ¿Hacía lo mismo cuando estabas tú aquí? Los dos últimos días, sobre todo, ha estado como ausente. A veces distraída, a veces irritable. Como siempre ha tenido un carácter mucho menos variable que el nuestro, te podrás imaginar lo extraño que se me hace.

He averiguado que solo ha recibido una oferta legítima. ¿Lo sabías? Me imagino que a muchos hombres les gusta bailar y charlar con ella, pero nada más. La oferta es de un anciano propietario de una plantación. Y cuando digo anciano, lo digo en serio. Tiene por lo menos ochenta años. Supongo que a mí también me irritaría, pero también es una posición muy respetable. Está bien situado y ella tendría el control absoluto de la casa, algo que creo que le gustaría. Y, como es tan viejo, no creo que le exija mucho, tú ya me entiendes.

Me gustaría poder escribirte más, pero aún tengo que peinarme para la fiesta de esta noche. Es en casa de un magnate del transporte de mercancías. No es tan buen partido como Warren, pero como segunda opción es una apuesta segura… solo por si acaso.

No sé cómo has podido renunciar a esto para dedicarte a excavar tierra todo el día, pero espero que estés bien y seas feliz.

Con cariño,

Tamsin

Sonreí mientras doblaba la carta. Casi podía oír cada una de las palabras en boca de Tamsin.

—Se pasa el día escribiendo cartas —le dije a Cedric—. Qué ilusión que por fin una sea para mí.

El sol ya apretaba cuando llegamos al yacimiento, pero apenas lo noté. Trabajé con las mangas remangadas y una falda pantalón de algodón fino que la señora Marshall me había ayudado a coser, porque la de ante era demasiado calurosa para aquellos días. La había cosido casi entera yo y, aunque mis puntadas no eran perfectas, había mejorado bastante.

Lo que también mejoró fue nuestra eficiencia una vez que hubimos instalado las esclusas. Una esclusa era una caja grande que dejaba pasar el agua, filtrándola a través de una rejilla donde se quedaban los minerales pesados y, entre ellos, con suerte, el oro. Seleccionamos unos cuantos puntos en el río, las colocamos y nos quedamos varios minutos allí, como si esperásemos que de repente fuesen a aparecer trozos enormes de oro y a quedarse atrapados.

—No va a venir una avalancha de oro de repente —dije—. Pero será más rápido que el bateo.

Cedric me pasó mi batea.

—Pero tenemos que seguir haciéndolo.

Llevábamos un par de horas bateando en el río cuando oímos una voz.

—Thorn, ¿estás ahí?

Levantamos la vista. Varios jinetes estaban cruzando el yacimiento y nos saludaban con la mano. Cedric les devolvió el saludo y empezó a avanzar por el agua hacia ellos. Yo lo seguí.

—¿Quiénes son?

—Alanzanos. Los vi en la ciudad el otro día. Acaban de presentar una solicitud para poder explotar un yacimiento lejos de aquí, en la frontera de Hadisen... deliberadamente lejos. Conozco a un primo suyo. Es uno de los alanzanos a los que detuvieron la noche de la Estrella de Adviento y que consiguió fugarse. Los está esperando en el yacimiento; les dije que se pasaran por aquí en el camino de vuelta.

Aunque me había acostumbrado al hecho de que Cedric fuese alanzano, aún no había conocido a ningún otro. Aquel grupo parecía normal y corriente, no muy distintos del clan Marshall. Llevaban ropas humildes y gastadas, y arrastraban un carromato con provisiones. Cedric me los presentó como los Galveston: eran una pareja de mediana edad y sus cuatro hijos. El mayor estaba casado e iba con ellos su esposa, que estaba embarazada.

No hubo rituales sórdidos ni plegarias. Los Galveston llevaban todo el día de viaje y agradecieron el descanso, sobre todo los niños más pequeños, que salieron corriendo a jugar. Nos sentamos con los adultos, les dimos agua y nos limitamos a intercambiar noticias. Después de unas semanas en Hadisen, Cedric y yo nos sentíamos veteranos y les ofrecimos nuestra experiencia. El señor Galveston, de nombre Francis, demostró tener más experiencia que nosotros cuando inspeccionó la cabaña.

—¿Por qué no selláis el tejado? —preguntó.

—Hay madera. Yo mismo clavé los tablones.

Era obvio que Cedric se sentía orgulloso de su hazaña y no

pude evitar sonreír. Yo estaba allí aquel día y se golpeó los dedos con el martillo por lo menos media docena de veces.

—Pues me temo que se inundará en cuanto caiga una de esas famosas tormentas. Tienes que conseguir algo de lona para tapar los agujeros. Nosotros hemos comprado la que les quedaba en la ciudad. Tendrás que esperar hasta que llegue un nuevo cargamento o, de lo contrario, volver a Cabo Triunfo.

—No creo que volvamos por allí pronto —dijo Cedric—. Tendré que vérmelas con la lluvia.

Francis le hizo un gesto a su hijo mayor y a Cedric para que lo siguieran.

—Quizá podamos poner unos parches. Vamos a echar un vistazo.

Se fueron y me quedé sentada en la hierba con las mujeres. Alice, la nuera, se estiró y se puso una mano en el vientre abultado.

—¿Estás incómoda? —le pregunté—. ¿Necesitas algo?

—No, gracias. —Intercambió una sonrisa cómplice con su suegra, Henrietta—. Cuando me echaron las cartas al principio del embarazo, me salió el Guardián de las Rosas.

Al ver mi cara de asombro, Henrietta me preguntó:

—¿No conoces la carta?

—No conozco ninguna carta —admití. Me di cuenta de que hablaban de las cartas deanzanas, como la baraja que tenía Ada. La mayoría de la gente las usaba para jugar y para adivinar el futuro. Para los alanzanos, las cartas tenían un significado sagrado y representaban el culto a Deanziel, el ángel de la luna, que dominaba la sabiduría interior.

El ceño fruncido de Alice se relajó, pero seguía confundida.

—Cuando Cedric te presentó como su prometida, pensé…

—¿Que era alanzana? —terminé.

Ambas parecieron avergonzadas, y entonces Alice preguntó:

—¿Vas a convertirte cuando os caséis?

—Pues no entra en mis planes, la verdad.

—¿Entonces por qué te esfuerzas en conseguir el dinero para Westhaven? —preguntó Henrietta. Los Galveston también querían ir allí, pero iban a esperar a que la colonia estuviera asentada y no fuese necesario pagar por la concesión. Esperaban ganar dinero con el oro mientras tanto.

—Por Cedric. Quiero que tenga libertad para practicar su religión sin peligro. Y está muy interesado en conseguir un puesto de liderazgo allí —expliqué—. Ser uno de los primeros colonos le resultará útil. —Se produjo un silencio incómodo que traté de llenar cuando vi que ellas no lo hacían—. Bueno, ¿qué significa el Guardián de las Rosas?

Por un momento pensé que no iban a decírmelo.

—En la carta aparece un hombre trabajando en su jardín, protegiendo unas delicadas flores del tiempo inclemente. Al final, obtiene unas hermosas rosas como recompensa —dijo Henrietta.

Me volví hacia Alice.

—Así que, para ti, eso simboliza el embarazo. Está siendo difícil, te estás enfrentando a numerosos obstáculos en este viaje… pero tu bebé nacerá sano y fuerte, florecerá igual que las rosas. Espero que el mensaje de la carta pueda extrapolarse a la prosperidad de vuestra familia en Hadisen. —Ambas mujeres me miraron atónitas—. ¿He acertado?

—Sí —dijo Henrietta por fin—. Más o menos. —Apartó la mirada de mí—. ¡Glen! Baja de ahí antes de que te rompas el cuello.

Las dos hijas pequeñas de los Galveston estaban chapoteando en el agua donde no cubría, pero el niño estaba intentando trepar por los salientes rocosos que marcaban el comienzo de las colinas y montañas. No podía ir muy lejos, pero entendía su preocupación. No parecía oírnos.

—Iré a buscarle —dije, levantándome. Quería ayudar, pero también alejarme de las miradas inquisidoras.

Glen había subido bastante, con lo que corría aún más peligro si resbalaba y se caía.

—Glen —dije—. Te llama tu madre. Es demasiado peligroso que subas ahí.

Ni siquiera me miró.

—Solo un minuto. Casi he alcanzado otra.

—¿Otra qué?

Estiró el brazo hasta un saliente en la piedra y profirió una exclamación de triunfo. Luego bajó reptando como una salamanquesa. La parte delantera de su peto tenía un bolsillo gigante que estaba lleno de piedras. Deslizó su brillante hallazgo dentro, con el resto.

313

Hice un gesto hacia donde estaba su familia para que avanzáramos.

—¿No te pesa mucho todo eso?

—Es para mi colección. Tengo muchas más. ¿Sabes que hay gente, gente muy lista, en Osfrid, que se dedica a estudiar las piedras todo el rato?

—Sí, lo sé. Se llaman geólogos.

—Geólogos —repitió la palabra como si la saboreara.

—El rey les encarga viajar e investigar cosas nuevas acerca de las rocas y los minerales.

—Me gustaría hacer eso. Pero cuando tengamos suficiente oro para construir una granja, dicen que tendré que ayudar a trabajar.

Le di una palmada en la cabeza.

—Nunca asumas que tendrás que seguir el destino que alguien ha planeado para ti. Te voy a enseñar unas rocas nuevas.

Lo llevé hasta el estanque a la sombra, donde antes había visto unos guijarros pequeños y moteados. Glen estaba fascinado y lo dejé solo, ya que allí no corría ningún peligro. Cuando estaba llegando a la parte trasera de la choza, donde estaban los demás, oí a Henrietta hablando con Cedric.

—… asunto mío, pero ¿estás seguro de que es una buena idea?

—Claro que lo es —dijo Cedric—. La amo.

—Eso está muy bien, pero estás dejándote engatusar por una cara bonita. Un día te levantarás de la cama y te darás cuenta de cuáles son las consecuencias de verdad. ¿Qué vas a hacer cuando tengáis hijos? Espero que al menos la obligues a convertirse.

—Nadie puede obligarla a nada. En cuanto a los hijos… —Cedric vaciló—. Bueno, lo hablaremos llegado el momento.

—Será mejor que lo habléis ahora —dijo Francis—. Es un asunto serio. Tú eres un hombre con educación y experiencia en el mundo de los negocios, justo el tipo de alanzano que nuestra religión necesita para avanzar y granjearse respeto en el futuro. La fundación de Westhaven es el mejor camino para ello. Pero ¿qué imagen darás si tu propia esposa no profesa nuestra fe?

—La imagen de que tiene sus propias creencias y es consecuente con ellas, que es exactamente lo que llevamos tanto tiempo reclamando ante los ortodoxos que tenemos derecho a hacer. Y lo importante en Westhaven es que será un lugar donde todas las creencias serán bienvenidas. La alanzana y cualquier otra.

Los Galveston no parecían convencidos y, finalmente, Alice aseveró una conclusión.

—Bueno, hay un juez en Roca Blanca que es uno de los nuestros. Deberías pedirle consejo antes de cometer una estupidez. Esa chica constituye una amenaza para tu fe y para nuestro futuro.

Cuando llegué hasta donde estaban, todos intentaron actuar como si nada hubiese sucedido, pero sin mucho éxito. En cualquier caso, era hora de marcharse, así que todos nos sentimos aliviados.

—Ay, Glen —exclamó Henrietta cuando vio los bolsillos del niño repletos de piedras—. ¿Qué te tengo dicho de esas rocas?

—Son para mi colección —declaró—. Voy a ser geo... geólogo real.

—¿Qué? Bueno, me da igual. No vamos a llevarnos ese montón de piedras. Déjalas aquí.

Glen hizo un mohín obstinado con el labio inferior; me apresuré a arrodillarme junto a él.

—Son demasiadas, no puedes llevártelas todas. ¿Por qué no las dejas aquí? Yo te las guardaré hasta que puedas volver a por ellas.

315

No pareció gustarle demasiado la idea, pero tampoco le gustaba la de enfrentarse a su madre, así que dejamos las piedras en un montoncito junto a la choza y nos despedimos de los Galveston.

—No digas nada —dijo Cedric en cuanto se hubieron ido—. Sé que los has oído y lo único que tienes que hacer es olvidarlo.

—Es un poco difícil olvidar lo de que soy una amenaza para ti. O que nuestro matrimonio sería una estupidez.

—Ninguna religión posee la verdad absoluta. En todas hay gente cerrada de miras.

Le miré a los ojos.

—¿Qué vamos a hacer cuando tengamos hijos?

—¿Admirar lo perfectos que son?

—¡Cedric! Tómate las cosas en serio por una vez.

Su sonrisa se desvaneció.

—Lo hago. Y, en cuanto a los niños, no lo sé. Les contaremos cuáles son mis creencias y... lo que quiera que sea que tú creas... algo que aún no tengo muy claro. Y que ellos tomen sus propias decisiones.

—No creo que tus amigos alanzanos aprueben eso. —Era extraño. Había habido tantas complicaciones en nuestra relación...

El escándalo de la relación en sí, nuestros problemas económicos, el peligro que corría Cedric… Pero nunca imaginé que yo pudiera ser una complicación para él—. No he pasado por todo esto, no he renunciado a tantas cosas para que te levantes un día de la cama y te des cuenta de que todo ha sido un error.

—Si eso ocurriera, mi único error sería salir de tu cama. —Me cogió de las manos y me atrajo hacia sí—. En serio, este asunto, que creamos en cosas distintas, no es algo que me tome por sorpresa. Desde el instante en el que me enamoré de ti supe que esta sombra se cerniría sobre nosotros. «Sobre» nosotros, no «entre» nosotros. Lo hablaremos y lo superaremos, igual que hemos hecho con todo lo demás.

Cerré los ojos un instante y suspiré.

—Solo deseo… solo deseo que no tuviésemos que superar tantas cosas. Cuando todo esto termine, nos vamos a aburrir.

—¿Nosotros dos? Nunca.

Nos besamos y me empujó contra la pared de la choza. No sé por qué pero la discusión me hacía desearlo aún más, y me recorrió un calor insoportable en cuanto sentí su cuerpo contra el mío. Tenía una de las manos enredada en mi pelo y la otra jugaba peligrosamente con el bajo de mi falda, subiendo peligrosamente por la pierna.

—Cuidado —dije, incapaz de resistirme—. No creo que la pared de la choza aguante mucho.

Él se apartó, respirando agitadamente y con ojos hambrientos, sin dejar de mirarme. No, hambrientos, no. Voraces.

—¿Quién es ahora el que no se toma las cosas en serio?

—Oye, es un halago a tu destreza que…

Perdí el hilo de lo que estaba diciendo al ver un rayo de luz. Aparté a Cedric, confundiéndole aún más, y me arrodillé en el lugar de donde había surgido el destello. Era el montón de rocas de Glen. Las revolví y encontré una que relucía, dorada, al sol. La levanté para que Cedric la viera.

—¿Es auténtica? —pregunté.

Habíamos oído un montón de historias en Roca Blanca acerca de los buscadores de oro que se dejaban engañar por indicios falsos. Cedric se agachó junto a mí y la levantó. Era solo un guijarro, pero era de oro sólido.

—Es auténtica —confirmó—. ¿De dónde ha salido?

—El futuro geólogo real la encontró en los salientes, arriba, cerca del pie de las colinas. Vi que brillaba, pero creí que sería un cristal.

Caminamos hasta el extremo más alejado del yacimiento, enfrente del río. La escasa vegetación clareaba aún más a medida que la zona rocosa se expandía. Señalé la base del saliente en cuestión. No era una montaña, pero la gran formación era lo suficientemente alta como para sentir preocupación cuando pensé en lo mucho que había trepado Glen. Y ni siquiera se acercaba apenas a la cima.

Cedric miró hacia arriba durante un buen rato.

—Tienes que conocer a mi vecino, Sully. Es un buen tipo. Me ha ayudado con varias cosas. En su yacimiento hay formaciones rocosas como esta, y dice que casi las hizo polvo en busca de oro. Parece ser que uno de los primeros exploradores de Hadisen encontró depósitos de oro en formaciones así... depósitos enormes. Mucho más de lo que se puede sacar del río.

Seguí su mirada y procesé lo que acababa de decir.

—¿Cómo podemos averiguarlo? ¿Qué hacemos, excavar?

—Más o menos. Mira, hay una grieta arriba del todo. Si excavamos ahí podemos encontrar algo. Si subo...

—¿Subir ahí? —Levanté la mirada hacia el peñasco más elevado—. Está muy alto.

—Necesitaré un equipo de escalada para comprobarlo. Vamos, Adelaide —añadió, al ver mi cara—. Con el material adecuado, será perfectamente seguro. Y, si hay un depósito ahí, se habrá solucionado todo.

—¿Y de dónde vas a sacar el equipo?

Sostuvo el guijarro en alto.

—Con esto compraré lo que necesito para la inspección inicial. Si efectivamente hay oro, habrá que hacer una excavación mucho más seria. Y habría que decírselo a Warren y a Elias. De hecho, tenemos que hablar con ellos en cualquier caso. Cuanto antes podamos empezar con esto, mejor.

La sonrisa en su rostro era radiante. El sol iluminaba sus facciones bronceadas y encendía su cabello cobrizo. Parecía un joven dios ardiente. Un dios sucio. Y, a pesar de todas las dudas que tenía, creía en él.

—Adelaide —me dijo—. Puede que al final, después de todo, puedas casarte vestida de seda.

$\mathcal{A}$l día siguiente me quedé en casa de los Marshall mientras Cedric iba a buscar el equipo de escalada. Me resultaba difícil ocultar mi excitación mientras ayudaba con las tareas del hogar, pero aún no podía arriesgarme a revelar el secreto.

—Vaya, estás de buen humor —señaló la señora Marshall—. No te has quejado ni una vez de la sosa cáustica.

—Es que tengo otras cosas en la cabeza, eso es todo.

—Estás haciendo buen uso de las hojas de canela, ¿eh? Eso es lo único que puede provocar una sonrisa así de radiante.

—Ni las he tocado —dije. Obviamente, no me creyó.

Cuando Cedric vino para llevarme al yacimiento al día siguiente, apenas esperé a que hubiésemos abandonado la propiedad de los Marshall.

—¿Has conseguido el equipo?

—Sí y no. En la tienda de suministros solo tenían algunas de las cosas que necesitaba. Después me encontré con Elias Carter.

—Maravilloso. ¿Ya sonríe un poco?

—No. Sobre todo cuando se enteró de la razón de mi visita al pueblo. Se mostró escéptico acerca de la posibilidad de que hubiese un depósito en los peñascos, dice que solo busco problemas. Si de verdad hay una cantidad sustancial de oro, tendríamos que traer a más hombres, y hay un montón de hombres en la ciudad que están deseosos de conseguir un trabajo extra.

Me podía imaginar perfectamente a Elias diciendo todo aquello con tono condescendiente.

—¿Y qué? ¿No va a dejar que lo hagas?

—Puedo supervisarlo, pero quiere verlo por sí mismo, al menos desde lejos. Se supone que vendrá hoy y me traerá el resto del equipo de escalada de otra tienda que ayer estaba cerrada. Me ha dejado muy claro, por supuesto, que le venía terriblemente mal.

—Cómo no. —Suspiré—. Y yo que pensaba que hoy iba a ser un buen día.

Fue un buen día. El trabajo era mucho más automático ahora que lo hacíamos con las esclusas, y podía pasar tiempo hablando con Cedric. Hablábamos del futuro, de lo que haríamos en Westhaven, de los nombres que les pondríamos a nuestros hijos de religión aún por decidir. La felicidad se evaporó en cuanto Elias se acercó cabalgando con varios de sus secuaces.

—Hoy no vas vestida de fiesta, ¿eh? —preguntó—. Desde lejos ni siquiera pareces una mujer.

—¿Tienes el equipo? —preguntó Cedric de mala gana.

Elias le hizo un gesto a uno de sus hombres, que dejó caer un montón de cuerdas y picos.

—El oro que me dejaste no fue suficiente. Te lo apuntamos.

Cedric logró esbozar una sonrisa forzada.

—Por supuesto.

Elias se movió, impaciente.

—Venga, vamos a ver la fortuna esa que crees que has encontrado. No tengo todo el día.

Caminamos hasta el extremo más alejado del yacimiento, enfrente del río. La escasa vegetación clareaba aún más a medida que la zona rocosa se expandía. Señalé la base del saliente en cuestión. No era una montaña, pero la gran formación era lo suficientemente alta como para preocuparme. La superficie escarpada e irregular también era desconcertante.

—Sully dice que es lo mismo que tenía Davis Mitchell en su yacimiento cuando encontró todo aquel oro —dijo Cedric.

Elias entrecerró los ojos.

—¿Sully? ¿Te refieres a George Sullivan? No es ningún experto. Lleva un año aquí y aún no ha tenido suerte.

—Pero conoció a Davis Mitchell —señaló Cedric—. Y vio su yacimiento.

Davis Mitchell era un personaje legendario en Hadisen. Había amasado una gran fortuna a base de oro y, finalmente, había vuelto a Osfro para vivir de sus ganancias. Si existía la más remota posibilidad de que aquello fuese algo parecido, había que investigar.

319

—Y —añadió Cedric— esta es la linde de mi propiedad. Si hay oro...

—La propiedad del señor Doyle —le corrigió Elias—. Tú solo trabajas aquí.

Cedric no se dejó amedrentar.

—Si hay oro, es probable que forme parte de una veta que atraviese estas colinas y llegue hasta esa cadena montañosa. Ahí no hay tierras arrendadas, ¿verdad? El señor Doyle podría contratar a los trabajadores directamente y no tendría que repartir las ganancias con ningún arrendatario.

—Excavar en esas montañas nos supondría no pocos problemas —gruñó Elias. Pero acerté a ver un destello en sus ojos al sopesar la posibilidad—. Bien. Escala este pedrusco y veamos qué hay arriba. Infórmame inmediatamente de lo que encuentres. Si hay algo que merezca la pena, el señor Doyle nos ayudará a organizar una extracción en condiciones cuando regrese de Cabo Triunfo. Y no empieces a propagar el rumor hasta que estés totalmente seguro de que no es infundado.

—Por supuesto —repitió Cedric, manteniendo la educación a pesar del tono insidioso de Elias.

Se produjo un silencio incómodo hasta que volvió a tomar la palabra Elias.

—Bueno, qué, ¿no vas a invitarnos a tu casa a tomar algo? Hemos hecho un largo camino para ayudarte.

Di un respingo al recordar que Cedric tenía un diamante alanzano en la pared.

—Es una choza diminuta —dije—. Apenas hay espacio entre la cama y la cocina. Os traeré algo y podréis tomarlo aquí fuera para disfrutar del día tan hermoso que hace.

Elias me miró con desconfianza.

—Muy amable. Y qué suerte que conozcas tan bien la choza y la cama.

Sonreí con dulzura.

—Vengo enseguida.

Me alejé despacio, como una joven solícita y dispuesta a servir a los hombres. Una vez dentro de la choza de Cedric, cerré la puerta a toda prisa e hice una búsqueda frenética. Descolgué el diamante y lo guardé en un baúl que había traído de Cabo Triunfo. Dentro había una baraja de cartas deanzanas, aunque estaban al fondo. Las envolví en una camisa para que fueran más difíciles de encontrar y eché un último vistazo a la casa para comprobar que todo estaba en orden por si entraba alguien.

Tenía poca cosa que llevarles, como sin duda Elias sabía. Aquello no había sido más que un juego de poder. Me había fijado en que llevaban cantimploras en los caballos, y seguro que tanto él como sus hombres tenían refrigerios mucho mejores de lo que nosotros podíamos conseguir. La despensa de Cedric era exigua, por decir algo, por eso la comida de la señora Marshall siempre le parecía una maravilla. Envolví un poco de pan de maíz que esta le había dado a Cedric y lo saqué junto con unas tazas y una jarra de agua. El agua la habíamos sacado de un pozo del yacimiento, pero ya se había calentado por culpa del calor.

No obstante, la serví con toda la elegancia y la cortesía que nos habían inculcado en las clases de la Corte Reluciente para ser buenas anfitrionas. Incluso me gané un hosco «gracias» de parte de uno de los hombres de Elias, que hasta entonces no habían dicho una palabra. Miré a Cedric un instante y le comuniqué en silencio todo lo que necesitaba saber. Era poco probable que Elias registrara la choza, pero no había nada ya que pudiera delatar a los alanzanos.

—No deberías haber colgado ese diamante en la pared —le dije a Cedric cuando nuestros visitantes se hubieron ido—. Es tan grave como los rituales.

Se apartó el pelo sudoroso de la cara y asintió.

—Tienes razón.

—¿Acabas de darme la razón?

—Siempre te doy la razón. Eres una mujer astuta e inteligente. Más inteligente que yo.

Ambos levantamos la vista hacia el saliente rocoso.

—¿Cuándo vas a subir? —pregunté.

Él se agachó y empezó a revolver entre las cuerdas y otros artilugios que había traído Elias.

—No dejes para mañana lo que puedas hacer hoy.

—¿Qué? ¿Ahora? ¡Pero si son las horas más calurosas del día!

—Siempre hace calor últimamente. —Separó un par de cuerdas y unos ganchos—. No veo el momento de que caiga una de esas tormentas enormes de las que siempre habla el viejo Sully.

Intenté pensar en otra excusa para retrasar la escalada, pero no encontré ninguna. Y, una vez más, el tiempo y la necesidad de dinero apremiaban.

—¿Pero sabes usar algo de esto? —pregunté.

Se ajustó una correa de cuero alrededor de la cintura.

—¿Dudas de mí?

—Te he visto montar a caballo, eso es todo.

—No tienes que preocuparte. He investigado. He hablado largo y tendido con Sully y los proveedores del pueblo. Es bastante fácil.

Me mostré algo escéptica, pero no podía negar que parecía dársele bien cuando empezó a prepararlo todo. Le tendí un pico y le di un beso en la mejilla.

—Ten cuidado. No me dejes viuda antes de casarnos.

Sonrió por única respuesta y empezó a escalar. Yo no sabía mucho del tema y estaba impresionada al ver cómo perforaba la roca con las estacas y los ganchos para que hicieran las veces de agarraderas y poder ascender. La superficie escarpada que tanto me había preocupado en realidad era de gran ayuda, porque le proporcionaba agarre adicional.

—Al final sí que vas a ser bueno en esto —grité.

—Te lo dije: no tienes de qué preocuparte.

Se habían formado algunas nubes. Yo aún sudaba por la humedad, pero al menos me refresqué un poco mientras esperaba. La ascensión no duró mucho, en realidad, pero lo observé todo con los puños apretados, consciente de cada segundo hasta que por fin se aupó hasta la amplia cornisa en lo alto. Me saludó con la mano y yo respiré aliviada. Desenganchó el pico del arnés y se adentró en la grieta. Al perderlo de vista me puse tensa otra vez, sobre todo porque no sabía cuánto tiempo le llevaría aquella parte. Dudaba que fuese a encontrar un muro de oro sin más. ¿Y cómo de profunda sería la abertura? ¿Estaría entrando en una caverna donde hubiese riesgo de desprendimientos?

Pasó media hora hasta que por fin apareció.

—¿Y bien? —grité.

—¡Toma! —fue lo único que contestó. Tiró algo. La caída era larga y aquello cayó a varios metros de mí. Me agaché y busqué por el suelo. De pronto algo reflejó un rayo de sol y, sin dar crédito, recogí una pepita de oro del tamaño de una cereza. Cinco veces más grande que el guijarro de Glen. Más oro del que conseguíamos entre los dos bateando un día entero. Volví corriendo a la base del peñasco.

—¿Hay montones de esto ahí arriba?

Se puso las manos alrededor de la boca para que pudiese oírle mejor.

—No, pero no he tenido que excavar demasiado hasta encontrarlo. Creo que hay un depósito enorme aquí dentro. Para hacerlo en condiciones, harán falta más hombres y algún que otro ingeniero, estoy seguro. Pero hay más que suficiente para pagar tu contrato.

—¿Y ese «más» sería suficiente para cubrir la participación en Westhaven?

—Sin duda.

—Pues baja ahora mismo para que pueda besarte.

Mi corazón latía desbocado por la emoción. Sin necesidad de pedir refuerzos siquiera, seguramente podríamos extraer lo que necesitábamos en un plazo relativamente corto. Si la veta se trabajaba en condiciones, Cedric tendría derecho a quedarse con todo lo que se extrajera una vez descontado el impuesto de propiedad de Warren. No solo podríamos irnos a Westhaven, sino que además no tendríamos que vivir en una choza. Vale que podría vivir solo a base de amor, pero eso no significaba que no quisiera vivir también con un techo sólido sobre mi cabeza.

El descenso requería maniobras distintas. En teoría, era más sencillo. Aseguró una cuerda en una piedra y se descolgó hacia abajo, agarrando la cuerda con las manos protegidas por los guantes mientras bajaba por la superficie rocosa. Requería menos esfuerzo que el ascenso, pero yo no me quitaba de la cabeza que en gran parte todo dependía de la firmeza con la que se agarrara a la cuerda. El arnés también estaba atado a la cuerda, lo que le proporcionaba un plus de seguridad. Y, a pesar de su chulería habitual, en esta ocasión se movía con mucha cautela.

Por eso me resultó tan increíble que resbalara: de pronto se deslizó hacia abajo sin sujetar la cuerda con las manos ni con el arnés. Grité mientras visualizaba una terrible imagen de Cedric estrellándose contra el suelo. Agitaba las manos en busca de algún sitio donde asirse hasta que, no sé cómo, consiguió detenerse en un trozo de roca que sobresalía a dos tercios del espacio que le quedaba por recorrer hasta abajo. Era un saliente horizontal y es-

323

trecho donde apenas le cabían los pies en una posición forzada. El resto de su cuerpo estaba aferrado a la ladera del peñasco, con los brazos y las piernas estirados.

—¿Estás bien? —grité.

—Coge a *Lizzie* y ve a buscar a Sully —gritó de vuelta—. Probablemente consigas estar de vuelta en una hora.

—¡¿Estás loco?! ¡No voy a dejarte ahí arriba una hora! —El apoyo parecía tan endeble como era. No sabía ni siquiera si aguantaría cinco minutos.

—Adelaide…

—Calla. Soy más inteligente que tú, ¿recuerdas?

Mi voz sonaba dura, pero era solo para ocultar el miedo. Cedric estaba muy lejos de la cuerda por la que había bajado. Había colocado otra cuerda más abajo, justo antes de caerse, pero ya no podía alcanzarla. Aún tenía parte del equipo a mis pies; la mayoría de cosas no parecían de ninguna ayuda… con algunas excepciones.

La última cuerda que Cedric había asegurado estaba demasiado alta para que yo la alcanzara, pero no mucho. Cogí dos piquetas metálicas y las clavé en la roca para practicar. Para mi sorpresa, tenía la fuerza suficiente para introducirlas bien y conseguir un agarre seguro. Lo más complicado era impulsarme hacia arriba. Los músculos de la parte superior de mi cuerpo no tenían la fuerza suficiente para hacerlo con facilidad. Así que lo hice con dificultad. No paraba de repetirme una y otra vez que solo tenía que subir unos pocos metros. Me repetía que podía hacerlo. Y, lo más importante, me repetía que la vida de Cedric dependía de ello.

—No hagas nada peligroso —dijo Cedric.

—Si no puedes verme —grité.

—Ya, pero te conozco.

Con todos y cada uno de los músculos de mi cuerpo retorciéndose de dolor, conseguí escalar con las piquetas lo suficiente para alcanzar la cuerda. La sujeté y me sorprendí al comprobar que era más difícil de agarrar que las piquetas. Enseguida empezaron a resbalarme las manos y aullé de dolor cuando la cuerda me quemó la piel. Reuní hasta el último ápice de determinación que albergaba en mi interior para detener el descenso y aferrarme a la cuerda, flexionando el cuerpo en un ángulo que me permitiera apoyar los pies en la roca para estabilizarme.

Pensé en el movimiento siguiente mientras una brisa leve me enviaba varios mechones de pelo a la cara. Tenía que pasarle la cuerda a Cedric. Si conseguía que la alcanzara, podría bajar sin peligro. Levanté los pies y di un salto hacia un lado, tratando de moverme hacia la cuerda. Solo me desplacé un poco y pronto me di cuenta del problema. A tan poca altura, mi peso no era suficiente para desplazar la cuerda una distancia significativa. Tenía que escalar un poco más.

Una vez más, llevé a mis músculos al límite mientras colocaba una mano tras otra, hacia arriba. Llevaba toda la vida viendo a los jornaleros trepar por cuerdas en Osfro. Hasta entonces no tenía ni idea de lo difícil que era. Las manos despellejadas tampoco ayudaban mucho. Cuando creí estar lo suficientemente arriba para balancearme de forma más efectiva, le dije a Cedric:

—La cuerda te llegará por la derecha. Cógela cuando puedas.

Me impulsé hacia un lado de nuevo y, tal y como esperaba, conseguí mover la cuerda bastante más cerca de Cedric. Pero aún no era suficiente. Otro torpe impulso hizo que me quedase a un palmo de distancia.

—La veo —dijo Cedric—. Creo que puedo cogerla.

Miré hacia arriba y contuve la respiración al ver que se desplazaba por el diminuto saliente. Unas cuantas rocas se desprendieron al hacerlo, y deseé con todas mis fuerzas que aquel trozo de piedra aguantara. Estiró el brazo y agarró la cuerda con la mano… pero todavía tenía que desplazar el resto del cuerpo. Con lo que me pareció una plegaria en voz baja, saltó del saliente y se lanzó hacia la cuerda con la otra mano. Una vez más tuve la terrible visión de Cedric cayendo al vacío, pero consiguió alcanzar la cuerda y agarrarse con ambas manos.

El repentino cambio de peso en la cuerda me hizo perder pie y ambos nos balanceamos violentamente durante varios instantes. Resbalé de nuevo, haciéndome más daño aún en las manos, pero conseguí seguir agarrada y por fin posé los pies otra vez en la roca. Por encima de mí, noté que Cedric hacía lo mismo. Antes de que pudiésemos acomodarnos a aquella seguridad momentánea, sentí que la cuerda entera se movía, sacudiéndome. Me di cuenta de lo que ocurría antes de que Cedric hablara.

—El gancho que sostiene la cuerda no está clavado con la profundidad suficiente para sostenernos a ambos.

325

En cuestión de segundos, supe lo que tenía que hacer: debía soltar la cuerda. Empecé a descender por ella, algo bastante más sencillo que subir pero que también requería gran cuidado. Cuando llegué hasta el final, noté que la cuerda se sacudía de nuevo, pero seguía aguantando. No podía alcanzar las piquetas que había usado para trepar hasta ella. La distancia desde donde estaba hasta el suelo no era mortal, pero estaba claro que me iba a hacer daño. No obstante, que Cedric cayera desde donde estaba sería mucho peor.

Sin vacilar, solté la cuerda y di un salto hasta el suelo. Temía romperme una pierna o un tobillo, pero conseguí caer de forma que la cadera golpease el suelo en primer lugar. Fue un aterrizaje brusco y accidentado, pero como mucho me costaría un buen moratón en la cadera al día siguiente. Libre de mi peso, la cuerda aguantó mientras Cedric descendía rápidamente por ella. Dio el mismo salto que yo, pero como él era más alto tuvo que cubrir una distancia menor.

—¿Estás bien? —me preguntó mientras me ayudaba a ponerme de pie.

—Creo que sí.

Pero, mientras hablaba, me miré las manos y me estremecí al verlas. Estaban despellejadas y ensangrentadas. En mi frenético descenso las había ignorado por completo, pero ahora el dolor me golpeó con fuerza.

Cedric me las sostuvo con mucho cuidado. Vi que él también tenía cortes y arañazos.

—Adelaide... No deberías haber hecho esto.

—¿Y dejarte ahí arriba? Ni de broma. ¿Qué ha pasado? Parecía que iba todo bien.

—Yo también lo creía —dijo, mientras me apartaba de allí. Cada vez había más nubes y el cielo estaba más oscuro, todo muy acorde al giro que había tomado el día. Cuando llegamos a la choza, me ayudó a lavarme y a vendarme las manos con trapos limpios.

—Seguro que la señora Marshall tiene algún tipo de ungüento para esto. Te llevaré de vuelta ahora mismo. —Empezó a desabrocharse el arnés para dejarlo a un lado.

—Espera, déjame ver —dije, y lo cogí. Cedric podía ser un principiante en todo lo relativo a estas hazañas fronterizas, pero estaba segura de que no había sido descuidado con el arnés ni había obviado las instrucciones que le habían dado. Aquel accidente no era culpa suya. Le di la vuelta al arnés y examiné cada una de las partes, con una sombra de temor en el estómago que se intensificó cuando encontré lo que esperaba. Señalé un pequeño enganche de metal.

—Mira.

Era uno de los dos enganches a través de los que había introducido la cuerda, tras lo cual la había anudado para mantenerse bien sujeto sin que le impidiera moverse. Los enganches estaban hechos con una pequeña barra de metal doblada para que los extremos se unieran y se cerrara así en un círculo. Los extremos de uno de los enganches estaban perfectamente unidos y no quedaba espacio entre ellos. Pero el que yo había señalado tenía los extremos más separados, como si los hubiesen forzado de manera que quedase un poco de espacio y pudiese soltarse la cuerda.

Cedric se inclinó para examinarlo.

—Parece que los extremos no estaban bien asegurados... O que alguien los ha separado.

Guardamos silencio mientras aquellas palabras flotaban entre nosotros.

—Quizás haya sido un accidente —dije al fin—. Pero si no lo ha sido... ¿por qué? A ellos les interesa saber qué hay ahí arriba. La fortuna de Warren también está en juego.

—Está fuera de la ciudad —me recordó Cedric—. Quizá haya sido todo cosa de Elias. Es un tipo ruin. Puede llegar a ser vengativo. Y nunca le hemos gustado.

—Pero esto no son más que cábalas —dije—. Quizás haya sido un accidente.

—Sí. Quizás haya sido un accidente.

Pero yo sabía que ninguno de los dos lo creíamos. «Confiad el uno en el otro —me había dicho Aiana—. Pero en nadie más.»

Saqué la pepita de oro, que me había metido en el bolsillo antes de emprender la escalada. Brillaba de forma hipnótica.

—Creo que no deberíamos esperar a que vuelva Warren para sacar todo ese oro.

—Estoy de acuerdo —dijo Cedric—. Mañana vamos a tomar las riendas de esto.

327

26

*T*razamos nuestro plan mientras cabalgábamos rumbo a casa de los Marshall aquella tarde. Cuando llevábamos recorridos dos tercios del camino, nos encontramos con el señor Marshall, que venía en nuestra dirección. El cielo había adquirido un enfermizo tono gris verdoso atravesado por los destellos ocasionales de los relámpagos entre las nubes. El viento soplaba como un aliento agitado, como si el mundo estuviese a la espera de que ocurriera algo importante.

328

—Iba a buscaros por si aún no estabais de camino —dijo el señor Marshall—. Vamos, rápido. Va a caer una buena.

Empezó a llover justo cuando llegamos a la cabaña. El señor Marshall instó a Cedric a que pasara la noche allí y metió a *Lizzie* en el granero con el resto de los animales, todos inquietos.

—No sabéis cómo son estas tormentas. Sufrí un par de ellas la primera vez que vine a ver este sitio. Llegan desde el océano, como enormes bestias turbulentas que crecen sin parar, con vientos que pueden tumbar casas enteras. Cuanto más cerca del agua estés, peores son, pero aquí también recibiremos buena parte antes de que escampe.

De inmediato pensé en mis amigas en Las Glicinias.

—¿Llegará hasta Cabo Triunfo? Está en la costa.

—Depende de dónde venga. Muchas veces la costa queda protegida. Pero si llega hasta allí, no te preocupes, que sabrán qué hacer.

Al principio, Cedric se mostró reticente a quedarse, pero cuando la lluvia hubo arreciado hasta convertirse en una cascada imparable de agua y el viento no cesaba de aullar alrededor, acabó accediendo.

—Querías una tormenta —me dijo mientras cenábamos. Todos estábamos tensos a medida que la tormenta se hacía más feroz fuera. Cada poco tiempo, la pequeña cabaña se tambaleaba cuando el viento la azotaba con fuerza.

Cuando nos fuimos a la cama, no era capaz de dormir. Las niñas estaban asustadas, y no paré de decirles palabras tranquilizadoras que ni yo misma creía, como que la tormenta casi había pasado y que la cabaña aguantaría. Al final, se durmieron, pero yo seguía sin conciliar el sueño y me levanté. Al llegar abajo, vi que no era la única que seguía despierta. Cedric estaba sentado en la mesa de la cocina mientras el señor Marshall caminaba de un lado a otro sin parar. Me miró pero no me regañó.

—No os acerquéis a las ventanas —fue lo único que dijo antes de proseguir con su vigilia.

Me senté al lado de Cedric y entrelacé mis dedos con los suyos.

—Tu casa no sobrevivirá a esto. Tendrías que haber comprado la lona.

—No creo que un poco de lona hubiese aguantado esto. Pero todo estará bien mientras no vuele el oro.

Dejé la mirada perdida mientras la tormenta azotaba y los recuerdos me consumían.

—Es como la del barco.

—No. —Me apretó la mano—. Aquí estás a salvo. Tus amigas están a salvo.

Asentí, pero era difícil no sentir inquietud. Recordé la sensación del violento zarandeo en el mar, de mi estómago dando vueltas mientras el mundo giraba en todas direcciones. Y, en las aguas oscuras, el *Albatros Gris* balanceándose de un lado a otro...

La tormenta al fin amainó, pero yo no me fiaba.

—El ojo del huracán —confirmó el señor Marshall—. Estamos justo en la mitad.

Pronto pasó la calma y la tormenta volvió con furia renovada. Me puse tensa de nuevo. Cedric se sentó en el suelo —ahora cubierto de paja— y apoyó la espalda contra la pared de madera. Me hizo un gesto para que bajara y me senté entre sus piernas estiradas, recostándome sobre su pecho. El señor Marshall nos miró sin parecer particularmente interesado, ni siquiera cuando Cedric me rodeó la cintura con los brazos. Me alisó el pelo hacia atrás.

—Descansa un poco. Mañana nos espera un día muy largo.

Una ráfaga especialmente fuerte de viento golpeó la cabaña e hizo que las paredes se tambalearan. Me encogí de miedo, y Cedric me abrazó más fuerte.

—El barco —dije—. No puedo dejar de pensar en eso. ¿Y sabes qué es lo peor? Que no puedo dejar de pensar en Tamsin pensando en el barco. Sé que puede sonar extraño. Pero si esto ha llegado hasta Cabo Triunfo, debe de estar muerta de miedo.

—Está en una casa mejor construida que esta. Y está con Mira. Seguro que Mira puede luchar contra las fuerzas de la naturaleza.

—Mira es una fuerza de la naturaleza en sí misma.

Con el tiempo, el viento y la lluvia se fueron convirtiendo en un ruido de fondo. Dejé de sobresaltarme con cada sonido y me adormilé apoyada en Cedric. Cuando me desperté, estaba intentando ayudarme a levantarme con cuidado.

—Lo peor ya ha pasado. Está amainando. Vamos a la cama. —Bostezó y me llevó escaleras arriba hasta el cuarto de las niñas. Me encaramé a la cama con ellas y me quedé dormida antes incluso de que Cedric cerrase la puerta.

Cuando se hizo de día, el cielo azul y el sol reluciente hacían parecer que la tormenta hubiese sido un sueño. Pero si uno se fijaba bien, la cosa cambiaba. Había árboles y ramas caídos por toda la propiedad, aunque ninguno había alcanzado la casa. El diligente trabajo del señor Marshall en la cabaña había dado sus frutos, aunque el techo del granero había sufrido algún daño, al igual que la valla que rodeaba los campos. Él y su familia se pusieron inmediatamente manos a la obra para reparar los desperfectos, y Cedric y yo partimos a caballo hacia Roca Blanca.

Allí también nos encontramos con las consecuencias de la tormenta. Las tiendas y casas más rudimentarias no habían aguantado, aunque la mayoría de los propietarios habían podido buscar refugio a tiempo con vecinos cuyas edificaciones eran más resistentes. Los ciudadanos trabajaban codo con codo en las reparaciones, tan unidos que sentí en mi interior que la promesa de aquella nueva colonia era sólida.

Todos estaban tan atareados que sería difícil reclutar mano

de obra para el yacimiento de Cedric. Cuando nos enteramos de que Warren había bregado contra la tormenta y había llegado de Denham ya entrada la noche, decidimos cambiar de estrategia y recurrir a él directamente. Seguíamos sin saber si Elias era el responsable del accidente con el arnés, pero Warren parecía sinceramente interesado en que nos fuese bien.

La casa del gobernador era una hacienda recién construida, con lujos tales como papel pintado en las paredes y candelabros de latón. Las maliciosas palabras de Elias resonaron en mi cabeza mientras un criado nos guiaba por una mullida alfombra en el vestíbulo: «Desde lejos ni siquiera pareces una mujer». Mi atuendo de diario estaba ya muy usado y mi piel, bronceada por el sol. El único intento que hacía por mantener algo de estilo era recogerme el cabello sin demasiado empeño.

Me sentí especialmente fuera de lugar en cuanto vi a Warren, tan impecablemente vestido como siempre. Estaba acompañando a la puerta a un hombre al que no conocía.

—Os lo aseguro, los rumores son solo eso, rumores. No hay lorandeses atravesando las colonias occidentales. Ni tampoco icori. Los tiempos son cada vez más estables, por eso la gente se inventa estas cosas.

Cuando el visitante se hubo marchado, Warren se dirigió hacia nosotros. Un breve arqueo de cejas fue la única indicación de su sorpresa al ver nuestro aspecto.

—Me alegro mucho de volver a veros, Adelaide. —Un instante después, se dirigió a Cedric—. Y a vos también, por supuesto.

—¿Cómo fue vuestro viaje? —pregunté con educación.

—Duro. —Warren cambió la expresión—. La tormenta empezó a azotarnos cuando estábamos cruzando la bahía anoche. Hemos… perdido a gente. —Me observó durante unos instantes antes de proseguir—. Me habría quedado en Cabo Triunfo de saber el peligro que corríamos, pero aquí estamos. Elias me ha dicho que tenéis buenas noticias.

Como cuando uno conjura a un demonio, Elias apareció en la habitación. Cedric sacó la pepita de oro.

—La encontré tras excavar un poco.

Elias cogió la pepita, manteniéndola a un brazo de distancia, como si fuera tóxica.

—Es más grande que el trozo que andabas enseñando el otro día. Y parece auténtica.

—Es que lo es —dijo Warren, arrebatándosela. El entusiasmo inundó su rostro—. Esto podría significar una gran fortuna para todos. ¿Se lo habéis dicho a alguien?

Vacilé un instante.

—No… Esperábamos poder contratar a algunos hombres ahora que se ha confirmado. Pero claro, con la tormenta…

—No —me interrumpió Warren—. No se lo digáis a nadie todavía.

—Entiendo la necesidad de tener el control de la situación —dijo Cedric—. Pero necesito avanzar con esto.

—No le hables así al señor Doyle —le espetó Elias.

Warren le lanzó una mirada fulminante.

—Tiene razón. Tenemos que avanzar… pero no lo estoy retrasando por una cuestión de control. Lo retraso por vuestra seguridad.

—¿Por qué? —pregunté.

—Aunque quiero creer que Hadisen es un lugar recto y maravilloso… —Warren sacudió la cabeza—. Bueno, el brillo del oro es irresistible para muchos, y les hace comportarse de forma horrible. Hay saqueadores y bandidos que se colarán en cualquier terreno próspero para conseguir todo lo que puedan, y no tienen miedo de hacer daño a quienquiera que sea el propietario de las tierras. Además de tener a los trabajadores y el equipo necesarios, me gustaría garantizar que todo sea seguro antes de comenzar el proyecto.

Era un argumento al que era difícil poner objeciones. Todos habíamos oído historias acerca de los bandoleros que asaltaban los yacimientos, pero yo nunca me había parado a pensar en que pudiera pasarnos a nosotros. Porque no esperaba que nuestro terreno tuviese el potencial de ser tan próspero.

—Sois muy amable —dijo Cedric por fin.

Warren le dedicó una sonrisa burlona.

—Y no os preocupéis, que yo mismo me encargaré de que esto se haga de la forma correcta. No tenéis que preocuparos por los plazos.

Deseé que fuese tan sincero como parecía.

—Gracias.

Warren nos prometió que pronto tendríamos noticias. Un criado vino para acompañarnos hasta la salida, pero yo me quedé un momento más con Warren, incapaz de contener la curiosidad.

—¿Cómo va vuestra búsqueda de esposa? —pregunté con cautela—. Creía que ya estaríais casado.

—Yo también lo creía —dijo con una carcajada—. Estoy contemplando varias posibilidades, pero... bueno, sois difícil de superar.

Me resultó raro que estuviese contemplando posibilidades, con lo claro que parecía todo con Tamsin cuando me fui.

—Lo siento —dije, sintiendo que tenía que añadir algo.

—No tenéis por qué. Es agua pasada. —Me dirigió una mirada especulativa.

—¿Habéis tenido noticias de Cabo Triunfo? ¿Del resto de las chicas de vuestra cohorte?

—Recibí una carta de Tamsin hace un tiempo. No sé nada de Mira aún.

—Mira... —Le había visto hablar con ella en varias ocasiones, pero su expresión de confusión parecía auténtica.

—Mi amiga sirminia —aclaré.

—Ah, sí. Ella. Claro. A la que le gustan los libros.

Ahora era yo quien estaba perdida.

—¿Los libros?

—Siempre que viene a una fiesta en casa de mis padres, pregunta por los libros. Madre no es tan... —Hizo una pausa para poner cara de vergüenza—. No es tan abierta de mente como nosotros, así que está encantada de dejar que vuestra amiga se quede en la biblioteca todo el tiempo que quiera.

—Claro —dije. Típico de Viola, alejar a los elementos «desagradables» de la fiesta.

Cedric y yo volvimos al distrito centro de Roca Blanca con sentimientos encontrados.

—Más retrasos hasta que podamos casarnos. Más noches en vela —me quejé.

—Bueno, creo que las noches en vela llegarán una vez que estemos casados, pero sí... es frustrante. —Hicimos una parada y se quedó observando a los atareados habitantes de Roca Blanca, afanados en sus tareas de reparación—. Y no se equivoca con respecto a los bandidos. Sully me habló de este tema. A veces pasa.

333

—Tengo que conocer al tal Sully.

Cedric sonrió con cariño.

—Es un personaje, eso segu…

—¿Señor Thorn?

Ambos nos giramos al oír la voz desconocida. Pero cuando vi al propietario de la misma, me di cuenta de que no era tan desconocido. Me quedé de piedra, pero Cedric se recompuso enseguida.

—Señor Garrett —dijo Cedric, extendiendo la mano para saludar—. Es un placer veros. No sabía que la Agencia McGraw tuviese negocios aquí, en la jungla.

Silas Garrett, el detective real, nos escudriñó con mirada inquisitoria.

—Su Majestad tiene negocios en todas las colonias, y yo no soy más que su humilde siervo. Vos… —Frunció el ceño al reparar en mis ropas humildes y mi cabello despeinado—. ¿Vos no sois una de las chicas que estaban en Las Glicinias?

Estaba empezando a cansarme de que la diferencia de mi aspecto saliese a relucir constantemente.

—Sí. Soy Adelaide Bailey.

Pronuncié mi nombre falso con firmeza. No sabía qué había ocurrido con la búsqueda de mi identidad real pero, si había visto mi retrato, estaba segura de que me habría identificado de inmediato. No creo que hubiese cambiado tanto.

—Me sorprende veros aquí. Creía que estaríais ya casada. A menos que hayáis encontrado a algún buscador de oro con éxito… —Una vez más, su tono denotaba que le costaba creer aquello, debido a mi aspecto.

—Las cosas cambian —dije—. Y uno nunca sabe, cualquiera puede hacer fortuna ahí fuera. Pero requiere mucho trabajo.

—Trabajo duro, sucio y sudoroso —confirmó Cedric—. Nada que ver con la vida glamurosa de un agente de McGraw.

Silas profirió una risotada.

—No tan glamurosa. Esto también es trabajo duro y sucio.

Cedric puso la mirada brillante y deslumbrada de alguien que venera y admira a un héroe.

—Vamos, no disimuléis. No podréis decirnos en qué estáis trabajando, ¿no? ¿El caso aquel que mencionasteis, el que era secreto?

—Sigue siendo secreto —dijo Silas. Su tono era huraño, pero

me dio la sensación de que le gustaba ser el centro de atención.

Le seguí la corriente a Cedric.

—¿Y el caso de vuestro compañero? ¿La dama noble desaparecida? ¿Tampoco podéis contarnos nada de eso?

—No hay mucho que contar, me temo. El otro agente se ha retrasado en el norte, y dudo que la tormenta de anoche ayude a que llegue pronto. Pero espero que llegue. Su destino final es este, hasta donde sé. Según los últimos rumores, la dama en cuestión podría haber huido a alguno de los asentamientos exteriores. —Me miró de nuevo y yo me reí.

—Me cuesta creer algo así, al menos si se parece a las damas nobles con las que yo he trabajado. Recuerdo que una vez la casa se sumió en el más absoluto caos porque mi señora se rompió una uña justo antes de un baile de gala. Alguien como ella no podría soportar esto.

Estiré las manos y aparté algunas de las vendas. Las heridas habían dejado de sangrar la noche anterior, pero aún tenían un aspecto terrible. Silas se encogió.

—Santo cielo —dijo, apartando la mirada—. Eso… debe de doler.

—Así es la vida en el campo, señor McGraw. —Cedric hizo una inclinación de cabeza a modo de despedida—. Y ahora tenemos otros asuntos que atender. Buena suerte con vuestro caso.

Nos alejamos despreocupadamente, pero proferí un quejido en cuanto estuvimos lo suficientemente lejos como para que no pudiera oírnos.

—¿Por qué tengo la impresión de que los últimos «rumores» provienen de Viola Doyle?

—Porque, como ya he dicho alguna vez, eres una mujer astuta e inteligente. Y Viola Doyle es vengativa.

Me detuve delante de una tienda donde unos hombres martilleaban, haciendo difícil la conversación.

—Si ese retrato llega a Cabo Triunfo, el otro agente ni siquiera tendrá que venir hasta Hadisen en persona. Lo único que tendrá que hacer es buscar a un cazarrecompensas que venga a por su premio.

—Tienes que casarte.

—Esta es una conversación recurrente.

Empezó a responderme algo, pero entonces sus ojos se des-

335

viaron hasta algo que había al otro lado del camino polvoriento…
o, más bien, alguien.

—Yo conozco a ese hombre… —murmuró Cedric. Frunció el
ceño y luego lo relajó—. No puede ser. Tengo que hablar con él.

Estuve a punto de decir que iba con él, pero entonces me di
cuenta de que estábamos junto a la oficina de correos.

—Nos vemos aquí —le dije.

La oficina no había sufrido demasiados daños y seguía opera-
tiva. El jefe de los mensajeros me reconoció del primer día y sacó
dos cartas que tenía guardadas, una para Cedric y otra para mí.
La de Cedric era de su socio, Walter, desde Cabo Triunfo. Me la
guardé en el bolsillo y abrí mi sobre. Era de Mira.

> Querida Adelaide:
>
> Sé que no hace tanto tiempo que te fuiste, pero la vida sin ti se hace
> muy rara. Has estado a mi lado durante todo el año pasado, y ahora
> que no estás siento un vacío enorme. Tener a Tamsin de vuelta ayuda.
> No habla mucho sobre Grashond y parece que le disgusta que salga el
> tema. Pero, exceptuando esos momentos, es la misma de siempre.
>
> Ha mantenido su promesa de no aceptar ninguna oferta hasta que
> volviera Warren, pero, por supuesto, ha visto a un montón de caba-
> lleros mientras él no estaba. Así es Tamsin, siempre manteniendo
> todas las puertas abiertas. Desde que volvió Warren, parece que su
> lealtad ha dado sus frutos. Parecía muy enamorado la última vez que
> lo vi, y muy emocionado ante la perspectiva de llevarla a Hadisen
> para enseñárselo todo.
>
> Así pues, parece que las dos vais a vivir un montón de aventuras
> mientras yo me quedo aquí. Solo quedamos unas pocas sin compro-
> meternos, y sé que tendré que escoger a alguien pronto. Ninguno de
> mis pretendientes me inspira una pasión ardiente por el momento,
> así que supongo que tendré que aceptar al único que me ofrece res-
> peto y libertad. Seguro que me sirve tanto como el amor. Me gustaba
> el abogado con el que te viste un tiempo, pero ha dejado bastante
> claro que ya no le interesa la Corte Reluciente.
>
> Escribe cuando puedas,
> Mira

Releí la carta antes de volver a doblarla. Echaba tanto de menos a Mira como ella a mí, y me entristecía que quizá se viese

obligada a aceptar algo por no tener más opciones. Pero no podía pararme a pensar demasiado en eso, no con la información que me había dado sobre Tamsin, que me había dejado perpleja. Warren no había dado indicios de que se hubiese decidido por ninguna chica, pero Mira hacía ver que él y Tamsin estaban prácticamente comprometidos, tanto que él quería traerla a Hadisen. ¿Quién decía la verdad? La carta tenía fecha de hacía tan solo unos días, y debía de haber llegado con el correo del barco de Warren, la noche anterior. Supuse que debía de haber ocurrido algo. ¿Habrían discutido en tan poco tiempo? ¿Habría decidido Tamsin que no quería vivir en la frontera después de todo?

Cedric reapareció mientras yo reflexionaba acerca de todo aquello. Lucía una expresión segura y confiada, lo que significaba que debía de tener un plan brillante en mente.

—Vamos —dijo, arrastrándome hasta donde teníamos atada a *Lizzie*—. Volvamos al yacimiento.

Esperaba que me llevase de vuelta a casa de los Marshall, puesto que habíamos perdido gran parte del día, pero no iba a poner objeciones a este cambio. Tenía curiosidad por ver cómo había resistido la tormenta la choza.

—¿Qué ocurre? —pregunté en cuanto estuvimos en marcha y saliendo de la ciudad—. ¿Quién era ese hombre?

—El hombre del que nos hablaron los Galveston. El juez alanzano.

—¿Le has dicho que quieres casarte con tu prometida pagana?

—Sí, exacto. —De nuevo noté que Cedric rebosaba emoción—. Y será él quien oficie nuestra boda.

—¿Cuando saldemos el contrato? —pregunté—. Te estás adelantando.

—No. Ahora. Esta noche. —Cedric dudó—. Bueno, si quieres que nos casemos.

Giré la cabeza hacia atrás en un intento de averiguar si hablaba en serio.

—¿Cómo vamos a hacer eso? No podemos.

—No podemos únicamente según el contrato de Warren. Legalmente, si un juez accede a oficiar la boda, podemos casarnos. Robert, así se llama, lo hará y lo mantendrá en secreto.

—De acuerdo... —Su entusiasmo era contagioso, pero yo seguía sin entender del todo el plan—. Pero, si es en secreto, ¿de qué servirá? Quiero decir, aparte de la obvia felicidad de saber que estaremos unidos para siempre.

—Sirve de lo siguiente: si el amigo de Silas Garrett aparece y te delata, Robert podrá aportar los documentos que demuestren nuestro matrimonio —explicó Cedric—. Se montará un buen lío con Warren y su contrato si aún no hemos arreglado los asuntos financieros con él, pero tu abuela no podrá reclamarte una vez que estés casada.

—Y ese «lío» con Warren es la razón por la que debemos mantenerlo en secreto —dije, pensando en voz alta—. Es... es un plan b.

—Exacto. Siempre y cuando estés de acuerdo en celebrar un matrimonio improvisado. Una vez que todo esto se solucione, podremos organizar otra ceremonia con nuestros amigos. Si conseguimos el oro suficiente, mi padre quizá incluso nos perdone y te deje ponerte uno de tus vestidos de la Corte Reluciente.

—Creo que ni siquiera recuerdo cómo abrocharme esos vestidos —dije, entre risas—. No lo necesito. Solo te necesito a ti.

Se inclinó hacia delante y me besó en el cuello, estrechándome la cintura con los brazos.

—Cuidado —dije—. Todavía no estamos casados.

Al llegar al yacimiento, la situación resultó ser la que esperaba. El río se había desbordado y había arrastrado las esclusas. Al menos estas seguían intactas y fue sencillo volver a colocarlas. La choza estaba completamente arrasada. La mayoría de las pertenencias de Cedric estaban empapadas excepto lo que estaba en el baúl. La desvencijada y vieja cocina también había sobrevivido. Parecía impermeable.

Dejamos todo lo demás para trabajar en las reparaciones de la choza. A mí no se me daban demasiado bien estas cosas, y resultó que a Cedric tampoco. Ahora entendía por qué había tardado tres días en dejarla decente la primera vez. Al caer la noche, habíamos hecho todas las reparaciones posibles con lo que teníamos. Tendría que conseguir una cama nueva y algunas cosas más, pero al menos volvía a tener algo parecido a un techo.

Miré al cielo oscurecido.

—Para esta hora ya solemos estar de vuelta. Espero que los Marshall no vengan a buscarme.

—Les diremos que nos hemos entretenido con las reparaciones. Ahora tenemos cosas más importantes de las que preocuparnos. Mira. —Cedric señaló el camino por el que se accedía a la propiedad y vi al juez Robert galopando hacia nosotros. Nos saludó con la mano.

Un estremecimiento nervioso me recorrió.

—No puedo creer que esto vaya a ocurrir de verdad.

Cedric me pasó un brazo por encima de los hombros.

—Todavía estás a tiempo de cambiar de opinión. Y quizá quieras... Había pensado en celebrar un rito alanzano, si te parece bien. Pero puede oficiar un servicio civil si lo prefieres.

Me asaltó un destello de mi antiguo miedo a los rituales oscuros alrededor de un fuego. Pero enseguida aparté esos pensamientos.

—No me importa cómo lo hagamos. Mientras pueda unirme a ti, seré feliz.

Fue un poco surrealista cuando Robert se apeó del caballo y se puso una túnica blanca y negra, tan distinta de las vestimentas relucientes que llevaban los sacerdotes de Uros. Igual de extraño me resultaba el concepto de una boda al aire libre. Parecía algo informal comparado con los preparados desfiles y los largos servicios que se celebraban en las grandes catedrales de Uros.

Por un breve instante, me evadí de la naturaleza nocturna y me recordé sentada entre mis padres en los bancos de la catedral de la Cima Real, en aquella madera dura y vetusta tras años de uso. Candelabros gigantes. Vidrieras de colores cubriendo las paredes. Habíamos asistido a docenas de bodas nobles cuando yo era niña, y había visto cómo mi madre estudiaba cada detalle del vestido de novia, desde los zapatos hasta la larguísima cola que se extendía varios metros tras ella. Yo sabía que mi madre planeaba mentalmente mi boda, decidiendo qué sería lo mejor para mí. ¿Terciopelo o seda para el vestido? ¿Cuentas o bordados en la cola?

Aquel recuerdo me hizo tener la impresión de que mis padres iban a aparecer allí en cualquier momento. Me descubrí mirando hacia el camino, como si fuesen a materializarse de repente. Pero mis padres no estaban allí. Ni la abuela. Ni siquiera llevaba un vestido.

—¿Adelaide?

Cedric me llamó la atención. Tenía una ceja levantada con aire inquisitivo. Sin duda creía que había cambiado de opinión. Lo miré, miré aquel rostro que tanto amaba, y me liberé del peso de los fantasmas que se había instalado en mí. No se habían ido. Nunca lo harían. Pero formaban parte del pasado y eso no podía cambiarlo. Ahora tenía que mirar al futuro. El futuro que yo había elegido. El futuro que veía en los ojos de Cedric.

Nos cogimos de la mano mientras Robert recitaba las palabras de la ceremonia alanzana. Eran dulces y hermosas, decían que la unión de dos personas era algo que formaba parte del orden natural de las cosas. Hacía que nuestra unión pareciese más importante que nosotros mismos… que ahora compartíamos un secreto poderoso y celestial. La luna llena brillaba sobre nosotros, y recordé que Mira me había dicho que aquello se consideraba un buen augurio en las bodas alanzanas.

Cuando Robert hubo terminado de recitar su parte, llegó nuestro turno. Pero primero colocó una guirnalda de angélicas alrededor de nuestras manos unidas. Apretamos más las manos cuando las flores blancas rodearon nuestras muñecas. A continuación, aprendí los votos que Cedric me había recitado una vez: «Te cogeré de la mano y yaceré contigo en el bosque, bajo la luz de la luna. Construiré una vida contigo sobre la tierra verde. Caminaré a tu lado mientras el sol brille».

El beso final fue igual que en las ceremonias de Uros, y lo saboreamos, aferrándonos el uno al otro como si temiésemos que todo aquello fuese a escapársenos entre los dedos al soltarnos. En aquella ceremonia también había que firmar varios papeles de índole legal. Era extraño hacer algo tan burocrático en aquel entorno silvestre, pero significaba que estábamos unidos tanto a ojos de la ley como de los dioses que nos vigilaban desde lo alto, cualesquiera que fueran. Al darme cuenta de aquello, me invadió una sensación de ligereza. Era libre, ya nadie podía reclamarme. Y Cedric y yo estábamos juntos, juntos de verdad, tal y como dictaba nuestro destino desde el día que nos conocimos.

Me atrajo hacia sí una vez que Robert nos hubo deseado lo mejor y hubo emprendido su camino, tras prometernos que guardaría los documentos a buen recaudo.

—¿Cómo te sientes? —me preguntó Cedric.

—Más feliz de lo que jamás había imaginado que me sentiría el día de mi boda —contesté—. Más feliz de lo que jamás había imaginado que sería en mi vida. Y más sucia… pero eso me importa menos de lo que habría esperado.

Me rozó los labios con los suyos.

—Bueno, pues tienes suerte, porque sé dónde hay un baño de lujo. Aunque probablemente esté helado.

Le agarré la mano y lo guie de inmediato hasta el estanque.

—Yo haré que entres en calor —dije.

Tenía razón, el agua estaba mucho más fría que el día que nos habíamos bañado al calor de la tarde. Y se hacía mucho más difícil ver a la luz de la luna. Pero ninguno de los dos apartamos la vista aquella vez. Y ninguno de los dos vaciló. Nos ayudamos a lavarnos el uno al otro, aunque no sé si lo hicimos muy bien. Entremedias hubo muchos besos. Muchos abrazos. Mucho de todo.

No noté frío ni en el agua ni cuando salimos y nos tumbamos sobre su abrigo en la hierba. No sentí nada, solo calor, como si fuésemos dos llamas uniéndonos para convertirnos en algo más brillante y poderoso. Y, en lo que vino a continuación, tuve la sensación de nuevo de que éramos algo más que nosotros mismos. Formábamos parte de la tierra, parte de los cielos. Comprendí por qué Alanziel y Deanziel habían caído en desgracia para estar juntos. Yo habría desafiado a Uros mil veces para estar con Cedric.

Cuando terminamos, me entrelacé con él sobre la hierba. No quería irme. No me parecía bien separarme de él en nuestra noche de bodas. No me parecía bien separarme de él nunca.

—Solo un poco más —dijo. Una brisa cálida se mecía sobre nosotros, pero yo seguía temblando. Me atrajo más cerca de él—. Solo un poco más, y luego todo volverá a la normalidad.

Apoyé la cabeza en su pecho y me reí.

—Nada ha sido nunca normal entre nosotros. Y espero que nunca lo sea.

A continuación, no sin gran resistencia por parte de ambos, nos vestimos de nuevo. La pobre *Lizzie* probablemente pensaba ya que tenía la noche libre, pero nos llevó, tan tenaz como siempre, por el camino. Me recliné contra Cedric mientras cabalgábamos, somnolienta y cálida gracias a aquella nueva conexión entre nosotros.

341

Ya en la cabaña, encontramos a la señora Marshall esperándonos levantada. Estaba sentada a la mesa con una taza de té, pero no pudo evitar bostezar cuando entramos.

—Aquí estáis. Andrew quería ir a buscaros, pero le dije que vendríais.

—La tormenta había causado muchos destrozos —dije. No era del todo mentira—. Siento haberme perdido las lecciones.

Bostezó de nuevo.

—No pasa nada. Los niños también han tenido que trabajar mucho hoy aquí. Pero tu chico debería quedarse esta noche en esta casa. No tiene sentido irse ahora para volver a venir por la mañana. Sube y empuja a los niños para que te hagan un hueco en la cama.

—Lo haré —dijo Cedric—. Gracias.

Se levantó para irse a su habitación y yo le pregunté:

—¿Sigue caliente el agua? Me gustaría hacerme una infusión de camomila.

Señaló la tetera sobre el fogón.

—Sírvete.

Cedric y yo subimos las escaleras juntos y nos quedamos un rato en el rellano que separaba la habitación de los niños de la de las niñas.

—Fíjate —susurré—. Al final hemos podido pasar la noche de boda juntos. —Por una grieta en la puerta de la habitación de los niños se oía un fuerte ronquido.

—Tal y como lo imaginaba —dijo Cedric.

Nos besamos todo lo que pudimos teniendo en cuenta que yo llevaba una taza humeante en la mano y sabiendo que podía aparecer alguien en cualquier momento. Me metí en la habitación de las niñas como flotando, emocionada por todo lo que había pasado aquella noche. Me quité la ropa de faena y me puse un camisón sencillo. Antes de meterme en la cama con las niñas, me senté en la única banqueta que había en la habitación y me terminé la infusión. No le había puesto camomila. En cambio, había añadido las hojas de canela que la señora Marshall me había dado en el viaje.

27

Y así, sin que nadie más lo supiera, una nueva vida comenzó para nosotros a partir de la semana siguiente. El mundo entero había cambiado para mí.

Todas las mañanas, Cedric cabalgaba diligentemente hasta casa de los Marshall y me llevaba al yacimiento para que le ayudara. Pero no nos poníamos a trabajar de inmediato. Nos tumbábamos en la cama, o más bien en el colchón de paja que hacía las veces de esta, y nos quedábamos allí todo el tiempo que osábamos. Levantarnos y empezar el día nos costaba un poco, pero el hecho de saber que estábamos mucho más cerca de tener la vida que queríamos nos animaba. También me costaba separarme de él por las noches, pero lo hacía igualmente. Impartía las lecciones, dormía y vuelta a empezar.

—Tengo una cosa para ti —me dijo Cedric una mañana.

—¿Algo más aparte de un desayuno exquisito?

Aquello también era una novedad. Cedric siempre se levantaba primero de la cama y me hacía el desayuno. Las opciones que ofrecía la vieja cocina eran limitadas, pero las tostadas con beicon le salían razonablemente bien. Me lo servía en la cama y siempre bromeaba diciendo que tenía que atenderme bien porque sabía que extrañaba mi vida de noble y que podía acabar dejándole para volver a ella.

—No creas que no he notado el sarcasmo. Y sí, algo más.

Me senté en el colchón y crucé las piernas. Solo llevaba puesta mi blusa blanca, que era mucho menos blanca ahora que cuando llegué a Hadisen.

—No me dejes con la intriga.

Se acercó y me dio mi infusión matutina de hojas de canela, que siempre me preparaba, y un pequeño objeto metálico. Lo miré de cerca y vi que era un collar. Una cadena fina que sostenía un colgante ovalado de cristal con una flor prensada en el centro. Había visto estas flores prensadas antes: estaban de moda en Adoria. Lo sostuve a la luz y me fijé en qué flor era.

—Es una angélica —dije, encantada—. Como las de nuestra boda.

—Es una de las de nuestra boda. Como aún no tengo ningún anillo para darte, la guardé para que pudieses tener un recuerdo.

—Mira que eres ingenioso. —Me puse la cadena alrededor del cuello y pasé las manos por el medallón de cristal—. Me olvidé de las flores después de… bueno, después de todo lo que pasó aquella noche.

Me tocó la mejilla.

—Bueno, sé que puedo distraer más de la cuenta. Es una maravilla que todavía recuerdes tu nombre. Todos tus nombres.

—Eh, no seas tan modesto —dije, dándole un codazo—. Pero gracias. Espero que no te hayas gastado mucho en esto.

—No te preocupes, es de latón. Con el anillo me esmeraré más.

Se inclinó para besarme cuando, de repente, el ruido de los cascos de un caballo le hicieron apartarse de golpe. Sin mediar palabra, ambos saltamos de la cama. Cedric se metió la camisa por dentro mientras yo me ponía a toda prisa la falda pantalón y las botas. Me acababa de sentar en la diminuta mesa con mi infusión cuando llamaron a la puerta. Cedric la abrió como si tal cosa, esbozando una sonrisa de agradable sorpresa al ver el agrio rostro de Elias fuera.

—Qué inesperado honor —mintió Cedric.

Elias echó un vistazo dentro.

—Trabajando duro, por lo que veo.

—Llegáis justo a tiempo para desayunar. —Señalé el beicon delante de mí—. Es una buena forma de empezar el día. ¿Queréis un poco?

Elias entró y estudió la estancia con desdén. Se agachó y olió la comida, arrugando la nariz.

—Por supuesto que no. He venido por asuntos de negocios.

—Vamos, Elias, no seas maleducado —dijo una voz familiar. Warren apareció en el umbral—. ¿Puedo pasar?

344

—Por supuesto —dijo Cedric, saludándole con la mano—. Bienvenido a mi humilde hogar.

La amable sonrisa de Warren no abandonó su rostro cuando entró y miró a su alrededor. Yo ya me había acostumbrado a lo humilde que era todo, pero Warren sin duda pensaba que había hecho una mala elección.

—Qué pintoresco —fue lo único que dijo.

Cedric había dejado la puerta abierta y, desde donde estaba, podía ver a los secuaces habituales de Elias, junto con unos pocos hombres más, caminando de un lado a otro.

—¿Venís a excavar la veta? —pregunté.

A lo largo de la semana, Cedric y yo habíamos bateado y vaciado las esclusas con diligencia, pero no nos habíamos acercado al saliente rocoso. Warren y Elias nos habían pedido que esperásemos hasta que reunieran a los hombres y las herramientas necesarios, y nosotros habíamos obedecido a pesar de nuestra impaciencia. Había sido difícil, sabiendo como sabíamos que Cedric podía subir fácilmente y, en una semana, conseguir lo que necesitábamos para saldar nuestras deudas.

—¿Para qué vamos a venir si no? —me espetó Elias—. Y ahora, si no interrumpimos vuestro desayuno, nos gustaría empezar cuanto antes.

Se giró hacia la puerta y Cedric y yo intercambiamos una mirada a su espalda. ¿Qué más podíamos hacer? Los dos queríamos empezar con aquello, y si la actitud de Elias era el precio que había que pagar, así tendría que ser.

—Lo siento —dijo Warren en voz baja, una vez que Elias hubo salido—. Sé que a veces es un poco… desagradable. Pero hace bien su trabajo y es leal.

Fuera, encontramos más material de escalada y varias cajas de madera. Uno de los hombres dio un paso adelante y se presentó como Argus Lane. Era un experto en explosivos y nos enseñó que dentro de las cajas había pequeños detonadores.

—Funcionan en diferido —explicó—. Hay dos componentes. Por separado, son perfectamente estables. Cuando se mezclan en la proporción suficiente, desencadenan una reacción explosiva. Los hombres subirán, los colocarán y bajarán rápidamente antes de que exploten.

—Suena peligroso —dije.

345

Argus me sonrió.

—No si se hace correctamente. Una vez que los componentes estén preparados y estemos listos, solo hay que extraer el seguro que activa el de más arriba y va prendiéndolos todos de forma gradual hasta abajo. Está diseñado para que sea lo suficientemente lento y así dé tiempo a alejarse.

—Argus sabe lo que hace —dijo Warren, dándole una palmada al hombre en la espalda—. Antes de venir a Adoria, trabajó en las minas de Kelardia, y ya ha supervisado la excavación de varias vetas aquí.

Dos de los hombres empezaron a ajustarse los arneses y las cuerdas, y Cedric se ofreció a subir con ellos.

—Tú te quedas abajo —dijo Elias—. Necesitamos escaladores con experiencia que puedan salir de ahí a tiempo. Podrás ayudar cuando estemos listos para extraer el oro, así podrás caerte a tu gusto.

El otro día en casa de Warren habíamos mencionado la caída, y Elias le había echado la culpa a la inexperiencia de Cedric, negando que el equipo fuese defectuoso. La ira se apoderó de mí y, cuando iba a decir algo, Cedric me puso una mano tranquilizadora en el brazo.

—Tenemos batallas más importantes que librar —murmuró.

—Elias —dijo Warren con voz amenazadora.

Elias observó a Cedric un rato con aire indeciso. Al fin, habló con voz reticente.

—Si quieres ayudar, puedes unir los componentes de la segunda carga de explosivos. Solo unirlos. No quites el seguro. No queremos que todo esto salte por los aires.

Los componentes estaban claramente marcados, uno azul y uno rojo, y Argus nos mostró cómo girar las dos cajas para que encajaran, una encima de la otra. El seguro que evitaba que se mezclaran estaba perfectamente fijado entre ambas.

—Es difícil que se salga, pero ten cuidado. Hazlo despacio.

—Yo le ayudaré —dije mientras empezaba a arrodillarme en la hierba con Cedric.

—Por Uros, no —gruñó Elias—. Acabo de decir que no queremos que todo esto salte por los aires. Esto es un trabajo de hombres, señorita Bailey. No es coser y remendar.

Me puse las manos en las caderas.

—Lo sé. Y llevo varias semanas haciendo «trabajo de hombres».

—Y lo hace bastante mejor que coser y remendar —apuntó Cedric sin inmutarse.

Elias se giró hacia Warren, suplicante.

—Señor, os lo suplico.

—Elias, Adelaide es una mujer muy capaz y deberías reconocerlo —dijo Warren con semblante grave. Se volvió hacia mí—. Pero, a decir verdad, no es bueno que haya varias manos a la vez ocupándose de un trabajo tan delicado; podría complicarse más. ¿No os importaría si en cambio me aprovecho de vuestra hospitalidad de hace un rato? Me ha parecido oler té en la choza y no puedo dejar de pensar en ello.

La sonrisa petulante de Elias casi hizo que me negase. Les había servido con gusto la última vez, pero aquello era como admitir que solo podía hacer «trabajo de mujeres». Pero conservé la educación y volví a la choza, agradecida de no tener que esconder ningún objeto alanzano aquella vez. Me había terminado las últimas hojas de canela aquella mañana, y tendría que pasar por la humillación de pedirle más a la señora Marshall. Aunque tampoco le habría servido aquella infusión a Warren. En lugar de eso, saqué un poco de té negro en el que Cedric había despilfarrado el dinero en un reciente viaje a la ciudad.

Una vez que hube preparado el té, salí y vi que fuera habían avanzado bastante. Los hombres de Warren estaban ya casi en lo alto del saliente. Cedric acababa de terminar su tarea cuando Elias dejó junto a él, sin miramientos, un montón enorme de cuerda y un par de explosivos más, con los componentes ya unidos.

—Ya que tienes tantas ganas de ayudar —dijo Elias—, hay que desenredar esto. —Su tono era tan condescendiente como siempre. Me disponía a ir corriendo adonde estaba Cedric para ayudarle cuando Warren, con la emoción pintada en el rostro, me hizo un gesto para que me acercara. Señaló hacia arriba.

—Podríamos excavar la parte superior con picos, pero la inferior es más inaccesible por lo estrecha que es la columna. Una vez que hayan evaluado lo que hay, volarán la roca exterior de arriba y picarán lo que quede al descubierto. Seguirán provocando explosiones, sección por sección, hasta abajo, hasta que lo extraigamos todo. Y después… —Warren señaló la ladera de detrás—. Después seguiremos por allí.

347

—Allí os vais a llevar mucho más de un cuarenta por ciento de comisión —dije con una sonrisa.

—Eh, jefe —gritó uno de los hombres de arriba. Había estado inspeccionando la grieta—. Hay un montón. Se ve perfectamente solo con mirar donde picó él el otro día.

Aquello arrancó varios vítores entre los hombres de abajo. Warren parecía excitado también, pero se las arregló para mantener su tono digno.

—Muy bien, para eso estamos aquí. Adelante.

Los escaladores se pusieron manos a la obra y empezaron a colocar los explosivos combinados. Warren me agarró del brazo y me obligó a retroceder.

—Las cargas están diseñadas para que sean lo suficientemente potentes como para romper la roca pero no demoler toda la estructura. No obstante, es mejor que nos mantengamos a una distancia prudencial por si hay desprendimientos.

Otros hombres a nuestro alrededor estaban haciendo lo mismo, y yo miré con aprensión a Cedric. Estaba al otro lado del saliente, lejos de nosotros. Cuando los explosivos estuvieron listos, los hombres quitaron los seguros y empezaron a bajar rápidamente. Una parte de mí esperaba que sucediese algo dramático, como que los explosivos detonaran justo cuando los hombres llegasen a tierra firme. Pero la mezcla de los componentes estaba calculada para dar un margen de tiempo holgado, y los hombres estaban ya en una zona segura cuando la cima del saliente voló por los aires de forma espectacular.

Aunque ya sabía lo que iba a ocurrir, no pude evitar proferir un grito de sorpresa. La explosión atronó a nuestro alrededor y el suelo tembló mientras el fuego incendiaba la grieta. Warren me atrajo hacia sí y me pasó un brazo alrededor con ademán protector, aunque no había ninguna necesidad. Estábamos fuera del radio de acción más peligroso, y las rocas y los escombros que cayeron se quedaron muy cerca del peñasco. Cuando el humo se fue disipando, acerté a ver guijarros brillantes en el suelo entre las piedras.

—Hay oro —dije.

Warren sonrió.

—Es de las capas exteriores del yacimiento. Luego nos acercaremos y lo recogeremos, cuando hayamos terminado la fase principal de la excavación. Esto es mucho más fácil que el bateo, ¿eh?

Iba a contestar cuando vi algo por el rabillo del ojo. Me di la vuelta y vi una figura a caballo que se acercaba por el lateral de la propiedad contrario a por donde se iba al pueblo.

—Cedric —exclamé—. Hay alguien ahí.

Cedric se levantó y se puso una mano sobre los ojos a modo de visera para protegerse del sol.

—¡Sully! ¡Hola! —Cedric abandonó su tarea y saludó con la mano al jinete, que le devolvió el saludo.

Entonces, sucedieron varias cosas al mismo tiempo. Vi que Elias dirigía una mirada preocupada a Warren. Ansiosa por conocer al famoso vecino de Cedric, me aparté del lado de Warren y corrí tras Cedric, acercándome al lugar donde había estado desenredando las cuerdas. Elias corrió tras de mí y me agarró por detrás. Tiró tan fuerte de mí hacia Warren que me caí al suelo con violencia y me mordí la lengua.

—Eh —dije, mientras me ponía de pie con dificultad—. ¿Pero qué…?

De pronto, el mundo saltó por los aires. La explosión de la grieta había sido fuerte, pero nada comparado con este rugido ensordecedor. Atronaba una explosión detrás de otra. Me tapé los oídos, pero no conseguí disminuir el ruido. El suelo temblaba tanto que me caí de nuevo. Las llamas se elevaban en el aire desde el montón de explosivos y cuerdas, y pronto dieron paso a un humo negro.

Una mano me levantó por el brazo, y vi que Warren me miraba solícito. Al principio, los oídos me pitaban demasiado como para oír lo que me decía, pero al fin acerté a descifrarlo:

—¿Estás bien?

Asentí, temblorosa, y miré a mi alrededor. Todos sus hombres estaban apiñados cerca de nosotros, junto al saliente y a una distancia prudencial de la pila de explosivos que acababa de detonar. Al haber sucedido en campo abierto, la explosión no había causado ningún desprendimiento más allá de un poco de tierra. Pero el pánico me invadió, por supuesto, al ver a Cedric. Estaba de pie, tambaleándose; él también había sido derribado por la onda expansiva, y caminaba con paso vacilante. Empecé a avanzar hacia él, pero yo tampoco conseguía mantener el equilibrio.

—Cuidado —dijo Warren, sujetándome para que no me cayese de nuevo.

Iba a protestar, pero entonces Sully se acercó cabalgando hasta Cedric y desmontó del caballo. El anciano dijo algo y Cedric asintió. Yo no dejaba de mirarle y vi cómo sus pasos se hacían cada vez más firmes y recuperaba el equilibrio.

—¡Echad agua a eso! —gritó Elias.

La mayor parte del fuego originado por la explosión ya se había extinguido. Un poco de hierba alrededor aún ardía, pero todo lo que quedaba de la detonación era un cráter poco profundo. Los hombres de Warren tenían todos cantimploras y las usaron para apagar las llamas residuales. Aquello provocó más humo aún y, durante varios minutos, todos tosimos y nos frotamos los ojos llorosos.

—¿Algún problema con las cargas? —preguntó Sully despreocupadamente. Era el típico buscador de oro, alto y desgarbado, con el pelo gris enredado y la barba sin arreglar.

Elias se giró hacia Cedric enfadado.

—¡Esto es lo que pasa por dejarte cerca de los explosivos! ¡Nunca deberías haberte acercado a nada de esto! ¡Un niño mimado de la ciudad no pinta nada aquí haciendo un trabajo de verdad, un trabajo imposible para un estúpido que no sabe lo que hace!

Cedric se adelantó, furibundo, con los puños cerrados.

—Sí que sabía lo que hacía. He ajustado cada uno de los explosivos a la perfección y los he comprobado dos veces. No había ningún seguro fuera de su sitio. Había algún desperfecto en los explosivos... ¡igual que en el arnés que me trajiste!

—¡Deja de echarme la culpa de tu incompetencia! —exclamó Elias.

—¡Y no actúes como si no pudiera ver que me estás saboteando! —replicó Cedric—. Los explosivos que yo he preparado estaban perfectos.

Me froté la cabeza, recuperándome aún de la explosión. Poco a poco, los recuerdos volvieron a mi mente.

—Pero no los has preparado tú todos —dije. Todos se volvieron hacia mí, y yo señalé a Elias—. Cuando trajiste la cuerda, añadiste más explosivos al montón de Cedric.

—Eran los que habían sobrado de la primera detonación —dijo Elias—. Era más seguro tenerlos todos juntos en el mismo sitio que...

—Que habían sobrado y que Cedric no había ajustado —le interrumpí—. No entiendo bien el mecanismo, pero seguro que habían sido manipulados para activar la mezcla y que, pasado un tiempo prudencial, estallaran.

Warren me puso la mano en el brazo para tranquilizarme.

—Adelaide, necesitas descansar. Esa explosión te ha afectado más de lo que crees.

Me aparté de él.

—¡Elias lo sabía! Por eso me apartó cuando me disponía a acercarme a los explosivos. Apartó a todo el mundo. Sabía que iban a detonar. Si no hubiese llegado Sully, Cedric habría estado justo al lado. —Me ahogué por un momento, incapaz de asimilar las consecuencias de aquello. Entonces, me di cuenta de algo más, y miré a Warren a los ojos—. Y tú también lo sabías. Elias te miró cuando Cedric se alejó de los explosivos. Y tú también te aseguraste de mantenerme alejada. También estás metido en esto.

Cedric avanzó y se interpuso entre Warren y yo.

—¿Qué pretendíais? ¿Por qué nos trajisteis aquí? ¿Acaso todo esto ha sido una especie de venganza planeada al detalle?

Pasaron varios momentos tensos mientras todos nos medíamos. Entonces, Warren hizo un simple gesto con la cabeza y dos hombres se abalanzaron sobre Cedric y lo derribaron. Yo grité e intenté correr, pero Elias me agarró. Sully también hizo ademán de venir al rescate, pero Cedric se las apañó para levantar la cabeza y gritar:

—¡Corre, ve a buscar ayuda!

Sully vaciló un instante, pero enseguida se subió al caballo. Para su edad, era extraordinariamente rápido. Suerte que su caballo era mucho más rápido que *Lizzie*. En cuestión de segundos, Sully atravesaba la propiedad cabalgando a toda velocidad.

—¡Id tras él! —gritó Warren a uno de sus hombres. Sus caballos estaban lejos, atados junto a la choza, lo que daría a Sully una ventaja considerable.

Ni Cedric ni yo dábamos tregua a nuestros captores. Sin embargo, nos retenían de distinta forma. Cuando Cedric se resistió, le respondieron con golpes brutales. Vi que se quedaba sin aliento al recibir una patada en las costillas y, poco después, un puñetazo en la cara le hizo escupir sangre. Forcejeé frenéticamente para deshacerme de Elias, desesperada por ayudar a Cedric, pero él me obligó a ponerme de rodillas y, valiéndose de su peso, me mantuvo inmóvil.

—Tranquila, diabla. —Y, dirigiéndose a Warren, preguntó—: ¿Qué hacemos ahora?

Warren parecía más aburrido que otra cosa.

—Llévala a la casucha esa y átala por ahora. En cuanto a él... —Lanzó una mirada fría a Cedric—. Metedlo en el río, junto a una de las esclusas. Ahí es donde sería más probable que estuviera si viniesen los saqueadores. Después, vaciad el resto de las esclusas y extraed algo del saliente, lo suficiente para que parezca un trabajo apresurado y anárquico. Luego asaltaremos la casa, aunque no creo que se note la diferencia. El resto, venid conmigo a ver si conseguimos atrapar a ese viejo estúpido. —Empezó a alejarse, pero se detuvo y añadió algo más, dirigiéndose de nuevo a Elias—. No lo matéis del todo. Yo me ocuparé de él a mi regreso. Pero aseguraos de que no pueda levantarse.

El grupo se dispersó y me di cuenta de que iban a hacer que pareciese que unos bandidos habían asaltado la propiedad para matar a quienquiera que se cruzaran y llevarse todo el oro que fuera sencillo conseguir.

—¡Cedric! —grité, mientras dos hombres lo arrastraban literalmente hacia el río.

Elias me abofeteó, más atrevido ahora que Warren no lo vigilaba.

—Silencio. —Me llevó de vuelta a la choza, y yo no dejé de patalear y revolverme en todo el trayecto. Una vez dentro, me ató las manos y los pies con cuerda de escalar y me dejó en el suelo. Después de pensarlo un momento, me ató también un trapo viejo sobre la boca—. Tienes lo que te mereces —dijo con voz gélida—. Podrías haberlo tenido todo, y ahora vas a perder lo poco que tenías.

Lo maldecí a través de la mordaza, pero la única respuesta que obtuve fue aquella exasperante sonrisa de superioridad antes de cerrar la puerta tras él. Empecé a forcejear de inmediato para deshacerme de las cuerdas, pero había apretado bien los nudos. Me detuve, frustrada, y oí un grito de terror de Cedric a lo lejos. Reanudé mis esfuerzos, frenética, revolviéndome y serpenteando sin parar. El cuchillo que Cedric había usado para cortar el beicon estaba sobre la mesa. Si conseguía alcanzarlo...

Cuchillo.

La daga del árbol alanzano que Cedric me había dado en el barco estaba en mi cinturón, oculta en los pliegues de la falda pantalón. La llevaba a diario, casi por costumbre, aunque apenas la usaba. Casi podía rozarla con las puntas de los dedos si estiraba las manos. Un poco más y conseguiría sacarla. Las cuerdas de las muñecas estaban bien apretadas, y notaba que me rozaban y me cortaban mientras forcejeaba. Por fin, conseguí sacar el cuchillo del cinturón, pero se me cayó. Rodé sobre mí misma y lo cogí con la mano. Ahora tocaba la agotadora tarea de cortar las cuerdas en un ángulo tan complicado, ya que tenía las manos atadas en la dirección opuesta. No se oían más gritos de Cedric, y el terrible silencio me animó aún más a darme prisa. Al fin, tras muchos esfuerzos, conseguí aflojar las cuerdas lo suficiente como para liberar las manos. Cortar las de los tobillos y quitarme la mordaza fue tarea fácil después de aquello.

Me puse de pie y corrí hacia la puerta, asomándome justo a tiempo para ver a Elias dándole una fuerte patada a algo en el río antes de alejarse. Sabía lo que era ese algo, y el estómago me dio un vuelco. Había otros dos hombres destrozando y vaciando las esclusas, aunque también estaban terminando su trabajo. Elias señaló el saliente y gritó algo que no alcancé a oír. Pronto, estuvieron todos reunidos en la base, y empezaron a recoger el oro caído y a picar la parte inferior del peñasco, apresuradamente, tal y como habrían hecho unos saqueadores para no demorarse más de la cuenta. Cuando giraron para acercarse a la parte posterior del saliente, salí.

No me importaba estar expuesta en campo abierto. Tenía que llegar adonde estaba Cedric. Los hombres seguían trabajando y no se volvían hacia el río, así que pude sumergirme por un lado poco profundo sin que nadie advirtiera mi presencia. Allí encontré a Cedric, tumbado bocarriba, y casi me echo a llorar. Tenía la cara llena de sangre y marcada por los golpes, y uno de los ojos tan hinchado que no podía abrirlo. No podía evaluar el daño del resto de su cuerpo, pero tenía un brazo doblado en un ángulo forzado. Por un instante, me temí lo peor, pero vi que respiraba con dificultad. Y sabía que no había tiempo para lágrimas.

—¿Qué… haces…? —dijo con un hilo de voz cuando le pasé un brazo por debajo y lo conduje río abajo. Podía andar con di-

353

ficultad, pero yo cargué todo el peso—. Tienes… tienes que salir de aquí.

—Sí —le di la razón—. Y tú te vienes conmigo.

Miré hacia atrás y comprobé que aún no nos habían visto, pero nunca llegaríamos al otro extremo de la finca, no a aquel ritmo. La arboleda y el estanque no estaban lejos, y hacia allí guié a Cedric con pasos agonizantes. No sabía si estaba empeorando sus lesiones, pero no tenía otra opción. Cuando por fin llegamos al abrigo de los árboles, lo dejé en el suelo y volví a evaluar mis opciones. Uno de los hombres se había desplazado a la parte delantera del saliente, pero estábamos ocultos y todos creían que Cedric seguía en el río.

—Lizzie —dije, volviendo la mirada a la choza. Estaba atada allí, pastando tranquilamente—. Tenemos que llegar hasta ella.

—Es demasiado peligroso —dijo Cedric.

—Ir a pie sería peligroso. Yo iré a por ella. Quédate aquí. —Era estúpido decir algo así, ya que no podía hacer mucho más. Le di un beso en la frente y eché a correr de vuelta a la choza. De nuevo tuve que recorrer una zona totalmente abierta, y de nuevo la suerte se mantuvo de mi lado. Al menos hasta que llegué junto a Lizzie.

Cuando estaba a punto de desatarla,·vi a dos jinetes que volvían al yacimiento. Uno era Warren. Podría haberla liberado y haber cabalgado hasta donde estaba Cedric, pero no sin ser vista. No podía ir a por él sin que nos atraparan. Y no iba a marcharme sin él. Como no tenía otra opción, volví a meterme en la choza.

Con la sartén en una mano y la daga en la otra, esperé junto a la puerta, segura de que alguien vendría a por mí. Uno de los hombres de Warren entró y le pegué con la sartén en la cabeza, pillándolo de improviso. Forcejeó un poco antes de desmayarse, haciéndome soltar el cuchillo en el proceso. Antes de que pudiera recuperarlo, Warren apareció en el umbral de la puerta apuntándome con un revólver.

—Tira la sartén —dijo.

Lo hice y levanté las manos lentamente. Cerró la puerta y se acercó al hombre que estaba en el suelo mientras me hacía gestos para que retrocediera contra la pared.

—¿Por qué haces esto? —pregunté—. ¿Es solo para vengarte de mí?

—No exactamente, de ti no —dijo. Había un deje frío e impasible en su voz, totalmente distinto del candoroso entusiasmo que había mostrado siempre en Cabo Triunfo—. Sobre todo de él. Ya te dije que soy muy directo y que siempre consigo lo que quiero. Te quería a ti. Pero él te alejó de mí, así que el plan consistía en eliminarlo y, una vez hubieses pasado el duelo, recuperarte. Pero entonces ocurrieron dos cosas. En realidad, tres.

—¿Que vuestros intentos de asesinato no funcionaron? —adiviné. Mientras hablaba, mis ojos iban de un rincón a otro de la choza, buscando desesperadamente un arma o una escapatoria. El revólver lo ponía todo de su parte. Si era un arma nueva, tendría dos balas.

—Sí, eso por una parte —admitió Warren—. Por otra, que este yacimiento, que parecía yermo, resultó no ser un lugar sin interés. Aunque eso daba igual, ya que una vez que él estuviera muerto, todos los beneficios serían para mí. Pero eso significaba que tendría una oportunidad de saldar su deuda rápido.

Mi cuchillo era el arma más cercana, pero nunca lo alcanzaría a tiempo.

—¿Cuál es la tercera? —pregunté. Necesitaba mantenerle distraído.

Suspiró con gesto melodramático.

—Que averiguaste lo que ocurría. Esto debía terminar de forma que quisieras volver adonde perteneces: conmigo. Pero algo me dice que eso es bastante poco probable llegados a este punto. —Mi única respuesta fue una mirada fulminante—. Así que —prosiguió— parece que tanto tú como el desafortunado señor Thorn tendréis que morir a manos de los malvados bandidos. Pero al menos no me iré de vacío antes de que mueras.

Tuve un resquicio de esperanza al darme cuenta de que él no sabía que Cedric había escapado. Pero entonces entendí de golpe lo que acababa de decir.

—¿Qué… qué quieres decir?

Warren señaló la mesa con el arma.

—He estado en locales de mala reputación. Sé cómo huelen las infusiones de hojas de canela. Y sé qué tipo de mujeres las toman. Después de todo tu discurso acerca de mantener la virtud hasta tu noche de bodas… Pero supongo que eso significa que no tengo que sentirme culpable por arrebatarte nada de valor, visto que lo vas ofreciendo alegremente por ahí.

Dejó el revólver sobre la mesa, pero se movió demasiado rápido para que me diese tiempo a sacar ventaja. Se abalanzó sobre mí, me tiró al suelo y me inmovilizó con el peso de su cuerpo. Cerré los puños y empecé a golpearle en el pecho. Cuando me di cuenta de que eso no funcionaría, empecé a pegarle en los ojos. Maldijo y me sujetó las manos con las suyas.

—Eras más dócil en los bailes —dijo—. Más hermosa, también. Y más limpia.

Intentó sujetarme ambas muñecas con una mano para poder quitarme la ropa con la otra. Consiguió rasgarme la blusa y bajó hasta la falda justo en el momento en el que conseguí liberar las manos. No podía sujetarme las dos con una sola de las suyas, y lo sabía. Le arañé la cara de nuevo y la frustración reemplazó a la confianza en su rostro.

—Maldita seas. —Me agarró y me dio la vuelta hasta ponerme bocabajo—. Sin miramientos, tú lo has querido.

En aquella posición, con su cuerpo sobre el mío, no podía atacarle tan fácilmente; ni siquiera podía moverme. Me puso una mano sobre la cabeza para mantenerla pegada al suelo y empezó a bajarme la falda de nuevo. Proferí insultos que habrían hecho sonrojarse a Tamsin y forcejeé todo lo que pude; sabía que aquello no me salvaría, pero al menos se lo pondría difícil. Pero entonces vi que en aquella posición estaba más cerca de algo.

La daga alanzana estaba a mi alcance.

Sin pensarlo dos veces, la cogí y la blandí hacia atrás, sin importarme dónde golpear siempre y cuando fuese a él. Warren gritó y se apartó de mí. Me alejé gateando a toda velocidad y me puse en pie sin dejar de temblar. Estaba en el suelo, agarrándose la pierna, con el cuchillo clavado en el muslo. No era un golpe mortal, pero me permitiría escapar. Me abalancé hacia la puerta y, de pronto, alguien la abrió desde fuera. Me preparé para enfrentarme a uno de sus hombres, pero en lugar de eso me di de bruces con Silas Garrett. Empuñaba un revólver y pareció tan sorprendido de verme como yo a él.

—¡Detenedla! —gritó Warren—. ¡He venido a inspeccionar el yacimiento y esa zorra me ha atacado! Me ha apuñalado… me ha apuñalado con esto… —Se señaló el muslo y abrió la boca sorprendido cuando vio el mango del cuchillo, con el árbol tallado—.

Con este cuchillo… ¡este cuchillo pagano! ¡Es un cuchillo alanzano! ¡Es una hereje! ¡Detenedla!

—No… no es suyo —dijo una voz detrás de Silas—. Es mío. Yo soy el alanzano.

Silas se apartó y tras él apareció Cedric, apoyado en Sully. No podía creer que Cedric estuviese siquiera consciente con todas aquellas heridas. Quería correr hacia él y ordenarle que se tumbara, pero Warren seguía a la ofensiva.

—Haría cualquier cosa por proteger a su fulana.

Sully tuvo el sentido común de intentar retener a Cedric, pero este no se amedrentó.

—El cuchillo es mío. Tengo más objetos alanzanos en ese baúl. No encontraréis nada entre sus posesiones.

—¡Entonces detenedlo a él! —exclamó Warren—. ¡Y a ella por ser su cómplice! ¡Y por atacarme!

—Me atacó él a mí —repliqué. Señalé mis ropas rasgadas—. ¡Me inmovilizó e intentó abusar de mí! ¡Solo me estaba defendiendo!

Warren estaba pálido y sudoroso, sin duda debido a la herida y a la pérdida de sangre, pero no se arredró.

—Me invitó a entrar ella. Es una mujer sin moral alguna… Se acostó con Thorn y se acostaría con cualquiera. Luego cambió de opinión y ahora intenta que parezca culpa mía. ¡No podéis confiar en la palabra de una muchacha ordinaria y vulgar!

Silas no parecía saber qué pensar, y no lo culpaba por ello. Pero se me ocurrió que, por improbable que pareciera, existía la posibilidad de que Warren se saliera con la suya. Era el gobernador de aquella colonia. ¿Y quién era yo? De pronto recordé algo: una vez, Cedric me había dicho que yo no sabía lo que era vivir sin el prestigio de la clase alta, que había más poder ahí de lo que yo creía.

Me erguí todo lo alta que era y adopté la mirada más imperiosa que pude.

—Lo repetiré una vez más: fue él quien me atacó. Y quizá podáis no creer a una muchacha ordinaria y vulgar, pero ese no es mi caso. Soy lady Elizabeth Witmore, condesa de Rothford, paresa del reino.

28

*E*l viaje a Cabo Triunfo en barco fue mucho más sencillo de lo que había sido por tierra. No volvimos enseguida, no mientras las heridas de Cedric siguieran en un estado tan lamentable. Entre nosotros, Warren y los sicarios, Silas Garrett estuvo muy ocupado investigando a todo el mundo. Finalmente buscó ayuda entre los hombres que buscaban trabajo en Roca Blanca y los nombró agentes de la ley temporales. Silas usó a un grupo de ellos para llevar a Warren y a los demás de vuelta a Cabo Triunfo. Dejó un grupo más pequeño para vigilarnos a Cedric y a mí en casa de los Marshall, aunque no suponíamos demasiado riesgo.

Cuando Silas volvió una semana más tarde, nos enteramos a través del médico que visitaba regularmente a Cedric.

—Le he dicho al señor Garrett que ya estás en condiciones de viajar —dijo el doctor—. Y su plan es que os marchéis mañana mismo.

Estábamos sentados fuera, al sol de la tarde, y Cedric estaba instalado en una tumbona improvisada que había construido el señor Marshall. Ya podía abrir el ojo y la mayoría de sus moratones habían adquirido un color amarillento. Tenía el brazo izquierdo en cabestrillo y necesitaría varias semanas más para recuperarse. También tenía un par de costillas rotas que no había forma de tratar, más allá de tenerlas vendadas y no moverse.

—¿En condiciones de viajar? —exclamé—. ¿Así?

—Lo peor ya ha pasado —dijo el doctor—. Estás fuera de peligro. ¿El viaje será incómodo? Posiblemente, sobre todo si no tienes cuidado. Pero el barco no es nada comparado con la ruta por tierra.

—Estaré bien. —Cedric puso la mano derecha sobre la mía—. Y tenemos que volver. Que Warren haya llegado antes que nosotros no augura nada bueno.

Aquello era algo que habíamos discutido con frecuencia: cuanto más tiempo pasara Warren en Cabo Triunfo, más tiempo tendría para pulir su historia y conseguir apoyo de sus amigos más poderosos.

—Una cosa más… —El doctor pareció algo incómodo y me dirigió una mirada nerviosa—. El señor Garrett me dijo que os comunicara que su compañero ha llegado a Cabo Triunfo y que tiene vuestro retrato y que… efectivamente, sois idéntica. Mi… milady.

Levanté una mano.

—Por favor. No es necesario. Podéis llamarme Adelaide.

El médico le dio varios consejos a Cedric antes de marcharse, además de una provisión de medicamentos para que siguiera el tratamiento. Cuando se hubo ido, apoyé la cabeza en el hombro de Cedric.

—Bueno, pues ya está. El secreto ha salido a la luz.

—¿A cuál de todos nuestros secretos te refieres exactamente?

—Ya sabes a cuál. Mi identidad. Vaya, mi antigua identidad. —Suspiré—. Pero si el compañero de Silas lo ha demostrado, quizá mi palabra tenga algo más de peso. Aunque ahora corro el riesgo de que cualquiera quiera cobrar la recompensa de la abuela.

—No le digas a nadie que estamos casados —dijo Cedric en voz baja, al adivinar lo que iba a decir a continuación.

—¡Pero para eso lo hicimos! Para protegerme si se descubría que yo era la condesa fugitiva. Y así ha sido.

Sacudió la cabeza.

—Eres clave en este caso… Silas te protegerá. Y este plan alternativo lo diseñamos antes de que se descubriera que soy un hereje. Van a juzgarme por eso. Si te identificas como mi esposa legal, te señalarán como alanzana por asociación. No voy a dejar que te ahorquen conmigo.

—Y yo no pienso dejar que te ahorquen de ninguna de las maneras —gruñí—. Igual que no pienso dejar que Warren salga impune de esto.

Pero cuando zarpamos hacia Cabo Triunfo a la mañana si-

359

guiente, no me sentía ni la mitad de segura. Al ser una colonia incipiente, Hadisen no contaba con un tribunal que pudiera juzgar un caso tan importante como aquel, así que la vista tendría lugar en Denham. Warren tenía infinidad de contactos allí. Y la fe alanzana era ilegal en ambas colonias.

Atracamos en Cabo Triunfo por la tarde y nos separaron de inmediato. Cedric tendría que estar bajo custodia durante todo el juicio. El único consuelo era que Warren y sus secuaces también estaban bajo arresto.

—No soy completamente insensible, milady —me dijo Silas. No me molesté en corregirle. Si mi título podía reforzar mi versión de los hechos, dejaría que así fuera—. Me aseguraré de que esté bien cuidado. Y un médico lo visitará a diario.

—Gracias —dije. Nos dejó un momento a solas para que pudiéramos despedirnos, y agarré con fuerza la mano de Cedric. Era todo lo que podía hacer, con todas aquellas heridas.

—Superaremos esto —dije—. Encontraré la manera.

—Siempre lo haces.

Noté algo de la antigua bravuconería en su voz, pero un destello de inseguridad en sus ojos. Le besé con desesperación, sin importarme que nos viese la gente que pasaba por nuestro lado. Y, cuando los hombres de Silas se lo llevaron, me quedé mirando hasta que Cedric hubo desaparecido entre la multitud del puerto de Cabo Triunfo.

—Señorita —dijo uno de los hombres de la ley contratados por Silas—. El señor Garrett nos dijo que os acompañáramos adonde quisierais ir.

No tenía ni idea de adónde quería ir. No había pensado en nada más que en el destino de Cedric y ahora me encontraba en una situación extraña. Tras años de doblegarme y seguir las normas de los demás, ahora no tenía limitación alguna. Podía moverme libremente, pero no tenía ningún sitio adonde ir. No tenía casa, ni dinero, ni familia.

Pero todavía tenía amigas.

—Llevadme a Las Glicinias.

Como era de esperar, no fui recibida con los brazos abiertos. Jasper salió como una exhalación de su despacho en cuanto la señorita Culpepper anunció mi llegada en el vestíbulo. Me señaló con un dedo acusador.

—No. ¡No! Me da igual quién seas y los títulos que tengas. No puedes venir aquí con el rabo entre las piernas después de todo lo que nos has hecho. Decidiste abandonar esta vida. No intentes recuperarla ahora.

—No es esa mi intención —dije—. Solo… bueno… es que… no tengo adónde ir.

Todas mis compañeras, exquisitamente arregladas, se habían reunido en el vestíbulo, haciéndome más consciente de mi aspecto desaliñado. Charles estaba también allí. Su viaje a Osfrid para reclutar al siguiente grupo de chicas se había retrasado en vista del reciente desarrollo de los acontecimientos.

—Jasper, era una de nuestras chicas, y puede que acabe siendo familia nuestra una vez que se solucione este asunto con Cedric.

Jasper se giró hacia su hermano con aire incrédulo.

—¿Este asunto? ¡Van a juzgarlo por herejía y por ataque a la autoridad! Solo hay una forma de que esto se solucione.

—¿Ataque a la autoridad? —exclamé, sorprendida—. Pero ¿lo habéis visto?

361

—Esa es la historia que cuentan por aquí —dijo Jasper—. Que ambos actuasteis de forma desesperada al daros cuenta de que no podríais saldar la deuda con Warren Doyle. Así que planeasteis un ataque y lo encubristeis para que pareciera que lo habían asaltado unos bandidos, pero sus hombres llegaron a tiempo de salvarlo.

Abrí tanto la boca que la mandíbula casi rozó el suelo.

—¿Eso es lo que se han inventado? ¡Es mentira! Vamos. Conoces a Cedric.

—La verdad —dijo Jasper, con rostro grave— es que me da la sensación de que no conozco a mi hijo en absoluto. Lo que sí sé es que, antes de que tú llegaras, no iba por ahí secuestrando damas nobles, practicando la herejía ni atacando a líderes del gobierno. Así que entenderás que te diga esto con toda la educación que me es posible: fuera de mi casa.

—Puede quedarse conmigo. —Aiana avanzó entre la multitud, tan serena y confiada como siempre—. Y no me miréis así, señor Jasper. Pago el alquiler de mi casa y puedo hacer lo que quiera. Vamos, Adelaide.

¿Qué otra cosa podía hacer? Aquel ya no era mi hogar. Tenía que aferrarme a los aliados que pudiera encontrar, aunque me sorprendió ver que las dos a las que esperaba ver no estaban en el vestíbulo.

—¿Dónde están Tamsin y Mira? —pregunté una vez que estuvimos en casa de Aiana. Se trataba de un apartamento sorprendentemente espacioso encima de una taberna en la ajetreada zona de ocio de la ciudad. El aislamiento de las paredes era bueno, pero desde abajo llegaba el tintineo apagado de las teclas de un piano.

Aiana estaba poniendo la tetera en el fuego y se giró hacia mí con cara de sorpresa.

—¿No lo sabes? ¿Lo de Tamsin?

—¿Qué tengo que saber? ¿Se ha casado ya?

—Siéntate —me ordenó Aiana.

Obedecí y me senté en una silla cubierta con una manta decorada con el intrincado y colorido dibujo de una tortuga. Me pregunté si sería balanca, pero la expresión en el rostro de Aiana me hizo olvidar todo lo relacionado con el arte.

—¿Dónde está Tamsin?

Aiana cogió una banqueta y se sentó frente a mí.

—Adelaide, Tamsin se perdió el día de la tormenta, hace un par de semanas… La tempestad… A vosotros también os llegó algo, ¿verdad?

Casi creí que había oído mal, que de algún modo estábamos hablando de nuestro viaje inicial.

—Se perdió… ¿Cómo que se perdió en la tempestad?

—Iba con la comitiva del señor Doyle para volver a Hadisen. Estaban prácticamente comprometidos y él quería enseñarle aquello. Estaban acercándose a la bahía cuando comenzó la tormenta, y al parecer Tamsin tuvo un ataque de pánico y… huyó. Nadie sabe qué ha sido de ella.

—¿Un ataque de pánico? ¡Tamsin no ha tenido un ataque de pánico en su vida!

—No sé nada de primera mano, solo lo que me han contado. —La calma de Aiana impresionaba—. No quiso subirse al barco con aquella tormenta. Huyó de la comitiva. Trataron de encontrarla, pero era demasiado tarde, sobre todo con aquel tiempo. La buscaron al día siguiente, sin éxito.

Apoyé la cabeza entre las manos; temía que fuera a desmayarme.

—No. Eso es imposible. Estás equivocada. Ya se perdió una vez… ¡Esto no puede volver a ocurrir! Casarse era lo que más quería en el mundo. No habría dejado que una tormenta le impidiera…

Pero, mientras hablaba, me pregunté si de verdad no lo habría hecho. A mí la tempestad me trajo dolorosos recuerdos de aquella noche en el mar. ¿Qué no habría provocado en Tamsin? Quizá la sola idea de subir a otro barco durante una tormenta había sido demasiado para ella. Pero ¿tanto como para huir sola en mitad de la noche?

—Lo siento —continuó Aiana, sin ser consciente de mi discurrir mental—. Creí que lo sabrías, sobre todo porque el señor Doyle asumió la culpa y pagó su precio a los Thorn.

—Qué amable —dije, levantando la cabeza. Me resultaba más fácil lidiar con la ira que con la pena. Seguía sin poder procesar aquello—. Seguro que Jasper se alegró de poder sacar provecho de ella después de todo, sobre todo si… —Mis palabras dieron paso a un jadeo al darme cuenta de lo que había dicho Aiana—. Warren lo sabía…

—Estaba presente cuando ocurrió todo.

Me puse en pie de un salto.

—¿Por qué no me dijo nada? ¡Hablé con él la mañana siguiente a la tormenta! ¿Cómo pudo no mencionar que mi mejor amiga había desaparecido?

—No lo sé. —Su rostro rebosaba compasión—. Cuanto más cosas oigo acerca de Warren Doyle, más certeza tengo de que nunca podré averiguar lo que piensa.

Sentí que me subía un sollozo por la garganta, pero lo retuve. No quería llorar delante de ella. Comprensiva, Aiana se levantó.

—Mira tenía un compromiso social. Puedo hacer que se excuse y vuelva pronto. Creo que os vendrá bien estar juntas. Siéntete como en tu casa. Pagaré a una de las chicas de abajo para que suba agua caliente para el baño.

Solo conseguí asentir con la cabeza como única respuesta y, en cuanto se hubo ido, rompí a llorar. El estrés de todo lo que había ocurrido se me vino encima y ya no sabía ni por qué lloraba. Cedric, Tamsin… ¿Qué bien podía hacerle a la gente que quería si no podía protegerlos? ¿Era aquello una especie de castigo divino por huir de mis responsabilidades en Osfrid?

363

Tenía la cara roja e hinchada cuando la chica vino a llenar la tina, aunque ella, educada, fingió no darse cuenta. Meterme en aquella especie de bañera era un lujo que no había experimentado desde hacía casi un mes. Los baños en casa de los Marshall habían sido escasos de agua. Y fríos. En realidad, después de mi estancia en Hadisen, todo en Cabo Triunfo me parecía un lujo en comparación. El apartamento de Aiana era para mí como un palacio osfridiano.

El agua estaba de color gris oscuro cuando por fin salí, con la cabeza algo más despejada. No bien, pero funcional. No podía soportar la idea de ponerme mi ropa sucia de trabajar en el yacimiento, así que tomé prestado un camisón largo de lana del armario de Aiana. Había pasado mucho tiempo, y me pregunté si Mira estaría muy lejos o si estaría teniendo dificultades para sacarla de donde estuviera.

Al fin, Aiana cumplió su palabra. Mira entró por la puerta con un montón de ropa en los brazos que enseguida dejó caer al suelo para atravesar la habitación corriendo hacia mí. La abracé y noté que las lágrimas volvían a aflorar. Aiana se retiró discretamente a la cocina y empezó a revolver los armarios.

Mira estaba igual que siempre. Hermosa. Feroz. Pero no tan arreglada como esperaba después de que Aiana me dijese que estaba en un acto social. El vestido de organdí violeta que llevaba era de buena factura, pero demasiado sencillo para ser de la Corte Reluciente. Llevaba el chal de su madre por encima, y se había recogido el pelo con una cinta con obvia premura.

—Mira… ¿Cómo es posible…? Tamsin…

—No lo sé —dijo, y también a ella se le rompió la voz—. No lo podía creer cuando me lo dijeron. Dos hombres volvieron desde el barco para darnos la noticia; dos testigos que juraron que no subió al barco por culpa de la tormenta. Dicen que huyó hacia el bosque y que Warren estaba desolado.

Aquello me pareció poco probable, dada la actitud apática que mostró a la mañana siguiente..

«La tormenta empezó a azotar cuando estábamos cruzando la bahía anoche.»

No mencionar la desaparición de Tamsin no fue la única cosa rara en aquella conversación con Warren. Dijo que la tormenta había empezado cuando ya se habían hecho a la mar, no cuando estaban embarcando. Y, en realidad, si hubiese sido antes, ¿acaso habría subido alguno de ellos al barco?

—La tormenta fue horrible aquí —prosiguió Mira, con los ojos brillantes—. Nos dijeron que allí también. Y no sabemos nada de Tamsin desde hace semanas ya… No sé qué pensar. Si ha sobrevivido, ¿dónde está? ¿Por qué no se ha puesto en contacto con nosotras? Tengo a varias personas… recursos… buscándola, pero no se sabe nada.

El desaliento se apoderó de mí.

—No puedo volver a perderla.

—Lo sé. Yo siento lo mismo. Pero tienes que apartar ese dolor ahora. Ya lloraremos por ella más adelante… mucho. He oído que tienes otras cosas de las que preocuparte, lady Witmore. —Desvió la mirada hacia mi colgante, que había conservado puesto. Bajó la voz—. ¿O debería decir señora Thorn?

Dirigí una mirada de pánico a Aiana, que seguía en la cocina.

—¿Tan obvio es? ¿Es esto una especie de amuleto alanzano que me delata?

—No, para nada. Venden esos collares por toda la ciudad con distintos tipos de flores. Pero he reconocido la angélica y lo he adivinado. —Mira dudó—. Pero yo no me lo pondría en el juicio si fuera tú. No puedes dejar que nadie piense que eres alanzana. Tienes que entrar ahí y recordarles a todos que eres la condesa de Rothford —pronunció estas últimas palabras mientras cruzaba la habitación hacia la ropa que había dejado en el suelo—. Hemos intentado conseguirte todo lo que hemos podido por la ciudad. Hay un montón de vestidos que nadie se pone en Las Glicinias, pero si Jasper te ve con uno en la sala de juicios, te lo haría pagar caro.

—¿Crees que irá? —pregunté amargamente—. No parece importarle lo que le ha ocurrido a Cedric.

Aiana, al oírnos, se acercó a nosotras.

—Le importa lo que le pase a su negocio, y todo esto le afecta. Estará allí.

Llamaron a la puerta y todas dimos un respingo. La actitud tranquila de Aiana se esfumó. Se puso tensa y alerta, entrecerró los ojos como un gato y se acercó lentamente a la puerta. Agarró el picaporte con una mano y con la otra sacó del abrigo un cuchillo tan largo como su antebrazo.

365

—¿Quién es? —gritó.

—Walter Higgins —dijo alguien al otro lado—. Estoy buscando a Adelaide Bailey, la compañera de Cedric Thorn.

El nombre resonó en mi cabeza y, de pronto, algo hizo clic.

—¡Es el agente de Cedric! Déjale entrar.

Sin abandonar la cautela, Aiana abrió una rendija y miró antes de abrir del todo. Un hombre menudo y enjuto, de la edad de Cedric, estaba de pie en el umbral vestido con un traje elegante. Su rostro no transmitió ninguna sensación cuando nos miró a todas, pero me pareció de esas personas que se queda hasta con el más mínimo detalle.

—Walter —dije, avanzando hacia él—. Me alegro de conoceros al fin. Cedric me ha hablado muy bien de vos.

Walter hizo un leve gesto de agradecimiento e intentó ignorar que su interlocutora iba en camisón.

—A mí también me ha hablado muy bien de vos. Siempre he pensado que admiraba algo más que vuestros conocimientos artísticos. Ahora sé que estaba en lo cierto.

Hice una mueca.

—Pero ¿es que todo el mundo conoce la historia en esta ciudad?

—Más o menos —dijo Walter. Mira y Aiana asintieron, confirmándolo—. Me voy de la ciudad mañana, y tengo algunas noticias que pensé que sería mejor daros cuanto antes. Como Cedric está, eh… detenido, pensé en comentar los negocios con vos. ¿Hay algún lugar donde podamos hablar en privado?

—Podéis hablar delante de ellas —dije. La falsificación de cuadros ahora me parecía una minucia.

Vaciló y, a continuación, se encogió de hombros.

—Tengo otro posible comprador, que además está dispuesto a pagar mucho más ahora que sabe que hay una puja. Y además está más cerca, a tan solo dos horas a caballo de aquí.

—Bien, eso son buenas noticias —dije—. Aunque no creo que nos beneficie demasiado con Cedric en prisión.

—No beneficia a nadie porque él también quiere que se compruebe la autenticidad del cuadro.

Gruñí.

—Y yo que pensaba que estos colonos serían una presa fácil.

—Lo único positivo es que el otro posible comprador quería a un experto en arte para autenticarlo. Este, en cambio, se contentará con cualquier mirikosí culto y con conocimientos básicos de arte que sepa diferenciar entre oro y cobre. Con esas palabras exactas lo expresó. —Walter hizo una pausa y observó a Mira—. He oído que tenéis una amiga sirminia. Los sirminios se parecen bastante a los mirikosíes.

Mira nos miró confundida.

—No tengo ni idea de qué habláis, pero si queréis hacerme pasar por una experta en arte, creo que no soy quien buscáis.

—Eres exactamente quien buscamos —dije, animada. Cedric había descrito a Walter como alguien que siempre se las ingeniaba para cerrar un negocio, y ahora comprendía por qué—. Puedes imitar el acento mirikosí. Te oí hacerlo varias veces en el Manantial Azul. Lo único que tienes que hacer es reunirte con ese señor y decirle que el cuadro en el que está interesado es una pieza auténtica de uno de los mejores artistas de Miriko.

—¿Lo es? —preguntó, con aire impresionado.

—Eh… no exactamente. —Después de varias semanas sin movimientos en el frente artístico, estaba bastante emocionada con aquello. Mira, vestida de forma elegante, podría hacerse pasar sin problemas por una dama mirikosí de clase alta y venderle el cuadro a este señor. Entonces, la realidad me golpeó—. Pero habrá que esperar. No puedo ocuparme ahora de la venta del cuadro. Íbamos a usar el dinero para intentar construir una vida mejor juntos. Ahora no nos servirá de nada mientras Cedric siga detenido.

Walter se aclaró la garganta.

—Disculpad mi atrevimiento, pero el dinero siempre sirve de algo.

—Tiene razón —dijo Aiana—. Yo tampoco entiendo de qué va todo esto, pero si tienes acceso a un dinero que sea tuyo, te puede resultar útil. No sabes lo que vas a necesitar hacer durante el proceso del juicio.

No la seguía, pero Walter fue más claro.

—Nunca subestiméis el poder de un buen soborno.

—Es posible… pero no hay tiempo. Al menos, no ahora. ¿No habéis dicho que os ibais mañana?

Walter asintió con gesto de disculpa.

—Estaré fuera una semana, en el sur, en la colonia de Lyford. Otra gente necesita mis servicios.

367

—Y yo tengo un juicio por la mañana —dije—. Nadie puede acompañar a Mira.

Mira nos miró alternativamente, perpleja.

—¿Y para qué necesito que me acompañe nadie? Solo tengo que verme con ese hombre y fingir que sé de arte. Puedo hacerlo.

—Es demasiado peligroso —insistí—. Esperaremos a un momento mejor. —Aunque, mientras hablaba, me pregunté si habría un momento mejor para algo.

—En realidad… —Aiana frunció el cejo, pensativa—. Mañana sería el mejor momento. El primer día del juicio será muy ajetreado. Todo el mundo estará distraído. Si Mira desaparece durante buena parte del día, es poco probable que alguien se dé cuenta.

Seguía sin gustarme el plan. No porque no creyera que Mira fuese capaz de conseguir cualquier cosa, sino porque no podía soportar la idea de poner a otra amiga en peligro.

—Volveré —dijo, consciente de mis miedos—. Tú ve al juicio mañana. Nosotros nos encargaremos de esto. ¿Podéis darme toda la información?

Walter sacó un papel del bolsillo y se lo dio.

—Aquí tenéis su nombre y su dirección. Y esa es la ubicación del hombre que tiene el cuadro ahora mismo.

—¿No lo tenéis vos? —exclamé. La segunda dirección correspondía a un pueblo cercano en Denham.

—Sobrevivo en este negocio asegurándome de que nada pueda estar directamente relacionado conmigo. El cuadro está a buen recaudo, pero por supuesto no lo tengo colgado en mi habitación —dijo—. Si acepta el trato, podéis completar la transacción vos misma o esperar a que yo vuelva. Con que no os gastéis mi comisión, por mí todo bien.

—Os ayudaremos con el resto de gestiones —dijo Mira—. Sacaremos esto adelante.

—Todo sea por el dinero, ayude o no a Cedric —musité.

Aiana me puso una mano en el hombro. Su mirada era dura como el acero.

—Que tengas algo de dinero no es solo para ayudarle. Tienes que aceptar que existe la posibilidad de que Cedric no salga de esta. Y, si no lo hace, necesitarás tener tus propios recursos para escapar.

29

Aiana puso un palé improvisado que me hizo las veces de ca-
tre en un rincón del salón. Cuando me desperté a la mañana siguiente, ya se había ido, y yo enseguida empecé a prepararme
para el día que tenía por delante. Los vestidos que me había dejado Mira no tenían nada que ver con los extravagantes atuendos
de la Corte Reluciente, pero aun así eran dignos de una dama de
la clase alta de Denham. El que elegí era de batista color marfil,
decorado con ramilletes de flores rosas y violetas. Se me hacía
raro llevar vestido después de un mes con ropa de batalla, y la tela
me parecía peligrosamente delicada. No me importó ponerme
algo tan bonito de nuevo, pero era un recordatorio de cuánto había cambiado mi vida.

Acababa de terminar de peinarme cuando regresó Aiana.

—Creía que irías con Mira —dije.

—No, voy contigo. He ido a despedirme de ella, ya está en
camino.

De nuevo sentí que me atacaban los nervios ante la posibilidad de perder a otra amiga.

—¿Está sola?

—No.

Aiana no me dio más información y yo entendí que no debía
preguntar más.

Había una multitud reunida a las puertas del juzgado cuando
llegamos. Incluso en una ciudad tan animada como Cabo Triunfo,
aquello era un drama en toda regla. El hijo del gobernador, un romance ilícito, herejía… Los ciudadanos estaban deseando conseguir un sitio en primera fila. Aiana me ayudó a pasar rápida-

mente entre ellos hasta el vestíbulo, donde un funcionario judi-
cial nos hizo entrar enseguida.

La sala estaba llena, pero había sitios reservados para los par-
ticipantes principales. Uno de esos sitios era para mí, así que me
senté, no sin percatarme de que Jasper estaba muy cerca. Me hizo
un gesto frío con la cabeza y desvió la mirada enseguida en dirección contraria. Cerca también de la primera fila estaban el gobernador Doyle con Viola a su lado y varios consejeros alrededor.
Había dos filas de asientos vacías, y me quedé mirando con nerviosismo. Por fin, un alguacil abrió una puerta lateral y entraron
los detenidos. Warren iba primero, con un gesto deliberadamente
petulante dadas las circunstancias. Cedric entró el último, y el corazón me dio un vuelco al verle.

Necesitaba un afeitado y todavía llevaba el brazo en cabestrillo, por supuesto. Pero, por lo demás, se movía sin dificultad
y apenas lucía ya moratones. Me pregunté si eso sería bueno o
malo. Quizá nos habría ayudado poder demostrar la violencia
con la que le habían golpeado. Recorrió la sala con la mirada y,
cuando me vio, me hizo un gesto para decirme que estaba bien.
Incluso esbozó un amago de su sonrisa de siempre, solo que
algo forzada.

Todo el mundo se puso en pie cuando entraron los miembros del tribunal, que eran siete hombres. Eran magistrados y
otras personalidades de Denham. En otra situación, el gobernador habría presidido el tribunal pero aquella vez, por razones obvias, el señor Doyle debía permanecer al margen. Un
juez llamado Adam Dillinger había sido designado para el caso
en su lugar.

—Estamos aquí para arbitrar una… complicada disputa que
ha tenido lugar en la colonia de Hadisen. Trataremos de dilucidar
lo ocurrido de conformidad con las leyes de nuestra madre patria,
Osfrid. Oremos a Uros para que nos guíe.

Inició la oración, y casi todos en la sala agacharon la cabeza
con gesto solemne. Cuando miré hacia arriba, vi que varias personas estaban mirando a Cedric, como si esperaran que se levan-
tara e hiciera algún tipo de ritual de magia negra.

—Señor Doyle —dijo el magistrado Dillinger—. Levantaos y
contad vuestra versión de los hechos.

Warren se adelantó. Se había aseado, afeitado y puesto ropa

limpia, algo que me irritó sobremanera. Eso era lo que se conseguía teniendo apoyos en todas partes. Cedric tenía un aspecto desaliñado en comparación con él, pero ¿a quién tenía Cedric? Ni siquiera a su familia. Yo misma no habría podido vestirme si no hubiese sido por la caridad de otros.

Todos sabíamos quién era Warren, pero no obstante él se presentó como un ciudadano ejemplar que seguía los pasos de su padre. Se aseguró de recordar a todo el mundo todas las cosas que el gobernador Doyle había hecho por la ciudad y cómo él esperaba, humildemente, poder emular a su padre en Hadisen.

—Como parte de mi nuevo puesto, sabía que era vital para mí encontrar una esposa y defender los valores de la familia. Cuando la Corte Reluciente inició esta nueva temporada, empecé a cortejar a una de sus muchachas, una joven que se hacía llamar Adelaide Bailey. —La mitad de la sala se giró a mirarme, pero yo mantuve la mirada al frente, dispuesta a no ceder ante las presiones—. A todas luces, la señorita Bailey parecía una doncella virtuosa y honesta. Me hizo creer que estaba interesada en mí e, incluso, a punto de acceder a contraer matrimonio conmigo. Fue entonces cuando descubrí que estaba… relacionada con Cedric Thorn, uno de los procuradores de la Corte Reluciente. —Estaba claro a qué se refería al utilizar la palabra «relacionada».

—Esa es una acusación muy grave —dijo uno de los miembros del tribunal.

—La señorita Clara Hayes, de la Corte Reluciente, fue testigo de primera mano de su indiscreción —dijo Warren—. Muchos otros presenciaron las consecuencias. Pueden interrogar a cualquiera de ellos para que den más detalles.

—¿Qué hicisteis entonces, señor Doyle? —preguntó Dillinger.

—¿Qué podía hacer? —Warren extendió las manos—. No se me ocurriría luchar por una mujer cuyo corazón pertenece a otro. Lo lamenté mucho por ellos. Así que decidí ayudarles.

Explicó el acuerdo que tenía con nosotros en Hadisen, de nuevo esforzándose en quedar como un hombre ejemplar y caritativo. Entre el público, varias personas sacudieron la cabeza con una mezcla de ira y comprensión, demostrando que pensaban que nos habíamos aprovechado de Warren.

—Le di al señor Thorn todas las oportunidades posibles para

371

que todo saliera bien —dijo Warren—. Equipo, formación. Pero pronto quedó claro que había asumido más responsabilidades de las que era capaz de llevar a cabo. Es un hombre de negocios, un erudito. No estaba preparado para el tipo de trabajo necesario en la frontera. Su ineptitud desembocó en varios accidentes, uno de ellos en particular especialmente grave. Y no paraba de anunciar grandiosos hallazgos de oro, pero nunca veíamos ningún resultado, por más que esperábamos.

No me di cuenta de que estaba empezando a levantarme del asiento hasta que Aiana tiró de mí hacia abajo.

—Espera —murmuró.

La mayor atrocidad llegó cuando Warren describió lo ocurrido el último día.

—Quería creer sus historias de que había oro en el yacimiento, sobre todo porque se acercaba la fecha de finalización del contrato de Adelaide. Llevé varios hombres conmigo al yacimiento con la intención de excavar el oro, pero las cosas casi terminan antes de empezar cuando la inexperiencia del señor Thorn, una vez más, culminó en una explosión provocada por él que nos hizo saltar por los aires. No parecía haber forma de que saldara su deuda a tiempo, y todo empeoró cuando descubrimos varios objetos alanzanos en posesión del señor Thorn. —Por toda la sala se elevaron murmullos escandalizados, y Dillinger ordenó silencio—. Obviamente, tenía que aclarar las cosas con ellos —prosiguió Warren—. Estaba seguro de que todo era un malentendido. Envié a mis hombres a almorzar y me senté a discutir con la pareja cómo podía ayudarles... y entonces fue cuando empezó la traición. Cuando estuvimos solos, el señor Thorn me atacó con la intención de matarme y que pareciera que era obra de unos bandidos; así, se liberaría del contrato. Por pura suerte, dos de mis hombres volvieron a por algo y pudieron llegar a tiempo para salvarme. Redujeron al señor Thorn, pero el peligro no había pasado. La señorita Bailey tomó el relevo de su amante y, descaradamente, se me ofreció en un intento de distraerme. Como me negué, me apuñaló con un cuchillo. No sé qué podría haber ocurrido si no hubiera aparecido Silas Garrett, de la agencia McGraw.

El tribunal le hizo más preguntas para aclarar la declaración y me sorprendió que Warren tuviese una respuesta para todo.

372

Retorció cada hecho, cada detalle, para favorecerle y respaldar sus mentiras. Cuando terminó, estaba claro que casi todos estaban de su parte.

Cedric era el siguiente en declarar. Uno de los magistrados sostuvo ante él las sagradas escrituras de Uros.

—Jurad decir toda la verdad y nada más que la verdad… si es que podéis.

Me sorprendió sobremanera que la insinuación partiera de un miembro del grupo al que se le presuponía imparcialidad. Se levantó un murmullo en la sala, sobre todo cuando Cedric puso la mano sobre el libro sin que este saliera ardiendo o cualquier otra cosa igual de absurda.

Generalmente, en casos con posiciones conflictivas, lo lógico habría sido que pidiesen a Cedric que contara su versión de los hechos. En lugar de eso, Dillinger le preguntó:

—Señor Thorn, ¿sois alanzano?

Cedric pestañeó, sorprendido. Estaba segura de que estaba preparado para aquella pregunta, pero no esperaba el cambio de orden.

—Solo tenía objetos alanzanos en mi posesión. Pero nadie me ha visto orar con ellos.

—En ese caso, ¿por qué los teníais en vuestra posesión?

—Por curiosidad —dijo Cedric, manteniendo un tono tranquilo—. Conocí a algunos alanzanos en la universidad en Osfro. Me dieron estos objetos con la esperanza de convertirme.

—¿Y no denunciasteis a estos desviados? —preguntó otro miembro del tribunal.

—Eran jóvenes y rebeldes. Creía que era una fase por la que pasarían para después retornar a Uros y a los seis ángeles gloriosos.

Dillinger levantó un papel.

—Tenemos un testimonio firmado por un alanzano preso, que responde al nombre de Thaddeus Brooks y fue sorprendido rindiendo culto hereje. Esta persona jura que vos participasteis con él en un rito pagano llamado «la Estrella de Adviento». ¿Qué tenéis que decir a eso?

Cedric no dio ningún signo de nerviosismo.

—Creo que un hombre en cautiverio diría cualquier cosa para granjearse su libertad.

373

—El culto alanzano es ilegal tanto en Denham como en Hadisen —declaró Dillinger—. Las religiones ilegales están penadas con la muerte si no se cuenta con la protección de otra colonia o con una exoneración real.

—Lo sé —dijo Cedric.

—¿Es alanzana la mujer que dice llamarse Adelaide Bailey? —preguntó el miembro del tribunal que estaba a la derecha de Dillinger.

—No —contestó raudo Cedric—. La señorita Bailey ha dejado claro en numerosas ocasiones que cree que son paganos descarriados. Y juraré decir la verdad a este respecto tantas veces como sea necesario.

El tribunal siguió con el conflicto alanzano un poco más, pero Cedric se mantuvo firme en su defensa: nadie le había visto rindiendo dicho culto. Pero Dillinger dejó claro que creía que el testimonio de Thaddeus Brooks era prueba suficiente.

Por fin permitieron que Cedric contara su versión de los hechos. El tribunal hizo preguntas y comentarios que hicieron que los detalles parecieran improbables e incluso absurdos. Los miembros del tribunal no hicieron esfuerzo alguno por disimular el escarnio, y la sala entera reprodujo dicho sentimiento. Y, como yo temía, la buena evolución de las heridas de Cedric disipó la brutalidad excesiva de su ataque. Un magistrado comentó que un brazo roto no era demasiado cuando dos hombres trataban de detener a un asesino.

Cedric terminó y Dillinger llamó al siguiente testigo.

—Lady Elizabeth Witmore, condesa de Rothford.

Cualquiera que no hubiese reparado en mi presencia en la sala, lo hizo en aquel momento. Me adelanté con la seguridad altanera de una chica a la que le han dicho durante toda su vida que su linaje era superior al del resto. Juré por Uros y miré a Dillinger a los ojos con una frialdad que pretendía transmitir que me estaba haciendo perder el tiempo. Él carraspeó antes de hablar.

—Lady Witmore… Por favor, contadnos cómo llegasteis a formar parte de la Corte Reluciente con un nombre falso.

Esperaba aquello y tenía mi respuesta preparada. Expliqué que la fortuna de mi familia se estaba agotando y me di cuenta de que tendría más oportunidades en el Nuevo Mundo. Les conté que mi dama de compañía había huido y que vi en ello una oportunidad.

374

—Un título no es nada sin sustancia —declaré—. Quizás actué de forma impulsiva, pero muchos otros han luchado por abrirse paso en el Nuevo Mundo, con buenos resultados. Decidí hacer lo propio.

Aquello me granjeó varios asentimientos de cabeza hasta que volvió a hablar Dillinger.

—Así que decidisteis mentir y engañar a los demás para conseguir lo que queríais. ¿Conocía Cedric Thorn vuestra identidad real? ¿Os ayudó a encubrirla?

—No. Él nunca llegó a conocer a mi dama de compañía. No supo mi identidad real hasta mucho después, ya en Adoria.

Conté mi versión de lo ocurrido en Hadisen, repitiendo casi todo lo que había dicho Cedric en su intervención. Cuando llegué al momento en el que Warren intentó abusar de mí, los hombres del tribunal mostraron signos obvios de escepticismo.

—¿Tenéis pruebas de este supuesto intento de abuso? —preguntó un hombre.

Lo miré con los ojos entrecerrados.

—Tengo mi palabra.

—Muchas mujeres denuncian situaciones similares. Es fácil cuando no hay testigos. Es la palabra del hombre contra la de la mujer.

Me di cuenta de que me había equivocado al pensar que mi título me daría alguna ventaja en aquel juicio. La ventaja era ser hombre. Las mujeres eran fáciles de ignorar.

—Además —añadió Dillinger—, me parece poco probable que una mujer de moral relajada se oponga con tanta violencia a las insinuaciones de un hombre.

La declaración era tan ridícula que tardé un rato en formular mi respuesta.

—Creo… creo que cualquier mujer, con cualquier tipo de moral, se opondría a un hombre que intentara abusar de ella por la fuerza. Y no me gusta lo que estáis insinuando acerca de mi virtud.

—¿No sois acaso la amante de Cedric Thorn?

Volví a ponerme la máscara imperiosa.

—Preservar mi virtud hasta el matrimonio es un principio que he seguido durante toda mi vida. Jamás le concedería mi virtud a un hombre sin estar casada con él, si es eso lo que sugerís.

—¿Lo juráis?

—Sí.

—¿Entonces por qué estabais tomando una infusión de hojas de canela?

Observé varios susurros a raíz de las palabras de Dillinger, lo que me resultó incluso cómico. Muchas mujeres tomaban esta infusión para prevenir la concepción. Todo el mundo fingía que no era así.

—¿Tenéis pruebas de que lo estuviera haciendo? —pregunté. Había tirado los posos antes de servirle el té a Warren, y no habían encontrado hojas de canela al revisar mis pertenencias en casa de los Marshall.

—El señor Doyle ha declarado que la olió.

—De la misma forma que yo he declarado que intentó abusar de mí. Es la palabra del hombre contra la de la mujer.

A medida que fuimos examinando otros detalles, me quedó claro que el tribunal había sido comprado para conferir un matiz negativo a todo lo que dijésemos Cedric y yo. Mi virtud salió a relucir constantemente durante mi interrogatorio, al igual que mi supuesta propensión al engaño.

Hicimos una pausa para almorzar tras mi testimonio, y comenté con Aiana mis impresiones.

—Los sobornos dan para mucho —me dijo.

Observé con melancolía cómo se llevaban a Cedric y a los demás. Me dirigió una breve mirada de despedida, un poco menos confiada que antes.

—El dinero de nuestro supuesto soborno no podría equipararse al suyo. Si es que lo conseguimos.

Aiana señaló la puerta.

—¿Por qué no vas a averiguarlo?

Me di la vuelta y vi a Mira, que entraba por la puerta vestida con un impecable y lujoso traje de montar. Me acerqué a ella corriendo y la abracé, aliviada de verla.

—¿Cómo ha ido? —susurré.

Sonrió.

—Ha sido muy sencillo. Podría haberle vendido cualquier cosa.

La abracé de nuevo.

—Gracias.

—¿Cómo ha ido todo por aquí?

—Digamos que… no tan bien como a ti.

Pusimos a Mira al día durante el almuerzo y, a continuación, se reanudó la sesión. Silas Garrett dio un testimonio maravillosamente imparcial que no favoreció a ninguna de las partes pero sí que dejó un par de preguntas abiertas relativas a la versión de Warren. Aunque no estaba segura de que fuese a ser suficiente. El testimonio de Elias fue retorcido, como era de esperar, y el tribunal dio por cerrada la sesión del día. Cedric y Warren fueron escoltados fuera de la sala por separado, en direcciones opuestas; cómo no, a Cedric se lo llevaron por la puerta del extremo opuesto de la sala y a Warren, por la que estaba más cerca de mí.

Se paró en el pasillo al pasar a mi lado, fingiendo que tenía que ajustarse algo en la chaqueta.

—Qué triste debe de ser todo esto para vos, lady Witmore. Primero, renunciasteis a vuestra seguridad y a vuestro título para jugar a las casitas con muchachas de clase baja. Cuando al fin tuvisteis la oportunidad de salvar vuestra vida de la ruina, la tirasteis por la borda por una fantasía romántica cualquiera. Y, justo cuando pensabais que la suerte se estaba poniendo de vuestro lado, ¡puf! —Estiró las manos—. Eso también se hizo pedazos. Con todo lo que habéis dejado atrás. Con todo lo que habéis pasado. Y, ahora que todo ha terminado, os vais… con las manos vacías.

Cerré los puños para que no viera que estaba temblando. No podía dejarle ver lo mucho que me afectaban sus palabras. Porque, en muchas cosas, estaba en lo cierto. Había hecho un sacrificio tras otro durante el último año hasta quedarme con una sola cosa, con lo único que me importaba: Cedric. Y ahora amenazaban con apartarle de mí también.

Miré a los ojos a Warren sin vacilar.

—Igual que vos, que también iréis al patíbulo con las manos vacías. Os colgarán por lo que le habéis hecho a la gente que quiero. Sé que también tuvisteis algo que ver con la desaparición de Tamsin.

Percibí un levísimo destello de sorpresa en sus ojos, pero no podría decir si era porque le había descubierto o porque le confundía la acusación. Ya se había entretenido demasiado tiempo, y sus escoltas le obligaron a avanzar.

—Mañana solo hay un par de testigos más, pero estoy segura

de que todo será igual —les dije más tarde a Mira y a Aiana mientras volvíamos a la ciudad. No haber podido hablar con Cedric había sido el golpe definitivo del día.

Mira me pasó un brazo sobre los hombros.

—Sé fuerte.

Cenamos las tres juntas en casa de Aiana, y después esta dijo que debía llevar a Mira de vuelta a Las Glicinias antes del toque de queda.

—Después tendré que encargarme de unos asuntos. Quédate en la casa y cierra por dentro. No hace falta que te diga que todo esto ha podido agitar mucho las cosas por aquí.

Odiaba tener que despedirme de Mira, pero era muy probable que se hubiesen percatado ya de su ausencia. Ya había hecho suficiente por mí aquel día, no quería que se metiese en más problemas.

—Tu contrato está a punto de expirar —dije—. ¿Qué vas a hacer?

Se encogió de hombros.

—Algo.

Miré a Aiana, que se había metido en su habitación.

—¿La razón por la que no has elegido a nadie es…? Aiana y tú… ¿acaso…?

Mira tardó unos instantes en comprender mis palabras, y entonces sacudió la cabeza.

—No, no. Aiana ha sido muy buena conmigo… Como una especie de mentora. Me gustan los hombres. Pero no me gusta ninguno de los que he conocido.

Al ver que ya me había puesto en evidencia, creí que era mejor seguir hasta el final.

—Antes de llegar a El Manantial Azul, ¿pasó algo entre tú y Cedric?

Me dio la sensación de que aquello le parecía aún más increíble.

—No. ¿Por qué piensas eso?

Me sonrojé.

—Siempre le has gustado. Y ha hecho mucho por ti.

La sonrisa de Mira era amable.

—Ha hecho mucho por mí porque es un hombre bueno. Y encontraremos la manera de salvarlo.

Me dejaron sola con mis pensamientos embarullados. Ya se me había ocurrido una idea brillante y excéntrica —como colarme en la cárcel y rescatar a Cedric—, pero la realidad me golpeó y me sumió en la desesperación. Era psicológicamente agotador, así que decidí irme a la cama, pero entonces llamaron a la puerta.

Recordé las advertencias de Aiana y estuve a punto de no contestar. Pero me adelanté hasta la puerta y pregunté:

—¿Quién es?

—Gideon Stewart.

—No os conozco.

—Soy un pastor… de Grashond. Fui uno de los que trajo a vuestra amiga Tamsin de vuelta.

Los recuerdos del día de su regreso se reavivaron en mi interior. No recordaba con claridad a la gente que vino de Grashond pero, cuanto más lo pensaba, más familiar me resultaba aquel nombre. Pero aún era reacia a abrir la puerta.

—¿Qué queréis?

—Puede que sepa una manera de salvar al señor Thorn. Tiene que ver con la colonia de Westhaven, pero necesito vuestra ayuda.

379

Cuando mencionó Westhaven, no aguanté más. Abrí la puerta y me encontré con el apuesto hombre rubio que había venido a Las Glicinias. Llevaba el mismo atuendo de colores apagados de la otra vez. Tras echar un vistazo rápido al descansillo, le hice un gesto para que pasara y cerré la puerta.

—¿Y bien? —Mantuve los brazos cruzados. Estaba muy bien que fuese un purista religioso, pero quería ser precavida.

—He estado en los juzgados hoy… lamento mucho por lo que estáis pasando —dijo—. Si os hace sentir mejor, no creo que puedan dictar sentencia. Hay demasiadas contradicciones y ninguna prueba. Al no haber muertos, lo archivarán como una trifulca.

El corazón se me cayó a los pies. Claro que me alegraba la posibilidad de que Cedric no resultara implicado, pero odiaba la idea de que Warren saliese impune.

Gideon hizo una mueca.

—Desgraciadamente, me temo que el cargo por profesar el culto alanzano sí es grave. Aunque nadie lo viese rindiendo dicho culto, la sola posesión de esos objetos ya es motivo de condena. He visto hombres condenados por mucho menos. Los que detentan el poder aceptarán la declaración de ese testigo, y estoy seguro de que Warren Doyle tiene la influencia suficiente como para que se ejecute la pena, probablemente de inmediato.

—La muerte. —Me hundí en la silla. De nuevo estaba al borde de un precipicio con Cedric. Si él moría, yo me precipitaría en una caída sin fin—. ¿Qué milagro podéis hacer? ¿Tienen los Herederos algún poder especial?

Me sonrió fugazmente.

—No. Pero la colonia de Westhaven, sí. Aquellos que adquieran una participación se convierten, técnicamente, en ciudadanos de la misma. El privilegio recíproco entre las colonias permite que los ciudadanos de fuera realicen ciertas prácticas, incluso si estas son ilegales en dicha colonia, siempre y cuando no vulneren ninguna otra ley. Cedric podría atenerse a esto. La lucha en Hadisen no tiene nada que ver con los alanzanos.

—Eso sería fantástico —dije—, pero Cedric no es ciudadano de Westhaven. Aunque no será porque no lo ha intentado.

380

—Ahora mismo hay representantes de Westhaven en la ciudad y están vendiendo participaciones. Si Cedric pudiera comprar una y encontraseis a un abogado que gestionase el papeleo y, cómo decirlo, modificara la fecha, Cedric podría reclamar protección retroactiva en calidad de ciudadano de Westhaven. Si es que es posible encontrar a un abogado que estuviese dispuesto a hacer algo así. Pero supongo que en esta ciudad uno puede encontrar cualquier cosa.

Me erguí en la silla, demasiado impactada por la posibilidad como para pararme a juzgar que un pastor honesto estuviese sugiriéndome cometer una ilegalidad.

—Quizá… quizá conozca a un abogado que podría estar dispuesto.

Gideon pareció animarse.

—Entonces solo tenéis que comprar la participación.

—Ya, «solo». Sé lo que cuestan. Y no tenemos… —Di un chillido cuando me vino a la mente la respuesta—. Sé dónde conseguir el dinero. Quizá. Pero no será fácil.

—Me imagino que no. Ojalá… ojalá pudiese ayudaros en eso. Pero ya me he gastado todos mis ahorros para comprar la mía.

Lo miré sin dar crédito a lo que oía.

—¿Por qué compraría un pastor de los Herederos de Uros una participación en una colonia tolerante en materia de religión, que además se está ganando la reputación de tolerar creencias paganas?

Esbozó una sonrisa irónica.

—Porque ese pastor ya no está tan seguro de estar de acuerdo con sus hermanos.

—¿Por eso mostráis compasión por Cedric? —pregunté con voz suave.

—En parte. Si las creencias de alguien no hacen daño a los demás, no creo que deba ser castigado por ello. Y… —Se puso serio—. Erais su amiga. Hablaba de vos a menudo. No conseguí ayudarla a ella, pero quizá… quizá pueda ayudaros a vos.

—Tamsin —dije. Unas lágrimas que ya eran viejas conocidas me escocieron en los ojos.

—Lo siento mucho. Hice lo que pude para encontrarla, para averiguar qué ocurrió aquella noche… —Parecía sinceramente afligido, y aquello disipó mi cautela de un rato antes.

—No pasa nada —dije—. No podíamos hacer nada.

Pero cuanto más reflexionaba sobre las extrañas inconsistencias de la historia de Warren acerca de lo ocurrido con Tamsin, más me preguntaba si sería cierta.

—Quizá sea así, pero tendré que asumirlo más adelante. —Trató de ignorar su dolor y volvió a centrarse en mí—. Por ahora, decidme cómo puedo ayudaros.

Lo pensé un momento.

—¿Podríais conseguirme un caballo?

—Tengo uno abajo. He venido cabalgando desde Las Glicinias.

—Esto es lo primero que me sale bien desde hace mucho tiempo. Dadme unos minutos.

Lo dejé y fui a cambiarme el vestido por la falda pantalón y la blusa. Los había lavado y tenían mejor aspecto. Como esperaba, también encontré varias armas escondidas en casa de Aiana y me permití coger otro cuchillo. Por último, garabateé una nota y se la di a Gideon para que se la entregase a Nicholas Adelton.

—¿Este es el abogado que nos ayudará? —preguntó Gideon.

—Eso creo. —Reconsideré mis palabras—. Eso espero.

381

Bajamos a la calle y vi que había una alegre yegua atada delante de la taberna. Gideon le dio una palmada en el lomo.

—Se llama *Beth*.

No pude evitar reírme.

—*Lizzie* y *Beth*. No consigo escapar de mi pasado.

—¿Cómo?

—Nada. Solo entregadle esa carta al señor Adelton.

Gideon me escudriñó con mirada nerviosa.

—No iréis a hacer nada peligroso, ¿verdad? ¿Debería... debería acompañaros?

—No, estaré bien —dije, con la esperanza de que fuese cierto—. Solo será un trayecto corto.

Mi trayecto, por supuesto, sería de dos horas y a las afueras de la ciudad, adonde vivía el contacto de Walter, el que tenía mi cuadro. Estaba cayendo la noche. Cabalgué con el sombrero bien calado, en espera de que no se notase demasiado que era una mujer. Denham era una colonia bien asentada y aquello no era una ciudad sin ley, pero tenía sus rincones oscuros, como cualquier otro lugar. Y, hasta que el mundo cambiara de manera drástica, una mujer sola a caballo por la noche corría peligro.

Pero cuando dejé atrás los límites de la ciudad y enfilé el camino oscuro, no dejé que ningún posible riesgo me detuviera. El miedo era tan solo un enemigo más, y ya tenía suficientes por los que preocuparme. La salvación de Cedric estaba al alcance de mi mano, y no podía dejarme vencer.

Mira me había devuelto la hoja con los nombres y las direcciones que le había dado Walter, y la llevaba conmigo. También tenía una carta escrita por él, donde autorizaba a su contacto a entregar el cuadro. Eran dos horas hacia el sur, después vuelta a la ciudad y luego otras dos horas al norte hasta donde estaba el comprador. Me llevaría toda la noche y había muchas posibilidades de que no llegase al juicio a la mañana siguiente. Espoleé a *Beth*, aunque sabía que corría el riesgo de agotarla.

Sorprendentemente, no me encontré a casi nadie en el camino. Y aquellos con los que me crucé apenas repararon en mí. Era ya noche cerrada cuando llegué a Idlywood, un pueblo tranquilo que podía llegar a convertirse en una ciudad próspera. El contacto de Walter era el herrero del pueblo, y encontré su casa sin dificultad. Amarré a *Beth* cerca de un abrevadero, donde bebió agradecida.

El herrero se sorprendió al verme, sobre todo por el hecho de que fuera una mujer. Leyó la carta y me la devolvió, encogiendo los hombros.

—Supongo que Walter contrata a cualquiera últimamente. Venid conmigo.

Me llevó hasta un cobertizo cerrado en la parte de atrás donde, al abrirlo, vi que había un montón de trastos. Me preocupé por el estado de mi cuadro. Apartó varias cosas y por fin sacó un objeto rectangular, envuelto en una tela. Lo desenvolví y lo examiné a la luz de mi farol. Era mi cuadro, exactamente en las mismas condiciones en las que lo había visto la última vez en el sótano de Las Glicinias.

—¿Satisfecha? —preguntó.

—Mucho. Gracias.

Lo envolví de nuevo y el herrero me ayudó a asegurarlo en la parte de atrás de la silla de *Beth*. No era el método de transporte ideal, pero estaba segura de que el lienzo no se rasgaría. Un poco de balanceo no le haría daño.

383

Beth y yo nos aventuramos por el oscuro camino hacia Cabo Triunfo. La luna en cuarto creciente iluminaba poco, pero afortunadamente aquel era un camino muy transitado. Cuando llegué a la entrada de la ciudad, decidí rodearla. Me pareció mejor retrasarme un poco que arriesgarme a que me reconocieran.

El camino hacia el norte era más estrecho que el del sur, y estaba rodeado de bosques espesos que lo hacían aún más oscuro. Sabía que debía ir despacio por si me encontraba con obstáculos invisibles, pero me preocupaba el tiempo. Debía de ser ya más de medianoche, y todavía me quedaba mucho camino, además de terminar de gestionar el papeleo cuando volviese a Cabo Triunfo. Solo quedaban unos pocos testigos más en el juicio. No sabía cuánto tardaría el tribunal en deliberar. Era posible que la burocracia retrasara la condena. Pero sabía que a veces, sobre todo en el caso de los herejes, la pena se ejecutaba de inmediato. No podía perder tiempo.

Espoleé a la pobre *Beth*, que ya estaba cansada, para que fuera más deprisa. Después de todo lo que me había jactado de ser buena amazona, lo que estaba haciendo era tremendamente imprudente. Aquello se confirmó tan solo unos minutos más tarde, cuando *Beth* tropezó de repente y casi nos tira del lomo a mí y al cuadro. Consiguió recuperar el equilibrio justo a tiempo pero se detuvo en seco y se negó a continuar. Desmonté e intenté ver con qué obstáculo había tropezado. Resultó que había perdido una herradura.

—Maldición —grité al cielo nocturno. Una lechuza me contestó. Tras examinarla bien, vi que *Beth* no se había hecho daño ni en la pata ni en la pezuña, pero de ninguna manera podía obligarla a ir al ritmo de antes. Y además parecía exhausta, así que no creía que me dejara montarla durante mucho más tiempo.

Volví a montar. Incluso a trote más suave, cualquier instructor ecuestre de los que había tenido en mi vida me habría reprendido por aquello. Corría el riesgo de provocarle una lesión más grave. Esperaba que no fuera así, al igual que esperaba que el comprador del cuadro me vendiera un caballo.

Pero *Beth* se negaba a moverse. Al final me vi obligada a ir a pie, llevándola de las riendas. Cada paso era agonizante, no solo por los estragos físicos, sino por los psicológicos. Estaba agotada y frustrada. La luna se desplazaba cada vez más deprisa por el cielo, y solo podía pensar en que cada retraso ponía a Cedric en peligro. Habían pasado al menos dos horas cuando oí un galope atronador detrás de mí. Me puse en alerta, ya que no sabía si aquello supondría una ayuda o una traba. Al ritmo al que venían los jinetes, no tenía tiempo de esconderme en el bosque, así que simplemente me eché a un lado y esperé a que llegaran. Agarré el cuchillo.

Cinco hombres se acercaron hasta mí y disminuyeron el paso al llegar hasta donde estaba. Uno llevaba un farol. Todos tenían el rostro curtido y vestían ropas gastadas que me hicieron pensar que debían de ser jornaleros. No reconocí a ninguno de ellos. Pero ellos a mí, sí.

—Condesa —dijo uno alegremente—. Hemos venido a llevarte de vuelta a Osfrid.

30

*D*i un paso atrás en un intento de calmar mi respiración agitada y el corazón desbocado.

—Os equivocáis, señor —dije—. Solo soy una campesina y voy a hacer un envío.

—Un poco tarde para eso —dijo otro de los hombres—. Me parece que más bien estás intentando huir antes de que todo salte por los aires en Cabo Triunfo. Y no te culpo.

—No vamos a hacerte daño —dijo el primer hombre. Desmontó del caballo y otros dos lo siguieron—. Solo tenemos que enviarte de vuelta y recibir nuestro dinero. Ven con nosotros y pon las cosas fáciles.

Aferré con más fuerza el cuchillo y di otro paso atrás. Estaba casi fuera del camino, y me pregunté cuán lejos llegaría si me escapaba hacia el espeso bosque. Probablemente no mucho. El terreno parecía abrupto y posiblemente tropezaría con algún tronco antes de haber recorrido tres metros.

—No nos lo va a poner fácil.

El primer hombre se estiró hacia mí y yo blandí el cuchillo; le rasgué la camisa y le hice un corte poco profundo en el pecho.

—¡Zorra! —gritó—. ¡Atrapadla!

Los demás hombres se abalanzaron hacia delante y enseguida supe que no podía hacer nada. Como cuando me atacó Warren, me negué a ponérselo en bandeja. Si esperaban que una mujer fuese una presa fácil, iban a ver que no. Me tiré al suelo cuando llegaron hasta mí, haciendo que chocaran unos contra otros. Salí del embrollo como pude, y de camino apuñalé a un hombre en la pantorrilla. Tuve el sentido común de sacar el cuchillo y escabu-

385

llirme, mientras él caía al suelo entre gritos. Conseguí ponerme en pie y corrí, pero enseguida me detuvieron. Una mano me agarró por el pelo y tiró de mí. Me caí y me golpeé la cabeza contra el camino de tierra.

—¡No le hagáis daño! —gritó el líder—. La necesitamos intacta.

—Tiene dos meses para curarse en el mar —replicó el hombre que estaba más cerca de mí. Intentó agarrarme, pero volví a blandir el cuchillo y lo mantuve alejado. Sus compañeros me rodearon y uno por fin consiguió quitarme el cuchillo. Como no tenía escapatoria, me detuve y acepté mi derrota, por el momento. Tenían que llevarme a Cabo Triunfo y luego subirme a un barco. Eso suponía mucho tiempo para escapar.

Conscientes de su victoria, los hombres hicieron una pausa en espera de la siguiente orden. Aquel momento de silencio se vio repentinamente interrumpido con el estruendo de más cascos. Todos se giraron para mirar hacia el camino... todos menos yo. Aproveché la distracción para colarme entre dos hombres y recuperar mi cuchillo.

Pero cuando los jinetes estuvieron a la vista, incluso yo me quedé atónita. Un hombre y una mujer se detuvieron al llegar junto a nosotros. Ambos montaban caballos blancos y llevaban antifaces negros que les tapaban los ojos. El hombre que estaba junto a mí resopló sin dar crédito.

—¡Piratas!

—¡Tom Mangascortas!

—Y lady Aviel —dijo otro. Pronunció el nombre como si fuera el de un demonio, cosa irónica teniendo en cuenta que también era el nombre de uno de los seis ángeles gloriosos.

Recordé las palabras de Aiana: «Toda leyenda tiene algo de verdad».

Leyendas de carne y hueso. Yo nunca había llegado a creer esas historias. Corrían muchos rumores por Cabo Triunfo, y este me parecía especialmente extravagante. Pero si aquellas dos figuras intimidantes no eran dos de los piratas más famosos de Cabo Triunfo, la imitación estaba tan conseguida que poco importaba. Coincidían con la descripción de ellos que tantas veces había oído en distintas fiestas y, por supuesto, de boca de Mira, su mayor admiradora. Las mangas de Tom eran, en efecto, cortas, y la penumbra me permitía vislumbrar apenas la pluma de pavo real de su sombrero. Una melena dorada caía por la espalda de Aviel, sobre una capa punteada de estilizadas estrellas. Ambos desenvainaron las espadas a un tiempo, con gesto eficaz y practicado.

—Tenéis algo que andamos buscando —dijo Tom o quienquiera que fuese—. Dejadnos a lady Witmore y marchaos.

Dos de los hombres empezaron a retroceder de inmediato, muertos de miedo. El cabecilla del grupo se enfrentó a los jinetes.

—Ella y su recompensa nos pertenecen. Largaos de aquí antes de que... ¡Ahhh!

Tom cargó contra él y le golpeó en la cabeza con la empuñadura de la espada. Aviel avanzó con la misma velocidad y atacó a otro de los hombres. Les superaban en número, pero los caballos les daban ventaja, porque los otros habían desmontado de los suyos. El miedo que inspiraba la pareja era igualmente efectivo. Algunos de los bandidos intentaban huir y el de la herida en la pierna tenía dificultades para moverse.

Lo procesé todo mientras intentaba decidir qué hacer. Los bandoleros habían salido huyendo cada uno hacia un lado, así que podía unirme con mi cuchillo y ayudar. Pero al ver a Tom y a Aviel blandiendo sus espadas con furia, decidí que no quería vérmelas con aquel elemento desconocido. Era el momento de escapar.

Monté a *Beth* de nuevo. Con toda aquella conmoción, parecía más dispuesta a llevarme. Avanzamos al trote, no tan rápido como me habría gustado, pero lo suficiente para alejarme de allí. Mi plan era poner distancia con la reyerta y después salir del camino y aventurarme en el bosque. Tendría que abandonar a *Beth* y el cuadro, pero a veces había que tomar decisiones difíciles.

No llegué ni mucho menos tan lejos como esperaba. Apenas me había alejado un poco cuando Tom y Aviel me adelantaron y me bloquearon el paso. Obligué a *Beth* a detenerse y miré fijamente a este nuevo peligro. Intenté no dejarme llevar por la mística de su temible reputación, pero era difícil no hacerlo.

—Ya no tendrás que preocuparte por esos hombres —dijo Tom, casi con tono alegre.

—¿Están muertos? —pregunté.

—Puede ser —dijo Aviel—. O se han dado a la fuga. —Parecía tener acento belsa. El de Tom era claramente colonial.

387

—Bueno, no importa. No iba a irme con ellos ni tampoco voy a irme con vosotros.

La audacia me invadió de forma automática, aunque sabía que no podía hacer nada contra ellos. Volvería a mi plan de intentar una huida más adelante.

—No queremos llevarte a ningún sitio —contestó Tom—. Vayas adonde vayas, te ayudaremos a llegar allí con vida. Esta noche, seremos tus escoltas.

No podía ver sus caras en la oscuridad, pero sonaba sincero.

—¿Por qué? ¿Qué queréis?

—Nada de lo que tengas que preocuparte. Nuestros intereses son cosa nuestra. Lo único que necesitas saber es que estás a salvo con nosotros.

No me fiaba de ellos. ¿Cómo iba a hacerlo? Nada de aquello tenía ningún sentido, pero también era cierto que, según las leyendas, era difícil saber las motivaciones de aquellos personajes.

Como no dije nada, Tom añadió:

—¿Tu caballo está cojo?

—Todavía no —admití—. Pero ha perdido una herradura.

—Entonces tendremos que llevarte en los nuestros.

Vi que miraba a Aviel. Algo ocurrió entre ellos —algo un poco tenso— y, un instante después, ella desmontó de su caballo.

—El mío no tendrá problema en llevar a dos personas —dijo él—. Podéis montar el suyo.

Miré el corcel de Tom y pensé que podría llevar hasta a diez personas. La yegua, algo más menuda, parecía llena de energía a la luz del farol, y me animó la idea de tener mi propio caballo. Aumentaba mis posibilidades de fuga.

—De acuerdo —dije, acercándome al animal—. Vamos a Crawford.

Aviel caminó hacia el corcel, dudó un segundo y se encaramó sin esfuerzo a la grupa, detrás de Tom. Yo até a *Beth* a un árbol.

—Lo siento, pequeña. —Le di una palmada en el lomo. Me sentía culpable de abandonar aquel regalo—. Espero poder llevarte con Gideon de nuevo. O quizá un nuevo dueño te ponga esa herradura.

Amarré el cuadro en mi nueva montura y partimos al galope, a ritmo vertiginoso. La velocidad era tonificante después del lento paso de *Beth*, y me permití albergar de nuevo la esperanza de que aquello saliese bien. Pero aún no estábamos ni siquiera a mitad de camino hasta Crawford, y el tiempo seguía corriendo en mi contra.

Cuando al fin llegamos a las afueras de Crawford, Tom y Aviel aminoraron el paso.

—¿Tienes la dirección? —preguntó él.

—Sí.

—Entonces será mejor que te esperemos aquí. Vernos en plena noche puede resultar... alarmante para alguna gente.

Era comprensible. Crawford era más grande que el pueblo donde había estado antes y tardé un rato en encontrar el sitio exacto. Cuando al fin lo hice, comprendí por qué aquel comprador podía permitirse adquirir mi cuadro. La casa era con mucho la más grande de la ciudad, una hermosa mansión al otro lado del parque central. En el exterior colgaban faroles encendidos, pero las ventanas estaban a oscuras. Respiré hondo, cogí el cuadro y llamé a la puerta.

Tuve que llamar dos veces más antes de que viniera alguien: un criado somnoliento que me miró con recelo.

—Necesito ver al señor Davenport.

—Señora —dijo el criado, cuyo tono demostrada que ese tratamiento ya era generoso por su parte—, es medianoche.

—No he podido evitar venir a esta hora. —Sostuve el cuadro en alto—. Tengo algo que está muy interesado en comprar. Un cuadro. Creo que se disgustaría mucho si supiera que me habéis dicho que me marchara, en el caso de que llegue a vendérselo a otra persona.

El cambio de expresión del criado me indicó que estaba al tanto de las negociaciones relativas al cuadro. Me hizo pasar al vestíbulo y me advirtió que no tocase nada mientras él estuviera ausente. Minutos después, un caballero de cabello gris vestido con un batín apareció ante mí. Abrió mucho los ojos al verme.

—¿Venís... venís a traer el Thodoros?

—Si aún lo queréis —dije—. Hay una dama mirikosí en Cabo Triunfo que está muy interesada.

Lo desenvolví y se adelantó precipitadamente, inclinándose hacia el cuadro.

—Magnífico. Lo vi hace tres semanas y no he conseguido sacármelo de la cabeza. Vi una de las otras obras de esta serie en el continente. Entonces también me impactó mucho. —Tocó cuidadosamente el lienzo—. ¿Veis cómo la ilumina el sol? Thodoros es un maestro de la luz.

Sentí una punzada de culpabilidad. Aquel hombre era un aficionado legítimo, y yo iba a engañarle. Pero ¿tan mal estaba si era algo que le haría feliz y salvaría una vida?

Completamos la transacción y me fui de su casa con una pesada bolsa de oro. De camino, se me ocurrió que quizá Tom y Aviel habían averiguado lo que iba a hacer y planeaban robarme el dinero. Salieron de entre las sombras antes de que pudiera pensar en cualquier desarrollo alternativo de los acontecimientos.

—¿Listo? —preguntó Tom, sin ademanes amenazadores—. Pues vamos a llevarte de vuelta. Pronto amanecerá.

Aviel permaneció en silencio. A la luz de los faroles de la ciudad, su cabello resplandecía como el oro.

El camino de vuelta fue frenético, ya que intentamos adelantarnos a la salida del sol. Íbamos demasiado rápido para que pudiese ver a Beth, pero reconocí el punto donde había tenido lugar el altercado. El farol seguía encendido en el camino y dos hombres yacían bocabajo cerca de él. No estaba segura de si estaban muertos o inconscientes, pero nadie se detuvo a comprobarlo.

Llevábamos buena velocidad, pero no tan buena. El sol estaba asomando por el horizonte al este cuando llegamos a las afueras de Cabo Triunfo. Una vez allí, Tom y Aviel me abandonaron.

—Desaparecemos al amanecer —dijo él, con una sonrisa—. Pero espero que podáis arreglároslas desde aquí.

Me apeé de la yegua. Tenía las piernas tan agarrotadas del trayecto a caballo que casi me caí.

—Gracias por vuestra ayuda. No podría haber hecho esto sin vosotros. —Miré a Aviel—. Sin ninguno de los dos.

—El placer es nuestro —contestó Tom. Ella se limitó a inclinar la cabeza mientras montaba su caballo. Él hizo una reverencia desde la montura—. *Qu'Ariniel vous garde*, lady Witmore.

No pude evitar sonreír, tanto por oír a un pirata decir un viejo proverbio lorandés como por que invocara a Ariniel para que me protegiese. El día que fui al panteón de mis padres, había despreciado al glorioso ángel que facilitaba el camino, pero ahora sin duda me vendría bien su ayuda. Me despedí con la mano de los piratas, y pronto ellos y sus caballos se perdieron en la distancia.

Caminé sola por Cabo Triunfo. No sabía qué hora era exactamente, pero que hubiese tantas tiendas abiertas no era buena señal. El juicio empezaría pronto. ¿Qué pensaría Cedric cuando no me viese entre el público? Que le había abandonado. No: me conocía demasiado bien. Sabría que estaba esforzándome por salvarle. Solo esperaba poder conseguirlo.

Me dirigí a casa de Nicholas Adelton y lo encontré saliendo por la puerta. Me miró de la cabeza a los pies.

—Llego tarde y pensaba ir a los juzgados, pero parece que vos me necesitáis más.

—¿Habéis hablado con Gideon Stewart?

—Sí, me contó su plan, que hacía aguas por todas partes… No creía que hubiese tiempo… sobre todo para la parte que implicaba que, sin tener nada, consiguierais quinientas monedas de oro.

Me abrí el abrigo y le enseñé la bolsa con el dinero. Sacudió la cabeza y se echó a reír.

—Uno no se aburre con vos.

—¿Nos ayudaréis? Sé que es mucho pedir después de todo lo que…

—Señorita Bailey —me interrumpió—. Vamos a buscar a esos representantes de Westhaven.

Se alojaban en una posada en la ciudad, una de las mejores. La zona común era tranquila y ordenada, y Nicholas y yo nos sentamos a una mesa mientras el posadero iba a buscar a los representantes de Westhaven. Bostecé una vez, y después una segunda.

—Parece que estáis a punto de quedaros dormida —dijo Nicholas.

—Solo necesito un descanso —dije—. Después me pondré en marcha por segunda vez. O quizá ya vaya por la tercera o la cuarta.

Noté que no sabía cómo decirme lo que me dijo a continuación.

—Adelaide… No habréis hecho… eh… nada ilegal para conseguir ese dinero, ¿verdad?

—No. —Reconsideré mis palabras—. Bueno, no exactamente. Quizás en parte. No lo sé. Nadie ha resultado herido en el proceso, si eso os hace sentir mejor.

—En cierto modo.

Un hombre y una mujer se acercaron hasta nuestra mesa. Parecían respetables, de clase media, e iban vestidos como todo el mundo. Después de ver a los residentes de Grashond, no estaba se-

391

gura de qué debía esperar de los habitantes de una colonia tolerante en materia religiosa.

—Soy Edwin Harrison, y esta es mi mujer, Mary. —El hombre nos miró, sin duda perplejo ante el acusado contraste entre mi atuendo y el de Nicholas—. ¿En qué podemos ayudarles?

—Nos gustaría comprar una participación en Westhaven —dijo Nicholas.

Edwin cambió de actitud de inmediato.

—¡Por supuesto! Qué maravilla. Estamos deseosos de que se una más gente a nuestra causa. Querida, ¿puedes ir a buscar un contrato? —Se volvió hacia nosotros mientras ella subía las escaleras—. Pero cuéntenme más sobre ustedes, señor y señora...

Nicholas y yo intercambiamos una mirada divertida.

—No es para nosotros —dije, aunque a mí me afectaría el trato si salía adelante—. Es para otra persona.

Parte del entusiasmo de Edwin se esfumó.

—Eso es tremendamente irregular.

—El caballero en cuestión está detenido —explicó Nicholas—. Yo vengo a actuar como apoderado.

—Tremendamente irregular —repitió Edwin. Mary volvió con varios documentos.

—Soy su abogado —explicó Nicholas—. Y esta joven es su...

—Esposa —terminé.

Nicholas dudó mientras encajaba aquello, pero se recuperó enseguida.

—Y si el señor Harrison duda de ello, estoy seguro de que podéis aportar las pruebas necesarias.

—Las tiene un juez en Hadisen —dije. Aquello era revelar un gran secreto pero, legalmente, debía tener el poder suficiente para poder actuar en nombre de Cedric, sobre todo con Nicholas como apoyo legal. Teniendo en cuenta todos los problemas que teníamos ya, destapar nuestro matrimonio no podía empeorar más las cosas.

—Uno nunca se aburre con vos —murmuró Nicholas con una media sonrisa. Se dirigió a los Harrison de nuevo—. Como ven, no hay problemas para que actuemos en su nombre.

Edwin titubeó un momento más y después cedió.

—Muy bien, pues. Estamos deseosos de comenzar a trabajar junto a aquellos que compartan nuestra visión.

Él y Nicholas empezaron a revisar los documentos. Yo sabía

algo de las condiciones, por lo que me había contado Cedric, pero escucharlo en detalle era fascinante. La mayoría de las demás colonias se fundaban por orden del rey, que después nombraba al gobernador y otros líderes influyentes. La fundación de Westhaven también había sido iniciada por la corona, tras la cesión de las tierras por parte de los icori durante otra tregua moralmente cuestionable. A diferencia de otras colonias, la corona dirigía esta como un negocio, en respuesta a aquellos que habían solicitado libertad para practicar su fe. Los sacerdotes de Uros querían cazar y perseguir a los herejes, pero el rey creía que era más fácil enviarlos lejos.

—Básicamente, nos encontramos inmersos en el proceso de comprarle a la corona el derecho a dirigir Westhaven, aunque seguimos siendo una colonia real bajo el dominio de Osfrid —explicó Edwin—. Cada participación contribuye a dicha transacción. Ya casi lo hemos conseguido, y podemos empezar a redactar actas constitutivas de manera oficial, aunque ya tenemos varios borradores. Los primeros que adquieran las participaciones podrán participar en dicha redacción. De ese grupo, elegiremos a aquellos que estén llamados a ocupar las posiciones más importantes. Al final del proceso, todos los ciudadanos participarán en dicha elección, pero eso aún queda lejos.

—Y está permitido practicar cualquier tipo de fe —dije.

Mary me sonrió con dulzura.

—Sí, ese es nuestro objetivo principal.

Nicholas leyó cada cláusula con atención y sugirió algunas modificaciones a las que los Harrison no pusieron ninguna pega. Cuando Nicholas estuvo satisfecho, redactó la declaración jurada en nombre de Cedric según la cual este adquiría un compromiso para con Westhaven y sus leyes. Firmó como representante legal y después levantó la vista, con la pluma suspendida sobre el papel.

—Eh… Me atrevería a sugerir una última irregularidad: nos gustaría consignar una fecha anterior.

Edwin frunció el ceño.

—¿Cuándo?

—Hace tres semanas —dije.

—Algunos considerarían que esto es perjurio —dijo Edwin—. Estoy seguro de que como hombre de leyes estáis al corriente de esto.

—Si no lo hacemos, Cedric morirá —exclamé, sin poder contenerme—. Lo están juzgando por herejía alanzana, necesitamos atenernos a la amnistía de Westhaven.

La preocupación en los ojos de Edwin no me tranquilizó, pero Mary le agarró de la mano.

—Querido, ¿no es por cosas así por lo que hacemos todo esto? ¿Para prevenir este tipo de atrocidades?

Edwin se tomó unos minutos más y luego suspiró.

—Consignad la fecha que queráis —le dijo a Nicholas.

Este así lo hizo y, a continuación, Edwin firmó debajo en calidad de testigo, también con la fecha anterior. Le entregué el dinero que tanto me había costado conseguir.

Sentí que estaba a punto de llorar, pero quizá fuese la falta de sueño.

—Gracias… ¡Gracias! No se hacen idea de lo que…

La puerta de la posada se abrió de golpe y un campesino con los ojos abiertos de par en par asomó la cabeza.

—¡Un ahorcamiento! ¡Va a haber un ahorcamiento! ¡Han condenado al demonio alanzano!

Nicholas emitió un quejido, pero yo ya me había puesto en pie.

—¡No, no! No puede ser demasiado tarde. No puede ser.

Agarré los documentos y salí corriendo hacia la puerta. Nicholas me alcanzó enseguida.

—Espérame. Al populacho le encantan las ejecuciones. Eso de ahí fuera va a ser una locura.

Tenía razón. Nos unimos a una turba de gente que cruzaba la ciudad, sedientos de sangre. Deseé que hubiésemos tenido caballos, pero tampoco sabía si nos habrían servido de mucho entre tanto gentío. Intenté centrarme en el trayecto, sin atreverme a imaginar qué podía pasarle a Cedric si no lo conseguíamos.

—Sabía que sería pronto —le grité a Nicholas por encima del ruido—. Pero esperaba que no tan pronto.

—El gobernador es quien decide cuándo se ejecuta la sentencia —dijo Nicholas—. Y precisamente el gobernador tiene más ganas que nadie de que se haga justicia, o lo que él define como tal. Pero seguro que lo retrasan hasta que haya una buena multitud reunida. Les gusta tener público, así asustan a la gente para conseguir que se comporte.

No podía concebir la idea de que ejecutaran a Cedric. ¿Qué ocurriría si lo hacían? ¿Y si yo no estaba allí en sus últimos minutos de vida?

Los juzgados aparecieron ante nosotros. Ya habían colocado el patíbulo, y varias figuras oscuras estaban de pie sobre él. Una, sin duda, era Cedric. La muchedumbre se agolpaba en nuestro destino. Todos querían ver bien lo que ocurría, pero no se podía avanzar más. Nadie quería abandonar el sitio por el que tanto había peleado, así que abrirnos paso fue difícil.

En la parte de atrás, alcancé a ver a Aiana. Tenía una mano colocada sobre los ojos a modo de visera para protegerse del sol y poder estudiar la multitud. Se apresuró hasta nosotros.

—¡Adelaide! Me preguntaba dónde estarías. ¿Has visto a Mira?

—No, pero creía que estaría aquí. Tengo que pasar —dije con urgencia—. Tengo que subir ahí.

Se nos unió sin dudarlo un instante, y Nicholas le preguntó:

—¿Han absuelto a Warren Doyle? —Ella frunció el ceño y asintió.

Aiana nos ayudó a abrirnos paso entre la multitud. Recibimos un sinfín de maldiciones iracundas, pero seguimos adelante. Aun así, avanzábamos despacio, y apenas estábamos a medio camino cuando el gobernador Doyle dio un paso al frente sobre el patíbulo. Ahora podía ver a Cedric con claridad, con el brazo sano atado a la espalda, y el corazón se me encogió. Warren estaba junto a él con un verdugo encapuchado.

—Vecinos de Denham —dijo el gobernador—. Estamos aquí para hacer justicia, para contribuir a purificar nuestra colonia y expulsar de ella a las fuerzas diabólicas.

Entre la muchedumbre se había hecho el silencio, así que decidí aprovecharlo.

—¡Gobernador Doyle! —grité—. ¡Gobernador Doyle!

No me oía, pero varios espectadores irritados me chistaron para que me callara. Intenté acercarme más.

—Hoy, os entrego a un hereje; y no a un hereje cualquiera, sino a un infame alanzano —dijo Doyle. Se oyeron silbidos a nuestro alrededor—. De esos que practican las artes oscuras y viven en comunión profana con los seis ángeles caídos.

Había conseguido acercarme un poco más; lo intenté de nuevo.

—¡Gobernador Doyle!

Él seguía sin oírme, pero los que estaban delante de mí se giraron para ver qué ocurría. Me dejaron paso por simple curiosidad, y mi siguiente intento por fin llegó a sus oídos.

—¡Gobernador Doyle!

Buscó el origen de la voz y me vio.

—Lady Witmore. Os habéis perdido el juicio.

La turba se apartó para dejarme pasar, y esta vez fue sencillo llegar hasta la primera fila. Me apresuré hasta las escaleras del patíbulo, con los ojos fijos en Cedric. Una pareja de soldados intentó impedirme el paso, pero Warren les hizo un gesto con la cabeza.

—Dejad que se despida de él. —No había compasión alguna en su voz.

Agité los documentos en el aire.

—¡No pueden ejecutarlo! ¡Es un ciudadano de Westhaven! Tengo pruebas. Allí le está permitido practicar el culto, y aquí deben hacer honor a ello.

La mirada condescendiente de Warren mutó en un gruñido.

—Llévate esos papeles falsos y lárgate de aquí.

—No son falsos —dijo Nicholas detrás de mí. Él y Aiana estaban ya en primera fila—. Soy abogado y yo mismo los rellené con el representante principal de Westhaven. Todo está en orden. La ciudadanía del señor Thorn era legal el día que encontraron los objetos alanzanos.

—Qué conveniente que todo esto salga a relucir ahora —intervino el gobernador—. Deberían haber presentado estas «pruebas» antes de que se emitiera el veredicto. Este demonio será ajusticiado, y que me parta un rayo si…

Perdió el hilo de lo que estaba diciendo al ver algo detrás de mí. Me puse de puntillas para intentar averiguar qué había llamado su atención. Un grupo de jinetes bajaba por la calle, sin importarles lo que se interpusiera en su camino. La multitud aterrorizada se apartó, tratando de ponerse a salvo.

—¡Gobernador! —gritó uno de los hombres cuando estuvieron más cerca—. ¡Los icori están aquí! ¡Es un ejército!

El gobernador Doyle miró al hombre como si estuviera loco.

—No hay icori en la ciudad desde hace años, ni en ningún otro lugar de Denham.

El hombre señaló a su espalda.

—¡Están detrás de mí! ¡Llamad a los soldados!

Pero, como yo ya había advertido, Cabo Triunfo no contaba con una fuerte presencia militar. No había necesidad, ahora que las amenazas icori y lorandesa eran inexistentes. La corona había desviado las fuerzas hacia las colonias más vulnerables, y el antiguo fuerte había quedado abandonado. Aquel día, el orden entre la muchedumbre lo mantenían una milicia dispersa y un puñado de los soldados que quedaban.

A mí también me costó creer que fuesen icori, pero entonces vi lo que se acercaba a nosotros. Era un grupo de unos cincuenta caballos rodeado de una nube de polvo. A medida que se acercaban, pude ver los brillantes colores de las telas de tartán que lucían los jinetes. El sol se reflejaba en sus cabellos pelirrojos y rubios. También se divisaban espadas y escudos.

Se hizo el caos. La multitud se dispersó: gritaban y corrían hacia lo que creían que eran lugares seguros. El gobernador Doyle empezó a gritar a la milicia que se reagrupase, pero era casi imposible con aquel desconcierto. Le hice un gesto a Nicholas para que subiera los escalones conmigo.

No sabía qué ocurría, pero no iba a dejar a Cedric allí atado si estaba a punto de empezar una batalla. Corrí hasta él y corté las cuerdas.

—¿Estás bien? ¿Estás bien? —pregunté, mirando de nuevo aquel rostro que tanto amaba.

—Sí... sí. —Me rozó la mejilla y miró alrededor. Tuvo la misma sensación que yo—. Tenemos que salir de aquí. Hacia el norte, al bosque.

Nicholas asintió.

—Podemos buscar ayuda en los pueblos del norte, quizás incluso llegar hasta la colonia de Archerwood. Ellos tienen una milicia mayor y les queda algo de ejército.

Nos dirigimos hacia las escaleras del patíbulo, pero nos encontramos con Warren bloqueándonos el camino. Cómo no, apenas una hora después de ser declarado inocente, ya había conseguido un arma.

—Vosotros no vais a ninguna parte —dijo—. Puede que muramos todos aquí, pero seré yo quien acabe contigo.

Miré desesperada a los icori que se acercaban. No habían atacado, pero tampoco hacía falta ya que todo el mundo huía. La mi-

397

licia había empezado a reagruparse, pero por el momento no eran más de dos docenas.

—Déjalo —le dije—. ¡No es el momento de la venganza! Puedes huir con nosotros. Nos vamos al norte.

—Salva el pellejo —añadió Cedric—. Eres bueno en eso.

Quizá no era el comentario con más tacto que podía habérsele ocurrido, ya que estábamos tratando de poner a Warren de nuestro lado, pero ninguno lo habría sido. De pronto se oyó una voz atronadora:

—¿Dónde está el gobernador?

Todos nos giramos. Los icori habían llegado al pie de la plataforma. Seguían sin dar señales de que pretendiesen atacar. Parecían muy tranquilos, aunque los que se situaban en los flancos observaban a los colonos con cautela y tenían las armas preparadas.

Muchos tenían el cuerpo pintado de azul, como los dos icori con los que nos habíamos encontrado de camino a Hadisen, cubiertos de símbolos incomprensibles para mí. Las mujeres también cabalgaban junto a los hombres. Los jinetes y los caballos iban decorados con ornamentos de cobre y plumas, y las telas de tartán formaban un mar de color. Ahora, más de cerca, vi que seguían un patrón. Algunos jinetes, en uno de los lados, llevaban telas en rojo y blanco. Otro grupo, rojo y azul. El grupo que iba delante las lucía en verde y negro.

Ese era el grupo al que pertenecía el portavoz. Estaba delante del todo, musculoso, bronceado, con el pelo rubio muy claro y…

Era el icori que nos habíamos encontrado en nuestro viaje.

—¿Dónde está el gobernador? —Su osfridio era impecable.

El gobernador Doyle dio un paso al frente, vacilante.

—Yo soy el gobernador. No tenéis nada que hacer aquí. Marchaos antes de que mi ejército os arrase. —Era un farol, pues la milicia contaba con apenas treinta hombres en aquel momento. Creo que varios habían huido.

—Sí que tenemos algo que hacer aquí —dijo el icori—. Venimos buscando justicia: debéis ayudarnos a solucionar un problema causado por vosotros. —Sus ojos se movieron hacia Warren—. Nos dijeron que teníamos que ser más de dos para que nuestras peticiones fuesen escuchadas. Así que aquí estamos.

—Nosotros no os hemos causado ningún problema —dijo el gobernador Doyle—. Todos hemos firmado los tratados. Todos los respetamos. Vosotros tenéis vuestras tierras y nosotros, las nuestras.

—Hay soldados invadiendo nuestras tierras y atacando nuestras aldeas. Soldados de ese lugar que llamáis Lorandia. —El icori sostuvo la mirada del gobernador sin pestañear—. Y vuestros propios ciudadanos están ayudándoles y dejándoles cruzar por vuestras tierras.

Aquello generó un revuelo entre los colonos, pero el gobernador Doyle solo se indignó más.

—¡Imposible! Si los lorandeses estuviesen invadiendo vuestras tierras significaría que tendrían rodeadas las nuestras. Ninguno de mis hombres permitiría algo así.

—Sí, y además es vuestro propio hijo.

Una voz más emergió entre los icori y avanzó con su caballo hasta llegar junto al hombre.

Y yo la conocía.

No había reconocido a Tamsin hasta entonces. Su cabello pelirrojo se mezclaba con el de los otros y, además, iba vestida como ellos, con un vestido verde de tartán hasta la rodilla. Llevaba el cabello recogido en dos trenzas largas y sueltas, entrelazadas con adornos de cobre. Me había sorprendido cuando la vi con los ciudadanos de Grashond, pero aquello… Aquello era suficiente para que pensara que estaba teniendo visiones.

Se la veía tranquila y sosegada, nada que ver con el comportamiento emocional y desbocado habitual en ella.

—Vuestro hijo y otros traidores están aliados con los lorandeses para generar discordia y sacar al ejército de Osfrid de las colonias centrales. Así, Hadisen y otras colonias podrán rebelarse contra la corona.

Warren bajó el revólver y reaccionó detrás de nosotros.

—¡Es mentira, padre! No hace falta explicar que estos bárbaros le han lavado el cerebro. ¿Qué pruebas tiene de esas absurdas acusaciones?

—La prueba de que me tirasteis por la borda de un barco en mitad de una tormenta cuando descubrí vuestro plan —replicó ella.

—Mentiras —dijo Warren. Retrocedió varios pasos, con el pánico pintado en el rostro—. ¡Está delirando!

De repente, un hombre subió las escaleras. Warren se dio me-

399

dia vuelta para hacer frente al recién llegado. Era Grant Elliott, con un aspecto especialmente desaliñado, y no parecía sorprendido por nada de aquello. Se puso a mi lado como si un ahorcamiento interrumpido, un ejército icori y una posible traición constituyesen un día cualquiera para él.

—Está diciendo la verdad —dijo, fijando la mirada en el gobernador Doyle y no en Warren. El Grant hosco que recordaba del día de la tormenta estaba de vuelta—. Hay montones de correspondencia. Y testigos que declararán.

—¿Elliott? —balbuceó Warren, atónito—. ¿De qué demonios estás hablando?

La mirada severa de Grant se posó sobre Warren.

—Lo sabes perfectamente. De Courtemanche. De los «mensajeros herejes».

Algo cambió en los ojos de Warren en el momento en que se vio acorralado por el significado de aquellas enigmáticas palabras. Supe lo que iba a ocurrir antes de que apuntara a Grant con el arma.

—¡Cuidado! —grité, abalanzándome sobre Grant. No conseguí tirarlo al suelo, pero lo aparté lo suficiente como para esquivar por los pelos la bala que salió del revólver de Warren. Aquello me dejó directamente en la trayectoria de la segunda bala. Y estaba claro, por su cara desencajada, que ya no le importaba a quién disparar.

De pronto, oí un golpe y vi algo pasar a toda velocidad. Lo siguiente que sé es que Warren estaba en el suelo agarrándose la pierna y profiriendo gritos de agonía. Algo que parecía una flecha sobresalía de su rodilla. Era la misma pierna en la que yo le había apuñalado. Grant se arrodilló para sujetar a Warren, pero no parecía necesario vistos los alaridos de dolor que daba.

Como muchos otros, intenté averiguar de dónde había venido la flecha. Los icori y la exigua milicia parecían igual de desconcertados. Por fin, encontré lo que buscaba.

En aquel momento no supe qué me parecía más increíble, si que Tamsin hubiese aparecido con los guerreros icori…

… o que Mira estuviese de pie sobre un carromato volcado empuñando un arco.

$\mathcal{M}$i segunda boda fue más grande que la primera. Y mucho más limpia.

Por supuesto me mantengo en que no necesitaba ceremonia ni pompa alguna para declarar mi amor por Cedric. Un baño y un vestido bonito no cambiaban lo que sentía. Pero tampoco iba a rechazarlos.

En Adoria, las bodas se celebraban más a menudo en los despachos de los magistrados de lo que se hacía en Osfrid, así que elegir hacerlo allí en lugar de en una iglesia de Uros no era inusual. Por supuesto, ahora que todos sabían que Cedric era alanzano, nadie se sorprendió. Celebramos el banquete en Las Glicinias e invitamos a toda la gente que conocíamos y a mucha que no. Jasper había accedido a regañadientes a dejarnos celebrarlo allí. Seguía sin estar contento con las decisiones de su hijo, pero había cedido y aceptado lo inevitable.

Pasamos nuestra noche de bodas en la casita de campo de un conocido de Cedric que estaba fuera de la ciudad en un viaje de negocios y nos la prestó. No tenía el esplendor de mi antigua casa en la ciudad, ni siquiera de El Manantial Azul, pero estaba limpia y tenía encanto. Y era nuestra. Nuestra durante toda la noche. Sin temor a que nadie nos descubriera. Sin temor a condena alguna.

Parecía que llevásemos años sin vernos. Como casi nadie sabía que ya estábamos casados, habíamos pasado las dos semanas que transcurrieron desde el juicio hasta la boda oficial viviendo castamente y por separado. Cuando llegamos a la casa tras el largo día de festejos, el impacto de estar por fin solos había sido tan especial que casi no sabíamos qué hacer.

Pero enseguida lo averiguamos.

A la mañana siguiente, me desperté con la luz del sol entrando por la ventana de la habitación. Cedric estaba tumbado a mi espalda, rodeándome la cintura con los brazos. Pasé los dedos por las frescas sábanas blancas y aspiré la mezcla del vetiver de Cedric, el olor a sábanas limpias y el perfume de violetas que Mira y Tamsin me habían regalado con motivo de la boda.

—Sé que estás pensando —dijo Cedric, presionando la mejilla contra mi espalda—. Pensando más de lo que deberías.

—Estoy intentando memorizar esto. Cada detalle. La luz, los olores, la sensación. —Me di la vuelta para poder mirarle a la cara. El sol de la mañana iluminaba su cabello, incuestionablemente despeinado—. Incluso a ti. Sé que ahora nos despertaremos juntos cada mañana el resto de nuestras vidas, pero pasará mucho tiempo hasta que sea en un lugar parecido a esta habitación y a esta cama.

Me apartó el pelo y me pasó la mano por el cuello.

—¿Te estás arrepintiendo?

—Lo dudo, visto que me he casado ya dos veces contigo.

—Quizá podamos buscar una excusa para quedarnos aquí más tiempo.

—¿Y perdernos la llegada a Westhaven con el resto? Esto no sería propio de un fundador y supuesto líder de la comunidad. Además es probable que te detengan e incluso que te ejecuten por herejía si no nos vamos. Y todas esas reservas de comida que tenemos en la planta baja se estropearían.

—¿Esta lista estaba en orden? ¿De la consecuencia menos grave a la más grave?

—No… no lo sé. —La mano con la que me había acariciado la cara se había colado ahora entre las sábanas y se deslizaba ahora por mi pierna desnuda… muy despacio, con una lentitud desesperante. Traté de mantener el semblante y la voz serenos, pero el resto de mi cuerpo me traicionó y empecé a pegarme más a él—. Estás poniéndomelo difícil para concentrarme. Y tenemos muchas cosas que hacer.

—Sí. —Su voz se tornó ronca cuando me puso los labios en el cuello—. Muchas cosas.

—No me refería a eso…

No podía resistirme a él. O quizás él no podía resistirse a mí.

Nos fundimos el uno con el otro y me olvidé por completo de Westhaven y de todas las dificultades que nos esperaban. Durante la hora siguiente, el mundo se redujo a una maraña de piel, cabello y sábanas. Cuando terminó todo, me asaltó una urgencia por levantarme y ponerme a hacer cosas. Pero pronto me abandoné. Me perdí entre sus brazos y me dormí de nuevo.

Llamaron a la puerta y me desperté de golpe, dejando atrás cualquier resquicio de letargo. Me erguí enseguida.

—¡Vienen a por nuestras provisiones! ¿Qué hora es?

Cedric abrió un ojo y miró hacia la ventana.

—No es la hora. Es muy temprano.

—Bueno, pues alguien quiere algo —dije, viendo que los golpes en la puerta continuaban. Salté de la cama y busqué por la habitación hasta encontrar una bata gruesa. Mientras me la ponía, reparé en que mi vestido de boda estaba en el suelo en el rincón más alejado de la habitación, del revés. Era uno de mis vestidos de diamante, una maravilla de seda blanca y apliques plateados—. ¿Cómo llegó eso hasta ahí?

Cedric me había estado observando mientras me vestía, ya con ambos ojos abiertos, y miró al rincón.

—Tuve que ayudarte a quitártelo. —Menuda respuesta.

—Nos costará un rapapolvo de Jasper. Tengo que devolvérselo.

Terminé de abrocharme la bata y me precipité hacia la puerta.

—Creo que ahora tendrás que llamarle «papá» —gritó Cedric desde la cama. Me detuve solo para tirarle un cojín.

Abajo, los golpes en la puerta sonaban cada vez más fuertes e irritados. No debería haberme sorprendido ver que era, en efecto, Jasper quien estaba en el porche. Miró su reloj de bolsillo con impaciencia.

—Aquí estás.

—Lo siento. Estábamos… dormidos todavía. ¿Queréis pasar?

—No tengo tiempo. Voy a reunirme con un hombre con el que quizá inicie un interesante negocio.

—Y tenía que coincidir con nuestra despedida, ¿no? —Cedric apareció en el umbral detrás de mí, bostezando. Se había puesto su traje de boda, que estaba totalmente arrugado—. ¿O será que tú mismo has fijado justo esta hora para la reunión?

Jasper no contestó a ninguna de las dos preguntas.

403

—Ya no necesitáis nada de mí, aunque yo sí que necesito que me devuelvas el vestido. Lo puedo vender por bastante dinero. Y si este nuevo negocio sale bien, puede que consiga aún más potencial. Estamos planeando la logística para acordar matrimonios específicos a distancia a través de correspondencia y anuncios clasificados.

Mientras Jasper desgranaba los detalles del negocio, subí a por el vestido. Tardé un rato en reunir todas las piezas —el vestido propiamente dicho, la combinación, la camisola, el velo—, que estaban, inexplicablemente, cada una en un rincón de la habitación. Quizá había bebido más vino del que recordaba la noche anterior. O a lo mejor estaba demasiado ocupada para que me importara. Se soltaron varias cuentas del vestido cuando lo alisé; esperaba que Jasper no se diese cuenta.

Cuando volví abajo, Jasper seguía hablando.

—… expandir este negocio más de lo que nunca habíamos soñado, y tú podrías haber formado parte de ello. Riquezas incomparables. Pero no. Tenías que casarte con una estafadora de sangre azul y aventurarte en la selva a celebrar ritos extraños. Espero que esta locura te vaya bien.

—Padre, creo que esto es lo más bonito que me has dicho nunca.

Jasper frunció el ceño.

—Hablo en serio. Has tomado decisiones peligrosas.

—Pero son mis decisiones —dijo Cedric—. Y eso es lo importante.

Le di el vestido a Jasper. Al ver cómo entrecerraba los ojos, me di cuenta de que había advertido de inmediato que faltaban algunas cuentas.

—¿Eso del dobladillo es vino? —preguntó.

—Gracias por prestármelo —dije con dulzura—. Papá.

Cedric y yo nos quedamos en el porche cuando se fue, hasta que se perdió de vista por el sendero. Cuando estuvimos solos, me rodeó con el brazo.

—¿Lista para la próxima aventura?

—Siempre.

La mañana pasó volando mientras nos preparamos y vinieron a llevarse nuestras reservas para la selva y las pocas posesiones que teníamos al vagón de carga que iba hacia Westhaven. Al igual que el día que partimos para Hadisen, habría una gran multitud reunida en la salida de la ciudad, donde los carromatos y los caballos esperarían la hora de salida. Habría familiares y amigos que irían a despedirse, así como holgazanes y curiosos. Cuando estuvimos listos para partir, Cedric y yo dirigimos una última mirada cariñosa a la casita de campo y pusimos rumbo a la caravana.

Había tanta gente como yo esperaba, o incluso más. Edwin Harrison nos vio enseguida y se llevó a Cedric para consultarle una cosa, dejándome sola ante los curiosos en el extremo exterior de la comitiva.

—Debe de ser agotador estar casada. —Tamsin apareció de pronto a mi lado—. Tienes pinta de no haber dormido nada.

Sonreí y le di un abrazo rápido.

—Sí que he dormido. Un poco.

—Bueno, seguro que lo compensas con lo mucho que dormirás en el viaje por la selva. Y seguro que en la casucha en la que viváis también descansas un montón.

Recordé la choza desvencijada en el yacimiento de oro. Era como si hubiese pasado una eternidad.

—Ni siquiera tenemos casa todavía. Tendremos que construirla… o contratar a alguien para que lo haga, en vista de las habilidades de Cedric como carpintero. Pero mira quién habla, después de vivir en una yurta con los icori.

Sonrió al oír la broma, pero no hizo ningún comentario. En las semanas que habían seguido a la caída de Warren, habíamos averiguado más cosas acerca del tiempo que había pasado Tamsin con los Herederos de Grashond y con los icori. Le había costado mucho abrirse, y sabía que había cosas que aún no nos había contado. Esperaba que lo hiciera con el tiempo, cuando estuviese lista. Aiana se había enfrentado a Jasper y le había dicho que Tamsin no iba a casarse enseguida después de la experiencia tan traumática que había vivido. Aiana se había salido con la suya y el contrato de Tamsin se había prorrogado.

Se giró y dejó la mirada perdida entre la multitud.

—Hay algo… hay algo de lo que me gustaría hablar contigo. Algo que quiero pedirte.

Su semblante grave me sorprendió. Incluso me asustó un poco, ya que creía que la mayoría de sus problemas habían quedado atrás. Le apreté la mano.

—Por supuesto.

—Puede que sea demasiado tarde… Tendría que habértelo dicho antes… no quería cargarte con más problemas con todo lo que ya tenías. Pero sé que Cedric y tú habéis ganado mucho dinero al vender el yacimiento de Hadisen, así que he pensado que…

—Tamsin. —Nunca la había oído titubear así desde que la conocía—. Puedes contarme cualquier cosa. Pídeme lo que necesites.

Y así lo hizo.

Me quedé callada un buen rato tratando de asimilar lo que acababa de oír. Cuanto más tiempo pasaba sin hablar, más preocupada parecía ella.

—Crees que soy una persona horrible, ¿verdad?

—¿Qué? Por supuesto que no. —La atraje hacia mí de nuevo. Recordé que, hacía mucho tiempo, me había dicho que no tenía ni idea de lo mucho que estaba en juego. Y tenía razón—. Estoy sorprendida, eso es todo. Y por supuesto que voy a ayudarte.

Las lágrimas brillaban en sus ojos marrones.

—Sé que te estoy pidiendo mucho. Y lo entenderé si Cedric no quiere que te gastes el dinero en esto. Está en su derecho de…

—A Cedric no va a importarle. Y, además, eso da igual. No tengo por qué tocar el dinero de Hadisen.

Escudriñé la multitud para ver si por casualidad Nicholas Adelton estaba allí. No hubo suerte. Desde el punto de vista de la legalidad, probablemente ni siquiera necesitase su ayuda, pero todo habría estado más claro así. Después de que las pruebas fehacientes condenaran a Warren a un barco de vuelta a Osfrid, donde tendría que dar cuenta de sus múltiples conspiraciones, se había desatado una pesadilla legal acerca de las tierras que poseía en Hadisen. En caso de traición, esas tierras deberían ser restituidas a la corona. Pero tenía a varios arrendatarios trabajando en ellas y, en un gesto de generosidad, el tribunal había decidido donar los yacimientos a dichos arrendatarios. En lugar de iniciar la excavación, Cedric había vendido el suyo por un precio altísimo, con lo que habíamos podido abonar el precio de mi contrato y guardar gran parte para Westhaven. La ayuda de Nicholas había sido vital para gestionarlo todo, así que supuse que se merecía un descanso.

Vi que un jornalero de Westhaven cerca de nosotras estaba haciendo un inventario con una pluma y un montón de papeles. Le pedí que si podía prestarme la pluma y una hoja de papel. Era uno de los que habían quedado deslumbrados por la verdad acerca de mi pasado y, cuando le di las gracias, tartamudeó:

—No hay de qué, m... milady.

Me agaché para improvisar una mesa sobre mis rodillas y empecé a escribir: «Yo, Elizabeth Thorn, antes Witmore...»

Me detuve, sin saber qué escribir a continuación. Utilizar mi nombre legal no era el problema. Era lo que venía después. Si es que venía algo después... Llevaba más de un año desaparecida. Mi primo Peter habría adoptado seguramente el título del eminente Rupert.

«Yo, Elizabeth Thorn, antes Witmore, antigua condesa de Rothford, autorizo a que se haga entrega del dinero correspondiente a mi fianza a lady Alice Witmore, para que sea gastado en los términos que se indican a continuación...»

Tamsin me observó mientras escribía cada palabra, y estoy segura de que no respiró ni una sola vez. Una vez que hube terminado y firmado el papel, lo leyó de nuevo y me miró con ojos esperanzados.

—¿Con esto valdrá?

—Debería. Ese dinero lleva años apartado de cualquier deuda familiar y me corresponde legalmente ahora que estoy casada. No es mucho; si lo fuese, habría tenido menos problemas. Pero es suficiente para lo que tú necesitas, y la abuela se encargará de que todo se haga según mis instrucciones. —Metí la mano en el bolsillo de la falda y saqué otro fajo de papeles doblados. Además de una copia de mi certificado matrimonial, también contenía una carta que debía haber escrito hacía mucho tiempo—. Lo incluiré con todo esto que voy a enviarle. Silas Garrett me ha prometido entregárselo a mi abuela y asegurarle que comprobó el retrato y me vio con vida. No sé dónde está.

Tamsin lo señaló.

—Está allí, hablando con ese horripilante Grant Elliott. Parecía muy educado al principio, pero tiene carácter, ¿eh?

En efecto, ambos estaban apartados de la muchedumbre, manteniendo lo que parecía una conversación cordial. No sabía muy bien dónde estaba exactamente la conexión, pero sí que los dos habían sido figuras clave en la detención de Warren. Silas trasladaría a Warren de vuelta a Osfrid para llevarlo a juicio por traición, mientras que Grant se quedaría en las colonias.

—No puede ser tan horripilante —le dije a Tamsin mientras nos acercábamos a ellos—. Dicen que es él quien consiguió las pruebas que conectaban a Warren con los lorandeses.

—Bueno, me alegro de que al menos se haya afeitado por fin —dijo ella—. Porque lo ha hecho, ¿verdad? Su barba parece más aseada que de costumbre.

El canoso Silas me saludó con una inclinación de cabeza cuando llegamos hasta ellos.

—Señora Thorn, me preguntaba cuándo os vería. Felicidades.

—Gracias. —Le di el fajo de papeles—. Debería resultaros sencillo encontrar a mi abuela. Estoy segura de que sigue en Osfro.

Silas se guardó los papeles en el bolsillo interior del abrigo.

—La encontraré. ¿Necesitan que lleve algo más?

Yo sacudí la cabeza, pero Tamsin se adelantó, titubeante.

—Si no os supone inconveniente, señor Garrett… Yo también tengo algunas cartas. La dirección es en Osfro. Puedo pagaros…

—Dádmelas antes de que zarpemos, dentro de dos días —dijo Silas.

—¿Cómo está vuestro prisionero? —pregunté.

—En un estado miserable —respondió Grant. Sonrió, y no podría decir si la sonrisa pretendía ser encantadora o dar miedo—. Está encerrado en la bodega del barco. Le visito a diario para asegurarme de que sigue en un estado miserable.

Mira se unió a nosotros en ese momento y alcanzó a oír el último comentario.

—Probablemente lo ejecuten en Osfrid por traición. No creo que tengáis que preocuparos por su felicidad en el futuro próximo.

—La traición de ese bastardo conspirador casi provoca una guerra en la que se habrían visto envueltos Osfrid, los icori, Lorandia, los balancos y Uros sabe quién más. Habría asolado estas tierras y se habría cobrado incontables vidas. Así que no creo que esté de más asegurarse de que sufre. —Grant hizo una pausa que resultó casi elocuente—. Me gusta ser riguroso.

Mira puso los ojos en blanco y se giró hacia Tamsin y hacia mí.

—¿Podemos hablar?

Nos despedimos de los hombres y nos alejamos. Tamsin casi había llorado después de verme escribir la carta, y me había dado las gracias profusamente, pero ahora tenía el rostro iluminado, con su habitual expresión adorable y astuta.

—¿Nos lo vas a contar de una vez, Mira? —preguntó—. No querrás que la pobre Adelaide se aventure en tierras inhóspitas sin contarle antes lo que vas a hacer. Sería muy cruel. Se pasaría el día preocupada.

Mira nos había dicho hacía poco que había tomado una decisión acerca de su futuro, pero no teníamos ni idea de qué era. Quizás hubiese decidido casarse con ese señor mayor. O quizás hubiese resuelto volver a Osfrid a trabajar. Ninguna de las dos opciones me parecía probable vista la sonrisa que esbozó. Tras su espectacular ataque a Warren —que luego supe que había sido obra del entrenamiento de Aiana— nada que Mira pudiese hacer me sorprendería.

Pero parecía que el misterio se mantendría un poco más aún.

—Lo siento —dijo Mira—. No puedo contároslo todavía. Pero pronto lo haré.

—Qué cruel —repitió Tamsin.

Mira me abrazó con fuerza.

—En realidad venía a despedirme de ti. Parece que nos pasamos la vida despidiéndonos, ¿no?

Incluí a Tamsin en el abrazo.

—Y siempre volvemos a reunirnos. Estoy segura de que podré venir a Cabo Triunfo de vez en cuando. Y espero que vosotras vengáis a visitarme a Westhaven.

—Por supuesto —dijo Mira.

—Avísanos cuando tengas una casa de verdad con camas suficientes para todas; camas de verdad, no montones de paja en el suelo —dijo Tamsin—. Entonces no dudes que iremos.

Nos reímos un poco. Y lloramos un poco. Sabía que la caravana de Westhaven estaba a punto de partir, y la realidad de lo que estaba a punto de ocurrir me golpeó con fuerza. Otro viaje. Otra turbulencia en mi vida.

—Aquí estás, Adelaide. Sabía que tenía que buscar el punto

donde hubiese más lágrimas. No os creeríais todos los llantos que oí y vi en su casa el día que nos conocimos.

Cedric apareció por detrás de mí, y me aparté de Tamsin y de Mira para poder abrazarle. Luego le di un puñetazo flojo en el brazo.

—Fue él quien provocó la mayoría de aquellas lágrimas.

—Y llevas prendada de mí desde entonces.

Se giró al oír la voz que nos ordenaba que nos reagrupáramos, y su semblante se tornó serio. Hubo una ronda lacrimógena más para despedirme de Tamsin y Mira, y luego Cedric me cogió de la mano.

—¿Nos vamos, querida?

Nos alejamos hasta donde nos esperaban nuestros caballos, que eran jóvenes y vivaces, no como la pobre *Lizzie*. Cedric me ayudó a montar y dirigí una última mirada cariñosa a mis amigas. Ante nosotros, el camino se alejaba de Cabo Triunfo y se adentraba en parajes desconocidos. Mientras que la misma imagen me había dado malos presentimientos cuando emprendimos el camino hacia Hadisen, aquella vez sentí que se abría ante mí un mundo de posibilidades.

Cedric iba delante de mí, marcando el camino.

—Espero que esta nueva locura salga bien.

—Creo que saldrá bien —le dije—. Después de todo, las locuras del pasado al final han salido bien.

Y nos alejamos cabalgando.

Agradecimientos

La idea de esta saga empezó con unos destellos de inspiración y, una vez que los hube puesto en orden, no hubo forma de parar el fuego que me consumió hasta que terminé este libro. Por encima de todo, tengo que darle las gracias a mi familia por acompañarme en este proceso, especialmente a mi marido y a mis hijos, que consintieron que me llevase el portátil a todas partes y que desconectara cada vez que mi mente saltaba al capítulo siguiente. Gracias también a mi agente, Jim McCarthy, y al incomparable equipo de Razorbill, que supieron ver el potencial de esta historia que ardía dentro de mí y me ayudaron a avivar las llamas.

Por último, quiero dar las gracias a todas las personas que han escogido este libro y me han acompañado a Adoria. A mis lectores más fieles: siempre demostráis tener una confianza ciega en los nuevos mundos que ideo, y os estoy enormemente agradecida por ello. A mis nuevos lectores, bienvenidos. Hay una aventura reservada para cada uno de nosotros.

ESTE LIBRO UTILIZA EL TIPO ALDUS, QUE TOMA SU NOMBRE
DEL VANGUARDISTA IMPRESOR DEL RENACIMIENTO
ITALIANO ALDUS MANUTIUS. HERMANN ZAPF
DISEÑÓ EL TIPO ALDUS PARA LA IMPRENTA
STEMPEL EN 1954, COMO UNA RÉPLICA
MÁS LIGERA Y ELEGANTE DEL
POPULAR TIPO
PALATINO

***
**
*

LA CORTE RELUCIENTE
SE ACABÓ DE IMPRIMIR
UN DÍA DE OTOÑO DE 2016,
EN LOS TALLERES DE LIBERDÚPLEX, S.L.U.
CRTA. BV-2249, KM 7,4, POL. IND. TORRENTFONDO
SANT LLORENÇ D'HORTONS (BARCELONA)

***
**
*